中国古典文学名著丛书

刘公案

[清] 不著撰人 著

華夏出版社
HUAXIA PUBLISHING HOUSE

图书在版编目（CIP）数据

刘公案／（清）不著撰人著．—北京：华夏出版社，2013.01（2024.09重印）
（中国古典文学名著丛书）
ISBN 978－7－5080－6326－3

Ⅰ．①刘…　Ⅱ．①不…　Ⅲ．①侠义小说－中国－清代　Ⅳ．①I242．4

中国版本图书馆CIP数据核字（2011）第074603号

出版发行：华夏出版社
（北京市东直门外香河园北里4号　邮编100028）
经　　销：新华书店
印　　制：永清县晔盛亚胶印有限公司
版　　次：2013年01月北京第1版
2024年09月北京第2次印刷
开　　本：670×970　1/16开
印　　张：26
字　　数：393千字
定　　价：52.00元

前　言

古典小说进入清代以后，开创了公案小说的鼎盛时期，单篇短小公案故事，逐渐向章回化、武侠化长篇方向发展，把侠客义士引进公案小说，情节跌宕起伏，引人入胜。《刘公案》一书便是其中典型的代表作品。它与《包公案》、《施公案》、《狄公案》被并肩列为我国古代四大公案小说。

《刘公案》是以清人刘墉为原型演义而成，共一百零六回，故事曲折、惊险、动人心魄。最早的《刘公案》是一部富有传奇色彩的长篇评书，在民间流传，属鼓词一类，说说唱唱，散韵结合，很有兴味。后经加工整理和演绎，便有了许多不同版本的《刘公案》在民间传播。“刘罗锅儿”是人们心目中的清官，在民间广受赞誉。“刘罗锅儿”本名刘墉，字崇如，号石庵，清朝乾隆年间任文化殿大学士，吏部天官，由编修累官体仁阁大赢士，加太子太保。善书，名满天下，政治文章，皆为书名所掩，卒谥文清，有《石庵诗集》。

本书即以清代名臣刘墉（刘罗锅）为主人公，共收录归纳公案小说《刘墉传奇》、《罗锅逸事》、《满汉斗》、《双龙传》、《青龙传》等5种，讲述了刘墉奉旨下山东提拿山东巡抚、贪官桂太，一路之上除暴安良、屡断奇案的故事，内容包括连成告状、午门戏和坤、金殿封御铡、黄爱玉上坟、赠扇认义女，黑松林巧拿盗等热闹情节，突出了主人公正气凛然、执法如山而又富于睿智幽默的性格。

本书语言生动质朴，故事悬念迭起，具有很强的可读性与吸引力，堪为清代早期的一部颇具特色的公案小说。作品充分体现中华民族大气磅礴不拘一格的作品风貌、气派和特色，且政治思想积极，内涵深刻，对推动中国社会进步和文学发展具有不可低估的作用。

此外，虽然《刘公案》不似《包公案》等公案小说那样有名气，但是以刘墉为故事原型的《刘公案》在民间仍有很多版本相继问世，譬如著名评书表演艺术家连丽如评书版的《刘公案》，由聂田盛口述、耿瑛整理的《辽宁传统评书主要书目》中的《刘公案》，由沈阳竹板书艺人董来福曾于民国三十二年(1943)在“奉天放送局”(电台)连播的《中国曲艺志·辽宁卷》中的《刘公案》。除上述提及的版本以外，在吉林，《刘公案》还有西河大鼓、河南坠子、东北大鼓等曲艺形式，均为长篇书目，代表艺人有张玉山、郝桂兰、乔喜原等。这些版本的《刘公案》，各有千秋，但却殊途同归，共同体现了我国文学领域的自古以来所具有的良好风气和生生不息、源源不断的前进动力，说明惩恶扬善，申张正义永远是为文作著的宗旨所在。

此次再版，我们对原书中的笔误、缺漏和难解字词进行了更正、校勘和释义，对原书原来缺字的地方用□表示了出来，以方便读者阅读。由于时间仓促，水平有限，其中难免有所疏失，望专家和读者予以指正。

编　者

2011年3月

目　录

第一回　刘罗锅重审李有义

大清江山一统，军乐民安太平。万国来朝纳进奉，朝出贤臣刘墉：出口成章合圣明，这才亚似孔孟。这位爷家住在山东，天生扶保大清。

此书的几句残歌念罢，亦不多讲。话表咱本朝乾隆爷年间出了一位能臣，祖上系山东青州府管诸城县人氏，这位爷本是当初刘老大人刘统勋之子，姓刘名墉，外号罗锅。他本是荫生出身，今蒙乾隆爷的皇恩，御笔钦点金陵江宁府的知府。

这位爷钦命紧急，不敢怠慢，吉日启程，要去金陵江宁府上任，并无携带家眷，只带一名小内厮张禄。爷儿两个乔装打扮，张禄儿肩扛着被套，一直的出了海岱门，往西一拐，顺着城根，又到了宣武门，复过了吊桥，往南直到菜市口，往西一拐，顺着大街，又出了彰义门，门脸上雇了两个毛驴，爷儿俩骑上了大路。

刘大人，一心上路去到金陵，小井过去到大井，枳荆坡穿过又往西行。爷儿俩催驴果然快，登时间，过了芦沟晓月城。眼前就是常新店①，良乡县换驴也不必明。涿州南关吃了顿饭，刘大人，爷儿两个又登程。此书不讲桃花店，一直的，径奔河间大路行。德州打尖穿过去，恩县济宁州一溜风。包庄王家营将船上，渡过黄河又登程。路程歌儿不多叙，那一天，望见金陵一座城。

刘大人爷儿俩正走之间，望见金陵城。十里堡打了尖，又雇了两个毛驴，爷儿俩骑上往前所走，不必再表。

且说江宁府的书吏三班人等，自从接着转牌，说乾隆皇爷御笔钦点江宁府的知府刘，不日到任，众属下人役天天在接官亭坐等闲谈，等候迎接新官上任。这一天众官吏正在等候，忽见两个人骑着两个毛驴迎面而来。众下役一见齐声断喝："呀！还往那走？这是接新官的所在。再往前走，仔细把驴腿打折！"后面的张禄儿一声断喝，说："胡说！这就是你们江宁

---

① 常新店——今长辛店。

府府台刘大人!”众役闻听是刘大人,吓得跪倒在地,还有众属下也都在道旁打躬,说:“卑职等迎接来迟,在大人的台前请罪。”刘大人一摆手,众官吏人等齐都后面跟随,登时来到接官亭上。刘大人下了毛驴,赶脚的瞧见这个光景,发了蒙咧,腹内说:“好的,怪不得雇驴时节也不讲价,我说这个买卖我可捯①住咧!好,谁知道是我安着翅子骑了来咧,拿定我的官驴了!”说罢上前接驴,回头就走。刘大人是何等的官府,看见赶脚的钱也不要咧,拉驴而去,就知是他不敢来要钱。大人忙叫张禄,小厮答应,大人说:“到底打发他的驴钱,他是个穷民百姓,不可白骑他的驴。”“是。”张禄儿高声喊叫:“赶脚人回来!大人有赏。”赶脚闻听大人有赏,他连忙跑回来咧。张禄儿拿了一吊钱,递与那人,那人接过,叩了头,谢了赏,扬长而去。

刘大人这才吩咐:“看轿过来。”众下役答应,搭过四人大轿,栽杆,去了扶手,刘大人毛腰上轿,轿夫上肩。执事前行,大轿后跟,开路锣鸣,响声震耳。

清官坐上四人轿,执事排开往前行。军牢头戴黑红帽,衙役吆喝喊道声。上打一柄红罗伞,下罩清官叫刘墉。军民百姓齐来看,大道旁边闹哄哄。但则见:刘大人头戴一顶红缨帽,缨儿都旧发了白。帽胎子破上边青绢补,老样儿沿子大宽。五佛高冠一般样,那一件,青缎褂子却有年,浑身都是窟窿眼。茧绸袍子真难看,方脑官靴足下蹬。刘大人,一身行头从头算,共总不值两吊铜。众军民瞧罢不由得笑,说道是:“这位官府真露着穷。”按下军民闲谈论,再整那,大轿人抬进了城。穿街过巷急似箭,府衙门在眼下存。大轿已把辕门进,滴水檐栽杆轿落平。张禄上前去了扶手,出来了忠良干国卿。迈步翻身往后走,张禄相跟在后行。

刘大人下了轿,一直到了后堂坐下,吩咐张禄传出话去:“今日晚了,明日早堂,伺候受印,升堂办事。”这张禄答应迈步往外而去。来至堂口站住,照大人的言词传了,众官吏役人等散去不表。

张禄进内回明了大人,大人点头,随即吩咐:“张禄,把咱们爷儿俩剩的干粮,掏出来罢。”“是。”小厮答应,不敢怠慢,打被套里面掏出来咧。

---

① 捯(dáo)——追究。

什么东西？还有咱这京里带去吃剩下的两个硬面饽饽，还有道儿上吃不了的叉子火烧。刘大人并非是图省盘费，皆因是他老人家很爱吃这两宗东西，所以不断。又吩咐："张禄儿，你去告诉厨役：一概官员送的下程饭食，咱爷们全都不要。你拿咱们的钱，买他三十钱稻米，煮点粥，搭着这两个干粮，算咱爷儿俩的一顿饭咧。"这张禄答应，照言而办。不多时粥也熬得咧，端了来，摆在桌上，一碟老咸菜，打发刘大人用完。张禄撤下家伙，也饱餐了一顿。及至他们爷儿俩吃完了饭，天气也就晚咧。张禄儿点上灯烛，在一旁站立，爷儿俩又说了会子闲话。天交二鼓，刘大人说："连日走路劳乏，打铺安歇罢。"这张禄答应，登时打开被套，安置得妥当。刘大人宽衣解带，上床安歇。张禄也去歇息，一夜晚景不提。

霎时天光大亮，张禄起来，请起大人净面更衣，茶罢搁盏。清官爷说："传出话去：本府立刻升堂，受印办事。"这张禄答应，迈步翻身，往外而走。来至堂口站住，高叫："马步三班人等听真，大人传话：立刻升堂，受印办事！"外边人齐声答应。张禄又回明了大人。不多一时，大人身穿朝服，闪屏门，进暖阁，升公位坐下。有那属下的官吏、牢头、禁子、乡约、保正人等，叩见已毕，两旁站立。大人座上吩咐放告牌抬出，然后再观看那些州县详报的文书。

瞧到江宁府的首郡上元县刘祥呈报："本县北关以外路东，有一个开店之人，姓李名叫有义。夜晚间有夫妻二人，下在他的店中。李有义图财害命，用尖刀将男子杀死，女子逃跑，不知去向。现有李有义的口供原招为证。"大人看罢上元县这一角文书，说："且住。店家既然把男人杀死，女子焉能逃跑？就便逃走，他的男人被害，岂不替他夫主鸣冤告状？依本府看来，这件事大有隐情在内。罢罢，我刘某今日既然在此处为官，必当报国为民，须得把此案判断明白，也免良民遭屈，叫凶徒漏网。"刘大人想罢，座上开言说："值日承差何在？""有，小的朱文伺候大人。"说罢跪倒下面。忠良说："你速去到上元县监中，将店家图财害命这一案，提到本府座前审问。"这承差答应，站起身来，下堂迈步出衙而去。不多一时，把店家李有义提到当堂，跪在下面。

众位明公，像金陵的江宁府的上元县，就和咱们这保定府的清苑县、北京的宛平县都是一样，全在城里头，所以来的剪决。书里交代明白，言归正传。

且说那承差朱文，在下面打了个千儿①，回说："小的朱文，把店家李有义提到。"大人一摆手，承差站起，一旁侍立。清官爷举目留神，朝下观看。

清官座上留神看，刘大人，打量李家貌与容：年纪约有五旬外，他的那，残目之中带泪痕。跪在下面听吩咐，瞧光景，内中一定有屈情。大人看罢开言问："那一民人要你听：既做买卖当守分，如何无知乱胡行？岂不知杀人要偿命，王法无私不顺情。因何开店将人害？本府堂前要你讲明。"老民见问将头叩："大人留神在上听：公相要问这件事，我的那，满腹冤屈无处明。小人既然开客店，焉敢为非把恶行？那一晚，男女二人来下店，都在那，二十一二正年轻。小人盘问他来历，他说是夫妻人二名。小民闻听是女眷，开店人，焉敢多管别事情？租了我正房一间钱二百，一壶茶来一盏灯。诸事已毕小人去，房中剩下他二人。不多一时攒更鼓，他夫妻二人吹灭灯。小的前边把门户看，还有那，几辆布车在我店中。偏偏他们要起早，天有五更就登程。小人起去开门户，打发布车离店中。霎时之间天光亮，小民想：叫他夫妻好早登程。走近门首抬头看：房门倒锁少人声。小人开门观仔细，此事应当了不成！不知女子往何方去，光剩男子在房中。四脚拉叉炕上躺，仔细看，被人杀死赴幽冥。小人观瞧把魂吓冒，同地方，一并呈报到县中。上元县的老爷将尸验，把小人，屈打成招问罪名。今日里，幸蒙大人提来问，拨云见日一般同。望大人秉正从公断，爷的那，后辈儿孙往上升。这就是一往从前事，但有那，一句虚言天不容！"说罢下面将头叩，刘大人座上开言把话云。

① 打了个千儿——旧时的敬礼，右手下垂，左腿向前屈膝，右腿略弯曲。

第二回　巧改扮私访白翠莲

刘大人闻听店家李有义这一片言词，座上讲话说："李有义，""有。"清官爷说："你暂且下去，待本府把恶人拿住，自有水落石出。"李有义叩头，青衣带去不表。且说刘大人又办了些别的公事，这才退堂，众役散出衙外，不必细表。

再说清官爷来到内书房坐下，张禄献茶，茶罢搁盏，登时摆上饭来。大人用完，张禄撤去家伙。忠良闲坐，自己思想，说："李有义这件事情，虽然是屈情，但不知杀人凶犯是谁，叫本府如何判断？"大人为难多会，说："要明此案，必须如此这般，如此这般。我何不扮作云游老道，出衙私访？一来访访凶徒恶棍，再看看这里的世态风俗。"刘大人思想之间，张禄儿走进门来。大人说："张禄儿，把我的道袍、道冠、丝绦、水袜、云鞋、毛竹板全拿来。"这小厮答应。

住了。有人说："你这个说书的，说的推诌①了。这唐书、宋书，飞刀飞棒，任凭怎么诌、怎么吹鬼，无有对证，倒说唐宋的人还活到至今不成？断无此理。说你说的这部书，刘大人他老人家还健在，谁不知道？你这个书要按着唐宋的古人词那么撒谎，怎得能够？我们就知道，刘大人从自幼做官，至到而今到了中堂的地位，并无有听见说他老人家当过老道，哪来的道家的衣服呢？你这个书不是撒谎么？"众位明公有所不知。现在这一位"白脸包"刘大人，不同别的官府；当着他老人家面，还敢说。要好体面衣服，自是真正的无，有也只是舍不得穿，总没见过他老人家挂过画。要讲这道袍、僧衣，庄稼佬穿的小棉袄子、胖袜侉洒鞋，这些东西，倒全有。这是怎么个缘故？皆因他老人家爱私访，这都是早预备下的做官的行头②。不知道那一改，装扮了什么样，所以讲了个现成。书里交代明白，言归正传。

---

① 推诌——太撒谎了。诌，编造。

② 行(xíng)头——原指戏曲演员演出时穿戴的服装，包括盔头、靠把、衣服、靴子等。这里用来比作官员所需穿用的一切。

张禄儿去不多时，都拿了来咧，放在面前。刘大人登时把自己身上衣服脱下来，换上道家的衣袍，拿了一个蓝布小包袱，包上一本《百中经》及两块毛竹板，诸事办妥，眼望张禄说："我的儿，本府今日要去访民情，衙门中大小事体，小心照应。本府不过晚上就回来。"张禄答应。大人又说："你打后门送出我去，休叫外人知道。"说罢，爷儿两个并不怠慢。大人站起身来，小厮拿起那个蓝布包儿，一齐往外而走。穿门过夹道，来至后门。张禄上前将门开放，可喜这一会并无外人。清官爷慌忙走出门来，张禄把那小包袱递与大人，刘大人接来挎在腕上，说："诸事小心着。""是。"张禄答应，关门，不必细表。

且说大人打背胡同来至江宁府的大街上，举目观看。

清官来至长街上，举目留神左右观：来来往往人不少，江宁府，果然热闹不非凡。刘大人，瞧罢掏出毛竹板，咭哒呱嗒响连声。口内高声来讲话："众位乡亲请听言：有缘早把山人会，瞧瞧大运与流年①。求财问喜来会我，道吉言凶下安坛，六壬神课瞧灾祸，净宅除邪保安然。《麻衣神相》分贵贱，行人音信来问咱。算着只要钱一百，算不着倒罚一吊钱。有缘的前来把山人会，错过今朝后悔难。"刘大人，一边吆喝朝前走，一座茶馆在眼前。大人迈步走进去，坐在旮旯那一边。堂倌一见不怠慢，慌忙就去把茶端。香茶一杯端过去，放在大人桌上边。忠良吃茶闲听话，只听那，七言八语乱开谈。这个说："上元县北关出了怪事，店家杀人真罕然。"那个说："杀了男来跑了女，这事真真闷死咱。"这个说："上元县去将尸验，店家抵偿掐在监。"又听一个开言道："众位仁兄请听言：要提店里那件事，起根发脚来问咱：死鬼名字叫伊六，家住上元在东关。这小子，一生不把好事干，天天去把狗洞钻。一份家私花个净，他爹妈，生生气死赴阴间。伊六并无把女人娶，这可是，何处来的女红颜？后来，又闻听伊六将京上，找他舅舅叫季三。这季三，前门外头做买卖，金鱼池，窝子里面大发财源。提他外号人人怕，前三门，谁不知道季老幺！"这人言词还未尽，忽又听，那一个高声把话云。

这个人正说到高兴之处，忽又听那边有个人讲话，说："老仁兄，要提

① 流年——封建迷信的人称一年的运气。

起这一件事情来,你自知其一,不晓其二。你听我告诉你:伊六这小子不是上了京吗?在金鱼池他舅舅季三那做了二月买卖。季三就给了他几个钱,他就在咱们这置了几亩,吃租。咱们这东街上土地庙东边,那不是个小门楼吗?是那里头,不是富全住着吗?富全就种着伊六的地。闻听说伊六还在金鱼池做买卖。他什么时候来到上元县的北关里,叫人把他杀了呢?真真的他妈的这个事古怪!"又听那个年轻的说:"老仁兄,方才你要不说到这,我也不肯下讲。伊六那小子年年下来起租子,常在富全家落脚。富全又是他的地户儿,你们没有瞧见富全那个底扇子?真长了个都!他小名叫白翠莲。我瞧着伊六那小子别和富全那个底扇子,他们俩有点子黑搭乎罢?"又听这边的有年纪的人说:"老弟呀,我劝你少说。你们当这个事都是玩呢!虽然把店家掐了监,还算无结呢。方才你这个话,要叫衙门中太爷们听见,只怕你闹一脖子麻刀。"说罢,他们都站起身来会钱,扬长而去。

刘大人在旁边吃着茶,闻听他们方才这些话,忠良爷腹内思想:依他们说,店中这个死鬼叫伊六,并无娶女人。这个女人可是哪来的呢?店家又说是夫妻二人,这件事八下里都不对。要依本府想来,这个女子定是被伊六强奸了。既是强奸了,这女子焉肯又与他下店呢?想来是顺奸。既是顺奸,他如何又不替伊六鸣冤?这件事真真的难办。要明此案,得访着这个女子消息就好办咧。刘大人瞧瞧天气尚早,何不依他们的言词,竟到东街上土地庙东边,富全的门首探访一番?但得消息,好完此案。刘大人想毕,会钱出了茶馆,往东一拐,顺着大街朝前所走。

这清官,想罢迈步慌忙走,刘大人,忠义报国为民心。一边走着心犯想:真乃疑难事一宗。要说店家杀伊六,李有义,面貌慈善露志诚。要说是,行凶不是李有义,上元县,又有他的原招与口供。本府既然来到此,少不得想理要细甄情①。为官不与民做主,枉受乾隆爵禄封。刘大人,思想之间来得快,土地庙不远面前存。庙东果然有个小院,石灰门楼一抹青。忠良看罢不怠慢,毛竹板掏出手中擎。咭哒呱嗒连声响,口内吆喝讲《子平》:"月令高低瞧贵贱,六壬神课断吉凶。行人出外问我信,气死平则门的吕圣功。"刘大人,外面吆喝胡

① 甄(zhēn)情——指审查鉴定情况。

念诵,这不就,惊动房中女俊英。眼望青儿来讲话:"要你留神仔细听:自从你姐夫为客去,这使我心神不安宁。莫非是,在外儿夫有好歹,那就活活把我坑。我有心,叫进这先生算一算,看看流年讲个《子平》。"青儿答应不怠慢,迈步翻身就往外行。

且说这富全之妻白氏,奶名翠莲,生得有沉鱼落雁①之容,闭月羞花②之貌。青儿这个丫头,乃是他的表妹,父母全无,就只有一个哥哥,又不成人,所以这个青儿实无倚无靠,跟着白氏度日。

且说青儿这丫头,闻听他姐姐之言,不敢怠慢,迈开两只鲶鱼脚,咕哇呱嗒来到街门的跟前站住,哗啷一声,将门开放,把身子往门外头一探,眼望着刘大人高声喊叫:"先生,我姐姐要算命呢!"且说刘大人在土地庙的台阶上,正自观看那庙的威严,忽听有人喊叫之声,刘大人举目观看。

这清官举目抬头看,刘大人,打量女子貌与容:短发蓬松黄澄澄,芙蓉面,好像锅底一般同。樱桃小口有火盆大,镀金包牙在口中。脸上麻子铜钱大,他的那,杏眼秋波赛酒盅。鼻如悬胆棒槌样,两耳好像蒲扇同。柳腰倒比皮缸壮,外探身,露出那鼠疮脖子疤痢更红。小小的金莲,量来足有一尺三,身穿着,粗布夹裤干净得很,多亏他,姑舅姐姐拉扯才把人成。你听他,未从说话是结巴,咭嘟呱嗒把先生叫,刘大人看罢时多会,带笑开言把话云。

---

① 沉鱼落雁——形容女子美得鱼见了沉入水底,雁见了飞落平沙,不敢与之比美。

② 闭月羞花——形容女子容貌美丽得使月亮躲藏了起来,花儿也含羞。

第三回　陈大勇领命探真情

刘大人看罢，带笑开言，说："丑大姐，叫我吗？"青儿闻听刘大人之言，说："罢哟，我的老先生，你还说我丑呢！我瞧你那个样子也够俊的咧！"青儿说："先生，"刘大人说："做什么？"青儿说："你可倒好，出门子省盘费，有钱无钱都饿不着你。"刘大人说："什么饿不着？"青儿说："你背着口锅走么！"大人说："不要取笑咧。"说罢，青儿带领刘大人进了街门，到了院子里，刚然站住，忽听那竹帘子内有一女子开言，说："青儿，快拿出张椅子去，与先生坐下。"青儿答应一声，翻身进屋，端了张柳木圈椅子放在当院。老大人既为民情，少不得坐在上面。忠良刚然坐下，忽听竹帘之内那女子开言说："先生，算一个属牛的，男命二十七岁，五月十五日生人。"刘大人闻听这个女子之言，说："属牛的，二十七岁，是丁丑年癸卯月己亥日乙酉时，今年是一个白虎神押运，吊客星穿宫，年头不利，大大不好。这个人眼下有性命之忧。但不知现在哪一块？是娘子的什么人？"那女子闻听刘大人这一片谣言，到此时也顾不得许多咧，一掀帘子走出外面，杏眼含泪，说："先生，你再仔细瞧瞧，但不知还有解救无有？"刘大人说："娘子，我山人再与你仔细查看。"

这清官，说话之间抬头看，打量女子貌与容：乌云巧挽真好看，发似墨染一般同。面比芙蓉娇又嫩，小口樱桃一点红。鼻如悬胆多端正，皆因她说话，瞧见糯米银牙在口中。两耳藏春桃环配，杨柳腰肢甚轻盈。裙下金莲刚三寸，十指春葱一般同。虽然是，浑身上下穿粗布，那一种雅淡梳妆动人情。举止端庄多稳重，温柔典雅不轻狂。大人看罢时多会，启齿开言把"娘子"称："但不知，算的是你何人等，说得明白卦①更灵。"女子见问开言道：说"先生留神在上听：方才你算这个命，是奴的，夫主富全是他名。有奴个，姑舅哥哥叫钟老，就是青儿大长兄。他二人商量做买卖，要上那，句容县中做经营。他已出去七八个月，总不见，音信回来到家中。这几天，我心恍惚神总不定，所

---

① 卦(guà)——古代的占卜符号。

以才，请进道爷看分明。”刘大人听罢前后话，说道是：“娘子的心诚我的卦更灵。”

刘大人听毕这女子前后的言词，说：“娘子，这件事，卦中虽有点惊恐，料来大事还无妨。”

列位明公，刘大人是随机应变，见景生情。他老人家私访的事情，并非只这一家，所以说出来的话，都是流口。头里又说有性命之忧，后来又说大事无妨，别当刘大人真会算卦。书里交代明白，言归正传。

清官爷眼望白氏佳人，说：“请问娘子，姓钟的这一位，是娘子的表兄？是令夫主的表兄呢？”女子见问，说道：“爷，是奴家的亲表兄。”大人闻听，说：“这就是了。是你的亲表兄，他二人乃是表大舅、表妹夫一路同行。再者，娘子不放心，何不打发人到你表兄家问问去？”那女子闻听刘大人的言词，长叹一口气，“嗐”道：“爷说起我这个表兄，他吃喝嫖赌，无所不干，把一份家私花了个精光。到而今，上无片瓦，这身下无锥扎之地。他哪来的家？他但凡有个住处，他岂肯把他妹子送在我这里来？”刘大人闻听白氏之言，才知道青儿这丫头，就是她的表妹。大人问说：“娘子，令夫主在家做何生理①？”女子说：“种地为生。”清官说：“这个地还是你们自置的，还是租着种呢？”白氏说：“是我租的。”刘大人又问说：“地主是哪的人？”佳人说：“是北京人氏。”大人说：“你们家种着多少地？”女子说：“种着七十多亩。”清官爷又问说：“这地主儿是姓什名谁？”女子说：“姓……”刚说这个姓字上，把话咽住，往下不肯往下讲咧，拿别的话岔过去咧，说：“交租子都是我夫主交与他们，我可不能知道。”刘大人闻听这女子的话里有话，刚要变着方法套访真情，忽听那女子开言说：“青儿，拿钱打发道爷去罢。”青儿答应一声，去不多时，拿了一百钱，来到刘大人的跟前站住，带笑开言，说：“先生，把卦礼收了罢。”大人闻听，站起身来，他老人家有心不收那一百钱，恐人看破，反倒不好。无奈何，接过来带在腰中。又听那女子开言说：“青儿，把道爷送出去罢。”青儿答应一声，说：“道爷，您两个山字垛起来——您那请出罢！”刘大人闻听青儿之言，他老人家故意儿的用智说：“不好！咦，我瞧你们家这院子里凶得厉害。莫非黑家有鬼闹吗？”青儿说：“呸！好丧气。你们家才有鬼呢！这是怎么说呢！叫

① 生理——这里指营生，谋生之业。

人家怪害怕的，黑家怎么来拿马子呢？不快出去吗？必得等着我推出你去？”青儿说罢，将刘大人送出街门，咯当一声响，将街门关上。青儿进去不表。

再说刘大人出得门来，瞧了瞧，这一家西边是个土地小庙，门对过有个四五棵枣树，门楼子是青灰抹的。刘大人记准，这才迈步朝前而走。

> 这清官瞧毕忙迈步，走着道，前思后想这事情：那女子说话有来历，大有隐情在其中。回到衙门差马快，如此这般探真情。但若得了真消息，立刻锁拿进衙中。与民圆案除祸害，也不枉，乾隆爷的御笔钦点府江宁。为官要不与民做主，枉受皇王爵禄封。刘大人，思想中间来得快，衙门不远在面前存。依旧还打后门进，张禄接爷献茶羹。大人茶罢来讲话：“张禄留神要你听：快传承差陈大勇，本府有话问分明。”张禄答应来讲话，迈步翻身朝外行。

且说刘大人未曾去金陵江宁府上任之先，就知道府衙有一家好汉，姓陈名叫大勇，年有三十五六岁，生得五短三粗，相貌魁伟。他本是武举出身，做过一任运粮千总，因为他押运漕粮①来到通州，遭了漕粮的罣误②，把个千总丢咧。后来无可以为进身之道，所以在这江宁府的衙门当了一名承差。这个人与刘大人办了许多的大事，到后来刘大人提拔此人做到河南襄城的都司。到而今，现在这位陈老爷目下可在军前。书里交代明白，所以刘大人叫张禄去传他。

再说张禄奉刘大人之命，不敢怠慢，来在承差房外站住，用声高叫：“承差陈大勇！大人传你，在内书房立等问话。”言还未了，忽听“哦！”差房中有人答应，走出门来，一同张禄往里而去。不多一时，来至内书房门。张禄说：“站住。且等等，待我通禀大人。”陈大勇门外站立下来。

再说张禄儿掀帘进书房，打了个千，回说：“奴才把承差陈大勇传到，现在外边伺候。回大人知道。”刘大人闻听，说：“叫他进来。”张禄翻身出门，说：“陈大勇，大人叫你问话。”陈大勇答应，走进书房，也打了个千儿，说：“小的承差陈大勇，伺候大人。”大人一摆手，陈大勇起来在一旁站立。大人说：“陈大勇，”“小的伺候。”忠良说：“本府的眼下有一宗未结的公

---

① 漕（cáo）粮——漕运的粮食。

② 罣（guà）误——同挂误，指被别人牵连而受到处分或损害。

案,内有人命干连。皆因那上元县无才,才使良民受屈,倒叫凶徒漏网。本府要不除恶安良,我枉受乾隆爷的爵禄。这件事须得你去,休叫外人知道。但能把此事办成,本府自然另眼相看。”陈大勇说:“这是大人的天恩。”刘大人说:“你赶起更天,到东街上,那有个土地庙,庙东边有一个青灰小门楼,门对过有几棵枣树,紧对枣树那个门里头,你就越墙而过,必得要装神嚎鬼泪之声,见机而做,探听那女子口中之言。但得真情,本府好救店家的性命。务必小心着,千万不可叫外人知道。”“是。”“速速的照我的话办去罢。”这陈大勇答应一声,翻身出房而去。

不表刘大人书房闲坐。再说陈大勇领了刘大人的命令,不敢怠慢,出了衙门,瞧了瞧天气不早咧,眼看太阳归宫,忙忙回到家中,吃了点饭。吃完了饭,就有点灯的时候咧。陈大勇不敢怠慢,慌忙出了家门,要上那东街去,探访那女子的消息。

这好汉说罢不怠慢,迈步出门往东行。一边走着心犯想,不由纳闷在心中,腹内说:“莫非大人去私访?若不然,怎知有个女俊英?女流之辈身软弱,焉能杀人去行凶?依我想来瞎混闹,刘大人,鬼谷麻糖了不成。派我去访那女子,他说是,人命干连在内中。又叫我,装鬼装神将他吓,再听女子口中情。”陈大勇忠勇英名闻名远,东街不远面前存。举目留神观仔细,果有小庙在道东。好汉忙把台阶上,瞧了瞧庙里黑咕咚。也不知供何神圣像,庙门还是紧紧封。复又睁睛往南看,有几棵树,黑夜之间认不清。扭项又朝北边看,小小门楼倒也精。承差看罢时多会,果然与,刘爷言词一般同。好汉侧耳听更鼓,江宁府当当打二更。暗说“我也好行事——这差事,竟和做贼一般同。倘若叫人拿住我,现打不赊转不能。亲戚朋友知道了,往日声名一旦扔。刘罗锅子为难我,他还说,事情成了把我升。下次就派我接皇杠,早晚他,弄我个脖儿冒鲜红!说不的,既当此差由他使,叫上西来不敢东。”这承差,暗恨他把台阶下,来到那门楼的跟前验看明。

第四回　刘罗锅再访白翠莲

好汉陈大勇来到那小门楼底下站住，瞧了瞧，街门关紧，推了推，纹风不动。陈大勇顺着门楼墙往东走，走到东头，朝北一拐，瞧了瞧，东面子的墙比南面子料着矬一点儿。陈大勇留神往四下里一看，可巧北边墙根底下，有一个破砖堆子。好汉瞧罢，不敢怠慢，慌忙上了砖堆子，就够着墙头了。用手扒住，将身一纵，嗖一声上了墙头。他就蹲在上面，举目留神，往院子里头这么一瞧：原来是正房三间，东厢房两间，西边是一间灰棚，紧对着街门，是一个白石灰抹的影壁。望正房屋里一瞧，窗户上透出灯光，却原来尽西边那一间屋内。可喜这家并无有养着狗。陈大勇看罢，站起身形，顺着墙头往北走，走到北头就上了房。顺着房后檐，蹑足绕到西边墙头上，轻轻溜下墙来，脚站实地，一下墙，就是窗户根底下咧。陈大勇站住瞧了瞧，虽有灯光，听了听，不听人声说话。听够多时，忽听屋内"嗐"长叹一声，又不言语了。好汉走近窗下，用舌尖将窗户纸舔破，他才往里观看。

这好汉举目抬头看，打量女子貌与容：愁锁春山眉两道，倒像有，千愁万虑在心中。独对银灯时着枕，借灯光，杏眼更显水灵灵。芙蓉面比丹霞嫩，鼻如悬胆一般同。樱桃小口朱唇点，未开口，想必是糯米银牙在口中。两耳藏春桃环配，乌发恰似墨染成。万卷书，一支儿别住了顶，旁边斜插一丈青。身穿一件蓝布衫，盖着脚，金莲大小未看明。十指尖尖如葱样，手腕上，两个镯子黄澄澄。并无半点轻狂样，那一宗，雅淡梳妆动人情。承差看罢多一会，女子开言叫一声：说"青儿，铜盆儿在哪一块？我要净手告神灵。"佳人言词还未尽，东屋青儿把话云：说"姐姐，铜盆在桌子底下，你拿罢，困得我眼睛难睁。"佳人闻听不怠慢，慌忙下炕站在流平。铜盆内，残水儿洗了洗手，端起桌上那盏灯。这佳人，轻移莲步往外走，原来是外间屋里供奉汉末三分关寿亭。佳人将灯桌上放，一股高香手中擎。未曾上香先祝赞，慌忙跪倒地流平。樱桃小口尊"神圣：保佑奴，在外的儿夫身体宁。再者还有一件事，神圣岂有不晓闻？奴家并非淫奔女，为什么遭逢这事情！供奉尊神为家主，就当护庇把弟子疼，反叫恶人行奸计，这不是，天地有恩神佛都不灵？瞧起来神灵都是假，从今后，谁还肯早晚烧香把礼行？”这女子越说越有气，翻身站在地流平。手端银灯将屋进，放在桌，坐在炕上自捶胸。承差听罢时多会，猜不透其中就里情。心内说：“何不如此这般样，但得实情就好行。”陈大勇想罢不怠慢，找了块破瓦在手中。使着力气往下摞，只听“吧叉”响一声。屋中女子吓一跳，侧耳留神往外听。听够多时无动静，高声开言把话云。

佳人白翠莲听够多时，说：“青儿，醒醒罢。院子里像有人走动呢！”青儿这个丫头，睡了个迷迷怔怔。闻听她姐姐叫她，打东屋里就跑过来，说：“姐姐，人在哪里呢？等着我找咱们顶门的那个杠子，我打这个贼人的！跑到我们家摸索来咧！”佳人说：“青儿，休要莽撞，待我再听听。”白氏说罢，侧耳又听，隐隐听见院子内有脚步之声。白翠莲正言厉色向窗外开言，说：“外面的囚徒听真着！你必是打听我儿夫不在家中，半夜三更入宅，前来要行苟且之事。囚徒，你打错了主意了。奴家并非淫奔之女。你把此心歇了罢。”说罢又听，还是响声不绝。佳人说：“是了，想必是贼人想来偷盗。依我说，你赶早往别处去罢，别要耽误你的工夫。我天天度日尚且艰难，哪有存下的银钱？”说罢又听，院子里更响得厉害咧。女子说：“啊，原来是你。我知道了，你说你死得不明，前来缠绕于我。狠心贼，你想谁是谁非？既然你前来，奴家岂怕一死？待等我夫主回家，见上一面，奴家就同你森罗殿上辩别个明白就是了。”

只听那佳人冲冲怒，向外开言把话明。这佳人，用手一推开言骂：“该死囚徒要你听：你的那，诡计奸谋人难测，奸贼呀，可你行来不可你行？思想起，恨不得吃尽你贼人身上肉，万剐千刀下油烹！待等我，夫主回家见个面，同你去，森罗殿上辨个明白。细思量，奴家并无一线路，叫你囚徒把我坑。”屋中女子说的话，院子里，承差听了一个明。陈大勇外边就装鬼，“呜呜”大叫不绝声。青儿吓得浑身战，体似筛糠一样同。结结巴巴来讲话，说道是：“姐姐留神在上听：怪不得，白日老道说有鬼，果然那，罗锅子的神卦灵。明日再要打这过，请进咱家别放行。叫他捉住这个鬼，贬他在，阴山背后去顶冰。”房中二人说的话，承差句句听得明，说道是：“既然得了真消息，我也好，回禀大人叫刘墉。明早进衙把他去禀，我看他又闹什么鬼吹灯?”陈大勇,复又留神听更鼓,江宁府铜锣打四更。说道是“天气有限我也该走”,慌忙忙,奔到墙下不消停。一纵身形扒上走,咕咚跳在地流平。迈步慌忙朝前走,一路无词到家中。按下承差且不表,再把清官明一明。

且说刘爷自从打发承差陈大勇去后,张禄摆上晚饭,大人用完撤去,献上茶来,秉上灯烛。不多一时,天交二鼓。爷儿两个打铺安歇,一宿晚景不提。

霎时天光大亮,张禄起来,请起大人净面更衣,献上茶来,茶毕搁盏。忽见承差陈大勇一掀帘子进了书房,一条腿打千,这才回说:“小的奉大人之命,到了东街土地庙东边那一家,照大人的言词而行……”就把那女子说的言语,也向大人说了一遍。刘大人点头,说:“记功一次,等明天办事之后,再来领赏。”陈大勇叩谢而去。清官爷眼望张禄,开言说:“方才陈大勇的言词,你都听见了。那女子还要本府去净宅捉鬼。罢罢,既为民情,少不得再去一趟,侦他的根底,好完这一案。”大人说罢,将自己身上的衣服脱下,又换了装作老道家的打扮,依旧打后门而出,打背胡同奔东街而走。

清官出衙不怠慢,刘大人,不辞辛苦为民情。今日又要去私访,好完那人案一宗。怕的是,凶徒漏网屈良善,覆盆①之下有冤情。我刘某,既在此处为知府,必须要把百姓疼。刘大人,正然思想朝前走,猛抬头,一座古庙面前存。山门上刻几个字,大人举目看分明,原来是:伏魔星君圣王庙,前后共有五六层。猛听里面“嗡嗡”响,自显钟声震耳鸣。大人闻听刹住步,腹内说:“何不进去看分明?”清官想罢不怠慢,进了山门把虎目睁:钟鼓二楼分左右,关王大殿正居中。庙内何曾有人影?不见住持道与僧。忠良瞧罢时多会,暗自思想把话云。

大人进了山门,举目一瞧,何曾有个人影儿!忠良看罢,暗自思想,说:“这事真也奇怪。方才本府从庙外路过,只听里面有人撞钟,我自当是念经办会,缘何并无一人?此事大有隐情在内。罢罢,本府回衙自有道理。”大人说罢,翻身出了山门,顺着大街又往东走。

---

① 覆盆——翻过来放着的盆子,里面阳光照不到。形容无处申诉的冤枉。

这清官，想罢出了山门外，顺着大街向东行。不辞辛苦又去访，皆因为，人命关天不非轻。刘大人，转弯抹角急似箭，土地庙在面前存。又到富家他门首，竹板拿出手中擎。咭哒呱嗒连声响，口内吆喝讲《子平》。按下清官来卖卜，单表丫头叫小青。正与他姐姐房中坐，猛听卦板震耳鸣。眼望佳人白氏女："姐姐留神要你听：想必是，昨来的老道又来到，他的神卦果然灵。你瞧他，人头儿有限本事好，玄门法术不非轻。咱何不，叫进他来捉捉鬼，省得黑家闹事情。"

第五回　刘知府设局镇冤鬼

青儿这一会把个刘大人夸了个茂高①，复又说："姐姐，你听听卦板响呢！别是昨日那个罗锅子道人又来了罢？要是他来了，咱们叫进他来，捉捉昨日黑家那个鬼罢，省得半夜里又闹得怪怕的！"说罢，也不等他姐姐吩咐，迈开两只鲶鱼脚，咭哇呱嗒跑到街门的跟前站住，哗啷一声，将街门开放，高声喊叫，说："罗锅子老道爷子，这来罢！"

刘大人正然街前站立，忽听门响，又听见有人叫之声，举目观看，还是昨日那个门里头的那个丑丫头，他叫呢。刘大人看罢，高声答应，说："来了！"说话之间，来到一处。青儿说："进来罢，咱们是主顾。一遭生，两遭熟，是不是？"说罢，青儿在前，刘大人在后相跟，登时来到院内。青儿又把昨那个柳木椅子拿出来咧，还放在原处地方放下，说："坐下罢。道爷，你这个、你这个罗锅子的嘴倒灵。你不说昨日有鬼叫吗？果然我们家黑里闹了半夜。扔了砖，又撂了瓦，把我们的尿盆子也给打咧！今日晚上就无使的。你今好好的给我们捉一捉罢。"大人说："知道。"

清官爷正与青儿说话，则见白氏佳人打屋里出来，站在大人的迎面，说："道爷，你瞧我们这院子，是何物作怪？"刘大人闻听白氏佳人这个话，他老人家就站起来咧，故意的把手往眼上一搁，东一瞧，西一望，拿糖作势的沉吟了半晌，他老人家这才开言讲话，说："娘子，依贫道看来，不是怪物，竟是怨鬼作耗。"白氏闻听吓了一跳，复又开言说："道爷，你瞧是个男鬼？是个女鬼？"大人说："依贫道看来，是个男鬼。年纪还不大，只在这么二十几岁的光景。"女子闻听老大人之言，吓了个粉面焦黄！这刘大人是一边闲说谣言，一边是辨察言观色，瞧见女子这个光景，他老人家早有了主意咧。只听那女子又开言讲话，说："道爷，既然如此，快施法力，将冤魂赶去，恩有重报，义不敢忘，有重重的卦礼相送。"刘大人闻听，开言讲话，说："娘子，像我们出家之人，到处慈悲为本，方便为门。既然如此，快些拿一张高桌来，贫道好画符咒。"白氏闻听，忙叫青儿把屋里那个小

---

① 茂高——极尽赞赏。

一家桌儿拿出来，放在刘大人的面前。大人慌忙把那个小蓝布包儿打开，取出笔砚，放在桌子上面——忠良要套访死鬼名姓咧！眼望女子开言说："娘子，依贫道说，天地间冤仇只可以善解，不可以恶结。这如今山人与你写一套解冤咒，把死鬼的名姓写在上面，到了三更天，多烧些纸钱，连解冤咒，得好而去，再不来作耗。"

这清官，安心要把真情套，要访死鬼姓与名。故意带笑开言道，说道是："娘子留神要你听：说出死鬼名和姓，解冤咒上好填名。超度怨鬼脱生去，宝宅以后保安宁。"女子闻听这句话，不由着忙吃一惊，腹内说："老道要问名和姓，我要说出怕有祸星。欲待不说冤难解，又怕那，半夜三更鬼闹得凶。"女子为难时多会，忽然一计上了眉间。眼望大人来讲话："道爷留神在上听：解冤咒只管从头写，上边空着两个字档①，临烧时等我自己填上名。"刘大人闻听这句话，不由心中吃一惊，腹内说："原来这女子还认得字，果然是：才貌双全女俊英。"大人到此无其奈，只得如此这般行。忠良爷他——虎爪提起逍遥管②，故意纸上落笔踪。写完时，递与青儿拿过去，大人开言把话云，说道是："我再把灵符写几道，门户全贴保安宁。"小青儿，一旁开言又讲话："道爷留神要你听：果然今夜要不闹，我们替你去传名。再者还有一件事，望乞先生把好行：另外把灵符赐我一道，贴在茅厕里镇妖精。邪魔外道不敢进，为得是，半夜里跑肚我好去出恭。"白翠莲闻听忙断喝："青儿呀，满嘴里胡说竟有了疯！快些拿钱休怠慢，打发道爷去做经营。"青儿翻身往里走，不多时，手拿铜钱回里行。大人跟前忙站住，带笑开言把话云。

① 字档——字空。

② 逍遥管——逍遥本指安闲自得，没什么拘束；此处指刘墉用笔娴熟，握笔写文章龙飞凤舞。

第六回　焦素英愤题绝命诗[1]

话说青儿拿着一百钱，来到刘大人跟前站住，带笑开言，说："道先生，咱们这是老价钱，昨是一百，今日是俩五十。像这个买卖，你一天做六十来的遭儿，你就发定了财咧。费了你什么咧？"大人闻听，将钱接过来，把笔砚包好，青儿把大人送出去，将街门闭上，进内不表。

再说刘大人出了富全家门，街上一路无词。来到府衙，依旧打后门进去。张禄接了，进内书房坐下，献茶上来，茶罢搁盏，随即端上饭来。大人用完，内厮撤去，复又献茶。刘大人手擎茶杯，腹内思想，说："方才本府去到东街探访民情，路过关王庙，钟不撞而自响，这件事有些情节，内中必有缘故。"大人沉吟良久，说："有咧，明日升堂，何不如此这般如此这般，如此便见真假虚实。"说话之间，天色将晚，内厮秉上灯烛，一夜晚景不提。

到了次日清晨，张禄请起大人净面，献茶，茶罢搁盏。刘大人更衣，说："张禄儿，传出话去，本府升堂办事。"张禄答应，翻身出去。到了外边，照大人的言词传了一遍。书吏三班，一齐伺候。张禄进内，回明大人。大人点头，慌忙站起身来，朝外而走。张禄跟随，到了外边，闪屏门，进暖阁，升公位坐下，众书吏人等在两边站立。刘大人座上，手拔差签二支，瞧了瞧，上写"朱文周成"，忠良往下开言，说："周成、朱文。""有。小的伺候。"大人说："限你们五天之内，把钟自鸣拿到本府的当堂听审。""是。"说罢，差签往下一扔。周成他拾在手内，向上磕头，说："回大人：这钟自鸣在哪州、哪县、哪府、哪村居住？望大人指示明白，小人好去办差。"刘大人闻听差人之言，连他老人家也不知在何处居住！不过是想理究情，捕风捉影，依仗胸中的才学，还不知道有这么件事、无有这么件事，故意的动怒，说："好一个胆大的奴才！有意的顶嘴，不用本府跟了你拿去？再要歪缠，玩法不遵，立刻将你狗腿打折！""是。"周成是久惯应役，攒里头露

---

① 后第六十七回与本回故事雷同，但人物姓名略有差异，《刘公案》原著如正文。

着比朱文透漏,想了想:"不好,刘罗锅子难说话。再要问他,他就说玩法不遵,拉下去打。好,不容分说,拉下去把眼子打个一撮一撮的,还得去拿。俗语说得好,光棍不吃眼前亏。罢了,算我们俩的月令低,偏偏的叫着我们俩咧。少不得暂且去访,且救一救我的眼子要紧。"想罢慌忙站起来,眼望朱文,讲话说:"起来罢,我知道钟自鸣家的住处。"朱文听说,也就站起来。他们俩连头也无从磕,翻身下堂,出衙而去,不表。

且说刘大人又办了些别的公案,刚要退堂,忽见打下面走上一人,来到公案前,打了个千,说:"大人在上:今有属下句容县的知县王守成,详报人命一案,现有文书在此,请大人过目。"刘大人闻听,吩咐:"拿上来我看。"这书办答应,站起身来,用吐津将文书套润开,双手高擎,递与忠良。刘大人接过,留神观看。

这清官座上留神看,文书上面写得清:上写"卑职句容县,名字叫做王守成。因为人命一件事,卑职开清才敢上呈。小县管,有个秀才本姓鲁,名字叫做鲁见名。家住县西黄池镇,这村中,有个土豪恶又凶。因赌钱,赢去秀才他的妻子,纹银三百事下清。这恶棍,本是一个大财主,'黄信黑'三字是他名。谁知道,秀才之妻多节烈,佳人名叫焦素英。至死不肯失节志,悬梁自尽赴幽冥。留下绝命诗十首,令人观瞧甚惨情。全都开列文书后,大人尊目验分明。"刘大人看到这一句,锦绣胸中吃了一惊,腹中说:"女子竟会将诗作,可见得,文盛南方是真情。"大人沉吟多一会,复又留神验分明。

大人复又留神,后看焦氏留下的诗词:

一首　风雨凄凄泪暗伤,鹑衣①不奈五更凉。
　　　挥毫欲写哀情事,提起心头更断肠。
二首　风吹庭竹舞喧哗,百转忧愁只自家。
　　　灯蕊不知成永诀,今宵犹结一枝花。
三首　独坐茅檐杂恨多,生辰无奈命如何。
　　　世间多少裙钗女,偏我委曲受折磨。
四首　人言薄命是红颜,我比红颜命亦难。
　　　拴起青系巾一帕,给郎观看泪痕斑。

---

① 鹑(chún)衣——指破烂不堪、补丁很多的衣服。

五首　是谁设此迷魂阵？笼络儿夫暮至朝。
身倦囊空归卧后，枕边犹自呼幺幺。
六首　焚香祈祷告苍天，默佑儿夫惟早还。
菽水①奉亲书教子，妾归黄土亦安然。
七首　调和琴瑟两相依，妾命如丝旦夕非。
犹有一条难解事，床头幼子守孤帏②。
八首　沧海桑田土变迁，人生百岁总归泉。
寄言高堂多珍重，切莫悲哀损天年。
九首　暗掩柴扉已自知，妾命就死亦如归。
伤心更有呢喃燕，来往窗前各自飞。
十首　为人岂不惜余生？我惜余生势不行。
今日悬梁永别去，他年冥府诉离情。

刘大人看罢焦氏留下的十首绝命词，不由得点头赞叹，说："真乃红颜薄命！"

众明公，刘大人将这件事，打折子进京，启奏乾隆老佛爷。太上皇见了焦氏的诗词，龙心大悦，说："妇女之中，竟有这样才深之女，可见得江宁府鱼米之乡，诗礼之地。"乾隆佛爷龙心复又思忖，说："土豪黄信黑，实在可恼！"太上皇就在刘大人的本后，御笔亲批："土豪黄信黑，罚银一万两，与焦氏修盖烈女庙。将秀才鲁见名的两手，去其巴掌，与焦氏守庙焚香。"在位明公，有到过江宁的知道，而今焦氏的祠堂现在，此是后话不表。

单言刘大人，虽说打了个折子进京，又办了些别的公事，这才退堂，暂且不提。

再说朱文、周成奉刘大人之命，去拿钟自鸣。二人出了衙门，同到了个酒铺之中坐下，要了两壶酒喝着。朱文眼望着周成说："老弟呀，你知这个钟自鸣家离咱这脚下有多远？他是个做什么的？"周成说："老弟，你这个话问了个精！我知道他家离这有多远？谁知道是个做什么的！"朱文闻听周成这话，说："好哇，敢则你净是闹烟炮！那么着你说你知道？"

---

① 菽（shū）水——豆与水。指所食唯豆和水，形容生活清苦。

② 帏（wéi）——帐子。

周成说:“老弟,你枉当了衙役咧。这件事情,你也不知道闻名,这个罗锅子刘大人有点子难缠。今也不知道哪的邪火,要找咱俩的晦气。你要再问他,他就说你顶嘴咧,拉下去不容分说,轻者十五,重者就是二十。打完了,你还得去拿。这是何苦?白叫他挺一顿。莫若我说知道,咱们哥儿俩下来咧,再另拿主意,不知道做哥哥的,说得是不是?”朱文闻听,说:“有的,真有你的!既是这么着,我倒有个主意。你想,天下的地方大之的呢!哪拿去?再者,他的限期又紧。依我说,左右是左右,我听说句容县唱戏呢,就是咱们这北门外头十里铺,万人愁徐五爷家的戏,好行头,亮瓦一般。咱喝了酒,何不瞧他妈的戏子会去?乐了一会是一会,到了五天头儿上,再另打主意,好去给他哀帮。他要打不是?就咱们俩就给他个趴下,他横是要不了咱的命。”周成闻听,说:“老弟呀,你叫我也无法咧。就是这么着罢。”说罢,他们站起身来,会了酒钱,出了酒铺,一直又出了江宁府南门,上了句容县的大道而来。

两个人说罢不怠慢,径奔句容大路行。周成开言把朱文叫:“老弟留神要你听:为哥跟官好几任,江宁府中我大有名。前任知府好伺候,可惜的撂①了考成。乾隆佛爷亲笔点,来了罗锅叫刘墉。骑着驴子来上任,提打扮,笑得我肚肠子疼。一顶缨帽头上戴,缨儿都发了白不甚红。帽胎子,磨了边咧青绢补,老样帽子沿子宽,五佛高冠一般样,那一件,青缎外褂年代久,浑身全是小窟窿。茧绸袍子倒罢了,不值两把好取灯②。方头皂靴稀脑烂,前后补丁数不清。也不知,是特意儿来装扮,也不知真正家穷。依我说,既穷很该将钱想,换换衣裳也长威风。昨日里,盐商送礼他不受,审官司,总不见罗锅顺人情。要提他,吃的东西更可笑,老弟听我讲分明:从到任,总无见他动过肉,好像吃斋一般同。小内厮,常常出来买干菜,还有那,大黄豆与羊角葱。我问内厮作何用?他说是,‘咯喳小豆腐,大人爱吃这一宗。一月发给钱六吊,我们爷俩,一天才合二百铜。哪里还敢去动肉,要想解馋万不能!单等着,八月十五中秋日,大人给开斋——每人一斤

① 撂(liào)——放,搁。

② 取灯——火柴的旧称。

羊角葱！'"他两个，说着话儿朝前走，迈步如梭快似风。此书不讲桃花店，杏花村也不在这书中。大清小传不多叙，句容县，城池不远眼下横。

第七回　赌博场钟凶自投网

两个人说话之间来得甚快，已至句容县的北门。迈步进城，到了个酒铺里，问了问，说："十字街观音堂唱戏呢。"两个人并不怠慢，一直往南，顺大街而走。不多一时，来到十字街，往东一拐，就瞧见戏台咧。闹哄哄人烟不少。二人来到台底下站住，瞧了瞧，有一个光脊梁的，抹着一脸锅烟子，手里拿着个半截子锄杠，满台上横蹦。周成一见，说："这可是哪一出呢？又不像《钓鱼》，又不像《打朝》。"旁边里有个人就说嘴咧，说："你不懂得这出戏吗？这出就是《灶王爷扫北》，御驾亲征，大战出溜锅。"俩承差闻听，说："这出倒是生戏。"二人说罢，就在台对过条桌坐下咧。倒了两碗茶，忽听那东边有个人讲话，说："二位上差吗？少见哪！到此何干？"朱文、周成闻听有人讲话，举目观瞧，认得是句容县的马快头金六。二人看罢，说："金六哥吗？彼此少见。"说罢，马快金六把茶就挪过来了，三人一张桌儿上坐下咧。金六说："二位到此有何贵干呢？"周成说："一来看戏，二来找个朋友。"金六闻听，说："新近升了来这位罗锅子老大人，是个裂口子，好管个闲事。"周成说："不消提起。也是我们的一难，拐孤[①]之的呢，说不来。"金六说："二位不必瞧戏咧，这个戏也无什么大听头，你那想：六吊钱、二斗小米子、十斤倭瓜，唱五天，这还有好戏吗？不过比俩狗打架热闹点完咧。依我说，上我家里去罢，我家里有个要，是个帛家子，很有钱，我约了两把快家子，还有这观音堂的六和尚，他们四个人要呢。每人二十吊现钱对烧，咱们去看一看。要是咱们的人赢了呢，你那就拉倒；要是他们赢了呢，二位瞧我的眼色儿行事。我递了眼色，你们就动手，抓了色子[②]，诬上这狗日的们，咱们就作好作歹的把他们那个钱拿不了去，就是了。"俩承差闻听马快金六之言，满心欢喜，说："六哥，这敢则是死赢。既然如此，咱们就走。"说罢，三人站起身来，马快金六认了个运气

① 拐孤——指脾气怪，难对付。

② 色（shǎi）子——一种赌具，用木头、骨头制成的立体小方块。有的地方叫骰（tóu）子。

低，会了茶钱，三人这才一同迈步，穿街越巷，登时来到马快金六的门首。

金六把朱文、周成让到屋中，刚然坐下，忽然听炕上掷色子那个年轻的说话咧："金六爷，你还有钱先借给我两吊？一会打店里拿来再还你。"马快金六闻听这个话，过去瞧了瞧——他们的人赢咧！不由得满心欢喜。虽然这小子二十吊钱输净咧，金六知道他还有钱，故意的望着快家子王五说话："王五哥，把你的钱冲出过五吊零，给这朱文哥使一会，朝我吃，管保不错。"快家子王五假装迟疑之相，说："先拿一吊掷着。"忽听那人说："金六哥，何苦呢？碰这么个大钉子。这么着罢：你那打发人到西关里王虎臣家店里，就说有钟老叔要十吊钱呢。"快家子王五说："先拿一吊下注不咱？"马快金六一旁插言，说："二位不认得吗？"用手一指那个年轻的，说道："王五哥，这位就是江宁府的钟老太爷吗！"又一指那一个说："这就是东关里闲木厂的王五爷。都是自己。"王五闻听金六之言，故意的眼望着那个年轻的，说："钟老太爷，恕我眼拙，失敬，失敬。"钟老说："岂敢，岂敢。"马快金六扭项回头说："周大兄，要不你跑一趟罢。到西关外王虎臣家店里，就说钟老叔在我家要钱呢，要十吊钱去。"周成答应一声，望朱文一送目，朱文会意。周成迈步往外而走，朱文搭讪着也往外走，二人一同出了金六的街门，这才开言讲话。

他两个站在街门外，周成开言把话云，说道是："方才耍钱那一个，大不对眼有隐情。虽然他穿戴多干净，瞧他相貌长得凶。一脸横肉筋叠暴，不像良人貌与容。这小子，偏偏他是生铁铸，'钟老叔'三字叫人称。再者是，咱那票上也相对，细想来同姓又不同名。这件事情真难办，咱何不，王虎臣口内去套真情？"二人说罢不怠慢，穿街越巷往前走，无心懒观城中景，出了句容小县城。过了吊桥朝南走，招商店在面前存。正当王虎臣门前站，一抬头，瞧见了江宁府承差人二名。虽然是，府县相隔不甚远，承差时常进县中，所以店家才认识，不过是，点头哈腰这交情。王虎臣，带笑开言来讲话："二位留神在上听：今日到县何贵干？请进小店献茶羹。"二人闻听齐讲话，说道是："特来拜望老仁兄。"三人说罢朝里走，进了招商旅店中。叙礼已毕齐坐下，周成开言把话云："宝店中，住着姓钟人一个，'钟老叔'，三个字是他的名。他如今，现在马快金六家中耍，叫我们来取十吊铜。"店家闻听这句话，他的那，眼望承差把话云："我瞧这小子不成器,早晚间,输他娘的精打精。”周成闻听又讲话:“王大哥留神要你听:莫非与你是朋友?再不然就是好弟兄?”王虎臣闻听人讲话:“二位留神要听明:他本姓钟在江宁住,‘钟自鸣’,三个字是他的名。昨日他二人来下店,住在我的店中存。那一个未有三十岁,不过在,二十六七正年轻。前早一同出门去,他说是,北庄里去看亲朋。到晚上,他独自一个回来了,他说是,那一个亲戚家住下有事情……”店家言词还未尽,俩承差,满面添欢长了笑容。

第八回　上公堂钟凶逞狡辩

两承差闻听王虎臣之言，不由满心欢喜。周成故意地拿别的话打岔，说："王大哥，这么着，咱们闲话休提，说正经的：他这到底还有钱呢？"王虎臣闻听提钱，说："他这还有个十来吊钱，还欠我两吊多钱。要拿，你那给他拿八吊去，我们再算就是咧。"周成说："就是这么着。"王虎臣随即找了个破捎马子，装上了八吊钱，交与周成。承差接过来，辞别了王虎臣。王虎臣送出店门，拱手相别。

朱文、周成一边走着，一边说话。周成说："朱文兄弟，咱们俩无心中竟得了差使咧！这小子既然叫钟老，咱管他娘的是与不是，回去且诳上这狗日的，见了罗锅子去搪一限。再说，省得咱们俩眼子吃苦。"朱文说："茂高何曾不是呢！"二人讲话之间，进了句容县的西门。周成说："朱兄弟，你这如今找了巧趟子。这不是八吊钱吗？咱俩记放在熟酒铺子里之中，回去见了那小子，就说店家不给，说不认得咱俩，叫本人去取呢。就着这工夫，咱们就诳上这狗日的，留着娘的他这个钱作盘缠，岂不美哉！"朱文说："周成哥，油多捻子粗——到底灭不了你。真有你的黑蛤蟆！"说罢，他们俩找了个熟铺子，将这八吊钱记放下，这才迈步往马快金六的门首。

二人朝里走进了屋子，说："店家不给，他说不认得我们，叫他本人去取。"马快金六说："不用了。这会钟老叔捞回来，倒铜呢！"周成走到金六的跟前，用手一捅他，就迈步往外而走。金六后跟，来到院中站住。周成低声说："金六哥，要钱的那个钟老叔，是一股子差使。"他就把奉刘大人之命拿钟老叔的话说了一遍，然后把刘大人的票掏出来，与金六瞧了瞧。金六说："既然如此，等我进去，把家伙拿开，二位一个将门堵住，一个进内去动手，我在里相帮。"周成说："多多借光咧。"金六说："老弟，你说的那去咧！咱们都是一样，一笔写不出俩衙役来。"说罢，他们进了屋子。

众公，要是别处的差人来起差使，必得到县里挂号，这不用。可怎么说呢，句容县离江宁府才六十里地，还算是刘老大人的属下。承差要到了州县的衙门，还都是以"上差"称之，所以不用挂号。书里表明，言归正传。

再说马快拿起色盆子一拉,说:“列位,这么着,歇歇,喝盅酒再掷。”众位明公想理:赢家不理论,巴不得散了呢;输家未免就着急,说:“金六哥,才掷热闹中间,这会喝的什么酒呢!”说话之间,府差周成走进来,打袖子之中,把绳也拿出来咧。来到钟老跟前,哗啷,项上一套,不容分说,把疙疸子拿出来,也插上咧。钟老一见,怪叫吆喝,说:“这是怎么说!为什么勾当?在下并未犯法啊!是咧,抓赌来咧,要叫我打赌博官司,这倒使得。这么着罢,把他们齐大呼的都诳上一场,官司我是打定咧,见了天再说。要想我的亮吗?说个京里口头语你听:‘馅饼刷油——白饶不值’;外带着‘煤黑子打秋风——散炭’。钟老叔自幼十几岁外头闯交,哥们从无这么着花过钱,给我这么大好看。”周成闻听开言大骂。

承差闻听冲冲怒,说道是:“钟老留神要你听:为人不做亏心事,半夜敲门心不惊。蛇钻的窟窿蛇知道,难道说,你的心中岂不明?要打赌博另日再打,且把这,眼下官司去算清。我们奉,刘大人命令来拿你,签票标了个通点红。有罪无罪我们不晓,见大人,当堂各自辩分明。你就是,我们的福星是一般样,省得我,爷们眼子去受疼。”周成说罢前后话,钟老闻听不作声,低头半晌才讲话:“上差留神仔细听:既然是奉票来拿我,国家王法敢不遵?上差想:同姓同名人烟广,莫非今日错上了弓?”周成闻听啐一口:“亮子日的别发晕!是也锁来不是也锁,到江宁,去见尊府刘大人。”钟老闻听口气紧,眼望着,马快金六把话云:“现在有铜钱十七吊,寄放老哥此间存。”复又望承差来讲话:“上差留神请听明:在下广道交朋友,岂不懂世路与人情。我店中还有钱几吊,取来好作盘费铜。我和二位把江宁上,大人堂前我去辩明。如要是,一时短变手头窄,周成就来走一程。拿了去咱们好费用,不过是,略尽在下一点情。难道说,还叫你二位赔盘费?那算我,白闻鼻烟枉交朋!”两承差,闻听有亮心欢喜,登时间,那一宗脸上带笑容。钱能通神真不假,再者是,公门中的爷眼皮儿过松。那见有铜,你瞧他没笑强笑来讲话,改过嘴来咧,说:“钟老叔留神要你听:依我说来这件事,你不必害怕在心中。虽然票上标名姓,无据无证又无凭。见了罗锅子和他去顶,大料要不了你命残生。我俩也是无其奈,他叫西来不敢东。我瞧尊驾是个朋友,自古惺惺惜惺惺。”

说罢慌忙站将起，眼望着，金六开言把话云。

周成站起身来，带笑开言，说："金六哥，天气也不早咧，我们俩还要同这一位钟老叔上江宁府，去见刘大人呢。暂且失陪。"金六闻听，说："周大兄弟、朱大兄弟，没有什么说的，钟老叔是个朋友，多多照应罢。"俩承差闻听，说："那还用说吗。"三人站起身来，往外而走，金六送出街门，回去不表。

再说承差、钟老叔三个人不敢怠慢，及至出了句容县的城，天气也就黑上来咧。虽然是府县相隔不算甚远，五六十里地，天有三更就来到了江宁府。城门也已关闭咧，只得在关厢里找了个熟铺店住了，一夜晚景不提。到了第二天早旦清晨，三人起来，不敢怠慢，一直进了江宁府的南门，穿街过巷，不多一时，来至府台衙门。恰好正当刘大人才坐早堂，周成说："朱兄弟，你同钟老叔在这等等，我进去回话。"说罢，翻身往里而走，来至堂前，下面跪倒，说："大人在上：小人奉大人之命，把钟老叔拿到，现在衙门外伺候。"刘大人闻听，往下开言，说："你们从何处将此人拿来？"周成见问，回说把他们上句容县听戏、误入赌博场前后的话说了一遍。刘大人闻听，说："既然如此，把他带将进来！"周成答应，站起身来，下堂出衙而去。不多一时，把钟自鸣带至堂前，跪在下面。刘大人在座上留神往下观看。

这清官留神往下看，打量钟老貌与容：满脸横肉颧骨暗，重眉两道衬贼睛。两耳扇风败家种，五短三粗相貌凶。身穿一件光棍套，河南褡包系腰巾。头戴一顶黑毡帽，沿边全是倭假绒。鸡腿袜儿土黄布，青缎洒鞋足下蹬。大人看罢时多会，往下开言把话云："家住何方哪州县？或在村中或在城？什么生意何买卖？一往从前快讲明！"钟老见问将头叩："大人青天在上听：我小人，并无生意与买卖，本家就是在江宁。一双父母全去世，家业凋零渐渐穷。我小人，并无三兄与四弟，就只是，有个妹妹叫小青。因我小人无家眷，我妹妹，跟着我表妹把人成。虽然贫穷多守本，奉公守分不敢乱行。今不知犯下什么罪？差人拿我上绑绳。望乞青天从公断，覆盆之下有冤情。"刘大人，座上闻言冲冲怒："胆大囚徒要留神！花言巧语不能够，立时叫你见分明。暂且带下囚徒去——"下面青衣应一声。忠良座上开言叫："值日承差要你听。"言还未尽人答应，堂下面，跪倒承差叫王明。大人上面来讲话:“王明听差莫消停。速速快到东街上,土地庙东边在道东,紧对街门有枣树,石灰门楼一抹青。门上贴着符一道,哪一家有个女俊英。速传女子将衙进,本府当堂问个明。”王明答应翻身去,再表忠良干国卿。吩咐暂且将堂退,少时间,把那女子传来问个明。

第九回　白翠莲传唤递冤状

刘大人座上吩咐："暂且退堂。少时那女子传来，禀我知道。"下面答应。又想一阵，大人退进屏风去了，不必再表。

且说承差王明，奉大人之命，去传东街上的富全之妻进衙问话，他不敢怠慢，迈步如梭，径奔东而来。不多一时，来到土地庙，举目一瞧，果然南边有几棵枣树；又往北一看，真有个青石灰小门楼。看罢，走到门楼底下站住，往上一看，果然门上贴着一道黄符。王明看罢，说："坛子里吹不噔①——有音。刘罗锅子怎么知道这个底细？真真的他有些个鬼谷麻糖的，倒要小心。"说罢，用手拍门，叭叭连声响亮。

且说佳人白翠莲，房中正坐，忽听门声响亮，说："青儿，你去瞧瞧，有人叫门，只怕是你姐夫他们回来了。"众位明公想理：这个小家主儿的院子可有多深？白氏屋内与青儿说的话，承差王明在街门口站着，白氏的言词句句他都听见咧！心中早有鬼吹灯咧！

且不说王明在门外等候，且说青儿闻听他姐姐之言，不敢怠慢，迈步翻身，两只鲶鱼脚，唧哧咕咚来到了街门的跟前站住，望外开言，说："谁拍我们家门呢？"承差王明说："我呀！给你们家大爷带个信来咧。"青儿闻听，说："等等罢，我去告诉我姐姐去。"说罢，高声往里跑，说："姐姐，我姐夫他们带了信来咧！"白氏闻听，说："既然如此，把那一位请进来见我。"青儿翻身往外走，来到了街门以里站住，眼望承差，开言说："那一位大爷，我姐姐请你呢，里头坐着呢！"说罢，青儿在前，承差在后相跟，登时来到屋内坐下。白氏说："青儿，倒茶。"青儿答应一声。

且说承差观看那女子容貌，是怎生的打扮。

承差王明留神看，打量佳人俏芳容：乌云巧挽真好看，发似墨染一般同。两耳藏春桃环佩，杏眼秋波水灵灵。芙蓉粉面丹霞嫩，小口樱桃一点红。两道蛾眉如新月，因开口，瞧见那糯米银牙在口中。十指尖尖如春笋，玉腕上，两个镯子绕眼明。万卷书文儿别住顶，旁边

---

① 不噔——旧时北京庙会上卖的用玻璃吹制的玩具也称噗噗噔儿。

插着一丈青。腰如杨柳迎风舞,金莲三寸绣鞋红。虽然是,浑身上下穿粗布,那一宗,雅淡梳妆动人情。说什么西施王嫱女,貂蝉要比也不能。王明看罢直了眼,歪着脖子不转睛,腹中暗自来说话:"这一个,小样儿真可人疼。但得与我成夫妇,'救苦观音'念万声,辞了差使家中坐,要想我出门万不能。"女子观瞧这光景,不由怒气朝上攻,说道是:"既有书信拿来看,紧自发呆主何情?"王明心中正打算,忽听女子把话言。半晌还过一口气,带笑开言把"娘子"称:"奶奶留神听我讲,有个字帖一看你就明。"说着怀中掏出票,刘大人,朱笔标了个通点红。女子接过从头看,就只是,人命干连那一宗。上写着:"速传白氏进衙中,本府立等问分明。"佳人瞧罢递过去,说道是:"大人票到我敢不遵?上差少容奴打点,一同进府辩分明。"佳人说罢不怠慢,梳妆匣,取出一块帕乌绫,两手一抖头上戴,回手把,素罗白裙系腰中。收拾已毕又讲话:"上差留神请听明:略容片时奴写状,刻骨难忘爷上情。"

白氏佳人说:"上差少容片时,待奴写一张鸣冤的状词,好一同进府见大人鸣冤。"承差这一会,贪看女子的貌美,巴不得多看一会儿,再没有不依的咧。说:"娘子,既然如此,就快写罢。"女子闻听,慌忙打妆奁①之内拿出笔砚,放在桌儿上面,研得墨浓,掭②得笔饱。白氏提笔,刷刷刷,连真带草,顷时之间写完了状子,掖在袖内。王明在一旁观看,乐了个事不有余。说:"不但美貌无双,而且一笔的好字,真真的少有。像我王明,活了这么三十岁,今我才开了左边的右眼咧!"忽又听那女子开言说:"上差,咱也走罢。"王明听说,无奈何,他才站起身来,故意要威唬这女子哀怜央求于他,他这心眼里才一乐,要美这么一美,竟意的"唏溜哗啦",把锁子掏将出来咧。说:"娘子,把这个东西略戴一戴。"刘大人并无叫他锁拿,他心里想着叫白氏佳人央求他,他好送个空头人情。哪知这女子深明大义,绝好的才智,瞧见票上写着"传唤",并不是锁拿,这如今差人要把他上锁,就知道是公差的假局子。女子想罢,眼望王明讲话,说:"上差,把锁递与我,奴家自己戴上就是了。王法敢不遵吗?"王明闻听,拉不回

① 妆奁(zhuāng lián)——女子梳妆用的镜匣。

② 掭(tiàn)——用毛笔蘸墨后,斜着在砚台上理顺笔毛或除去多余的墨汁。

钩咧！只得递过去了。佳人接过，自己戴上，这才迈步翻身，出门而去。白氏回头说道："青儿，好生看守门户，奴家进府见大人鸣冤。"青儿答应，不必再表。

且说承差王明，带定白氏佳人，穿街越巷，不多时来至了府台的衙门。王明打进禀帖，刘大人闻听把白氏传来咧，立刻升堂。刚然坐上，忽见承差王明跪在下面，说："大人在上，小的王明奉大人之命，把东街上土地庙东边那女子传到咧，回大人得知。"刘大人座上吩咐："带将进来！""是。"王明答应，翻身出衙而去。来到女子的跟前站住，带笑开言，说："娘子，见官府咧，须把这锁摘将下来，好跟我去见大人那。"白氏闻听，说："上差，私下开锁可不能。等着我见了你们大人再说，就是咧。"王明闻听女子之言，说："干妈呀，叫你今可顽着了我咧！"说不的，只得带进他去。说罢，王明在前，女子在后，进角门，登时来到堂前。佳人跪在下面，承差打千说："小的王明，把白氏女子传来。"刘大人上面一摆手，王明站起一旁伺候。忠良座上留神往下一看，瞧见是戴着锁，大人说："王明，""有，小的伺候。""叫你'传唤'，为何戴锁呢？"王明说："回大人：他要戴吗。"忠良又眼望女子，讲话说："你为何要戴锁呢？"女子见问，说："大人在上，差人调戏奴家，奴家不允，他就把我奴锁上咧。"刘大人闻听，冲冲大怒，说："好一个可恶的奴才！"吩咐："把王明拉下去，重打四十！"这一声答应，不容分说，把王明拉下去，按在丹墀，把眼子打得是一撮一撮的，把他的那股穷色，也打回去了。

这清官座上留神看，打量女子这形容：一条乌绫头上罩，素罗白裙系腰中。蛾眉紧锁带烟柳，双膝跪在地平川。年纪未有三十岁，不过在，二十六七正年轻。大人瞧罢时多会，认得是，算过命的女俊英。座上开言朝下问："那女子，抬起头来看分明。你的事情我知晓，这内中，几条人命不非轻！"白氏闻听抬头看，认得是，算命罗锅那先生。就知道，大人改扮去私访，忠良报国为民情。佳人看罢不怠慢，磕头尽礼在平川，说道是："犯妇无知瞎了眼，望大人，贵手高抬把我容。"说着掏出那冤状，十指尖尖双手擎："望大人秉正从公办，犯妇女，并非怕死赴幽冥。但只是，儿夫上了句容县，未回转，他不晓其中就里情。奴有心，昨日就要寻自尽，怕的是，夫主回家扑个空。奴死也是含冤鬼，被这囚徒把我坑。内中情由难出口，大人瞧状自然明。”忠良听罢前后话，眼望那，左右开言叫一声：“快些接状本府看，好辨那，浑者浑来清者清。”书吏闻听不怠慢，迈步翻身往下行。接过女子那张状，刘大人，用手接来看分明。

第十回　图钱财钟凶害亲人

刘大人接过那张白氏的状词，闪虎目观瞧，上面写的虽是草字，倒也真着，看是何等言词。

清官座上留神看，字虽了草写得真。上写着："具呈犯女白家妇，翠莲乃是我的名。奴家夫主本姓富，二十七岁在年轻。不幸公婆早去世，奴夫主，下无弟来上无兄。并无经商与买卖，所仗种地务庄农。地主姓王叫王六，跟他舅舅在北京。每年九月将屯下，起租来，坐落却在我家中。谁知道，贼徒王六心不正，奸贼暗用计牢笼。瞧见犯妇容貌美，他暗自，设下牢笼万丈坑。这天三人同饮酒，就有奴家亲表兄，商议着，句容县去做买卖，王六拿本作经营。第二天，俩人起来不怠慢，夫主与表兄上句容。剩下王六家中住，这囚徒，万恶滔天了不成，黑家暗用蒙汗药，犯妇中了计牢笼。拨开屋门走进去，奴家昏迷在梦中。万恶的囚徒真可恼，硬行强奸不肯容。以至犯妇明白了，大人啊，生米已把饭做成。奴家有心寻自尽，做鬼含冤也不清。千思万想寻妙计，要害王六命残生。奴家假意将贼顺，他与奴脱逃要上北京。我们私行离家下，奴预备，一把尖刀在腰中。上元县北关去下店，假说是夫妇人二名。打发囚徒睡下觉，不多时，外面梆铃打三更。奴家见他红了眼，我还岂肯容留情？又怕奴，力小身微刀无力，杀不死贼人有祸星。所以才，对准心口只一下，王六一命赴幽冥。奴的冤仇也算报，就把奴，万剐千刀也愿情。这是一往从实话，半字虚言天不容！"刘大人，座上听罢留神看，往下开言把话云。

刘大人看罢白氏的状词，往下开言，说："白氏，既然如此，你是半夜之中将王六杀死，店门岂有不关之理？你又如何出店？"白氏见问，向上磕头，说："大人在上，那一夜有两辆布车，也下在此店中。又因他五更天起早，店家开门，所以犯妇才混出店外。"大人闻听，说："这就是了。"复往下吩咐："把钟自鸣带上来！""是。"下面之人答应一声。不多时把钟自鸣带到堂前，跪在下面。刘大人座上，眼望白翠莲讲话，他老人家用手把钟自鸣一指，说："白翠莲，你去上前看来，认得这个人不认得？快去认来。"

白氏闻听，不敢怠慢，翻身站起，来到钟自鸣的跟前一看——不是别人，正是他表兄。这会也顾不得回大人话去咧，说："老哥，你同你妹夫上句容县，怎么光自你回来咧？你妹夫怎么不来呢？未不知你又办何事，来到公堂？"钟自鸣闻听，说："表妹呀，我那妹夫早家来了好几天咧，怎么倒来问我呢？"二人在下面说话，刘大人在上句句听得明白，就知道既有此人必有缘故。眼下白氏的男人又不知去向，定是钟老图财害命。怪不得钟不撞自鸣，原来是这囚徒的身上。大人想毕，在座上故意的一声断喝，说："白氏，你到底认得不认得？"白氏见问，向上磕头，说："大人，这就是同奴夫主上句容县去的我表兄。"大人闻听微微冷笑，复又往下开言讲话，说："钟自鸣，白氏之夫富全，你们俩一同去，因为何不一同回来？这是什么缘故呢？"钟老儿见问，说："回大人：我妹夫说家中有事，他就先回来咧，小人遇见了几个朋友，留小的住了几天，因此我小的来迟。"大人闻听，说："你这话说得倒也有理。抄手问贼，如何肯招？"吩咐左右："与本府夹起来再问！""这！"下面一齐答应，登时把夹棍拿来，当堂一摞，响声震耳。钟老观瞧，把魂都吓冒了！自已思想说："闻名这个罗锅子，就是苏州蛤蟆——南蟾（难缠）。再者，我害命又是真，有心不认，枉自皮肉受苦，倒不如早早招承，留下他娘的这两条好腿，就是做鬼，到了阴间里抢个江水喝，我比他妈的跛鬼跑得也快些。"也是命该如此，想罢，向上磕头，说："大人在上，不用夹，我小人、小人招了就是咧。"刘大人在座上闻听，微微冷笑，说："招将上来。"钟老向上磕头，说："大人容禀。"

钟老儿下面将头叩："大人留神在上听。小的姓钟江宁住，钟老原来是小名。还有王六人一个，在先他也住江宁。他的那，一份家财全花尽，后来投亲上北京。有他个，娘舅现在前门外，金鱼池内开窑子，算他是个大财东。王六在那挡过横，后来发财上金陵。在这置了几亩地，年年他来把租价清。前者九月将京下，住在富全他家中。瞧见我表妹生得美，王六定了计牢笼，蓦地与我同商议，一心要，图谋白氏女俊英。事成谢我银一百，我小人，一时之间心不明。我说'此事怎么办？富全未必肯依从。'王六闻听小人话，他说是：'有条妙计在其中：明日三人同饮酒，假说商量作经营，就说我拿银五百，搭伙同心把利生。句容有座小酒铺，就说是，人家要倒我财东。'叫我诓他去瞧看，半道要他命残生。先给我银二十两整，事完之后再找零。富全上了我俩的当，第二天一同上句容。大道之上难动手，来往不断有人行。无奈同到句容县，下在西关客店中。第二天，诓他出店闲去逛，到了荒郊野外中。漫洼里偏有窑一座，诓他进去看分明。他在前面我在后，他不防，一条绳子套在他脖项中。往后一背难禁受，他的那，手又刨来脚又蹬。不多一时断了气，我才把他放流平。小人举目留神看，可巧窑中有个坑。我小人，就把富全扔在坑，上边又用浮土蒙。我只说，此事神鬼不知晓，谁知道大人有才能。也是我，暗损阴德天不佑，死后江宁留骂名。这是小人真实话，但有那，半句虚言天不容……"钟老言词还未尽，这不就，气坏一边女俊英，用手一指开言骂："杀剐囚徒了不成！你竟是，人面人皮畜生种，衣冠禽兽一般同……"佳人言词还未尽，忽听那，刘大人开言把话云。

第十一回　恶徐五强抢周月英

刘大人座上开言，说："钟自鸣，我把你这万恶的囚徒，因为你图财害命，为二十两银子，弄了两条人命！地主王六这小子，死之有余，杀得好，很该杀。但只是富全无故丧命，令人可惨。"大人说罢，又叫："白氏。""有，犯妇伺候。"大人说："你虽然是持刀杀人，应该偿命，奈因你夫主无故遭凶，你又被囚徒暗欺，其情可宽。钟自鸣图财害命，又助恶行奸，罪加一等，应当剐罪。地主王六，无故谋奸良人之妇，又计害人命，死之有余。"大人判断已毕，又叫白氏"暂且回家，等候领尸，埋葬富全的尸首。从今以后，好生紧守闺门。去罢。"白氏叩头谢恩，出衙回家不表。

再说刘大人随即派了江宁的知县，带领凶手刨验尸首，交与白氏领去葬埋。谁知白氏葬埋他夫主之后，也就自尽而亡。刘大人将这件事启奏乾隆老主。在位明公有到过此处，知道到而今白氏的牌坊现在，书里表过。

再说刘大人吩咐："提上元县的知县问话。"承差答应，翻身下堂。不多时，把上元县刘祥提到，当堂行参拜之礼，在一边站立。刘大人堂上开言，说："上元县令。"知县说："卑职刘祥伺候。"大人说："你知罪么？"刘祥说："卑职庸愚无才，在老大人台前领罪。"刘大人闻听微微冷笑，座上开言。

这清官座上开言道："知县留神要你听：既然初任将官做，必须要把百姓疼。常言道，官为父母民为子，岂可贪赃留骂名？再者是，人命关天非小可，屈打成招也忍行？若不亏，本府当堂亲审问，岂不就，屈死良民李店东！你的德行今何在？怎么想为官往上升？坑民犹如父杀子，我问你：你养儿女疼不疼？不看你十年窗下苦，立刻摘印要考成！以后为官要勤慎，一秉丹心与主尽忠。本府方才说的话，随你爱听不爱听，再有一遭犯到我的手，管叫你，脑袋瓜子长不成。"知县听罢浑身战，吓得他站着出了恭。只听啪啦一声响，——他闹了一裤子屎，江宁府堂上臭烘烘。大人吩咐回衙去，刘知县，磕了头连尿带屎往外蹭。清官上面又吩咐："快提店家到堂中。"下役答应往外跑，不多时，带进店家跪流平。不住只把响头叩："青天大人在上听：若不亏，公祖从公细断此，焉有小人命残生？民子无可以为报，愿大人，位列三台往上升。"忠良开言往下叫："李有义留神要你听：与你无罪休害怕，皆因那，上元县无才你受屈情。从今回家要谨慎，安分守己作经营。"有义当堂将头叩，千恩万谢转回程。刘大人，判断上元头一宗，轰动金陵一座城。有义回家不必表，再把那，干国忠良明一明。

刘大人堂事已毕，吩咐点鼓退堂。下役答应一声，鼓响一阵，大人退进屏风去了。到了内书房中坐下，张禄献茶，茶罢摆饭。大人用完，内厮撤去家伙。不多一时，秉上灯烛，一夜晚景不提。

到了次日早旦清晨，大人起来净面更衣，茶饭已毕，立刻升堂。闪屏门，进暖阁，升堂位坐下。下役喊堂已毕，两旁站立。刘大人才要断未结的民情，忽见从角门内慌慌张张走进一人，来至堂前跪在下面，手举呈词，说："大人在上，民子有屈情冤枉，叩求青天大人与小民做主。"说罢，叩头在地。刘大人闻听，吩咐两边："接状词上来。"书吏答应，翻身下堂，把那人的状词，接来递与忠良。忠良大人接过，举目观看。

清官举目留神看，字字行行写得清。上写着："小的民人周国栋，家住江宁府正东。村名叫做周家务，离府不过十里零。小人跟前有一女，奶名叫做周月英。今年才交十六岁，还未出嫁在闺门。府西北，有一座王家的镇，那村中，有我小人一亲朋：姓王名叫王自立，是我小人的亲岳翁。王家镇，四月初一香火庙，来接小女周月英。那时节，打发我小舅子人一个，来到周家务我家中。收拾已毕同他去，接去小女周月英。小人的，女儿骑驴头里走，后跟我小舅叫王洪。此去路过十里堡，那村中有个恶棍广行凶：姓徐名字叫徐五，'万人愁'就是他的名。小的女儿打他门前过，徐五瞧见不肯容。拦住毛驴硬动手，抢去女儿周月英。王洪吓得回来跑，来到我家把信通。小人闻听无其奈，只得在，大人台前把冤鸣。望乞青天与民做主，速拿徐五进衙中。小民无可以为报，愿大人，位列三台往上升。"大人看罢状词话，腹内暗说："了不成！"

有人说，你这个书说离了。而今我国大清，焉有这样不法之徒？你净是撒谎。回明众位明公的大驾：乾隆五十五年，打南边拿过一起英雄会。

这一会，共十八个人，个个全都有绰号。为什么拿他们呢？众位明公想理：他们所做所为的事情，要是瞧见人家的妇女好，说抢就抢；要瞧见哪一家富足，硬去借贷，要是不借，动手就抢。明公想理究情，到而今，我国大清的王法，焉容这般凶徒做恶？所以把他们拿了来，与南边的百姓除了大害。乾隆爷的圣谕也好，不杀他们，吩咐把他们这十八个人，拨在九门，一个门头上二个，每人每一面枷号，重一百三十五斤，钉糟木栏。平则门①这两个，一个叫花刀苗四，一个叫立地太岁乔七；宣武门这两个，一个叫黑虎王贵，一个叫金翅大鹏鸟徐虎。这个徐虎就是万人愁的当家侄儿，方才周国栋告的就是。书里交代明白，言归正传。

且说刘大人看罢这状上面的言词，说："竟有这样无法的恶棍！本府要不早除，恐怕此处民受害匪浅。"大人想罢，往下开言，说："周国栋，""有，小民伺候大人。"大人说："你暂且回家，将呈词留下，等三日之后，把徐五传来，当堂对审对词，但有一句虚言，管叫你难讨公道！""是。"周国栋叩头答应，下堂出衙，回家不表。

再说刘大人，才要退堂，忽见打角门以外，又进来了老少三人：一个个是泪眼愁眉，手擎状词。来至堂下，一齐跪倒，说："大人在上，小民等有无限的冤枉，望乞青天与小民做主。"说罢叩头在地。刘大人一见，吩咐："接状上来。""是。"这手下的人不敢怠慢，将他们三个人的状子接过来，递与大人。大人拿起观看。

清官座上留神看，呈词上面写的真。大人看罢多时会，故意的眼望三人把话云："你们呈词我看过，告的都是姓徐人。本府的堂前从实讲，再把那，恶棍的行为对我云。但有一言虚假处，立刻当堂打断筋！"三人见问将头叩，"大人"连连尊又尊。这个说："小的名字叫刘五，离城八里有家门。村名叫做黄池镇，小人就是那村民。府城北边十里堡，这村中，有个恶棍特欺人。横行霸道无人惹，手下豪奴一大群。恶霸名字叫徐五，'万人愁'外号儿就是此人。瞧见我的房屋好，假契一张，说小的借过他的五百银……"刘五言词还未尽，那个开言把话云，说道是："瞧见小民田地好，硬割在家坑小民。"那个说："小人因为把租欠，打死我爹叫狗吞。"三人言词还未尽，这不就，气坏忠良刘老大人。

---

① 平则门——应为平贼门，即阜成门。

第十二回　巡抚子倚势行霸道

清官爷在座上闻听他三人的言词，与呈词上一毫不错，忠良说："你等暂且回家，五天后听传候审。""是。"三人叩头，站起出衙，回家不表。

且说大人这才退堂，回到内书房坐下，张禄献茶，茶罢搁盏。刘大人眼望张禄，开言说："你出去把书吏和英传来，本府立等问话。"小厮答应，翻身而去。不多时，把书吏和英传进内书房。见了大人，打个千，在一旁站立。忠良眼望书办，开言讲话，说："这江宁府北门以外，十里堡有个万人愁徐五，你知道这个人不知道？"和英说："大人，要提起这个人来，无人不知，无人不晓得。他父亲徐昆，做过一任云贵的巡抚，早已去世，膝下就只是这徐五一个。上三年以前，徐五捐了个监生。"刘大人闻听和英之言，复又讲话。

这清官闻听和英话，启齿开言把话云："既然知道他根底，本府跟前快讲明。"和英闻听清官话，说："大人留神在上听：要提徐五所为事，无法无天了不成。手下豪奴无其数，个个全有外号名：一个叫鬼头太岁于文立，一个叫白花蛇郑青，张三名叫黄蜂尾，孙八外号儿叫鬼吹灯，还有管家于文亮，是个秃子，外号叫金头蜈蚣大有名。这些人横行霸道无人惹，大小衙门有人情。前任知府王太守，就是在此人身上把官扔。"大人听到这句话，不由心中动无名。说道是："此处离京不甚远，焉有这般胆大的人！空有文武在此驻，个个装哑又推聋。我刘墉今日既然接了状，少不得秉正忠心与主尽忠。这一个四品的知府我不要，定要治倒万人愁。"清官又把和英叫："你快把大勇传来有事情。"和英闻听不怠慢，迈步翻身往外行。不多时把承差叫进书房内，陈大勇打了千儿，一旁站住把话云，说"大人传小人有何事？"刘大人闻听长了笑容。

大人说："陈大勇，本府瞧你是一条好汉，再者，你又是科甲出身，又做过一任送粮千总，本府瞧你这个人又耿直，又义气，本府待你比别人如何？"陈大勇闻听刘大人这个话，又打了个千，说道："大人的恩典，小的深感。但有用小人之处，就是泼汤赴火，万死不辞！"忠良闻听，不由哈哈大笑,说:"既然如此,听我吩咐。"

这清官眼望承差讲话:"大勇留神你要听明,本府如今要去私访,为得是硬抢妇女这件事情。恶棍名字叫徐五,'万人愁'就是他的名。家住城北十里堡,这恶棍大小衙门能。前任知府他弄掉,乾隆御笔钦点我刘墉。我今要到十里堡,乔装改扮访民情,未不知你可敢保我,无事无非转江宁?但能除恶圆民案,本府保举你个前程。"陈大勇闻听忠良这一席话,一旁开言把话云:"别说一个贼徐五,就有仨俩也稀松。不是小人说大话,敢保大人走一程。"忠良闻听心欢喜,眼望张禄把话云,说道是:"快些将我便衣取,我今要去访民情。"张禄闻听不怠慢,开皮箱,把大人包袱手中擎。放在床上打开看,原来是,衣服鞋袜在其中。有一件茧绸袍子年代久,未必当出二百铜。皂布夹套精窄袖,浑身全是小窟窿。白布夹袜口袋同,大裝粗布倒也精。皂靴一双足下蹬。还有一件白布衫,里面有袋扎腿带,两块毛竹底下横。复又留神仔细看:还有一本《百中经》。承差瞧罢多时会,好汉心中也已明,必定要把先生扮,搂局卖当讲《子平》。陈大勇正然心纳闷,忽听大人把话云。

刘大人说:"陈大勇。""小的伺候大人。"忠良说:"今日你既然保我前去私访恶人徐五的消息,本府改扮个算命先生,你把这个衣服换上一换,才好下的去呢。休叫恶人看破,反倒不便。你在那远远跟随,暗自保护本院,休露形迹。""是,小的知道。"大人说:"你也就改扮罢咧。此出速快为妙,回来打后门而进,休叫外人知道。"陈大勇翻身而去。

再说刘大人并不怠慢,站起身来,将自己身上衣服脱下,搁在一旁,张禄收起。大人先就将白布夹袜、青布山东皂穿上,又把那个粗布白布棉袜穿上,然后将六十六文钱茧绸袍子与那个是青布粗夹褂子穿上咧。把那一顶磨了边、补着顶子、缨子发了白的秋帽儿也戴上咧。用那个蓝布小包袱,将那块毛竹板和那一本《百中经》,也包上咧。诸事已毕,刚然坐上,忽见陈大勇走将进来。刘大人举目观瞧他是个怎么改扮。

清官举目留神看,打扮承差改扮形:缨帽摘去把毡帽戴,袍套不见少威风。身穿一件粗布袄,一条褡包系腰中。足下是,蓝布鞋来土黄布袜,不见靴子足下蹬。原来是乡民的样,还有那,一杆粪叉手中擎。刘大人,看罢不解其中故:"手拿此物主何情?"承差见问腮含笑，说："大人留神在上听：我小的，空手相跟怕人看破，假装捡粪不露形。"忠良闻听心欢喜，说："就是如此这般行。"大人说罢往外走，张禄说："蓝布包袱手中擎。"爷仨并不朝前走，径奔后门快如风。转弯抹角来得快，后门不远面前存。小内厮，慌忙开放门两扇，刘大人，接过包袱往外行。承差后面紧跟定，官役两个要访民情。忠良回头频嘱咐："张禄儿，诸事留神要用心。"小子答应说"知道，不用大人再叮咛。"内厮关门不必表，再把忠良明一明。迈步当先朝前走，承差后面捡粪行。穿街过巷急似箭，顷刻间，出了江宁一座城。一心不上别处去，径奔十里堡大路行。大人走着心犯想：此去难定吉共凶。倘要恶人来看破，有大不便在其中。说不得，仗主的洪福臣的造化，我刘墉，凭命由天闯着去行，就是龙潭并虎穴，刘某也要看分明。此来不访真情事，怎与黎民把案清？刘大人，思想之间抬头看，十里堡就在眼下横。

第十三回　察贼情刘墉进徐宅

且说刘大人思想之间，来到十里堡，进了村头，举目一瞧，路东有一座茶馆。大人瞧罢，走将进去，拣了个座儿坐下。跑堂儿一见，不敢怠慢，慌忙倒了茶来。忠良一边吃着茶，一边侧耳听众人说闲话，暂且不提。

且说后面的承差陈大勇，瞧见大人进了十里堡路东那一座茶馆，好汉观瞧，并不怠慢，随后也进了十里堡的街，在路西里有个关了的铺子，雨搭排子底下，坐着吃烟等候，不表。

单说刘大人一边吃着茶，一边侧耳留神，细听众人讲话。忽听东边那个桌上有两个说笑，自见东边坐着那个人，向西边那个人说："老三，你听见咱们这昨日那个新闻没有？"西边那个人就问说："什么新闻？"那个人说："就是咱们这北头住的，万人愁徐五太爷他家里，净小女人有十三四个，自有多的。他心里还不足，昨日个骑驴的女子，打东往西而走，有个十七八的小伙子跟着。本来的，那个小模样子长了个茂高，刚到徐五太爷的门口，可可的被这位爷出来看见咧。不容分说，大伙把个女子抢进去咧，吓得那个小伙子往回里好跑。你说，这不是无法无天？"西边那个人说："你自知其里，不知其外。提起这个徐五太爷，你也不知他的根底。他父亲叫徐昆，做过一任云贵的巡抚，告老带职还家。膝下就自徐五一个。后来他父一病而终，挣下的良田千顷，家财万贯，府县之中很有脸。连咱们这总督大人，他都有个穿往。徐五儿倚仗着这个势力，是横行霸道，无所不为，无所不干。他还有一身的好本事，全挂子的武艺，手使两柄双拐棍，有这么三五十个人也不能到手。他还有个盟弟江二，外号叫做渗金头，这小子更硬梆，手使两把双刀，也可以招架个三几十个人。你想，谁敢惹他们？私下讲打罢，不是他们的对手。你说是打官司罢，好，更打的他们的叫儿里咧。别说你我，咱们这里前任的知府王大老爷怎么着？不是收了告他的状子了吗？王大老爷派了几个差人拿他去了。这一拿，扣的缸儿里去咧，叫徐五爷把差人吊起来，打了个啃土。后来听见说，差人们倒磕了回头，徐五爷才把他们放了。你打量光放了差人就依了这件事咧吗？厉害之呢！暗里回乡的弄了个人情，把一位王老爷弄得家去抱孩子去了，把个官也丢咧。闻听说新近升来的这位知府，说是乾隆爷御笔钦点。这位爷外号叫刘罗锅子。这位老大人，大大的有个听头儿。不怕势力，业已到任这么些日子了，怎么总不见他老人家个动静？莫非也怕徐五的势力不成吗？"那个人说："这是什么话呢！这会的世道，谁没有个鼻子耳朵？刘罗锅子岂不知道前任的知府叫他弄丢咧吗？他还敢惹他？他要惹恼了徐五爷，徐五爷弄个手法，刘罗锅子也是家去抱孩子去咧！"刘大人在旁边吃着茶，闻听这个话，把位清官老爷的个肚子，气了个一鼓一鼓的，腹内说："罢了，罢了，真正的可恶！"大人正然发狠，忽听那西边也有人讲话。

　　这清官侧耳留神听仔细，纷纷不断话高声。这个说："咱们这江宁的官难做，须得随脱加人情。"那个说："前任的知府王老爷，他与徐五爷拉硬弓。"这个说："王知府，哪有徐宅势力大？一封字儿治得回家抱孩子。"那个说："提起徐宅真厉害，横行霸道了不成。"这个说："徐五要瞧见好端女，当街拉住硬上弓。"那个说："凭从他人行万恶，此处的官员装耳聋。"这个说："闻听这位新知府，乾隆爷御笔钦点到江宁。"那个说："外号叫刘罗锅子人人赞，官讳名字叫刘墉。闻听说，这位爷的根子硬，不怕势力断事清。也已到任有几个月，怎不见，惹一惹，十里堡的徐监生？刘罗锅子必定也是害怕，他也是，各保身家不尽忠。素日的清名全是假，过耳之言不可听。刘知府，哪有徐宅的手眼大，大管家，于秃子，皱皱眉头他的知府扔。"刘大人听罢前后话，这不就，气坏忠良人一名。

刘大人闻听众人这一片言词，气了个目瞪痴呆，腹内说："罢了，罢了。徐五爷果然万恶非常。本府要不拿了这个恶棍，此处的子民受害匪浅。"说罢，大人站起身来，会了茶钱，迈步出了茶馆，把毛竹板打了个连声所响，口内吆喝："算灵卦呀，算灵卦呀！"忠良这才朝前所走。

　　这清官吆喝忙迈步，大人一直向前行。卦板敲得连声响，口内吆喝讲《子平》："周易文王马前课，六爻①之中定吉凶。《麻衣神相》分贵贱，善断富贵与穷通。大运流年瞧月令，嫁娶合婚我也能。净宅除邪咱也会，斩怪捉妖大有名。"刘大人，本事有限刚口硬，一边吆喝一边行。按下大人吆喝走，再把那，吃烟的承差明一明。瞧见大人出了

① 爻（yáo）——组成八卦的长短横道，"—"为阳爻，"— —"为阴爻。

茶馆，他也就，站起身来不消停。粪箕儿慌忙拿在手，搭搭讪讪后跟行。按下承差陈大勇，再把那，为国的忠良明一明。吆喝迈步朝前走，猛抬头，一座大门眼下存。门前两棵大槐树，骡马成群闹哄哄。门下放着两条凳，那上边，列位豪奴十几名。大人正把贼宅看，忽见那，大门内，跑出个小小子把话明，用手一招把先生叫："快来罢，我们爷要讲讲《子平》。"忠良闻听不怠慢，迈步慌忙往前行。来到门口刚站住，有一个家奴把话明。

刘大人刚到大门以前，还未站住，又见一个家奴站起身形，眼望着叫大人的那个小小子，讲话说："八十儿，你进去罢，等着我把这位先生领进去。"回："是咧！"那个小子答应一声，翻身往里面去。

且说方才讲话的这个家奴，姓赵名六，外号叫白花蛇。这小子来到刘大人的跟前站住，说："先生，我有句话先告诉你：一同进去，见了我们爷，可要你小心着。"大人闻听家奴之言，说："多承指教。"说罢，家奴赵六带定忠良，往里而走。刘大人一边里走，一边里留神观看。

清官这里留神看，进了贼宅广梁门。绕过照壁是甬路，里边款式不寻常。东西厢房分左右，正当中，安着屏风四扇门。清官爷，跟定赵六往里走，进了二门细留神：五间大厅在迎面，汉白玉台阶恰似银。再往里瞧看不见，不知道，后面屋房浅与深。赵六儿，不肯把大人朝后带，大厅东边有个角门。一直穿过往东走，另有座，小小的书房可爱人。门上贴着一副对，字字清楚写得真。左边是："懒去朝中登金阙①"，右边是："逍遥林下胜朝臣"。横批是："万古长春"四个字。门里边，异草奇花栽满盆，刘大人还未将门进，白花蛇赵六开言把话云，说道是："你在此处等一等，我好进去见主人。"忠良答应说"知道。"赵六迈步就翻身。站在门外朝里看：天棚搭在当院中，上好鱼缸当中放，青花白地可爱人。还有那，金毛小犬汪汪地咬，铜铃挂在脖项中。只听里面雀鸟哨，唧留扎啦各样音。大人看罢忙迈步，溜进书院一座门。忠良站在台阶下，往里举目细留神。则见那，正面坐定人一个，年纪不过在三旬。五短三粗中轴汉，孤拐脸上带青筋，西瓜皮儿小帽头上戴，大红穗子在上边存。身穿一件细面袄，仔细瞧，宝

---

① 阙(què)——此处指皇宫门前，大臣们上朝等候的楼，也泛指帝王的住所。

蓝二串时样花，青缎子坎肩外面套，洋绉的褡包系在腰。腰中带着子儿表，所为早晚看时辰。刘大人，外面正观还未尽，忽听那进去家人把话云。

第十四回　陈大勇夜探虎狼窝

老大人于外面正观未尽，但见先进去的那个家奴，打一旁走至恶棍徐五的跟前，打了一个千，口尊："老爷在上，小的奉爷之命，把外边那个算命的叫了来咧。现在书房门外伺候。"徐五爷闻听一摆手，赵六进来，一旁站立。徐五说："叫进他来。""是。"赵六答应一声，翻身往外而去，来到刘大人的跟前站住，说："先生，小心着点好。跟我进去。"大人答应，跟定赵六上台阶，进门走到恶棍徐五的跟前站住。

列位明公：刘大人按天星下界，乃大清的臣宰，焉肯与恶人行礼？故意的把手向徐五一拱，说："官长在上，生意人有礼。"徐五这个人，连身也无欠，大大的架子，说："拿个座来。""是。"手下人答应一声，慌忙搬过张椅子来，放在下面。大人一见，又把手向徐五一拱，说："生意人谢坐了。"言罢，大人坐下。恶人徐五眼望刘大人，开言说："先生，你今给我算一个，属鼠的，八月十五日戌时生。你可细占算占算，眼下目今怎么样？"大人闻听徐五之言，故意地把那小蓝布包打开，拿《百中经》看了一遍，说："官长今年二十九岁，丁亥年①、癸丑月、己卯日、己亥时，这内中有天元二德，脾气呢，暴一点，好比作一张桑木弓，宁折不弯，不惧势力，也不欺贫穷。眼下的有点低微，不大顺当，过了二十七了，交了四月节，就平安了。"

徐五才问话，忽见看门跑将进来，到了徐五跟前，说："老爷，今有江二太爷拜望，在门外。"徐五闻听，说："有请。""是。"看门答应，翻身而去。去多时，渗金头江二进来。徐五迎出门外，带笑说："老二来了。"二人往里而去，进了屋，分宾主坐下。家人献茶，茶罢搁盏。江二才要说话，一抬头，瞧见刘大人坐在下面。江二把大人上下打量打量，说："五哥，这一位是哪来的？"徐五说："算命的先生。愚兄正算，不料仁兄来咧，把我话掇了。"江二说："很好，五哥你白闯了咧。你认得这个老先生吗？"徐五说："老二，你这话从何说来呢？算命要认得不认得何妨？劣兄不认得他。"

---

① 编者按，属鼠的不应该是丁亥年，此处应为作者误。

江二说："却原来你把他真当算命的！五哥，拿耳朵来，听我告诉与你。"

江二带笑开言叫："五哥留神要你听：他本是，金陵城内一知府，乾隆爷，御笔钦点他府江宁。外号叫，刘罗锅子人人晓，北京城中大有名。他今日，定是假扮来私访，依我说，多大职分就作精。非是小弟全知道，有了缘故在其中。皆因那天我闲逛，无心中，到了接官那座亭，瞧见他，骑着驴儿来上任，相貌形容我记在心。所以一见我就知道，他竟是，改扮算命哄于兄。"徐五儿，闻听此话冲冲怒，站起来，眼望大人把话言："你竟是，假扮私行来访我，要你实说这事情！若有花言并巧语，想出门槛未必能！"刘大人，闻听恶棍前后话，故意吃惊把话云："我乃是真正江湖客，岂不错认知府公？君子想，同姓同名人烟广，常有同貌与同容。"江二旁边来讲话："假先生留神要你听：大料着，新到江宁也不久，焉知盟兄大有名。他的父当初做巡抚，乾隆爷驾下的卿，膝下缺女只一子，就是这，徐五太爷这一人。良田算来有千顷，万贯家财别当轻。江宁府，大小官员有来往，书吏三班上下通，知府知州全纳近，总督还是论弟兄。留神仔细从头想，岂怕你知府这前程？京都六部亲眷广，又有势力又有名。依我你今说实话，咱们倒，留下一个好交情。二指大的帖京中去，管叫你，眼下就此往上升。你要不说实情话，想出门外万不能！"

江二说："刘知府，你要说了实话，咱们留下一个好儿，大料徐宅也不算玷辱于你。"大人闻听江二之言，说："君子不要错认了人。我要是知府，我好应知府，在下岂肯冒称官长？"江二闻听冷笑开言。

江二闻听微冷笑："罗锅留神要你听：与你善讲不中用，你不到黄河不死心。"刘大人，闻听江二前后话："君子留神在上听：赖我江湖是知府，满腹冤屈难死人。"徐五儿，座上闻听冲冲怒，往下开言叫一声："小厮儿等别怠慢，快把他，带我后面空房中。暂时且别将他放，要容他，回到江宁又费工。这个想头真不小，竟到我家访事情！靠你是，四品知府能多大？徐某的，跟前来闹鬼吹灯！"恶棍越说越有气："小子们，快些拿他莫消停！将他带在空房内，少时等我去问他，非离吊打不招承！"手下人等不怠慢，似虎如狼往上拥。大伙围住清廉客，拉拉扯扯往外行。穿门越院朝后走，不多时，来到后院空房中。忙把大人推进去，扣上镣铞用锁封。众多家奴来回话，徐五儿，眼望江二把话云："这如今，虽然将他来治住，锁在空房不放心。我的主意拿不定，要你斟酌这事情。"江二闻听来讲话："盟兄留神在上听：罗锅子既然来私访，定是为，昨日那件事一宗。'来者不善'实情话，要容他，回转江宁了不成。一时粗心不大紧，难保咱们不受惊。依我说，今夜放了一把火，将他烧死空房中，神不知来鬼不觉，大家无事保安宁。"徐五闻听前后话，满面添欢长笑容。

徐五说："老二，油多捻子粗——灭不了你。就是这么着罢——"吩咐："摆酒上来，我与你二爷要沽饮三杯。"手下人不敢怠慢，登时之间，列摆杯盘。二人饮酒不表。

单言大人空房遭难。再说外面的承差官陈大勇，眼瞧大人进了贼宅，等够多时不见出来，就知凶多吉少，说："罢了，少不得等到天黑，我舍命暗进贼宅，探听大人的下落吉凶，再作定夺。"

不言承差陈大勇外面等候，再说清官爷刘大人在空房之内，举目观瞧，但见那排山柱上有铁环二个，好像捆人桩一样，四面并无窗户。上看，有个小小的天窗儿，虽说是空房一间，原来是恶人的私立监牢。大人看罢，说："罢了，罢了，也是我刘某赤心为民，遭此大难！"

不言刘大人自吁。且说陈大勇外面等够多时，太阳西坠，家家秉上灯烛。好汉不敢怠慢，慌忙绕过恶人的宅子后边，瞧了瞧，墙倒不高，就只是上不去。把个陈大勇急得汗透衣襟。猛抬头，瞧见那北角上有一棵树，黑夜之间，瞧不真什么树。忙来到树下，瞧了瞧，有一个树枝杈往南出着，离墙头有一尺来高。陈大勇看罢，满心欢喜，说："我扒墙上树，何不先上树，顺着南边那个枝杈上去，再上墙，岂不妙哉！就是如此。"好汉说罢，站在树下，两手扒住树，连往上一纵一纵的，倒也灵便。不多一时，爬上树去，又顺着南边柯杈下来，站在墙头之上，举目留神仔细观看。

大勇站在墙头上，手扶树枝看分明：恶人宅子真不小，楼台厅堂数不清。不知大人在哪块？少不得，破着死命闯着行。好汉瞧罢不怠慢，顺着墙头一出溜①，他就站在地流平。蹑手蹑脚朝前走，眼内留神耳内听。走到东头往南拐，东厢房三间点着灯，里面有人来讲话，听了听，都是妇女的音声。好汉留神房中看，瞧了那，桌案之上列

---

① 出溜——滑，滑行。

摆新，刀勺碗盏乱纵横。原来是，恶人的厨房在此处，定有家奴在房中。何不到，他的窗下听详细，打听大人吉共凶。好汉想罢不怠慢，蹑足潜踪往前行。来到窗前刚站住，忽听那，里面女子把话明，开言就把姐姐叫："要你留神仔细听：昨日抢来的那女子，小名叫做周月英。年纪不大十八岁，五爷求亲他不从，把抓口咬来动手，又是掐来又是拧。五爷脸上着了肿，耳朵咬破淌鲜红。家主羞恼变成怒，立刻要了命残生。活活把他来打死，无法无天了不成！"忽听哪个把妹子叫："要你留神仔细听：今个白日那宗事，叫进个算命的老先生。五爷正然将命讲，看门的前来报事情：渗金头江二来拜望，他与家主是一盟。少爷吩咐说'有请'，不多时，来了家主好宾朋。来到书房刚坐下，抬头看见那先生。看够多时来讲话，望着家主叫'盟兄'：'你可认得这个人？根底未必知得清。'家主闻听江二的话：'愚兄倒要领教明。'江二闻听家主问，带笑开言把话讲。说道是：'他本江宁一知府，姓刘名字叫刘墉，外号罗锅子谁不晓？北京城中大有名。皆因那天我闲逛，无心到了接官亭，瞧见他，骑着毛驴来上任，形容相貌我记得清。所以一见我就知道，他竟是，假扮算命的哄盟兄！'家主闻听冲冲怒，火起无名往上攻。说道是：'不亏老二你看破，险些中了计牢笼。竟敢胆大来访我？不怕我徐宅有风？恼一恼怒一怒气，管叫你回家抱孩童！知府知州懒怠做，用我徐五哼一声。'说罢吩咐快动手，立刻带入空房中，半夜三更一把火，试试谁能谁不能。手下人等不怠慢，推推拥拥往外行。"

第十五回　围徐宅困兽犹挣扎

且说这个女子有词："姐姐呀，锁在那屋里咧？"那个女子说："就是房北头往东一拐，挨着马棚尽东头那一间。听见说，敢三更天还要放火把他烧死呢！"

不言二女子房中讲话，且说窗外的好汉陈大勇，听出大人下落，不敢怠慢，慌忙顺着黑暗往北而去，登时之间，来到北头。瞧了瞧，果然西边是马棚，往东又走，走不多时，往北一看，尽东头那一间，门上有锁。来到门前，听够多时，并无人声，说："奇怪呀？"

不言承差陈大勇门外纳闷。且说刘大人空房之内，土地而坐，息气养神。忽听门外有人说"奇怪"，大人听见，只当是恶人打发人来盘问于我，竟有这样恶人！陈大勇正然门外，忽听里面有人说话，细听是大人的声音，不由满心欢喜。陈大勇本是武举出身，做过一任运粮千总，又在年轻力壮。好汉瞧罢不敢怠慢，一伸手将锁头抓住，用手一拧，只听"咯当"一声，将锁拧断，扔在地下。打开镣铞儿，将门推开。好汉迈步走将进去，低言巧语："大人在哪一块？"刘大人闻听是承差陈大勇声音，不由满心欢喜："本府在这呢！"好汉闻听，顺声音走至大人的跟前，用手一摸，大人在就地而坐，慌忙用手搀起："小的救护来迟，望大人宽恕。不必挨迟，快些逃出贼宅，回转江宁府，派兵擒拿这贼。这小子全身本领，有个渗金头江二相帮，万恶非常。"

说罢，爷俩不敢怠慢，大勇搀着大人出了空房门，顺着旧路，来到有树的那墙下，说："大人上在小的肩膀上，小的慢慢地站起，把大人送上墙头去，接下大人，好一同回府。"大人闻听，说："是如此。"话不可重叙，照承差之言，把大人送上墙头，大人手扶那树枝，怕的是掉下去。且说陈大勇进来的时候，是借树之力，先上的树，后又打树柯杈上上的墙；这如今树在墙外头，一点扒头无有。好汉为难，心生一计，说："有咧！"把腰里褡包解下来，把那一头往墙上扔，搭在那墙头，低声开言："大人，把那头拴在树枝之上，我小的好借他之力。"大人闻听，褡包拴在树枝，看见大人把褡包拴好，不敢怠慢，手拉褡包上了墙头，还是拉着褡包溜下墙来，站在平地，望上开言:“大人也拉着褡包下来罢,小的下面接着。”大人拉着褡包往下而落,大勇接下大人。大勇说:“出可是出来,褡包可解不下来咧。”大人说:“不必解他,本府赔你。”说罢,爷俩不敢怠慢,迈步往前所走,径扑江宁府而来。

单提恶人徐五、江二。

按下大人且不表,再把那,万恶囚徒明一明。徐五江二同饮酒,商量白日事一宗。徐五说:“今夜三更一把火,插翅难飞无处生。”江二说:“要不亏我来看破,罗锅子回衙了不成。我今倒有一条计,两全其美不受惊。也不用,放火将他来害死,糟蹋房子岂不疼?只用十天不开锁,就知是,铁打罗锅活不成。”徐五闻听心中欢喜:“老二此计赛孔明。”两个囚徒心欢悦,只饮到,铜壶滴漏鼓三更。酒阑席散要睡觉,手下之人忙打铺,两个恶人安了寝。再把那,大人承差明一明。爷俩逃出贼宅外,迈步慌忙往前行。黑夜难辨高低路,径奔江宁大路行。心虚恐怕人追赶,再叫他拿回了不成。大人走着开言叫:“陈大勇留神要你听:果然徐五多万恶,‘万人愁’是他外号名。手使两柄吕公拐,武艺精通在年轻。还有徐五一盟弟,渗金头江二恶又凶。一见认得是本府,立时锁到空房中。若不亏你将我救,本府难保不受惊。回衙借兵拿恶棍,与民除害保安宁。”爷儿俩,说话中间来得快,瞧见江宁那省城。城门业已早关上,“少不得,你到门前将城叫。”陈大勇向门军说一遍,门军闻听吃一惊:“老哥等我通禀去,取来钥匙好开城。城门都是武职官,都标守备叫王英。”门军说罢不怠慢,径扑衙门快似风,来到官衙忙通报,门上之人不消停。迈步慌忙往里走,宅门梆铃传事情,说道是:“刘大人昨日去私访,带了承差出了城。十里堡去访恶棍,为得是抢夺妇女事一宗。”王英闻听前后话,说道是:“等我本人去开城。”守备说罢不怠慢,忙整衣冠往外行。手下人,急急忙忙跟在后,守备在滴水檐前上走龙。两个灯笼前引路,径奔北门大路行。穿街越巷来得快,到跟前,守备吩咐快开城!门军闻听不怠慢,手拿钥匙往里行。登时开了锁把闩抬去,闪放江宁正北门。大人与承差往里走,进了金陵城一座。守备上前将躬打,说

“迎接来迟望恕容①。”大人一见说“岂敢，有劳贵府理不通。”王英吩咐把坐骑看，兵丁一见不怠慢。

手下人闻听不敢怠慢，将守备王老爷的坐骑拉过来了。守备说：“大人请乘。”刘大人故意这道：“不好咧，罢了，既然如此，本府还有一事相求：贵府一同到敝署，有事相商。”守备闻听，说：“卑职遵命。”

论理，知府管不着守备，并非他的属下，为什么这么小心？再者，刘罗锅子难缠的名头谁不知道？他要一恼，不知早起有饭吃，不知晚上就挨饿，故此害怕。书里表明。

再说刘大人上了坐骑，守备王英把伴当跟班马要了一匹，跟在大人的后面，穿街越巷，登时来到府衙的门前。陈大勇慌忙跑进衙中，把众人叫了来迎接大人，书吏才知道大人私访去咧。

再说刘大人进衙，至滴水下了坐骑，守备在衙外下马，往里而走，穿堂越户，来至内书房，分宾主坐下。刘大人说：“贵府，这如今有两个棍徒，离江宁府北门有数里之遥，地名叫做十里堡，一个叫万人愁徐五，一个叫渗金头江二，万恶非常。为民办公案，本府到恶人家探望虚实，不料被恶人江二瞧破——他见过本府。不容分说，立刻锁在空房内，要三更天一把火把本府烧死。幸亏承差陈大勇暗进贼宅，将本府救出虎穴。夤夜②而来，少不得有劳贵府，速速挑选兵丁，一同前去，好擒拿恶人，与民圆案。”守备闻听，说：“卑职遵命而行。”说罢，告辞大人往外而去。出了府衙，上了坐骑，不多一时来在自己衙门。连忙传看人马，派了马上的弓箭手五十名、硊牌手③三十名、梢棍五十名，都在三十上下。挑选毕，不敢怠慢，守备王英带领，穿街越巷，登时又到府台的衙前。人马屯扎辕门会齐，人来通报禀，刘大人不肯怠慢，带了四名承差，十个捕役，他老人家也不坐轿，自己乘马，众役尾随，送出衙外。刘大人马上开言，说：“贵府人马可齐？”王英说：“俱已齐备。”刘大人说：“既然如此，上马，一同前去。”守备上了坐骑，众兵丁尾随，一同刘大人出了江宁府北门，上奔了十里堡的大道。

---

① 恕(shù)容——请对方不要计较我方的过错。

② 夤(yín)夜——夜深的意思。

③ 硊牌手——硊牌，原指硊制的盾，后泛指盾。硊牌手即指拿盾或持盾的战士。

大人马上来讲话："贵府留神要你听：此去须要加仔细，恶人徐五了不成，手使两柄吕公拐，武艺纯熟有大名。还有个囚徒叫江二，'渗金头'就是他的外号名。闻听他，手使双刀能交战，他与徐五是一盟。若不擒拿贼两个，此处的军民不太平。"守备回答说："正是，大人言词理上通。"说话之间来得快，十里堡就在眼前存。大人说："人马急速将村进，不可挨迟久驻停。"守备闻听传下令："人马急速往前行！"兵丁们，听说一齐不怠慢，个个要擒贼争功名。一直进了十里堡，顺着大街往北行。走到北头朝西拐，路北里，就是贼宅眼下存。刘大人，大人马上传下令："将贼宅，团团围住别相容。"守备王英不怠慢，排开马上步下兵。前门后门全堵住，要拿恶棍人二名。按下人马将贼宅困，再把贼奴明一明。天亮开门吓一跳，瞧见人马闹哄哄。就知道，昨日的事今日犯，必定是，来找罗锅叫刘墉。可叹呀狗肏的还做梦，哪知道，是大人调来的兵！慌忙将门又关上，咕咚咚飞跑往里行。按下狗奴来报信，再把那，两个囚徒明一明。徐五江二正安寝，报事家奴进房中，喘吁吁高声把"少爷"叫："快些醒醒了不成！"两个囚徒正做梦，忽听人声把眼睁，带怒开言来讲话："大惊小怪主何情？"家奴见问将"爷"叫："在上留神仔细听：外面人马无其数，大门围了个不透风，想必是昨日那件事，来找算命这先生。"徐五闻听吓一跳，此事今朝了不成！

两个贼闻听这个话，心下着忙。徐五眼望报事的那个家奴讲话，说："你快去把管家于秃子叫来！""是。"家奴答应一声，翻身而去。去不多时，把金头蜈蚣叫了来。徐五望于秃子讲话，说："于管家，眼下这件事，怎么门外的人马拿咱们爷们来？你瞧着怎么好。"于秃子闻听家主之言，说："五爷，这件事且不必发忙，听小的回禀。"

听那管家开言道："大人留神在上听：定是江宁人共马，寻找那假扮那刘墉。听这来头就不善，咱岂肯，束手遭擒入牢笼？满破花上银几百，管叫那，大小官员都老成。那时才知咱的厉害，叫他们，听见徐宅脑袋疼……"金头蜈蚣言未尽，徐五闻听长笑容。说道是："你的主意真不错，就是如此这般行。事已至此难辗转，咱爷们，岂肯束手上绑绳？讲不起今日斗一斗，然后再，总督衙门去攀情。"于秃子闻听说"有理，大爷的主意果高明。"徐五复又吩咐话："你速去，快叫小厮们莫消停。”于秃子闻听不怠慢，迈步翻身往外行。不多时，大小狗奴全叫到，一齐来至上房中。头一个张三名叫黄蜂尾，第二孙八叫鬼吹灯。第三个，鬼头太岁于文立，第四个，白花蛇赵六在年轻。还有个管家于文亮，外号叫，金头蜈蚣镇江宁。以下家奴无其数，七大八小几十名。徐五看罢开言叫：“小子们留神听个明——”

第十六回　十里堡官兵胜恶霸

徐五看罢，说："小子们，俗语说得好：'养军千日，用在一朝。'今日江宁府的官兵，将咱们爷儿们的宅子围了个水泄不通，要拿咱爷们。你们今得与我出点子苦力气，各找兵器，将官兵赶散，我好上总督衙门去托情。回来每人赏一个元宝！"众恶奴也不知道官兵厉害，齐声答应，说："大爷，这件事情，交与我们罢！"各自去找兵器，也有拿刀的，有拿枪的，也有拿一根棍子的，也有拿着扁担的，乱乱哄哄，七手八脚，要与官兵打仗。这一群恶奴，是管家于秃子带领。这小子手使两口双刀，带领众人往外而走。徐五与江二也都站起身形，吩咐伺候："小子快去把双刀双拐取来，叫马夫鞴①上两匹马伺候着。""是。"狗奴答应一声，翻身出书房而去。去不多时，刀拐取来，马夫把马鞴上两匹，也拉了来。两个囚徒一见，并不怠慢，徐五拿起双拐，江二抄起双刀，二人才要出门，忽见一个家奴慌慌张张连跑带颠进来，说："大爷不好咧！外面叫五爷与二爷快出去呢！眼看把大门都打下来！"徐五说："知道咧。你也摸家伙去罢！"两个囚徒出了书房门，马夫拉着马，伺候着呢。徐五与江二并不怠慢，俩囚徒接过马来，站镫上骑，一同管家于秃子，带领众多的狗奴，来到大门以里站住，吩咐："开门。"家奴闻听，将门上闩抬将下来，"吱喽喽"将门开放。

且说外面的官兵正然砸门，只听里面门响之声，就知道里面有人出来，急忙退下台阶站住，一齐举目观看。

这清官举目留神看：大门内出来贼奴一大群，个个手中擎棍棒，瞧光景，要与官兵把胜败分。为首当先于文亮，两口双刀手内存。左边是，鬼头太岁于文立，黄峰尾张三随后跟。右边是，白花蛇赵六将党叫，后跟着，鬼吹灯孙八一个人。下剩狗奴都在后面，他们要，保定主人得赏银。徐五江二门内站，贼眼向外细留神：则见他那，官兵至少有三百，刀枪都在手中擎。还有那，两员官长也到此，来头不善要拿人。一个头戴水晶顶，年纪不过在五旬，坐下骑定铁青马，两柄铜

---

① 鞴（bèi）——把鞍辔等套在马上。

锤手内存。徐五正然向外看，则见那，众多豪奴闯出大门。

恶人的管家于秃子，带领众多狗奴闯出大门，一个个手擎兵器，竟奔王老爷而来。守备王英一见，并不怠慢，一马当先，将众多的贼子挡住。大总管于秃子瞧见王守备他们挡住咧，他并不答言，赶上前来，把手中的双刀一晃，"嗖，"照着王守备就是一刀。王守备忙用铜锤架过，才要还手，左边的鬼头太岁和黄蜂尾他两个，枪刀并举，也来动手。王英刚刚的把二人的兵器架开，右边白花蛇赵六和鬼吹灯孙八也到了跟前咧。他们五个人，把王守备团团围住。

众恶棍，团团围住王守备，上来了，千把外委也不敢停。一齐撒马朝上撞，要与贼奴见输赢。千总名叫杨文炳，李国良就是把总名。还有经制两个外委，一个叫周玉一个叫和成。四员官长拿恶棍，帮助守备叫王英。马上步下齐动手，贼奴舍命斗官兵。于秃子的双刀急又快，守备铜锤紧如风。赵六木棍胡乱打，千总双鞭把棍迎。张三的铁枪真厉害，把总的铁枪更不容。还有孙八和于文立，俩外委，敌住贼奴人二名。来往闹够时多会，众官兵，拿住贼奴人几名。按下他们来动手，单表忠良干国卿。刘大人，马上观瞧把牙咬碎：囚徒们，胆大包天了不成。倚仗泼皮来动手，擅敢与官长胡乱行。瞧光景，几个恶奴真扎手，五个官，要想拿他们万不能。还有徐五与江二，他两个，刀拐纯熟又年轻。瞧起来，今日倒有一场闹，要容那，囚徒辗转了不成。按下忠良心发恨，再把贼奴明一明。赵六木棍把千总打，杨文炳双鞭向上迎。只听"吧"的一声响，赵六木棍起在空。千总观瞧不怠慢，跟进去，右手鞭举下绝情。只听"喀嚓"一声响，耳门着中淌鲜红。"哎哟"一声倒在地，也是他的恶贯算满盈。呜呼哀哉断了气，白花蛇赵六丧残生。贼奴们观瞧心害怕，一个个，暗自思量了不成。

且说众贼奴瞧见一个戴白顶儿的，一鞭把赵六的木棍磕飞，又一下把他打死咧，他们的心中怯怕，后力不加。鬼头太岁于文立又被杨千总一鞭打倒，众兵丁就势将他捆上咧。张三被把总李国良一枪扎死，鬼吹灯孙八被两个外委拿住咧，大管家于秃子瞧见势头不好，也不敢动手咧，迈开脚步，"咕嘟嘟"向大门里飞跑。

且说万人愁徐五与渗金头江二，他两个在大门以里，观瞧狗奴与官长动手，也有拿住的，也有打死的，两个囚徒冲冲大怒。江二眼望徐五，讲话说："五哥你瞧，非离咱们老弟兄动手也不中用！"江二说罢，把坐骑一带，闯出大门，眼望着众兵讲话。

只听江二开言道："众多兵丁要你们听：若要是，不怕死只管来动手，丧残生，休怨二爷太无情……"囚徒言词还未尽，守备闻听动无名。一带坐下铁青马，迎上去，手举铜锤下绝情。江二一见不怠慢，手中双刀向上迎。二人虽然是动手，今书不比古书同，并无回合多少趟，什么相帮贵宝真。按下闲言归正传，再把囚徒明一明。

且说江二与守备王英动手，两个人闹在一处，并无回合一项。别的古词，两个一动手，至轻都是三十个回合、五十回合，再不就祭起法宝来咧。在位尊翁：那一位见过法宝？这个法宝是怎么一个样儿？到而今我国老爷年间，法宝也无有咧，这是哪来的话！此书同不得野史，并无法宝，也无咒语，也无有几百个回合，也无刀枪歌。有人问："你说说，什么叫做刀枪歌？我们不明白，我们要听一听。"这事也不难，虽则我的书中无有，我还记得几句呢。听，我这是刀枪歌：要使刀的一动手，是一路花刀分三路，三路花刀六路分，六路花刀分九路，九九八十大开门。把个破被窝也叫人家抱了去——谁叫他开着门呢！你我想，这个书中不过是两个人动手，强者的取胜，弱者的遭擒。书里表明，言归正传。

且说守备王英与渗金头江二两个人搅在一处，并无回合，斗够有半个时辰，王英竟不取胜。王守备虽是武职，本事也算罢了，就只是年纪过了点景，眼下有四十七八、且巴①五十岁的人咧！打闹了半个时辰，未免后力不加，口中发喘。有他的个属下把总，姓李名叫李国良，瞧见他的上司不能取胜，他不敢怠慢，手使着一杆浑铁枪，也就闯将上去，并力擒拿恶人江二。

李国良观瞧不怠慢，前来帮助两相争。江二举目抬头看，又来了，头戴金顶人一名。年纪不过四十岁，坐骑黄马往上冲。手使浑铁枪一杆，看来倒也有威风。江二瞧罢微冷笑，说道是："以多为胜来立功。"恶霸想罢不怠慢，手内双刀快似风。招架支持来动手，只使得，浑身热汗似蒸笼。按下三人来动手，再把那徐五明一明。正然勒马门内站，瞧他们二人赌输赢。眼看着，守备他那难招架，忽然

---

① 巴——快到，接近。

又添了人一名，手使浑铁枪一杆，瞧他的相貌在年轻。两个人，围住了江二来动手，渗金头只有招架功。徐五瞧罢不怠慢，一带即将往上冲，手使双拐闯上去，“贤弟呀，劣兄前来助你一功！”江二观瞧把威风长，抖起精神不放松。四人门前交上手，不分胜败与输赢。徐五的，双拐搂头打，守备的双锤紧紧封。把总的铁枪分心刺，江二的双刀往上迎。拐打锤迎“丁当”响，枪刺刀磕冒火星。四人又闹了时多会，俩官长，拿不住恶棍人二名。按下他们来动手，再把那，刘大人明上一明。旁边观瞧将牙咬：俩囚徒，胆大包天了不成。怪不得，擅抢妇女行万恶，倚仗刀拐大有能。以我瞧，守备把总难取胜，要想拿他们枉费工。除非再添人两个，帮助那，守备把总立奇功。大人想罢时多会，扭项开言把话明，叫了声：“承差陈大勇，王明你也仔细听：你们两个休怠慢，速上前，帮助拿那囚徒人二名！”两名承差齐答应：“大人言词敢不听！”陈大勇，手使一条浑铁棍，三十五斤竟有零，武举出身做过千总，因为他，漕粮的罣误把官扔，无奈投进江宁府，暂当承差把役充。王明手使一铁尺，打磨得飞亮一般同。二人迈步往上闯，并无坐骑与走龙。王明径奔贼徐五，陈大勇，要与江二赌输赢。守备与把总抬头看，又见来了人二名：一个是，承差名叫陈大勇，那一个名字叫王明。守备把总心欢喜，就知道，是刘大人派来的兵。江二徐五正动手，忽又见，两个步下往上攻。一个手中拿铁尺，那一个，铁棍分量不非轻。打扮都像差人的样，不像吃粮应伍的兵。两个贼看罢吓了一跳，说“此事应当了不成！我们俩，虽然多骁勇①，怎挡官役人四名？”江二正然心害怕，守备的双锤往下攻。恶棍忙用刀来架，王明的铁尺哪相容？对准腰节骨只一下，只听“吧”的响一声，把江二的肋条打折了好几道，“咕咚”掉在地流平。徐五观瞧把魂吓冒，说“此事应当了不成”。

徐五观瞧，江二被步下那一个一铁尺打下马来，吓了个目瞪痴呆。

且说刘大人见王明一铁尺打倒一个，打马上掉在地下，不由得满心欢喜，马上开言，吩咐兵丁快些动手，把那个囚徒绑上。这众兵不敢怠慢，一拥上去十几个人，把江二按住，绳索捆绑，抬在一旁，不表。

---

① 骁（xiāo）勇——勇猛。

再说守备王英、把总李国良、承差陈大勇、王明四个人，把徐五围住，并力擒拿。徐五见江二掉下马来，心里一怯，被陈大勇一棍子把马的两条前腿打折，那马疼痛难当，往上一跳，“咕咚”一声响亮，连徐五的腿也被马压住，不能动转。王明观瞧不敢怠慢，赶上前去一尺，“吧嚓”，把马上的这条腿打折了。徐五疼了个唉声不止。

再说刘大人见徐五连人带马躺在地下，满心欢喜，带领兵役跑下来，才要吩咐快绑，瞧了瞧两名承差，早把恶棍捆上。刘大人吩咐兵役，把恶人徐五家的车套上一辆，打死的不算，将活的囚徒装在车上。众兵役尾随出了十里堡，径奔江宁府的大路而来。至江宁府的北门进了城，不过是穿街过巷，登时来至府台的衙门。守备王英交代差使，告辞而去。

再说刘大人走马上了堂，吩咐：“把两个囚徒带将上来!”众役答应，登时把两个贼人带至当堂。徐五的腿呢，是折了两条；江二的腰，被王明连肋巴骨都打折了。两个贼都不能下跪，一齐躺在尘埃。刘大人座上开言，说：“徐五、江二，你们把抢去的女子周月英，现在哪一块，从实招来，免得你的皮肉受苦。”徐五闻听刘大人之言，大料也不能强辩，全都招承。刘大人吩咐：“徐五、江二寄监①，明日把周国栋传来，当堂结案。”手下人不敢怠慢，登时将两个贼人寄监。刘大人这才退堂回后而去。到内书房坐下，张禄献茶，茶罢搁盏，用饭已毕，将家伙撤去，不多一时，秉上灯来，一夜晚景不表。

到了次日早旦清晨，刘大人坐了早堂，青衣把周国栋传来，上堂跪在下面，刘大人就将徐五定罪之言说了一遍而去，不必再表。这一来，要知徐五完案节目，明朝交代。

---

①　寄监——把犯人押送到监狱里去住。

第十七回　嫌礼轻总督斥忠良

诗曰：

运至猫如猛虎，时衰凤不似鸡。有钱有势一村驴，堪称英雄无比。凭你能文会武，那论妙算无移。凭君才志与天齐，运不通难遂平生大志。

此书残歌叙过。昨朝话表刘大人卖卜，拿了万人愁徐五、渗金头江二、管家于秃子、恶奴等，当堂结案，将这一起囚徒禀明上司，折奏万岁，斩首示众。这些节目，已经交代明白，不必再讲。

单表刘大人退堂，回到书房，内厮献茶，茶罢搁盏。张禄随即摆饭。大人用完，撤去家伙，秉上了灯，一夜晚景不表。到了第二天早旦清晨，内厮请起大人净面，献茶，茶罢搁盏。刘大人眼望内厮，说："你今日不必预备饭。今日是总督高大人的生日，咱爷们那儿吃去罢。白给他送礼不成吗？""是。"禄儿答应，刘大人复又吩咐。

这清官座上开言叫："张禄留神要你听：总督生日要打网，咱爷们少不得要行情。你快去，礼物一共买八样，两架食盒人四名。我的儿，你很知道我家苦，这份礼，就只打着两吊铜。牛肉三斤要硬肋，六斤白面两盘盛。干粉二斤红纸裹，伏地大米要三斤。小豆腐两碗新鲜物，木耳金针又两宗。另外买，白面寿桃二十个，速去治办莫消停。"内厮答应不怠慢，迈步翻身向外行。按下大人书房坐，再把内厮明一明。出衙来到大街上，置买一宗又一宗。一应东西全都有，就只是，小豆腐没有买不能。张禄儿，无奈何，买了一升大黄豆，还有那，两把子干菜萝卜缨。急忙回到书房内，费了有半天的工，才把小豆腐做成。诸事已毕不敢怠慢，来到书房，大人跟前回禀明。刘大人闻听说"很好，即刻就去莫消停。"张禄答应向外走，到外边，派了衙役人四名。上寿礼物先抬去，内厮翻身向里行。走进书房一旁站，刘大人开言把话云。

大人说："张禄儿，派人把礼物送了去咧吗？"内厮答应说："派人送了去咧。"大人闻听，说："既如此，咱们爷儿们也该走咧。"禄儿答应："是。"

大人这才站起身形，向外而走，内厮后面相跟。到外边闪屏门，刘大人打暖阁①穿过，来至堂口站住，早有家丁把马预备下咧。内厮侍奉大人上了坐骑，衙役打点喝道，这才出了自己的衙门，向西南而走，径奔高总督的衙门而来。穿街越巷，不多时，来至高大人辕门②以外。刘大人这才下了坐骑，手下之人接过马去，内厮手拿礼单，向辕门里面而跑。到了官厅上，见了总督的巡捕官，说明来历，然后把礼单递过去。巡捕官闻听，接过礼单向里面而去。来至宅门以外站立，手擎云板，惊动里面的内厮，来至宅门以里站住，向外问话："外面打点，传报什么事情？"巡捕官见问，并不怠慢，就将刘大人来上寿之物说了一遍，然后把礼单递与内厮，内厮接过，向里面走来。至内书房，掀帘栊走将进去，见了高大人，单腿打千，就将刘大人来上寿之事说了一遍，然后把礼单递过去。高大人用手接过，留神观看。

高大人举目留神看，字字行行写得更真。上写着："卑职刘墉江宁府，今日里，特与大人庆生辰。礼物不堪休见怪，不过是，略表卑职这点心：牛肉三斤是硬肋，细条切面是六斤，三升大米二斤干粉，还有木耳与金针，小豆腐两碗新鲜物，二十个寿桃白似银。一共算来八样礼，卑职诚意孝敬大人。我刘墉，今日虽然做知府，算是皇家四品臣，不过是，驴粪球儿外面好，内里的饥荒向谁云？今日与大人买寿礼，无奈何，当了一件皮马墩。"高大人越看气上撞，礼单摔在地埃尘，说道是："好一个可恶的刘首府，罗锅子行事气死人！什么是来把生辰庆？分明是闹气到我的衙门中！首府倒送这样礼，外州县，高某倒贴盘费银。耳闻他难缠露着拐，话不虚传果是真。咱们倒要斗一斗，叫你认认我姓高的人！"总督带怒又吩咐："来福快去到辕门，告诉江宁刘知府，快把他，礼物抬回免费心。"内厮答应向外走，到官厅，告诉巡捕传事人。巡捕官，见了刘爷说一遍，这不就，气坏罗锅老大人。

刘大人，闻听巡捕官方才这一片言词——说："高大人说咧，礼物全都不要咧，生日也不作咧，叫府台费心，另日再道谢罢。"忠良闻听，不由恼羞成怒，说："罢咧，既是大人不赏脸，也就罢咧。禄儿，""是，小的伺候

① 暖阁——旧时为了设炉取暖在大屋子里隔出来的小房间。

② 辕(yuán)门——古时军营的门或官署的外门。

老爷。"刘大人说:"抬盒子,把礼物抬回去,赏他四个人分了罢。""是。"内厮答应,来至辕门外,眼望抬盒子的四个人,照刘大人的话说了一遍。这四个人闻听,乐了个事不有余,抬起来欢天喜地而去。

再说刘大人越思越想,不由心中好恼,内厮也是抱怨:"这是怎么说!苦算盘饭也没吃,来到这里指望吃顿面。好,瞧这光景,还要吃面呢,连刷锅水也未必摸得着!"

不言内厮暗恨,再表贤臣。

这清官不由无名动,说道是:"制台欺人了不成。我的那,礼物不收你掉了造化,你想收别人的礼物万不能!倚仗上司欺属下,罗锅子真是省油灯?送礼不过私下的好,并非官吏我当行。常言千里把鹅毛送,礼轻人意不算轻。就便是凉水我温成热,你也当收下好看成。拿着小官来做脸,要望起调万不能。虽说是,知府的前程不算大,也是那,乾隆主子金口封。除正无私全不怕,我也是,甘愿洁净理民情。你要走错一步道,咱俩的饥荒①打不清。"刘大人,正然发恨要作对,猛抬头,则见那,来了官员好几名。江宁的,布按两司头里走,还有些,府道州县后跟行。一齐与总督来上寿,金银礼物不一同。刘大人一见迎上去,带笑开言把"列位"称:"莫非都是来上寿?众位不知内里情:只因为,方才我刘某也来上寿,两架食盒不算轻。高大人里边传出话:一概不收早回程。"众官员,闻听贤臣前后话,一齐开言把话云。

众官员,闻听刘大人的这一片言词——说"高大人传出话来咧,今年不做生日咧,礼物全都不要。"

明公想理,江宁府的布按两司、还有外省的府道州县、还有都标管的副将游守、千把外委……这一省的文武官员,闻听江宁首府刘大人说"礼物全都不要咧,高大人说今年不做生日咧。"一个个心里再无有那么欢喜的咧!江宁布按两司眼望贤臣,讲话说:"既是高大人的吩咐,我等焉敢不从?"说罢,扭项回头,吩咐手下人:"把上寿的礼物,全拿回去罢。""是。"手下人一齐答应,然后抬起而去,各归衙门不表。

---

① 饥荒——原指经济困难,周转不灵;或债务,此处指刘庸与总督,一清官与一贪官之间的是非恩怨。

也不言众官员告辞而去，单表刘大人，他诚心要闹点事儿。见众官员把礼物全都抬回去咧，还恐怕传的不到，吩咐内厮拿了一个马扎子①，一坐坐在高大人的辕门口——他是诚心要找事！暂且不表。

且说高大人在书房等候收众官员上寿来的礼物，越等越不见一份前来，高大人正然心中纳闷，忽见家生子来福走进来咧，说："大人不用等着收礼咧，今日有了挡横的出来咧，把咱们爷们的辕门都把住咧。他见众官员上寿来咧，他就迎上去咧，硬派着说：'大人吩咐咧，叫他告诉众位老爷们，说今年不做生日咧。'众位老爷们闻听这个信，自得叫手下人把礼物全送回去咧。他还不死心呢，拿了一个马扎，在辕门上坐着吸烟。"高大人闻听来福这个话，说："这是罗锅子干的不是？"来福说："不是他还有谁呢！"高大人闻听，说："很好，很好。你快去把他叫进来，叫他认认我是谁。""是。"来福答应，翻身向外而去。去不多时，把贤臣带至书房。忠良见了高总督，难越大礼，自得行庭参见之礼，在东边站立，说："大人传唤卑职前来，不知有何教谕？"高大人闻听，微微冷笑。

只听总督微冷笑："首府留神要你听：内有许多不便处，你的心中岂不明？闻名你难缠真不错，从今后，要你小心办事情。但有一点不周处，管叫你，马到临崖悔不能……"总督言词还未尽，刘大人开言把话明，说"卑职不做亏心事，哪怕暴雨与粗风？食君俸禄当报效，我刘墉，断不肯江宁落骂名。大人想，一辈做官坑百姓，他的那，九辈儿孙现眼睛。我本是，甘心洁净把民情理，望大人，'忠奸'二字要分明。"高大人听罢前后话，羞恼成怒脸绯红，腹内说"罗锅真可恶，话语如刀了不成。有心要归罪不合理，私事难以奏主公。要不拿错将他治住，官卿闻听把我轻。"左思右想无主策，只急得热汗似蒸笼。高大人正在为难处，忽见那，一个人，慌忙自书房跪在流平。

---

① 马扎子——一种小型的坐具，腿交叉，上面绷帆布或麻绳等，可以合拢，便于携带。

第十八回　审尸案女头与男身

话表高总督与刘大人正在书房斗气，猛见一个人掀帘栊走进，见了高大人，单腿打了个千，说："大人在上，今有云贵巡抚苏大人进京召见，从此路过，前来拜会。"高大人闻听，心中倒暗喜，腹内说："借此为由，且叫罗锅子回衙，我们俩再算账。"高大人想罢，眼望忠良讲话，说："你且回衙，咱们再说再议。"刘大人闻听，说："卑职愚鲁无才，专候大人的教谕。"说罢告辞，出书房而去。

且说高大人吩咐，"有请。"手下人不敢怠慢，不多时，把云贵巡抚苏大人请至书房。二人见面，也不过官场的套话，倒不必细讲。苏大人吃了一盏茶，告辞而去。

再表刘大人出了高大人辕门，上了坐骑，手下人跟随，穿街越巷，来至自己衙门。至滴水檐下了坐骑，向里而行。众人散出不提。

再表忠良回到书房坐下，内厮急忙叫厨房把饭摆上。这大人和内厮可饿了个知道！爷儿俩索性连早饭也没有吃了去，实实指望吃了早面，再不成想闹出这出戏来！自得饿着肚子回来，才饱餐一顿。小内厮也是如此。爷儿俩当时吃了一个饱。及至吃完了，天就黑咧。内厮秉上灯烛，侍奉大人安歇，一夜晚景不提。到了第二天早旦清晨，内厮请起大人净面更衣，茶罢搁盏，用过早饭，吩咐内厮："传出话去，叫外边伺候。""是。"内厮答应而去，到外边照大人的言词传说一遍，又到里面回明大人。忠良闻听，站起身形，向外而走。内厮跟随，到外边闪屏门，进暖阁，归位坐下。众役喊堂已毕，两旁站立。刘大人才要判断未结的民词，则见打下面走上一人，来至公堂，单腿打千，说："大人在上，今有制台大人公文一角在此，请大人过目。"刘大人闻听，吩咐："拆开。""是。"书吏答应，用吐津闷开封筒，双手高擎，递将上去。忠良接过，留神细看。

这清官座上留神看，公文上面验假真，上写着："南京总督高某谕，批与首府四品臣：你管的，江宁县界出怪事，人头扔在井中存，尸首不见在何处，快拿行凶做恶人。原告被告全无有，要你斟酌细留神。五天要结这公案，查明禀到我的衙门。五天要不能结此案，少不得，惊动贵府奏当今。遵批速办休迟滞，如过限，休怪高某把你寻。”刘大人瞧罢时多会，腹中暗暗叫高宾：“你不过，因为昨日那件事，寿礼无得恼在心，要拿此事为难我，官报私仇把我寻。讲不起，这个知府我就下去，倒要惹惹姓高的人。咱们俩，知府总督拚得过，你要想钱白费心！”刘大人看罢时多会，眼望着，左右开言把话云。

刘大人看罢高大人的文书，吩咐左右：“预备轿，本府亲身去验看。”“是。”手下之人答应一声，轿夫们将轿抬至堂口栽杆，刘大人出了公位，来至轿前，毛腰上轿，轿夫上肩。江宁县的地方闻知此事，早来在这里伺候着呢。一见大人上轿，他就在前头引路。执事在前，轿子在后，穿街越巷，来至城隍庙前。轿夫站住，早有江宁县的知县在此伺候。

众位明公：这江宁县衙就在江宁府的城里头，离刘大人衙门才三里之遥，所以剪断。且说江宁县知县孙怀玉，把刘大人请下轿来，升了公位坐下。府县的衙役都在两旁站立，江宁县也在一旁伺候。大人座上，眼望知县孙怀玉，问道说：“井中的人头，如今现在何处？什么人呈报？什么人见的？贵县速速言来。”知县孙怀玉见问，说：“大人在上：人头现在此处井边，是本县的民人赵洪提水，无心中捞上来的。江宁县的地方刘宾呈报的。”刘大人闻听，说：“既然如此，快带刘宾、赵洪听审。”“是。”知县孙怀玉答应，翻身下行，不多时，知县带领差人，将赵洪、刘宾带至公堂以前。二人跪在下面。知县孙怀玉上前回话，说：“大人在上，卑职令人将赵洪、刘宾带上。”大人闻听，一摆手，知县退闪一旁。忠良留神往下观看。

这清官座上留神看，打量下面两个人：地方刘宾东边跪，年貌不过在四旬，红缨帽儿头上戴，蓝布袍儿穿在身，青布夹褂外面套，因跪着，足下靴鞋瞧不真。大人瞧罢刘保正，又看赵洪那乡民：头上无帽光着脑袋，粗布夹袄不算新，年纪大概有五旬，满脸之上带皱纹，面貌不像行凶辈，其中一定另有情。本府既为民公祖，岂肯屈棒打良民？刘大人看罢人两个，座上开言把话云：“赵洪几时将水打？人头怎样桶中存？就里情由从实讲，但有虚言打断筋！”赵洪见问将头叩，“大人”连连尊又尊：“小人起早去提水，无心中，捞上个人头桶中存，小的观瞧魂吓冒，不敢怠慢，通知地方叫刘宾。县爷衙门去呈报，内里情由不晓闻。望乞大人悬秦镜，覆盆之下断清浑。”说罢复又将头叩，大人扭项叫刘宾：“赵洪果然通知你，你才呈报到衙门？”地方见问将头叩:“赵洪言词果是真。”大人闻听一摆手,公位上,站起身形把话云。

刘大人闻听地方之言,一摆手,说:“下去。”“是。”地方又磕了个头,这才站起来,退闪在一旁。江宁县的差人把赵洪带去。刘大人站起身形,眼望知县孙怀玉,说:“人头现在何处?本府亲自验看。”知县闻听,说:“现在庙前井边。”说罢,前头引路,刘大人后面相随,来到井边人头的跟前站住。知县吩咐衙役把盖的芦席掀去,露出那带血的人头,刘大人留神观看。

这清官站住留神看,打量人头这形容:仔细瞧来是个女子,油头粉面在年轻。光景未必有三十岁,不过在二十六七正妙龄。大人看罢归公位,说道是:“快传仵作①莫消停。”大人言词还未尽,李五跪在地流平,仵作与大人将头叩,贤臣开言把话明:“快把人头细验看,何物杀害命残生?如有粗心验不到,准备狗腿受官刑。”仵作答应忙站起,翻身迈步下边行。来到那,人头跟前忙站住,袜筒内,取出根,象牙筷子手中擎。用手不拉仔细看,瞧罢多时,又到公案前跪在地:“小的去把人头验,原来是,刀尖杀死赴幽冥。”刘大人闻听一摆手,仵作站起一旁存。忠良上面又吩咐:“县令留神要你听:速速差人去下井,看一看,尸首可还在井中?”知县闻听不敢怠慢,忙答应,退步翻身向下行。吩咐手下众衙役:“速下井,快去打捞莫消停。”头役闻听忙答应,眼望着,地方开言把话云。

江宁县的快头王永,闻听本官的吩咐,眼望地方刘宾,讲话说:“你快去找杉篙、绳子、滑车子,扎起架木,好差人下去打捞,快去!”“是。”地方答应,如飞而去。去不多时,派人全都拿来,登时扎起架木,拴上滑车,绳子那一头,又拴上了个荆筐,弄妥当咧,快头王永眼望地方刘宾,讲话说:“你就辛苦辛苦罢,下井去捞捞。”那地方闻听,不敢违拗,只得委屈心,坐在荆筐之内,拿丈二的钩杆子,众人这才送下井去,直到水皮上,将绳子才拉住。地方刘宾不敢怠慢,左手扶定筐沿,右手拿定钩杆,向水内探。

众位明公:这井中的水可不深,不过有六尺多深水,所以这钩杆一探,就到了井底咧。地方用杆子一连搅了几搅,向回里一抽,只觉像钩住什么

① 仵(wǔ)作——旧时官署检验死伤的人员。

东西的似的，无奈何，轻轻钩出水面，留神观看，原来是个死人，倒吓了一跳。

刘保正井内不怠慢，将死人，拉在荆筐里面存。这才向上开言道："上面听真快拉绳！"刘宾言词还未尽，井上青衣不敢停。打了个号儿齐动手，咯吱吱，滑车响亮快如风。登时荆筐出井口，众人举目看分明：筐中坐定刘保正，他的那，手中拉起了死尸灵。众人看罢不怠慢，将地方，连死尸，一齐拉出那井中。保正的身上全是水，好像水鸡一般同。按下刘宾不必表，再把那，府县的差人明一明。大家举目留神看，打量捞上的死尸灵：并非是个女尸首，却是个男子在年轻。光景未必有三十岁，不过二旬竟有零，脑袋砸的去了半拉，并非杀害有刀伤。众人看罢全发怔，齐说道："这事啰唆了不成！"按下众人不必表，再把那，快头王永明一明。看罢死尸向北跑，慌慌张张，跑到那，公案前边跪在尘，说"大人在上小的禀：井中又，捞出一个死尸灵。并非是个女尸首，却是个男子在年轻。"刘大人闻听这句话，说"此事奇怪了不成！"

第十九回　进酒铺查询双尸案

刘大人闻听打井中又捞上个死人来咧，吃了一惊，暗说："奇怪！这个人头没闹清，又闹出死尸来咧。真乃是怪事！"刘大人想罢，站起身形，说："本府亲身验看。"快头王永答应站起，退闪一旁伺候。后面有江宁县知县孙怀玉一见，不敢怠慢，当先引路，刘大人后面相跟，登时又来到井边，那个死尸前站住。大人留神观看。

这清官站住留神看，观瞧捞上的这个死人：身上衣裳全无有，好似白羊争几分。浑身并无刀伤处，就只是，太阳稀烂塌了耳门。年貌不过二旬外，不知他，家乡何处哪一县的人？大人看罢忙吩咐："叫仵作，前来相验要留神。"忠良言词还未尽，李五前来见大人。清官说"快去把死尸验，不可大意与粗心。"仵作答应不怠慢，急忙退步就翻身。来至那，死人跟前忙站住，打量遭屈被害人：脑袋之上是木器打，墩子砸塌左耳门。复又留神往下验：胳膊上，几个青字倒也真：并非是墨迹笔来写，却原来，针刺靛染上边存。左边是"一年长吉庆"，右边是"四季保平安"。仵作验罢不敢怠慢，打着千，眼望清官把话云："小的留神将死尸验，木器打死见阎君。胳膊上还有两行字，针刺靛染倒也真。"刘大人闻听心中想：此事蹊跷倒有因。大人想罢走几步，又到那，死尸的跟前站住身形，虎目留神观仔细：果有字迹上边存。左边是"一年长吉庆"，右边是"四季保平安"。大人看罢两行字，爷的那，锦绣①胸中暗沉吟，腹内说："虽然是两句俗言语，大有情节里边存。"大人看罢时多会，复又开言把话云。

刘大人沉吟多会，锦绣胸中早已明白。复又眼望江宁县的知县孙怀玉，说："县令，令人将人头、死尸全都看守，休得损坏。本府就此回衙，明日自有公断。"知县答应，说："卑职晓得。"刘大人吩咐已毕，上轿回自己的衙门而去。且说知县孙怀玉伺候刘大人上轿而去，吩咐人在此看守人头、死尸，他也就上马回衙而去，暂且不表。

---

① 锦绣——此处指刘墉做人正，有计谋，方法多主意多。

且说刘大人坐轿，人抬穿街越巷，登时来到自己衙门，至滴水檐下轿，向后面而去。众人散出不提。单表忠良回到书房坐下，内厮献茶，茶罢搁盏，上饭，大人用完，内厮撤去家伙。复又献茶，刘大人擎茶杯，复又思想，心中纳闷。

清官爷擎杯心纳闷，说"贼徒行事太也奇。既然你把人杀害，为何又去把头移？人头扔在官井内，又不见女子的尸体。再说是，移祸与人又是官井，城隍庙内少住持。原告被告全无有，他叫我拿什么去为题？差人下井捞尸首，真奇怪，偏偏又捞上个男子的尸！一案不完又一案，实在叫本府费心机。总督高宾恨怨我，定说我，应派刘某断虚实。五天要不能结此案，总督高宾未必服。定说我，才智缺少无学问，做不起，黄堂太守这官职。公报私仇必参我，倒只怕，因这案高宾奏本到丹墀。怕的是，圣主皇爷龙心恼，我刘某，丢官罢职要把任离。刘某要离了江宁府，到趁高宾那心机，以后任性将钱要，全不怕，骂名留与后人提。"大人复又沉吟想：要明此案，须得要如此这般，这般如此才见虚实，明日出衙我去私访，卖药为由找踪迹。大人想罢主意定，眼望那，张禄开言把话提。

大人说："张禄。"内厮答应，忠良说："你去速速预备几宗草药，小箱子一个，然后传出话去，就说本府偶染风寒，不能理事。回来我还有要紧话嘱咐与你。"内厮答应，退步翻身向外而去。来至堂口站住，照大人的言词传说了一遍。众人答应，内厮这才向里面而去。又来至书房，回明大人说："诸事全齐备咧。"忠良闻听，说："很好。"爷儿俩说话之间，天色将晚，内厮秉上灯烛，一夜晚景不提。

到了第二天早旦清晨，内厮请起大人，净面更衣，茶罢搁盏，献上饭来。大人用完，内厮撤去家伙，复又献茶，大人漱口，这才站起身形，更换了衣服。内厮一见不怠慢，将昨日预备下的东西全都拿来，放在忠良面前。大人观瞧，说："很好。"复又眼望张禄开言，说："打箭道的后门，把我送出去，休叫外人知道。外人知道不便。衙门事情，小心照应。""是。"内厮答应，说罢，爷儿俩出了书房。内厮背着箱子后面跟随，穿门过夹道，来至箭道的后门。内厮上前将门开放，可喜这一会儿并无个外人。刘大人走出门来，内厮递过药箱子，刘大人接过，背在肩头，内厮关门不表。

且说刘大人打背胡同绕过自己的衙门，来到大街之上，举目观瞧。

清官举目留神看：来往不断有人行，两边铺户无其数，果然热闹大不同。怪不得，洪武建都在此处，真乃是，龙能兴地地兴龙。到而今，我主改作江宁府，又名南京号金陵。大人思想朝前走，有座酒铺在道东。半空之中三尺布，两行字迹写分明。一边是："过客闻香须下马"；一边是："知味停车步懒行"。大人瞧罢忙站住，腹内沉吟把话明："不是本府来改扮，四品官，要进酒铺万不能。趁此时，何不进去吃一盏，然后卖药访民情。"主意已定忙迈步，进了酒家那铺中。大人举目抬头看，吃酒人等不一同：也有那，富家子弟来消饮；也有那，买卖工商士与农。大人看罢不怠慢，拣了个座儿偏在东。药箱搁在桌儿上，酒保前来把话明："先生要用什么酒？吩咐明白全现成。"大人闻听过卖话，说"堂倌留神要你听：给我半碗苦黄酒，速快为妙，趁早还要做经营。"跑堂答应翻身去，不多时，拿了来，放在桌上把话云："先生要用什么菜？"大人说："全都不要没有铜。"堂倌闻听扬长去，再把忠良明一明。一边吃酒闲听话，为得是，公案不结搁考成。大人正然心纳闷，忽听那，西桌上开言把话明。

第二十回　贪秀色识别女人头

刘大人正然心中纳闷，忽听那西边桌儿上有人说话。刘大人举目看：原来两个人对坐着饮酒闲谈。北边那个人，有三十四五；南边那个，不过二十七八。看光景，都有几分醉意咧。北边坐着的那个人，向南边那一个年轻的讲话，说："老七，有件事情，你知道不知道？"南边那个人就问说："什么事情？"北边那个人闻听，带笑开言，说："这话有好几天咧。这一天，我给书办王先生出分金去不是？打王老爷的衙门后身过去，向北边走到了丁字街，又向正东去，离丁字街不过五六十步，路北里有一座庙，那不是莲花庵吗？"南边那个人闻听，说："不错呀！您那不知道吗，那庙里是女僧，当家的叫妙修，那个小模样子，长了个干净！今年至多不过二十七八，她就是咱们这翠花庵住的武老爷的第二个女孩。武老爷不是做过山西太原府的知府吗？因为官事，不是杀咧？这就是他的女孩。如不然，她的法名叫妙修，怎么都叫她武师父呢？"北边那个人闻，说："这就是咧。你说那一天，我刚到她的庙门口，只听哗啷一声，把门就开放了。我当是武姑子出来买什么来咧，举目一瞧，不是武姑子。"南边那个人就问，说："必是做饭的那个老净师父。"南边那个人言还未尽，北边的那个人又接上咧："老净咧，老脏咧，是一个年轻的妇道！光景不过在二十二三。你说武姑子长得好不是？老弟呀，要叫你瞧见这个女子的容貌，眼珠子努出有四指多长，还不够使的呢！你说她出来做什么来咧？"南边这个人也爱问，说："她出来做什么来呢？"北边那个人说："原来她是出来买线来咧。我一见，我这个腿不由得就站住咧。随即我就装了袋烟，和卖线的对了个火，搭讪着我就装着问道，一边说着话，我眼睛可是瞅着她。她就挑线。你瞧，她伸出那个小手儿来，真乃葱枝儿似的一般，叫人怎么不动心？这个工夫，她买线进去咧，哗啷，把庙门关上咧。晒了我个挺梆子老硬，我才无的想咧，死心塌地出分子去咧。及至出了分子回家，到了晚上，要睡觉了，我这个觉哪睡得着？眼睛刚一合，那个小模样子就来咧！闹得我这几天少魂无魄，拿东忘西。老弟，你说怎么好！再者，还有件事：昨日江宁县城隍庙前头，官井中出的那件事，赵洪提水，不是捞上个人头来？无有尸首,也无有原告,也无有被告。地方报咧。总督高大人委了首府刘大人去断,五天要断清回复。五天要断不清,听参。刘大人坐着轿就去咧。到了城隍庙前头一验,令人下井打捞,好,女子的尸首倒没见,又打捞上个死人来咧!那一天,我就跟了去瞧热闹来着。老弟呀,你说刘大人怎么断?他看了一看,一声儿也无有言语,扯了个溜子,回衙门去咧!这也搁在一旁。也不知是这几天我想的色上了脑袋,欺住眼咧;也不知是他娘的真是那个死尸!我可不认得那个人头。我越瞧越像前几日买线的那个女子她的脑袋……”北边这个人刚说到这一句,吓得南边那个年轻的就站起来咧,一把手就将他的嘴捂住咧,说:“二哥,不要你混讲!”

只见那南边的开言讲话:“二哥留神要你听:你也不知其中事,信口开河了不成。总督昨日把生辰庆,为得是打网要想铜。属下敢不把上司敬?众官员,自得侍奉要行情。内中就有刘知府,他向总督去装穷。牛肉切面黄花菜,还有那,小豆腐两碗也算礼,一句话,共总不值两吊铜!高大人见了气红眼,礼物全拨不留情。刘大人羞恼变成怒,辕门把守不相容。瞧见那,众位老爷来上寿,迎上前去把话明,说道是:‘高大人吩咐全免礼,一概不收早回程。’总督闻听这个信,不由怒气往上攻。因为他昨日拨寿礼,今日硬派他审屈情。方才你说的那句话,要叫他的差人闻听了不成!”

第二十一回　害人命李四中邪祟

话表南边那个年轻的人，吓得站起来，会了酒钱，拉着那个色鬼出门而去。刘大人旁边吃着酒，闻听这个话，腹内思想，说："那是姑子庙，怎么又住着在家女子？莫非是带发修行？方才那个人，怎么又说井中的人头，像莲花庵女子之头？细想来，定是讹言。莲花庵既将女子杀死，必定掩埋尸首，缘何把人头扔在井中？岂不是自招其祸？再说，移祸于人，此井又是官井，真真的这个囚徒行事古怪！方才那个人的话，不可不信，也不可全信。此时天气尚早，何不到莲花庵观看动静，见机而作。"大人想罢，站起身来，会了酒钱，背着药箱出了酒铺，照着那个人说的方向，迈步而走。大人一面走着，一面吆喝。

这清官，走着道儿高声卖："列位乡亲仔细听：我卖的，妙药灵丹无虚假，专治那，古怪病症与恶疮。"大人虽然装卖药，吆喝的闷都嗓子更强。又说道："一切疔毒无名肿，小儿食积脸焦黄，跌打损伤筋骨坏，还有五痨共七伤。这些病症全能治，北京城内把名扬。"刘大人，正然吆喝往前走，路北边，门口站立一红妆，用手一招把先生叫："快来罢，请你瞧病治夫郎。"大人闻听又细看：女子的娇容实在强，黑漆的驴脸擦上粉，好似冬瓜下了霜。头上黄发如金线，根根披散耳边厢。樱桃小口有牛腰子大，胭脂搽在嘴边厢，好像血瓢一般样。一说话，先露出，板尺黄牙有尺半长。身穿粗布蓝夹袄，绿布挽袖上面镶。红布裤子不算旧，又往下瞧，相衬那，小小金莲尺半长。杨柳细腰够两搂①，瞧光景，只怕早晚要占房。年纪不过三旬上，你听她，说话故意拿巧腔。世间少有这般妇，恰似那，显道神的妈妈猪八戒他的娘。

刘大人看罢，说："娘子将我叫住，有何话讲？"那丑妇见问，说："先

① 两搂——两人合抱。形容长得肥胖。

生,你会送祟①不会?”刘大人闻听,说:“斩怪捉妖都能,送祟小事,有何不会!”丑妇闻听,说:“既然如此,请先生到里边坐。”大人说:“娘子前行。”

丑妇将大人领进房内,将药箱儿搁下,然后坐在斑竹椅上。大人留神观看,但见那床上躺着一个人,年纪不过三十四五,又听他满嘴里念念叨叨,也不知他说的是些什么言词。大人正然观看动静,又听丑妇讲话,说:“先生,床上躺着这个人,就是我家的男儿,忽然得了这么个病症,躺在床上,自言自语,念念叨叨,竟不知他说的是些什么话语。问着他,他也不知道。据我瞧,倒像撞客着什么咧。所以把先生请进来,看看是何病症。若治好我家男儿,自有重谢,不敢相轻。”大人闻听,说:“娘子,既然如此,把令夫的被窝掀去,我好瞧看而治,方不能有误。”丑妇闻听,不敢怠慢,站起身形,迈开那尺半长的小金莲,走至她男人的床边站住,用手将被窝掀去,说:“先生请看。”刘大人闻听站起身形,走至床前留神细看。

这清官,留神仔细用目看,目视床上得病的人。年纪不过三旬外,有几根,狗蝇胡须像铁针。鹰鼻相配耗子眼,两腮无肉翻嘴唇。项短脖粗脑袋小,孤拐脸上带青筋。大人看罢心明亮,腹内说:“长相就是坏贼根。”又听他念念叨叨自言语,句句糊涂听不真。大人观瞧这光景,眼望丑妇把话云:“令夫病症真厉害,我一瞧,冤魂缠绕不离身。”大人刚说这一句,丑妇闻听面似金。忠良观瞧这光景,早已明白八九分。故意又用话来吓:“娘子留神听我云:趁早若不除邪物,倒只怕,半夜三更要闹人。”丑妇闻听魂吓冒,战战兢兢把话云:“先生既然你看破,快施法力赶冤魂。夫主但得灾病好,愿谢先生二两银。”刘大人闻听这句话,复又开言把话云。

刘大人闻听丑妇之言,话内有因,说:“娘子,既然如此,快去买黄表纸一张、新笔一管、朱砂二两、白芨一块,我画几道灵符,将冤魂赶去,病人即刻身安。”丑妇闻听刘大人的这些鬼吹灯,并不敢怠慢,出去烦了西边的街坊张兴的儿子张住儿。去不多时,全都买来咧,送到丑妇房中,交代明白,出门而去。丑妇将纸笔等类,递与忠良。刘大人接过,搁在放的那一张一字桌儿上面。贤臣复又开言,说:“娘子,有裁纸刀拿一把来。”丑

① 送祟(suì)——祟,原指鬼怪或指鬼怪害人。送祟,即把鬼怪请走,不要让它加害于人了。

妇闻听，连忙走到西套间屋子里，拿过一把尖刀，递给大人。大人接过一看，这把小刀子倒也可以使得，硝鱼皮的鞘子，银什件桦木刀柄。复又留神细看，见那刀柄上面，有刻的三个字，原来是“长保记”。大人观瞧，不由得心内一动，暗自沉吟，说：“昨日城隍庙前井中捞上来的那一个死尸，胳膊上有针刺的字迹，左边是‘一年长吉庆’，右边是‘四季保平安’，掐去上二字，岂不是‘长保’二字？”大人越想越对，说：“井中尸首，一定是这个囚徒谋害。”大人想罢，知此案归于有着，可以就此追究。因用那把小刀子，将纸裁开，复又讲话。

这清官复又开言叫：“娘子留神听我云：令夫主，贵姓尊名说与我，灵符上面改眷真。赶去前冤魂除邪祟，家门清泰过光阴。”丑妇难猜贤臣意，真乃是，诡计多端刘大人。为得是，访问囚徒真名姓，两下相对辨假真。丑妇不解其中意，眼望忠臣把话云：“奴夫主，姓李行四号叫破庙，奴家刁氏住在北屯。”大人闻听这些话，亲笔拿在手中存。再将那，朱砂掭饱霜毫管，黄表纸上起烟云。大人本不会这一道，讲不起，既装师婆要跳假神。手中朱笔胡乱抹，也不知请的是那位神。忠臣画完搁下笔，眼望那刁氏开言把话云：“这道符，贴在外边房门上，冤魂再不敢进宅门。”丑妇闻听接过去，果然贴在外边存。忠良复又开言叫：“娘子留神听我云：我再念套解冤咒语，打发怨鬼早离门。若要病好身安泰，明日早，叫令夫，城隍庙中去谢恩。表说自己的真名姓，叩头礼拜把香焚。如要不听我的话，怨鬼再来命难存。”刁氏答应说：“知道，先生良言敢不遵？”刘大人说罢不怠慢，拿糖做势就请神。左手掐诀当地站，眼望李四恶贼根。口中含糊来讲话，满嘴中，一溜哇啦听不真。大人道：“本府出衙来私访，为得是，井中尸首少尸灵。还有个，少妇人头无苦主，高总督，官报私仇把我寻。刘某既做民公祖，岂肯屈棒打良民？你果然，要是井中那死鬼，我的言词要你遵：暂且相容将他放，本府好拿他进衙门。与你雪冤将仇报，叫你家，葬埋尸首好入坟。”大人说罢拍一掌，“吧”，一个嘴巴下狠心。打得个李四一合眼，暗中果然去冤魂。贼人爬起翻身坐，说道是：“贤妻快些插上门。”

只见囚徒李四，被刘大人一个嘴巴打好咧！翻身坐起，楞里楞怔，说：“贤妻快些将门插上，再别叫他进来咧！”刚然说完，一抬头，瞧见刘大人坐在椅子上面，贼人不解是谁，眼望刁氏，说："贤妻，椅子上坐的这位，是哪里来的？到咱家有何贵干？"刁氏见问，就将以往从前告诉他男人一遍。囚徒闻听，这才明白，腹中说："好手段！"复又向刁氏开言讲话，说："既然如此，那屋里小柜子里还有五百钱，拿来给这位先生买盅酒吃罢。"刁氏闻听，说："我有言在先，如若将你治好，送先生纹银二两。"贼人李四闻听他妻子刁氏之言，不由心下为难：再说不拿出来，使不得；再说拿出来罢，白花花的二两银子，叫人拿了去咧，实在的心疼。这囚徒是得命思财，把贼眉一皱，计上心来。眼望刘大人，开言说："先生，我有句话和你商议，不知道使得使不得？"大人闻听，说："但不知有何话讲？"李四见问，说："先生，我有个朋友，离这里不远，也是得了个邪气病，闹得很厉害，总治不好。我见你手段高强，你明日再来，我把你荐到那里去，管叫你发点财。再者呢，眼下我家中不便宜，明日我给你预备下；再治好了我那个朋友，连我的这个一块儿拿去。但不知先生意下如何？"

明公想理：这是李四的花串，刘大人是何等样的英雄，胸藏锦绣，智广才高，按星宿下界，扶保清朝，算治世的能臣，就叫这厮赚了去咧？哪能呢！

忠良闻听，装着猜不着，就说："是，多承荐举，另日再谢。"大人说罢，背起药箱，向外而走。李四将大人送出街门不表。

再说刘大人记住了他的门户，这才迈步而走，要到莲花庵观看个动静，好完此案。

这清官假扮江湖客，卖药为由把人瞒。穿街越巷走得快，大人抬头举目观：路北就是那庙宇，"莲花庵"三字刻在山门上边。朱红山门紧紧闭，一对旗杆分左右，挂旗绒绳上面悬。刘大人，庙外观瞧时多会，总不见，有人开门到外边。无奈复又向东走，却原来，一块空地少人烟。大人举步向东北走，有一个，蓝布包袱扔在那边。忠良说："必因荒疏失落此，到家要找难上难。富足之家还犹可，穷苦之家坑个眼蓝。"大人思想朝前走，来到跟前仔细观：小道旁边是路北，包袱就在路北边。大人伸手忙拿起，只觉沉重不可言。忠良说："何不打开看一看，什么东西在里边？"说话之间解开扣，留神看：有个蒲包封裹严。大人说"必是吃食物，定是瞧人套往还。"说着打开蒲包看，把一个，为国的忠良倒为难。

第二十二回　风云变又起腌尸案

西江月：

百岁光阴易过，人生何不回头？争名夺利几时休，只是钱财不够。

名乃风前之烛，利是水上浮沤。恁君肥马与轻裘，生死无常依旧。

话表刘爷打开蒲包一看，并非吃食、衣物等类，原来是不多几天的一个死孩子在里头包着呢！刘爷又仔细一瞧，还是个小厮，就只一件，通身上下，被盐腌得好似胭脂瓣一样。刘爷看罢，说："这件事稀奇，也不知这孩子死后才腌的，腌了才死的？再者，人家死了儿女，疼还疼不过来，岂有拿盐倒腌起来的？断无此理。想来这孩子定是私情之胎。就是私胎，将他扔在荒郊野外，也不可腌了才扔。这件事，细想来一定另有隐情在内。"大人想罢，眼望着那个盐腌了的死孩子，讲话说："罢了。暂且我送你一个安身之处。等着我访一访你的准爹准妈是谁，那时节我替你问一问他们：你干了什么不才的事情咧？把你这等一路苦办！"大人说罢，仍旧拿包袱把蒲包包好，将他老人家那药箱子打开，全都装在箱子里面，仍旧把箱盖盖好。

猛抬头，东南来了个人，行走得甚是慌悚，说话之间，已来至近前。刘大人一看，原来是个闲汉：身穿的衣服甚是不堪，年有五旬开外。大人看罢，眼望闲汉开言，说："君子，在下有一事相烦，但不知肯应与否。"那人闻听，慌忙站住，也就带笑回答说："尊长有何吩咐，请道其详。"刘爷闻听，说："在下要到此处首府刘大人衙门瞧看病症。箱子中的药材，特带得多了。不料行至此处，背不动，因此相烦，把这个小箱子替我背到刘大老爷门内，绝不相轻，定有酒资相赠。"那人闻听，也就带笑回言，说："这有何难？我就代替先生送去，有何不可。"说罢，毛腰①伸手，将箱子背在肩上，迈步前行。刘大人在后面相跟，径奔了自己的衙门，迈步而来。

---

① 毛腰——弯腰。也作猫腰。

这清官走着道儿心纳闷，猜不透其中这段情。不由紧把眉头皱，又想起，官井之中事一宗：总督高宾硬派我，因他怀恨在心中。差遣刘某断此案，分明是，公报私仇要扳成①。五天不能结此案，好大不便在其中。丢官罢职全是小，怎么样的才是好？回归故土上山东。事已至此难相顾，一秉丹心答圣明。刘爷思想来得快，知府衙门眼下横。大人后面吩咐话："后门而进要你听。"那人答应说"知道，不用先生再叮咛。"说话之间到门首，药箱子搁在地流平。大人上前将门叩，惊动张禄在房中。就知大人回来了，迈步翻身向外行。哗啷开放门两扇，刘大人开言把话云："快把箱子背进去。"内厮答应不怠慢，忠良迈步向里走，张禄背箱后跟行。刘爷前边吩咐话："张禄儿留神要你听：此箱背到东边去，放在那，土地祠的小庙中。派人看守不许动，回来我还有事情。"内厮答应背了去，大人自己向里行。穿门越户好几道，书房门在眼然中。刘爷掀帘走进去，太师椅，坐上清官人一名。按下刘公书房坐，再把那，内厮张爷明一明。

且说张禄身背药箱子，穿门越夹道，来至土地祠，走将进去，将那个小箱子一搁，在二供桌上面，然后出去，又派了两名差人前来看守，也不知贩了来的什么宝货。交代明白，他这才向里面而去。

来至内书房门首，掀帘走将进去，一旁站立。刘爷一见，说："禄儿，"内厮答应，大人说："拿上一串钱，给那个背箱子来的。把钱送出去，就说是方才那个先生给你的，叫你喝盅酒罢。""是。"内厮答应一声，拿上一串钱，到后门外，将钱递与那人，照刘爷的话说了一遍。那人接过，千恩万谢，欢天喜地而去。

那禄儿又回到书房禀明，遂与大人献茶，茶罢搁盏，摆上菜饭。忠良用完，内厮撤去碗盏。不多时，太阳西落，秉上灯烛，大人吩咐："快去到外边，把该值的衙役叫两名进来，本府自有使用。""是。"内厮答应而去。不多时，带进两名承差，跪在大人的面前，说："大人传小的们，不知有何差遣？"刘大人上面开言："你二人叫什么名字？"二差人见问，一个说："小的叫杜茂。"一个说："小的叫贾瑞。"大人闻听，说："杜茂、贾瑞听真：命你

① 扳成——原指把物品方向改变过来，此处指总督妄图陷害刘墉，要将黑说成白。

二人，今晚上速去到江宁县城隍庙中等候，明早要有人进庙烧香，自已通名道姓，要有叫李四者的，将他即刻拿来，自有道理。尔等须要小心，勿得违误。”“是。”二人一齐答应出去，刘大人这才安歇，一夜晚景无词。

到了次日早旦清晨，刘爷起来净面更衣，茶酒饭食已毕，吩咐内厮传出话去：“预备伺候本府升堂办事。”内厮答应，翻身向外而走，至外边堂口站住，高声吩咐一遍，进内回明太守。刘爷点头，随即站起身形，往外行走。

清官闻听内厮话，站起身来往外行。张禄相跟在后面，刘大人，来至大堂闪屏门，忠良走入暖阁去，公位上，坐下诸城县内人。衙役喊堂两边站，大人抽签验假真：上写“王明”两个字，忠良看毕把话云：“王明速来听差遣……”言未尽，承差答应跪在尘：“小的王明来伺候。”刘爷开言把话云：“快到东边土地庙，有一个，箱子现在那里存，速去取来本府看——”王明闻听口内应。站起翻身向下走，不多时，箱子拿到手中擎。放在当堂将千打：“小的取到照言行。”刘爷上面又吩咐：“你就打开莫消停，取有东西向外倒，本府当堂验分明。”承差王明忙答应，打开箱盖哪消停。端起向外只一倒，呱嗒掉在地流平。众人举目留神看：却是个，蓝布包袱在其中，不知里面包何物，还有那，几味药材掉在尘。书吏正然心纳闷，忽听那，刘爷开言把话云。

两旁书吏、衙役一个个心中正然纳闷，刘公上面说：“王明，你索性把那个包袱也打开。”“是。”承差答应，用手将包袱打开，又解开里面蒲包，一看，把王明吓了一跳！

只见那，众人齐都留神看，不由着忙吃一惊：原来不是别的物，却是孩娃里面盛。光景未必有一月，可叹他，刚转阳世又丧残生！更有一宗奇怪处，腌得好似血点红。众人不晓其中故，难猜就里这段情。书吏看罢齐发怔，刘爷开言把话云，上面又把王明叫：“近前来，我的言词要你听。”下面承差忙答应，迈步复又向上行，走至公案一旁站，大人低言把话明。清官爷，喊喊喳喳说几句，“如此这般这样行。”王明答应向下走，将那个，蒲包夹起往外行。按下王明出衙去，再把刘爷明一明。刚然要，纷纷点鼓将堂退，又见三人向里行：当先走的名贯瑞，手中锁拉一个人；后跟承差叫杜茂，来至堂前跪在尘，说道是：“小的二人遵命令，城隍庙内拿此人。”大人上面一摆手，承差抖锁一边存。忠良留神往下看，打量囚徒这形容：年纪不过三旬外，鼠耳鹰腮翻嘴唇，一脸黑麻真难看，有几根，狗蝇胡子像铁针。大人看罢开言叫："李四留神要你听：你的事犯机关露，谋害人命丧残生！囚徒抬头往上看，瞧瞧本府是何人？"李四吃惊贼眼瞅，这不就，吓坏囚徒一个人。

恶人李四在下面闻听大人之言，朝上一看，吓得他目瞪痴呆，腹内暗说："不好，原来是知府假装卖药的先生，到我家私访。"正是李四害怕。刘大人在上面开言说："李四，你为何谋害人命，将尸首扔在井中？从实招来！但有虚假，定叫你狗命难逃！"李四闻听，说："大人在上，乾坤朗朗，小人焉敢行凶？再者，既是原告，小人谋害的是张、王、李、赵？什么人看见？望公祖详情，休要屈赖小人。"刘爷闻听，冲冲大怒。

忠良闻听冲冲怒："胆大囚徒要你听：花言巧语哄本府，想想刘某平素中。你说无据又无证，要想不招怎得能？依你说，死鬼名字我不晓，倒要囚徒狗耳听：死鬼名姓叫长保，被你谋害命残生！"刘爷刚说这一句，李四听闻魂吓惊。又听大人忙吩咐："快看夹棍莫消停！"左右公差齐答应，不多时，夹棍拿来撂在尘。只听咯当一声响，堂音震耳令人惊。大人上面忙吩咐："夹上囚徒胆大人！"左右公差一声喊，李四一见走堂人：说"大人不用动夹棍，小的都，一往从前禀告明。"

第二十三回　昧良心盟兄杀盟弟

贼人李四见公差们将夹棍拿来，当堂一摔，那宗东西响声震耳；再者呢，他又认出刘爷是昨日卖药的，到过他家，明知事犯，不敢强辩。心里想：我今算是上供羊咧！迟早不过一死，是个好的，何苦又挨一夹棍，临死落一个跛鬼？看起来果然是神目如电。也是我暗损阴德，苍天不佑。李四想罢，向上磕头，说："大人暂且宽息，待小的实言禀告。"

李四下面将头叩："大人留神在上听：小的姓李名李四，家住此地江宁府，我有个盟弟叫长保，出外镇江做经营。昨日得意回家转，无心中，当街撞见两相逢。我将他请到我家去，叙谈闲话饮刘伶。忽然之间天际雨，盆倾瓮倒一般同，雨大天黑难行走，也就住在我家中。夜晚复又将酒饮，长保带酒有十分，趴伏桌上沉沉睡，好似死人一般同。小人就，暗暗打开他被套，瞧见里面银四封，还有那，新旧衣服好几件，二吊七百老官铜。小人见财起了意，要害长保命残生。瞧见那，菜墩搁在桌底下，忙忙拿在手中擎。轻轻走到长保处，小人举意下狠心：照着脑袋打下去，一墩砸塌左耳门。"李四说到这一句，这不就，气坏山东诸城县的人。

刘大人听到这一句话上，牙咬得咯吱吱连声听响，说："我把你这人面兽心的囚徒，谋害人命如同儿戏！后来怎么样？"李四见问，说："大人在上，小的也不敢撒谎：一木墩子将长保打死咧，又将他身上衣全都脱下来，然后将他的尸首趁夜静无人，小的就将尸首背去，扔在江宁城隍庙前井中，这就是一往实情。我自说此事神鬼不知，哪知大人裁断高明，今日事犯，小人情愿领死。"大人闻听李四之言，说："万恶囚徒，哪怕你不死！"

清官座上一扭项，眼望书办把话云："快把招词拿下去，叫恶人，画上花押等受刑。"书办答应不怠慢，拿下去，递与李四落笔踪。当堂画押搁下笔，大人吩咐"快上刑。将他掐入监牢内，等候结案问典刑。"禁子答应不怠慢，当官钉钮上官刑。带下李四人一个，收监等死暂不明。再表清官刘太守，吩咐点鼓掩屏门。大人说罢忙站起，出了公位一转身，忠良迈步向后走，大堂上，四散公门应役人。衙中里外全不表，单讲承差叫王明。夹定死孩出衙外，抱抱怨怨往前行。开言不把别的叫，“罗锅”连连叫两声：“你今故意扭难我，这‘美差’，偏偏单派我王明。少头无脑从那办？我知道，谁家扔的小孩童？既无名来又无姓，真是挠头事一宗。放着公事你不办，胡闹三光混逞能！我看你，五天不能结此案，总督焉肯把你容！一定动本参了你，丢官趁早上山东！”王明他，抱怨之间来得快，自己家门眼下横。

承差王明抱怨之间，来到自家门首。迈步往里而走，一直进了自己住房，还未坐下，他的妻子张氏正在房中做些针线，猛抬头，瞧见他男人从外边走进门来，手里拿着个蒲包子，也不知包的是何物件，张氏只当是给他买来的什么吃食东西，眼望他男人带笑开言，说：“你买了什么来咧？”王明见他女人问他，有点气儿不大，说：“你问的是这蒲包子里头的东西吗？这宗物口沉呢，白嘴难吃呀。告诉你罢：这是罗锅子刘爷施了恩咧，瞧着孤苦，说我没有家谱，把这个物赏与我做爹——这是我前因前世的个小祖宗！快给我搁在咱们那个佛龛里面供起来罢！”那张氏闻听他夫主之言，妇道人家心实，他接过来，果然的搁在财神龛里头，高高的供起来咧。随即还烧上了一炷香，王明的心中有事，饭也没吃，他翻身向外而走，来至大街上，找了个小酒铺，进去拣了个座儿坐下，要了一壶酒，自斟自饮，心中纳闷，抱怨刘爷糊涂。忽听那边对过桌子上，有二人讲话。王明举目一瞧，原来也是喝酒的，一个有四十几岁，一个有二十七八岁，两个人可也是对坐着。东边那个年长的，向西边那个年少的，开言讲话。

他两个，饮酒之间把话云。年长的开言把话云：眼望幼年叫“老弟，要你留神仔细听：昨日早晨一件事，实在叫人好不明。偏遇见，我的肚子实不济，一早起来要出恭。”年长的，刚然说到这一句，西面之人把话云：“出恭不算奇怪事，怎么说，纵然不济主何情？”年长见问腮带笑：“老三别急仔细听：一早起来往外跑，莲花庵后去出恭。刚然蹲下撒出尿，瞧见那，皮匠挑担向东行。有一个，蓝布包袱担子上，走着走着掉在尘。皮匠他竟无瞧见，自管挑着担子行。老哥一见不怠慢，屎未拉完站起身。

老三你听：我见皮匠担子上挑着的那个蓝布包袱，走着走着呱嗒掉在地下咧！那个皮匠也没看见，竟自扬长去了。我一见，恭也顾不得出咧，屎也没拉完。你说凑巧多着的呢！偏偏的忘了拿手纸！两只眼睛只顾瞅着那个包袱咧，用手去地下一摸，摸了块瓷瓦子，拿起来就往眼子上一抹，吃喽，把眼子也拉破咧！那一时我也顾不得疼，慌忙站起，拾上裤子，跑到跟前一看，才乐了我个事不有余！打开一看，你说里头包的是什么东西罢？”西边那个年少就问，说：“包的是什么东西呢？”年长之人见问，说：“老三，你听：是他妈的奇了怪咧——是个死孩子在里头包着呢！我又仔细一瞧：还是个小小子儿！这也罢了，你说这个孩子的浑身上下，拿盐腌得好像腊肉一般！你说奇怪不奇怪？”西边那个人又问：“这个皮匠，可不知是哪里来的？你认得他不认得他呢？”年长些的说：“怎么不认得呢？我这脚上穿着这双鞋，后掌儿不是他打的吗？告诉你罢：提起这个人来，八成儿你也知道——就在这鼓楼底下出担子的，缝破鞋的王二楼那小子！”西边这个人闻听，说：“啊，原来是他！敢情我认得他。他的女人，不是跟着卖切糕的跑了吗？”年长的闻听，说：“是了，就是他呀！”二人说罢，大笑一遍，会了酒钱，站起身形，出了酒铺子，扬长而去。

刘大人的承差王明，一旁闻听方才二人之言，不由满心欢喜。

他两个，说罢出门扬长去，王明闻听长笑容：无心之中得消息，要刨根底不费难。何不径到鼓楼下，细细再去访根源。皮匠王二我见过，素日之间有往还。你家去把孩子扔，真奇怪，何人拿出到堂前？偏偏罗锅就找我，这样“美差”照顾我，说不得，既然得信去一趟，拿他搪限理当然。王明想罢不怠慢，站起慌忙会酒钱。迈步翻身出酒馆，一直径奔鼓楼前。一边走着心犯想，不由腹中好为难：倘若王二不认账，何为凭据被人说？王明心中打主意，忽然一计上眉尖，说道是：“必须如此这般行，管叫王二入套圈！”王明走着抬头看，鼓楼就在眼然间。承差安心钻皮匠，腹内沉吟把话云。

王明思想之间，来到鼓楼底下头，找了一块瓷瓦子，故意把脚上的靴拉绽了几针，他这才迈步向前而走，穿街到鼓楼北边一看，烟铺的雨搭底下，搁着一副皮匠担子，细看，果然是王二楼。承差王明一见，搭讪走到跟前，带笑开言，说：“王二吗？许久不见，哪里发财来着？”皮匠闻听有人讲话，一瞧，认得是江宁差人王明，慌忙站起来，说：“王大爷吗，彼此少见！”王明说：“有点活计，特来找你，待再替我做一做。”说着说着，一毛腰，把那一只瓷瓦子拉绽了的那只鞋，就脱下来咧：“这不是绽了几针？与我缝缝罢。缝得好的。”皮匠王二闻听，说：“错不了。”说罢，接过来穿缝。王明穿了皮匠一只破鞋，蹲在一边搭讪着讲话。

王明一旁开言道，眼望皮匠尊"老兄"："真真我才活倒运，一言难尽这苦情。今早晨，原本我要去拜客，我们伺候跟轿行。刚到莲花庵东北，小道旁，有个包袱那边存。大人偏偏说丧气，吩咐跟随手下人：'上前去，打开包袱仔细看，什么物件里边存？'手下闻听不怠慢，跑上去，打开包袱验分明。包的物件真奇怪，原来是，未曾满月死孩童。大人一见说丧气，冲天冲地了不成！吩咐王明'埋了罢。'你说我敢不依从？慌忙借锹借镢，就在此处刨下坑，这才将他埋葬了。将鞋刨绽自己缝，你说丧气不丧气！并不知，谁家扔的小孩童，白埋白葬拿住我，细想起，要肏他的都祖宗！"皮匠闻听王明话，手中扎煞鞋不缝："叫声王爷你别骂，是我扔的小孩子。"王明闻听心欢喜，暗骂了几声，正要你说这白话，拿你好去见刘公。承差想罢假和气，说道是："愚下失言了不成。"

第二十四回　王二楼贪财误偷尸

承差王明闻听皮匠王二楼之言，竟意的带笑说："好的，幸亏才没骂什么别的重话，是王二哥你那扔的？"皮匠说："是我扔的。"说话之间，将鞋缝完，递给承差王明。王明接过，将鞋穿好，不慌不忙站起来就解褡包，唏溜哗啦，就掏出锁子。皮匠王二楼不开眼，反倒带笑用手把王明一推，说："去罢，这点活计值不得要钱，带了去就完咧。这不是笑话了吗？"说话的这个工夫，王明可就把锁子掏出来咧，说："怎么叫你好意思白缝鞋吗？我也是无可为报罢咧——给你个罗锅子刘大人见见罢！"说着说着，哗啷，项上一套，拉起就要讲走。皮匠王二楼一见怪叫，吆喝说："好的，好的！怪不得人家说公门中爷们没个相与头，这句话真不错！你们在其位的太爷们都听听，这才是不讲理的呢！白缝鞋不要钱，他还不依，把我倒诓起来咧！还要给我个刘大人见见！你们太爷们说，这不是黄了天了吗！"王明一见，说："我把你这个关东刘的外孙惯造谣言；根半腿的钱亮秃子，闻听的不要浪言叫，听我告诉与你——"

王明带怒开言叫："皮匠王二楼要你听：非是我来将你锁，有个缘故你不明：我奉那，刘公之命来拿你，快些走罢莫消停！"皮匠闻听发了怔，少不得，同到衙门见刘公。无奈慌忙收担子，他两个，迈步如梭奔衙行。越巷穿街急似箭，留神看：府衙就在眼然中。可巧大人把晚堂坐，判断呈词理民情。王明一见不怠慢，手拉皮匠向里行，来至堂前将千儿打，说道是："大人在上请听明：小的遵依爷命令，原来是，皮匠扔的小孩童，他的名字叫王二，大人仔细问分明。"刘公上面一摆手，王明抖锁一旁行。忠良上面往下看，观瞧皮匠貌与容：年纪不过四旬外，眉目之中带老成，身穿蓝布旧夹袄，青布褡包系腰中。大人看罢开言叫："王二留神仔细听：道边孩童是你撂，又用盐腌主何情？本府堂前从实讲，但有虚言定不容！"皮匠闻听将头叩，说道是："大人在上请听明：孩童本是小的撂，却有缘故在其中。并非我家产生子，不知盐腌主何情。"刘爷闻听微冷笑，说道是："王二胡说了不成！"

刘大人座上闻听王二之言，说："满嘴胡说！死孩子既是你扔，缘何不知就里？"皮匠说："大人在上：这个死孩子，是北街上开鞋铺的李三的。"刘老爷闻听，说："就是他的，你为何替他去扔？"王二说："大人，这件事内中有个隐情，小的若不说讲，大人听之不明。小人当初在本府西街上，开着座鞋铺。此处有个姓李的，外号叫李三膘子，做的也是我这皮匠的手艺，家中甚是寒苦。小人当初周济过他，到而今小人倒闹累咧。李三膘子倒开了铺子咧，小的无处栖身，承他的情，叫小的在他铺子里住着。小的昨日有件事情窄住咧，心里想着和他借几百钱，他想念前情，再无不应之理。谁知这小人更他娘的钱上黑，一个大钱不借！小人越想越气恼，他不念当日周济之情，忘恩负义。小的见他的柜底下撂着一个蓝布包袱，自当是衣服钱财在内，小的本要偷他的，一解胸中之气。天还未亮，小人就起来咧，轻轻地将屋门开放，把那个蓝布包袱就搁在小人担子上了，小的就挑出去咧。到了那莲花庵的东边，打开一看，是个死孩子里头包着呢！我就赌着气子扔在小道旁边咧。这就是实情，小的并不知盐腌的缘故呀！"大人忠良闻听皮匠王二之言，说："既然如此，你领王明到鞋铺将李三拿来，当堂对词。""是。"王明、皮匠一齐答应，说罢，王明带领皮匠一齐出了衙门，往北而走。王二楼眼望王明，讲话说："王大爷，这如今咱们去拿他，倘或他不认账，反为不美。倒不如你那刹住脚步慢行，我头里先去，将这个花尾巴狼稳住，省得他到当堂变卦。"王明说："很好。"说罢，王二楼扬长而去。承差王明在后边拿眼瞟着。

且说王二楼迈步如梭，不多一时来至鞋铺门首，往里一看，可巧李三膘子在柜里头坐着呢。一见王二楼前来，他就站起来咧，带笑往外开言，说："业障行子，你干的好事！白在我这里住着，一个大钱房钱不和你要，时常的倒喝我个酒，这个样的待你，这不越发好咧吗，偷起我来咧！怎么，你把我个蓝布包袱也偷了去咧！却原来你不自打量里头包的什么好东西呢！算你运气低，没有偷着。告诉你罢：是你个老生子舅舅在里头包着呢！还我罢，我还白给你五百钱，也不用你还。我那个东西，到你手也是个废物……"李三膘子言还未尽，皮匠王二楼往后一点手，王明一见，不敢怠慢，紧跑几步，登时来至了鞋铺的门首。

王明举目留神看，打量柜里那个人：年貌不过三十岁，打扮却是买卖人。皮匠王二一努嘴，承差搭讪进铺中。李三一见忙站起，说道是："爷台请坐献茶羹。要用鞋来要用袜？吩咐我好遵命行。"王明闻听佯不理，褡包掏锁手中擎，迈步近前只一抖，哗啷套在脖项中。李三一见黄了脸，怪叫吆喝把话明，说道是："在下并没犯王法，无故上锁理不通。倚仗公门欺买卖，李三不是省油灯！"王明闻听微冷笑，说："李三，不必发虚混充人。太爷既然将你锁，总有缘故在其中。何用多说快些走，刘大人，当堂立等问分明。"说罢拉起向外走，皮匠王二后跟行。越巷穿街全拉倒，大人衙门眼下存。王明一见不怠慢，带进王李两个人。来至堂前齐跪倒，王明回话一转身。大人座上往下看，打量李三貌与容：年纪倒有三十上，面带奸顽不老成。刘爷看罢开言问："叫一声，李三留神你听明！"

刘公看罢，往下开言说："你就是此处北街鞋铺里的李三吗？"李三见问，向上磕头，说："小人就是李三。"贤臣爷又问说："今有皮匠王二，当堂将你供出：莲花庵的东边，扔着一个蓝布包着盐腌的孩童，他说是你家扔的。但不知死后又腌他，主何缘故？倒要你实说。倘有一字不实，管把你狗腿夹折！"李三见问，向上磕头，说："大人在上，要问这死孩子盐腌的缘故，小人也不敢撒谎。因为小人的房东是个年轻的寡妇，小人住着他的房子，总不给他房钱，每月还要倒使他个三吊两吊的。他要不依，小人就拿这个死孩子讹他——我说是他养的。他怕小的吵闹，被人耻笑，他不与小人一般见识，小人就得了这个倚咧。我就把这个死孩子收起来咧，一搁搁在柜底下，预备到了月头上，好搪房钱。不料昨日黑家，被王二楼当衣服财帛就偷了去咧。回大人：这就是死孩子的缘故。"刘公闻听，说："搪房钱罢了，为何又拿盐腌起来？这是取何缘故呢？"李三说："小的实回大人：这宗东西，实在的难掏弄。好容易才得了这么个，怕得是日子多了坏咧，没有使唤的，故此才拿盐腌起来咧。"刘爷又问："这个死孩子，可是你家的么？"李三说："回大人：小的光棍汉，并无家眷，哪来的孩子呢！"刘公上面一声断喝："咄！我把你这奸诈的奴才！既不是你家的，是何处来的？快快实说！但有虚言，立刻把狗腿打折！"李三见问，他哪还敢撒谎？向上磕头，说："实回大人：是小人的个朋友送小人的。"刘爷闻听李三之言，座上带笑咧，说："李三，""有，小的伺候。"大人说："你这个朋友，真交着咧！他姓什么？叫什么名字？住在哪一块？做何生理？快快说来！""是。小人的这个朋友，也住在北街上，三官庙的对过，开着座纸马铺，姓张，他叫张立。"刘爷闻听，往下开言说："王明，""有，小的伺候。"大人说："你速去到北街上、三官庙的对过纸马铺中，把那张立拿到堂前听审。"王明答应，翻身下堂，出衙而去。

去不多时，把纸马铺中的张立带到堂前，跪在下面。王明交差回话已毕，退闪一旁，刘爷座上观看。

清官座上留神看，打量张立这形容：年纪未有三十岁，不过在，二十六七正妙龄。天庭饱满准头亮，地阁方圆唇更红，脸似粉团一般样，分明白面一书生。蓝布袍儿正可体，外边罩，青布夹套穿在身。脚上穿，白布棉袜行穿荡，青缎皂鞋足下蹬。头戴一顶立绒帽，杭批缨子通点红。跪在堂前听吩咐，垂颈低头不作声。大人看罢开言叫："你就是张立吗？纸马铺内做经营？传你前来无别故，李三当堂把你供。他说是，你俩相好如骨肉，因此你送他死孩童。不可隐瞒从实讲，但有虚言定不容！"张立闻听大人的话，腹内说："原来却为这事情。皮匠李三嘴不稳，走漏风声了不成。内有许多不便处，叫我怎样去应承？"张立为难无主意，刘大人，带怒开言把话明。

第二十五回　乱佛规女尼私产子

刘大人座上开言，说："张立，为何不语？"张立无奈，向上磕头，说："大人在上，李三当堂既然实回，小的焉敢巧辩。"

张立害怕无主意，暗自思量了不成：眼下大人当堂问，怎样回复刘府公？罗锅大人难说话，恰似包公海刚峰，倘若一字说错了，难保今朝不受刑。不如当堂招认罢，料想不能要残生。张立想罢将头叩："大人留神在上听：孩童本是女僧养，就是那，莲花庵中那女僧。我俩素日有来往，夜晚长宿她庙中。小的原本行的错，与她有奸是真情。大人台下不敢隐，望公祖，宽宏大量暂且超生。"说罢下面将头叩，刘大人，座上开言把话云。

刘大人闻听张立之言，扭项讲话说："王明，""有，小的伺候。"刘爷说："爽利你再跑一趟罢，到莲花庵把庙主尼僧传来对词，快来！""是。"王明答应，翻身下堂出衙而去。一边走着道儿，一边抱怨说："这个刘爷，特也混闹。放着正事一点不办，不知打哪里掏弄了个死孩子来了，传这个唤那一个，叫他把我支使了个手脚不沾地！这么一会就是三四趟，连拿带传够一捧咧！再弄出这个来好开招，我看你闹到归齐是怎么样！"王明抱怨之间，来到莲花庵的门首，慌忙站住，瞧了瞧，山门紧闭。王明看罢，用手击户，啪啪连声响亮。

且说里面女僧，闻听外面门声响亮，只当是施主送香灯布施来咧，迈步向外而走。来至山门以里站住，向外问话，说："外面什么人叫门？"王明说："送布施来的！"女僧闻听，哗啷，把庙门开放。王明一见，开言就问，说："大师父，你就是这宝庵的当家的么？"女僧说："不敢，小尼就是。但不知爷上是哪一位老爷家送布施来的呢？"王明说："你问我？我是江宁府刘大人打发来，立传法驾即刻进衙。你那偷嘴的那一案犯咧，快些跟着我走罢。我一个人的大老爷咧！"武姑子闻听承差王明之言，吓得无言可对，面貌更改。

这女僧看罢心害怕，不由着忙心内惊：莫非冤家那事犯，口齿不严走漏风？正是尼姑心害怕，忽听那，王明开言把话明："不必挨迟快些走，一同前去见刘公。与其这时心害怕，当初不该把那事行。”武姑子闻听通红脸，默默无言不作声。王明催促说“快走，但要支吾我定不容。”女僧闻听无其奈，只得的锁上山门要进衙门，一同承差往前走，穿街越巷不消停。招惹军民无其数，纷纷不断语高声。这个说：“武姑子犯了什么事？承差来传有隐情。”那个说：“武姑子素日正经得很，不见闲人进她庙中。”你一言来我一语，大伙言讲后跟行。按下军民不必表，再整王明共女僧，转弯抹角来得快，刘大人衙门在眼下存。正遇大人将堂坐，判断民情与主尽忠。承差一见不怠慢，带定女僧往里行，东边角门走进去，举目瞧，堂上人役乱哄哄。这王明，带定女僧朝上走，来至当堂跪流平说：“大人在上女僧到。”大人上边一摆手，王明站起一旁行。罗锅留神往下看，打量女僧貌与容：年纪未必有三十岁，不过在，二十六七正在妙龄。青缎僧帽头上戴，三镶的云鞋足下蹬。套环的丝绦在腰中系，一双俊眼赛星星。眉似远山拖翠黛，鼻如悬胆正当中，脸似丹霞一般样，未开口，想必是糯米银牙在口中。两耳藏春真好看，就只是，缺少桃环显着空。腰如杨柳随风舞，袍袖长，十指青葱看不清。小口樱桃无言语，跪在地，默默无言不作声。刘大人，看罢自是将头来点，不由赞叹这尼僧：“难怪这尼姑把佛门乱，不由人不动心情。”大人想罢时多会，往下开言把话明。

刘大人看罢，往下开言，说：“那一女僧，今有纸马铺的张立，说与你有奸，将私胎与人，扔在野外，可是真情？”女僧见问，向上磕头，说：“大人在上：公祖的神见高明，小尼也不敢强辩。望大人贵手高抬，看佛怜僧。”刘大人闻听，微微冷笑，往下吩咐，说：“将这女僧和开纸马铺的张立带将下去，令人看守，不许他们串通口供。少时再问。”下面人答应一声，将两个人带下看守不表。

且说刘大人又叫：“承差朱文。”“有。小的伺候。”大人说：“俯耳过来。”大人向朱文耳朵上悄语低声，嘁嘁喳喳，说“如此这般，这般如此，急去快来。”“是。”朱文答应，翻身下堂出衙而去。不多一时，只见他手拿个蒲包往里而走，来至堂上，将蒲包搁下，一条腿打千儿，回话说：“小的照大人的言词而办，拿了来咧。”刘大人一摆手，朱文站起，一旁侍立。大人又往下开言，说：“将那女僧和张立带将上来！”“是。”这下面答应一声，不多时，将二人带至当堂，跪在下面。刘大人上面开言，说：“张立，”“有，小的伺候大人。"刘大人说:"你放着买卖不做,你眠花宿柳,私奸佛门弟子,岂是良人所行?今日事犯,当堂还有何说分辩之处?"张立闻听刘大人之言,向上磕头,说:"大人在上,贵手高抬,恕小人年幼无知,饶过我这一次,下次再不敢妄行。"说罢,咕咚咕咚只是磕头。大人微微冷笑,又往下叫:"那一女僧,""小尼伺候大人。"刘大人带怒开言,往下便问。

刘大人带怒开言叫:"女僧留神要你听:既在佛门为弟子,你就该,一心秉正去修行。为什么,私自偷情把纲常坏,玷辱了佛门教下的僧?私胎埋在荒郊外,令人观瞧甚惨情。我瞧你,这个光景也难住庙,倒不如,还俗还是一个正经。细想来,你素日朋友也不少,你何不,拣选一个把夫妇成?也省得,受怕担惊在风月下,育女生儿也有后承。"刘大人,不村不俏①几句话,把尼姑,白脸说了个通点红。这女僧,下面只是将头叩:"望大人,隐恶扬善容一容。"大人闻听又讲话:"你二人留神仔细听:幸亏遇见我本府,少不得,看佛要怜僧。私胎现在公堂上,就在蒲包里面盛。拿去埋在荒郊外,自此后,紧守佛门不可乱行。张立也好做买卖,再要是,犯我手中定不容。"吩咐衙役把蒲包取,交与他们两个人,当堂打开验分明。承差朱文不怠慢,把蒲包拿来交与女僧。刘大人吩咐打开看,武姑子闻听不消停。伸手就把绳扣解,真奇怪,蒲包包够好几层。全都打开留神看,武姑子观瞧把魂吓惊;张立在旁边也是打战,登时嘴唇紫又青。众多青衣也发怔,变为咧,何从是个死孩子在里面盛?原来是个人脑袋,仔细瞧,是粉面油头的女俊英!武姑子看罢真魂冒,"哎哟"了一声扔在尘,浑身乱抖筛糠战,口内说"打鬼打鬼"不住声。刘大人观瞧这光景,贤臣腹内早已明。往下开言把女僧叫:"不必害怕你吃惊。送暖偷闲犹可恕,绝不该,杀害人命在庙中!将头扔在官井内,因奸不允擅行凶!你自说,此事神鬼不能晓,哪晓得,本府判断有才能。事犯当堂有何辩?快快实言免动刑!"

刘大人说:"那一女僧,还有何辩?从实说来!"武姑子闻听刘大人问的这个话厉害,自己心中思想,说:"我自想认了奸情,也不至于要命,谁想又勾出这一件事情。这人头本是我妹妹素姐之头,因为我那狠心的冤

① 不村不俏——不庸俗也不俏皮。

家求奸不允,将他用尖刀杀死,尸首埋在庵后院中,冤家将头拿出庙去,他说有一仇家,移祸于人。不料这人头现在当堂,这如今要招承,性命休矣!"复又思想,说:"素姐虽是我庙中杀死,现今无凭无证,何不咬定牙根,至死不招,看这刘罗锅子其奈我何!"

武姑子想罢,向上磕头,说:"青天大人在上,小尼与人通奸真实,要说小尼杀人,谁是见证?哪一个是原告?望大人的秦镜高悬。杀人之事,休要屈赖我佛门弟子。"大人闻听武姑子这个话,座上微微冷笑,说:"你这个话说得倒也顺理,就只是抄手问贼,你如何肯应?"吩咐左右:"与本府拶起他来再问!"这下面一声答应,登时把拶指①拿到堂前一撂,响声震耳,不容分说,把武姑子尖生生的青葱十指入在木棍之内。刘大人座上吩咐:"拢绳!"这下面齐声答应,左右将绳一拢,挽在上面。武姑子疼了个面如金纸,唇似靛叶,浑身打战,体似筛糠,热汗顺着脸直淌,战兢兢望上开言,说:"青天大人在上:我小尼杀人,又无证见,无故屈拶,叫我招承,大人岂不有伤天理?"刘大人闻听,不由冲冲大怒,往下开言。

清官闻听冲冲怒:"女僧留神要你听:花言巧语哄本府,想想我为官平素中。我也曾,十里堡去拿那徐五,假扮算命一先生;上元县北关出怪事,将人杀在旅店中,我也曾,私访拿过王六,搭救店家命残生。昨日里,巡按派我把人头审,当街卖药把人蒙。其中就里我早知晓,你要不招枉受了疼。"吩咐左右加拶板,手下人答应不消停。只听乒叮连声响,疼坏佛门好色僧,咬定牙关不认定,挺刑也是为残生。话要叙烦人不喜,一连三拶不招承。大人观瞧也发怔,说"莫非其中有冤情?我要断不清这件事,巡按高宾未必容。再要加刑不合理,真真为难的事一宗!"刘大人,座位之上搭着窄,只急得,浑身热汗似蒸笼。忽然之间灵机动,说道是:"必须如此这般行。"大人想罢开言叫:"王明留神要你听:快把女僧带下去,明日早堂审问明!"

---

① 拶(zǎn)指——旧时用拶子夹手指的酷刑,此处亦指刑具。

第二十六回　莲花庵色鬼又杀人

刘大人说:"王明,""有,小的伺候大人。"刘大人说:"俯耳过来。""是。"王明忙答应,将耳朵俯在刘大人的嘴边。刘大人低言悄语,说:"王明,你暂且将这女僧带将下去,赶三更天,将她带到城隍庙的大殿之上,锁在她供桌腿子之上,你就在一旁看守。但有错误,把狗腿打折!""是。"王明答应,翻身下行,带定女僧出衙而去,不必再表。

且说刘大人座上吩咐:"将王二楼打放;将李三膘子打了十板,一月的枷号;把开纸马铺的张立暂且寄监。"刘大人堂事已毕,吩咐点鼓退堂。下面鼓响一阵,刘大人退进屏风,众役散出不表。

再说刘大人来到内书房坐下,张禄献茶,茶罢搁盏,随即摆饭。刘大人用完,张禄撤去家伙,不多一时,太阳西坠,秉上灯烛。刘大人叫:"张禄儿,""有。"小厮答应。大人说:"传书办和英、承差陈大勇,叫他们二人速来,说本府立等问话。""是。"张禄翻身而去。不多一时,将二人传来,带至内书房,打了个千儿,都一旁站立。刘大人一见,说:"你二人起更天,到城隍庙中,暗自将大殿上的泥胎挪出庙外,你二人就在后殿等候。本府今夜,必须如此这般,这般如此,方能事妥。休叫外人知道。""是。"二人齐声答应,往外而去,城隍庙办事去不表。

也不提刘大人书房闲坐,再说承差王明,带定女僧出了衙门,到了个饭铺中吃了点子饭,王明的本心,要请武姑子吃顿饭,奈因武姑子至死不吃,王明无奈,自己吃了,会钱,带定莲花庵的女僧,径奔城隍庙而来。

王明走着开言道:说"武师父留神你是听:依我瞧你这件事,明明放着是屈情。又无据来又无证,罗锅子,混打胡搅瞎逞能!方才我瞧你将刑受,我的心中替你疼。"武姑子闻听王明说,又羞又臊面通红,低头不语长叹气,暗自后悔在心中。无奈何,跟定承差朝前走,径奔城隍古庙中。王明走着打主意,今日该我大运通:我瞧这尼姑容貌美,岁数不大又年轻,令我看守武姑子,罗锅子他必瞧我好,瞧我素日露着老成。这王明,思想之间抬头看,古庙城隍眼下存。庙中并无僧和道,缺少住持庙内空。王明瞧罢走进去,带定莲花庵内僧。眼看太阳朝西坠，登时落了小桃红。二人就在山门坐，单等半夜才进庙中。按下他们人二个，再把刘爷明一明。

且说刘大人等到定更之后，带领张禄暗自出了后门，悄悄地径奔城隍庙而走。转弯抹角，不多一时，来至城隍庙的后门。张禄上前击户，里面的书办和英、承差陈大勇二人闻听不敢怠慢，就知是大人前来，连忙来至后门，将大人接进庙内。刘大人一见，开言就问，说："事情妥了吗？"二人答应说："俱已办妥。"刘大人闻听，说："既然如此，咱们一同前去。""是。"二人答应，后面相跟，不多一时，来至城隍大殿。刘大人吩咐张禄回衙，小厮答应，出殿而去不表。

再说刘大人并不怠慢，随便上了供桌，坐在神位之上，叫书办和英站在东边，承差陈大勇站在西边：老大人装城隍、书办装判官、成差装小鬼。诸事已毕，不用再表。

且说承差王明和莲花庵的武姑子，山门上坐够多时，瞧了瞧天有二更光景，王明说："咱们也该往里升一升咧。"说罢，带定女僧，又往里走。登时之间，来到大殿，偏偏又遇见月黑天，一抹漆黑。王明无奈，一同武姑子进大殿，果然他将锁锁在供桌腿上，他就坐在一边，掏出火镰打了火，装了袋烟，一边吃烟一边说话，说："武师父，你不吃烟么？"武姑子说："小尼不会吃烟。"王明闻听武姑子娇滴滴的这个声儿，乐了个事不有余，心痒难挠，说："武师父，我可辖不住了，可成了个嚏分了。俗语说得好：'有缘千里来相会，无缘对面不相逢。'也是咱们俩前世里有缘，再想不到这乐这么一夜。"武姑子闻听王明之言，说："误遭冤枉，乐从何来？"王明说："武师父，很不必发愁，这件事依我瞧，你本是屈情，偏偏的遇见我们家糊涂虫刘罗锅子，混冲他有才，没有的事情，他就叫人家招承。这么着，武师父，把这一件事情搁开，眼下我有点小事，你要依了我，我就有个很好的主意，管叫你不吃苦。"

王明带笑来讲话："武师父留神你是听：今夜依我这件事，你的官司交与咱，王明一乐将你放，刘罗锅子不依我去缠。"这王明，说着话儿朝前凑，苦扒苦拽要闹袋烟。黑影之中一伸手，拉住姑子那衣襟。刘大人，上面闻听王明话，腹内说："这厮可恶要硬强奸！何不将他吓一吓，管叫他吃不成这女僧烟。"大人想罢不怠慢，从桌案上跺脚响震天。武姑子闻听吓一跳，王明在下面把眼都吓蓝。战战兢兢来讲话：说"方才是哪里响震天？"武姑子闻听说"不知道。"王明说："真正奇怪特也罕然！"虽然害怕色不退，欲火攻心似箭镩。乍着胆子又动手，把武姑子拉住不放宽，扳着脖子就要个嘴，他把那"干娘"连连叫几番。刘大人，上面闻听心好恼，"当"一脚把个花瓶踹在地平川。王明怪叫说"不好！莫非是，城隍爷见怪不容宽？"王明正然瞎猜鬼，上面刘公开了言，吩咐鬼判休怠慢："快把那，阳间差人拿下莫迟挨！谁叫他，胡言乱语在佛殿，佛门弟子要强奸！吾神既把城隍做，像这等，奸顽之辈怎容宽！拉将下去着实打，二十五板警愚顽。"书办承差不怠慢，"当"的一声齐上前。二人把王明来拉住，吓得他浑身打战把话言。

王明跪在地下，死也不动，说："城隍爷饶过小的这一次，下次总不敢抄烟吃咧！连鼻烟都忌咧！"说罢，只是叩头。刘大人上面吩咐："把这厮拉将下去！"只听下面答应一声，不容分说，把王明拉出殿外，按在月台之上。那的板子呢？陈大勇进了大殿，找了个门闩，有茶盅般粗，拿出殿外，来至王明的跟前站住，两手抡圆，往下就打，书办和英在一旁数数儿。打完放起，跪在月台之上。陈大勇进殿回话，刘大人说："将他掐出庙外！"陈大勇答应一声，翻身出殿，一同书办和英扯着腿子，把王明拉下了月台，一直拉到山门口，这才放在地下，二人这才进庙而去。

且说王明挨了二十五门闩，又搭着这一拉，实在地扎挣不起，他就躺在山门口咧，暂且不表。

且说书办和英、承差大勇陈爷，把王明放在山门口，二人翻身来至大殿两旁侍立。刘大人上面开言说："莲花庵的女僧听真：今有那屈死的女鬼将你告下。她说你的庵中因奸不允，将她杀害，她的冤魂不散，告到吾神，正要遣鬼捉拿于你，不料自投罗网。吾神台前，从实招来！但有虚言，管叫你形销骨化！两边的鬼判：看油锅钢叉伺候！"和英、陈大勇一齐答应。武姑子闻听，吓了个浑身打战，体似筛糠。

这女僧闻听前后话，不由着忙吃一惊：暗自后悔当初错，绝不该，害了妹妹命残生！阳间官府还好挺，咬定牙根不招承。谁知道，冤魂不散幽冥去，城隍台前把我鸣。有心不把实情诉，眼前就要下油烹。罢罢罢，倒不如全都招认，省得那，滚油锅内丧残生。女僧想罢主意定，"城隍爷"连连叫二声："小尼原本行得错，庙内杀人是真情。小尼的妹妹叫素姐，住在莲花古庙中。我妹夫姓张叫长保，镇江贸易未回程。小尼是，奶地出家将庙入，一心秉正苦修行。有一个张立开纸铺，住在北街三官庙东。瞧见小尼容貌美，他就设下计牢笼：庙中许愿常来往，那一天，把小尼请到他家中。酒泡的江米将人赚，小尼不知吃在腹中，登时醉倒难扎挣，张立囚徒不肯容。硬行强奸真可恼，可叹我，小尼昏迷在梦中。及至酒醒明白了，城隍爷，生米也已把饭成。小尼万分无其奈，才做了通奸这事情。那天刚有一更鼓，张立去到小尼庙中，见我妹妹容貌好，硬去求奸要偷情。我妹妹一见不肯允，一心要告状进衙门。张立观瞧心好恼，拔出了，解手尖刀不肯容，哽嗓咽喉只一下，我妹妹一命赴幽冥。小尼一见把魂吓冒，说'这件事情怎样行？'张立闻听小尼话，说'你不必担怕惊。尸首埋在后院内，神鬼不知这事情。'他把那，人头割下拿了去，他说是，有他个仇人叫赵洪。"

第二十七回　奸夫淫女僧俱服罪

武姑子说到此处，向上叩头，说："城隍爷，张立将人头拿去，情实要扔在赵洪家中，移祸于赵洪。不料，那一日晚上，赵洪家有事，不得下手，张立就扔在江宁县城隍庙前井中。自此以后，又不知怎么样，我妹妹的人头又弄到刘大人衙门。这就是实情。望城隍爷超怜①，拿张立问罪，与小尼无干。"说罢，只是叩头。刘大人望下开言，说："判官，记了莲花庵女僧的口供。"诸事已毕，轻轻地下了神台，打后门而走。书办和英、承差陈大勇也溜将出去。刘大人一见，吩咐陈大勇："如此这般，如此这般，在城隍庙看守女僧。"刘大人吩咐已毕，带领书办和英出了城隍庙，回衙而去。书办把刘大人送入内衙，他才回家。不表。

且说刘大人及至到了衙门，天只四鼓，打铺安歇，一夜晚景不提。到了次日早旦清晨，张禄请起大人净面更衣，茶罢搁盏。刘大人吩咐张禄："传出话：叫外边的伺候，本府升堂办事。"小厮答应，翻身出了内书房，来至堂口站住，将大人之言传了一遍，又到内书房回明了大人。大人点头，随即起身来，往外而走。来至外边，张禄闪屏门，刘大人进暖阁，升公位坐下。众役喊堂已毕，两旁站立。刘大人座上开言，说："值日承差何在？""有，小的朱文伺候大人。"大人说："你速到城隍庙中，把王明与莲花庵的女僧传来，当堂问话。"这朱文答应，翻身下堂，出衙而去，暂且不表。

且说差人王明，被假城隍爷打了二十五门闩，眼子也打肿咧，又搭着和英与陈大勇扯着腿子又一拉，将他扔在山门底下，他就在那躺了半夜，屁股略薄儿的好了点，他就一骨碌爬将起来，瞧了瞧天有辰时咧，心中应记着莲花庵中的女僧，怕的是再跑了，再叫刘罗锅子再打顿板子，那可就算是死定咧！王明想罢，不敢怠慢，慌忙迈步往里而跑。

且说陈大勇奉刘大人之命，在城隍庙的暗处看守女僧。一见王明前来，他就暗自出了城隍庙的后门，回衙交差不表。

且说王明来至大殿，举目一瞧：武姑子还在供桌腿子上锁着呢！这才

---

① 超怜——特别地怜悯。

放心。

王明举目留神看，不由着忙吃一惊：上面城隍不见了，座位之上空又空。王明一见只发怔，猜不透其中就里情。自己思量这件事，大有情隐在其中：昨夜晚，我和女僧说玩话，城隍爷吃醋不肯容，他说我，私奸佛门徒弟子，吩咐拉下莫肯容。只听两边人答应，听声音，好像陈大勇那汉，打我也不像毛竹板，好像扛子一一楞。真真这才闷死人，莫非是，刘罗锅子的计牢笼？正是王明胡思想，一抬头，瞧见朱文往里行。不多一时上了大殿，说“王大哥留神要你听：我奉那，大人之命来传你，一同女僧进衙中。快些走罢不怠慢，大人立等问分明。”王明闻听不怠慢，供桌下，慌忙解下那女僧。迈步翻身齐出了殿，二人说着往前行。王明的，腿带棒疮紫又疼，又不好说这隐情。走一步来把牙一咬，龇牙咧嘴皱眉峰。朱文一见开言道：“王大哥，你为何面带着愁容？”王明闻听口撒谎：说“着兄留神你是听：昨黑家，庙中看差将寒受，只觉阵阵肚子疼。”他二人，说话之间来得快，府衙不远面前存。

王明、朱文二人，说话之间来至辕门，正遇刘大人升堂。朱文说：“王大哥，你先等一等，我进去回话。”说罢，朱文往里面走，来至当堂跪在下面，说：“小的朱文，把王明和莲花庵那一女僧传了来咧，现在衙门外伺候。”刘大人座上吩咐：“叫他进来。”这朱文答应，翻身走出，来至外边，眼望王明，说：“大人吩咐：叫你带进那一女僧去呢，当堂立等问话。”

王明答应，带定武姑子往里而走。来至当堂跪在下面，说：“大人在上，小的王明昨日奉大人之命，把莲花庵的女僧带至城隍庙中，小的看守一夜，今将女僧带至当堂，讨大人的示。”刘大人座上一摆手，王明站起，一旁侍立。刘大人往下开言，说：“那一女僧，害命之事，招与不招？快些说来！”武姑子见问，说：“大人在上：小尼原本不曾杀害人命，叫我招什么？”刘大人闻听，微微冷笑，往下开言，说：“你也不肯善自招承，少时便叫分晓。”

这清官，座上开言把和英叫：“快取他的口供莫消停！”书办答应不怠慢，取出那，女僧原招手中擎。刘大人吩咐“拿下去，递与莲花庵内僧。”淫尼接过瞧一遍，才知中了计牢笼。只后悔，昨夜不该说实话，原来是，罗锅子假装城隍在庙中。既然昨夜把实情诉，今日里，要想反招万不能。女僧想罢将头叩，“大人”连连尊又尊：“速提张立来问话，小尼已往尽招承。”刘大人，听罢女子前后话，吩咐朱文莫消停：“快到监中提张立，本府立等问分明。”承差答应翻身去，径奔南牢快似风。不多时，把张立带到府堂上，刘大人，往下开言把话明：“你为何，因奸不允伤人命？岂不知，王法无私不顺情？事犯当堂有何辩？快快实诉莫消停！”大人言词还未尽，武姑子旁边把话云，眼望张立把冤家叫：“老娘替你早招承！料想强辩也不能够，何苦枉去受官刑？”张立闻听女僧话，好一似，凉水浇头怀抱冰。仰面朝天长吁气，自己后悔在心中：绝不该，因奸不允伤人命，一时酒后擅行凶。我如今，有心不招这件事，罗锅子，未必肯善罢容情。武姑子也已全招认，你叫我，跳到黄河洗不清。倒不如，当堂之上说实话，早死早灭早脱生。张立想罢时多会，望上叩头把话明。

张立想罢，向上叩头，说：“大人在上，武姑子既然招认，小的也不敢强辩……”就把那因奸不允，酗酒一时将武姑子的妹子素姐杀死的话，说了一遍。刘大人上面又问，说：“死尸首现在何处？”张立闻听，说：“回大人在上：尸首现在莲花庵的后院之中埋了呢！”刘大人闻听，说：“你为何又将人头扔在官井之中，不知是取何缘故？”张立闻听，说：“大人，小的只一家有仇，他就住在东边，姓赵，名洪，小人实指望将人头扔在他家院内，移祸于赵洪，不成望那一天晚上，他家有事，人烟不断，未得下手，所以小的就扔在官井之中咧。这就是实情，小的也不撒谎。”刘大人闻听，吩咐书办记了口供，拿下去，叫张立与武姑子画了花押，刘大人又看了一遍，吩咐：“将张立与莲花庵的女僧暂且收监。”下役答应，登时将他两个带将下去，收监不表。

且说刘大人又吩咐王明，将那个盐腌的死小孩子抱了来，这王明答应翻身下堂，出衙而去，不多一时，他把那个死小祖宗抱了来咧，放在当堂。刘大人一见，说：“王明，”“有，小的伺候大人。”刘大人说：“这就是你的差使：你就抱着他跟着本府到高大人衙门交差。”“是，小的是应当的。”王明是敢怒而不敢言，只得把他的小祖宗又抱起来咧，在一旁伺候。刘大人又叫书吏拿着张立与武姑子原招，然后吩咐预备马。手下人闻听不敢怠慢，登时将马鞴上，赶到滴水。刘大人一见，站起身来，往下而走。来至堂口站住，下役坠镫，扶持刘大人上了坐骑，并不用执事众役尾随，出了府衙，径奔了高大人的衙门而来。就只是王明抱怨，说："好的，我这承差，当泄了底咧，竟挟起死孩子；赶明日我就要置买个扛，抬一抬咧！"

不表王明心中抱怨，再表刘大人正走之间，来至高大人的辕门，下了坐骑，手下人接过马去。刘大人打书办手内接过张立与武姑子的原招口供，进了巡抚的辕门。众巡捕官一见首府刘大人前来，齐都站齐。刘大人来至巡捕的跟前站住，说："与我通禀大人：就说城隍庙中的人头，我刘墉审问明白，现有原招口供在此。"说罢，递与巡捕，然后又将井内捞上死人一口，言讲明白，又把私访拾了个死孩子、得了消息的话，又说了一遍。巡捕官听罢，不敢怠慢，手拿口供，翻身往里而去。

巡捕官听罢不怠慢，迈步翻身往里行。来至院门忙打点，惊动了里边内厮人一名。宅门站住开言说："打点传报有何因？"巡捕闻听不怠慢，就把那，刘大人之事说个明。然后将口供递过去，内厮接来往里行。来至书房把大人见，递过原招与口供。高巡抚接来仔细看，不由心中喜又惊。喜的是：无头的公案能判断，果然罗锅子学问通。惊的是：不惧上司是个硬对，更有那，我要想钱万不能。倘若是，一步道儿走的错，刘罗锅子未必容。我何不，打发他早离了江宁府，省得我心中担怕惊。一套文书将京进，保举刘墉往上升。高大人想罢时多会，眼望来福把话云："快去告诉刘首府，叫他回转衙门去，不必伺候在我衙中。你就说：本抚偶把风寒染，暂且不必理事情。"来福闻听答应"是。"迈步翻身往外行。辕门见了刘太守，就把个，高大人言词说个明。刘大人闻听不怠慢，出了那，巡抚衙门上走龙。马上开言把王明叫："要你留神仔细听：那一个，盐腌的孩子不要了，赏了你罢，难为你庙内看女僧。本要将你打去报，罢罢罢，将功折罪把你容。"刘大人，说话中间来得快，自己的衙门在眼下存。

刘大人来至自己的衙门，至滴水下了坐骑。张禄接进大人，到内书房坐下，献茶已毕，随即摆饭。刘大人用完，张禄撤去家伙，不多时，太阳西坠，秉上灯烛，一宿晚景不提。

到第二天早旦清晨，张禄请起大人，净面更衣，茶酒饭罢，刘大人吩咐："传出话去：叫外面伺候，本府升堂办事。"这张禄答应，出了书房，来至堂口站住，照大人的话传了一遍，翻身往里而走，来至内书房，回明大人。大人点头,随即站起身来,往外而走。来至外边,张禄闪屏门,刘大人进暖阁,升公位坐下。众役喊堂已毕,旁边站立。刘大人才要判断民词,忽见一个人走上堂来,跪在下面。

第二十八回　伸正义吴旺告吴仁

且说刘大人堂事已毕，才要退堂，忽见打下面走上一人，来至公堂跪在下面，说："大人在上，小民是南关的地方，名叫王可用。今有南门外离城五里，有一座五道庙。这庙中死了个乞丐贫人，小的身当地方，不敢不报。现有呈报在此，请大人过目。"刘大人闻听地方王可用之言，说："拿上来我看。""是。"手下人答应，即将地方的报呈接过来，递与忠良。刘大人举目观看。

这清官座上留神看，字字行行写得清。上写着："南关的地方王可用，大人台前递报呈：聚宝门外五里地，五道庙，有个乞丐丧残生。年纪约有五旬外，麻面身高四尺零，身穿蓝布旧夹袄，腰中系定一麻绳。竹杖一根旁边放，还有个，小小竹筐把破碗盛。除此并无别物件，大人台前呈报明。"忠良看罢多时会，高声开言把话云："两边快些预备轿，本府亲去验分明。"轿夫闻听不怠慢，将轿抬来放在地流平。慌忙栽杆去扶手，坐上清官叫刘墉。执事早出门外站，大轿相跟后面行。地方当街前头跑，说道是："闲人退后莫要高声。"刘大人，轿中留神往外看，两边铺面数不清，缎店盐当全都有，恰比北京一样同。怪不得，洪武①建都在此处，真乃是，龙能兴地地能兴龙。到而今，我主改作江宁府，一统华夷属大清。刘大人，轿中思想抬头看，这不就，出了金陵那座城。果然快，轿夫叉步急如箭，五道庙在眼然中。不多时，来至眼前将轿住，张禄一见不消停。慌忙上前去扶手，出来清官人一名。

刘大人下了轿，轿夫将轿搭在一边，公案设在庙前。刘大人他举目一瞧，原来是孤孤零零一间小庙，四面并无裙墙。忠良看罢，归了公位坐下，书吏三班在两边站立。刘大人座上开言叫仵作。忠良言还未尽，只听人群之内，高声答应："这，小的李武伺候。"大人说："李武，你去到那庙中，将个死乞丐尸首留神验看，有伤痕无有，回来禀我知道。但有粗心，定有

---

① 洪武——明太祖朱元璋的年号。这里即指朱元璋。

处治。""是,小的知道。"仵作说罢,站起身形,一直进了庙内,站在那个死尸跟前,向外高声叫道,说:"来一个人,将这地塌子的衣服剥下来,好验看。"

众位明公,要到咱这北京城的规矩,逢死尸相验,都是兵马司的事情;验伤也是仵作相验。这刷尸抬埋是火夫勾子老弟兄的事情。你要到了外省,哪里来的火夫勾子?像这厮,刷尸抬埋,是地方的事情。书里交代明白。

且说仵作刚叫声"贤弟",地方王可用手一指,说:"来了。"说话之间,也就进了庙咧。仵作李武又手一指,说:"快些来,将这个地塌子的衣服脱下,好验看。""是了。"地方答应,不敢怠慢,走上前来,将那个死尸拉了一拉,伸手就去解他的衣纽。刚然把大襟的纽子解开,向里一看:只见他的怀中,掖着个一张字纸。地方一见,不敢怠慢,伸手掏将出来,就递与了仵作。李武虽然的也认得几个字,看了一看,竟不断上面的字写的是何等缘故。仵作说:"这件事,须得回明大人知道才好。"手拿着这一张字纸,翻身出庙,至公案以前,跪在下面,说:"大人在上,小的奉大人之命,去验看那庙中的死尸,打他怀中掉出一张字帖来咧!小的等也不知写的是什么言词,回大人知道。"刘大人闻听,吩咐:"拿上来我看。"这手下人答应一声,从仵作手中接过,递与忠良。刘大人拿起,举目一瞧,并不是什么言词——却原来是自己作的一首诗句。听在下的念来:

"自幼生的是野流,手提竹杖过江头。
宿水餐风吟皓月,带露归来唱晚秋。
两脚踏遍尘世界,一生历尽古今愁。
从今不傍人门户,街犬何劳吠不休?"

刘大人看罢,说:"原来是个隐士高贤,何不将他留下的这首诗,启奏当今老主的驾前,也不枉他留诗之意。"清官爷想罢,折了一折,插在那纸袋之内。

这清官看罢不怠慢,诗句插在纸袋中。这不开言叫"李武,快去庙内验分明!"仵作答应忙站起,一直又进小庙中。死尸上下瞧了个到,并无青肿与伤痕。仵作又,回明江宁刘太守,刘大人闻听把话云:"吩咐快叫王可用!"地方答应跪流平。大人说:"买口棺木盛尸首,暂且掩埋官地中。"地方答应说"知道,不用大人再叮咛。"清官吩咐预备轿，手下人等不消停。搭过栽杆去扶手，座上贤臣赛包公。轿夫上肩忙叉步，开道铜锣响又鸣。军牢头戴黑毡帽，衙役吆喝喊道行。皂班手拿毛竹板，三檐伞，罩定忠良刘大人。四轿正然朝前走，忽听得："冤枉冤哉"不住声。大人闻听吩咐轿，轿夫答应把步停。四轿放在流平地，忠良在，轿内开言把话云，说道是："快把喊冤人带过！"手下之人应一声。不多时，带进公差人一个，大轿前边跪在尘。

众公差把喊冤之人带过，跪在轿前。皂班张炳仁在一旁打千，说："回大人：小的们将喊冤之人带到。"刘大人闻听，在轿内一摆手，皂头张炳仁站起，退闪在一旁。贤臣留神向轿外观看。

这清官，轿内留神往外看，目视申冤告状人：年貌不过二旬外，身上褴褛苦又贫。五官端正长得好，就只是，天庭特灰主劳奔。虽然眼下时未至，将来有日定鹏程。则见他，跪在轿旁身不动，呈词一张手中擎。大人看罢开言问："你有什么冤屈快讲明，竟敢拦轿把冤伸！真真可恶休怠慢，快些实诉莫消停。"喊冤之人闻此话，说"大人在上请听真：小人因为不平事，人命关天非小可。素闻公祖如明镜，亚似龙图包相公，所以才敢拦轿告，大人冤枉把我容。公祖要问因何故，大人瞧状自然明。"忠良闻听说接来看，手下之人不敢停。接过状子向上走，大轿旁边站身形。两手高擎轿内递，刘大人伸手接过看分明。上写着："具呈民人名吴旺，家住此地府江宁。我有个，族中当家也在此住，他住在，上元县东边那条小胡同。地名叫做翠花巷，却原来，兄弟两个一母生。兄名吴祥卖绸缎，贸易长在北京城。弟名吴仁是举人，候选知县有前程。谁知他，人面兽心真畜类，衣冠禽兽一般同！半夜谋害亲兄去，家财独占他一人。昨日出殡埋在坟内，他说暴病丧残生。望求大人悬明镜，速拿囚徒定罪名。"刘大人看罢开言问，说"吴旺留神听说明。"

刘大人向轿外开言，说："吴旺，吴仁半夜谋害他的兄长吴祥，你怎么知道？从实说来！"吴旺见刘大人这个话问得厉害，在轿前叩头，说："大人在上，小的有个下情①：吴祥自从北京贸易回来，是九月初二日到的家中，并无灾病。昨日二十七的晚上，小的还与他饮酒，言讲买卖的事情，他

---

① 下情——谦辞，旧时对人有所陈述时称自己的情况或心情。

还说明日二十八日我还有件事，托小的给他办一办。有二更天，我们俩才散的，他就回家去咧。到了第二日，小的去到翠花巷吴祥的家中去看，刚然到他家的大门口，只听见里面号啕痛哭。小的一问吴家管事的张兴：'因何事一家痛哭？'张兴见问，说：'我家的大爷，昨日晚上有二更多天回的家，忽然得了个暴病而亡，所以痛哭。'小的听这个话，心中似信不信。哪有这样怪事？我想了想，何不进去一看，便知真假；再者呢，我们又是一家子。小的就进去咧。到了里面一看——回大人：实在令人可疑。"刘大人问，说："吴旺，有什么可疑之处，从实言来。"吴旺见问，说："大人容禀。"

只见吴旺开言叫："大人在上请听明：小的到里边留神看，明是其中有隐情。就是暴病将命丧，也不该，天亮就用棺木盛。大人想，九月天气不算热，走马入殓理不通。三天出殡就入土，怕的是旁人看破有讨保，明明谋害亲兄长，我小的，舍命前来把状呈。如若死鬼逢好死，小的情愿领罪名；死鬼若不是逢好死，望大人，速拿吴仁定口供。"吴旺说罢将头叩，刘大人，轿内开言把话云："但不知，吴宅坟茔在哪里？离这脚下有多少程？"吴旺见问尊"公祖，贵耳留神请听明：吴宅坟茔不算远，向西去，二里之遥还有零。"大人闻听，说："既然如此，你就引路头里行。本府到你坟茔观动静，然后再，把举人传来问口供。但有一字虚言假，妄告良人罪不轻！"吴旺答应忙站起，翻身迈步头里行。执事大轿跟左右，径奔吴宅坟茔来。二里之遥来得快，留神看：一片松林眼下横。吴旺又在轿前跑："回大人：这就是吴宅那座坟茔。"大人闻听吩咐住轿，搂子上的答应把轿停。慌忙站住，大轿搁在地流平。内厮上前去扶手，轿夫栽杆，这才出来干国卿。刘大人慌忙上前走几步，来至那，坟茔以外站住身。则见那：松柏栽列坟左右，走道全是砖砌成，方圆大概有十亩，还有那，祭台石一块在正当中。坟头不过六七座，这内中，倒有一座是新坟。刘大人看罢开言叫："陈大勇和张炳仁，快些前来听我把话云！"

第二十九回　坟茔地传讯吴举人

刘大人言还未尽，两个承差齐声答应，都跪在面前，说："大人叫小的，不知有何差遣？"忠良一见，说："你二人休要怠慢，速到江宁府上元县东边翠花巷，将那坟主吴举人传来，本府立等在此，快去莫误。""是。"二人答应，站起身来，一直的向聚宝门而去，暂且不提。

且说地方王可用，一见刘大人要在此坟茔之中，审问这件事情，他也不敢怠慢，慌忙去预备公案桌椅茶水等项，大人这才归座，公位坐下，大人暗自沉吟，腹内讲话说："要瞧起这座坟茔的款式，他的祖上也做过几任官职。既然他的祖上做过官，他的子弟焉能行出乱伦之事？想来必不是图家产，这其中另有别情缘故。少时等举人到来，本府一看，察言观色，便见其情。"

按下刘大人在吴宅坟茔等候不表，且说两个承差陈大勇、张炳仁他两个，走着道儿讲话。

> 他两个，走着道儿言讲话，陈大勇，眼望炳仁叫"仁兄，因为地方来呈报，五道庙，倒卧乞丐花子一名。江宁太守来相验，并无伤痕果是真。身上搜出一张字纸，并不知，什么言词为何情……（文不衔接，原文如此——校点者按。）刘太守，现在你家坟茔内，立等着，举人吴爷把话云。"家丁听罢不怠慢，转身迈步向里行。一直来到书房内，吴举人，正然闷坐书房内，家人有语将爷叫："在上留神仔细听：今有府尊差人到，他说是：刘大人现在咱家茔地中。立传二爷急速去，不晓他有何事情。"家丁说罢一席话，书房内，唬坏囚徒万恶人。

且说举人吴仁，闻听家丁之言，说目今有尊府刘大人的差人，在门外立等；再者呢，又不是进衙门，说大人在他家的坟茔内等着他呢！明公想理：你叫他这囚徒怕和不怕？俗言说得好："为人不做亏心事，半夜拍门心不惊。"皆因他有一个乱子，怀着鬼胎呢，故此害怕。

> 只听那，家丁之言还未尽，这不就，唬坏囚徒胆大的人。腹中暗自沉吟语："莫非是，有人投诉到衙门？如何到我坟茔内？差人相传

定要铜。莫非犯了哪件事？刘大人，借此为由要想银？纵然事犯有人告，管叫你，赢不了江宁吴举人！当初要不行此事，倒只怕，难保无事不花银。刘府尊，倚仗你的学问广，不惧仕宦与乡绅。让你就有包公志，要想展才白费心！我今要不去倒有假，见见他，看他有什么话来云。”想罢这才不怠慢，回到后面换衣巾。嘱咐家丁看门户，他这才，一步三摇来到大门。吴仁站住留神看，瞧见公差两个人。

且说吴举人来至大门口，瞧见两名公差坐在左右石头鼓子上面。吴仁一见，满脸带笑，说：“二位上差，来到舍下，何不里面尊坐吃茶？”两名公差一见，是举人出来咧，他们俩慌忙也就站起来了，说：“好，吴老爷！”举人听说，回言说：“岂敢，岂敢。”陈大勇说：“我们两个人，是府衙的承差。今有我们的本府官，在南门外相验一个倒卧贫人，事毕，刚要回衙，有一个人拦挡轿喊冤，把你老人家告下来咧。故此，我们大人差我小哥俩到府上来，请快些走罢。老头子别叫我们耽误事。”吴仁闻听，不由得心内吃惊，复又说：“二位放心，既然如此，咱们就一同去见见大人。”张炳仁说：“你老人家不坐顶轿去吗？再不然骑匹牲口，这到那，有六七里地呢！你那走着不乏吗？”吴仁闻听，说：“二位上差步行，在下焉敢骑马？倒不如步行，陪着二位才是。”大勇闻听，说：“你那特圣明咧，真不肯亏人，等着你老人家选着知县的时节，我们小哥俩辞了这个差使，跟着你老人家当定了内厮咧！”吴仁说：“好说，好说。”说罢，彼此大笑，这才迈步前行。

他两个说罢玩笑话，说得举人长笑容。最和气不过公门客，说话语甜实在受听。大家迈步向前走，穿街越巷不敢停，霎时来至城门脸，出了江宁聚宝门。转过关庙朝西走，不多时，来到吴宅一座坟。大轿执事摆在后，闹哄哄，净是公门应役人。俩公差，一同举人将坟进，承差打千把话明，说道是：“小的们遵奉大人的命，把举人，传到现带在坟茔。”刘大人闻听扭项看：则见一人向上行。剪绒秋帽头顶上戴，相衬那，铜顶镀金放光明。身穿一件二截公绸，红青绵褂，里边衬，宁绸绵袍是雨过天晴。足下穿，青缎子皂靴罗丝转的底，皆因他，步行前来带上灰尘。年貌不过二旬外，妙龄之际正青春。光景虽像书生样，就只是，白脸之上暗含青。鹰鼻相衬近视眼，这宗人，定然好色爱淫风。髗骨高露嘴儿小，说话舌能机便灵。大人正观还未尽，则见他，走上前朝定贤臣打一躬，然后他才抢一步，礼拜平身把话明。

吴举人将礼行完，在一旁站立，眼望刘大人开言，说："公祖大人在上，而今虎驾来到贱茔之中，又命上差将我举人立刻传来，不知有何教训？"刘大人在座上闻听吴举人这些个话，座上开言，说："你就是此茔的坟主儿吴举人吗？"举人见问，又打一躬，说："举人名叫吴仁，此茔就是举人的茔地。"刘大人又说："目今有你一个一族，名叫吴旺，将你告下，说你独霸家产，半夜谋害亲兄。此事可有分辩？"吴仁闻听，又打一躬，说："公祖大人，休听他一面之词。他不过穷乏所使，借贷不周，心中怀恨，借此为由，将举人告下。大人想：举人既读孔圣之书，岂不明周公之礼？焉能行得出这样乱伦之事？望公祖上裁。"刘大人闻听举人之言，倒也近理，暗自沉吟说："要听举人这一片言词，倒也近理；要瞧他的这个相貌行为，大有不善之相。"大人想罢，座上开言，说："快带原告吴旺！"这手下人齐声答应。

这清官，座上之言还未尽，公差答应不消停。不多时，带过原告名吴旺，双膝跪在地流平。皆因他身上无职分，要到见官，白丁与举人大不同。书里言过不多叙，再把公差明一明。往上打千才回话，说"小的把原告带到咧，请讨大人示下行。"忠良座上一摆手，公差退闪不必云。刘大人座上开言叫："吴旺留神要你听：你告举人害兄长，图谋家产一人擎。本府把举人传来问，问他无有这事情。皆因为，借贷不遂你就恼，借此为由把状呈。你要是，兴心要把良人告，难逃欺官这罪名！"大人言词还未尽，吴旺叩头把话明，说道是："朗朗乾坤有王法，我小人，岂敢无知胡乱行？休听吴仁虚圈套，倚仗舌巧与口能。素闻公祖如明镜，不爱钱财断事公。不惧乡绅与势力，恐怕百姓受屈情。要是那，别的尊府也不敢告，吴举人，大小衙门上下通。倚财仗势藐王法，谋害亲兄胡乱行。回大人：死鬼要是灾病死，我小的，情愿当堂领罪名；死鬼要是遭害死，速拿举人定口供。大人快些刨开坟验，我与举人立见真实输共赢。"吴旺言词还未尽，这不就，吓坏囚徒人一名。

第三十回　审案情寡妇进公门

原告吴旺说："大人要不信，将这座新坟刨开相验，死人要是有伤，算我赢了举人；要是死鬼无伤，算小的妄告不实，情愿领罪。"举人在一旁闻听，也不等刘大人吩咐，他却眼望原告吴旺，讲话说："你满口胡说！你拿来大清律，来看一看，坟也是轻易刨得的？别说我坟中无缘故，就是有缘故，要想这么空口说白话，刨我的坟，不能！既要刨，咱门须得立下合同。有缘故是怎么着，无缘故是怎么着。"吴旺闻听，说："咱就立合同。"吴举人闻听，微微的冷笑，说："你算什么东西？与你立合同，不值！要提你的家当罢，并无隔宿粮；要提你的功名罢，好像花子头。吴旺呀，你真是个忘恩负义的东西！你想想，我哪条儿待错了你咧？你在大人的台前，把我妄告下来，恩将仇报，于心何忍？"刘大人座上闻听吴举人前后言词，这话中软硬全有，腹内暗自沉吟说："吴仁呀，你错打主意咧！你把本府当作怕势力、贪官之辈，怎得能够？"大人想罢，恼在心中，故意的面上带笑，眼望举人，讲话说："贤契，此事不必你着急。以本府想来，你的祖上呢，也做过官职。而今你又是个举人，既在孔圣的门前读书，焉有不晓周公之礼？你焉能行得出这样乱伦之事？这件事呢，依我本府看来，只是吴旺穷苦难窄，求你帮助；或者你一时之间，少有疏忽，周济不到，也是有之的。因此，吴旺怀记此仇，将你告下，说你半夜三更谋害亲兄，独霸家产。这件事，幸亏遇见本府，要是那别者之人，贤契呀，你就难逃无事！此事倒不必你着急，本府自有公断就是咧。"

明公想哩：刘大人的这一片言词，不但软硬全有，另外比举人还多着几着儿。

吴仁闻听刘大人前后的言词，腹内暗自思想。

这清官说罢前后话，吴仁腹内暗沉吟：猜不透贤臣这主意，只当刘爷要想银。举人反倒心内笑，错把忠良当贪臣。腹内暗叫"刘太守，原来你，素日清名净哄人。这件事，分明要把钱来想，话语包含有后门。"也是举人该倒运，却把丧门当喜神。吴仁正然心犯想，大人含春又把话云，眼望举人把"贤契"叫："但不知，坟内埋葬却是何人?”吴仁见问尊“公祖,大人贵耳请留神:若问这几座坟茔内,听我举人细禀明:当中左手举人的祖,名叫吴辅臣,光禄司做过少卿,皆因为,身得痰症辞官诰,乾隆岁次赴幽冥。下首就是举人的父,名字叫做吴子龙。所生举人哥儿俩,吴祥就是我长兄。我们俱都将妻娶,家门不幸丧残生。举人之妻名张氏,未过一载赴幽冥。新坟内,就是举人亲兄长,娶妻韩氏,五年之前丧残生。家兄复又将弦续,后又娶,赵氏嫂嫂在家中。举人兄长当今岁,从北京,贸易归家是真情。”吴仁说到这句话,刘大人开言把话云:“令兄得了什么病?贤契说来本府听。”举人闻听大人问,暗自思量把话云。

吴举人闻听刘大人之言,腹中暗自沉吟,寻思良久,说:“回大人:家兄得的是暴脱①之症,皆因体胖,再者呢,饮酒太过,所以才病发无救。”刘大人闻听举人之言,心中暗想说:“且住,要依举人说,他哥哥前妻已死,后又续弦,娶过赵氏,吴祥自北京贸易归家,九月二十七日黑夜之间暴脱而死,埋此坟中。似此说来,倒也近理。但只是原告吴旺的状词上写的言语,以本府瞧来,倒有几分是真。再者呢,举人的相貌言谈,大露诡奸邪之辈,哪像斯文一脉之人?这件事大有情弊②。哦,是了……”想罢,大人带笑,眼望举人讲话,说:“贤契,后续的这位令嫂多大年纪?身边有几个儿女?”吴举人见问,说:“回大人:举人嫂嫂今年才交二十四岁,却是个女儿填房,娶他之时,才交一十九岁。”刘大人闻听,座上点头,口中说:“呵呵,这就是了。”贤臣的嘴中虽然答应,腹内可思想。

这清官,虽然口中连答应,锦绣胸中暗想情。按下刘爷且不表,再把那,原告吴旺明一明。一旁跪,闻听举人回的话,太守闻听尽依从。腹内暗暗说“不好,这场官司别想赢。要保无事不能够,真乃是,钱能通神果是真。瞧起来,罗锅素日净虚名!”难怪吴旺错会意,刘大人,诡计多端恰似孔明。按下吴旺心害怕,再表忠良干国卿。刘爷寻思时多会,公位上,站起身形把话云:“且把吴旺带下去,到衙中,本府公断并无别情。”贤臣爷,复又眼望举人讲话:“贤契留神要你听:你也只得到衙内,案完结,此事再回转家中。”吴仁闻听将躬

① 暴脱——突然而猛烈地发生病征。

② 情弊(bì)——这里指吴旺心内藏奸。

打，说道是："公祖言词敢不遵？"大人闻听又吩咐："快伺候，本府就此转衙门。"轿夫闻听不怠慢，大轿抬过放在尘。后杆请起出扶手，坐上位，最爱私访刘大人。执事前行头引路，清道旗摇左右分。军牢头戴黑红帽，皂吏行板手中擎。地方当先头前跑，高声喊叫撵闲人。霎时来到关厢内，又进江宁聚宝门。穿街越巷不过如此，剪断说，大人的衙门眼下存。

刘大人的大轿来至自己衙门，滴水沿栽杆落轿，内厮去扶手，刘爷出轿，向后而去，众人散出不表。

贤臣回到书房坐下，内厮献茶，茶罢搁盏，随即摆上饭来。大人用完，内厮把家伙撤去，回来又端过半盏清茶，大人漱口，然后又吩咐内厮：出去到外边暗暗地把原告吴旺带进书房。刘爷又细细地问了一问，这才叫他带去。大人复又暗想说："须得这般如此，方晓其情，管叫他难出吾手。"忠良想罢，吩咐张禄传出话去："叫外边伺候，本府升堂办事。""是。"内厮答应一声，翻身向外而走。来至外边堂口站住，照大人的言词吩咐一遍，众衙役齐声答应。内厮又到书房回明大人。刘爷点头，站起身形，向外而走。张禄跟随，到外边闪屏门，刘爷升暖阁，进公位坐下。众役喊堂已毕，两边站立。刘爷坐上，手拔差签一支，望下面讲话。

这清官座上开言叫："王明留神要你听……"大人言词还未尽，承差跪在地流平。说道："是，小的伺候听差遣。"大人说："这般如此你快行。"王明答应忙站起，则见他，毛着腰儿向上行。来至那，公案旁边忙站住，刘大人，俯耳低言把话明："这般如此急快去，本府立等问分明。"王明答应向外走，出了衙门向北行。皆因为，大人立等公堂上，不敢迟挨哪消停？穿过江宁上元县，衙门北边，路东第四小胡同，地名叫做翠花巷，却原来，举人就在这条巷。王明迈步走进去，来至了，吴家门首站身形。用手拍门高声叫，只听里面有人应。连忙就问"是哪个？"说话间，开放吴宅两扇门。王明一见开言问："尊驾是，吴宅做什么的人？"家人闻听说："爷上问我？举人就是我主人。"王明闻听心明亮，他把那，"尊管"连连叫几声："因为那，贵府族中人一个，'吴旺'二字是他名。江宁首府告上状，告的是，举人图财害长兄。府尊接状传被告，你家主人见刘公。大人当堂问一遍，才晓其中就里情。却原来，原告吴旺因穷苦，借贷不周，怀记此恨把状呈。立逼大人刨坟验，他说死鬼有伤痕。我们官，皆因看是举人面，你家中，不久出任也是县公。俗言说，'官官相护'真不错，岂肯刨验贵宅坟？再说不去刨坟验，又怕那，吴旺上告了不成。这如今，我们大人有妙计，两全其美息事情。也不用刨坟把死鬼验，吴旺也不能把呈状攻。太守与举人商议定，请你家，吴大娘子进衙中。当堂画押把甘结递，死鬼病死是真情。开花再破银几两，买住吴旺松口供。"王明说罢前后话，吴宅管家把话明。

吴宅管家张兴，闻听承差王明之言，说："爷上少待，等我进去，回禀我们奶奶知道。"说罢，向里而去。王明在门外等候不提。

且说管家张兴，到了里边，见了家主寡妇大奶奶赵氏，就将承差王明之言，前前后后根本缘由说了一遍。赵氏闻听，腹内暗自沉吟说："这件事必是小叔用银钱买通官府，才如此而办。"赵氏想罢，并不害怕，反倒欢喜。

赵氏想罢不怠慢，忙打扮，并不害怕在心中。他自知，银钱买通官与吏，哪知是，罗锅使的计牢笼。赵氏梳洗将衣换，出绣户，忙上二人小轿中，嘱咐家奴看门户，轿夫上肩往外行。霎时来到大门口，家丁张兴跟轿行。一同承差王明走，一直径奔府衙门。越巷穿街走得快，不多时，来到刘爷府辕门。将轿放在流平地，赵氏这才下轿行。王明引路头前走，吴寡妇，虽是宦门官家体，犯官事，入衙门要比素日大不同。承差带定往里走，好威武，报名才敢往里行。东边角门走进去，王承差，来至堂前跪在尘：说"小的遵奉大人命，今把赵氏传到临。"大人摆手，承差站起一旁立，座上刘公往下看，打量女子这芳容：年貌未必有三十岁，不过在，二十五六正妙龄。孝冠一顶头上戴，相衬着，青丝好像墨染成。两道蛾眉如新月，杏眼含春暗有情。鼻似悬胆一般样，因穿孝，不见樱桃那点红。芙蓉面，虽然擦去胭脂粉，面皮儿好似好苹果，红中套着白，白中又套红，好叫人动情。身穿一件白孝褂，下衬一条白孝裙，小金莲，尺量未必有三寸。此妇虽然长得好，就只有一宗不得，瞒不过刘爷他的俩眼睛：赵氏女，本是一双桃花眼，相书注上写的真，说道是："男犯桃花倒主贵，女犯桃花定主淫。"此妇貌美露轻贱，大有深义里边存。忠良看罢开言叫："赵氏留神听我云。"

第三十一回　查究竟叔嫂露破绽

刘大人看罢，座上开言，说："赵氏因何见官不跪？擅敢站立在公堂！"赵氏闻听刘大人之言，不由心中吃了一惊，暗自思量说："要瞧这光景，奴小叔并无买通，所以刘罗锅子这样为难于我。罢了，既在矮檐下，暂且把头低。"赵氏想罢，跪在下面，说："大人在上，奴家自幼勤守闺门，并未到过公堂，不知见官的规矩。望大人宽恕。"说罢，跪在下面。

这清官座上开言道："赵氏留神要你听：因为吴旺将你们告，叔嫂定计，谋害吴祥丧残生。本府也曾把吴仁问，他说并无这事情，皆因吴旺多穷苦，借贷不周，因此怀恨把状呈，这件事，本府与你们和息了罢，省得刨坟验尸灵。你叔嫂，本府当堂把甘结递：吴祥病死是真情。但不知，令夫得的什么病？甘结上面写得清。"赵氏闻听大人问，不由的，腹内着忙吃一惊：此事未见小叔面，不知道，他报何症丧残生？二人倘要不一样，怕的是，罗锅翻脸了不成。赵氏为难时多会，他这才向上开言把话云："奴夫得的心疼病，二更以后丧残生。"大人闻听赵氏话，眼望书吏把话云："赵氏口供快记上！"书吏答应落笔文。这大人，上面吩咐"带举人。"承差答应下边走，不多时，带上举人当堂站，望着大人打一躬。然后他才抢一步，礼罢平身站在东。瞧见赵氏堂前站，不由着忙吃一惊。他的那，眼望赵氏尊"嫂嫂，为何你也到衙门？官家体面今何在？年轻妇，出头露面了不成！"举人言词还未尽，刘公上面把话云。

刘大人座上开言，说："吴举人，你家坟茔之中，所报令兄是何病症而死？"举人闻听，说："举人已经回禀过大人，家兄是饮酒太过暴脱而死。"刘大人闻听，微微冷笑，扭项向书吏讲话："你把赵氏方才的口供，递与他看。"这书吏答应，转身下行，来至举人跟前站住，把他嫂子的口供，递与吴举人。吴举人接过，留神观瞧一遍，暗暗地跺脚。复又向上开言，说："回大人：家兄本是两样病症，在先是虚症暴脱，复又添上心疼呀？"大人闻听,上面一声断喝:"哇①! 我把你这奸盗的畜生! 倚仗口巧舌能,在本府的堂前强词夺理,怎得能够? 你把刘某当作何人? 倚仗你是个举人,现有顶戴在身,你岂不知:王子犯法,庶民同罪!"大人说罢,扭项望书吏讲话:"速作文书一套,发到府学,将他顶戴革了,本府好动刑审问这畜生!""这。"书吏答应,立刻作了文书一套,行到府学,不多时,回文已到。刘公立刻座上吩咐:"将顶子拧去!"吴举人这才跪在下面。

这清官上面一声喝:"囚徒留神仔细听:吴祥到底是怎么死? 本府堂前快讲明! 但有一句虚言假,狗命难逃丧残生!"吴举人闻听将头叩,"大人青天"称又称:"家兄本是暴脱死,妇女家,不晓病症是实情。望乞大人悬秦镜,爷的那,后辈儿孙往上升。"吴举人言词还未尽,刘公开言把话云:"囚徒你,不见亲丧不下泪,不到黄河不闭睛。与你善讲不中用,左右急速看大刑!"公差闻听齐答应,夹棍拿来放在尘。吴仁一见真魂冒,浑身打战体摇铃。大人上面吩咐话:"夹起吴仁这畜生!"忠良言词还未尽,慌坏当堂应役人。齐声答应就动手,跪上前,拉下靴袜两腿精。入在夹棍三根木,大人吩咐"快拢绳!"左右答应一声喊,刚一拢,吴仁"哎哟"闭上睛。有名青衣走上去,瓷碗一个手中擎,照定面门一口水,吴仁他,倒抽凉气"哎哟"一声。醒了一会睁开眼,他把那,"大人青天"尊又称:"小的并无这件事,纵然夹死是屈情!"大人闻听心犯想,暗自思量把话云:"虽然二人话不对,怕的是,其中另有情。将他举人也革退,无缘故,他定要上司衙门把状呈。此事倒得加仔细,如不然,丢官事小还要落个臭名。"忠良想罢高声叫:"你等快些止住刑!"

大人想罢,上面开言,说:"快些将这囚徒带将下去,少时再问。"这公差卸去夹棍,把吴仁带将下去。刘公在上面眼望赵氏,讲话说:"赵氏,你夫主吴祥,到底是怎么死的?"赵氏见问,向上磕头,说:"回大人:小妇人一则年轻,二则又不晓医道之事,只见奴夫主吴祥,二十七日的晚上,二更天回的家,进门一头躺在床上,人事不省。小妇人问他,他也不言语。有三更之时,就死了。小妇人见他临死时节,两只手捂着心口,所以奴家就禀大人,才说是心疼而死的。"

---

① 哇(dōu)——怒斥声。

列位明公：赵氏这一片言词，回得有理，前后相应。幸亏是刘大人，要是别者之人，可就叫这俩闹住咧。书里言明。

再说大人闻听赵氏之言，倒也尽理。爷的那锦绣胸中沉吟多会，向下面讲话："快传官媒！""这。"差人答应，走去二名，不多时，把官媒王氏带至堂前，跪倒在下面。差人退闪，王氏向上叩头，说："小妇人官媒王氏，与大人叩头。"忠良上面开言，说道："你就是官媒吗？""是，小妇人就是官媒。"大人闻听，往下一指，说："把赵氏带去看守，本府明日再问。""是。"官媒站起，把赵氏带下堂看守不表。大人又吩咐掩门，鼓响三阵，大人退进屏风去了。众役散出不表。

且说刘爷回到书房坐下，内厮献茶，茶罢搁盏，摆饭，大人用完，内厮将家伙撤去，回来在一旁站立。忠良望内厮讲话。

清官座上开言叫："张禄留神要你听：快把那，马夫破衣要几件，毡帽一顶，还有靴袜这两宗。"内厮答应向外走，不多时，全都拿来手中擎。走进书房放在地，刘爷举目看分明：蓝布袄上补补丁，青布褡包拧上绳。一双棉袜粗白布，毡帽一顶有窟窿。一双布鞋山东皂，底儿飞薄走的轻。却原来，马夫也是山东客，登州的，招远县内叫王兴。因此才穿山东皂，书里交代要分明。按下闲言不必表，再整忠良干国臣。大人看罢又吩咐："张禄儿，快到厨房告诉李能：叫他把，硬面饽饽做几个，还有那，金刚圈薄脆这两宗。做完装在笸箩内，今日下晚我就要，快去告诉莫消停。"内厮答应向外走，自己思量把话云："老爷今日大破钞，也不知哪刮东北风？又非初一与十五，为什么犒劳手下人？"张禄思想把厨房进，照着那，大人言词告诉李能。厨役闻听活了面，说道是："大人饭食预备现成。"内厮闻听说"交我"，饭菜就用捧盒盛。两手端定向外走，霎时之间到书房，放在八仙桌上存。先开捧盒全摆上，什么菜？列位细听讲分明：头一样是秦椒①酱，另外还有两棵大葱。小豆腐一碗第二样，刘大人，一生爱吃这一宗。吊炉烧饼只两个，小菜粥，恰似米汤一般同。全都摆在桌儿上，大人开言把话云。

刘大人说："禄儿，去到厨房里问问李能，饽饽做出来了没有？快些

① 秦椒——辣椒。秦，指陕西，此地产的辣椒较有名。

拿来我用。”“是。”内厮答应，翻身而去，大人这才用饭。登时吃完，并不怠慢，忙忙将头上的官帽摘去，又将袍褂脱了，用手拉去皂靴，换上马夫的青布山东皂鞋，头戴那一顶有窟窿的毡帽，身穿无领儿的蓝布棉袄，腰中系上拧绳儿的青布褡包，褡包上拴一根钱串，钱串上又串几十文钱。不知道打几时预备下一根烟袋，腰里一别，褡包左右又系上了个羊皮旧烟荷包。打扮已毕，坐在椅子上面，等候长随。则见内厮张禄手端硬面饽饽笸箩走进房门，一眼瞧见刘爷这宗打扮，不由好笑。

只见内厮不由心好笑，说道是：“大人为何改扮形？”忠良闻听开言叫：“我的儿，本府乔妆另有隐情。”内厮闻听不敢问，站在旁边不作声。大人眼望内厮讲话：“禄儿留神要你听：今日出衙我有公干，千万别要走漏风。皆因前堂这件事，吴举人，叔嫂不应难以上刑。本府要拿不住真把柄，岂敢刨坟验尸灵？万般无奈我出衙访，全仗那，苍天保佑把冤明。不过三天就回转，传出话去：‘本府染病在衙中。’”内厮闻听答应“是，大人言词敢不遵？”说话就是太阳落，刘大人，一同长随向后行。穿门越户来至箭道，有座后门把小巷通。内厮忙将门开放，刘大人，接过笸箩向外行。扭头吩咐“关门户，小心仔细在衙中。”内厮闻听答应“是”，连忙关门退身形。不言内厮回房去，再把刘爷明一明。迈步一直向西走，转过拐角又南行。疾走如飞果然快，霎时出了府江宁。越过吊桥向南走，安心要去访冤情。一路之中来得快，五里堡不远面前存。大人举目留神看：这村庄，十数人家竟有零。路西倒有一座铺，只听里面有说笑声。大人慌忙走进去，口内说：“硬面饽饽”吆喝得受听。又听屋中人声语，这个说：“摸我两注才下二百铜。”大人闪目向里看：原来是赶羊赌输赢。贤臣搭讪旁边站，说道是：“掌柜留神要你听：有酒与我烫二两。”掌柜答应说“现成”。搁下酒儿低头问，那人笸箩留神看，拿起一个手中擎，说道是：“这样饽饽怎么做？”刘爷说：“凉水和面炉内熥①。”掌柜闻听将手摆，“这样点心南边不兴。南方人本来胃口就弱，再吃这么硬面物，想要出恭万不能！”掌柜言词还未尽，忽见那，一个人从屋中，一溜歪斜向外行。

---

① 熥（tēng）——把凉了的熟食蒸热或烤热。

第三十二回　吴二夜偷盗窥淫行

刘大人正然要了二两酒，在外间屋小饮，就着自己的薄脆，忽见从里间屋中走出一个人来，年纪未过三旬上下，头上戴着一顶旧西瓜皮的耍帽，身穿土布小棉袄，腰中系着一根钱串子，白布单裤，散着裤脚，趿拉着一双旧缎子双脸鞋，两太阳上贴着两贴红布膏药，重眉毛，一对星星眼，大高的鼻子，薄薄的嘴唇。

众位明公：人生在世，若生星星眼不好。何为星星眼？滴溜圆，甚小，夜晚瞧东西放光。麻衣神相先生有云："人生两眼似星星，终身为盗度残生。"故说不好。

闲言不表。且说那个人无酒三分醉，晃晃荡荡来到刘大人的跟前站住，假意装醉，身形乱晃，口内讲话："吾要吃个点心。方才我在屋中听说，硬面饽饽人要吃了不能出恭，我倒要试试。别说硬面饽饽，就是铁秤砣我吃了，我这个眼子还拉得下来呢！"说罢，拿了一个吃了一口，连声说："好点心！甜蜜蜜的，倒也好吃。"他一边吃着，伸手又拿起一个金刚圈，哈哈大笑，用手将大人肩膀之上一拍，说："我的伙计，你必会卖春方药——还带着锁阳圈呢！"刘大人闻听，说："尊驾休得取笑。这个叫做硬面金刚圈，此乃是哄小儿玩耍之物。"那人说："啊，这就是咧。"

列公，你当此人是谁？他就是本村人氏，因为他不走正道，吃喝嫖赌，众人给他送了个外号，叫做吴二匪，游手好闲，不做庄田，他可黑夜作些营生，也不过是偷鸡盗狗。江宁府管着这宗人叫做夜猫子。闲言不表。

且说吴二匪吃了刘大人的硬面饽饽，转身就走。大人说："还没给饽饽钱呢。"那人说："赊着罢，等我赢着了再还你！"又见掌柜的向大人将手摆了几摆，忠良也就不言语咧，就知这人皮袄改凹单——一定是个毛包。

且说吴二匪进到屋中，又捞起骰子来咧，大呼小叫，喝幺喝六，闹了一会子，把个土布棉袄也押上输咧，光着个膀子没好气。这天约有一更将近，忽然阴云四合，星斗无光，淋淋漓漓下起雨来。大人一见，正中心怀。

忠良一见天降雨，正对心怀暗把话云："本府如今改装扮，唯恐怕，铺家不叫把身存。可巧忽然降大雨，正好对着掌柜云。"大人想罢开言叫:“掌柜留神要你听:天降大雨难行走,暂借宝铺把身存。”掌柜闻听将头点:“自去张罗不必云。”又听里面人声嚷,说“掌柜的,有钱借我几百文。明日一早必还你,我要撒谎不是人!”老冯摆手说“没有,柜中没存钱半文。”吴二闻听心有气,眼望众人把话云:“你们也都散了罢,二爷睡觉要养神!”众人知道他难说话,大伙一齐站起身,搭搭讪讪向外走,不顾天降大雨淋。众人归家不必表,单讲吴二一个人。无事无非就挑眼,瞅着掌柜把话云:“老冯你今大大错,瞧不起,吴二太爷你的令尊!几百铜钱真有限,竟敢不借把我村!你既无情谁有义?二太爷,从今不交你这小人。有朝一日我事犯,你就是窝主跑不能!”老冯闻听吴二话,吓得他,眼子一松出了大恭。开言不把别的叫:“祖宗留神在上听:并非孙子敢不借,二祖宗留神听话明。”

掌柜的老冯说:“吴二太爷,不是我不借给你老人家,原本柜内分文没有。这两天卖了吊数多,钱都还了调和钱咧。方才取酒还不够,无奈何,我到西边车子李二哥家,借了条白布单裤,当了二百钱添上,才取了酒来咧。二太爷要不信,这不是当票子吗?”老冯一边说着话,一伸手,打抽屉内把个当票子拿出来咧,说:“你那瞧,莫非我撒谎不成?”吴二闻听,伸手接过来瞧了瞧,果然是实。瞧罢,向桌子上一搁,说:“罢咧,这还可以。虽然这么说,还要罚你二两,你愿意不愿意?”老冯说:“现成,现成。怎么单今日个这二两才说呢?自从你的小孙子接过这个铺子来,从开张那一天起,直到而今,总是罚我。怎么单今日个才说这句话咧?那算你老人家外道①于我了。”老冯一边说着,一边将酒拿来,还有几个鸡子儿,两个盅儿,放在那张竹床上面。吴二匪拿别的遮羞,说:“这么大雨,我也不家去咧,喝完了酒,我要和卖硬面饽饽的圆房咧!他别拿锁阳圈唬我。”老冯说:“吴爷又取笑咧。人家是个大老实人,这是做什么呢?”说罢,扭头望大人开言,说:“卖饽饽的大哥,天也不早咧,你该歇着去罢。”大人闻听,说:“正是呢。”说罢,他老人家就在外间屋桌子上面睡下咧。

再说吴二耍了一天,又没摸着饭吃,又搭着输了个精光,饿着个肚子,拿起酒来杀气,一连饮了四五杯,又叫:“掌柜的,再烫一壶来!明日二太

---

① 外道——指礼节过于客套周道反而显得疏远;见外。

爷就给钱。怎么着？你省酒待客吗？”老冯无奈何，又拿过一壶来，全是吴二吃了。酒有八成，他也乜斜两眼，望着老冯讲话。

只听吴二开言叫：“老冯留神要你听：我做的勾当你尽晓，所仗的偷盗是营生。昨遇一件奇怪事，我的心中好不明：二十七，太阳未落将城进，一心要，去偷吴宅是真情。二更要进翠花巷，举人门口站身形。越墙而过不怠慢，脚点地，蹑足潜踪稳又轻。真可巧，二门未插竟虚掩，我就溜进内院中，墙下一贴忙站住，观看动静怕有风。上房之内全睡下，西厢房中点着灯。正然墙下瞧动静，出来一人看不分明，虽然两下瞧不见，听脚步，却是须眉男子行。我在墙下刚要躲，西房北头又有人，恍恍惚惚是个女子，他们俩，行到一处站住身。低言悄语来讲话，相隔远，嘁嘁喳喳听不真。二人说罢不怠慢，竟奔西厢房内行。他俩还未将房进，又听‘呲’的响一声，大概是要了一个嘴，好丧气，我们最忌这一宗！心里说：‘爽利前去瞧热闹，活春宫①儿倒有情。’他俩刚然将屋进，我就溜在窗外听。刮破窗纸向里看，则见那：妇人床上不消停。却原来，床上还躺一男子，倒像酒醉一般同。妇人手拿一竹筒，猜不透要做何事情。地下男子浑身战，两手搂定一瓷瓶，慌忙递在妇人手，不知何物里边盛。又见妇人一伸手，将醉汉，脖项搂住在怀中。这可是，背着身子脸朝里，我在外面看不真。忽听那，床上之人一声喊，手又刨来脚又蹬。床上闹够多时会，总不听他哼一声。妇人这才将床下，眼望那，地下男子把话云：‘暂且你快躲出去’，男子答应向外行。我就连忙一旁闪，黑暗之处隐身形。我心想：等着睡觉好下手，偷些钱钞赌输赢。等了不过一更鼓，忽听房中出浪声：杀人动地他嚷起：“大爷暴病丧残生！”又则见，那个男子也来到，还有男女人几名，一齐哭喊把“大爷”叫，犹如闹丧一般同。我瞧光景难下手，赌气回到破庙中。不知后来怎么样，天亮我就出了城。老冯啊，人人都说有报应，老天行事太不公！”老冯闻听把吴爷叫：“你的言词理不通。暗有神鬼明有王法，瞒不过地哑与老天聋。”吴二爷闻听老冯话，带怒开言把话明。

吴二闻听酒铺子掌柜老冯之言，不由他的浊气上攻，说：“老冯，你说

---

① 春宫——淫秽的图画。

有报应,这件事明明我亲眼见的,是谋死的,殡也已都出咧,难道他还打坟里头刨出来,喊了冤不成?这报应在哪一块?你说这天爷可就不公道咧。多只咧,像这事情,你该报应不该报应啊?单单的和我作对,专在我的身上闹报应!”老冯说:“吴二爷,老天爷又报应你什么咧?”吴二见问,说:“怎么不是在我的身上闹报应呢?我光在你这要了有六十场儿咧,哪一场你见我赢过钱?我的注一下,就是人家的定咧。你搁的注,大小点总他妈的赶不上,又是你没见过的生铁球、官八奇,挤了我个五夺十,乐了我个事不有余。赶着把骰子,我就抄起来,哗啷,往盆子里一撂,低头向盆子里面一瞧——好,气得他妈的我吃放了一个出溜子屁!赶了他娘的仨儿六、俩幺、一个二的个龇牙子,你说可气不可气?现见我是偷了来的钱,怎么不是报应呢?”

且说刘大人在外间屋桌子上躺着,并未睡着,他二人的言词句句全都听见咧。不由心中暗想,腹内讲话。

这清官,外间屋中并未睡,吴二言词听得明。腹内暗自沉吟想:却原来,有这缘故在其中。本府既然得真底,哪怕他俩不招承?明早回衙刨坟验,完结此案,保住本府这考成。如若坟中无缘故,吴仁岂肯善容情?按下大人先不表,再整屋中两个人。将酒吃完也睡下,一夜无词到天明。老冯起来忙开板,里外打扫手不停。大人也就忙爬起,饽饽笸箩手中擎。眼望老冯来讲话:“另日再谢这高情。”大人说罢向外走,一直还顺旧路行。几里路程不多叙,又进江宁聚宝门,越巷穿街也拉倒,府衙就在目下存。依旧还打后门进,内厮接爷献茶羹。张禄儿,笸箩里面留神看,瞧光景,连个张儿也无开,卖不行,内厮不由心中喜:该我开斋是真情!内厮正然胡盘算,大人开言把话云:“快把饽饽端下去,交与厨子那李能,留着本府零碎用,省得买去又花铜。”内厮闻听撅了嘴,赌气答应把话云。说道是:“大人不点饽饽数,怕得是,厨子偷吃了不成。”刘爷闻听说“不用点,难道说,卖了一天还记不清?二十个饽饽卖了一个,还是赊去没给铜。瞧起买卖真难做,难为我,许多乡亲在北京城,终日间,‘硬面饽饽’直声喊,端着个笸箩像游营。瞧来不如去登碓,一月准剩两吊铜。就是挑水也不错,全仗腿快把主户供。哪家有红白的事,头两天,就像把斋一般同,腹内陈食全化尽,单等主家叫一声。领到厨房去吃饭,算他中了计牢笼，干饭至少十二碗，合起来，细米平斛①有二升，还得四碗杂烩菜，吃 一个，意满心足腆肚行。”大人说罢买卖话，又叫那：“张禄儿留神要你听：快些传出速预备，本府要刨坟相验被害人！”

① 斛(hú)——一种旧量器，方形，口小，底大，容量本为十斗，后来改为五斗。

第三十三回　明案情知府大劈棺

刘大人说："张禄儿，你到外边告诉他们预备，把吴仁叔嫂也带着，还有原告吴旺，本府去到五里堡吴家坟茔开棺相验。"内厮答应，复又开言，说："爷不吃饭去吗?"大人闻听，说："这放着现剩下的硬面饽饽，吃上两个也就当了饭咧，何必又多费咧?"禄儿闻听，这才向外而走。穿门越户，来至堂口站住，照大人之言传了一遍，外面众役齐声答应，内厮向里而走，来至书房，回明了大人，一旁站立。刘爷说："禄儿，""是。"内厮答应。大人说："你也吃两个硬面饽饽罢，好跟我去相验。"内厮答应，把饽饽管箩拿过来就吃。大人见内厮吃饭的这个时候，这才将白毡帽、破棉袄、白布袜、山东皂、破褡包、烟袋套这一干的行头，才脱下来，换上官帽、皂靴、袍褂，诸事已毕，小内厮也吃饱咧，也搭着轻易不见面食东西，再者呢，内厮张爷那时节又在年轻，正是吃饭的时候，刘大人才吃了两个半，张禄儿搭了九个，这才将余剩的收起来，回来在一旁伺候。刘老爷说："禄儿吃饱咧?"小内厮答应说："吃饱咧。"

大人闻听，这才站起身形，向外而走。内厮后面跟到外边闪屏门，刘爷从暖阁穿过，来至堂口站住，轿夫将轿搭过，后杆请起，去扶手，刘爷一见，并不怠慢，毛腰倒退，贤臣坐在轿内，轿夫上肩，还有许多的执事摆出衙外。

忠良坐上四人轿，许多公差跟轿行。开道铜锣声震耳，清道旗摇左右分。皂班手拿毛竹板，三檐伞，罩定诸城县内人。众手下，带定原告名吴旺，还有被告叔嫂二人。衙役喊道头引路，大轿相跟随后行。越巷穿街急又快，出了江宁聚宝城。过了吊桥面南走，不多时，瞧见吴宅一座坟。地方前来接太守，大人四轿进坟茔。公案地方早预备，贤臣下轿把公座升。书吏衙役两边站，大人开言把话明："快传土作人两个，将这座，新坟刨开莫消停。"忠良言词还未尽，跪倒那，土作头目人一名，尽礼磕头口尊"公祖，小人是，土作头儿叫张成。"大人闻听开言叫："张成留神要你听：快带土作人几个，刨开吴家这坟茔。棺木搭出停放稳，本府要，撬开棺材验死人。"土作头儿连答应，站起身来往下行。带领手下人数个，径奔遭屈被害坟。吴仁一见魂胆裂，害怕着忙脸似金。虽然把举人来革退，家中豪富却不贫。如今年成与世路，要比古时大不同。今人都把有钱的敬，财主说话到处听，哪怕他，生来是个轿子手，运转发财把“爷”字尊。吴仁虽遭这件事，钱多就是有好人情。按下闲言不多叙，再把吴仁明一明。正然着急无主意，又见那，坟外走进一个人：年貌不过三旬外，细白麻子宽脑门。剪绒官帽头上戴，杭红缨子血点红。身上穿，倭缎马褂真好看，相衬着，宝蓝宁绸一口钟。三直缎靴明纸底，为得是行走脚下轻。吴仁看罢不相认，不知到此有何情？正是吴仁心纳闷，只见那人向上行，走至刘爷公案下，单腿打千把话明。

说：“大人在上：小的是制台高大人差遣来的，请大人安，外有一封小柬相托，请大人过目。”说罢，递将上去。

明公，你说这个人是做什么来？这是举人吴仁，暗遣家丁去到亲戚家转托高大人，高大人允情，倚仗罗锅子刘爷是他手下的属员，心里想着不好意思的不准这个人情，所以才差一名家丁到此。哪知这位刘爷是个左脾气——傲上，伏软不伏硬。

闲言不表，单言刘大人用手将高总督的书词拿起，留神观看：书皮上面写着：“贵府刘公亲手开拆”，忠良看罢书皮的言词，心中也就明白八九，复又用手将封皮套撕去，大人又留神细看：

忠良举目留神看，字字行行写得清。上写着：“侍生高某亲笔写，拜上刘公台览明：因为那，举人吴仁一件事，虽然被告是屈情，不必深究将尸验，贵府心中岂不明？举人与高某最相好，再者他，祖父做官也有名。总而言之一句话，望刘公，完全此案我感情。”刘爷看罢书上话，暗把贪官詈①几声：“倚仗上司压属下，刘某岂肯顺人情！满破不做江宁府，要叫我，搬你嗔脚万不能！本府要，验出死鬼有缘故，连你一齐奏圣明。”大人想罢开言叫，眼望着，高爷内厮把“尊管”称：“回去见了你家主，你就说：刘某留下书一封。刨坟验完再去请罪，要有伤，少不得惊动你主人。此书就是奸党证，我与你，朝中见主再辩分明。”高爷的内厮答应“是”，退步翻身向下行。按下他回衙去

① 詈（lì）——骂。

报信，再把吴仁明一明。

且说吴仁见刘爷差遣土作，眼看着这座新坟刨开，不由胆战心惊，颜色更改。他的嫂子赵氏，眼似离鸡，心中暗自后悔。

不言他二人害怕，且说刘大人将高大人的来书折了一折，收在纸袋里边，如果要验屈死的鬼伤痕，好打折子进京，高爷的这封字，也夹在折子里边。

有人说，这个书中漏空，刘大人出任才做江宁府，四品前程，他就掌奏事吗？列位有所不知：乾隆佛爷将他点用江宁守，未从出京，就许他：准他出折子奏事。所以这位爷才敢奏此而行。书里言明。

且说刘爷在公位之上，站起身形，眼望众土作讲话，说："尔等快些动手，刨开这坟。"众人齐声答应。

清官吩咐一句话，土作答应不敢停。青衣向前也动手，登时刨开这新坟。搜尽灰面挨棺木，大家齐下在坑中。将棺搭出旁边放，惊动瞧看众军民。众人一齐向上挤，齐都观看这新坟。吴二匪，闻听刨坟也来看，挤在坟外众人群。大人一见忙吩咐："军民不许进坟茔。如要不遵违我令，立刻锁拿动大刑！"公差闻听忙答应，照言传说不敢停。众人闻听心害怕，大家不敢向前行，一齐站住留神看，观瞧撬材这事情。不言军民瞧热闹，再把刘爷明一明。吩咐地方把仵作叫，前来预备验尸灵。地方答应高声喊，李五答应向里行。挤进坟茔将千打："大人传小的有何情？"忠良说："你且旁边去站，等候少时验尸灵。"仵作闻听答应"是"，连忙预备不敢停。复又挤出人群去，只见他，回来手端大瓦盆，里边盛着半盆水，慌忙挤进众人群。将盆放在尘埃地，眼望地方把话云："快去将席拿一领。"地方答应就转身。去不多时席拿到，毛腰铺在地埃尘。诸事已毕回太守，大人开言把话云：吩咐青衣"带他叔嫂，好去掀盖辨假真。"公差答应不怠慢，带进吴门两个人。

江宁府的公差，闻听大人之言，不敢怠慢，立刻将他叔嫂二人带进，站在棺材旁边，眼似离鸡瞅着棺材发怔。刘大人一见，复又吩咐："把原告吴旺带过来。""是。"众公差答应一声，去不多时，把原告带至此处。刘公见诸事已毕，这才吩咐："快撬开材盖！""这。"手下人齐声答应。

清官吩咐一句话，忙坏当差应役人。大家上前齐动手，只听那，斧钻之声震耳鸣。不言众人把材盖撬，再整诸城县内人。刘爷复又沉吟想："圣祖皇爷在上听：为臣出任江宁府，御笔钦点我刘墉。皇恩浩荡如山重，君臣父子一般同。一秉丹心无二意，到处里，恐怕良善受屈情。可恼吴仁真万恶，奴才冒法乱胡行。他与那，总督高宾有来往，压派威逼好硬风！讲不起，知府的前程我就下去，要叫准情万不能！今朝断出这件事，方不负，乾隆老主待我恩。"按下刘公腹内话，再把青衣明一明。手擎铁斧一旁站，对准银钉下绝情。复又用，斧刃去将材盖撬，消息努出外边存。又将那两个也揪起，齐用力，材盖揪起在地埃尘。众人举目留神看：这不就，瞧见棺材之中被害的人。

第三十四回　命仵作三验吴仁尸

且说众青衣用力将材盖撬开，扔在尘埃，大家举目观瞧：虽然是一月初头，已经十数天咧，再者一到冬令，阳气是往上升的，虽无朽烂，却也发变咧。那一宗恶味难闻，呛的众青衣干哕①恶心，实在难受。刘大人也觉难闻，连忙向内厮要过鼻烟壶去，倒了些鼻烟闻了闻。

原来刘爷这个烟壶是个水晶的，烟却是黑烟，并不是他老人家花钱买的，这是在工部做官的时节，人家送的。及至乾隆老佛爷将刘公从工部中御笔钦点江宁此处的知府，刘爷这才交代工部的事务，星夜前来上任。明公想理：这也有多少日期，所以烟也干咧，味也走咧。再者呢，素日间他老人家也不喜爱这宗东西，今日被死人这般臭气一熏，无奈何才强闻了一点，倒抽噎气地闹了七八个嚏喷，又向内厮要了几个缩砂含在口内，这才略薄儿的好了一点。

大人又吩咐众人："将棺材中死人轻轻地搭出，放在芦席上面，不可轻易莽撞。""是。"众青衣答应，只得动手。六七个人抬的抬，托的托，好容易这才将死尸搭出棺材以外，放在芦席上面。众青衣退闪一旁，说："够了我的咧，从来没有闻过这宗高口味咧，把我的五脏也都熏坏咧！"

不言众人私语，且说刘大人吩咐："仵作，去死尸身上细细地验来，不许粗心。"仵作答应。则见吴仁叔嫂瞧见死尸，他二人故意哭将起来。大人闻听，说："暂且不许啼哭！"青衣接声断喝，说："别哭！大人不叫哭！"二人闻听，这才将哭声止住，心中甚是害怕，浑身乱战。

且说仵作，他既当这份差使吗，难说恶味难闻，则见他将袖子卷了一卷，又把衣襟掖起，毛腰伸手，从袜筒之中把一根象牙筷子拔将出来，走至死尸旁边站立，眼望地方，开言就讲话。

只听仵作开言叫："王哥留神要你听：快些过来帮助我，咱二人，好脱衣襟验分明。"地方闻听心暗恨：李五猴儿了不成！那么些人他

---

① 干哕(yuě)——哕，象声词，呕吐时嘴里发出的声音。干哕，要呕吐而吐不出。

不用，单单叫我理不通。这宗味道实难受，只怕今朝熏死人。有心要说不过去，又怕刘公爷动嗔；若是府尊脸一变，毛竹板儿要打臀。地方无奈走过去，咬牙闭气把手伸。帮着仵作解纽扣，又见那，死人身上好衣襟。地方心中胡乱想：这才巧当儿不同寻。大人验完走之后，我就拿起这衣襟。拿到当铺我去当，至少也当八吊铜。眼下棉袄有了准，省得我，又借打钱去求人。心想是宗苦差使，原来是，财神叫门把我寻。不言地方胡打算，且说仵作应役人。一见那，死人衣服全脱去，毛腰慌忙把手伸。连忙拿起一个碗，噙上水，死人身上用口喷。然后又浇十数碗，这才上下细留神。手拿筷子按着验，从头至尾与前身。两膀两手全看到，鼻眼口牙验得真。颈项太阳都验过，往下看，胸膛心口少伤痕。小肚之上看又看，就是那，小便卵子也留神。复又低头向下瞅，观瞧死尸那粪门。验罢将尸翻个过，留神又看他后身。就是那，脑后海底与脊背，腰眼看到脚后跟。仵作验罢时多会，忙转身，大人跟前跪在尘。

仵作李五，将死尸验了验，瞧了瞧，总而一言，再没那么验得底细的咧！通身上下，一毫伤也是无有，真是病死的！验罢，将筷子插入靴筒之内，放下衣襟，来至刘大人座前打了个千，说："小的回大人：死尸周身验到，并无伤痕一毫，真是病死的。"刘大人闻听，说："这必是你验得不到，再去验来！如若是粗心，本府要你的狗腿使用，快去！""是。"仵作答应，慌忙站起，又去相验，不提。

且说刘大人口中虽然这么说，心中也觉害怕：真正若无伤，怎么好？坟主吴仁就依咧？还有高大人总督这个硬对，那等着他呢！刘爷如何不着急？

再说原告吴旺，闻听仵作回大人的话，说死人尸身俱各验到咧，并无有伤痕，吓得屎也拉在裤子里咧！吴仁与他嫂子赵氏他们俩，听见了这个话，再没这么样乐咧！吴仁立刻威风长起，眼望刘爷讲话。

只听吴仁微含笑："大人留神仔细听：天子以至庶民等，理字当先到处行。府台现是民公祖，算是封疆制度卿。吴旺的，一面之词全然信，也不想理细究情。虽然官断十条路，不按理来万不能！硬将举人详文退，无故歪究擅动刑。刨开坟头刷尸验，将尸暴露罪不轻。大人的，倚仗官威欺良善，凌辱斯文落朽名！死尸验完无伤处，众目同观是真情。请问府尊怎么样？单等台前领罪名。”吴仁言词还未尽，赵氏开言把话云。用手指定刘太守：“贪官行事不公平！硬把棺材刨出看，拿我真金当作铜。将我传到衙门去，抛头露面好羞人！我本是，宦门之体官家女，奴父山东做过县尊。也不知，贪官受了何人贿？硬说寡妇害夫君！”赵氏他越说越得意，她的那，杏眼之中把泪噙。故装节烈冰霜女，混充他是正经人。他又说：“奴今也不活着了，一同夫主上鬼门！”说着就向坑中跳，公差慌忙拉住身。忠良一见心焦躁，急坏诸城县里的人。

你说举人的嫂子赵氏，叫刘爷把他活埋在这个坑里罢，说着他就往里跳，这样做出来刁恶，刘爷这一会理亏情虚，如何答对？大人正在为难之际，忽见坟外走进一人来，则见他头上戴着一顶老样高沿子秋帽，上面安着个铜顶儿，身穿天蓝绸棉袍，外套青绸子棉褂，脚上穿一双青缎子方脑皂靴，年貌有五旬以外，红眼边，羊鼻子，一脸的黑麻子，相配着老大嘴，无胡须，两耳扇风，大摇大摆，走进坟茔，来至大人公案以前站住，多加陈醋打了一躬，说：“老公祖在上，门生有礼。”刘爷一见，就知是个穷酸，座上开言，说：“你有何事，擅自到此？”

列公：你当此人是谁？他就是江宁府学的秀才，家中甚是穷苦，倚仗着肚中有几句酸文，走跳衙门包揽词讼。他姓朱，名亮，有受过他的害的人给他送了个外号，叫“坏肉”。这朱亮素日与吴仁他俩最好，再者呢，他与吴仁的嫂子又是亲戚，论着他算是赵氏的两姨表侄。有人说：“你这个书不对，方才你说朱亮有五十多岁，吴仁的嫂子赵氏才二十三四岁，怎么他倒是赵氏的表侄呢？这书漏空呀！”列位有所不知，眼下的世路年成，与古时不同。方才在下已经表过，秀才朱亮家中甚穷，他走的是吴举人的门子，打他的旗号，借他的脸，再者呢，时常还借贷点，算是吴仁的个走狗。这朱亮要与吴仁争论，他们算是同辈，皆因朱亮穷损咧，赶着有钱的亲戚走动吗，只得认了一个晚辈，表兄改作表侄，无钱的苦处言明。

坏肉朱亮闻听大人之言，说：“公祖容禀。”

只听那狂生开言叫：“大人留神在上听：生员姓朱名朱亮，我与吴仁是至亲。俗言道，‘人平不语’真不错，‘水平不流’是常情。请问大人一件事：死鬼的，身上可曾有伤痕？无故生非来胡闹，朱亮打个抱不平。大人也有坟茔地，人要刨开容不容？圣人云：以己之心将人度，瞧来未必不相同。还有《论语》一句话：其身不正令难行。再者江宁吴宅内，祖上至今有前程。无故开棺死尸现，大人行事理不通！太守还要去拜相，这件事，岂不无故损阴功？不是门生爱多嘴，皆因路见甚不平。”坏肉说罢微微笑，一旁站，野鸡戴帽子——混充鹰。刘公闻听前后话，气坏诸城县内人，大叫“狂生休胡讲，本府之事你焉明？你不过，诗云子曰能为处，究情问理你不通。白头秀才如朽木，哪知我，腹读五车万卷经。眼下叫你见分晓，马到临崖悔不能！”大叫“狂生你且退，不看那，至圣先师定不容！”扭头吩咐众手下：“将他掐出这坟茔！”公差答应往上跑，揎拳捋袖①不消停。赶上去，掐住脖子往外搡，急得坏肉脸绯红。口中连说“好好好，凌辱斯文理不通。看看归齐怎么样，无缘故，咱们再把账来清！”不言掐出坏肉去，再把忠良明一明。

且说刘公见把狂生朱亮掐出坟外，气还未消之际，又听吴仁的嫂子赵氏直声大哭大喊，说：“贪官，你要了奴家的命罢，奴家可活不得了！虽然我与死鬼是后续之妻，到底是夫妻一场，怎忍叫他死尸暴露？”一边哭喊，还带着满地下打滚。大人一见，也竟是为难。刘爷正在为难之际，暂且不提。

且说仵作只得又到死尸跟前，复又细细验了一遍。总而言之，并无伤痕，依旧来到大人的公案以前跪倒，说：“回大人：小的去又仔细验了一遍，实在验不出伤来。小的若有粗心，情愿领死。”刘爷闻听仵作之言，暗说：“不好。”连忙站起身形，说：“待本府亲验。”说罢，迈步离了公位。仵作一见，慌忙站起，先至死尸的跟前站住，又用筷子，指与大人瞧，说：“这是某处某处，那是致命，那不是致命……”前后身全然指到咧。真是要一点伤也无有。霎时，把一位刘爷颜色更改，大人的罗锅子也直了一半。

忠良爷一见说“不好，此事应当了不成。吴二匪说是害死，为何验看少伤痕？莫非吴二是醉话，不然如何无影形？大人越想越后怕，登时急汗似蒸笼。正是刘公心急躁，忽见那，掐出去朱亮向里行。他在外面听详细，所以复返又进坟。要与刘爷说偏理，倚仗着头上有衣

① 揎（xuān）拳捋（luō）袖——揎，挽衣使手伸出；捋，拽起、拉起。意为伸出拳头，挽起袖子，怒气很大要动武。

巾。出出被掐这口气，找个脸，好包讼词走衙门。朱亮眼望刘太守，冷笑开言叫“大人，死尸到底怎么样？有伤无伤要讲明。这样本事来混闹，竟把斯文瞧看轻！”坏肉越说越得意，这不就，怒恼诸城县内人。用手指定朱秀士，大叫“狂生少胡云！这样言词对我讲，轻视皇家制度臣。料定本府官事毕，管叫你，悔之晚矣罪临身。”坏肉闻听哈哈笑，大叫“尊驾请听明：官府见过真不少，督抚以至到县尊。虽然问事不一样，哪像贵府老大人？全然不辨真和假，硬自刨坟验死人。”狂生说罢一扭项，他把那，“吴老先生”尊一声：“揪着只管去上省，我作见证到衙门。不怕督抚将他护，自古有理讲倒人。”朱亮言词还未尽，忽见那，赵氏径奔刘府尊，跑到跟前一伸手，揪住 诸城县内人。举人一见也上去，拉住忠良褂子襟。坏肉相帮也动手，这一回急坏诸城县里人。

第三十五回　害长兄叔嫂暗通奸

话说他男女三人，不容分说，把忠良拉扯，往坟外就走，要到高大人的衙门去讲。忠良一见，说："这还了得！擅揪命臣，反咧，反咧！"朱秀才闻听大人之言，说："既是命臣，越当讲理。无缘无故地硬刨坟开棺相验，死人又无伤痕，请问尊驾：这种事，大人也有不是无有？"

刘爷还未开言，忽见人群中挤进一人来，高声喊，说："朱亮！你打抱不平，我还要打个抱不平呢！"坏肉闻听，只当是他手下的王[①]杂子、艮崽子，连说："快来呀！咱们大家揪着他上高大人的衙门！"那人说："揪谁呀？祖宗来揪你这个狗秣养出来的、这个酸卵子肏的！"朱亮闻听，说："你怎么骂起来咧？"那人说："光骂敢自便宜你，我还要教导你呢！"两下里说着，赶上前去，一伸手，将狂生坏肉揪住咧，说："你过来罢！"往怀里一带，带得狂生几乎跌倒。且说陈大勇等也就上前，将他男女二人拉开。清官得便，连忙又坐在公位之上，说："真乃可恶！"一边说着话，举目观瞧揪朱亮的那个人，今日又挂了画来咧：头戴一顶毡帽，穿一件自来破先溺的青绉绸棉袍子，外带着一身油泥，里边并无衬衣，可是打过膛儿，无带子，系着一根单钱串，脚上是白布夹袜，双飞燕的缎鞋，一双星星眼，这就是大人昨日酒铺中见的那个吴二匪。忠良看罢，心中暗想：他今日来出头，这件事倒有了辗转咧，本府看他怎么样。

且说吴二匪一手揪住狂生，说："我把你这个姑子养的野种！你和举人通同一气谋害人命，凌辱官长，你哪知这件事我目睹眼见的！爽利告诉你罢：老爷子是个夜猫子，那一日照顾他们家去咧，我在窗外站着，把窗户纸舔破，向屋里一看——那不是就是那个小女人，和南边站着这个男人，他们嘁嘁喳喳，说了几句话，我在窗外也听不真。说完了话，那个女人就把床上躺着的那男子的脖子搂住咧，手里还拿着一根三尺多长的有核桃粗的二条木棍子，南边站着那个男人递过个瓷瓶子，却被他们俩身子把我挡住咧，我可没有看见是怎么样害死的，这是我亲眼见的，你竟欺官，我做

---

① 王（gǎ）——脾气怪僻。

定了见证咧!”

且说吴仁叔嫂一闻此言,魂都吓冒。

只听吴二前后话,吓坏叔嫂两个人。吴仁暗暗说“不好,此事倒要得留神。若被这人说破了,我俩残生定要坑。”想罢连忙往上走,眼望吴二把话云:“原来你是贼鼠辈,暗暗溜到我家门。偷看我等或者有,搂着病人却是真。我递瓷瓶原不假,那是药材里边存。你就误言这些话,将无作有讹诈人!”吴仁言词还未尽,狂生坏肉把话云:“你必然,素与吴宅有旧恨,今日当堂诬赖人。咱们这里不用讲,去到那,抚台衙门把理分!”狂生越说越得劲,吴二闻听大动嗔,赶上坏肉就要打,刘爷闻言把话云。

且说吴二闻听朱亮之言,浊气攻心,赶上前去就要讲打。刘太爷一见,连说:“不可动手!本府自有道理。”复又说:“那人松手,你过来,我有话问你。”吴二闻听,这才松了狂生,走至刘爷跟前站住,众公差一齐断喝,说:“跪下,跪下!”大人一见,说:“不要威唬于他。”“是。”公差答应,退闪不提。再说刘爷眼望吴二匪,讲话说:“你可认得我么?”吴二闻听,说:“小的不认得老爷。”大人说:“你再仔细瞧来。”吴二复又留神,把大人尊容端详了一会,口内说:“呵呵呵,是咧。”说:“小的看着老爷好像昨日酒铺子里卖硬面饽饽的那位大哥。”刘大人说:“好眼力,不错咧!”吴二闻听刘大人之言,直唬了一跳!

列公,你说他怕在哪一块儿?皆因她昨日在酒铺中,他把刘爷真当作卖硬面饽饽的咧!拿着大人玩笑,他又要和大人圆房,闹了个难!吃了一个硬面饽饽还是赊着。这会儿他才明白咧,原来是此处的知府,假扮的卖硬面饽饽的,你叫他如何不怕?书里讲明。

且说吴二听大人之言,不敢怠慢,一回手,打腰里掏出了有一百多钱,原来是一根棉花线的钱串穿着,忙忙撂下六个老钱来,说:“小的昨日还该老爷个饽饽钱呢!”刘大人闻听,说:“什么大意思,扰了我就是咧。”两边书吏见大人这宗劲,一个个抿嘴儿笑。刘爷又问,说:“本府问你:吴宅这件事情,你果然看真咧吗?”吴二匪说:“这也撒得谎?我的卖硬面饽饽的老爷子!”大人闻听,腹内暗笑,说:“好一个粗鲁之人!”忠良又说:“你既然看真,为何方才本府相验,又无破绽?再者,你说瓷瓶,想来必是毒药。既是毒药害死,为何死鬼七窍内又不见绿红,通身也不发紫,这是何故?”吴二闻听,说:“我知道吗?要不然,拿刀子把死鬼这个捞毛相分的肚子挑开,再看看也可以,是他妈个死不中用的人罢咧!”刘爷闻听吴二之言,猛然省悟。

清官闻听前后话,提醒诸城县内人:“哎呀我的主意错,刷尸而验外五形,内中万一有缘故,本府如何断得清?吴二之言真有理,少不得如此这般行!”大人想罢忙吩咐:“吴仁赵氏与狂生,本府既来刨坟验,必有缘故在其中。你们想:刘某本是中堂后,大清国律岂不明?刨坟开棺非为己,皆因为,圣主钦点理民情。不用你们发急躁,眼下立刻见分明。死尸真若无缘故,我刘某,情愿丢官领罪名!”大人说罢一扭项:“仵作留神要你听:快将那,死尸肚腹豁开看,便晓其中这段情。”

大人说:“今日要明此案,必须用刀将死人肚腹豁开,方能明白……”刘爷言还未尽,忽听男女三人一齐嚷起来咧,说:“好一个贪官!擅自将坟刨开,开棺材相验,把死人拉出来,硬刷了一水,好呀,索性要开膛咧!”又听赵氏哭着说:“该我男人犯了什么罪过,死后翻尸捣骨,还要开膛?”她装得那宗腔调儿,哭喊不止。

且说大人吩咐仵作李五:“将死尸肚腹用刀挑开,仔细相验。”仵作答应,不敢怠慢,转身而走,又到死尸的跟前站住。

你说坟外那些观看热闹的百姓,一齐乱嚷,说:“瞧呀,瞧呀,豁肚子咧!要开膛咧!迟一会还要大卸八块呢!”哄齐都往上拥挤。大人一见,吩咐青衣:“告诉他们,不可拥挤喊叫。”公差答应,向坟外开言,说:“大人吩咐咧:不叫拥挤喊叫,哪一个不听,先就拿他试刀咧!”众人闻听,这才不敢喧哗。

且说仵作一回手,将解手尖刀拔出,向靴底儿上扛了一扛,毛腰用刀将死人肚腹“哧喽”一声挑开——这才受闻呢!麻木凉香苦辣酸甜全有!说罢,用手掰开肚腹,将五脏拉出,放在芦席上面,细细验看多时,并无缘故。验罢,转身来到大人跟前打了一个千儿,说:“小的回大人:五脏验明,实在的无伤。”这刘大人闻听,这一惊非小。

清官闻听仵作话,肺腑着忙吃一惊。大人的罗锅直了一半,暗说“此事了不成。内外五形全验过,并无破绽与伤痕,眼下真若无缘故,叫我怎样对人云?洗尸开腹来相验,白闹半天无隐情,又把吴仁革了举,本府一定耽考成。丢官罢职却是小事,有玷先父刘氏门:想当初,我父当朝为宰相,轰轰烈烈在朝中。目今到了刘某我,深感当今主圣明。我的父,一怒之间翻了脸,二位兄长丧残生!刘某多亏皇太后,保举一本救刘墉。将我认作干殿下,乾隆佛爷主准情。又将我,御笔钦点江宁府,浩荡皇恩别当轻。刘某丹心无二意,也不过,臣子知恩好尽忠。苍天怎不遂人愿?江宁遇见怪事情!件件桩桩皆有证,到归齐,画饼充饥竟落空!此事叫我如何办?就是神仙也不能。"大人越思越着窄,如坐针毡一般同,急得通身出躁汗,思前想后好不明。大人为难时多会,眼望着,吴二开言把话明。

大人思想这件事,实无头绪,心内着急,低头暗想,想够多时,抬头眼望吴二讲话,说:"本府方才令人将死尸肚腹用刀挑开,验看五脏,也并无缘故。这可如何?"吴二闻听,说:"这就难办咧!验又无伤,明明的我看见的,此事就是那个妇人的身子挡住咧,无得看见她怎样害死的。嗐!这都是我这个王八肏的嘴快,爱管闲事,才叫大人跟着受累!"复又说:"大人不必为难,我倒有个主意。"刘爷说:"什么主意?"吴二说:"大人如今拿我扎个法子,问我一个诬赖好人之罪,把大人摘出,我和这一起子狗肏的滚上就是了!"刘爷闻听吴二之言,腹内说:"真好个直肠汉!"想罢,将手一摆:"使不得,使不得。"吴二说:"使不得,这可怎么样呢?"

不言吴二也替大人为难,且说吴仁叔嫂和狂生坏肉,男女三人见刘爷命人将死鬼尸身肚腹割开,取出五脏相验,又听说无伤,亦发不依咧!一齐喊嚷,叫道说:"好贪官!你是一府尊父之公祖,这样的胡为,岂不有负当今爵禄?可惜了的这个知府给你!"大人闻听,又是气又是着急。忽听吴二匪开言说:"好奇怪!验呢,又验不出来;拿水刷呢,又刷不出来;取出五脏瞧,又瞧不出来。难道说把肠子翻个过看看不成?"你说吴二一句无心话,倒把个刘爷提醒,说:"是呀!此事再不是毒药,必是什么东西吃在腹中,先到肚子里边,然后才变粪归肠,往下行去。何用翻肠子?把肚子翻过,便见明白。"大人思想,高声吩咐。

清官想罢高声叫:"仵作留神你是听:快把肚子豁开了看,定有缘故在其中!"仵作闻听不怠慢,又把尖刀手中擎,低头仔细席上看,认准拿在手中存。尖刀上面只一挑,只听"吱喽"响一声,刀割肚子分两下,留神看:倒把仵作吃一惊!复又向地只一抖,把一个,毒物东西抖在尘。

且说仵作用刀豁开肚子，向地下一抖，喷鼻气味难闻，将粪袋那一宗毒物，抖在尘埃。大家一瞧，齐声大嚷："有咧，有咧！敢则是个东西，怎么进去呢？真奇怪！"

不言众人闲谈，再说刘爷闻听说"有咧"这么一句话，大人连忙走至跟前一看：原来是一尺多长的一条菜花蛇死在粪内！

列公想哩：这个东西怎么进去的？真是万人想不到的巧计！诸公细听。

且说大人一见，说："好奸计！巧毒计！"说罢，转身归公位坐下，吩咐："带男女三人，预备刑具！"手下人答应，将带来的刑具夹棍、拶指等，都放在公案以前。左右登时带过男女三人，他们见有了赃证咧，立刻魂都吓冒，这才一齐跪下。刘大人一见，吩咐手下："先将这万恶的囚徒吴仁夹起来，然后再将无耻的淫妇赵氏拶上！"这公差齐声答应，立刻把他叔嫂二人俱各上刑。大人吩咐拢绳，下面答应，将绳一拢，吴仁、赵氏背过气去。用凉水喷醒，刘爷这才问话："你们还有什么分辩？从实招来！但有虚言，管叫你每狗命难逃！"刘大人这夹棍、拶指，乃五刑之祖，他虽然心毒意狠，到底是细皮嫩肉，如何禁受？闻听大人之言，说："招了，招了！"赵氏先就讲话，说："大人在上，因犯妇的男人吴祥，娶奴过门，未有三个月，他就贸易上北京而去，有五年的光景，总不见归家。奴与小叔吴仁，旷夫怨女，勾引成奸，将有四载，忽然上月奴的夫主吴祥自京回家，谁知又得了缩阳不举之症，竟成了废物！奴与小叔商议，要将吴祥谋害。先前小叔不允，后来从之。无物可害。这一天，奴在花园之中闲游，猛见花棵底下，有一条小长虫盘绕。犯妇一见，得了主意，连忙用瓷瓶将他装起。这是九月十一日，奴家终日喂养其蛇，难以下手。等到了昨日，二十七日，天有二更以后，奴的夫主大醉而归，进门躺在床上，人事不省。奴家一见，忙叫小叔吴仁进房，将瓷瓶递与小妇人，帮着奴搂住吴祥的脖子，用小小的二尺多长的竹筒，将长蛇装在竹筒里边，那头儿插在醉汉的嘴内，这头儿，再用鞭杆子香尖一根，顺着竹筒向长蛇尾巴上一烧，其蛇疼痛难禁，自然向那头逃生，所以才钻入醉汉的咽喉，直入五脏，外边又不能见伤，就是这样害死的。"大人闻听赵氏之言，气得眉上生烟。

清官闻听赵氏话，将牙剉碎把话云："世间少有这恶妇，碎剐零迟还算轻！”大人又把吴仁问：“可是这样害残生？”囚徒下面头碰地，说道是：“赵氏言词是真情。”忠良闻听提起笔，判断奇冤案一宗：举人吴仁真禽兽，与嫂通奸谋害兄，有坏五伦非人类，当问立斩项冒红。赵氏伤天行万恶，罪应凌迟万剐身。秀才朱亮多管事，行文革退去衣巾，然后再打三十板，枷号两月再开刑。吴二虽然系偷盗，并未犯事到官中。可喜他，心直口快最相热，敢作敢当报不平，官赏白银五十两，从今后，弃却偷盗做经营。刘公判断刨坟案，轰动金陵这座城。事毕的，忠良上轿回衙转，忽听得，“冤枉，冤哉！大人施恩救小的！”这件事应当了不成！

第三十六回　王客商投宿遇强人

话说刘公自从判断举人吴仁、赵氏叔嫂二人用长蛇谋害人命一案，江宁府军民无不称奇，都说这位刘爷好官府，清似水，明如镜，实在的令人可敬。

按下众百姓闲谈不表。且说刘大人自刨坟相验回衙，一夜晚景不提。到了第二日早旦清晨，大人茶饭酒罢，立刻升堂，众役排班。刘公才要判断煞结民词，忽听衙外有人声喊冤，说："冤枉，冤哉！青天老爷救命要紧！"

大门外，只听有人声叫喊："冤枉冤哉了不成！青天太爷将人救，可恨赃官诬小民。"刘大人，座上吩咐"出去看，速把那，告状之人带进门！"站班衙役往外跑，来至门外细留神：但见却是人两个，公差看罢问分明："不用乱嚷故喊叫，大人叫你快些行。"二人回答说"是是，正然前来见大人。"言罢齐将角门进，公差传报语高声。刘公座上仔细看，两边官吏各睁睛。但只见，外边进来人两个，未问言词先辨形：头前顶戴白毡帽，布袍布褂紧随身。棉带系腰耷拉穗，白袜青鞋足下蹬。年纪却有六十岁，行动跄跄带嗽声。后边之人戴缨帽，绸袍布褂尽是青。年纪倒有五十岁，布靴一双足下蹬。面貌不像行凶辈，眉目之中带老成。滴水檐前齐跪倒，公差回话已退身。刘大人，座上看毕往下问，慢吐清音把话云："你们二人因何故？一一诉讲要分明。"

刘公乃是天生成的一位能臣，从来问事与别官不同，并不刚强暴躁，察言观色，辨别鱼龙。看罢，立时在座上往下言讲，说："你二人是哪里人氏？做何生理？是一件事还是两件事？一个一个诉上来，不许争词强辩，不许刁词妄拉！""是。"二人答应，磕一个头，那一个年长些的先就讲话。

那老者，未曾说话将头叩："大人青天在上听：小人家住句容县，龙潭码头有门庭。姓盛名叫盛公甫，今年六十零四春。全凭开店为生理，公平交易不欺人。上月二十单三日，就是这，客人投店进我门。行囊沉重银不少，坐跨走骡独自行。到店中，小人盘问他来历，客人弃骑对我云：他说‘家住太原府，生意来往贩绸绫，如今回家归故土，来岁开春方上京。今日个，在此投宿住一夜，明日一早就登程。’小人闻听吓一跳，半晌沉吟尊客人：‘明知自己行李重，为何还从此路行？新近出了人一伙，近来这里闹得凶。西北离此三十里，有一座，玉皇大庙古禅林。寺内先有僧家住，被贼赶得影无踪。他们就在里边住，说来就有二十人。白昼出来硬打抢，专截经商过往民。你要是，没有行李只管走，怕得是，金银随身橐子①沉。要想过去不能够，留下资财丧残生。难为你，竟会那边过来了，难道强人不晓闻？’实回大人一句话：客人闻听吃一惊。骑上骡子就要走，小人相拦不放行。”

刘大人听到此间，在座上开言，说道：“盛公甫，”“有，小人伺候。”“本府问你：这一个客人，是上月二十三日到你店中下店？是你告诉他：离你们龙潭码头的西北上三十里，有一座玉皇古庙，庙内有一伙强人住居？是这伙贼专截经商，打劫客旅，他的行李沉重，冒险担惊竟自闯将过来？是他听见这个话自然后怕，要走，你为何复又拦住不放他去，取何缘故呢？”老者见问，复又磕头，口尊：“大人，并非小人不放他走，却有个缘故：因上次七月间，有两位客人，也是行李沉重，小人就多了个嘴，也是如此告诉他，二人闻听害怕，即刻出店，径自去了。迟不多时，就有十数个人来，手执刀枪，闯进小人的店门就问：‘有两个客人，可曾下在你家店内？快快实说：现在哪里？’屋中小人回答：‘没有见。’他如何肯依？不容分说，前后搜了个遍，并无客人。他们就说是小人泄机，将那客人放走，只有心要害小人的性命。内有一人解说：‘你我快往前追赶，如若赶上便罢；若是赶不上，回来杀他不迟。’众人应允，一齐出了店门去了。回大人：几乎把小人吓死。

“回大人：众贼说罢出店去，小人心中担怕惊。那天不过一更后，众人又到我店中，只说赶上那两个，俱各杀死丧残生。行李抢回得饱载，只有一人把话云：口叫‘店家听我讲，几句话，要你留神记在心：以后再有人下店，不可传言走漏风。截客不干你的事，何必多言信口喷？但若再像今日事，一定要，先追老狗命残生。’说完俱各出

① 橐（tuó）——口袋。

店去，小人这才放下心。回大人：被害之人无苦主，地方报到县衙中。县官自把身家保，只说差役访拿人。小的明知这件事，哪敢多言说一声？正是自扫门前雪，休管他人瓦上霜。那天若把客人放，众强盗，他若来时怎样应？自然拦他不放走，所因惧怕众强人。”刘爷闻听心不悦，虎面含嗔把话云：座上叫声“盛公甫，这算是，心中奸诈不公平。只图自己身无事，不管别人死共生。你只顾，拦住客人不放走，贼盗来时了不成。损人利己不公道，白活花甲有余零。”老者着忙将头叩，口尊“青天爷上听：内中另有一缘故，大人呀，容我细细讲分明。”

盛老者往上磕头，口尊：“青天大人，小的相拦客人不放他，我有救他之意呀！爷爷，这个客人见小人相拦不放他走，说：‘你把我拉住，不过是自己保身家，坑我的性命。’小人闻听，说：‘我要有心害你之命，我就不告诉你咧，你如何知道？你住在我的店内，贼人来时，你落个人财两空。’客人说：‘既是如此，为何又不放我走呢？’小人说：‘你就是走，他们随后赶上，你的性命也是难保。’客人说：‘依你怎么样呢？’小人说：‘我有两个表弟，姓杨，在前边十五里地之遥，地名叫杨家庄，哥哥杨文炳，兄弟杨文芳，两个人俱都是前科的武举，身量高大，膂力①过人，浑身武艺，胆量不小。平生仗义，怕软不怕硬。我如今写一封书字拿去，你奔到他家，可保无事，大料着那贼人闻名，未必敢找了去。就让他们找到那里去，我那两个表弟可也不怕他们。’这客人闻听，心中是个喜欢，立逼着小人写了一封书信，他揣在怀内，骑上骡子，出了店扬长去了。回大人：好，那天不过刚黑，众贼人来了。小的数了数，不多不少，整二十个。进了店就问小人说：‘有个骑骡子的人，在你这里歇了一歇，你见了无见？’小人闻听，说：‘方才倒有个骑黑骡子，到这歇歇走咧。他说往前边杨家庄杨武举家去了。’贼人说：‘往那里去，难道我们就找不了去不成？’说罢，全都出店，自去了。”

老者复又将头叩，口尊“青天老大人：他等出店扬长去，后来事，爷问客人自然明。”刘公闻听开言道，眼望客人把话云：“你到那里怎么样？以往从前诉讲明。”客人未语先叩首，尊一声“太爷青天在上听：小人家住太原府，平阳祖居是良民。每年并不在家内，贩卖绸缎去上京。小人名叫王

---

① 膂(lǚ)力——体力。

自顺,今岁四十九岁零。那天九月廿三日,龙潭投宿进店中。店家对我言就里,小人闻听心内惊。住下也是难保命,要走又怕众人跟。多亏了,盛姓店东为人义,亲笔写下书一封。他叫小人投表弟,杨家庄去投武举两个人。小人时下哪怠慢?上了骡子出店门。不多一时十五里,进庄访问到他门。叫门家丁回进去,杨武举里边出来迎小人。先令家丁搬行李,然后将骡拴在棚。将小的,让到书房分宾坐,招呼家丁献茶羹。追问小人从何处到,小的把已往从前对他云。书字拿出递过看,瞧罢之时口内应。家丁立刻摆上饭,哥俩一齐让小人。吃饭已毕撤下去,不觉黄昏点上灯。那天不过一更鼓,大人呀,若是说出吓死了人!”

第三十七回　杨武举救人战群寇

王自顺说："回大人：是九月二十三日到他的店中投宿，他就说出新出了一伙强人之故。他又说：'住下呢，也是死；往前走呢，可是也活不成。'这可如何是好？回大人：幸亏盛店家修书一封，叫我投奔杨家庄他的表弟家中，可以保全无事。小人就拿着他这封书字到了杨家庄杨家，见了武举弟兄两个，将书取出，与他观看。很承他弟兄的情，看他表兄之面，将小人招留下，满口应承，敢保无事。又设酒饭款待，将小人送至书房安歇。那天不过三更天，外面把大门打了个山响，将小人也惊醒，小人不敢言语。东屋内侧耳，闻听杨家的家人，隔着门问了问，外边人说是找小人的。家丁进内回报了他的家主。武举弟兄二人，俱各起来，吩咐人在大厅上点起灯烛，令家丁把大门开放，将那些人放进来，让在大厅之上。小人也就暗暗的起来，开门出屋，隔着照壁往里听，看来的人就有十数多个，人人手拿器械。杨家弟兄明知有事，也是预备而出，坐在厅上。杨文炳先就开言讲话。

王自顺，往上进礼将头叩，口尊"青天老大人：小人站在照壁后，耳眼留神看又听，只听得，武举文炳先讲话，眼望来人问来情：'列位到此因何故？有话对着在下云。'贼人听见举人问，内有一人语高声，说道是：'我们俱是绿林客，专劫经商过路人。今日别处做买卖，俱各无从在府中。方才回来伙计报，踩盘之人对我云：说是过路一行客，独自单身行李沉。今日个，大料必住龙潭镇，天晚不能向前行。因此我们随后赶，到了盛家旅店中。问了问，说他投亲到这里，所以赶来找此人。想来他在你这住，献将出来理上通。情义双全无话讲，要想瞒哄万不能。'武举闻听开言道，并不生嗔带笑云：口呼'列位听我讲，在下说来大伙听：买卖之人非容易，抛家失业做经营，撇闪①父母与妻子，戴雪披霜奔途程。好容易赚钱回家度日月，养赡②合家满

---

① 撇闪——放在一边，丢开不管。

② 养赡(shàn)——供给生活所需。

共门。要是遇见众好汉，人财两空丧残生。常言说：古来就有绿林客，却与列位不相同。也有财物留下半，也有求财不害人，也有那，单杀贪官与污吏，喜助孝子与贤孙。小本经营不稀罕，英雄另是一般行。哪像列位如何样，又要资财又害人。损人利己终不好，岂不知，恶贯将来要满盈。'"

"回太老爷：小人站在照壁后面，听看明白，武举文炳解劝那些个强人，他说：'做好汉的人，要济困扶危疏财仗义，才是丈夫所为。要像列位劫着客商，不论多少，必要叫人财两空，使他父母不能相见，妻子不能团圆，岂不阴功有损吗？见过做贼的有庆八十的？恶贯将满，来要打劫路费，再无不报官之理，倘然县官知道，惊动官兵，列位如何抵挡？被获遭擒，难免在刀下之苦。若死之后，贼名脱不过的。你们方才说的那个单行的客商，乃是在下的一门亲戚，贩卖绸缎为业，路过至此，到舍下探望。列位既然赶到此处，在下知道此道中的规矩，再不空回。今朝既然是你们来到舍下，别说还有这么一点，就是没有这件事，来会子，再也没有空过的道理。在下情愿奉送八百两的微礼，列位收去，以作会亲之资。列位瞧着，我弟兄也有一点名望，当作了相与，有何不可？'"

王自顺开言把"大人"叫："贵耳留神请听闻：杨姓要把小人救，情愿拿出几百银送给强人拿了去，怎奈他们不依从。内有一人开言道：'叫声杨姓你听真：这要是，别者之人说倒允，惟你弟兄却不能。我们离此不甚远，四十五里路途程。你家富足谁不晓？远近各处尽知闻。我弟兄，不来惊动看情义，皆因算你是宾朋。很该知情心感念，世路人情才算明。今朝我来到此处，就该献出那客人。你反倒，之乎者也来搪塞，你又拿出几百银。让你金银过北斗，想买客人万不能！今朝若要将你让，外人闻知笑破唇。说我们，欺软怕硬怕武举，辱没了江湖好汉名。既然此话出了口，须得献出这个人。'武举闻听强人话，文炳登时面带嗔。眼望强人开言道，脸带怒色把话云：说道'你是胡言讲，信口开河把粪喷！我将实话告诉你：快些回去死了心。那客人，素不相识无会面，特来投到我家中，济困扶危称好汉，除恶霸，方是英雄丈夫行！'

"回大人：武举杨文炳，他见那些人不要银子，单叫把小人献将出去，杨文炳他就恼了，说：'我好意赏你们几两银子回去，就是天高地厚之恩，你们反倒无知，不识抬举，执意不允。实对你们说罢：人也有，银子也有，只怕你们要不了去！'回大人：那些强人闻听武举之言，全都恼了，登时翻脸就要动手。

"只见那人翻了脸，他们时下要相争。现成兵刃拿在手，跳下厅来赌输赢。武举弟兄真好汉，抵挡强人十数名。小人观瞧心内怕，只恐怕，弟兄二人不能赢。到后来，杨宅家丁也助力，看来却有十数名。两下一齐动了手，火把灯笼满院红。看看闹到交三鼓，一死相拼岂肯容？杨家弟兄施展勇，两把钢刀实在精，蹿跳蹦跃急又快，砍倒强人贼二名。虽然是，身上着伤却未死，躺在地上口内哼。余者贼人敌不住，只想时机跑出门。杨家主仆又要赶，只想一概尽皆擒。到底还亏杨文炳，那个人，心怀仗义有老成，拦住家丁和兄弟，高声叱咤叫贼人：'论正理，一齐拿住将官送，解到当堂问口供，正法开刀问立斩，与民除害气才平。但只是，内中一件我不肯，当面说出你心明：纵然你等为强盗，并无惊动我这村，还算你们明时务，故此今朝我恕容。开条生路容你走，快些脱身莫消停。'众贼闻听这些话，一转身形往外行。举人复又开言道：'尔等回去要务正，别想再干这营生。作寇为贼无好处，急速回头正路行。'

"杨武举把那些人还劝了会子，那伙贼人抬着带伤两个贼，径自出了杨家。杨家家丁把门关上，他们弟兄俩回厅歇息。小人感谢，倒劳武举说：'贼盗灭除，乃是大丈夫所为，正是英雄本色，这倒不敢劳谢。那伙贼人，这一去，必然远奔他方而去，从此太平，歇息了罢。'他弟兄回后而去，小人仍回书房。他家的家丁，收拾家伙灯烛，各自散去，歇息半夜。到了次日早旦清晨，小人起来装粮行李，杨家的家人送出洗脸水、茶来，小人净面吃茶，杨家弟兄出来相见。小人告辞，举人叫家丁把小人的骡子鞴上，搭上行李，拉出门外。小人别了杨家，二人出门相送，小人骑上骡子，要回家去。

"小人上骡才要走，一心要转我家中。复又多心不肯走，暗自辗转在心中。小人想：不是他写书托表弟，小人残生保不成。又思想：强人虽去有后患，打听真实才放心。不如还回盛家店，又谢盛姓又存身。我小人，再回一句实情话：心中胆怯怕贼人，万一他们前途等，小人一去中牢笼。我小的，主意拿定圈回骑，紧紧撒放骡子行。依然又到龙潭镇，越想越怕回里行。我小人，复又回到客房内，店小二将骡拴在棚。盛店东，出来留在他店住，打听杨家信共音。在他店中住一夜，第二天，真正果有岔事情：人头扔在杨家院，两颗首级淌鲜红。武举拿进县中报，乡保他，同到衙门去禀明。谁知道，知县竟是来作对，一派歪词人怎禁？他说武举将人害，收入南牢监禁门。只问尸首在何处，定叫实招认口供。二十五日这一夜，又出一宗怪事情：杨家一门老共少，尽情杀死赴幽冥，男女二十零四口，可怜个个淌鲜红。”王自顺，说罢不住将头叩，公座上，立怔诸城县内人。

第三十八回　官匪暗勾连共为虐

刘大人在公座上，听客人王自顺之言，爷的心中犯想，说："据客人之言，不用说，武举一家是那一起贼人杀死。内中误事，俱是知县之过。此事必须如此而行，方能完结此案。"刘公想罢，往下又开言，说："王自顺，""有，小人伺候。"刘爷说："你二人下去补状，待本府行文，提句容县令、杨家弟兄到来时，一并听审圆案。""是。"两个人磕头站起，退步出衙，补呈子不表。

且说刘爷往下问道："此处离句容县衙，有多少路程？"下役跪倒回话，说："此处离句容县六十五里之遥。"刘公点头，下役站起，退闪一旁。大人吩咐："书吏作文一套，到句容县，把知县与杨家弟兄、还有乡保地方，一齐提来，完结此案。""是。"书吏答应，立刻回科房，作文书，用印，差该值的人去提差不表。大人退堂，下役散去，掩门。刘爷回后用饭歇息，俱各不表。

此书速快，到了次日天交正午的时候，下役回话说："禀大人：句容县知县与杨武举俱各提到，请大人的示下。"刘大人吩咐："叫外边伺候，立刻升堂。"内厮答应，连忙外跑，传出话去，不多一时，伺候停毕，进内回话。大人走出房来，张禄跟随，转过二堂，闪屏门，进暖阁，大人归位坐下，众役喊堂，两边伺候。刘爷上面吩咐："叫句容县知县、带杨武举当堂问话。"

清官座上言未尽，忙坏当差应役的人，答应一声往外跑，登时之间到大门。口说传话"大人叫：知县武举三个人。"句容县，知县答应头里走，杨家弟兄后面跟。三人举步角门进，刘公座上细留神。但则见：前边走的是知县，头戴秋帽颜色鲜。天蓝缎袍石青褂，鸬鹚①补子钉前胸。飘带荷包分左右，缎靴一双足下蹬。年貌不过五旬外，面带奸诈不老成。二位举人跟左右，俱各绸袍紧着身。立绒秋帽头上戴，缎靴薄底带灰尘。身体生来多雄壮，腰圆背厚在年轻。瞧他俩，

① 鸬鹚(lú cí)——一种善捕鱼的水鸟。这里指知县官服胸前的鸟样花纹。

面目忠厚人慈善，不像行凶那等形。刘爷看罢心中想：意中照顾他二人。他弟兄，若不仗义行此事，焉有塌天大祸星？知县当先忙行礼，仪注不敢错毫分。礼罢躬身一旁站，武举双膝跪在尘，磕头一心听吩咐。堂上的，刘爷开言把话云："下边二人何名姓？家住句容什么村？所因何事遭陷阱？你把那，一往之事细表明。"两个武举将头叩，文炳开言尊"大人：举人祖居句容县，杨家庄，遗产尽够过光阴。父母双亡去世早，只有同胞二弟兄，弟名文芳兄文炳，本姓杨，去岁秋科中举人。"

杨文炳磕头，说："回大人：举人兄弟，平素间闭门不出，每日家中操演弓箭，以图上进。正是闭门家中坐，祸从天上来。九月二十三日，天色将晓，有一人叩门，口称是龙潭镇开店的盛公甫那边来的。回大人：这个盛公甫原是举人的亲表兄。家丁报禀举人，举人瞧了瞧，是我表兄的笔迹，本曾看出，先把那人让至书房之内，行李搬进屋中，骡子拴在槽头，叫家人预备茶水，这才把书拆开观看。原来是举人的表兄盛公甫，托付举人弟兄照看这一位客人。客人原来是山西太原府的人，贩卖绸缎为生，姓王，叫王自顺。因为路过龙潭镇，要在举人的表兄盛公甫的店中投宿，盛公甫知道那条道上难走，叫他下在店中罢，又怕众贼人赶到店中害死客人，连累店家遇祸。"

杨文炳，复又进礼将头叩："大人青天在上听：举人表兄盛公甫，生来相熟有慈心，见了客人生怜悯，唯恐王姓丧残生。欲待要，留他住在招商店，又怕贼人随后跟。客人受害也不好，又怕连他有灾星。欲待要叫客人走，强贼必定要追寻。赶上客人还是死，看他一场无始终。因此盛姓将书写，叫他到，杨家庄上找举人。在我家中住一夜，明日登程无事情。回大人：举人弟兄多仗义，再者又看盛表兄。留下款待那人饭，出房安歇到二更。门外又听来人叫，敢则就是众贼人。看门的，进内去报他的主，就知必是是非星。弟兄二人拿兵器，出来叫人开大门。强贼就有十数个，各把刀枪手内存。举人问他何缘故？他说来把客人寻。将他们，个个请在大厅上，诉说其中就里情。他说'我们为盗寇，并未到过你的村。'皆因是，闻我弟兄名头大，并未曾，偷盗杨家庄上民。

"回大人：众贼说：'我们纵然做贼，并不曾到过贵村，皆因看的是你们俩，也算是此处的杰俊。自古说好汉爱好汉，并非怕你不敢来，你们错想了。今晚上我们哥儿们既是赶到此处，论理，就该把人早早献将出来，才是正理。’大人想：举人既把那人留在家内，焉肯又把他献将出来？举人无奈，对他们言讲大道，说：‘那做贼的不好之处，损人利己，将来定有报应。’举人说：‘就是你们来赶上客人，也不过为的是财呗！今朝看我的薄面，将此人放过，我情愿奉送几百两银子，你们拿去，此事如何？’回大人：谁知他们不依。群贼之内有一人开言：‘漫说你给几百银子，就是黄金过北斗，也不算什么！你要是软弱无能的人，这倒使得；要是让了你，要不出客人去，还叫别者的江湖闻知耻笑。’举人闻听贼的这些话，心中就有几分怒气。举人说：‘人也有，银子也有，只怕你们要不出去。’”

杨武举，口中连把“大人”叫：“贵耳留神请听真：众贼闻听举人话，大众不依齐动嗔。跳出大厅讲动手，举人弟兄哪肯容？招呼家丁明灯火，奋勇努力要相争。手下家人也来助，主仆齐心挡贼人。回公祖：众贼难把举人胜，带众着伤有二名。余者胆怯不敢战，思量只恐要逃生。若论理，一齐该当全拿住，送到当官问罪名。内中却有两年事，饶过众寇也通情。头一宗：他们无伤客人命，行李未动半毫分；第二宗：惧怕余寇来生事，他们不敢惹举人，拿着别者来出气，岂不就，苦坏杨家庄上民？饶他去罢是正理，自然成全在心中。哪知慈悲生祸害，反惹飞灾祸奔身。开路饶放强贼走，抬定着伤两个人。出了大门扬长去，举人家丁关上门。谁知客也无睡醒，前走致谢到厅中。歇息半夜天光亮，打发客人起了身。一天无事直到晚，各自安歇睡昏沉。那天不过二更鼓，一桩异事罕惊人。

“回大人：二十四日这一晚上，二更多天，举人家里俱各睡着，只听‘咕咚’一声，把举人惊醒。皆因举人的心中有事，怕的是贼反来搅闹。睡梦之中，只听‘咕咚’一声响亮，就掉在举人的窗外。举人连忙穿衣，秉灯出房，留神观看——却是一个蓝包袱。随即打开，一瞧：里面包定血淋淋的两颗人头！举人看罢，情知是贼人移祸之计，少不得等到天明，举人同兄弟杨文芳，拿定那个包袱，同着乡保地方，一同进句容县报明此事。谁知这位县尊一味地偏心歪问，只说举人弟兄将人杀死，堂前只叫招认。回大人：举人无可所招认，不过实诉而已。怎奈县尊不听，硬行文书一套，将我弟兄二人前程革退，要动刑审问。举人细想：贼人把头移祸于我，我说必是贼人暗害我之意,因此举人哀告,怎奈县尊总也不听。”

杨文炳,复又向上将头叩,口尊“青天在上听:举人明知有后患,强贼定害我满门。无奈复又央县令,弟兄两个留下心:放回一个保家眷,知县执意不肯从;要放一个不能够,全都拘禁县衙中。次日一早人来报,牌头报事到衙门。举人的,家中尽被人杀死,二十四口赴幽冥!定是众贼来暗害,丧尽全家真惨情!今蒙大人提来审,得见青天一般同。望大人,速拿此贼结此案,合家幽魂感天恩。”说着连连将头叩,刘爷开言把话云:“叫声武举杨文炳,算是糊涂心内浑。你说明知有后患,为什么,粗心反中计牢笼?进县去把人头报,弟兄很该去一名,留一个,在家提防保家眷,如此而行理上通。弟兄两个同进县,也算是,天宫造定不非轻。二十四人坑性命,冤冤相报在今生。就只可恨句容县,做官糊涂很不明。若还暗把人杀害,谁还肯,自拿人头到县中?既叫武举他偿命,尸首却在那边存?拘禁武举有缘故,生生的,断送杨家满共门!本府定叫他偿命,这宗贪官岂可容!”刘大人,说话之间翻了脸,把一位署任的贪官吓冒了魂!

第三十九回　索巨贿逼杀廿四人

刘爷座上开言，说："杨文炳，""举人伺候。"说："你弟兄不把王自顺留下，哪有这么一场大祸？见了人头，着一个进县去报，也无有此事。想来，万事俱由天定。二十四条人命非同小可，他们俱是前世的冤家，今生的对头。这件事本府自有公断。""是。"举人弟兄磕头不语。刘大人一回头，眼望着句容县知县，讲话说："贵县，""有，卑职胡有礼伺候。"刘大人说："你升到句容县，有多少日子了？"知县说："卑职出任当初的是主簿，候补六合县的县丞。那时句容县的知县丁忧，卑职在此署事不足三个月。"刘大人又说："你是一榜，是两榜呢？"知县胡有礼说："卑职是监生出身。"刘爷闻听，说："原来是个捐纳呀！本府问你：杨举人弟兄到县出首，你是怎样问法？"知县说："杨举人到卑职衙门出首人头，他说是九月二十四日夜间，听得院中响亮，出屋观看，瞧见一个包袱，包着两颗人头，又把二十五日之事说了一遍。回大人：卑职出问，原未追问他弟兄两个，是他们自杀的人，将尸藏起来，所图无罪。"刘爷闻听，心中大怒，把惊堂木一拍，说："哇！你净是满口胡说！市井中有这样痴人？自己杀了人，倒把人头拿到当官出首？岂有此理！方才说他弟兄杀死人命，将尸藏起，你再不想：他既然会将尸首藏起，难道说他不会将人头藏起吗？再者，就是他们杀的人，你也该究出凶器、尸首，方可定罪，此二件俱各无有，你把他弟兄拘禁衙中，这内中大有情弊。就是他弟兄留一个在衙中，放一个回家，叫他保守家口，也很使得呀？你一个不放，这二十四条人命，生生死在你的身上！"

贤臣爷，说话之间翻了脸，满面含嗔把话云：用手一指叫"知县，要你留神仔细听：花言巧语不中用，可知道，刘某为人平素中！不究尸首与凶器，安心拘禁他二人，倒使断送合家命，皆因你起丧残生！内中一定有情弊，快些实说就里情！"胡知县，看见刘公动了怒，连忙双膝跪在尘。磕头连把"大人"叫："公祖在上贵耳听：拘禁武举有缘故，卑职愚见在心中。恐怕他往别处告，留他在，衙中住下好拿人。差役暗把贼人访，拿住时，审明冤枉此事情。并非卑职有情弊，大人格外另开恩。"刘太守，闻听此话微冷笑，用手一指带怒云：口中大叫"胡有礼！这些话，想瞒本府万不能！你说留下杨武举，怕他别处把冤伸，你叫差人外边访，好拿盗寇把冤明，问你怎么知贼至？内里情由快讲明！"

刘爷说："我且问你：留下杨武举弟兄，怕他往别处去告，你再差人好拿获强人？""是，卑职就是这个主意。"刘爷听说，说："你还与本府强证，我要不叫你口服心服，也不知本府的才断。本府问你：你留下杨家弟兄，这是二十五日事情，他的家口被人杀害，天明是二十六日，隔着一夜，你怎么就知道贼人来杀杨家的良眷？头一天就把他留住，怕他别处去告，你差人去访二十六日事情？狗官！你怎么就能知道了？难道你有耳报神，未卜先知不成？你既知先有人来杀他的家口，为什么你又不放出一个去保家口，这是取何缘故？本府不明，倒要你细细言来！"罢咧，这一席话，把个贪官问住。

这清官，说罢一往从前话，知县闻听不作声，理亏情虚难开口，跪在尘埃似哑聋。刘爷时间更动怒，手拍惊堂喊连声。说道是："知县快些实言讲，一字言差我不容！漫说你，捐纳县丞署知县，王子犯法与民同！本府圣主亲笔点，专查赃官苦害民。你今犯到刘某手，那管州官与县尊！你若是，实说倒有宽容处，官官相护是常情。今日要不说实话，本府如今动大刑！肉拌干柴如何受？看你招承不招承！就使眼下夹死你，也不过，一套折子完事情。"说着吩咐"摘去帽，快看夹棍莫消停！"下役答应往上跑，把一个，贪官着忙魂吓惊，口中只把"大人"叫，磕头碰地响连声。刘爷摆手说"不必，还有一事再听音。"说着扭项叫武举："杨家弟兄也听明：二十四日进县内，出首人头到县中，知县扣住弟兄俩，他必有，什么言词对你云？不必怯官只管讲，本府做主要言明。"举人弟兄将头叩，杨文炳，口尊"大人在上听：举人弟兄到衙内，出首当堂见县尊。他说举人将人害，公堂上，只叫实说认口供。不知底里如何认？牙关咬定不招承。然后带到班房内，又等晚上问分明。一人走进班房内，他对着，举人弟兄把话云。

"回大人：举人弟兄坐在班房之内，待有多时，进来一人。"刘大人听到此处，跟话又问："这个人是谁？"杨文炳说："回大人：进来的这个人，举人却也认得，他是本县中头一个有脸的皂头，名叫吴信，彼此相熟，自然让座。大家坐下，吴皂吏递了个眼色，把他们的伙计都支将出去，他才对举人讲话，说：'杨爷，你弟兄二人这件官司，有些个费手。问官与你作了对了，没有什么说的，你弟兄得瞧破着点子，比不得别的事情。俗言说得好：能打真赃实犯，不打人命干连。花几个钱，我与你们打点打点，把这件事情就消灭了呢，岂不是好？'他还说：'堂前生瑞草，好事不如无。'"刘爷又问，说："这是二十五日呀？还是二十六日呢？"举人说："这是二十五日。"大人说："应了他无有呢？"杨文炳说："举人也愿无事，举人就问：'这得多少银子呢？'吴皂役说：'这件事连上带下，看来就得五百两。'"刘大人说："不多呀？五百两银子，难道你不愿意吗？"杨文炳说："回大人：五百两是衙门的数——是五千两银子呢！举人如何肯应？"

杨文炳磕头把"大人"叫："贵耳留神在上听：理正情真这件事，花银岂有不心疼？又想不如完了好，早回家中理上通。因此上，开手给了一千两，皂役摇头不为应。复又进内回知县，实价准要四千银。添到二千还不允，举人心中怒气生，说道是：'二千纹银他不允，再想要，一厘一毫也不能！任凭把我怎么样，至死再也不花银！'回大人：吴信一怒进衙内，必然去见胡县尊。因此才把详文作，革我举人问罪名。这是一往实情话，哪敢虚言哄大人？"杨武举，说罢不住将头叩，刘爷闻听大动嗔。眼望知县将牙咬，连把"赃官"叫几声："意欲贪赃真可恼，陷害良民乱胡行！你只说，署印官儿如打枪，搂些银子转回程，不管良民生共死，心中只想要金银。似此贪官人人恨，难免将来落骂名。再不想，顶冠束带吃俸禄，该报君王雨露恩。知县乃是民父母，如待赤子一般同。为官不与民做主，不爱贤名落怨声！"刘爷越说心越恼，满面含嗔少笑容。

刘爷越说越恼，满面含嗔，叫声："胡有礼！""卑职伺候。"大人说："你手下的这个皂役吴信，想来给你做过此事也就不少咧罢？"知县说："回大人：这是头一次，以前并无此事。"刘爷闻听，冷笑说："就是这一次？这一次自然是一次，这算是末了的一次罢？从前还不知有几次！我把你这该死的！句容县的百姓，这三个月的光景，叫你害的想来也就不少。本府若不与民除害，我就白受乾隆老佛爷的爵禄！"知县胡有礼听大人之言，吓得连连叩首，只叫："大人开恩，超怜卑职的草命！"

胡知县，理亏情虚心害怕，叩首连连尊"大人：皆因卑职心性蠢，诬言当作事情真。杨举人，弟兄进县来出首，布包人头进衙门，卑职就知事有假，内有缘故在其中。当堂审问杨武举，文炳方芳据实云。言说客人这件事，卑职想来是屈情，将他押在班房内，未入南牢监禁门。卑职退堂回后面，出房闲坐饮茶羹。皂役吴信来回话，面对卑职讲其情，他说是：'杨家富足尽够过，家内广有金共银。这件事情虽然假，人命干连却是真。老爷署事非正印，只管取利莫图名。这件事情休错过，总得要，想他几千雪花银。'回大人：原是卑职一时错，信了皂役姓吴人，并无得着银一两，可免贪赃受贿名。就只可恨吴皂役，窝挑不叫放举人。那时若把举人放，焉有今朝这事情?"说着不住将头叩，只叫大人开圣恩。刘太守，闻听此话心明亮，忠良腹内自沉吟：若要擒拿众贼寇，须得吴信到衙门。刘爷想罢忙传话：叫一声，"该值下役莫消停！急速去到句容县，捉拿吴信到来临！务要明日午堂到，迟误责革不容情！"书吏忙把票写下，公差接过往外行。这一去拿吴皂役，刘太守，设计擒拿众贼人。书吏答应不怠慢，翻身迈步向外行。出了衙门奔东去，一直径奔句容县，去拿吴信贪贿人。

第四十回　审恶皂青天大动怒

刘大人闻听知县胡有礼之言，得了主意，腹内说："若要擒拿这伙贼人，必须这般如此。"刘爷想罢，忙令书吏写了票，差人到句容县，会同本县的衙役，拿皂吏吴信。知会他住的那村中的乡保地方，务于明日午时听审。"是。"承差答应，接票出衙，传人不表。

刘爷又吩咐："把杨家的乡保地方带进来问话。""是。"差人答应，往外就跑。不多时带至堂前，下边跪倒。刘公上面开言，说："昨日二十五日夜间，杨家被难之事，你们乡保地方，与左邻右舍，全都不知道吗？"三个人内中有一个年长的，往上磕头："回大人：那一夜有三更天，众贼人进入杨家，与杨家的家丁动手相争，吵嚷之声，左邻右舍焉有不晓之理？奈因自顾自身，谁肯舍己从人？小人不瞒大人说，就是小人等知道这些事，一来天黑贼多，小人等也是不敢上前。到了二十六日一早，都到杨家观看，原来杨家男女大小二十四条人命，尽被贼人杀死。家中所有细软的物件，俱各被贼人拿去。小人等只得进县去报。"刘爷说："你等进县报官，知县可是差人去验么？"地方说："就只说了一声'知道了'，小人等这才回村，到杨家把那些死尸停放一处，将门封锁，拨人去看守。"刘爷点头，又望知县讲话，说："这事还了得？乡保他来报，你竟不去相验！罢了么，你只顾与皂役吴信商议着想银子咧，哪里还顾得办事情呢？"知县胡有礼闻听，也不言语，只是磕头。刘爷说："乡保地方，你们回去罢。杨举人，你们弟兄二人，暂且下去，等明日提到句容县的皂役吴信，再行听审。""是。"二人答应。大人上面又叫："承差二名，将知县胡有礼暂且押起来，等明日对词。"承差答应，将知县押将下去。众人俱各也退出衙外。王自顺、盛公甫见了杨家弟兄，俱各道及感念之情。王自顺说："因为在下一人，故使恩公合家被害，使在下感佩无地。"言罢，一同歇息不表。

单言那刘爷退堂，回后用饭，歇息一夜无词。到了第二天早旦清晨，还未到午时，下役将恶人提到。

正是那，未交午刻去役转，解来皂役姓吴人，还有本村乡保地，伺候诸城县内臣。内厮里边回太守，刘爷开言把话云："去吩咐：外边伺候休怠慢,本府升堂问民情。"张禄答应向外跑,传与当差应役人。一齐进衙来伺候,各着首尾哪消停?全都左右分班站,刘爷里边向外行。点响但见屏门闪,衙役喊堂震耳鸣。刘大人,秉正居中归正座,书办承差左右分。忠良上面开言叫:"先带吴信进衙门!"差人答应往外跑,不多一时到大门。口中说:"大人里边传出话,句容县皂役进衙中!"衙役闻听答应"有",带领吴信向里行。来至了,滴水檐前双膝跪,刘爷座上看分明。衙役退闪旁边站,目视观瞧姓吴人:头戴一顶新秋帽,毛蓝袍子褂皂青。年貌不止五旬外,长了个,恶眉恶眼坏形容。连鬓胡子生颏下,犹如铁线一般同。刘爷看罢吴皂吏,座上开言把话云。

刘爷在座上瞧了瞧皂役吴信的相貌,不是个良善之辈,但见他向上磕头,自己报名,说:"小的是句容县知县的皂役吴信,给大人叩头。"刘爷上面开言,说:"你是皂役吴信吗?""是。"刘爷又问,说:"你就是句容县的么?""是。""住在什么庄村?"吴皂役说:"小的家离城才十五里,名叫做白沙屯。"大人说:"你应役几年了?"吴信说:"小的应役,整整的二十年咧。伺候过七位太爷。"刘爷说:"你也算久惯应役的了,这七位知县都是你做过付吗?"吴信说:"小的应役多年,并无做过过付。"刘大人闻听,把惊堂木一拍,两边下役喊堂,刘爷说:"呔!我把你这利嘴奴才!你说你无从做过过付,杨家之事是谁与胡知县说?带知县!""哦。"差人答应,往外面跑,不多时,把句容县知县胡有礼带至当堂。行礼已毕,站在一旁。刘爷上面开言,说:"你的过付皂役不是这个吴信吗?"知县说:"是。"大人说:"既然是他,如何不认?"

刘公座上脸带怒,叫一声:"皂役留神要你听:应役当差二十载,衙门诸事自然明,跟官作弊是常事,打点官司上下通。再遇知县是刽子手,不用说,全是你等暗吃银。做官的把柄你拿住,所做之事必相应。我问你:杨家之事你必晓,就里情由快讲明!本府台下从实诉,省得身体受官刑!"吴信闻听将头叩,口尊"青天老大人:既吃黑饭抱黑筋,衙役向官理上通。既然名义在衙内,谁不肯,本官跟前献殷勤?大人明见高万里,小的不敢把谎云。"刘爷闻听说"掌嘴!"两边衙役喊连声。破步撩衣向上跑,左右绑住姓吴人,膝盖垫住皂役脸,巴掌抡圆下绝情。打得那,皂役吴信连声嚷,顺着嘴角流鲜血。一边十个方住手，牙齿活动脸肿青。刘爷带怒往下叫："吴信留神要你听：什么是，既吃黑饭抱黑筋？向着官府坑害民，只图买好本官喜，不管良民死共生。这样奴才真可恨，杀之有余真恨人！"

刘爷说："你只图在本官的跟前买好献勤，不管别人的生死，你是句容县的人，坑害本县的民人，于心何忍？不但人人唾骂，连你那死去的先人，在坑墓中剩下一把枯骨，也跟着你挨骂。偏遇见这样的狗官贪赃，听你之言，陷害良民，再不恩待如子，报答皇恩雨露才是。怪不得说：一辈为官，十辈为娼。就是你们当衙役的人，也该思身在公门道在心。又道：公门之内好修行，三班之中，唯有皂役下贱，子孙都不准科考，但遇受刑之人，你必要想钱。有了你们的礼咧，你就轻些；要是没钱的人呢，你就下无情的打。这就是头一宗损处。再者呢，你既公门应役，难道不知这个过付的人有多大罪过？你把这件事当作儿戏了。你的本官带在本府的台下，已经实说，你还仗嘴硬巧辩，不肯招承，焉肯就白撂过手了不成？快快实说，免得三推六问！"

贤臣爷，座上未语腮带笑，高叫"吴信快实云！你的本官已招认，一往从前尽讲明。你还勉强仗嘴巧，本府焉肯擅容情！从实招认是正理，免得我，六问三推动大刑！"吴信闻听将头叩："大人在上请听明：杨家弟兄来出首，拿定人头到县中。大人上才想一想，千载难逢事一宗。杨家豪杰金银广，五里三村尽知闻，人命干连非小可，哪怕杨家不花银？因此上，小的进县回官府，诉说举人家业兴。俗言说署事如打枪，须得想他几千银。回大人：本府他若不愿意，小的怎能勉强行？这才面对举人讲，五千银，包管完结无事情。只因举人他不给，故此不放转家中。也不过，磨他的火性消了气，自然打点愿花银。要说小人是过付，回大人：杨家交我多少银？官与小的全无罪，没使举人银半分。望求大人宽恩恕，小的合家尽感情。"说罢不住将头叩，刘爷闻听满面嗔，用手一指吴皂役："骂一声，大胆奴才乱胡行！"

刘爷说："我把你这胆大的奴才！满嘴胡说！你无见银子，就不算是过付了？你说要五千银子，杨武举他若愿意呢？这个过付，是你不是？再者，你也不是净为在本官的跟前献勤买好，单给他想这宗银子，这内中还有别的缘故。你在本府的台下，须得细细言来！"皂役吴信向上磕头，口尊："大人太老爷在上，公祖明见，见般诸事，难瞒大人。方才叫小的强做过付，小的总未见经手之银多少；就算过付，大人这样恩典，小的只得认作过付。大人又说还有别的缘故，小的实在无的说的咧。”

刘大人闻听，微微冷笑，说：“吴信，你久应役，自然就会搪官。但只一件，要搪本府，怎得能够？”

清官爷，座上含嗔开言道：“吴信留神仔细听：你在衙门当差久，惯会搪官仗嘴能。就只是，本府不叫人瞒哄，在我台下要实供。你说无有别缘故，定有情弊在其中。我今朝，若不叫你实招认，以往清名火化冰！”刘爷说着又吩咐：“下役速去莫消停！快带那，白沙屯内乡保地，本府当堂问口供！”差人答应往外跑，登时带进人三个，滴水檐前忙下跪，自己口内报花名。刘爷座上开言道：“你们三人对我云：你等俱在一村住，根本缘由自然明。本府台下从实讲，隐瞒一字不能行。他无犯下该死罪，内中还有胡知公。不用惧怕只管讲，一字不实我动刑。”三人见问将头叩，地方开言尊“大人，太老爷，若要提起吴皂役，久惯应役在衙中。太府跟前很得脸，走动官司讲人情。常给太爷弄银子，官府岂有不加恩？三班之中他为首，眼横四海目无人。他瞧着，一村草木如草芥，常欺合庄老幼民。家中常来人一伙，夜聚明散辨不真。大约不是善良辈，多半是，一伙大盗众绿林。”刘爷闻听心欢喜，腹中说：“杀杨家定是这伙人！”

第四十一回　刘罗锅计赚赃证银

善恶到头终有报，只争来早与来迟。皂役吴信生来的不正，在衙门中应役，刑上最狠；拿起银子来，就红了眼咧。哪怕你是他亲爹，不花费，他是往死了收拾。他家里也富足点，走跳官司，给县主做活想钱，官府跟前得脸，因此他眼横四海，目中无人，谁人不恨？就只是不敢惹他。当面奉承，背地里挨的詈，也就不少。今日在大人台下犯法，谁不想官报私仇？不用多添，照实话就够他受的了！再者呢，众人又知道这一位罗锅子难缠，也不敢替他撒谎，故此地方才实说：他怎么把持衙门，怎么欺压良善，怎么家中招无籍之人，夜聚明散。

刘大人听到其间，忠良不由得心中欢喜，座上开言，说："地方，你们白沙屯村内，可有座玉皇庙吗？"地方说："有座玉皇庙，可不在村内，在白沙屯东北。离白沙屯有数里之遥，有一片荒郊，去年间，那道河路也算是个码头的地方，因为这几年被沙子掩埋，船也不能那里走咧，那买卖人也不能做，百姓难以居住，所以全都搬挪到别处而去。到而今，就只剩下那座玉皇大殿咧。"刘爷听到此处，将头点了一点，复又开言，说："吴信，""有，小的伺候。"刘爷说："你家中常来的这些人，都是做什么的？从实说来！"皂役吴信说："回大人：他说小的家中有这些人来往，大人就信；小的要说杨武举的合家全是他杀的，不知大人信不信？圣明莫过大人，俗言说：一家饱暖千家怨，小的家中原本有碗饭吃，又搭着本官赏脸，三班的人俱各不忿，背地里皆有怨言。再者，各村的乡保，他又与别人不同，有什么大小事情，俱各少不了他们，稍有不是，自然要回官责打，他等不明，在背地里抱怨，都说小的不好。今日大人因为杨家之事，审问小的，他等趁势加火，诬言添作，大人就信以为真，这不冤枉小的吗？"

刘爷闻听，微微冷笑，说："吴信，你说本府听了地方的话，冤枉了你咧。我还要大冤枉冤枉你呢！俗言说：不打不招，两边看夹棍过来！""哦。"下役答应。

忠良爷，座上带笑开言道："奴才胆大了不成！倚仗嘴巧能巧辩，你把本府当别人！"说着吩咐"看夹棍！"只听下面喊连声。动刑的，青衣迈步往上跑，"哗啷"撂在地埃尘，震得堂砖连声响，犯法之人心内惊。青衣绑住吴皂役，先把布衣扒在尘，然后又把袜拉下，脊背朝上按在尘。两腿高跷将刑入，公差攥住拢头绳，两边一分齐用力，只听"扑通"响连声，又听得，吴信"哎哟"一声喊，再无"哼哈"第二声。一名青衣往上跑，含了口，凉水照定面门喷。吴信"哎哟"缓过气，疼得他，满面尽是汗流痕。刘爷座上高声叫："快把一往尽招承！你家中，来往俱是何人等？夜聚明散有何情？"皂役怕死求活命，真情一吐丧残生，忍刑不招高声喊：口中连连尊"大人：我小的，家中并无人来往，如何招承认口供？望求大人施恩典，莫将屈棒拷良人。但愿老爷增福寿，公侯万代受皇恩。"刘爷闻听微微笑，连把忍贼骂几声："你就挺刑不招认，我刘某，怎肯轻饶善放松？俗言人心如似铁，官法如炉却是真！"吴信说："原来无有这件事，强叫招承主何情？夹死小人臭块地，爷岂不，歉了从前清正名？"

吴信是久惯应役，岂有不知刑名？他做的事情，是该死之罪，今日若要一招，性命就难保。无奈何，挺刑，想他做的事不招，要求活命。怎奈刘大人早已参透其情，要叫他招承："吴信，你与杨姓说，要完此案，须得五千两银子。武举人不肯花费许多。他弟兄明知强人夜间必来，才与你们说留一个在衙中听审，放一个回去保守家口，堵挡强人。你也明知强人要害杨姓的家口，所以在内窝挑赃官，不放一个回去，才伤了二十四条人命。"

清官爷，公座上面开言叫，"该死奴才"骂几声："分明知道强贼去，不放杨家转家中。二十四条人性命，葬送在，你与赃官手内坑！情弊显然不招认，还敢巧辩仗口能！本府非是别官府，怎能叫你漏网中？从实招来无话讲，若不实说枉受刑！"说着连拍惊堂木，冲冠发乍怒生嗔。吴皂役，叩头口把"大人"叫："青天何故不分明？偏心只把杨家护，才说小的尽知情。夹死小人也难认，就死黄泉不闭睛。大人那，辈辈为官传永远，子孙万代受皇恩。小的不过犬羊辈，太老爷，何苦只叫我招承？"说着不住连叩首，二目之中带泪痕。刘爷座上微微笑，连把"忍贼"骂几声："安心挺刑图活命，也不过，多活一刻保残生。"吩咐两边将刑卸："暂且押下不法人。本官自有方法办，管叫这贼你招认！"公差答应将刑卸，又把皂役发阵昏。搀出衙外先不表，刘爷又问县官身，说道是："左右将他押出去，等我完结这事情。"

刘大人说："胡有礼，少时听本府的完结此案。""是。"知县答应，承差将他带出衙外不表。

刘爷吩咐点鼓掩门。刘爷离公座往后，下役散出不提。

再说刘公至书房坐下，大人眼望张禄，开言说："你出去，到外边把承差头目陈大勇叫进来，本府有事立等。""是。"内厮答应，回身向外而走，不多时，将承差陈大勇带至书房，见了刘爷打了个千，在一旁站立，说："大人叫小的何事?"刘爷眼望好汉，开言说："大勇，""有，小的伺候。"大人说："你同举人杨文炳，带着白沙屯的地方，骑快马，速到吴皂役家中，这般如此，如此这般，急去快来，不可迟误。""是，小的知道。"陈大勇转身出房而去。刘大人书房闲坐不表。

且说承差陈大勇回到自己下处，吃了饭，更衣，诸事齐备，令人把杨文炳叫进房来，说："大人方才吩咐：你我三人到吴皂役家中，这般如此，还要急快回来。"武举答应。大勇又叫手下人："外边鞴快马三匹伺候。""是。"下人答应，传出话去，三人这才向外而走。

陈大勇，迈步当先头前走，武举他也随后跟。霎时来至大门外，认镫扳鞍上能行。地方催马前引路，承差武举后边跟。大勇马上开言道，叫一声："杨爷留神要你听：想来万事因天定，苍穹造定难变更。非是在下言此话，贵昆仲，移祸飞灾天上临。留下客人因重义，皆因又看令表兄。杀退贼人惹下祸，才有那，人头扔在你院中。自然出首到衙内，偏遇赃官胡县令，要讹银子五千两，皂役窝挑可恼人。将你弟兄拘衙内，贼人得便下无情。家口尽被贼杀死，良眷遭诛真惨情！多亏表兄家人告，幸遇清官刘大人。当堂准了二人状，设计要完案一宗。"杨文炳，闻听此话将头点，马上开言把话云："请问尊驾爷贵姓？语音好像此处人。"大勇回答说"问我？江宁人氏贱姓陈。愚下当先也是武举，得了个，运粮千总一载零。因为皇粮遭失陷，公名革职算福星。无奈投奔江宁府，休见笑，暂为承差把役充。"杨武举，闻听此话将头点："真是由命不由人！"复又想起自己事，不由一阵好伤心：仗义为把客人救，谁知道，反惹飞灾祸临身！一家被难还可恕，带累老娘丧残生。弟兄身背不孝名，活在世上枉为人！

杨文炳提起老母被害之事，不由心中伤感，二目流泪。陈大勇说道：

“杨爷不必伤心，就是令堂与合眷被害，俱是前因造定，命该如此，你还要自解呀才是。”说着话催马前行，野店打尖，歇息一夜。

第二天，交辰刻，到了白沙屯。进村走到吴信的门口下马，地方他领着二人到吴信的客座内坐下，地方叫出个做活的人来，说：“你进去告诉你们内当家的，就说我从江宁府来，有要紧的话来说，一定要见。”那人闻听，连忙进内。

且说皂役吴信的妻子王氏，为人正道贤良，见丈夫不行正事，常常的解劝，怎奈吴信总也不听，夫妻反倒不睦。前日听见丈夫被江宁府的差人提去，就知道有些不好，在家中提心吊胆。房中正坐，忽听长工在窗外开言说：“外边有地方崔大哥，他说打江宁府回来，有要紧话，要见面讲。”王氏闻听，满心欢喜，正要去打听丈夫的信息，崔地方又是本村人氏，叔嫂常见，并不躲避。听见他来，房内讲话说：“你就把崔大叔请进来罢，有话好讲。”

长工闻听向外走，来至客房把话云：口称“崔爷后边去，当家奶奶有话云。”崔地方，告辞武举陈大勇，迈步翻身向外行。霎时走到进房内，王氏一见欠起身，口称“崔叔你坐下，有何事情讲言明。”地方坐下尊“嫂嫂，留神要你仔细听：吴哥为人我知道，仗义疏财要知闻。衙门中，官府跟前很得脸，伙计之中夺尽尊。常言道：一家饱暖千家怨，这句俗言却是真。有人江宁将他告，说他窝藏众绿林，连着知县全提去，大人当堂问口供。我哥只说无此事，令人押带在衙中。府中上下人人好，都与吴哥是宾朋，里外打点完此事，要结须得二百银。因此大哥央烦我，到家中，来对嫂嫂回言明，上月分的那银两，休要迟挨拿四封。回府完结这件事，大料着，明日早晚转家中。”王氏怜夫哪怠慢？箱中忙取银四封。又托地方“急速去，完了事，叫你大哥另补情。”“他就回来无要紧，小事何须挂在唇？”说着迈步向外走，客房之中见二人。将银递与陈大勇，武举一旁看得真，口中连把“大人”叫：“你瞧来，四封全是愚下银！”

第四十二回　地方劝罪人早招供

王氏疼夫，不辨真假。头一宗，崔地方是本村人，又是同他丈夫一同进的府；二则，又要的是上月分的那宗银子，要无有他丈夫话，崔地方怎么说知道有上月分的银子呢？故此拿了四封银子，递给了地方，复又托付了几句。崔地方说："还有江宁府的二位头目，跟了我来，同取银子。嫂嫂是知道的，我家内房屋窄小，也不像个样儿。没的说，你那叫收拾点酒饭，我们吃了好走。再者，这两个人和我哥是莫逆之交，进来的时节，还叫我问好，只顾和嫂嫂说话，把个'好'我赚起来咧！"王氏说："容易，容易。叔叔只管前边去，我叫人收拾就是咧。"崔地方答应，往外而走，来至客房，见了陈大勇，将银递过。大勇接在手中观看，杨举人在一旁看得明白，说："陈爷赐一封给我瞧瞧。"大勇递过一封，武举看了看，附耳低言，望陈大勇讲话。

杨武举，附耳低言来讲话："陈爷留神仔细听：在下方才留神看，原来却是我家银！"大勇闻听将头点："杨爷莫要语高声，银子既是你家物，那件事情自然真。"不言客房前边事，再整王氏女钗裙。连忙叫，做饭的婆子将鸡宰，退了煮在铁锅中，急速和面烙上饼，加火立刻却现成。鸡饼装在盘子内，小菜酒壶筷与盅。长工端定往外走，来到那，客房摆在上面存。大勇说："地方你也同坐下，此处不比在衙门。"地方告坐归了位，连忙擎壶把酒斟。先敬大勇杨文炳，大家一齐饮杯巡。鸡肉就饼不用让，又搭着，腹内饥饿是真情。酒足饭饱才安筷，又拌草料喂能行。坐骑吃足拉门外，崔地方，眼望长工把话云："你进去，告诉嫂嫂我们走，再来致谢到家中。"说罢走出大门外，一齐扳鞍上能行。地方引路回里走，路上开言把话云。大勇带笑开言道："杨爷留神仔细听：方才吴家你言讲，为何知是你家银？"举人闻听承差话，尊一声："陈爷在上请听明：我家银子有记号，花押封定笔迹真。银子既在他家内，一定有，别的缘故在其中。"大勇闻听腮带笑，口尊"杨爷好不明！皆因吴信不招认，刘公故此设牢笼。令咱三人将银取，可辨其中假共真。地方到了他家内，对着皂役妻子云：说他丈夫被人害，知府刘爷问口供。打点官司用银两，相烦地方到家中。口说来把银子取，单要那，上次分的那宗银。”

陈大勇说：“杨爷你想：吴皂役他若不与强人相连，地方到他家取银子，他的妻子自然说那里有什么分的银子？老爷想着他坐地分赃，想来分的也就不少，故此和他要四封银子。他既然拿出，想来还有。你既认准是你家的银子，吴信与盗寇相连不假，贼人下落可得，你的冤仇可报。”举人说：“但得如此，举家的冤仇能报，心愿足矣。自此以后，也无什么贪恋，不过削发为僧，出家而已。”大勇说：“凡事俱要自己开怀，不可丧志。方才言过，举家被害，皆因前定。还是想后事才是。贵昆仲俱是少年英杰，业已进步，何愁不功名显达，前程有分？因此事心生退意，岂不有误终身？杨爷你想。”举人说：“陈爷的指教，何曾不是。怎奈小弟此时心绪如麻。只等举家冤仇得报，那时节再议。”

二人马上闲叙话，丝鞭不住打能行。举人开言把“陈爷”叫：“仔细留神要你听：不共戴天仇当报，举家冤恨不非轻。这一回到江宁府，面见恩公刘大人。太老爷，定把皂役深究办，贼人却在那边存？但能得他真实信，我弟兄，必把仇家去找寻。全凭浑身糟艺业，一定拿住那些人！割贼头，灵前祭奠生身母，合家幽魂气也平。那时方遂心头愿，不枉为人市井中。”大勇闻听腮带笑，口称“杨爷在上听：在下有句拙言讲，我要说来你莫嗔：此去见了刘公驾，大人自有主意行。拿人哪用贵昆仲？刘爷手下有能人，他既然，准状一定要圆案，静听结果理才通。大人天生多性傲，上司他还拉硬弓，你说拿贼他必怪，只说藐视把他轻。”杨武举，闻听此话将头点，口中连把“陈爷”称：“见教高明说得是，点悟在下醒愚蒙。”说话之间向前走，地方引路趱①能行。野店打尖晚吃饭，赶至天晚进了城。大料难把刘公见，衙门以前下能行。伺候之人接去马，地方武举进庙中。大勇迈步将衙进，来至自己卧房中。进房歇息不必表，单等着，次日清晨见大人。

又因天晚，大人歇息难以回话，陈大勇到自己房中歇息，一夜无词。

到了次日，先说刘公起来净面更衣，家丁献茶已毕，下人回话说：“承差陈大勇来了，伺候大人的示下。”刘爷闻听，说：“叫他进来。”陈大勇掀

---

① 趱(zǎn)——快走。

帘栊进屋，见大人行礼已毕，在一旁侍立。刘爷说："你回来了？事情怎么样？"陈大勇见问，说："小的昨晚可就回来了，只因是大人虎驾安歇，不敢惊动，今日才来回话。小的奉大人之命，一同武举杨文炳、白沙屯地方三个人，到了皂役吴信的家中，地方入内，见了吴信之妻，照依大人所谕之言，对他言讲。他果然不出大人所料，正中其言，拿出四封银子。杨文炳一见，他说是他家的四封银，皆因上有花押未动，是他自己的笔迹。小的同他回来，见大人交差。"刘爷闻听，不由满心欢喜。

清官闻听承差话，喜坏诸城县内人，座上开言叫"大勇，仔细留神听我云：这件事，就只可恨胡知县，还有皂役姓吴人。只图贪赃想银两，断送了，许多人命送残生。眼下虽然有题目，只恐难拿这伙人。"大勇一旁开言道："老爷留神在上听：这件事情容易办，看当堂，审问吴信有何云，招出贼人在哪厢，再作商量怎样行。"刘公闻听将头点，复又开言叫内丁："传出去：外边伺候休怠慢，本府立刻把堂升。"内厮答应向外跑，照言传说不必云。三班的，青衣书吏齐伺候，单等刘爷把堂升。且说忠良向外走，内厮张禄随后跟，点响但见屏门闪，青衣喊堂左右分。刘大人，秉正公位升公座，要结此案悦良民。

堂规已毕，刘公座上吩咐："带句容县的知县胡有礼、皂役吴信、店家盛公甫、客人王自顺、举人杨文炳、杨文芳、白沙屯杨家庄两村乡保、地方俱来听审！""是。"下役答应往下跑，不多时，把众人俱各带到，跪在堂下。知县在一旁站立。刘公座上一送目，陈大勇把四封银子从怀中掏将出来，放在公案以上。刘大人拿起一封，叫："人来！""有。""把这银子拿下去，叫吴信看一看。""是。"伺候的将银子拿下，递与吴信观看。刘爷上面开言，说："吴信，你瞧这个银子，是谁家的？"皂役吴信说："小的不认得。"大人又说："再叫杨举人认一认。""是。"伺候的人，又把银子递与杨举人看了看，杨文炳说："这是举人家的银子。"大人说："你家银子，有何记认？"举人说："上有花押，是举人的笔迹。"大人说："既是你的银子，如何到了吴信的家内？"

忠良座上腮带笑，有语开言叫"举人，既然是，你的银子有记号，却为何，到了吴信他家中？"说着复又往下叫："白沙屯地方上来有话云。"地方闻听爬半步，尽礼磕头尊"大人"，刘大人说："昨日吴信他家内，如何送与这宗银？对着吴信言就理，他的心中自然明。"地方闻听一扭项,口叫"吴信你是听:昨日我到你家内,面见令正后房中。大嫂见了心欢喜,打听仁兄你信音。我说仁兄犯了事,拿到江宁问口供,若要是,保住大哥你无事,打点须得二百银。小弟复又使诈语,这可是,大人吩咐如此行。我说你叫我将银取,上月分的那四封。大嫂敢则最胆小,听你有事心中惊,又搭着,夫妻恩爱心牵挂,连忙拿出四封银。临走再三托付我,照看仁兄在府中。我劝大哥招了罢,免得皮肉受官刑。赃证俱明何用赖?不招大人岂肯容?我与仁兄却相厚,皆因咱俩是乡亲。又常上门同应役,我不疼你哪个疼?"地方说罢前后话,吓坏了,做歹为非胆大人。

第四十三回　吐蛇毒恶皂终招供

崔地方这些话,说得痛快,刘大人与陈大勇等俱各心中欢喜。刘爷腹内说:"这奴才倒懂得知趣。"吴信闻听崔地方前后的言词,好似如醉如痴。忽又听地方说:"吴大哥,你不用犹疑咧,招了好,难道我哄你不成?你若不信,我告诉你:你这个银子,是放在里间屋内,靠西山墙的南边,大柜之上,第二个皮箱里边。我说的是不是?"

崔地方越说越高兴,吴信越听越不爱听,又见刘大人把惊堂木一拍,两边青衣喊堂,刘爷说:"吴信,我把你这胆大奴才!情弊显然,赃证俱有,你还不招?左右,看夹棍伺候!""哦!"两边的青衣答应。皂役吴信想了想:不好!欲待要不招,也是白叫皮肉受苦,却无奈何,向上高声说:"招了,招了。"

吴皂役,想够多时主意定,大料不招枉受刑,向上高声说"招了,大人息怒免动嗔。"动刑之人往后退,刘爷说:"一字不实另加刑!"皂役向上将头叩:"大人青天贵耳听:伺候七任知县任,并无一点过犯行。公门应役二十多载,小的祖居句容县,白沙屯中几代民。官府赏脸原不假,皆因小的能办事,众人不免生怨心。都给小人添过恶,说是我,倚仗官势胡乱行。若提杨家这件事,原本也非是本心。那日天晚家中坐,门外来了一伙人,砸门说把小的找,忙叫那,长工开门问分明。忽地进来人一伙,看来就有二十名。硬进房中全归座,俱有兵器手中擎。内有一人开言道,他对小的把话云。他说'特来把你找,闻听吴姓好交朋。特意找你有件事,不知尊驾应不应?'小的观瞧风不顺,忙问道:'有何事情请言明。'那人复又开言道:'吴姓留神你是听:我等俱是绿林客,从此路过到府中,意思借点盘费走,又听说,尊驾好交绿林朋。故此言明这件事,并不敢,惊动尊驾众高邻。'小的闻听这句话,我一时动了义气心。小的说:'列位既然瞧我重,吴某心中甚感情。何用搅扰众邻舍,在下家中就有银。要用盘费我奉送,四海之内是宾朋。'回大人:小的不过暂口话,众贼闻听信作真。一齐都说'好朋友!市井之中算得人。大家既然逢一处,八拜为交作弟兄。'小的万般出无奈，只得点头就依从。

"回大人：小的也是万分无奈，与他们拜作弟兄。白日间他们上村外漫洼之中，玉皇庙隐藏，打劫行客，夜晚间到小的家内存身，也是暂去。小的心中想着将此事要回明了府，差人擒拿；又恐怕画虎不成，反连累一家的性命。不瞒大人说，他们劫来的财帛，分给小的一股儿，小的一时贪财不明，顾其利而忘其害咧。"刘大人说："这算是你招认强人的起见，他们那一来的时节，你就不该招惹他们，送他点盘费，很是正理，又拜的是什么朋友呢？你想着：如若不依，又怕他们翻脸，是不是？""是，大人的恩典。"刘爷说："你绝不该坐地分赃，与他们勾手。你既在公门应役，难道不知例条吗？坐地分赃、知情窝主，该个什么罪过？再者，杨家一事，要不是盗案、不是强盗打劫他家，动起了干戈，致伤人命，你的罪轻不轻？这都是你在内窝贼、不放武举回家生出此事。"

清官爷，座上带怒叫皂役："一定实招快快云！"吴信复又将头叩："大人青天在上听：杨家弟兄算多事，自惹飞灾横祸临。那一天，小的家中摆酒宴，款待众寇为接风。有名手下来禀报，说是过去一客人，单身独骑行李重，客住龙潭客店中。他们闻听不怠慢，立刻跟去一半人。龙潭码头得了信，说他投奔杨举人。众贼人，随后找到杨家去，武举宅内要搜寻。举人不管是正理，他与客人又无亲。弟兄俩，咬定牙关不肯给，因此翻脸动手争。杨家弟兄原本勇，单刀纯熟武艺精，杀败八个伤两个，回到小的我家中。大家商议生毒计，杀了着伤两个人。天晚又到杨家去，将头扔在他院中。不过给他官司打，众人心中气才平。谁知本官想上账，要使杨家几千银。我小的，既在公门当青役，应当奉承知县尊。故此才与举人讲，哪知他，弟兄两个不依从。

"回大人：杨家弟兄二人不知此事，知县才把他们扣起来了。这事与小的无干。"刘爷闻听，将头一摆，说："不是，不是。这内中还有别的缘故。难道你不知众贼人去杀杨姓的家口？你还得实说！"皂役吴信说："大人问事忒仔细了。杀人者乃是众盗，拿住他们应当偿命，何必尽自追问小的？小的爽利说全了罢：我只因杨举人的父亲，乃是个捐纳的州同，小的到过他家催差，他不但不给，他反叫家里人把小的痛打了一顿，随后他还亲身进衙门，与县官面讲，把小的又打了一顿板子，将差使革退。后来换了官府，小的才把衙役挑上咧。这段冤仇，至今有十四五载未报。上月遇着这么一件事情，小的想起旧恨，所以在内中窝挑本官，扣住他弟兄两个，本是实情。这是一往之事。"

清官闻听皂役话，公位上，气坏山东诸城县人，用手一指高声骂："奴才胆大了不成！怀仇旧恨将人害，岂不知，明中王法暗中神！报应循环如随影，昭彰善恶最分明。今朝事败机关泄，怎脱过，市曹挨刀项冒红！死后还叫人唾骂，万古千秋落骂名。本府问你贼盗等，他们却是哪边人？姓甚名谁何处住？一党之人共几名？从实说来休瞒昧，本府差人好去擒。"吴信见问将头叩，说道是："大人在上请听明：为首之人来一次，家住六合小柳村，离此路程八十五，手下之人二十名。还有两个副头目，王凯徐成两个人。余者手下不算数，李四张三众混星。徐成王凯未来至，镇江宁，稳坐家中把分擎。劫盗不在此一处，南北西东四下行。若遇着，府县州官拿得紧，众人齐奔小柳村。镇家藏躲无人找，窝主敢保无事情。贼人本名叫镇禄，人起外号'镇江宁'。他们打劫杨家去，杀人又得金共银。一定是，投奔镇家去藏躲，要找不用别处寻。非是小的说实话，皆因他们小看人。

"回大人：这不当着杨家弟兄说，他们家这一份家私，就给我留下了四封银子，大伙就走咧，真正令人可恼！如今有罪同受，他们想清静，怎得能够！"刘爷闻听，咬牙发狠，说："好一个万恶的奴才！无情无义，狠似过蝎蛇，令人可恼！胡知县，你可全听见了？"胡有礼着忙，奴膝跪倒，不住地磕头，只叫："大人开恩！"刘爷说："不用你害怕，事情还在未结。等着圆案之时，那时再讲。"知县磕头，站将起来，退闪一旁。刘爷又叫："人来，""有。""你们把知县、青役严加押带，不许徇私。""是"。刘公又说："两村的地方、王自顺、盛公甫，你们暂且也下去，等着拿住贼人的时节，再来听审圆案。""是。"答应磕头，站起出衙而去。承差把知县、皂役押带出衙不表。

且说刘爷往下叫："杨文炳、杨文芳。""有。""有，举人伺候。"

清官爷，座上开言往下叫："举人留神你是听：因为仗义生此事，这也是，龙天造定不非轻。老母举家遭陷害，世上闻知真可怜。你俩暂且回家去，发送老母入了坟茔。妻子之尸也入土，暂且先完事一宗。劝你俩，不可生心往后退，丈夫奋志挣功名，光宗耀祖更门户，才是男儿好汉行。我刘某,保养人才爱惜你,正在年轻当令中。武举正好跟随我,何不效力挣功名?本府之言是不是,你弟兄,仔细度乎在心中。”弟兄闻听将头叩,口内连连尊“大人,举人弟兄遭奇祸,龙天造定岂能更?幸亏大人如明镜,拨云见日一般样同。举家的,血海冤仇有日报,死鬼黄泉尽感情。多蒙提拔弟兄俩,再造之恩很不轻。愿大人,公侯万代身康健,官居千载受皇恩。葬埋合家事完毕,回来侍奉老恩公。”弟兄说罢将头点,站起身形向外行。回家葬母先不表,再整刘爷把话云,吩咐退堂将身欠,点鼓开门往外行。吏役散出官衙外,刘公进了内宅门。贤臣进房归座位,大勇张禄左右分。刘公带笑开言道,与大勇,重商计议拿众人。

第四十四回　陈大勇私访小柳村

刘大人发放众人，出衙退堂，回后进书房归座。下面陈大勇、张禄在两旁站立。刘公眼望承差陈大勇，开言说："杨家之事，虽然审问明白，得拿住众贼方能圆案。如今贼人虽有影响，奈因道路遥远，隔府隔县。要拿众寇，必须大费周折，方能事妥。"大勇闻听之言，口尊"大人，这件事若依小的愚见，也无有什么难处，不过费些辛苦，可以成功。"

好汉大勇开言道：口尊"恩官老大人，事情不论大与小，只要功到自然成。少不得，我等出去暗私访，我到六合小柳村，若能得了真实信，商量计策把贼擒。全仗圣祖洪福大，仗爷的，虎威处处可成功。"刘公闻听将头点，说道是："又叫尔等费辛勤。"大勇一旁说"不敢，大人言词怎样禁。小的蒙爷高抬举，赴汤投火亦甘心。"刘爷闻听腮带笑："你的言词理上通。暂且歇息去用饭，明日再去把贼擒。"大勇答应往外走，回到自己住房中。用饭歇息不必表，一夜无词到天明。吩咐那，速唤朱王人两个，不多时，朱文王明进房中。看见头目陈大勇，一齐开言把话云。

朱文、王明眼望大勇，开言说："陈爷令人将我们哥俩传来，不知有什么差遣？"大勇见问，说："二位，此事非是陈某一己之能。昨晚上大人吩咐，叫咱们去拿杀杨武举的凶手，好定此案。再者还有一说：目今虽得凶手之底，他等却在六合县界内，小柳村镇家藏躲。窝主的名字叫'镇江宁'外号，本名叫镇禄。手使双刀，还能飞檐走壁。还有两个副头目：一个叫王凯，一个叫徐成，浑身也有些武艺。除此三人，还有余党十七八个，听起来倒有些扎手。咱们哥仨，奉大人之命，前去拿贼，须得商议商议，看是怎么个办法。所以令人将你们哥俩请了来，大家议论议论。怎么样？"朱文、王明闻听大勇之言，王明先就讲话。

大勇说罢前后话，王明开言把话云："陈爷何必闹客套，不用为难我二人。既是本府亲差派，我敢不应不依从？陈爷瞧着怎么好，总要此事事成功。我们不过听调遣，尽心竭力把贼擒。"大勇闻听说"如此，咱们速走莫消停。各自兵器全带去，以防不测与贼争。另外再带人几个，即刻就到小柳村。”二人答应说“知道”，齐转身形走出门。走不多时来得快，各把兵刃带在身。另外叫，府衙差役十几个，全是精壮在年轻。大勇一见忙吩咐：“你们留神仔细听：出衙散开各自走，兵刃藏好别露形。六合县内咱聚会，打探虚实再找人。”众人答应说：“知道，陈爷之言敢不行？”说罢一齐向外走，出了衙，全都散开不同行。混出南京江宁府，径奔六合小柳村。按下差役人几个，再把那，杀人群贼明一明。

按下刘大人、承差等径奔六合县而来，暂且不表。

且说的是，杀杨武举那一伙众贼，自从得了杨家那一宗买卖，不敢在别处藏身，一齐径奔六合县小柳村窝主镇江宁家中藏躲。

且说窝主镇江宁，他就是本小柳村的人，自幼不受父母的教训，不干正事，吃喝嫖赌，无所不为，把他的一双父母，活活地气死。就有王凯、徐成投了他来，终日开操演刀枪棍棒，招聚无徒贼匪。家中广窝盗贼，水旱两路全有。到后来，越闹越大，大家起盖地窨①子暗室，窝藏强人，坐地分赃，称为头目。今日乃是窝主镇禄的生日，五里三村的乡绅都来与他出分子，名帖就不少，并非是真心爱与他相交，又搭着些无赖棍徒，真真的不少。但只一件，这贼自从杀杨武举的举家，又劫了财帛物品，估量着事情是大，迟早不同，必有人来搜捕。这几天众贼人爽利无作买卖，净在窝主镇江宁家中，白昼间暗室藏身，黑夜里厅房聚会。每日里差人在村外路口，不住地探看，如有人来，好作准备。这一天偏偏又是窝主镇江宁的生日，群贼全都在此。

众贼寇，镇家饮酒大聚会，敬奉窝主庆生辰。还有那，五里三村乡民等，也来上寿敬恶人。并非真心将他敬，怕好就好是真情。还有许多无二鬼，张三李四众混星。大厅之上安座位，家丁上菜来往行。按下前厅安了座，再把那，众多贼人明一明。他们另有一座在，清幽暗室饮刘伶。还有那，两名妓女来陪酒，耍笑讴歌乱胡行。一个叫做“一汪水”，一个叫做“赛小红”。二人不过二旬外，长得那，小模样子可人疼。妓女来往将酒敬，挨次而斟手不停。玉腕拿起乌木筷，布菜一直入嘴唇。大家欢喜又说笑，那宗意思最恼人。妓女正然来敬酒，

① 地窨(yìn)子——地下室或地窖。

忽听那，镇禄开言把话云。

妓女正然敬酒，忽听窝主镇江宁眼望副头目王凯、徐成，说：“王第二的，徐第三的，你们哥儿俩听：今年算是我的一个大好日子。多蒙五里三村许多乡亲们赐光，全到我家，给愚兄上寿，实在的叫我感情不尽，也不枉愚兄创立一场。想来，我镇某在六合县的地方，也算是个人物。众乡亲全自己前来咱这里，实在叫哥哥够使的，我真乐咧。依我瞧，咱们空酒喝的无趣。”说罢一扭项，望妓女一汪水，讲话说：“水多的姑娘过来，我和你打个相谈。”一汪水闻听窝主镇江宁之言，慌忙过去，带笑开言，说：“老爷子，但不知有何吩咐？”

镇江宁，带笑开言叫妓女：“水多的姑娘要你听：我今点你一个曲，单要听，《姐儿南园栽大葱》。不用丝弦打瓦碴，委曲还要《哭五更》。”妓女闻听忙答应，登时间，瓦碴拿来手中擎。“咕嗒呱嗒”倒有点，外带“嘟噜”却受听。先唱姐儿将葱看，忽然跳过愣头青，倒把姐儿吓一跳，说道是：“莫非来偷我家葱……”姐儿言词还未尽，愣头青开言把话云：“姑娘这话不在理，隔墙边，并非来意偷大葱。自从那日瞧见你，想得我，夜梦遗精马跑空。望求姑娘行方便，胜造浮屠七卷经。”姐儿闻听红粉面，说道是：“你的言词不受听。你要吃葱刨地起，你要调情万不能！”镇江宁，听到此处一声嚷：“这曲作的理不通！谁家的姐儿在那块，可可都在南园中？北园不许走一走？岂有此理没有事情！但不知，什么人留下这宗曲，拿住她，扒了裤子硬上弓，先玩一下不算账，后将那，脑袋挖空作个夜行。”众人闻听镇禄话，王凯开言把话云。说道是：“难怪大哥你挑理，算来这曲理不通。”众贼正然饮酒乐，忽听那，跑进一人报事情。

第四十五回　承差大勇名震贼窝

众贼人正在畅饮之际,忽见有一个家丁,从外边跑将进来,禀报说:“有句容县白沙屯的皂役吴大爷那里来的人,要见呢!”镇江宁闻听,先就讲话,说:“快些叫他进来,我正要问问他那件事情怎么样了。”家丁答应,往外跑去。不多时,来至外面,将那人领进。

不多一时那人进,酒席筵前立住身。众贼举目留神看,认得是:皂役吴家做活人,到那全是他伺候,故此相见便相亲。镇禄性急先问话:“你来到此有何因?”长工见问开言道:“众位留神在上听:当家婆,差我到此来送信,告诉众位请知闻:我们当家的身有了难,江宁府,拿到当官问口供。夹棍板子全受到,牙关咬定不招承。后来刘公施巧计,家中诓去四封银,无奈之何实招认,江宁当堂画口供。当家婆差我来到此,恳求众位念朋情:务必要,定计铺谋施巧智,救我们当家的脱难星。”镇禄闻听将头点:叫声“列位请听明:吴哥现今身有难,你我旁观理不通。怎么样,思想一条良谋计,搭救吴哥出火坑?”徐成一旁开言道,他说是:“不用商量依我行:大家齐上江宁府,黑夜之间杀进城。杀官斩吏将他救,打劫库饷抢金银。大闹一场是正理,该死该活凭苍穹!”王凯回答说“胡闹!这件事,关系重大不非轻。杀官劫库非儿戏,必须商量然后行。”

镇江宁的主意是要全义气,设计铺谋搭救吴信。徐成他是混蛋,他要杀官劫库,真要造反。王凯再相拦,说:“这件事如何使得?你把江宁府当作别的小县份咧!那里兵多将广,人烟稠密。杀官劫库,情如造反,画虎不成,反惹灭门之祸。这件事情,横是做不得。”大窝主镇江宁说:“依你怎么样呢?”王凯说:“要依我的主意,吴大哥虽说现今被难,你我往哪去,岂不是飞蛾投火?倒不如咱们躲开,拿不住咱们,料他也难定吴大哥之罪。也不过受些磨难,性命可保。”镇江宁说:“你我往哪里去躲?难道说携着家眷走不成?只顾你我,再者,撂下家眷,一定被人拿去,拘禁监牢。你我的朽名,就传于后世。使不得,另寻别方才好。”王凯说:“若要贪恋家口,心无决断,必然要受其害。那时节,悔之晚矣。”镇江宁说:“吴家来人，你去吃点心，我好打发你回去。”言罢，令人将吴家的长工领去吃饭不表。

且说众贼正要商议万全之计，方保无事，说话之间，天色将晚，前边上寿来的亲友，都散去。

暂且不表众贼在窝主镇江宁的家中计议，且说刘大人的承差陈大勇等二十余人，各带兵器，径奔六合县而来。

陈大勇，带领众人不怠慢，径奔六合小县民。全都散开不一处，为得是，怕人看破事难成。出府一直西南走，天将晚，六合县在面前存。东门外边有座店，“三合”字号大有名。大勇朱王人三个，住在三合老店中。原来门外有暗号，全都找至此店中。众人虽都会了面，俱各散住不露形。各人要水洗了脸，小二各屋献茶羹。茶罢全都要用饭，吃完了，各人单回各人房。不多一时天色晚，眼望落下太阳星。陈大勇，信步闲游出店外，当街站立看分明：来往不断人行走，要比江宁大不同。好汉正然当街站，忽见个，老者从东向西行，年纪约有六旬外，一条拐杖手中擎。刚然走到大门外，店中人，向外开言把话云。

那一老者，刚然走至三合店的门口，店小二向外开言，说：“李大太爷，你上哪里去来？一定有什么事情？”

明公：店小二一见那个老者，为什么先问这两句话呢？内中有个缘故。你到了外边，小县府乡村之中，与此地京都不同。你要穿上两件新衣裳，人见了必问：“那出份子吗？”这是外头的风俗。店小二问那个老者，皆因他也是见他穿着两件新衣裳，故此才问，书里言明。

且说那老者见店小二相问，他慌忙站住，带笑讲话。

老者带笑开言道：“老三留神仔细听：我今镇家去上寿，他的名字叫镇禄，人送外号镇江宁。今朝他把生日作，老汉只得去行情。这不过，哄奉叫他心欢喜，才保居家得太平。今日上的人不少，大概足有四百名。还有他，许多伙计也来到，一个个，身体雄壮在年轻。天色将晚众人散，剩下他们饮刘伶，光景全都带了酒，今夜晚，又不知谁家遭祸星！”老者说罢扬长去，大勇在后尽听明。好汉不由心大悦，慌忙回到旅店中。见了朱王人两个，就把那，老者之言细说明。二人闻听心欢喜，说是那：“天意该当咱立功！内中还有一件事，陈爷留神仔细听：虽然众贼全带酒，并非一名并二名。咱们不可不防备，看猫似虎一般同。”大勇闻听说“有理,你的言词果高明!依我说,柳林离此不甚远,十里之遥谈笑中。乘此夜晚咱就去,贼人带酒难战争。”王明闻听说“有理,事不宜迟就登程。”

王明闻听陈大勇之言,说:“陈爷主意不错,就是如此办事,必有成手。”说罢,众人全都收拾所用物件。店家这一会,也瞧出破绽来咧:“定是公门的爷们踩差使来咧!”也不敢多言。

且说陈大勇、朱、王等,连头目带户整整二十个人,陆续全都出店,一直径奔贼首镇江宁的村庄小柳村大道而走。

陈大勇,带领众人出了店,一直径奔小柳村。按下公差人几个,再整做恶众贼人。打发亲友全散净,天色将晚秉上灯,群贼复又重整酒,大家归座饮刘伶。两个妓者来饮酒,镇禄开言把话云:“依我想来这件事,大有隐情在内中。江宁府,闻听这位刘知府,不受民财素有名。上司总督全不怕,州县见他脑袋疼。乾隆爷,御笔钦点来到此,他的家住在山东,青州府管诸城县,他本是,太后义子叫刘墉。既然提去吴皂役,他还岂肯善放松?保不住,吴信当堂不实讲,供出你我众弟兄。刘公必定差人访,捉拿咱们进江宁。闻听他,手下有个陈大勇,武艺精通大有名。出身本是一武举,宜兴那,运粮千总有前程。因为粮船遭失陷,千总革职转家中。一气才把公门入,伺候江宁刘大人。他也曾,十里堡中拿徐五,江二险在他手内坑。圣水庙中拿过和尚,其名叫做苑围僧……”贼人言词还未了,从外边,跑进一人说“了不成!”

第四十六回　深夜探虚实进贼宅

话说众贼正在议论之间，忽见从外面走进一人，来至席前站住，说："回禀众位爷们知道：句容县白沙屯吴爷那里，又打发一人来，务必求爷们拿个主意，将吴爷救出来才好。"窝主镇江宁闻听手下之言，先就讲话，说："知道咧，你出去告诉他，一同头里来那个人，暂且先去告诉家里大奶奶放心，不必害怕，我自有道理。""是。"下人答应，往外去告诉吴家的来人，回去不提。

且说江宁县的承差陈大勇、朱文、王明等，连头目带户整整二十个人，出离了三合店，一直径奔小柳村窝主镇江宁家的大道而来。

陈大勇，走着道儿来说话："朱王二位请听明：此去须要齐奋勇，舍命擒贼好立功。耳闻镇禄多扎手，人送外号'镇江宁'。武艺精通会枪棒，有个缘故在其中：眼下不过四旬龄，非是陈某说知道，这个人，那时我未将举中，就知此人姓与名。打家劫舍寻常事，但则是，不像如今闹得凶。咱们奉命来到此，他岂肯，束手遭擒上绑绳？拿他必有一番闹，况且还有众贼人。"大勇言词还未了，王明开言把话云："闻听贼人带了酒，大料难逃上绑绳。到那一直就进去，齐心并力把贼擒。"朱文一旁说"有理，王哥言词理上通。"大勇复又开言道："你们留神仔细听：依我说，此去擒贼休莽撞，小心而办事有成。王老弟，你说到那一直去，怕他们知道越墙行。到那时反倒费手，贼人跑脱了不成。要依陈某愚拙见，倒不如，暗围贼宅撒下人，然后咱再越墙过，打探众贼哪屋存。冷不防，堵门擒拿无处跑，如此而办事有成。也不知，陈某说的是不是，大家商议然后行。"朱王二人闻此话，满脸添欢长笑容："陈爷高见真不错，就是如此这般行！"说话之间来得快，贼庄不远目中存。

且说陈大勇等，说话之间，来至小柳村外。瞧了瞧天，有一更的光景。众人煞住脚步，大勇低声向着众人开言，说："咱们虽然找至此处，但不知那是贼人的宅舍？须得一个妥当人进庄村，去打听打听，认着贼人的门户，方好办事。"王明闻听，先就答言，说："我去走一趟！"大勇说："总要小心！”王明说：“陈爷放心。”说罢，平身独自，暗藏着一把铁尺，一直向小柳村中而走。王明走着他一边心想，腹内他暗讲话。

王明走着心犯想，腹中暗暗自沉吟：句容县皂役名吴信，坐地分赃有强人。他既然，招出窝主名镇禄，岂有来往不相亲？如今我把贼宅进，有人问，我说吴家差来的人。一时难辨真和假，何不如此这般行。问准贼人他住处，通知陈爷进村中。王明想罢留神看，偏无月色不分明：路北边，倒有一所大宅舍，大门悬挂一灯笼。门旁放着两条凳，上边坐着一个人。自言自语自捣鬼，嘟嘟喃喃把话云。瞧他光景像带酒，他说是：“整跑一天到黄昏。什么是他把生日作，好像吊丧一般同。天气很热交二鼓，还不睡觉饮刘伶。直直闹到多半夜，不管别人死共生！白日间，你们地窖去睡觉，我们跑腿探事情。从今懒吃这碗饭，不如还干旧营生。我还要，书场之中抓瓜子，就是捞毛我也能。吃亏眼下岁数大，儿孙行中卖不成。”醉鬼今日说胡话，王明一旁听的明。承差不由心欢喜，说道是：“活该贼人大数临！”

王明在一旁闻听大门下坐的这个醉汉之言，不由满心欢喜。说：“有音儿，我这正要访问贼人住处访不着，细听方才这些话，不用问咧，此处定是贼人住处。真乃凑巧！”王明说罢不怠慢，转身迈步一直向小柳村外而走。不多时，来至村头外边站住，皆因天黑无月，观瞧不远。王明无奈，只得蹲在地下，留神往四下里一瞧：见村子西北上有几个人，原来也是蹲着呢。王明看罢，站起身形，凑至一处，低声讲话，说：“那边可是陈爷么？”王明言词未尽，只听有人答应。

王明言词还未尽，对面开言把话云：“来者可是王老二？你打听，贼人住在哪边存？”王明见问尊“长兄，快些传齐手下人，贼人住处我知道，小弟当先引路行。”大勇闻听不怠慢，查点着，跟定承差要进村。一直全都奔村口，硬抢贼村小柳村。王明头前走得快，众人岂有不随行？拐弯抹角来得快，不多时，贼宅就在面前存。原来都是左右邻，真可恼，强贼也住广梁门。细看贼宅真不少，相连倒有六七层。四面围墙高一丈，却原来，地窖暗屋在内中。大勇看罢时多会，眼望朱文与王明，说道是：“贼宅甚大房屋广，不晓他们在哪层？少不得，你们外边来接应，陈某暗进贼穴中。探准贼人哪屋住，见机而作事有成。如此而行方为妥，若不然，贼人知觉越墙行。”王明闻听说“有理，陈爷说的话语通。我们在外围宅舍，他们想跑不能行。齐心努力拿贼寇，刘大人，完结此案咱也目明。"大勇闻听说"有理，事不宜迟咱就行！"

陈大勇闻听王明之言，说："天气大概有二鼓的光景，也依我进去咧。你们在外面要小心防备了，不可大意。"大勇说罢，并不怠慢，绕至大门东边，顺着墙岔，往北走到了北头，向西一拐，走了几步，慌忙站住一瞧：原来此处就是贼宅尽后边。好汉瞧毕，站住身形，则见他将脚一跺，"嗖"一声，纵上墙头。

有人说："你这个书不用说咧。你怎么乾隆老佛爷年间，竟有这样的人，平地将脚一跺，丈数高的墙，就上去呢？你这不是按《施公案》上的黄天霸那应下来了么？他会飞檐走壁，跳墙上房。你说这书上的陈大勇，怎么也会飞檐走壁？"众明公有所不知。要看起来，康熙年间《施公案》上的黄天霸，他的本事就算数一数二，头等艺业。到如今乾隆年间出的人，要瞧起来，比那黄天霸的本事，还强着几个码呢！有罢？众位就问是谁？明公细听：有一个秃子，黑夜进宫，主子在宫歇息的地方，都是什么去处？他会知道，越城而过，如走平地。要讲黄天霸的本事咧，还得输给他！在下说明，这个秃子，六十罗汉钱，可以过海。这是一个。还有一个人，他是天津人氏，姓刘排行在四，外号叫燕尾子。这个人的本事，又难说咧！他要是撒开腿一走，任你六百里的马，也赶不上，小燕尾打眼前一飞，他能将身纵起，抓住它的尾巴。有这么大的本事！他还能水里头住个三五天。明公想理：在下提的这两个人，比黄天霸怎么着？焉知在下说的江宁刘大人的承差大勇，越墙就要扒房呢！书里讲明。

再说大勇跳上墙头，站在上面留神观看。

大勇墙上留神看，皆因天黑看不明。方圆大概有十亩，房屋一层又一层。好汉瞧罢不怠慢，轻轻跳在地流平。蹑足潜踪向前走，耳内留神仔细听。顺着墙根向前走，绕弯夹道又南行。可巧并无人来往，皆因是，贼宅何用人打更？门户时常不关闭，贼人大意是真情。走坏承差陈大勇，一直又往南边行。穿过那，耳房夹道抬头看，大房西边点着灯。又听里面人说笑，细听还有妇女声。好汉闻听将头点，腹内说："贼人定在这屋中。"大勇想罢不怠慢，蹑足潜踪向西行。好汉来至窗根下，站住了，侧耳留神仔细听。正可巧，窗上安着玻璃镜，好汉看罢长笑容。凑至前，隔着玻璃向里看，瞧见贼徒人几名。众明公：可知玻璃那宗物，夜晚外看不分明。白日难望里边看，陈大勇，知道才敢这样行。书里言明不多叙，再表公门应役人。大勇看罢时多会，却原来，三个贼徒在房中。还有花街俩妓女，一共算是五个人。三个贼人都带酒，只吃得，前仰后合晃身形。镇禄拉着妓女手，他们俩，一对一口闹皮杯。贼妓正然来胡闹，大勇一见动无名。好汉看罢心好恼，手拔腰刀要进门。

第四十七回　镇江宁诡施缓兵计

承差陈大勇，隔着窗瞧见了三个贼人、两个妓女闹得实在难听，好汉大怒。刚要进门动手，复又说：“且住，眼下他们的人多。再者，素闻武艺扎手。如今我要是一个人堵门擒拿，拿住还罢了，倘或走脱一个，那时反落朱文、王明等褒贬，饶省了他们的劲，还叫他二人挑眼：既知贼多，为什么不知招呼我们一声咧？等我出去，将他二人叫进来。”好汉想罢，顺着旧路而走，暂且不表。

且说朱文、王明他们，素日与陈大勇有个小俚戏。王明眼望朱文，讲话说：“朱二哥，陈头儿听那声儿呢罢？”朱文说：“未必，陈头儿素行不是那宗人。”王明说：“二哥，如今年成儿，正直丈夫有几个？我也得进去瞧瞧，我才放心呢。朱文、王明忒透咧。王明说：“朱二哥，你听过‘夏迎春私探昭阳院’——齐宣王蹲在墙下，夏迎春脚蹬着宣王的肩膀子上去，可要蹬好了——《私探》这回书？”朱文说：“我倒听过这意思。你今要学夏迎春，可要蹬好了，别掉下来，摔一地黄子。”王明说：“罢呀，业障。我今要学定了夏迎春咧。快蹲下，我把你这个屎蛋的！”朱文说：“好瘋儿，竟敢强嘴了！”朱文刚然蹲下，王明才要蹬肩上墙，忽听墙上“嗖”一声，王明只当是贼人越墙，吓得往后一仰，几乎摔在墙下。

只听墙下一声响，王明害怕栽在尘。慌忙爬起咧着嘴，抬头看——原来大勇墙上存。低言巧语来吊坎[1]：“月丁合子闯了我的春。窨口里边叭哈到，戎孙全在腰内存。还是月丁是除果，窑儿搬山饮刘伶。你我快把拨眼入，亮出青子好拿人。”朱文王明闻此话，大勇复又把话云：“我还顺着旧路走，你们二位进大门。余者之人在外等，众贼插翅也难腾。囚徒倚仗贼名大，里外全没插上门。二位速去休怠慢，不可大意与粗心。”朱王二人齐答应，各把兵刃手中擎。拐过墙弯，二人一直向南走，径奔贼宅那大门。按下朱文王明前去，再表承差姓陈人。轻轻复又将墙下，顺旧路，径奔贼人饮酒门。拐

① 吊坎——同调侃。

弯抹角到前面，还在贼人窗外存。不言大勇门外等，再表朱王两个人。

按下陈大勇又至贼人饮酒的房门以外，黑影之中，手擎顺刀，隐住身形，单等朱王二人到来，好一齐动手。

且说朱文、王明闻听陈大勇之言，不肯怠慢，王明手擎铁尺，朱文是一把解手攮子刀，有尺半多长。两个人，慌忙跑进大门，一直向里而走，并无一人拦挡。

在下方才已经交代明白，镇江宁倚仗贼名远近皆知；再者，他们这一行的有本事做大活的，无有不认得他的，焉能偷他？再者，那些猫子狗子，连影儿也不敢傍。所以贼人势傲自大，里外门全都不插。书里言明。

且说朱文、王明他们俩跑进大门，手擎兵刃，一直的向后而走，又进了二门，穿过大厅，下台阶，二人举目观看。

他两个，穿过大厅留神看：西厢房内点着灯。仔细听，男女声音全都有，大约贼人在房中。朱文王明正观看，忽听人言喊一声："囚贼出来快受死，不必装哑与推聋！劫杀杨家那一案，有人告状上江宁。刘公准状差我等，堵窝擒拿众贼人！"大勇言词还未尽，朱王闻听也出声。听出语音是大勇，故意儿，知会先来姓陈的人。好汉闻听他俩到，满心欢喜抖精神。按下他俩外边骂，再整贼妓五个人。镇江宁，一同徐王正饮酒，忽听窗外语高声，又听说为杨家事，要拿他们进江宁。王凯徐成也听见，不由心中吃一惊。镇禄到底胆子大，他与王徐大不同。屋中开言向外叫："外边留神仔细听：你等前来知会我，什么话，请进屋中讲分明。何必如此直声喊，四海之内广交宾朋。敢作敢当男子汉，镇某也算是人物。既到此，快些进来言就里，事犯公庭哪一宗？天大官司我去打，要了脑袋也稀松。何必院中发急躁，快请进，说明不用动手争。"大勇朱王闻此话，他们仨，暗自着量怎么行。

陈大勇等三人，闻听镇江宁之言，叫他们进去，"有什么话当面言讲，我镇某并不是不讲理的。男子汉敢作敢当，总要言明的是那一案，也不用你们哥儿们动手，官司我打定咧！"

众公：窝主镇江宁说的这些个话，有软有硬，又露着朋友义气："但不知你们敢来不敢来？"大勇闻听，眼望朱文、王明讲话。

陈大勇，眼望朱文开言道："二位留神仔细听，既然他说朋友话，想来行事定不松。不枉坐地擎银两，犯事出头理上通。怪不得，众多好汉将他奔，仗义恰似宋公明。"陈大勇，方才说的这席话，也有深意在其中，净给贼人高帽戴，然后看风把船行。又和朱王低声讲："着意防备镇江宁。咱们若是不进去，镇江宁，反把你我看得轻。不入虎穴焉得子？成功全仗老苍穹。"大勇说罢头里走，后跟朱文与王明。再说窝主名镇禄，还有王凯与徐成。三人屋中无出路，故此才将大话云。怎奈手下无兵刃，难挡公门应役人。心中想：大话镇住公门役，挨迟时候等救兵。谁知大勇更不怕，就敢闯进那屋中。朱文王明跟在后，各把兵刃手中擎。陈大勇，一个箭步蹿进去，怕的是，贼人暗地下无情。朱王一见不怠慢，一齐也进那房中。镇江宁，一见三人将屋进，站起身形把话云。

窝主镇江宁一见陈大勇等三人，齐进屋中站住，并无惧色，副头目王凯、徐成就要动手。镇禄一见，说："王二、徐三休要动手，听我一言。"二人闻听，这才站住身形，两只眼睛瞅着镇禄，镇禄眼望大勇等三人讲话，说："你们三位就是江宁府知府，那位罗锅子刘爷打发来的?"大勇说："不错呀!"镇禄说："尊驾贵姓?"大勇说："贱姓陈。"又用手往左右一指，说："这一位姓王，这位姓朱，都是我的伙计。"镇禄闻听，复又讲话，说："莫非是那位大勇陈爷么?"大勇说："不敢，在下草号大勇。"镇禄说："久仰，久仰。"大勇说："岂敢，岂敢。"镇禄说："在下有句拙言，不怕三位恼。这内中却有个缘故。官司我可是打定咧，并非瞧见众位的虎威，不敢动手，我们才束手受绑。三位要这么想，可就错了。别说是尊驾三位，就让来三百人，也稀松。也并非是怕什么罗锅子刘爷又要卖药呀，算命，卖什么硬面饽饽呀，放我等过去，这全都算不了事。内中却有一段情节。皆因句容县白沙屯住的皂役吴爷，我们是生死之弟兄，当初说下有罪同受，有福同享。而今他被刘大人拿去，现在监中受罪。我们要袖手旁观，岂是大丈夫行事?"

镇禄复又开言道："三位留神仔细听：皆因吴信拿进府，刘公当堂问口供。原说下，不愿同生愿同死，患难相扶拜弟兄。而今他遭杀人祸，镇某旁观理不通。再者是，三位也露朋友气，竟敢闯进我屋中。你们过来快动手，将我们三人上绑绳。"大勇闻听说"不必，朋友行事岂能更？我瞧镇爷多重义，视死如归要分明。既是镇爷为朋友，并不动手想逃生。怪不得，威名传遍南京省，人送贵号‘镇江宁’。陈某何敢欺朋友？那算镇爷把我轻！既如此，咱们慢慢去进府，再提上刑理不通。当堂去把刘公见，照应有我们小弟兄。”镇禄闻听说“多谢，多蒙仰仗我感情。”镇禄说：“话已说完咱就走，趁早快快进江宁。”说罢才要向外走，忽听那，一人喊叫把话云：“这件事情我不允，要进江宁万不能！”

镇江宁与陈大勇二人，话已说明，刚才向门外而走，忽听背后一人一声大叫，说：“这件事要这么行，我不允！要叫咱们进府也容易，他们三位必得抖点武艺，也与我们瞧一瞧，我们也开一开眼！”镇禄扭项观看——原来是徐成。镇江宁说：“贤弟，你休要无理，听我讲诉与你。”

镇禄扭项开言叫：“老弟留神要你听：你我并非别人等，患难相扶好弟兄。吴哥目今身有难，现遭官司受官刑。他被刘爷拿进府，死生只在眼然中。咱这行，全凭‘义气’两个字，有罪同受理正通。只顾你今来胡闹，江湖上，朋友闻知落污名，说明有更神前义，不念当初结拜情。人活百岁终须死，贤弟呀，只怕死后不留名。”一席话，说得徐成无言语，垂颈低头不作声。众人这才向外走，一心径奔府江宁。这一来要知完案杀凶犯，明日前来讲分明。

第四十八回　李财主贪色生淫欲

且说的是江宁府句容县有个公义村，这村中有个财主姓李，名叫正宗，妻子赵氏。夫妻二人广行善事，周济贫穷，众人都叫他李善人。膝下无女，只有一子，年方二十五岁，名叫李文华，与他的父亲就不相同，专好眠花卧柳。他父亲李正宗，常常的苦劝，怎奈他总也不听。无法子，也就只得由他而去。不上一二年光景，老两口儿相继而亡。李文华把他的父母殡葬，家业就是他支撑，暂且不提。

且说李文华的场院中，有两间草房，住着一家姓孙名叫孙兴，年长二十三四岁，甚是忠厚，他就与李文华做苦工活。他的妻子何氏，年二十二岁，虽无闭月羞花之貌，论容颜，也算数一数二，还通文墨，奶名叫月素。李文华瞧见何氏貌美，久有图谋之心，怎奈何氏性烈不从。到了这一天，李文华忽然生心起意，设计将何氏的男人打发上别处去讨账，她家中就只剩下何氏一人。到了晚上，欲待亲去，又恐怕何氏不从。他又左思右想，心中甚是为难。忽然心生一计，说："必得如此，如此这般，这般如此。常言道得好：妇人是水性杨花，眼皮子又浅，何愁此事不成？"想罢，开言说："秋桂，"丫头答应："奴家伺候。"李文华说："你去把宗住他娘叫了来，我有话讲。"秋桂答应，翻身而去。

不多时，宗住的娘宗婆子叫了来咧，站在面前，说："大爷有何吩咐？"李文华闻听，带笑开言。

李文华，带笑开言来讲话："宗妈留神要你听，眼下有句要紧话，必得你去走一程。"说到此处忙站起，低言巧语把话云："场院住的那何氏，几次求奸不肯从。你今晚，拿上白银二十两，前去顺说女俊英。但能与她成好事，一世不忘你恩情。"宗婆闻听，回答说"交与我，皮条穴中数咱能。哪怕她节烈冰霜女，管保我去她就应承。"李文华，听见心欢喜，取出了，二十两白银手中擎。递与宗妈接过去，迈步翻身往外行，一心要把牵头做，未知苍天容不容？宗婆子，转弯抹角来得快，何氏的房门眼下横。宗婆子上前将门叫，"何二嫂"连连尊又称："特意前来将你找，快些开门莫消停。"何氏正然做针黹①，忽听门外有人声。放下活计开言问："是谁叫门？有什么事情?"宗婆子闻听说"是我，何二嫂，快开开，有件事情对你明。"何氏闻听不怠慢，慌忙下地把针停。用手开放门两扇，把宗婆子让进在房中。何氏一见忙赔笑："宗婆子留神要你听：黄夜到此有何事？望乞从头要讲明。"宗婆闻听腮带笑："二嫂留神在上听：老身到此无别事，大相公求我事一宗。那一天，瞧见你在门前站，爱上二嫂你的芳容。这几天，茶饭懒餐精神短，胡梦颠倒不安宁。小命残生在早晚，望乞娘子把好行。大相公得病得你去探，二嫂你，如同修塔去造经。现有白银二十两，娘子收下略表情。"何氏闻听前后话，粉面不由得赤通红，说"妈妈此话不在理，信口开河了不成！岂不知，授受不亲分男女，大相公岁数又在年轻。奴与他，非亲又非故，不过是，奴家夫主去佣工。快把银子拿回去，再要胡言我不容！"宗婆子闻听微微笑：说"二嫂，你直净是假聪明！虽说是，授受不亲②分男女，也要见景和生情。若论大爷待你厚，缘何不知重与轻？你记得，夫妻当初无投奔，相公收下做长工。到而今，家主身染风流病，二嫂心中岂不明？相思害病十分重，性命只在眼然中。你倒推聋与装哑，恩将仇报假撇清。二十两银子送给你，只当行好积阴功。"说罢将银炕上放，何氏一见脸通红：叫声"妈妈休取笑，似这等，混闹歪缠理不通。"

何月素着急害臊粉面通红，说："妈妈这些混话，从何而起？大相公害病，与我何干？这银子，奴家断乎不受！你把银子拿去，见了你家主母子，多多替我拜上安人。你就说这无义之财，奴家不受。作娘儿们一场，好离好散。我先拜辞，明日就要回家而去。"宗婆子闻听，微微冷笑，说："何二嫂，你吃了灯草灰咧，说得这么轻巧！来也由你们，去也由你们？这也罢了，你们这二十两身价银，还有八个月的嚼裹，你拿算盘磕一磕，该着多少银子？你们不说一个清白，大相公就放你们去咧？他不是流鼻涕的傻小子！俗言说得好：典当如小买。这如今咱们大开着门子说亮话罢：我家的大相公，实在的爱上你咧。你要是拿糖作势的不允，他要是恼羞成

① 针黹(zhǐ)——指缝纫、刺绣等针线活。

② 授受不亲——授，给予；受，接受。旧时指男子与女子不能亲手传递物品。

怒，立刻给你一个歪帽子，送到你们句容县去，只说是奴仆欺主，你们两口子就难讨公道。二嫂子，你少不得掐监。你想想，那时节姨夫反倒丢人。这件事依我说，既在矮檐下，暂且把头低，你就与大相公暗来暗去，也不能知道。”

何月素闻听宗婆子这一片言词，暗说：“不好。她这些言词，说得甚是厉害。宗婆子是计，好献勤，软求硬派，打就的活局子。我夫妻并不是典身，她怎么说有文契呢？是了，李文华一心爱我，只想成亲作双，哪里还有天理良心？或者假写一张典身的文约。我要不依他，好变脸将我夫妻送到县里，追比身价银，必然是掐在牢内。妇女要下监内，难脱干净，岂不叫我出丑？他们好称愿。细想此事阴毒，无法可救。欲待夫主回来再说实话，又恐他性子不好，一时的愚拙，发作吵闹，弄出饥荒，那时怎了？讲打官司，没他的人多，没他的势力，倒只怕官罢私休，总是我夫妻的亏。若要忍而不言，又恐遭毒手。事在两难，如何是好？”月素心内着急，竟自没了主意咧。“也罢，事从款来，不可性急。我如此假意应允，竟收下这二十两银子，只说等大相公病好，约他成亲，暂哄一时，且挡将过去。但只愿天从人意，李文华病重而死，这一场冤孽，暗自开消。”

何氏想罢，带笑开言，说：“妈妈，你老教导我的，都是好话。也罢，既是大相公见爱，老妈妈为好，两下里张罗辛苦，再要是推托，那我就算奴家不懂事体。将这银子留下，奴领高情。”

何月素，含羞假应允，叫声“妈妈听我言：虽然不是闲花草，怎奈游蜂浪蝶缠。大相公留情将我爱，这就是，结下的风流露水缘。有心不依妈妈劝，显见奴家事不端。欲待顺从怕出丑，叫我那，夫主闻知别当玩。事到临头舍着干，重担千斤奴要担，失身一场丢脸面，遮羞钱百两要明言。先收二十两为定礼，好事临头再找完。妈妈说合为正保，不许改悔两相甜。人多眼众须瞒蔽，怕只怕，好事不出丑事传。妈妈告诉奴应允，大爷病好巧团圆。回禀主母将心放，大相公，喜气一冲病又安。”烈妇假意亲口许，宗婆子闻听怪喜欢，说“二嫂既然你应许，不可改口叫我为难。百十两银子可值多少？这宗事儿交与咱。老身还有一件事，二嫂跟前要明言：大爷的，二十两银子为定礼，你有那，什么表记把他还？”何月素闻听这句话，不由心中为上难。女子的，性巧心灵急又快，叫声“妈妈你叫言：大相公差你将银送，你就苦苦把我缠。推辞不过才应允，亲口收下把亲连。你倒疑心要凭据，咱俩当面要明言：皆因我，夫妻穷苦无能耐，低头下气在人前。大爷有病赖着我，把个鱼头抖给咱。我本是良家乡下的妇，比不得，半开门子那一般。那晓留情送表记，点头是账无谎言。妈妈啰唆要凭据，竟把这，银子拿去两无干！"烈妇不怕结巴病，宗婆子闻听倒带上笑颜。

宗婆子见何氏的话紧，有些个抻心①，恐怕事黄了，她把话就抽回来了。说："二嫂，咱们娘儿们，都是自家。我老天巴地的，竟有些个背晦了。口应是账，又要什么凭据？银子只管留下，好回去见大相公回话。等大相公病好些，我再来见你罢。"欠身而起，迈步出房而去。何氏月素暗恼，嘴里冷笑，搭讪着说："妈妈，你那去吗，我竟失送咧！"宗婆子拾不起来，只当是好话，说："二嫂，咱娘儿们熟，不讲礼。"说罢，出门如飞而去。

何月素拿起银子，收在箱内，炕上坐下，斜靠着桌子，手托香腮，心中暗想：可恨老淫婆，献勤讨好，把我这美玉黄金，只当作闲花野草！这二十两银子，刀把在我手内，我的把柄，怎能给她？何月素心中暗恨，又唯恐夫主的性浊，不肯告诉孙兴。何氏发狠，暂且不提。

且说宗婆子出了场院，来到前院，径进书房。李文华一见，将手下人全都支开。婆子向前开言，他低声回话，就把那威吓应允之事，从头至尾，说了一遍。李文华闻听，满心欢喜，登时间长起精神，相思全好。

到了第二日，李文华打点了些簪环首饰，绸缎衫裙，用包袱包好，打发宗婆子送与何氏。复又收拾一对金钗，送到她房中。宗婆子就将李文华他今日夜间要成双的话，说了一遍。何月素闻听，吓得惊疑不止，不敢明言。心中暗想：我只说李文华病危，大约必死。哪知道苍天不从人愿，恶浪子病好，就在今夜晚要来歪缠。预先把我儿夫支开，奴家就没了膀臂，我如今要说不依，只怕说以强压弱，奴总是点头应允，又恐怕贞节难保。

何月素，无言心纳闷：奴今竟在两难中！李家有钱势力大，可叹我夫主苦又穷！已经落在天罗网，想要逃身万不能！实指望，病死李家子，奴家才逃过这灾星。哪想冤家病倒好，约定今夜要相逢。有心明说奴不肯，怕他翻脸下无情。赖我夫妻有典契，退还身价理情通。当堂有口难分诉，明是披麻跳火坑！自古红颜多薄命，不但奴家事一

---

① 抻心——揪心的意思。

宗。古时多少贞节妇，只为姣姿惹祸星。想起他人思自己，将今比古一样同。奴今遇见文华李，这就是，欢喜冤家狭路逢！欲待推辞怕有祸，不如假意竟依从。待等小李今夜到，苦劝一番好了情。我就是，坐怀不乱柳下惠，鲁男子，闭户无干落美名。劝他回心转了意，何月素，转祸为福我的老天，狂徒必定歪缠我，那就是，对头冤家二虎争。拿把钢刀只一抹，我叫他，人命奸情事两宗！这场官司尽够他打，择出我儿夫叫孙兴。烈妇发狠生毒念，登时体内附杀星。按下何氏节烈妇，再把那，宗婆子明一明。瞧见何氏把头低下，默默无言不作声。开言先把"二嫂"叫："明日我再来与你道喜。快些打扮休怠慢，等候多时大相公。诸事须当记心内，"何氏含糊应一声。宗婆子把"二嫂"叫："不必面上带羞容。到晚上，房门别关竟虚掩，省得有敲门打户声。邻舍闻知反不美，你们俩，暗中好把好事成。"何氏闻听微微笑，说"妈妈，你是个行家走得道通。"宗婆子闻听他也笑，说"好嫂子，会撒娇咧，把我骂了个苦情！"说罢出门扬长去了，剩下了，何氏烈妇在房中。独坐沉吟心犯想，神魂散乱不安宁。佳人想罢时多会，"何不如此这般行。"

第四十九回　何氏拒奸怒斥王八

何氏想罢，何不将我一往之事，尽情写在书札之上？等我儿夫回来，见了这书字，就知道何氏误遭其害。佳人想罢，并不怠慢，登时拿过笔砚，研墨挥毫，提笔就写。不多时，连真带草，将书字写完，手封好，装在梳头匣内。头也不梳，脸也不洗，衣领包头，乌云罩紧，拿一把锋快的切菜刀，搁在炕上。天气呢，也黑咧，房内也点灯，佳人和衣而卧，等着狂徒李文华。这且不表。

且说宗婆子告诉了李文华，约定今夜成双。说罢回房，各去安寝。李文华满心欢喜，连忙打扮。

李文华说罢不怠慢，站起身来把衣更。剪绒的秋帽头上戴，龙抱柱的缨子通点红。内穿一件松绫袄，外罩着，宝蓝的缎儿袍子，钮子是凿铜。三镶的锦袜脚上套，青缎子皂靴足下蹬。好像那，去做新郎一般样，单等着晚上把亲成。心急只恨天黑得晚，犹如那，热地蚂蚁一般同。恨不能，伸手摘去金乌鸟，一口吹落太阳红。恨不能，双掌托出海岛月，两把撒上满天星。只急得，心如麻乱神难定，意似猫抓体不宁，自言自语如痴醉，浑身热汗似蒸笼。走出走进来回地转，干急干燥在心中。无精打采长出气，好容易，盼到黄昏点上灯。吩咐家僮都散去，独坐书房侧耳听。"当当"一声锣声响，公义村中起了更。此时就去还太早，夜静人稀方可行。忽然想起一件事，不觉心中吃一惊：曾记得我父临危日，遗言嘱咐细叮咛：夸吾为人诸事好，只有风流事一宗。将今比古将我劝，句句戳心透彻明。我父的遗言犹在耳，仔细思量理欠通。冯商还妾生贵子，皆因德行有阴功。偷花的浪子西门庆，恶报难逃与武松。我今心邪把何氏爱，有损阴德罪不轻。既读诗书学礼义，想进黉①门名教中。君子须学柳下惠，坐怀不乱有贤名。出房胡行钻狗洞，岂不玷辱与文风？吾今知过必要改，李文华，心中后悔恨难平。一口咬住右手指，银牙嗑破血流红，疼痛难挨眉紧

---

① 黉(hóng)——古代的学校。

皱，不由口中只是哼。唯恐人知怕耻笑，不敢高声暗忍疼。和衣睡倒牙床上，一床锦被把头蒙。十指连心疼难忍，他把那，好色的心肠冷如冰。按下文华在书房内，再把那，性烈的佳人明一明。

且说那何氏月素，独对孤灯，不由心中叹气，心内惊疑，杏眼朦胧。俗言说得好：人逢喜事精神长，闷来愁肠盹睡多。

列公：这也是神鬼的拨支，造定有大祸临身。皆因他一团的性烈，怨气攻心，等到二更身体困倦，一合眼，迷糊睡着，做梦也不知有个追命鬼前来！

且说这公义村西梢头有一个歹人，姓王，排行第八，皆因他卖狗肉为生，故此有个混号，叫“狗肉王”。妻子毛氏，并无儿女。两口子住着一间草房，在村的尽西边，连个院墙也无有。像这杀生害命的买卖，白刀子进去，红刀子出来，屠行里的生意，好过的能有几个？狗肉王好喝、好吃、又爱花闲钱，两口子是肥吃肥穿。这一天，狗肉王近里去卖肉，天晚出城，正撞着个酒友。好喝之人，见面无空过之理。关厢里有一座山东馆子，二人进去，拣了个座坐下。狗肉王现成的狗肉，切了点子，就生蒜瓣子，干花两对的烧酒，二人就喝起来了。你一盅，我一盅，两个人闹了个二斤四两，都有酒意，这才凑钱会账，趔里趔趄①，指手分别。

且说狗肉王大醉而归，走错路，竟走到公义村的后面去了。晃里晃荡地信步斜行，一抬头，到李文华的场院跟前。慌忙站住，瞧了瞧孙兴的房中，点着灯。狗肉王自言自语，说：“孙兴不在家，孙二嫂就该早睡。天有二更咧，点着灯有何事干？”侧耳闻听，并无动静。咂嘴摇头说：“这也奇怪，要是做活，有些影响，为什么寂寞无声，只有灯光明亮啊？是咧，孙二嫂生得齐整，俊俏风流；李大爷又邪辟，好钻个狗洞。莫不是他们俩有些黑大忽，也未可定。我何不跳过墙去，踹他个狗尾巴，要是叫我堵住，先使一个讹盆，后借几吊钱，末了燥一个干脾。事逢凑巧，落得去干。”

狗肉王，要使讹盆堵狗洞，恶人净是狠毒虫！耳听锣声打两棒，天斗云迷天黢黑。放下肉桶手攀树，两脚一纵快如风。扒住墙头蹿过去，蹑足潜踪越土堆。径奔草房门外站，舔破窗棂用目观：只见佳人炕上睡，杏眼双合柳叶眉，香腮粉面樱桃口，犹如春睡的醉杨妃。

---

① 趔趄（liè qie）——身体歪斜，脚步不稳。

头枕玉腕和衣卧，狗肉王看罢越发了迷，暗暗只叫"孙二嫂，果然齐整似花魁，但能与此妇睡一夜，眼看做鬼也不亏。细看桌上有盒酒，点着灯儿却等谁？趁着孙兴他不在，我竟大胆将门推。上前抱住不撒手，讲软讲硬要相陪。若要牛心相喊叫，定把花奴的小命追！"狗肉王想罢不怠慢，走上门前用力推。只听"吱喽"一声响，这不就，惊醒佳人烈女魁。

狗肉王原是恶人，心毒胆大，看见何月素的美貌花容，躺在炕上，竟似春睡的杨妃。狗肉王一见，邪心一动，不由得惹火烧身。明欺妇女软弱，家中又无男子，放心大胆，竟来推门。

何月素虽然睡着，心中惊恐，睡梦之间，忽听门响亮，忙睁杏眼，一翻身爬将起来，愣里愣怔①坐在炕上，只当是李文华前来，她的怒气上攻，厉声低问，说："大相公来了么？"狗肉王颤着口气，也是低声答应，说："正是，我来了。"何月素听见差异，用手掩住了灯光，留神观看。

何月素，闻听说话声音岔，杏眼留神验假真。只听"吱喽"一声响，有一个，大汉侧身进了门。头戴小帽穿短袄，蓝布褡包系一根。月布单裤白布袜，撒鞋油透带灰尘。黑肉横生麻子脸，恶眼凶眉翻嘴唇。鼠耳鹰腮心最歹，狗蝇胡子像铁针。膀乍腰粗头似斗，青筋叠暴鲁又村。趔里趔趄进房内，晃里晃荡醉醺醺。口内低声叫"二嫂，大相公是我要成亲。"何月素，认得姓王卖狗肉，佳人瞧罢冒了魂。着急无奈高声詈："老八撒野少胡云！奴的丈夫和你厚，时常喝酒讲交情。他今有事将城进，你竟胡行把我辱！因吃酒你佯推醉，混吣②嚼毛信口云。什么是'成亲'我不懂，快些出去把脸面存！要再多说我就嚷，叫起李家的家下人！把你当作贼拿住，打一个半死小发昏！"烈妇言词还未尽，狗肉王，挤鼻弄眼把话云，冷笑开言叫"二嫂，不必发昏你动嗔。我问你，孙二哥有事将城进，你就该，吹灯睡觉养精神。又不做活又不纺线，为什么，点着灯儿又不插门？桌子上搁着酒和菜，明明现露你有私心。方才你问的就异样，专等着，大相公前来好成亲。哪知我，王姓的老八来得更早，趁早拜坟我好出城。"何氏闻

① 愣怔——眼睛发直。
② 吣(qìn)——猫、狗呕吐；谩骂。这里指不知羞耻的说话。

听心好恼，紧皱双眉满面嗔，悄语低言破口骂："王八胆大你太欺心！我在房中将夫等，忘记了吹灯去插门。你竟狂为调戏我，混语胡言气死人。赖我偷做风流事，要踹狗尾使讹盆。拧起眉毛认一认，贼眼睁开看看人：何氏可比无瑕玉，烈性犹如火炼金。别说使讹吾不怕，纵然就死也不失身！趁早歇心收歹意，快些出去免祸根。再要多说我就嚷，当贼拿住送衙门。那时想走不能够，横祸皆因自己寻。"何氏着急拿话吓，狗肉王，冷笑开言把话云。

第五十回　狗肉王杀何翻移祸

狗肉王微微冷笑，说："孙二嫂，你别拿那大话吓我这小孩子。拿过《大清律》来，咱们瞧瞧，穷富犯法，一例同罪。难道说，只许财主调情，不许穷人摸俏？李文华与你相好，吾今和你也赖一个厚交。一交你就嚷，我看你嚷不咱？我要不给你个硬上弓，你也不知道我王老八的厉害！"说着说着就扑何氏。佳人一见，不敢怠慢，慌忙去抓切菜刀。两手举起，恶狠狠地望着狗肉王搂头就砍。狗肉王的眼尖，侧身躲过，探背伸手，将刀把抓住，攒劲一夺，就夺到手内。何氏着忙，怕狗肉王粗鲁，心内发毛，高声喊叫，说："杀了人咧！快来救人哪！"

狗肉王闻听，心下着忙，连酒都吓醒咧！他不敢怠慢，用手抡刀，加劲一砍，只听"咯吱"一声响亮，砍在左膀之上。何氏"哎哟"一声，栽倒在地。狗肉王一见，哪肯留情？用脚踩在胸膛，一手抓住头发，一顿刀，把个脑袋砍下来咧。眼瞅着死尸，发毛后怕，自己开言说："这事怎了？因奸害命，罪犯得偿。趁此夜静天黑，无人知道，我何不把何氏的人头，拿了出去，撂在开粮食店赵子玉的家内：一报不肯借与粮食之仇，吾回了家，假装睡觉，等明日孙兴回来，或是李家知道，一定报官，访拿凶手。赵子玉家有人头，李文华家有身子，叫他两家混打官司，再也疑不到凶手是我。"恶贼想罢，主意拿定，毛腰伸手，把何氏的脑袋提溜起来，将头发作了个扣儿，拴在腰内，迈步出门，走到墙下，两脚一蹬，手扒墙头，一个纺车子跟头栽过墙去。人头装在卖肉的桶内，背将起来，一直的向西而走。

本村的道路走得稀熟，来到粮食店的后墙根，煞住了脚步。听了听，鸦雀不动，放下了肉桶，将盖子掀开，取出了何氏的人头，拿在手内，单臂攒劲，往墙里头一扔，只听"拍搭"一声，人头落地。这粮食店的后院子，净堆柴草，所以无人，赵家万不能知晓。

狗肉王背起桶子，又往前走。出了村头，来到自己门外，只见窗上灯光明亮，又听嘤嘤的山响，就知是妻子纺线。狗肉王心虚有病，到底发毛，不敢叫门，恐怕街坊家听见。站在窗外，用手指轻弹。毛氏知道丈夫暗号，时常偷猫盗狗的，得了手回来，只弹窗纸，并不敲门打户。毛氏佳人停车低声就问:“是谁”?狗肉王答应:“是我。”毛氏听真,是她丈夫的声音,翻身下炕,用手开门。狗肉王迈步进房,把桶子放下。

列位明公:善恶都有报应。狗肉王屈杀何氏,天理难容。恶贼半夜杀人,此事谁能知晓?就是龙图出世、海刚峰,也难断这件公案。他哪知神鬼的催逼,有一个冤家对证。诸公想是谁?此人姓李,排行第九,是一个半憨子。哥哥早死,并无有六眷三亲,只有生身之母,又是个寡妇。陈氏娘儿两个,甚是贫穷。这一天,李傻子跑肚,蹲在街上出恭,瞧见狗肉王回家进房,傻子把稀屎撒完,系上裤子,口中不言,心中暗想。

这李九,稀屎拉完街上站,腹中只觉空又空。忽然想起一件事,自言自语把话明。说道是:“常听老年人言讲,狗肉补肚子,这方法更灵。刚才狗肉王回家转,我何不,赊斤狗肉把饥充?”这李九想罢不怠慢,迈步如飞不消宁。登时间,来至王八的窗儿外,只听说话是妇人声。正是那,鬼使神差傻李九,忽然间,他伶俐又聪明,站在窗外身不动,侧耳留神往里听。只听毛氏把夫主叫:“为何你浑身血点红?”狗肉王,摆手说“别嚷!贤妻留神仔细听。”这囚徒,冤魂缠绕说实话:“不必你心中害怕惊。只因我出城来得晚,带酒回家把路错行。走到李宅的场院外,瞧见那,孙兴的房中还点着灯。是我疑心有坏事,跳过墙去看奸情。推门惊醒那何氏,他把我,当作李家大相公。谁指望,将错就错图欢乐,哪知泼妇不依从。抓起钢刀将我砍,拙夫一见动无名,上前夺刀她就嚷,倘若是,惊动街坊了不成。我也是,事急杀人图灭口,割下头来在肉桶内盛,扔在粮店他后院,因此浑身带血红。咱们吹灯快睡觉,你我倒要做撇清。明早人命官司犯,竟是无头案一宗。粮店后院有脑袋,场院房内有尸灵,李文华与赵子玉,他两个,这一场官司打不清。我杀泼妇无人晓,神鬼不知我做得精。别说官司难以审,就是那,铁面的包公也断不清!”凶徒说罢凶人的话,毛氏闻听脸吓青,手脚麻木浑身软,半晌开言把话云,低声只把“天杀的”叫:“大祸滔天别当轻!因奸杀人还是死罪,犯了官司了不成。缘何又将人头扔?遗祸给粮店狠又凶。赵子玉,与你何仇恨?你竟是,借剑杀人不见红!皆因素日不赊米,小事变为大祸星。吃酒行凶谁似你?冤家竟是狠毒虫!倘或犯出人命事,那时后悔总是空。”毛氏狠骂他夫主,凶徒后悔在心中。只说“贤妻咱且睡”,上炕脱衣吹灭了灯。二人在房内说私话,李傻子闻听说“了不成!”

第五十一回　赵掌柜避祸反招灾

李傻子在窗户外，听得明白，吓得魂不附体。眼看着房中将灯吹灭，狗肉王、毛氏都睡了觉咧。李傻子看罢，不由心中害怕，一声儿也不敢言语，轻手蹑脚儿，走不多一时，来到自己家中，慌忙将门插上，把桌上残灯剔亮，悄语低言，说："妈妈，刚才我在街上出恭……"就把遇见狗肉王回家，他要去赊狗肉，王八杀何氏，人头扔在粮食店的话，前前后后，告诉他妈妈一遍。陈氏闻听，不由心中害怕。说："九儿，这个话，外头千万不可言语。你要信嘴胡说，叫差人听见，把你就拿了去咧！"李傻子为人老实，最能顺母。听娘的言词，如同圣旨。李傻子说："妈呀，狗肉王杀人，我偿命不成？"陈氏说："与你无干，休要胡说！快些脱衣睡觉罢。"说罢，娘儿两个安歇不表。

且说粮食店里的伙计，有一个姓宋的，名叫宋义。天还未亮，他就起来要出恭。来到后院之中，褪下中衣，刚要蹲下拉屎，猛一抬头，瞧见那边有一个物件，圆咕囵的，像一个西瓜。走到跟前一看，吓了个目瞪痴呆——原来是一个人头——乍着胆子，留神细看，说："奇怪！这倒像孙二嫂子的脑袋。是谁杀死，将人头扔在此处？我想这个凶手，定与财东有仇。我去报知老赵，看他是个什么主意。"

说罢，他拿了些干柴，盖上了人头，迈步走到前边，正遇着财东赵子玉打卧房内出来。宋义一见，面带惊慌，说："掌柜的，咱到后边，我有句话说。"赵子玉见宋义变貌变色的，就有些疑心，并不再问一问，来至后院的墙下站住。宋义悄语低言说："掌柜的，不好咧！祸从天降，如何是好？"赵子玉闻听，不由得发毛，说："伙计，有什么祸事？告诉于我。"宋义说："刚才我到后院出恭，瞧见一个女人的脑袋。"赵子玉闻听吃了一惊，非同小可。说："伙计，果然是真？"宋义说："这也撒谎？我仔细一看，不是别人，竟是李财主家的管事长工——孙兴的妻子何氏月素！不知被谁杀死，把脑袋扔在此处，还算造化，幸亏我看见，不肯声张，怕街坊闻知，掌柜的，你难逃有罪。无奈何，拿乱草盖上，悄悄儿地告诉于你。"说着话，一伸手，把那乱草拉开，露出了何氏带血的人头。赵子玉为人老实，胆子最小，只吓得面似金纸，浑身打战，体似筛糠。

赵子玉，为人多忠厚，怕打官司花费银。瞧见人头都是血，害怕发毛脸似金，往后倒退抽冷气，战战兢兢掉了魂。拉住宋义叫"伙计，大祸滔天怎样禁？是谁杀了孙二嫂，扔在我家后院存？有意安心坑害我，不知犯法是何人？我与他，什么冤来什么恨？素日间，并无得罪于街邻。这一报官先问我，如何分辨论清浑？人头现在我的后院，孙兴必定要搜根。他要赖我奸杀的事，倒只怕，理正情屈假作真。人命官司无头案，定然要，严刑拷打审凶身。受刑不过屈招认，做了无头怨鬼的魂。是谁杀人我偿命？横死不能入祖坟！"宋义手拉赵子玉，悄语低言把话云。

赵子玉怕打官司，宋义又要就中取事，想账图财，手拉财东，悄语低言，说："掌柜的，你别害怕，咱俩商量。眼看大天大亮咧，难以干事。素日你老人家待我甚好，吾是无恩可报。掌柜的，你别着急，这件事情交与我。"赵子玉忧中化喜，说："宋伙计，你有这样好心，替我了事，吾无补报，愿谢你百两纹银。"这个赵子玉虽然识字，文理上不通，买卖的人，哪晓得律例？杀人事假，移尸情真。按律治罪，还有个冲发。赵子玉竟没有主意，倒把宋义的拙见，倒当了良谋。说："伙计的主意不错，天已待中亮咧，不可挨迟，咱们快去干事要紧。"

说罢，二人并不怠慢，找了个粪箕儿，将人头背起，往外而走。来至野外刨了个坑，刚把人头搁上，才要动手去埋，忽听那边有人说话："宋二叔，你们埋什么呢？"说话之间，来在一块儿。宋赵二人闻听，举目一看，原来是西边的街坊王兴立的儿子，叫王保儿。一早出来，背着筐子拣粪，才交一十三岁。赵子玉还未开言，宋义先说："你去拣你的粪去！"王保闻听，说："我偏不去！我偏要看！"一边说话，一边往前走。来至坑边之上，他站住身形，往下一瞧——是一个血淋淋的人头！王保说："好的，怪不得不叫我瞧。你们杀的是谁？宋二叔告诉我呢！"宋义闻听，说："保儿，不要嚷，叔叔明日请你。"宋义一边说着话，一边打主意："不好，这个小冤家既然瞧见咧，他岂有不告诉人的么？那时犯事，赵子玉杀人是假，我移尸埋头是真。这件官司，倒闹到我身上来咧！也罢，事到其间，也说不得咧。生米酣儿——舍着做罢！我何不给他个冷不防，一镢头将他打死，连尸首和脑袋，一共掩埋。小保儿灭了活口，再有谁来与我对证？"宋义想罢,心一横,杀星就附体。恨在胸中,笑在面上,说:"小业障,今只埋个东西,你偏要看。又不是私盐包子,怕你拿什么抓头不成?混账孩子,爱看,请看!"嘴里搭讪着,将身一闪,搁下铁锨,一弯腰,把镢头抓起,小保儿不知是计,只顾两眼往坑里瞅着,宋义一见,并不怠慢。

宋义一见不怠慢,杀星附体把心横。两手慌忙扬铁镢,照着保儿下绝情。只听"叭叹"一声响,天灵打碎冒花红,"咕咚"栽倒尘埃地,两手扎煞足又蹬。吓坏了粮店赵子玉,埋怨宋义擅行凶:"怕打官司才埋脑袋,为何你,又害了保儿命残生?倘或犯事倒有罪,性命只在刀下坑。"宋义摆手说"不怕!打死冤家灭口声。神鬼不知道这件事,哪有事犯到公庭?掌柜别毛快动手,大家用力去刨坑。埋了冤家绝祸害,咱们回家保安宁。"赵子玉点头说"的是如此。"二人说罢,不怠慢,登时间,死尸人头埋一处,他二人,欢欢喜喜转家中。按下此事不用表,再把那,宗婆子明一明。一见天亮不怠慢,径奔场院往前行。登时来到草房外,窗前站住仔细听:鸦雀不动无声息,宗婆子,轻轻咳嗽三两声。悄语低言呼"二嫂",又叫风流"大相公,天已大亮快些起,暂且分手再相逢。"连说几遍无人应,不由心内暗吃惊:"他俩睡觉如小死,怎么做,送暖偷香这事情!"着急舔破窗棂纸,往里举目看分明:床上并无人睡觉,地下倒有个死尸横。项上无头光腔子,血水喷流满地红。宗婆子看罢"吓杀我!"战战兢兢脸黢青,掉转身躯往外跑,穿过夹道往后行。一直径扑上房去,他把那,"相公娘子"叫二声:"大相公杀死孙二嫂,现有那,凶器钢刀刃带红。娘子快些拿主意,问一问,行凶的大相公!"宗婆子,说罢前后其中话,这不就,吓坏了佳人赵素容。

第五十二回　何氏夫孙兴巧告主

李文华的妻子赵素容，闻听宗婆之言，吓了个惊魂失色，随即打发人，把李文华请了来，就将宗婆子之言说了一遍。李文华闻听他妻子赵素容之言，登时间魂飞魄散，面如金纸。他也将他无去的话，说了一遍。宗婆子说："大相公，常言说得好：人要睡觉，如同小死。想来必是贼人偷盗进房，瞧见何氏貌美，求奸不允，怀恨杀死，才把脑袋割去——倒是没有人头。我竟有个主意：等孙兴回来，瞧见尸首，不知是谁杀死他妻子，必定大哭一场，将此事告诉家主。大相公明知故问，就与他出个主意，不过是通知地方乡长，写一张报呈，到县里去递，只说是黄夜贼人杀死何氏，求官府批准访拿凶手。只等查出死鬼的人头在谁家，谁就是凶手，拿他偿命，与咱家无干。"李文华闻听，忧中带喜，说："此计大妙。"按下此事不表。

且说孙兴与李文华要账回来，将账目交代明白，来到场院的后门站住，用手击户，"啪啪啪"，敲够多时，不见答应。无好气，自言自语说："日出三竿，还睡呢！叫着也不醒，等我端下门进去，瞧瞧是什么缘故。平素不是这样人，为何今日这么懒？必有些岔事。等我端下来，进去看个明白。"说罢，"叽呸咕咚"连声所响，把院门端开，复又安上，这才迈步往里而去。来到卧房门，用手赌气子将门一推，说："半天晌午咧，不睡咧！"也不听有人答应，推开房门走进屋，举目一看：只见一个死人躺在地下，浑身是血，普遍通红，吃一大惊。留神细看，竟是他的妻子何氏的尸首，项上无头！登时间主意全无，也顾不得哭咧，说声："不好！"转回身来，朝外就跑。

孙兴说罢不怠慢，迈步翻身往外行。一边嚷叫一边走，两泪千行大放声，怪喊怪叫"坑死我！是谁昨夜时行凶？杀死我的妻子在房内，人头割去影无踪。邻居街坊帮助我，快拿凶手莫放松！"哭哭喊喊跑得紧，众人闻听吃一惊。乱乱哄哄齐来问："你别胡说撒酒风！是谁行凶杀令正？人命官司别当轻！"孙兴闻听呼"列位，你们不信同我行，大家去看真和假，竟是一桩岔事情！割去脑袋尸首在，不知凶手姓与名。"邻居闻听担不住，说道是："快见李家大相公！他的场院是房主,必得叫地方同去递公词,禀明县主拿凶手,这一场,人命官司了不成!”众多乡邻跟着走,同定那,苦主尸亲叫孙兴。不多一时来得快,李家的宅门面前横。见了管家说一遍,李固闻听不消停,迈步慌忙往里跑,上房中,回禀家主大相公。他把那,孙兴的事情说一遍,李文华闻听假吃惊。他说“怎么有这样事?人命干连别当轻!”吩咐那,孙兴快把地方请,一同保正验个明。李管家答应朝外走,来到那大门以外见孙兴。就把那,家主的言词说一遍,孙兴与邻居不敢停。登时间请进地方人两个,同到场院看分明。则见那:无头的尸首地下躺,一把钢刀带血红。众人瞧罢齐商议:“咱们速速的写报呈!”孙兴一旁号啕痛,说道是:“屈死的妻儿快显魂,捉拿凶手将仇报,为夫的就死黄泉也闭睛!”孙兴疼妻哭又喊,何氏的冤魂暗中听。冤魂附上一只狗,猛然间,跑进了孙兴的住房中。满屋里混闹横蹿跳,把一个,梳头匣登在地流平。忽然一阵旋风起,遗书乱起在空中。孙兴正哭抬头看,字纸一张地流平,不由疑心忙拾起,举目留神看一个明。

孙兴拾起何氏的那一封遗书,留神细看,认得是他的妻子笔迹。从头至尾瞧了一遍,才知道是奸情之事,只当是李文华行凶,哪晓得狗肉王害命!孙兴虽是愚民,倒还粗中有细,就把遗书叠了一叠,掖在袖内。口中不言,心中暗想:我如今要说破李文华因奸杀命,他定然不认,那还是小事;倘或使人前来,将这书字夺了去,那时节叫我何以为凭?有咧!目下我且不说破,同他们递报呈,到了衙门回话,见官的时候,我就当堂喊冤,将遗书递将上去。人命重情,不怕官府不准。古语常言一句话:一字入公门,九牛拽不出。现有遗书赃银为证,他就有万贯家财,也难买朝廷的定例。因奸杀命,按律抵偿。杀了仇人,方解我心头之恨,以表何氏的节烈芳名。就是这个主意。说罢,打开皮箱,找出那二十两冤孽银子,用遗书包裹,装在兜肚之内。收拾已毕,走出房门,倒扣上锁,一同地保径奔句容县而来。

一路无词,来到县衙的门首,正遇王知县升堂办理事。尸亲、地方、保正等,并不怠慢,一齐上堂,公案前跪倒叩头,先就回话:“禀太爷在上:北门以外,离县城十五里,有一村,这村中有一富户,姓李,名叫李文华。他家场院,住着一家姓孙名叫孙兴,他的妻子何氏,名叫月素。因奸不允,事出在黑夜间,何氏不知被何人杀死,人头不见。小人的身当地方,不敢不报。”句容县的知县王守成闻听地方之言,吃了一惊,开言便问。

知县座上开言道:“地方留神要你听:将人杀死头不见,此事其中定有情。”开言又把尸亲叫,孙兴下面应一声。知县说:“何氏月素是你妻子,被人杀死你岂不知情?本县当堂从实讲,但有虚言我定不容!”孙兴见问腮流泪,说道是:“老爷留神在上听:小人的无限冤枉事,青天台下细禀明。小的本是庄农汉,公义村李家做长工。我只说,恩东情义深似海,谁知道,他家万恶行不公。因见小人妻何氏,一心要把亲事成。小的的妻子多节烈,生嗔动怒不依从。恶贼毒计难成就,百计千方总落空。谁知道,贪淫好色真大胆,暗地又定计牢笼。叫他家人宗婆子,花言巧语对我妻云:先给纹银二十两,事成再找银一封,若还不依就使硬,要把我夫妻送县中。无情拷打逼身价,何月素,无奈只得假依从。自己亲写一封字,她把那一往从前尽写明,留与小人为见证,好与申冤雪恨凭。谁知李文华多万恶,果然此夜到家中。我的妻,至死不依奸情事,恶贼一怒下绝情。囚贼杀死妻何氏,人头拿去不见踪。小人这段冤情事,望乞青天判断明。现有这,何氏留下亲笔写,二十纹银可为证明。”孙兴说罢将头叩,王知县,有语开言把话明。

第五十三回　李文华无奈招死罪

且说王知县闻听孙兴之言，往下讲话，说："何氏笔迹，现在何处？拿来本县观看。"孙兴叩头，说："现在小人的身上。"说罢，慌忙打怀中取将出来，连那二十两银子，两手高擎，书吏接将过去，递与王知县。知县先将书字展开，仔细观看，上面写的言词，与孙兴口诉的事一样。王知县又问，说："孙兴，这个字迹，乃是你妻子临危写的。那时节你又没在家，及至你回来，你妻已经亡故，这个字迹，如何到了你手？莫非你与李文华有仇，写假字，你冤赖于他？人命关天，非同小可，若有虚情，法不容宽！"孙兴磕头，说："青天老爷在上：小人的妻子留下此字，收在梳头匣内。小人回家时，见妻子被人杀死，正然悲痛，谁知道何氏的冤魂不散，起了一阵旋风，一个疯狗，跑进来屋内，把梳头匣蹬开，将此书掉在尘埃，小人抬起观看，才知道其中的备细。望乞青天从公判断，愿老爷公侯万代。"王知县闻听，眼望着地方、保正，开言说："你们这些奴才！地面上有了这样人命，你们为何不把房主李文华带来？一定你们受了他的钱财，前来欺哄本县！"王守成说罢，冲冲大怒，吩咐左右："先将地方、保正，每人各打二十大板，然后锁起来，等本县审明，按例治罪。"地方、保正闻听此言，吓得魂不附体，不住磕头。众青衣不容分说，把二人拉下去，打了个皮开肉绽，这才放起，上了刑具。王知县发签一支，差人两名青衣，即刻锁拿凶手李文华到县听审。暂且把一干人犯，带在一旁听候发落。王知县发放已毕，退堂歇息，不再表。

且说这两名青衣，奉本县之命，不敢怠慢，出了北门，一路而来。到了公义村中，到李文华家的广梁门首，外边见了李管家，就把县主之命，拿人的话说了一遍。李文华闻听，吓了个魂飞魄散，面如金纸。说："李固，此事怎好？"

李文华，听罢管家的一席话，不由着忙惊又惊，迟疑半晌才讲话，说"李固留神要你听：县里既然发签票，少不得衙门走一程。"说罢连将衣裳换，迈步翻身往外行。来到大门把青衣见，两个人，二十两纹银略表情。公差卖法不上锁，三人一同奔县中。说话之间来得快，进了句容一座城。十字街中朝西拐，衙门不远面前横。两个公差腮含笑："李大爷留神在上听：眼下屈尊把刑具戴，我们好交差见县公。"李文华闻听说"罢了，见官必得要戴刑。"二人听说不怠慢，这不就，锁上李家大相公。二人这才打禀帖，王知县，闻听立刻把堂升。登时三人朝里走，来到堂前跪在尘。两个衙役忙回话，说"太爷留神在上听：凶手带到公堂上，太爷细问就里情。"知县闻听手一摆，两名公差站在一旁。王守成座上开言叫："李文华留神要你听：你为何，因奸不允伤人命，杀死何氏女妇人？快快当堂来招认，但有虚言我定不容！"李文华磕头尊"县主，太爷留神请听明：小人并不知这事，父母为何叫招承？"知县闻听冲冲怒，说道是："可恶奴才要你听：花言巧语哄本县，想要不招万不能！"吩咐左右把夹棍看："夹起这囚徒胆大的精！"衙役闻听不怠慢，夹棍拿来搁在尘。不容分说齐动手，按倒李家大相公，动手拉去鞋和袜，两腿入在木棍中。知县吩咐将绳拢，下面青衣应一声。李文华"哎哟罢了我"，顶梁骨上走真灵。有一个差人喷凉水，李文华苏醒把二目睁，大叫"县主真冤枉，覆盆之下有冤情！小人并未杀何氏，望青天，秦镜高悬判断明。"知县闻听微冷笑："万恶囚徒了不成！"

王知县闻听，冷笑开言，说："李文华，料你也不肯善自招承。你瞧瞧这是什么东西？"说罢，将何氏的遗书，连那二十两银子，往下一摔，扔在堂前。李文华拾在手内，瞧了瞧，不由得腹内着急，说："太爷在上，小的回禀……"李文华就把那"见何氏起意，使宗婆子说说，送银子情实。小的到了晚上，自已思想：这件事损阴坏德，小人倒后悔。所以倒无去，并不知何氏被谁杀害"的话，说了一遍。王知县闻听，如何肯信？往下开言，说："李文华，你这话欺哄本县，就是那三岁孩童，他也不信。你既然使人去说说，又送银子，岂有不去之理？想来必是何氏不从，你一怒，将他杀死。人头现在何处？快快招来！免得你皮肉受苦。"李文华闻听，说："青天老爷在上：小人并未杀人，叫小的招什么？"王知县闻听，冲冲大怒，吩咐左右："快些加刑！"众青衣齐声答应。

李文华本是富家子弟出身，如何受得这样官刑？这方才一夹棍，把魂都夹冒了！又听王知县吩咐"加刑具"，吓得他魂飞魄散，说："县主在上：不用加刑了，小的情愿招承。"知县闻听，冷笑开言，说："哪怕你不招！"李文华无奈，只得屈招"何氏因奸不允，本是小的杀死。"知县闻听，吩咐书吏记上了口供，自是追问何氏人头在于何处。

话不重叙。王知县一连审了几堂，李文华因受不过极刑，本是屈打成招，哪知人头在于何处？可怜李文华，受了些个无数官刑，眼看待死，这话不表。

且说李文华的妻子赵氏，自从她丈夫被公差带去，等至天晚，不见回家，不由心中害怕。到了第二天一黑早，打发管家李固进县打听消息。李固不敢怠慢，急忙到了句容县衙门中，将此事打听明白，回到家中，就把"受刑不过，小主人无奈招承，王知县追问人头"的话，说了一遍。赵氏闻听，吓得面如金纸，唇似靛叶①。

不表赵氏在家中害怕，且说王知县把李文华屈打成招，追问何氏的人头。李文华受刑不过，只得屈招应承，说："何氏的人头，被小的扔在公义村的北边，壕沟之内，到了第二天，踪影全无，想是被狗叼去。"王知县闻听，也不深究细问，吩咐书办作了文书，往上详文。一面吩咐将李文华收监；将地方、保甲打放，说他们报事不明；叫孙兴暂且回家听传。按下此事不提。

再说江宁府的知府刘罗锅子刘大人，这一天刚然升堂，就有衙役、经承，将句容县详报的文书呈上，把封套拆去，递与刘大人。刘大人接来，举目观看。

这清官，接过文书留神看，仔细参详就理情。上写着："卑职呈报杀人的事，李文华因奸不允擅行凶。杀了那孙兴之妻何氏女，将人头，扔在荒郊不见踪。律应抵偿该立斩，现有那，何氏的遗书作证明。卑职审清才敢详府，李文华现在监禁中。"刘大人，看罢文书上的话，说"此事其中有隐情：李文华既然将人杀死，为何人头又不见踪？这一案须得本府亲审问，怕得是覆盆之下有冤情。我刘某身受皇恩当报效，一秉丹心与主尽忠。"刘大人想罢不怠慢，往下开言叫一声："承差王明速领票，快到那句容小县中。速提那，因奸杀命这一案，李文华听审到公庭。"王明答应接过票，迈步翻身往外行。按下承差去提人犯，再把刘大人明一明。吩咐打鼓将堂退，清官爷翻身往里

---

① 靛叶——深蓝色的叶子。

行。不表大人在书房坐,再把王明送一程。出了府衙急似箭,越巷穿街快似风。离了江宁城一座,径奔句容大路行。一边走着心犯想,腹中暗自叫:"刘墉:我瞧你,人头儿有限爱管个事,很爱私访探民情。巡抚大人也全不怕,拨回寿礼还拉硬弓。一干上司将他惧,听见罗锅子脑袋疼。今日又差我上句容县,他说是,这件事情有屈情。莫不是,知县贪赃受了贿?屈打成招定口供。王守成果有这件事,刘罗锅子闻知未必容。"这王明,思想之间来得快,句容县不远在咫尺中。

第五十四回　私访官喜遇李傻子

且说承差王明，思想之间来到句容县的北门，进了城，穿街越巷，来至王守成的衙门。见了门上的人，把此事说明，然后把大人的票掏将出来，递与王知县的内厮。内厮不敢怠慢，接将过来，迈步翻身往里而去。进了内宅，见了本官，按承差的话说了一遍，然后将刘大人的票，递与知县。王知县接过看了一遍，不敢怠慢，站起身来，往外而走。来至外书房坐下，吩咐手下之人，将王上差请至书房献茶，然后将来意问明，又送了王明五十两银子，这才吩咐手下人，将文华提出监来，又吩咐人到公义村中，把孙兴也传来，派了四个衙役押去。王明一见，并不怠慢，站起身形，告辞了王知县，一同众人出了句容县的城，径奔江宁府而来。虽然府县相隔才六十里地，天有三更多天才来到。江宁府的城门业已关闭，只得找了个熟店住了，一夜晚景不提。

到了第二天早晨，众人起来，不敢怠慢，王明带众穿街越巷，来至刘大人住的衙门。恰好正遇刘大人坐堂审事。王明一见，眼望句容县的四个差人，开言说："你们在此处等候，我进去好回禀大人。"四个人答应，王明这才翻身往里而走。来至堂口跪倒，说："大人在上，小的王明，奉大人之命，到了句容县，将李文华提到，现在衙外伺候。"刘大人吩咐："带将进来！"这王明答应，站起身来，往外而走，来至辕门，将李文华、孙兴带定，句容县的四个差人回县而去不表。

且说王明，把孙兴、李文华二人带至堂口，在下面，王明打千回话，说："大人在上，小的王明把李文华、孙兴带到。"大人一摆手，王明站起，在一旁侍立。刘大人座上留神，往下观看。

清官座上留神看，打量李孙人二名：年纪上下都相仿，不过是，二十八九正年轻。刘大人看罢开言问："那一个姓李的快通名！"李文华闻听将头叩："大人青天在上听：小人是叫文华本姓李，公义村中有门庭。误遭冤枉无处诉，望大人，秦镜高悬断分明。"说罢只是将头叩，刘大人上面冷笑两三声。说道是："因奸不允你伤人命，杀了何氏女俊英。事犯情真有何辩？本府当堂快讲明！但有虚言一字假，性命难逃刀下坑！”李文华闻听将头叩：“公祖在上请听明：小人吃了熊的胆，也不敢大人台前敢说虚情。”李文华，一往从前说了一遍，刘大人闻听把话明：“孙兴就在你场院住，是你留下做长工。欺心要图他妻子，将他养活在家中。幸亏何氏多节烈，至死不从那事情。宗婆子拿银将他哄，立逼何氏女俊英。节妇那时无其奈，那时只得假应从。不肯失节心如铁，何月素，亲笔留下书一封。内里情由全写尽，留与他夫主叫孙兴。还有赃银二十两，要作见证把冤明。你一定强去奸他他不允，羞恼成怒就行凶。事犯情真当领罪，王法无私不顺情！”吩咐左右“带下去，万恶的囚徒刀下坑！”刘大人说罢人答应，上来了承差好几名。李文华一见心害怕，“大人”连连叫几声：“不知是谁杀何氏，小人做鬼也是屈。闻听大人明如镜，胜似龙图包相公。青天不允我说话，可怜我屈情丧残生！”言罢不住头碰地，瞧他一定有屈情。大人听罢心犯想，腹内思量把话云：吩咐左右“带下去，暂且寄在监禁中。”孙兴听传讨保去，大人退堂往里行。来至书房忙坐下，张禄前来献茶羹。清官爷，手擎茶杯心犯想：这件事一定其中有隐情。我想要结这公案，除非私访细打听。刘大人想罢忙站起，眼望张禄把话明。

刘大人说：“张禄，”小厮答应。大人说：“看便衣伺候，本府今日要去私访民情。衙门事情，小心照应。”然后传出话去：“本府偶然感冒风寒，不能理事。”张禄答应，慌忙开了刘大人皮箱，将大人的包袱取将出来，搁在床上打开。刘大人更换已毕，拿了蓝布小袍袱，又拿上一本《百中经》，两块毛竹板，诸事已毕，站起身来，望张禄开言，说：“打后门把我送出去，休叫外人知道。”“是。”小厮答应。说罢，爷儿两个并不怠慢，出了书房，迈步往后而走。穿门过院，来至后门。张禄将门开放，可喜并无外人。走将出去，张禄把那个小小蓝布包袱，递与了大人。刘大人接过，搭在肩膀上，又回头嘱咐张禄：“诸事小心。”张禄答应，关门不表。

再说刘大人，打背胡同绕过江宁府的衙门，穿街越巷，又出了江宁府的南门，上了句容县的大路，朝前而走。

这清官，出了江宁城一座，径奔句容县大路行。一边走着心犯想：只恐百姓有冤情，不辞辛苦来私访，独自孤身步下行，扮作先生将卜卖，算卦为由访事情。大人离了江宁府，迈步如梭快似风。霎时间,找到公义村中去,大人举目看分明:两边人家无其数,都是良民士与农。家家都有柴草垛,骡马耕牛闹哄哄。老叟对对闲谈话,儿童们嬉笑乐无穷。刘大人看罢将头点,腹内沉吟把话明:"此村虽然是个背道,倒也丰富不算穷。"刘大人,正然观看心犯想,猛抬头,一座古庙眼下横。举目留神往下看:供的是:汉末三分关寿亭。刘大人瞧罢不怠慢,卦板掏出手中擎。"咭呫呱嗒"连声响,口中吆喝讲《子平》:"目今高低分贵贱,善断富贵与贫穷。求财问喜来问我,道吉言凶板钉钉。外带专治疑难病,我的那,手段高强大有名。专治瘸腿与瞎眼,秃子哑巴我也能。傻子憨格全会治,一服药,管叫你伶俐就聪明!"刘大人,他口内吆喝庙前站,招惹得小人儿们闹哄哄。内中就有傻李九,侧耳留神仔细听。方才大人说的话,李九旁边听得清。开言便把"先生"叫:"你的方法果然灵。我李九生来的愚又鲁,人人叫我傻愣葱。望乞先生治一治,只当行好积阴功。"大人闻听抬头看,打量说话人一名。则见他:头上无帽光着脑袋,脸上的油泥有半指零。脖子好像车轴样,辫子都擀了毡乱哄哄。身穿一件撅肚子袄,破褡包一条系腰中。深蓝布裤子光粗腿,脚下是,鞋袜全无两脚精。刘大人看罢时多会,带笑开言把话明。

第五十五回　傻李九快口道真情

刘大人看罢多时，带笑开言，说："你姓什么？叫什么名字？告诉我，好与你治一治。我有三等治法，分三样的价钱：头等治法，将脑袋拿半头砖一块，砸一个窟窿，冒些傻气就好咧，要纹银一两；二等治法，将你的两条腿，用绳子捆上，高高的吊在树之上，吊一天一夜，摔出些尿屎来，就好咧，要青钱一千文；三等治法，用我一丸灵丹，你拿回家去，用凉水送下，你就躺在炕上，拿棉被蒙严，出上一身汗，立时就好，这一宗治法，要青钱一百文。三样治法，不知你要怎么治？"李傻子闻听刘大人的言词，说："先生这头等二等治法厉害，一来是我治不起一两银子，二来是又怕打破了脑袋，冒不成傻气再得了破伤风，我再吹了土，那就大好咧！二宗治法，我也花不起一吊文，要将我倒吊在树上，吊一天一夜，白日里还好，有人看见，要问我我就说是治病呢；要到了黑家，我们这儿饥狼又多，倘或要来五六个的狼，我不能动，不用说，准被他吃了，不好。第三宗治法，倒罢了，价钱又不大，又不用砖头砸，又不用绳子捆，只用吃上一丸子药，出上一身汗，就好咧，才要一百钱。家里我妈妈现在给我一百二十文，那是我昨日与道南里周五叔家抬食盒去，得的喜钱，回来我就交与我妈妈咧。我何不到家里将这个先生的话，告诉我妈妈，把钱要了来，给这先生，好多教他与我治病。"李傻子说罢，望大人说："先生，按这第三宗的方法治罢，你等我家里和我妈妈要钱去。"说罢，迈步就走。刘大人一见，用手一招，说："你回来，我有话对你言讲。"李傻子闻听，慌忙站住，说："先生，我不是瞎打落的，我真是取钱去。你要不信，你瞧，不但我走，连外头站着的这些人，听见你住了弦子要钱呢，比我跑得更快！敢你要完了钱，弦子一晌的工夫，我就回来咧！等你要钱的时候我再走，看你还拦得住谁？"

清官带笑开言道："李九留神要你听：不用你回家将钱取，我送你一丸丹药不要钱。"刘大人说罢走两步，来到那，李傻子的跟前把步停。将嘴对在他耳朵上，低言悄语问一声："你要知道告诉我，管叫伶俐更聪明。你要是瞒哄不说真实话，神灵要归罪你的傻命就坑。我问你：这村中可有个大财主？'李文华'三字是他名。闻听他杀了月素何氏，孙兴告状在句容县中。知县差人将他拿去，当堂招认定口供。李文华因奸不允伤人命，难逃刀下丧残生。你可知道这件事？告诉我，我白治你的傻病倒给铜。”李九闻听大人问，不由着忙吃一惊。腹内说：“算卦的怎么知这件，莫非与李文华是宾朋？自从那日去赊狗肉，才知其中就里情。我妈说不叫我对人讲，怕的是人命官司别当轻。一向总不敢提这件，我只说此话总不说，谁知道算卦先生来问我，他倒说，白给我治病不要铜！”李九想罢低声儿叫：“先生留神你是听：要提这件人命事，就是那，铁面的包公也断不清！却原来内里情由难瞒我，并非文华去行凶。”刘大人又问“哪一个，什么人杀了何氏身？”李九又把“先生”叫：“不必你心急你慢听：有个王八卖狗肉，煮得出奇大有名。‘狗肉王’三字他的外号，那小子杀了何氏在房中。因奸不允下毒手，他还把人头扔在粮店中。一心移祸赵子玉，皆因为无从赊他米二升。李文华，受刑不过屈招认，可怜抵偿他在刀下坑。那庙里无有屈死鬼？王知县如何断得清？”刘大人闻听李九的话，满面添欢长笑容。

刘大人闻听李傻子之言，说：“你怎知道的这般详细？莫非是他杀人，你跟着他来吗？”李九说：“先生，你不知道，他杀人我可无跟着他！那一天，有二更多天，偏偏的我就跑肚，正在蹲着出恭呢，我瞧见狗肉王背着桶子回来咧。素日我常听见老人家说，狗肉补肚子，吃了就好。及至我出完了恭，我想着到王八家，赊他几斤狗肉，拿回家去，好补肚子。随后我也就跟了去。刚到他的窗户底下，我听王八的女人说：‘你怎么带着一身血？莫非与谁打架拌嘴？’王八见问，低声开言，说：‘不要高声！听我告诉你……’他就把卖狗肉回家，打孙兴家门口过，瞧见他房中点着灯，心内生疑，只当是孙兴的女人何氏定有私情。他就跳过墙去，踹了狗尾巴。谁知他等了半天，总不见人来，他就硬去端门，偏偏的又无插着。狗肉王一推门，他可就进去咧！瞧见何氏貌美，他就要求奸。何氏不允，王八羞恼成怒，可可的孙兴桌案搁着把切菜刀，拿起来咧！不由分说，一顿刀将何氏杀死，然后把何氏的人头割下来，提溜在手中，又跳过墙来，背起肉桶子，送到开粮店的赵子玉家的房后，把一个脑袋往他家一扔，他这才回家。狗肉王把前后的情由，告诉他女人一遍。说完咧，他们就吹了灯睡了，我在他们窗户底下站着来着。我听他这个话，把我的病也吓回去咧！我一声也不敢言语，我也就回家去，把这话告诉了我妈妈一遍。我的妈妈不叫告诉人，怕的是官府知道了，又连累了我。所以我总不敢言语。今要不是你白给我治病，又不要钱，我断然不肯告诉于你。”刘大人闻听，不由得满心中欢喜。

这清官，闻听李九前后话，满面添欢长笑容：要不是本府来私访，想明此案万不能。刘大人正然来犯想，李傻子开言叫“先生，快把灵丹送与我，病好难忘你的大情。”大人闻听李傻子话，说道是“李九留神要你听：眼下无从把丹药带，全都放在旅店中。我有个方法告诉你，回家速治莫消停：打他二两干烧酒，一个花椒一棵葱，热酒一盅吃在肚内，一床棉被把他蒙，多多地出上一身汗，管叫你伶俐更聪明！”李傻子闻听心欢喜，说“多谢先生你的情！”李九说罢扬长去，刘大人一见也不消停。慌忙收起毛竹板，顾不得卖卦讲《子平》。迈步翻身回里走，出了公义一座村庄。径奔江宁大路走，路程歌儿不用明，《大清传》与他传不同。此书并无桃花店，杏花村中美佳人。刘大人，一路无词来得快，进了江宁一座城。越巷穿街来得快，依旧打后门进衙中。张禄接爷将茶献，刘大人，茶罢搁盏把话明：“快传王明陈大勇，本府立刻有事情！”张禄答应不怠慢，迈步翻身往外行。登时传进人两个，刘大人，眼望承差把话明。

第五十六回　刘知府再审连环案

刘大人说："王明、陈大勇，"二人齐声答应，清官说："你两个休要怠慢，明日一早出城，到句容县城，西北有个公义村，那村中有一个卖狗肉的，姓王行八，外号叫'狗肉王'，还有一个开粮食店的赵子玉，速去将他二人拿来，晚堂听审。如有懈怠徇私，定要重处！""是。"二人齐声答应。刘大人说："张禄，""这。"小厮答应。大人说："将他二人送出去。""是。"二人闻听，一同张禄出了内书房。王明、陈大勇往外去，张禄回内书房，一旁侍立。不多时，秉上灯烛，一夜晚景不提。

到了第二日早旦清晨，刘大人起来净面吃茶，暂且不表。

且说陈大勇、王明二人，奉刘大人之命，不敢怠慢，一黑早起来，出了江宁府的南门，迈步如梭，径奔公义村大路而走，一路无词。来到公义村中，二人举目一看：只见路北有个小酒铺，倒也雅趣。二人就到了酒铺之中，要了两壶酒，喝着酒搭讪着就问，说："掌柜的，闻名咱们这村中，有卖狗肉的王八，说他煮得出奇狗肉。意思我们要买点下酒，也不知他在哪里住？"这个开酒铺的张姓，他叫张二牛。他听承差之言，他说："二位爷要买狗肉，就在这村西边，路北一间草房。可是独门独院，外带没有院墙——那就是卖狗肉王八的住家。"两个承差闻听，不由得满心欢喜。

他两个，闻听张二牛的话，不由添欢长笑容：说"多承掌柜的来指教，少不得，要到他家中访问个明。"二人说着话喝完了酒，会了钱，出了酒铺向西行。不多一时来得快，到西头，二人站住看分明：果有一间草房屋，在路北，并无院墙门向东。俩承差，一齐看罢不怠慢，门外高声把话云，说道是："家中可有熟狗肉？我二人，前来照顾老仁兄。"狗肉王，闻听外面有人买肉，他在那，房中答应往外行。一边走着心中想，说"今日的买卖定兴隆。昨日我，套了一只狗，又肥又大价又轻。煮熟挑到句容县，手拿八准有六百铜！"狗肉王，思想之间到外面，一抬头，瞧见承差人二名。带笑开言来讲话，说道是："二位爷，要买几斤吩咐明。"大勇闻听先讲话："要你留神仔细听：闻名你的狗肉好，句容县中有大名。我二人，特意找到此，请问贵姓与尊名？知道字号好来买，做一个主顾你可愿情？"狗肉王，闻听心欢喜："二位爷，留神在上听：在下姓王此处住，专卖狗肉度平生。因为我煮得味道好，'狗肉王'三字是众人称。"王八越说越得意，承差闻听不消停。解开袖子就开锁，铁线一根手中擎，迈步临近只一抖，"哗啷啷"，套在王八的脖项中。狗肉王一见黄了脸，怪叫吆喝把话云，说道是："在下并无犯王法，无故锁我主何情？"陈大勇，闻听微微地冷笑：说"王八留神要你听：为人不做亏心事，半夜敲门心不惊。我们奉，刘大人的命令来拿你，为得是，因奸杀命的事一宗。还有那，杂粮店的赵子玉，刘大人，府衙立等问分明。你把我二人带了去，同到赵家粮店中。"陈大勇说罢前后话，王八闻听说"了不成！"

狗肉王闻听，吓了个惊疑不止，少不得一同两个承差，穿街越巷，径奔开粮食店的赵子玉家而来。

不多一时，来至粮店门首，可巧正遇见赵子玉在门前站立。王八用手一指，向承差开言说："那不是！那一个戴缨帽、穿青褂子，面朝前站着，就是赵子玉。"两个承差闻听，不敢怠慢，一同狗肉王来到跟前。杂粮店的门前，陈大勇指手开言，说："尊驾就是那一位开粮店的赵大爷吗？"赵子玉闻听，说："不敢，在下的就是。二位哪边来的？问我在下有何事故？"陈大勇见问，说："我们俩是江宁府刘大人打发来的，有个字帖儿你一看就明白了。"说话中间，打靴筒内把票夹子掏出来咧，将刘大人票递与赵子玉。赵子玉接过看了一遍，吓了个面目如金纸，唇似过靛叶，哑口无言。大勇他不由分说，把赵子玉也就锁上咧，拉着就走。赵子玉说："二位上差，既是刘大人的票，我敢不去吗？望乞二位：与在下的刑具，暂且留一个体面。赵某也不是那无义之人，定叫二位过得去。"陈大勇闻听，说："你就是有茶酒之资，想给我们的话，是不是？"赵子玉闻听，说："正是。"陈大勇说："你歇了心罢！你就是黄金万两，送了我们俩，叫我们营私，说句时兴的话你听听罢：老虎拉车——我们不敢（赶）。别说是叫我们卖法，昨日我这个王大兄弟，因为在城隍庙看守莲花庵的武姑子，他要抽袋烟吃，叫我们老大人打了二十五门闩，眼子八成到这会还肿着呢！我们老大人知道我还敢使钱，叫刘罗锅子知道了，怕又要眼子受惊了！"赵子玉闻听，无言可对。

赵子玉闻听无言对，默默无言似哑聋。两个承差不怠慢，拉定王赵人二名，一直径奔江宁府，顺着大道往前行。穿街越巷全不讲，来到江宁聚宝城。进了前门朝前走，迈步如梭快似风，登时来至辕门外，正遇大人把堂升。俩承差，一见往里走，来到当堂跪在尘。陈大勇开言来讲话：说"大人留神在上听：小的二人领下票，公义村，锁拿王赵人二名。堂前销差要回禀。"说话间，抖下铁索手中擎。刘大人，闻听一摆手，两个承差一旁行。清官爷，留神朝下看，打量王赵人二名。大人先瞧赵子玉：穿戴齐整买卖形。年纪不过五旬上，瞧他的面貌露着老成。刘大人，又把王八看，他与赵子玉就大不同。则见他：鸭子尾毡帽头上戴，一条褡包系腰中。身上穿，粗布夹袄毛蓝布，上边的油泥有半指零。土黄布的鸡腿袜，青布靸[①]鞋脚下蹬。年貌未必有四十岁，一脸的横肉相貌凶。重眉两道是母猪眼，有几根，狗蝇胡子是黄澄澄。两腮无肉是个雷公嘴，瞧长相，光景挺值个充发还算轻。刘大人，看罢多时会，座上开言叫一声："王八为何将人害？因奸不允就行凶！杀死何氏月素妇，如何又，把人头拿去主何情？偏遇见，糊涂虫的王知县，李文华，受刑不过认屈情。本府堂前从实讲，一字虚言狗命坑！"王八闻听将头叩："大人青天在上听：小的虽穷多守分，并不敢无故擅行凶。不知道，哪个杀了何氏女？大人硬叫我招承。望乞大人悬明镜，覆盆之下有冤情！"说罢不住将头叩，刘大人，座上冷笑两三声。开言就把"王八"叫，说道是："你的话语倒也通。未从欺压我本府，想想我，为官却与平素中。大料着，你不见亲丧不掉泪，料你不肯善招承。"吩咐左右把夹棍看，夹起这囚徒人一名。

刘大人吩咐："把这囚徒夹起来再问！""这。"众役答应，一齐上前，登时夹棍拿到，当堂一撂，这一声响震耳，狗肉王观瞧把魂都吓冒咧！自己思想说："闻名这刘罗锅子难缠，再者我杀人是真，既然打发差人将我拿来，岂肯善罢甘休？罢了，罢了，也是我的命该如此！何苦的叫他把腿夹折，还得招认，倒不如留下他妈的两条好腿，虽然作鬼，到阴司抢水喝，比他妈的别的鬼跑得快些。"狗肉王想罢，望上磕头，说："大人在上：不用夹我，我小的招了就是咧。"刘大人闻听，冷笑开言，说："哪怕你不招！"王八说："大人容禀……"狗肉王就将他卖肉回家，路过孙兴的门首，一时间求

---

① 靸（sǎ）——鞋帮纳得很密，前脸较深，上面缝着皮梁或三角形皮子的布鞋。

奸不允，才将何氏杀死的话，说了一遍。刘大人闻听，上面又问，说："人头你扔在何处？"王八见问，说："大人在上，小的也不敢撒谎。素日我和赵子玉不对，我就将何氏人头，扔在他的粮店后院，心想着移祸于他。大人要问人头的下落，这不是赵子玉吗？大人问他便知。"

刘大人闻听狗肉王之言，果然与李傻子的话相对。大人望下开言，说："赵子玉，你可听见王八的话了吗？"赵子玉见问，向上磕头，口尊："大人在上，休听王八之言，不知他人头扔在何处，诬赖小人。望大人的明镜高悬，与小人做主。"说罢，只是叩头。刘大人闻听赵子玉之言，说："你不必害怕。王八说将人头扔在你的后院之内，要是见了，只管说，与你无干。"赵子玉见问，说："大人在上：小的实在未见。"刘大人闻听赵子玉之言，说："与你好说，你也不肯实说。"吩咐左右："看夹棍过来，夹起再问！""这。"众人齐声答应。赵子玉闻听要动夹棍咧，吓得惊魂失色，说："大人在上：不必夹，小的实说了……"两边衙役一齐断喝，说："快说！"赵子玉又将宋义设计，埋人头这事说了一遍。刘大人闻听，又吩咐："将他二人收监。"又叫承差朱文，领票去拿宋义，明日午堂听审。刘大人这才退堂，回后而去，不必再表。一夜无话。

且说承差朱文，领了刘大人的票，出了衙门，回家吃过晚饭，不多一时，秉上灯烛，一夜无话。到了第二天早旦清晨，朱文起来，不敢怠慢，公义村拿宋义不表。

再说刘大人退了堂，回到内书房坐下。张禄摆上晚饭，大人用饭已毕，撤下家伙，天气已晚，秉上灯烛。

清官爷，回到书房内，用毕晚饭点上灯。一夜晚景不多叙，到了次日大天明。张禄儿，请起大人先净面，茶酒饭毕把衣更。刘大人，立刻升公位，判断民案与主尽忠。正然堂上把公事断，忽见那，承差朱文往里行。手中拉定人一个，来至堂前跪在地："小的朱文将票领，把宋义拿来到衙中。"说罢慌忙去了锁，刘大人，一摆手，朱文迈步一翻身，清官爷，上面开言叫："宋义留神要你听：为何你，瞧见人头不去报，私下掩埋主何情？本府堂前从实讲，一字虚言狗命坑！"宋义见问将头叩，说"大人在上细留神：私埋人是小人的错，并无杀人是真情。因为一时见识短，怕的是，人命官司打不清。"刘大人，闻听朝下问："宋义留神要你听：你把人头埋何处？带领差人去验明。"

大人又把王明叫："你同宋义走一程。把人头刨来当堂验，速去速来莫消停。"王明答应不怠慢，带定宋义往外行。刘大人，这才将堂退，众人散去也不必表，再讲王明与宋义，径奔公义村大路行。按下他们把人头起，再表清官叫刘墉。退堂回到书房内，张禄慌忙献茶羹。茶罢搁盏摆上饭，刘大人用完，张禄儿，撤去家伙点上灯。一夜晚景不多叙，次日清晨天大明。小内厮，请起大人将头叩，茶酒饭毕把衣更。刘大人，吩咐传出话去："立刻升堂办事情。"

第五十七回　骗人圣母妖言惑众

张禄闻听，不敢怠慢，出书房，到了大堂的门口站住，照刘大人言词，高声吩咐一遍。众人齐声答应。张禄进内回明大人，大人点头随即站起身来，往外而走。来至外边，张禄闪屏门，刘大人进暖阁，升公位坐下。众役喊堂已毕，两旁侍立。清官爷才要判断未结的案卷，忽见承差王明，带宋义往里而走，后边有两个人，抬着一副筐，紧紧的跟随，来至堂前，将筐眈搁在地下。王明不敢怠慢，来至堂口，跪在下面，说："大人在上：小的王明，奉大人之命，一同朱文到公义村去，起何氏的人头。不料人头的坑中，又起出一个死尸。看光景，脑袋上有伤，好像打死的。小的不敢自专，与本地地方要了两个民夫，用筐担抬来，现在堂下。回大人定夺。"刘大人闻听王明之言，说："真真的奇怪咧！人头刚有下落，怎么又有个死尸呢？真正怪异！"刘大人想罢，慌忙站起，出了公位，下来到筐担的跟前站住，举目一瞧，只见筐中那死尸还是幼童，瞧光景，不过十三四岁。死尸的旁边，搁着个人头，仔细一看，鬓发蓬松，倒是个妇人之头。刘大人看罢，复归公位坐下，说："宋义，为何人头坑中，又多了个死尸来咧？莫非是你这奴才，图财害命？在本府的堂前，从实招来！但有虚言，管叫你难逃公道！"宋义见问，向上磕头，说："大人在上，小的也不敢撒谎。"他就把早起埋死人头，王保看见，怕他声张告诉别人，用铁镢打死的话，说了一遍。刘大人闻听，不由心中好恼。

刘大人，闻听微微笑："胆大的囚徒了不成！移下死尸就有罪，何况你，害命又行凶！非是我本府要你的命，皇王国法不容情。"刘大人，说罢一扭项："王明留神要你听：速速快到监中去，把李文华、狗肉王，提到当堂好辨明。"王明答应不怠慢，迈步翻身往外行。大人上面又吩咐："快传孙兴进衙中！"又差人，公义村，捉拿事头宗婆子，好完人命案一宗。不多一时齐带到，一齐跪在地流平。刘大人，上面开言叫："李文华，留神要你听：本府与你明冤枉，残生脱过刀下坑。都因为，句容县知县缺才智，屈打成招定口供。虽然你无杀何氏，祸因你起是真情。你要不，差遣宗婆行诡计，何氏怎能丧残生？

虽然死罪逃过去，活罪难容法不容。”吩咐左右“拉下去！四十大板莫消停！”只听两边人答应，上来了承差好几名。不容分说拉下去，四十大板，皮开肉绽淌鲜红。打完放起当堂跪，刘大人，开言把话明：“自今以后须改过，切不可，倚仗财势乱胡行。再有一遭到我手，管叫你，血染钢锋项冒红！”刘大人吩咐“回家去。”李文华，千恩万谢往外行。按下此事不用讲，再表清官叫刘墉。眼望堂前高声叫：“承差留神你们听：快把拶指速取到。”手下答应往前行。

众青衣登时将拶指取到，放在堂上。刘大人这才开言，说：“宗氏，”宗婆子闻听，向上磕头，说：“小妇人伺候大人。”刘大人说：“你偌大年纪，还不知事务！助恶行奸，以至闹出人命。”刘大人越说越恼，吩咐左右：“宗婆子打他二十个嘴巴！”拶了一拶子，这才放出衙门以外。宗婆子回家不表。

刘大人这才提笔判断：“狗肉王因奸不允，杀害何氏妇人之命，又移祸于人，按律立斩；赵子玉见人头，私下掩埋不报，以至于宋义又害人命，按律充发；宋义图财移尸，又害人命，律应立斩，决不宽贷！”刚然将王保的父亲传来领尸，又叫孙兴把何氏的人头拿去，一同尸首埋葬。孙兴叩头谢恩，出衙而去，不必再表。

刘大人又把句容县知县王守成调来，当堂训教。清官爷将李文华受屈、狗肉王行凶，前前后后说了一遍。王守成只是磕头，说：“卑职无才，望大人宽恕。”刘大人说：“以后要小心办事，这一次将你恕过，再这有一遭，定叫你难逃公道。回你的衙门去罢！”王知县闻听，回衙不表。

再说刘大人这才退堂，回到内书房坐下。张禄献茶，随后摆饭。刘大人用完，张禄撤去家伙。天已将晚，秉上灯烛，一夜晚景不提。到了第二天早旦清晨，张禄儿请起大人净面更衣。刘大人吩咐张禄儿传出话去：“预备轿，今日拜庙烧香。”张禄儿答应，迈步出房，来至堂口站住，高声吩咐一遍，进内回话。刘公点头，站起身来往外而走。来至外面，张禄闪屏门，刘大人出暖阁，来至堂口站住。众衙役一见，不敢怠慢，忙忙搭过四人轿，去了扶手，刘大人上轿，轿夫上肩，衙役尾随，出了衙外。

这清官，坐上四人大轿，衙役吆喝喊道声。上打一把红罗伞，下罩清官叫刘墉。大轿人抬正往前走，忽见那，“冤枉冤哉”不住声。刘大人吩咐将轿住，轿夫答应把步停。大轿抬至平川地，刘大人，轿内开言把话云："快把那，喊冤之人速带过，本府当面问分明。"承差闻听不怠慢，登时间，带过二人跪流平。刘大人轿中朝下看，打量二人貌与容：一个年有五十外，一个在四十还有零，面貌不像行凶事，不知他，二人为着何事情？大人看罢开言问："你两个，姓甚名谁快讲明。有什么事情从实讲，但有虚言我定不容！"二人见问将头叩，说"大人在上请听明：小人姓李叫李五，专卖瓦盆作经营，一辆小车装货物，指着这，些小的买卖度平生。他本姓赵叫赵义，把我的，车子碰倒地流平，一车子瓦盆全摔碎，小人货物一切扔！缺少本钱难去买，我家年残活不成。小的叫他来赔补，他倒动怒不相容。因此我二人分争理，不料那大人轿到此行。小人冲撞该万死，望大人，贵手高抬容一容。"说罢只是将头叩，刘大人轿内开言把话云。

刘大人闻听卖盆的李五之言，在轿中说："赵义，你为何将李五的车子碰倒？把他的盆打碎，你倒不依，是何缘故？快些实说！"赵义见问，叩头在地，说："大人在上，小的非是故意的将他的车子碰倒，有一个缘故在内，小人今早挑了一担子干柴草，要到市上卖几百钱，好买升米度日。小的打西往东走，卖盆的李五推着车子打东往西走。我们俩当时行至一处，忽然间刮了一阵大风，把小的柴担子往外一碰，偏偏碰在他的小车子的上头，把他的车子就碰倒咧，他的瓦盆全都打碎。李五一见，叫小人赔他。回大人：小的家中有八十二岁母亲，指着小人的卖草，剩几百钱养我妈。大人想：小人这干草，是三百钱的本钱，就让全赔了他，也不够。再者，小人要把这三百钱本赔了他，小人拿什么买草？小人的老母，不饿死了吗？"说罢，泪流满面，只是磕头。

刘大人轿中闻听他二人之言，腹中暗想，说："我只当是恶棍刁匪，原来是贫苦的良民。这件事，虽然说不大，倒教本府为难。说是教赵义赔李五的盆本钱，赵义又赔不起；说是不教赵义赔罢，于理不合。"刘大人按天星下界，腹隐珠玑，胸藏锦绣，才高志广，乃是咱大清的能臣。句容这点小事要了不开，焉能还事圣主、治国安邦？这大人在轿内开言，说："就吩咐承差，将他二人带进衙内审问。""这。"青衣们答应，登时将二人带起，复又吩咐起轿，轿夫答应，不敢怠慢。

刘大人吩咐一句话，轿夫闻听不敢停。慌忙上肩齐迈步，顺着大路往西行。大轿刚到南门口，只听见庙中钟响不绝声，仔细观瞧在庙门口，又见一群百姓闹哄哄。刘大人，看罢不解其中故，眼望着，跟轿的衙役把话云：说“这些百姓因何故？一个个，围住庙门有什么情?”衙役见问开言道：“大人不知此乡风，这乃是：金花圣母与人治病，设下道场请神灵。因此庙中才钟响，众军民，许愿烧香秉前程。故此男女无其数，一个个，求告圣母在庙中。”刘大人，闻听衙役前后话，太守心中已经明：想来就是洪阳教，民间妇，装神弄鬼哄愚民。借此诓骗资财物，妖言惑众了不成。这其中，弄出多少奇怪的事，明显恶习与刁风。当街上，男女不分无道理，这般怪异不能容。我今日，既在此处为知府，必须要，地方清净正民风。刘大人，拈香已毕回衙内，寻思定下计牢笼。说道是：“必须如此这般样，管叫你神仙也不灵！”刘大人复又沉吟想：北京城内也有此情。曾见过，九门提督出告示，其名“瞧香”，就是这一宗。又叫堂子将人哄，口内说：男女不分，妖言惑众。出些个蹊跷怪事情。刘大人想罢不怠慢，回过头，眼望张禄把话云：“快把那捕快传几个，本府立等有事情！”

第五十八回　金寡妇弄神贪供品

张禄闻听，不敢怠慢，翻身往外而走。不多一时，把承差传进几名。刘大人悄悄吩咐了几句话，说："如此这般，这般如此。"承差答应，出衙去行事不提。

且说金陵城内，南大街前边，有一条小胡同，唤作翠花巷。这巷内有一个寡妇，年有三十七八余岁，长了个妖里妖刁的，专意装扮神鬼，家中供着无数的胎相、木相、神仙，设摆着炉瓶、供器、海灯，设摆鲜花、桌围、宝盖、幢幡①、木鱼、铜磬、经卷、法器……无所不有。结下了一起道婆子，共有四五个。又度了街坊家两个七八岁的幼女做了徒弟：一个叫明月，一个叫清风。这个寡妇，本来姓金，自己又起了个名儿，称为洪阳的"金花圣母娘娘"。打扮得奇奇怪怪的，终日里高香明灯，故意地问心打坐，闭目合睛，哄那些愚民都来烧香许愿，问病求签，不住地送些银钱来。不是说去家中宣候念仙，就是说到十字街前下神献圣，轰动了金陵的百姓。

好一个妖人金寡妇，兴开邪教哄愚民。诸般事情人求筹，先要上供秉虔心。不是来送柴和米，定然是银钱送上门。明灯蜡烛仙会办，终日里，烧香的男女打成群。金寡妇，珠冠霞帔来打扮，自称是，"金花圣母"救灾殃。两名童儿左右分，混充是，清风明月候节尊。妖言惑众将人教，自称是娘娘降世尘。还有些助恶的道婆，一个个，乱嚷"菩萨救人来"。每日间，翠花巷中人如蚁，许愿烧香糊涂民。白日里，咯喳豆腐吃素菜，到晚来，鸡鸭鱼肉饱里餐。不是菩萨碍着脸，个个还要半开门。书中按下金寡妇，再表公差两个人。他们俩，迈步朝前走，越巷穿街快似风。王明走着开言叫，"陈大哥"连连尊又称："依我瞧，这个刘知府，长相平常，他的学问深。上司大人全不怕，志广才高压万人。假扮先生拿过徐五，还有那渗金头江二；他也曾，上元县北关把人命断，他也曾，改扮云游老道人，私访白氏，断出店家李老民；他也曾，假装城隍把姑子哄，得了口供，回明巡抚高大人。就只

① 幢（chuáng）幡——刻着佛号或经咒的窄长旗子。

是，我的委屈无处诉，险些儿，门闩插进我的后门。今日又把咱俩派，仔细之中要小心。”陈大勇回答说“正是，官要清来役要勤。”他二人，说话之间抬头看，翠花巷不远在目下存。

他二人说话之间，一抬头，来至翠花巷内，到了金寡妇的门首。刘大人嘱咐的话语，只得遵依，照样而行。二人也不用叩门，此处乃是烧香的神堂，和庙宇一样，所以他二人剪直①的就进去咧。

这一天也清静，就只有几个道婆子在仙堂正坐，见两个承差进了房中，故意的向着神座拜仙参神。众道婆当是他们也是前来烧香还愿的，一齐起身，连忙让座。

他两个承差将仙拜，抬头举目细观瞧：只见那，满堂仙像无其数，幢幡宝盖半空飘。还有那，两个童女分左右，正中间，金花圣母坐位宁。穿着那，珠冠霞帔捏酸款，倒像菩萨下凡尘。俩承差，故意又把娘娘拜，说道是：“我俩前来把圣母朝。还有一宗要紧事，奉请娘娘去把病瞧。但愿慈悲走一程，病好时，悬灯献供献花袍。”众道婆，听言尚未来讲话，只见那，圣母留神往下瞧：下面跪着人两个，身穿青褂与青袍。全都是，一顶缨帽头上戴，薄底快靴脚下蹬。闻听请他去看病，又听说，病好献供献花红。金寡妇，上面故意一睁眼，二目慢慢的瞟一瞟。看罢多时不怠慢，拿捏着假嗓子，把话学，说道是：“二位善人来请我，不知是何处把病瞧？”承差闻听尊“圣母”，说道是“我们的老官，偶然得的病，他的月令不高，因此上，特叫我们两个，到此烧香把圣母朝。”金寡妇闻听说“容易，你二位明日雇一顶轿子来吧，我去走一遭。”俩承差闻听说“就是如此，明日前来把圣母朝。”

俩承差辞了金寡妇，出了他的仙堂，一路无词，来到府衙。进内书房，就将此事回明大人。大人点头，复又吩咐说：“你们俩如此这般，这般如此……”二人答应，各去遵依而行，这且不提。

且说刘大人在内书房用过晚饭，天色就黑咧。张禄秉上灯烛，一夜晚景不提。到了第二天早旦清晨，张禄请起大人，净面吃茶，不必细表。

再说陈大勇、王明，到了第二天，果然雇了一顶轿，就来到金寡妇的神堂。俩承差参拜，说：“弟子二人遵依圣母之命，今日来了一顶轿，现在堂

① 剪直——指没有绕弯，直接。

外伺候。望娘娘的圣驾早去。”金寡妇闻听俩承差之言，信以为实，竟意地捏着酸款下了神座，上了轿子，放下轿帘，坐在里面，是洋洋得意。两个女童在轿子的左右帮扶，还有那老道妈子，在轿后跟随。又令人挑着神鼓、经卷、仙像等类，不多一时，来至府衙的后门。先把神鼓、仙像、经卷都在书房里面放下，然后摆下高桌，摆上了木鱼、铜磬、经卷、神鼓，预备着娘娘下神。一群道婆子，摇摇摆摆，坐在房内不表。

且说这金花娘娘下了轿，两个女童儿跟随，早有家人张禄昨日的圈套，将金寡妇引至上房。且说大人坐在床上，合着眼睛，一声也不言语。

列公须要记着这时节目，已经表过，这刘大人上任并无带家眷，就只是家人张禄跟随。书里表明。

且说金寡妇与众道婆子，从衙门的后门而进，哪知道是江宁府刘罗锅子的衙门？金寡妇见刘大人坐在床上，他就开言说话，说：“奶奶们在何处？”张禄随即答话：“我们家的奶奶、太太，被人家请去赴席去咧，一会就来。且请前边用茶，香灯俱已预备下咧。众位道奶奶，且去书房等候。”

不言张禄说话，且说刘大人，忽然将眼睁开，观看金花娘娘是如何的打扮。

这清官，床上举目留神看，打量着，金花圣母俏容形。故装有病假欠身，床上仔细留神看，但则见，这位娘娘怎么形。仔细看，珠冠霞帔不非凡。年纪不过四十岁，重眉撒眼站身形。自称说：“请我下神看治病，少时间，菩萨定然对我云。病轻病重无妨碍，我自有仙法保平安。”说罢转身往外走，扭扭捏捏混装憨。一步一步朝外走，来至书房，端然坐在正居中。张禄开言说讲话：“圣母在上请听言：我家爷病体十分重，望娘娘，大发慈悲见可怜。”金花圣母，闻听张禄前后话，拿捏着巧腔就开言，说道是：“你不必着急怕，等我观香，看他其中就里原。问一问菩萨，是何病症，便晓得他的寿缘。”复又开言把张禄问：“你是他家什么人？对我言。”张禄回答，说“圣母问我？我是他家长子，那是我的主恩公。”金花圣母闻听，他又讲话，说道是：“快些去，快些去，别迟挨，置买供献莫消停。”张禄说：“不知圣母要何物？”金寡妇说“用的多着呢！等我从头对你言。”

金花圣母闻听张禄之言，说：“管家，虽然你是他家的家长子，诸事只得和你说。”张禄说：“自然。圣母把所用的东西，吩咐明白，我好去置办。”金寡妇闻听这个话，不由得心中欢喜：“今日可遇着了昴家儿！我还肯轻放了他吗？多多的想他几个钱，拿到我家中，且吃且喝。”金寡妇想罢，眼望着张禄，说：“家人，听我把所用的东西，先告诉于你。”

金寡妇，洋洋得意开言道，未曾说话，那一宗光景最恼人，下神不过是二五眼，诓点子吃食与银钱。他又说：“快买供献休怠慢，我才好，点灯焚香先请神。别的东西全不要，要的是：四样素来四样荤，素的要给娘娘用；荤的是，预备先锋白马神。荤的要：公鸡鲤鱼猪羊狗；素的要：木耳蘑菇与面筋。另外要：二百馒首请上供，十两的，一锭金来一锭银。等着我，敲起神鼓来求告，叫菩萨，保佑消灾病离身。这个东西一样要不到，惹恼了，白马先锋要命根。还叫他，立刻病上就添病，要想活着万不能！还要本人将香跪，我也好，打起鼓来先跳神。”金寡妇，作梦也不知是知府，他把那，四品的黄堂当庶民。混要东西来想量，这张禄，有语开言把话云。

张禄听见金寡妇要东西，明知是起发，不觉得暗自骂道：“好一个没脸的养汉老婆！若论这些东西、金银，都也不难。但只一件事：你要起发可不能。又不好问他，再说没有，只得且和他撒一个寸金谎，要一要这个老洪阳道的！”张禄想罢，故意地叫一声：“娘娘，这些个东西，实在的无有钱买。此时病人要吃糖水，还无有钱去办呢，哪有十两的一锭金银？菩萨若要降灾，也只好听命由天罢了。就是病人跪香，病人也不能起来行走，也只好我替他跪着还使得。”张禄支吾了一路苦穷①。

这金花圣母同众道婆子闻听这个话，好像斑鸠跌弹——一齐才咕嘟嘴了。这时候，又不能散去，这可怎么样难处呢！正在为难，只见一老道婆子走上前来，到金寡妇的跟前站住，未曾说话，先把两个母猪眼一挤咕，说道：“娘娘既来之，则安之。现时他虽然穷苦，也罢，叫他家拿出一千钱来罢，吩咐在左右一串，权当供献。管家替跪着，也是求娘娘大发慈悲，好救你的主人的性命。”

金寡妇，咬破舌尖自想帐，众道婆，活该倒运有饥荒。张禄取了钱一吊，说道是：“此钱还是当的衣裳。我的主人走不动，叫我前来替跪香。”道婆子，连忙点香又点蜡，打起了，太平神鼓站两旁。不说

① 苦穷——即哭穷，口头上向人叫苦装穷。

众人来弄鬼，单表金花圣母娘。摘下珠冠脱霞帔，麻裙高系代灵堂。手内也拿鼓一面，又听他，口里哼哼还闹巧腔。坐下起来起来又坐下，好像一只大绵羊。满屋里，跳来跳去又交拜，亚赛牛犊拜四方。张禄跪着是好笑，时间再表金花娘。闭眉合眼捏酸款，手中鼓，打了一个响当当。一连闹够三四阵，他又装势又拿糖。装的妖调来惑众，说道是"神将下坛场"。口中有语来问话："病人他可有公郎？"张禄回言说："没有儿子"，神人又说："一共病了几个月？又不许愿又不烧香？一毛不拔求病好，这是白说不了场。"金寡妇说罢这些话，这不就，笑坏张禄在下端详。

第五十九回　洪阳教妖妇现原形

话说金花娘娘说道："吾神难以保安康。"张禄又说道："实无力量上供，我的菩萨。"神人又开言说道：

"若要是，好了上供不上供，再告艰难命要伤。再把大钱拿一吊，吾神替你免灾殃。"

张禄又说道："娘娘，这一吊钱还是当了来的呢！多要一个，实在的也没有咧。等好了，再上供罢。"神人又说话咧：

"忙时就来抱佛腿，闲时再不肯烧香。既然你说无钱钞，吾神何必恋坛场？"一边说话鼓乱响，再听我几句好文章。张禄听罢前后话，暗詈道："特会装猾！"

张禄儿与金寡妇左说右对，穷磨了半日。道婆吗，估量着挤不出油来，腹中暗自说："何不在他们家说些个丧话，一解我胸中之恨，大家好散！"金寡妇想罢，主意已定，说："听吾神念一套劝善歌儿罢。"复又打起神鼓，只听他口中念道……

金寡妇，口中只把歌儿念，太平鼓打响连声。念的是："一请东方甲乙木，二请南方火丙丁，三请中央戊己土，四请庚辛秉虔诚，五请北方壬癸水，六请家堂众祖宗。烧上高香把灯点，你们都，细听吾神讲分明。人吃了，五谷杂粮要生病，我的言词要你们听：遇见了，打架拌嘴加言语，新锅底子补窟窿。天上下雨满地水，瞎子原来无眼睛。父母要是生灾病，不用吃药花费铜，只须断他七八天饭，管保叫他活不成。地下有水多泥泞，滑倒就栽倒栽葱。人家柴草点上火，包管大亮似明灯。许下长斋吃到老，天天晚上动荤腥。十冬腊月喝凉水，临死埋在灶火坑。见人家孩子井边立，推将下去一溜风。人家力大你就跑，多多吃酒要行凶。这些阴功全要有，时时刻刻要遵行。若是依从吾神教，年年养个愣头青。无有供奉休问病，神佛无力也难应。吩咐住鼓灯吹灭，留神就要转天庭。"金寡妇，说罢坐在金交椅，从外边，来了青衣人数名。手拿索子齐说话，把一个，业老道的快快行。哗啷啷，铁索套在脖子上，吓得那，道婆子个个把魂惊。细看都是公门客，不由得，顶梁骨上走魂灵。承差说："不用发呆跟着走，府台爷，前厅立等问口供。"

承差们一句话，把众道婆提醒了，一个个这才明白，说道是："不好咧，原来是官府衙门中差人！"不由得半晌开言。众青衣齐声断喝，说："业老道的们，别望你众位太爷们装腔咧！总让你们装神弄鬼，也是白不中用，乖乖地跟着我们走罢！"金寡妇说："众位那个衙门差来的？"承差说："你们还发昏呢！这是江宁府刘大人衙门！"众三班捕快说罢，将众道婆和金花圣母，一齐拉到堂前，暂且不提。

且说刘大人假装有病，坐在床上，看见张禄领进金花娘娘。刘大人一声也不言语，用目一观，心中且已明白，吩咐张禄将他引进书房。金寡妇看见刘大人坐在床上，只当是个病人，所以装腔作势，恶想发几两银子的财，骗些口吃，哪知道分文无有。做梦也不知是刘大人衙门！为什么他们都不知道？这是什么缘故呢？皆因他们是邪门，是邪的，哪里能够明白？

再说刘大人，打发道婆子们在书房中打着神鼓下神，刘大人暗詈："妖妇刁民败坏风俗，令人可恼！"说着起身下床，悄悄地来至书房门外，偷眼往书房看了一遍，一个个装腔作势，又听得那下神的金花娘娘，打着神鼓同声乱响，还带着嘴里乱胡说。刘大人观看这个光景，又是笑又是恼，连忙到当堂归公位坐下，两旁边衙役半已伺候。刘大人打发承差，到书房将他们锁上带至大堂，一面令人将到翠花巷金寡妇的家中，把那些神胎圣像，尽行搬运，交付各处庙宇供奉，这也不必细表。

且说众道婆子，来至大堂，众青衣一齐喊堂，吓得一个个浑身打战，朝上跪倒。刘大人座上开言讲话。

清官座上冲冲怒，往下开言把话云：说"你们这伙谁为领袖？哪一个，身为圣母降神坛？"金寡妇开言把"老爷"叫："小妇人，不过救人灾难结善缘，求神立愿烧香火，保佑家口人人安。供神像，无非使人瞧见敬，望空的，唯恐众人心不虔。小妇人，又是寡妇多洁净，因此上，金炉不敢断香烟。总有些，男妇上供来还愿，不过是，随心祭祀在神前。'金花圣母'是佛号，却与小妇不相干。老爷裁夺情和理，这都是，实在情由不敢瞒。"刘大人，闻听不住微冷笑，说道"妖妇嘴巧太无端！烧香还愿我不表，求灾求病理当然。你家并非庵与寺，供了些泥胎主何缘？寡居妇女不算老，乱哄哄，男女不分理太偏。更不该,装神弄鬼将人哄,结党立教号'白莲'。下神打鼓装嘴脸,实在的下作特不堪!哄的那,劣民围绕如蜂蚁,分明是,伤风败化弄谣言!"刘大人说罢无明动,恶狠狠,连拍惊堂把眼瞪圆。

刘大人在座上越说越恼,无名火起,把惊堂一拍,吩咐:"人来!把这妖妇拉将下去,先打他二十板子!"青衣齐声答应,一拥上来,四五个人,把金寡妇拉将下去。用掌扇把官府挡住,这才按倒金寡妇,将他的绿布裤子拉下来,露出那漆黑的屁蛋子。青衣举起毛竹板子,打了二十下子,只打得"爹"一声,"娘"一声,浪叫不止,还闹了个尿屎直冒。大堂上这股子味道,再没有那么难闻咧!

众位明公细听缘故:外官打妇女,要是打良人家的妇女,倒要褪去裤子打;要是打婊子,倒是穿着裤子打。总要用扇挡住官府的脸,不叫看见。打完之时,那一根毛竹板可不要咧,又换新的。这是外省的规矩。此理明言,书归正传。

把金寡妇打完放起,又把那个道婆子按倒,并无偏理,每人二十大板。刘大人这才吩咐:"将这一起妖人掐监!"下边答应,登时把他们送入监中。刘大人一面做文书详报抚院,一面写了告示,禁止邪教。众位细听:这禁止邪教告示上写着:"江宁府正堂加一级纪录五次刘为晓谕事。照得金陵一郡,物阜民安,白叟黄童,尽知礼义,真称鱼米之乡,诗礼之地。今有无知妖妇,陡起教名,称'金花圣母',装神弄鬼,惑乱人心,致使街巷不宁。若不禁止,早除伏恶,恐其贻害小民非浅。为此,通行晓谕民人等知悉:各安生理,特示。"后有年月日时,实贴街前。

刘大人判断已毕,这才吩咐把拦轿喊冤那二人带上来,这才下边答应。登时,将卖瓦盆的李五和卖干草的赵义带至当堂跪下。刘大人复又问了一遍,二人的言词照前。清官爷闻听,不由心下为难。

这清官,闻听他二人的话,不由心中倒为难:欲待叫赵义赔李五,怎奈他俩受贫寒。况且是,一担干草钱三百,养活他的母老年。要叫他赔了李五去,赵义无本怎生吃穿?有心不叫赔李五,卖盆说的更可怜。这件事情倒费手,叫本府,怎样判断在堂前?我有心拿出钱两吊,又怕是,无知愚民作笑谈。刘大人为难时多会,忽然一计上眉尖。说道是:"必须如此这般样,管叫他二人都喜欢。"清官爷想罢不怠慢,满面春风把话言。说道是:"你二人不必来分理,听我公断并不偏。"叫赵义:"烧锅里去快打酒,四两一壶要老干。回来与李五赔个礼,彼此相和两下安。”赵义闻听不怠慢,慌忙站起把身翻。下了月台往外走,出了衙门举目观:有一座烧锅在路北,酒幌高挑半空悬。赵义瞧罢不怠慢,登时之间到跟前。到柜上,打了四两干烧酒,他径奔衙门跑又窜。依旧又把衙门进,至大堂跪在地平川。说“大人在上酒来到”,清官座上便开言:说“赵义你打了多少酒?本府给你好会钱。”赵义闻听说“四两,大人台前不敢瞒。”刘大人闻听又讲话:说“赵义留神你听言。”

第六十回　豪门赵通欺民强霸

刘大人说："赵义，""有，小的伺候大人。"清官说："虽然是本府替你会钱，你说是四两酒，本府可不信。我知道你打多少？本府要当面卮①一卮。"赵义闻听刘大人这个话，向上叩头，说："大人要不信，只管请卮。小人肚中无病，不怕冷年糕。"刘大人扭项回头，说："张禄，""有，小的在。"大人说："快取一杆秤来。"张禄翻身而去。不多时，则见他手里拿着一杆秤，来到堂前，一旁跪下，回说："小的将秤取到。"刘大人说："你就把那酒卮一卮，够四两不够。"张禄答应，站起身来，打赵义手中将壶接过来，用秤卮了一卮，倒在碗中，又把那个空壶卮了卮，张禄这才往上开言，说："回大人：这酒不够四两，只三两四钱。"刘大人闻听张禄之言，微微冷笑，说："赵义，我说不够，果然就不够。为什么你打三两四钱酒，告诉本府四两？当面撒谎，就欠打你十板！"赵义闻听刘大人之言，说："大人容禀。"

只见赵义将头叩，说"大人在上请听云：小的就，吃了熊心共豹胆，也不敢欺心哄大人。壶中本是四两酒，若不信，打发人烧锅问假真。"大人闻听把王明叫："你快去，速传烧锅掌柜人。本府立等在堂前，叫他快来进衙门。"王明答应不敢怠慢，慌忙迈步就翻身。去不多时来得快，带到烧锅掌柜人。老西一见忙跪倒，王明交差一边存。大人座上开言问："姓甚名谁何处人？"老西见问将头叩，说"大人在上请听真：小人姓张叫张必，本是山西太原民。"清官爷上面开言叫："张必留神听我云：既然抛家做买卖，就该天理要良心。世上黄金虽然贵，分明必须要应人。方才赵义去打酒，价钱并不短分文。你为何，三两多酒算四两，买卖之中使欺心？本府当堂从实讲，但有虚言打断筋！你要不信当堂卮，酒秤现在此处存。"老西闻听将头叩，"大人"连连尊又尊："皆因小人一时错，分两②不足果是真。"刘大人闻听微微笑，往下开言把话云。

---

① 卮(zhī)——古代盛酒的器皿。此处活用做动词，秤秤酒的重量。

② 分两——分量。

刘大人冷笑开言，说："张必，""有，小的伺候。"刘大人说："你既认错，你是愿打，愿罚？"老西见问，向上磕头，说："大人，愿打怎么讲？愿罚怎么讲？求大人吩咐明白，小的好遵命而行。"刘大人闻听张老西之言，在座上讲话，说："愿打，打你四十板，十字路口枷号一月，解枷还打四十；你要是罚，罚你十两纹银济贫。罚打俱已讲明，不知你愿罚愿打？快说！"老西说："大人在上，小的愿罚十两银子罢，不愿受刑。"刘大人说："既然如此，快些将银子堂上交兑。"张必闻听，说："回大人：小的身边并无带着银两，容小的回铺子取去。"刘大人说："既然如此，快去取来。""是。"张必答应，慌忙站起，翻身下堂，出衙而去。

不多时，则见他手中拿着一包银子，往里而走。来至堂上跪倒，说："回大人：小的将银子取到。"刘大人闻听，吩咐书办接过来，用戥子①称了称，足够十两。

这清官，座上开言叫"张必，要你留神仔细听：从今买卖要正道，不可欺心行不公。"张必闻听答应"是。大人言词圣训同。"清官说"你回铺去"，张老西叩头往外行。按下张必出衙去，再把刘爷明一明：座上开言叫"李五，要你留神仔细听：赵义误把你的盆子碰，瓦盆打碎地流平。你的本钱全折尽，心中着急也是真。赵义贫穷又赔不起，你们俩，才告到我的衙中。我本府看你二人多本分，因此今朝这般行。现有那罚的银十两，你二人分开做经营。奉公守法行正道，不可吃酒去行凶。"二人闻听将头点，说"大人天恩海样深。小的二人无可报，愿大人，位列三台往上升。不但是，小的二人得活命，我们举家都感恩。"二人当堂分了银两，他们俩，千恩万谢往外行。刘大人这才将堂退，到书房，张禄慌忙献茶羹。不言大人书房内，另表书中一段情。

不表刘大人在书房闲坐，且说的是江宁府西北，离城四十里，有个沙河驿，这府中有个恶棍，姓赵名通，外号叫"雁过拔毛"。这小子生得身高八尺，膀乍腰粗，家中十分豪富。赵通又捐了个候选州同，他哥哥做过山西布政司，挣的是家成业就。赵通这小子，倚仗势力，横行霸道，无所不干。更有一宗令人可恼：生性好色，见了人家的妇女，有几分姿色，就像苍

---

①　戥（děng）子——一种小形的秤。

蝇见血的一般。就是姿色平常的，也要看一番，这才放的过去。要标致风流女子打他的眼前过，千方百计也不肯轻放。或是设下圈套，或是硬抢生夺，务必要图谋到手，娶以为妾。除了他的原配王氏不算，还有八房侍妾。这其中，有六个是家人的妇女，硬霸为妾，那两个俱是重利拆算的有夫之妇。另外还有两个，一个是诓了来的寡妇，一个是抢了来的女子。众公听到后面，这些人的出处下落，自然明白。

赵通好色伤天理，衣冠禽兽一般同。家有良田千万顷，楼台厅堂数不清。仆妇丫环无其数，家奴院子几十名。米积陈仓用不尽，猪羊牛马闹哄哄。库内的，金银珠宝和钱钞，绫锦纱罗满箱盛。真乃是：一呼百诺人人敬，他要西来不敢东。这样的，铜斗家私还不够，他还要心心念念把人坑。见了人家肥地土，昼夜谋想存在心。瞧见人家房和产，一定要，诓哄讹诈到手中。只要自己心快乐，不管人家死共生。害得人，倾家败产离乡井，万恶滔天了不成。正人君子不亲近，尽交狗党与狐朋。有几个，走跳官司包词讼；有几个，专会讹诈算良民。书中表过众恶棍，再把那，万恶家奴明一明。俱各生成身高大，拳脚精通大有能。时常眠花抢妇女，横行霸道了不成。似虎如狼一般样，世人见了躲着行。莫非军民都害怕？就是督抚也闻名！四个家奴全有号，提将起来令人惊：一个叫，“杉篙尖子”名王虎，“净街王三”在年轻，张五名叫“仙鹤腿”，吴八外号“独眼龙”。赵通家人全表过，再把他的房屋明一明：三间大门安稳兽，马台石，一块西来一块东。垂花门楼磨砖砌，转过游廊是大厅。后面虎座门内穿过去，层层盖造果然精。暖阁凉亭好几处，预备迎亲宴宾朋。看家更接分四角，夜晚还有人打更。响墙外边紧马道，还有那，一座高楼接碧空。玲珑窗户分四面，画阁雕梁绿配红。闲表赵通楼上坐，观看南北与西东。手拿一个千里眼，专看那，街头过往女俊英。若要是，看见哪个容貌好，他就硬抢到家中。还有幽房与暗室，修造的，门户相连处处通。夹墙重壁有夹道，里外勾连认不清。处处暗藏地窨子，小道相通尽可行。住宅花园连一处，画图天宫一样同。这一天，正是三月十五日，恶棍原来此日生，一家大小齐忙乱，来了些亲族众宾朋。

第六十一回　衣冠兽强抢亲甥女

这一日正是三月十五日，乃是赵通的生日。厨房中安排酒宴，大厅上扮演大戏。亲戚朋友与那些混星走狗，全来庆寿。轿马盈门，鼓乐喧天，好生热闹！赵通在大厅上相陪男客，王氏在后边款待女眷。家童小子仆妇丫环来来往往，就似穿梭一般。早席已完，戏唱的是全本《寿荣华》。锣鼓一住，堂客起席更衣，官客往后边书房闲坐吃茶。王氏带着二八侍妾，陪着诸亲的女眷在后花园内散步闲游，看那三春花柳。

王氏带领众侍妾，接着那，女眷花园散步行。一个个说说笑笑穿芳径，步摇环环响丁咚。此时正逢三月半，百花频放笑春风。真乃是：天开图画春光好，良辰美景乐无穷。书中按下众女眷，再把那，万恶的囚徒明一明。前边撂下众官客，这个贼，蹑足潜踪往后行。一直不上别处去，暗暗地，溜进花园夹壁中。偷观顺着那玲珑，诸亲六眷美芳容。但则见：满园都是多娇女，各自风流大不同。这一个，青衫绿袄红裙衬，举止端庄不轻狂。那一个，绿柳阴中摇春扇，手扶花枝长笑容。一个个，虽有百美千娇体，看起来，俱是寻常一数同。这个贼，复望碧桃花下看，瞧见了，绝色超群女俊英：上穿松绿绯，罗裙八幅系腰中。尖尖玉指擎湘扇，犹如春笋粉妆成。裙边微露金莲小，一点风逗三寸红。腰肢好似风前柳，轻盈体态动人情。两道蛾眉如新月，一双俊眼似明星。糯米银牙含碎玉，樱桃小口一拧拧。芙蓉粉面吹弹破，鼻如悬胆一样同。乌云挽就苏州髻，真是闺中女俊英！恶贼越看心越爱，不由似醉出哑声。赵通正在着魔处，只见那，多娇女子转身形。燕语娇音尊声“母，这一枝碧桃开得精！”有一个，半老佳人忙答应，上前来，用手掐来掌上擎。恶贼留神观仔细，腹内吃惊说“了不成！”

赵通看罢，不由得吃一大惊，把一片滚热心肠，化了冰冷。

列位，你道花下女子是谁？原来是他嫡亲外甥媳妇！赵通本是姐弟三个，方才掐碧桃的那个年老佳人，就是赵通姐姐。这位姑娘居长，做山西布政司的第二，恶贼赵通第三。这位姑娘生性贤德，父母在日，许配江宁府城东八里庄张举人为妻。张举人中年去世，故此孀居了十有余年，年将半百，膝下只有一子，名叫张宾，也是黉门中饱学的个秀士，年方二十一岁；娶的这位娘子，乃是北乡里杜贡生之女，乳名叫杜媚娘，生得天姿国色，绝世无双，年方十九岁。今日跟了婆婆来与母舅庆寿，早席之后，一同众女眷一同在花园散步，夹墙中不想恶贼看在眼内，后来才认出是自己的外甥媳妇。他的姐姐现在花园，外甥又在前厅。

赵通看罢，不由得满心下为难，说："此事如何下手？"恶贼左思右想，为难多会，把眉头一皱，计上心来。常言道"色胆包天"，这句话真不错。赵通把心一横："必须如此这般，管叫她难逃吾手！不怕她不屈体相从。只要做得机密，外人哪里知道？"恶贼主意已定，退步翻身，出了夹壁。

恶棍赵通行毒计，下回书，苦坏杜氏女俊英。赵通回到前边去，相陪亲友饮刘伶。不多一时天色晚，众人告辞转家中。各家女眷也散去，剩下婆媳两个人。还有张宾也没走，皆因是，至亲与众大不同。赵通定下牢笼计，吩咐那，手下家奴四五名："我今有件要紧事，非你几个万不能！我白日，瞧见杜氏容貌美，把我的，魂灵勾去上九重。今日你们别怠慢，必须如此这样行。"

话不可重叙，书要剪断①为妙。赵通定计，叫家奴扮作了几个强盗，暗自跟在杜氏婆媳轿后。到了旷野之处，一齐动手，将轿夫赶散，把杜氏的轿子抢回，抬至赵通的家中，将媚娘囚在暗室之中，使人看守，不必再表。

且说杜氏的婆婆，和她丈夫张宾，见几个强人，打着脸子，拿着刀枪，自称是"山大王"，硬将妻子抢去。吓得他栽下坐骑，倒在尘埃，昏迷不醒。把马也吓惊咧，跑了个无影无踪。抬他母亲的轿夫，也吓得将轿子扔在地下，一齐跑了。及至母子醒转过来，杜媚娘的轿子与那一伙强盗，踪影全无！张宾无奈，搀着他母亲赵氏，少不得扎挣着，径奔八里庄大路而行。虽然离家剩了四五里，只走到二更多天才到家。母子二人进房，痛哭一场，将泪痕止住，一夜晚景不提。

到了第二天清晨，母子二人起来，梳洗已毕，一面使人去往赵通家里送信，一面商议着江宁府刘大人衙中去告状，按下不表。

且说清官爷刘大人，堂前判断了金寡妇这一案，退堂回后，到了内书

---

① 剪断——此处应为简短，编者按。

房坐下，张禄献茶，茶罢搁盏，摆上饭来。大人用完，张禄撤下家伙。天色将晚，秉上灯烛，一夜不提。到了次日早旦清晨，刘大人起来净面更衣，茶酒饭罢，立刻升堂。众役喊堂已毕，两旁侍立。刘大人才要判断民间，忽听外面有喊冤之声，叫进角门，来至堂前跪下，说："青天大人在上，生员有不白之冤，叩求公祖与生员做主！"说罢，将呈词两手高擎。刘大人闻听，往下观看。

刘大人闻听往下看，打量下边那书生：年纪未必有三十岁，不过在，二十二三正年轻。蓝布袍儿正可体，四块瓦的褂子是皂青。剪绒帽子头上戴，龙抱柱缨子血点红。因上堂，瞧见是白布鞋，青缎子治公足下蹬。大人看罢时多会，吩咐"接状我看分明"。书吏答应朝下走，接过状词往上行。双手放在公案上，清官爷，用手接来把二目睁。上写着："生员家住江宁府，离城八里有门庭。我父名叫张朋举，不幸中年把命坑。生员今年二十二岁，张宾就是我的名。也是我的时运败，平地风波大祸生。这一天，正逢三月十五日，沙河驿，去与母舅庆生辰。一日宴罢天将晚，诸亲席散各回程。生员也就回家转，夫妻母子一同行。出了沙河驿不远，到了荒郊旷野中。那天刚有初更鼓，遇见了，一伙强人把路横。一个个，神头鬼脸形容恶，手执刀枪绕眼明。只听他，"嘀嗗嘟噜"说着话，声声只要买路钱。谁知他，一枪扎伤我坐下马，我的那，能行负难乱奔腾，将我摔在尘埃地，险些把残生性命坑。及至苏醒明白了，带轿连人不见踪。生员万分无其奈，才敢到，大人台前把冤鸣。"刘大人，闻听看罢状词话，腹内思量说"了不成！"

第六十二回　七村民状告赵豪强

刘大人看罢状词，往下开言，说："张宾，""有，生员伺候大人。"清官爷说："你母舅姓什么？"张宾说："姓赵。"大人说："你暂且回家，将呈词留下。五天之后，听传候审。"张宾答应出衙，回家不表。

清官爷刚要退堂，猛听得角门外有喊冤之声。刘大人闻听，往下吩咐："把那喊冤之人带进堂来！""哦。"承差们答应，翻身下堂，往外而去。不多时，将喊冤的老少七人，带至当堂，跪在下面。刘大人往下观看。

这清官，座上留神往下看，打量告状七个人：也有老来也有少，一个个，贫富不等各衣巾。人人手内高擎状，泪眼愁眉跪在尘。清官看罢开言问："你们都，有什么冤枉到我衙门？本府当堂往实讲，但有虚言打断筋！"七人见问将头叩，"大人"连连尊又尊。这个说："小的名字叫刘五，城西八里有门庭，村名叫做桃花坞，小的就是那村人。城北有个沙河驿，这村中，有个恶棍特欺人。横行霸道无人惹，手下豪奴一大群，将我女儿抢了去，囚徒行事狠到万分！他姓赵名通人人晓，外号叫：'雁过拔毛'就是此人。"刘五言词还未尽，那个又开言把话云。说道是："他瞧见小人房子好，假纸一张，说小人借过五百银。"这个说："我妈打他门前过，拉将进去配了下人！"那个说："瞧见我的田地好，硬割庄稼坑小人。"这个说："因为小人把租欠，打死我父叫狗吞！"众人言词还未尽，这不就，气坏了清官刘大人。吩咐"快接呈词看"，书吏答应就翻身。到下面接过七人状，往上走，全都放在公案上存。刘大人伸手忙拿起，举目留神验假真。清官看罢时多会，往下开言把话云。

刘大人看罢状词上的话语，与他七人口词一样。清官爷说："尔等暂且回家，五天之后，本府把赵通传来，当面对词。但有一句虚言，管叫你们难逃公道！"七人叩首出衙，回家不表。

且说清官爷这才退堂，回到内书房坐下，张禄献茶，茶罢搁盏。刘大人吩咐张禄："快传书办何英，本府立等问话。"这小厮答应，张禄翻身①往外而去。去不多时，将书办何英传进内书房，见了大人，打了个千在一旁。清官爷眼望何英，讲话说："这江宁府西北上，有个沙河驿吗？"何英见问，说："有个沙河驿，离这府城四十里地。"刘大人又问，说："这村中有一个赵通，你认得他不认得他呢？"何英见问，说："回大人：要提起这个人来，无人不知，无人不晓。他哥哥是山西布政司，赵通是捐的涅白顶，修选的州同。"刘大人闻听何英之言，复又讲话。

这清官闻听何英话，启齿开言把话云，说道是："既然你知他的根底，本府跟前快讲明。"何英闻听清官话，"大人留神在上听：说起赵通所做的事，无法无天了不成。手下豪奴无其数，个个都有外号名。一个叫，'杉篙尖子'名王虎，一个叫，'净街王三'在年轻，张五号叫'仙鹤腿'，吴八的，外号叫做'独眼龙'，还有个，管家名叫陈三恍，外号人称'丧门神'。这些人，横行霸道无人惹，大小衙门有人情。前任知府王太守，就是在，此人身上把官扔。"大人闻听这些话，不由心中动无名。说道是："此处离京不算远，竟有这样胆大人！空有那，文武官员在此处，个个装哑又推聋。我刘墉，今日既然接手状，少不得，一秉忠心主尽忠。四品府任我下上，定要治倒恶赵通！为官不与民做主，枉受乾隆圣主恩！"清官爷，开言又把"何英"叫："你速去，把陈大勇传来有事情。"何英闻言不怠慢，迈步翻身往外行。不多时，承差来到书房内，陈大勇，打着千儿把话云："大人传我有何事？"清官闻听长笑容。

刘大人带笑闻听，说："陈大勇，本府今日接了几张词状，告的是那沙河驿的赵通。方才本府听见何英说，赵通的势力通官，又仗着他哥哥是现任山西布政司，他又是候选的州同，他手下的豪奴不少，横行霸道。再者，张宾的那张状子上写着的，妻子杜氏，因与赵通上寿，天晚回家，路遇强人，连轿抢去，踪影全无。这件事，若依本府想来，大有隐情在内。既是强人拦路，就该打抢资财，为何又竟只把杜氏连轿子抢去，并不要钱财？再者，离江宁府的省城，也不算远，为何有这不要命的强盗，敢来拦路打抢？依本府想来，定是赵通见色起意，叫家奴假扮强人，将杜氏抢去，也未可

① 翻身——转过身。

定。本府有心差人去拿他，又恐怕这件事情不真。再者，方才本府听何英的那个话头，就去几个人，也未必拿得了他来。那时，要容他展转，反倒不妥。这如今，本府要去到赵通家私访，探着他一个动静，回来用兵擒拿，方保无事。讲不起爷们走一趟罢。”陈大勇闻听大人之言，说：“小的遵命。”刘大人说：“我初次访拿徐五，假扮了个算命的先生；二次通天观断人头，拿莲花院的姑子，是扮了个卖药的。这一次，可怎样改扮？”陈大勇闻听刘大人之言，说：“小的倒有个主意。”

陈大勇带笑开言道：“大人留神在上听：既然要去访恶棍，须得改扮方可行。大人装做商客样，小的扮作一仆童。沙河驿，离城也有四十里，大人焉能会步行？须得鞴上一匹马，预备路中好登程。小的步下跟着走，沙河驿，会会恶棍叫赵通。”大人闻听说“很好，就是如此这般行。”说话之间天色晚，西山坠落小桃红。张禄一见不怠慢，慌忙前来秉上灯。陈大勇，就在衙中来住下，预备着，明日早起好登程。大人也就安了寝，一夜不提到天明。那天不过东方亮，大人起来把衣更。承差也就将衣换，张禄的衣裳也现成。官役二人齐改扮，清官爷，用过衣裳好登程。小厮慌忙鞴上马，拉过来，爷仨一同往外行。张禄儿，把大人送到衙门外，清官爷，回头又把话来云：“张禄儿，诸事小心不可大意，本府赶晚就回程。”小厮答应说“知道，不用大人再叮咛。”说罢主仆分了手，刘大人，带领承差往前行。一向城门混出去，陈大勇，服侍大人一走龙。一直不往别处去，径奔沙河驿村中。大人马上心犯想：此去难保吉共凶。倘若要恶人来看破，好些不便在其中。说不的，仗主洪福臣的造化，我刘墉，凭命由天闯着行，就是龙潭并虎穴，刘某也要看分明！此去不访真情弊，怎与黎民把案清？清官爷，马上思想抬头看，沙河驿不远就在面前存。

第六十三回　暗察访知府被劫持

话表刘大人，思想之间，来到沙河驿的村南，离沙河驿就只剩了五六里地。大道的旁边，有一个饭铺，清官爷骑着马来到跟前。大人在马上眼望承差陈大勇，开言说："咱们爷俩在这个铺中吃点子饭，再走不迟。"承差答应，将大人搀下坐骑。刘大人进铺，拣了个座坐下。陈大勇把马拴在桩子的上面，也进了铺子，来到刘大人的跟前，一旁站立。清官爷低声开言，说："你也坐下罢，今日不必拘礼。""是。"陈大勇答应，他就坐在桌子的横头。堂倌一见，不敢怠慢，来到跟前，带笑开言，说："二位客官，用什么酒饭？吩咐明白，也好预备。"刘大人闻听，说："不用念诵，拣那爽口的拿来就是咧。"堂倌答应，翻身而去。不多时，全都端了来了，什么东西呢？不过是汤饭馒首等类。清官爷与承差陈大勇一边吃着饭，一边侧耳闻听，留神细听众人讲话。

清官爷，侧耳闻听留神看，纷纷不断语高声。这个说："咱们这江宁的官难做，须得托付准人情。"那个说："前任知府王太守，他与赵爷大拉硬弓！"这个说："王知府，哪有赵宅的势力大？一封字，治的回家抱孩童！"那个说："提起赵家真厉害，横行霸道了不成！"这个说："赵通要瞧见好妇女，当街拉住要硬上弓！"那个说："任凭恶棍行万恶，此处的官员装不听。"这个说："闻听说这位新知府，乾隆爷，御笔钦点到江宁。"那个说："外号叫'罗锅子'，人人晓，官讳从么事叫刘墉。闻听说，这位爷的根子硬，不怕势力断事清。业已到任有一个月，怎不见，惹一惹，沙河驿的赵州同？罗锅子必定是他害怕，各保身家他也懒尽忠！素日的清名都是假，他岂肯，大睁着两眼去碰钉？刘罗锅，哪有赵宅的手眼大？'大管家'，'丧门神'，皱皱眉头他的知府就扔！"刘大人听罢前后的话，这不就气坏清官人一名。

刘大人闻听众人之言，把肚子气了个一鼓一鼓的，腹内说："罢了，罢了！赵通果然万恶非常。本府要不拿了这个棍徒，此处的子民受害匪浅。"清官爷思想之间，将饭用完，承差陈大勇打发了饭钱，刘大人站起身来，往外而走。

出了饭铺，陈大勇他将马拉过来，扶持大人上了坐骑，承差在后面相跟，爷儿俩径奔沙河驿而走。不多一时，来到村头。清官举目一瞧：那边柳阴树下，有一个老者，在那里站立。刘大人来到跟前，下了坐骑，将马交与承差，往前紧走两步，眼望老者，带笑开言，说："老丈，我在下借问一声：眼前边就是沙河驿吗？"那老者闻听，把刘大人上下打量打量，是个买卖人的打扮，也就不好相轻，带笑开言，说："客官问的是眼前头这个村么？"大人说："正是。"那一老者，用手一指，说："客官瞧：那西北上有树木围绕的，叫做沙河驿。千万的别往那里去，可恶得紧。"刘大人才要问话，忽见打那边有几匹马，如飞而来。不多一时，来到跟前，把那个老者吓得磕磕绊绊地跑了个无踪无影。刘大人举目一瞧，当中这个骑青马的，他带着个涅白顶，年纪不过二十五岁，身上穿戴得甚是鲜明，旁边那个骑白马的，长了个兔头蛇眼的，年纪不过至多四十岁。是后面随的奴仆不少，单他在马上，用鞭子指指点点的，讲话也听不真说的是什么言词。"托托托"，打刘大人的面前过去。

清官爷，看罢时多会，自己思量把话云："细瞧方才人数个，不像良人的貌与容。莫非就是那恶棍，候选州同叫赵通？"正是大人心犯想，忽见那，三四匹马往回里行。眨眼之间来得更快，到跟前，"噗噗噗"一齐下了走龙。众豪奴，齐望大人来讲话：说"客官留神在上听：我们奉，主人的命令将你请，快些走罢莫消停。"刘大人，闻听前后的话，说道是："你家的主人叫何名？与我在下的无见过，但不知，唤我有什么事情？"家奴们见问，开言道："客人留神要你听：我家主人本姓赵，现是候选一州同。不必挨迟快快走，但若支吾，我们定不容！"清官爷，闻听家奴的话，不由着忙吃一惊，腹内说："果然就是那恶棍，莫非看出我本府的形？这如今，有心跟了他们去，又恐怕，中了恶棍的计牢笼。欲待不跟他们去，瞧光景，众多的豪奴未必容。罢罢罢，既然假扮来私访，少不得，要进龙潭虎穴坑！此来不访真情弊，怎与黎民把案清？"清官爷，想罢开言道：说"众位留神在上听：既承高情将我请，焉敢推却这盛情？"大人说罢忙上马，众豪奴，一齐也都上走龙。陈大勇，紧跟在后走，径奔沙河驿中行。不多一时来得更快，赵通的，走马大门在眼下横。恶棍豪奴齐下走龙，不慌不忙也下了马，陈大勇上前接过坐骑，净街王三开言把话谈。

净街王三眼望杉篙尖子王虎，开言说："王大哥，你们看着他，别叫他跑了，我进去回话。"王虎说："交给我罢，够他跑的咧！"王三说罢，往里而去。

刘大人闻听豪奴们那个话头，腹中说："罢罢罢，也只是凭命由天。"清官爷复又留神，把恶人赵通的宅子一看：方圆占地有七亩，房子瓦窖一般，走马大门，门底下搁着两条大凳，有十几名家奴，列坐在两旁。内有一个年老的家人，走到刘大人的跟前站住，点头砸嘴："你哪里寻不得死呢？怎么跑在鬼门关上挂号来咧呢？一会进去，见了我家主人，要你小心。也只是看你的造化咧！"那个人说罢，又到板凳上坐着去咧。刘大人来到承差陈大勇的跟前站住，低声悄语，说："本府一会进了贼宅，吉凶难保。要是无事呢，咱爷俩好一同回府；要是本府赶酉时不出来，你就急急地回去，到守备王英的衙门，将此事说明，叫他带领人马，速速前来搭救本府。"陈大勇答应。

清官爷正与承差讲话，忽见先进去那个家奴净街王三，慌慌张张打里面跑出来咧，眼望众恶奴讲话，说："主人公大动了嗔痴咧！叫你们都进去伺候着呢。"复又开言，说："那客人呢，快些跟我进去罢，不用发愣咧。"刘大人闻听，并不怠慢，跟定王三往里而走。

清官爷，跟定恶奴忙迈步，进了贼人的广梁门。大人举目留神看：里边的款式不同寻。十间厢房分左右，正当中，安着屏风四扇门。清官爷，跟定王三又往里走，进了二门细留神：五间大厅正迎面，汉白玉的台阶恰似银。再往里瞧看不见，不知道，后面的房子浅与深。王三儿，不肯把大人朝后带，大厅的东边有个角门，一直穿过又往东去，另有座，小小的书房可爱人。门上贴着一副对，字字行行写得更真，左边写："懒去朝中登金阙"，右边是："逍遥林下胜朝臣"，横批是："万古长春"四个字。门里面，奇花异草栽满盆。刘大人还未将门进，净街王三把话云："你在此处等一等，我进书房去见主人。"清官答应说"知道"，王三迈步就翻身。刘大人，在门外又朝里看：天棚搭在半天云。只听里边雀鸟哨，"咭嚠扎校"各样的音。清官爷，门外正观还未尽，忽听那，进内的家奴把话云。

刘大人正在外面观看，忽听那方才进去的恶奴王三开言，说："小的奉爷之命，把那个客人叫进来咧，现在书房门外。"雁过拔毛赵通，闻听净街王三之言，说："叫他进来罢。既然来到我家咧，尽自在外边发会子楞，也当不了,难道说还跑了你不成吗?”刘大人在外面闻赵通之话,腹内说:“罢了,罢了,我刘某今日可入了虎穴龙潭咧。讲不起仗我这三寸不烂之舌,拚他一拚,再作定夺。”

清官在外面正然思想,一抬头,瞧见恶奴王三,打里面走出,来到了刘大人的跟前站住,说:“客官,我家主人叫进去呢。小心着点。”刘大人答应,一同王三来至书房门首,上台阶进门槛,走至恶奴赵通的跟前,煞住脚步站住。

列公:罗锅子刘大人按天星下界,乃是咱大清国的臣宰,焉肯与恶人行礼?清官爷故装愚鲁之相,把手望恶人一拱手,说:“官长在上:我买卖人行礼了。”两边豪奴们闻听刘大人之言,一齐断喝,说:“呔!还不跪下吗?见了我家老爷,擅称买卖人,不跪下,就当将你腿打折!”雁过拔毛赵通,在上面一声断喝,说:“明明你们把他当作是谁,叫他跪下?他乃是江宁府台大人,民之公祖,如何叫他下跪?快些看一个座来!”这下人答应一声,拿过一张椅子,放在下面。清官爷把手向恶人又拱了一拱,说:“买卖人谢坐了。”说罢,他老人家一屁股就坐在椅子的上面。恶人赵通在上面开言。

赵通上面开言叫:“刘知府留神要你听:咱们俩,打破鼻子说亮话,你的来意我尽明。必定是,假扮客人来私访,倒要你,实说这件事情。闻名你难缠露着拐,巡抚的跟前你拉硬弓。又听你,上元县的北关将人命断,访白氏,假扮玄门的老道公。二次私访拿过徐五,渗金头江二,也入了打笼。又听你,假装城隍把姑子审,金寡妇叫你,也治了一个苦情。难为你,这一遭的想头真不小,竟敢在我家来访事情!倒要你实说这件事,倘有花言,想出我的门槛万不能!大爷如何认得你?多亏我的管家人一名:姓陈名叫陈三恍,‘丧门神’就是他外号名。皆因他,常上江宁去讨账,时常见过你的尊容。快些当面说实话,咱俩倒留下个好交情。”刘大人闻听前后的话,不由心中吃一惊。故意慌忙来站起,说“长官留神在上听:吾乃真是经商客,岂可错认是知府公?同名同姓常常有,广有同貌与同宗。既蒙呼唤我在下,不知道,官长有何事情?吩咐明白我遵命,要是无事,在下的还要赶途程。”赵通正要把无名①起,忽见那,门外进来人一名。

---

① 无名——即无名火,发怒。

第六十四回　陈大勇快马搬救兵

赵通正要动怒，忽见他的管家陈三恍走进来咧，说："大爷不用动气，等我问他。"说罢，来至刘大人的面前站住，眼望清官，讲话说："刘知府，我们家大爷焉能认得你是官府？所以方才在沙河驿的村上，取讨些账目，一见，我就认得你。再者，我们大爷既然把你叫了来咧，就当实说，咱们倒留下好交情。大料我们赵宅，也不玷辱于你。"刘大人闻听陈三恍这个话，说："君子不要错认了人，我若是知府，焉肯自寻死路？"陈三恍说："刘罗锅子，你特也不知好歹。我和你善讲呢，你也不肯实说，你是不见亲丧不下泪，不到黄河不死心。你想一想：是打着好是不打着好？"清官爷说："君子，我要是知府，好应知府。我本是一个客商，从贵处路过，叫我说什么？"赵通在上面开言，说："陈管家，那么大工夫和他细说！管他是不是呢，暂且将他留在这里，锁在空房之中，等到半夜里将他杀了，就完了事咧。何必望他尽自磨牙呢！"陈三恍闻听恶人赵通之言，说："倒也罢了。"

陈三恍，闻听家主一席话，说"就是如此这般行。"吩咐两边"快动手，将他锁在空房中！"众多豪奴齐答应，一个个，似虎如狼往上行。大伙围住清廉客，一齐动手上绑绳。穿门过户朝后走，不多时，来至后院空房中。慌忙把刘大人推进去，扣上钌铞用锁封。一群恶奴才朝前走，到书房，赵通的跟前把话禀明。恶人闻听豪奴的话，眼望着，丧门神把话明，说道是："今日虽然将他制住，咱们俩商量，拿一个主意然后行。但虽然，认准他是刘知府，假扮前来访事情。"陈三恍闻听说"不错，千真万真是刘墉。他的那，形容相貌我认明，谁不晓，北京城中大有名！本是皇后的干殿下，刘统勋的第三子，家住在山东。乾隆爷的驾前很得脸，御笔钦点府江宁。爷上要粗心将他放，罗锅子，回了衙门就了不成。"赵通闻听心倒害怕，说道是："原来有，这些缘故在其中。怪不得，他硬驳巡抚的礼，高大人低头倒落下风。倚仗着他的根子硬，闻听他，判断民词不要铜。这如今，事在两难怎么好？要你掂掇①这件事情。”陈三恍闻听赵通话，带笑开言把话云。

陈三恍带笑开言，说：“大爷，这件事必得如此这般，这般如此，方保无事。”赵通闻听，满心欢喜，说：“此计大妙。”

不言他主仆定计，也不言刘大人在贼宅遭难。再说外面的承差陈大勇，拉着马，在外边等候。眼瞧刘大人跟定恶人的家奴，进了赵通的贼宅，等了半天，总不见出来，就知道这件事情凶多吉少。瞧了瞧太阳，有平西。陈大勇腹内思想，说：“瞧这光景，老大人定是被恶人看破，不肯放他回衙。这如今，我何不骑上这一匹马，速速地回转江宁府，到守备王老爷的衙门，将此事说明，叫他带领人马前来，一来搭救大人，二来就势儿擒拿赵通，与民圆案？”陈大勇想罢，不敢怠慢，慌忙上了坐骑，一抖丝缰，径奔江宁府大道而走。陈大勇哪肯松劲咧？四十里的程途，一磐头就赶到咧！把那匹马跑了个浑身是汗，按六百里那么下来咧。

陈大勇进了江宁府北门，穿街过巷，到了守备王英的衙门。见了门上的人，将此事说明。门上的人闻听，不敢怠慢，翻身往里而走。来到了里边，就将鼓击响，就将刘大人沙河驿赵通家私访遭难的话，说了一遍。内厮闻听，到了里边，就将此事回明王守备。王英闻听，吓了个惊疑不止。

王守备，闻听前后话，不由着忙吃一惊：此事须得把上司禀，总镇的衙门去回明。王英想罢不怠慢，忙整衣冠往外行。来到堂口煞脚步，滴水檐前上走龙。出了衙，一同承差陈大勇，穿街过巷往前行。不多一时来得更快，周总兵的衙门在眼下横。王守备，辕门以外下了马，迈步翻身往里行。官厅上面把传宣见，就把那，刘大人的事情说了个明。传宣闻听不怠慢，那里面，回禀了大人周总兵。总镇闻听前后话，不由着忙吃一惊。慌忙传令把中军唤，游击李龙带领兵，挑选三百人共马，沙河驿去拿赵通。李龙闻听不敢怠慢，速传人马进衙中。不多一时挑完队，军令一下就登程。千总外委好几位，人人的，弓箭撒袋在腰中。游击李龙忙上马，守备王英也上走龙。陈大勇，另换了一匹马，把他的，铁棍捎在马上横。李游击，带领人马急似箭，出了江宁的一座城。一直不上别处去，径奔沙河驿去拿赵通。按下这，

① 掂掇——斟酌。

江宁人马在路途上，再把那，恶人赵通明一明。把刘大人锁在空房内，不放贤臣转江宁。于秃子，定下一条绝户计，要害清官命残生。门上锁着铜斗观，十字封皮上面封。怕得是，有人开门将他放，派了狗奴人二名。昼夜门前来看守，阴七阳八就活不成！清官爷在空房遭磨难，无奈何坐在地流平，腹中暗把"皇爷"叫："不承望，为臣死在这里把命坑！江宁空有文共武，一个个，装哑又推聋。任凭恶人行万恶，各保身家不尽忠。本府一死如蒿草，从今后，再无人，敢惹赵州同。但不知，外面的承差晓不晓？可从江宁去调兵？"按下清官在空房内，再把那恶人明一明。

第六十五回　李游击挥兵围赵府

且说恶人赵通，听管家陈三恍之言，把刘大人锁在空房，将贤臣爷要饿死。吩咐已毕，打书房回内宅而去，心里惦记着他的外甥媳妇杜媚娘。虽然叫管家假扮强盗，将杜氏抢来，藏在暗室之中，他可不敢硬去成亲。先叫仆妇丫环去说杜氏，他仍旧和他姬妾妻子去耍笑讴歌，不必再表。

且说江宁府的游击李龙带领着三百人马，还有守备王英、千把外委，承差陈大勇引路，一直的径奔沙河驿的大道而走。不多一时，来至沙河驿。陈大勇带领着众人，穿街越巷，登时来至赵通的门首。陈大勇收住能行，说："这就是恶人赵通宅子咧。"游击李龙闻听陈大勇之言，在马上传令："将贼宅团团围住！"守备、千总、把总等官闻听，不敢怠慢，将这三百多人撒开，把赵通的住宅围了一个水泄不通。

暂且说说赵通家的众狗奴，瞧见一个戴亮蓝顶子的，还有一个戴水晶顶，带着一群人，将他家的宅子围了个严紧，就知道是来找刘罗锅子的。众狗奴看罢，不敢怠慢，慌忙将大门关上，顶了个结实。"咕嘟嘟"往里飞跑，前去报信不提。

且说雁过拔毛赵通，在后面正与他的姬妾耍笑讴歌，作乐饮酒，忽见家奴净街王三，他打外面慌慌张张跑进来咧，喘吁吁开言，说："大爷，不好咧！外面不知是何处的人马，把咱们的宅子，围了个水泄不通。奴才们将大门顶上咧，前来禀大爷知道。"赵通闻听家奴王三之言，把他吓了个惊疑不止。

赵通闻听家奴的话，不由得着忙惊又惊，腹内说："定是江宁的人共马，寻找假扮那刘墉。听着前来就不善，我岂肯，束手遭擒入打笼？满破着花上银子几百，管叫你，大小官员都摞考成。那时才知我的厉害，叫你们，从今再不敢惹赵通！"恶贼想罢不怠慢，眼望王三把话明："快叫管家陈三恍！"家奴答应不消停。迈步翻身朝外走，不多时，把丧门神叫到上房中。赵通将此事说了一遍，管家闻听吃一惊，半晌开言才讲话：说"大爷留神在上听：事已至此难展爪，咱爷俩，岂肯束手上绑绳？讲不起，今日定要斗一斗，然后再，总督的衙门去搬情。”赵通闻听说“有理，就是如此这般行！”吩咐“快把小子们叫，速速前来莫消停！”陈三恍闻听不怠慢，急忙忙，迈步翻身往外行。不多时，大小狗奴全叫到，一齐来到上房中。头一个，张五名叫“仙鹤腿”，第二吴八叫“独眼龙”，第三个，“杉篙尖子”名王虎，第四个，“净街王三”在年轻，还有管家陈三恍，外号叫，他是“丧门神”恶又凶。一切家奴无名号，七大八小几十名。赵通看罢开言叫：说“小子们留神要你们听明。”

赵通看罢，说：“小子们，俗言说得好：‘养军千日，用在一时。’今有江宁的官兵，将咱爷们的宅子围了个水泄不通，要拿咱爷们。你们今日得与我出点子苦力气，各找兵器，将官兵赶散，我好总督衙门搬情。回来每人赏银五十两！”狗奴闻听，齐声答应，说：“大爷，这件事情交给我们罢！”各自去找兵器。也有拿刀的，也有拿枪的，也有拿棍子的，有拿着扁担的……乱乱哄哄，七手八脚，却是与官兵打仗咧！这一伙狗奴，是管家陈三恍带领着，小子手使着一口单刀，带领着众人，往外而走。王虎手拿着一杆浑铁枪，在后边督着阵。正往外走，忽见一个狗奴迎头跑过来咧，说：“大爷，不好咧！外面人声呐喊，叫快些开门，把刘罗锅子送出去呢！眼看把大门都打下来咧！”赵通闻听，说：“知道咧！你快去摸家伙去罢！”一同众豪奴，来至大门以里站住，吩咐：“开门！”众狗奴闻听，将顶门的东西拿开，拔了插关，“吱喽喽”，门分两扇。

且说门外的兵丁，正然砸门，忽听里面有人说“开门”，忙忙退下台阶站立。游击李龙和守备王英，一齐抬头观看。

他两个，官长抬头看：大门内，出来了贼奴一大群。个个手内擎棍棒，瞧光景，要与官兵上下分。为首当先陈三恍，一口单刀手内存。左边是，杉篙尖子名王虎，仙鹤腿，他却在后面跟。右边是，净街王三挡头阵，后跟着，独眼龙吴八一个人。下剩的狗奴在后面，他们要，保定赵通出大门。恶人站在台阶上，赵州同，手拿浑铁枪一根。贼徒举目往外看，打量江宁三品的臣：头上戴着亮蓝顶，年纪不过在四旬，补褂上绣金钱豹，弓箭撒袋紧随身，坐下骑着匹粉鬃马，一条铜棍手中存。下首还有一官长，亮白顶儿恰似银，坐下骑的铁青马，手使着，两把铜锤分两沉。还有那，千把外委随在后，仔细瞧，全是人马围了大门。赵通正然把人马看，忽听那，游击李龙把话云，眼望着，众多豪奴来讲话:“哪个是,囚徒赵通作恶的人?”李龙的言词还未尽,恶棍赵通,走上前来把话云,眼望李龙尊“官长,要你留神听一个真:赵某并非犯王法,你为何,带领人马围我大门?既然做官该懂理,岂可擅自动官军?倚仗官长欺负我,你要错费这场心!别说是游击和守备,就是那,总督巡抚还让我二分!”赵通越说越有气,忽听那,李龙开言把话云。

第六十六回　英雄大勇救援知府

李龙闻听赵通之言，说："囚徒！朗朗的乾坤，你横行霸道。你快把江宁府的知府刘大人送出来，还叫你多活一会，但若挨迟，管叫你目下倾生！"赵通闻听李龙游击这个话，冲冲大怒，眼望着众狗奴开言，说："你们快些动手。暂且将这狗官拿住！等我去江宁府，见一见他们总兵周大人，我们再说就是咧！"众狗奴闻听不敢怠慢，齐往上拥齐动手。守备王英一见，一马当先，将众贼奴挡住。大总管陈三恍，见王老爷把他们挡住咧，他并不答言，前来把手中单刀一举，照着王守备的上三路，"嗖"就是一刀。王守备忙用铁枪架过，才要还手，左边的杉篙尖子王虎和仙鹤腿张五他两个，枪刀并举，也来动手。王英刚刚把二人的兵器架过，右边的净街王三和独眼龙吴八也到跟前。他们五个人，把王守备团团围住。

众恶奴，围住王英守备爷，江宁的，千把外委也不消停。一齐撒马朝上撞，要与贼奴见输赢。千总名字叫杨文炳，李国良是把总的名。还有两个经制外委，一个叫周玉，一个叫和成。四个官长来拿恶棍，帮助守备叫王英。马上步下齐动手，只听兵刃响连声。陈三恍单刀急又快，守备的铜锤紧紧封。王三的枋木棍胡乱打，千总的双鞭把棍迎。张五的扁担搂头打，把总枪也不放松。还有吴八和王虎，俩外委，敌住贼奴人二名。来往斗够多一会，众官长，拿不住囚徒人几名。按下他们来动手，再把那，游击李龙明一明。马上观瞧将牙咬：囚徒们，胆大包天了不成！倚仗能争来动手，擅自与官长见输赢！瞧光景，五个囚徒真扎手，五个官，要想拿他们万不能。我李某，奉命来到沙河驿，擒拿恶棍好救人。今日要，不能取胜众奴婢，怎么样，回府去见周总兵？须得本府亲动手，若不然，叫贼奴们就走脱了不成。李老爷，才要催马迎上去，承差陈大勇把话云："李老爷，这件功劳赏与我，小的前去助一功。"李龙闻听心欢喜，说道是："要你小心着，不可大意瞧看轻。"陈大勇答应说"知道，不用老爷再叮咛。"好汉说罢不怠慢，一抖丝缰往上冲。铁棍一条手中举，三十五斤还有零，一直径奔王三去，要与贼奴见输赢。盖顶搂头往下打，王三木棍把铁棍迎。

只听"咯当"一声响，贼奴木棍起在空。大勇一见不怠慢，一抖丝缰抢上风，反背抡棍又一下，王三的残生就活不成。

陈大勇头一棍把净街王三的木棍磕飞，把坐下马一带，反背抡棍，望定王三的后背打去。王三一来是赤手空拳，难以招架；二来不防陈大勇的棍在背后打来，只听"乓"一声响亮，王三打倒在地下。陈大勇这一条铁棍，重三十多斤，王三如何搁得住这么一家伙？只打得骨断筋折，呜呼哀哉！那四个恶奴，瞧见王三被一个骑黑马使铁棍的，一下打倒咧，他们的心中一怯，后力不加咧，杉篙尖子王虎被千总杨文炳一鞭打倒，众兵丁就势把他捆上咧。仙鹤腿张五，被把总李国良一枪扎死咧。独眼龙吴八，被两个外委拿住咧。陈三恍瞧见势头不好，他也不敢和众人动手，迈开脚步，"咕嘟嘟"往大门的里面飞跑。

恶人赵通，正在台阶上观看众奴与官长动手，只见也有打死的，也有拿住的，正然心中害怕，忽见大管家丧门神陈三恍，慌张张跑回来咧，说："大爷，快些进去罢，官兵甚是厉害！咱暂将大门关上，再作定夺。"赵通闻听陈三恍之言，说："就是这么着罢。"说罢，他们两个跑进去，将大门关上咧，顶了个结实，暂且不表。

且说的是，门外的众官长，将王虎和吴八，绳绑二臂，交与兵丁看守，然后又来到大门以前站住，吩咐兵丁快些动手砸门。

众兵闻听齐答应，都来动手就砸门。只听"乒乓"连声响，这不就，吓坏豪奴主仆二人。他们俩一齐往后飞跑，暗室之中去藏身。登时间，把大门劈了个粉粉碎，游击李龙不怠慢，带领着，守备千总进了贼门。各处留神找恶棍，并不知他主仆何处存。厢房大厅全找到，书房之内细搜寻，一找找到尽后面，众官长，一齐举目细留神。但只见：有一间房门锁着锁，封条上面贴在存。众官长，看罢不解其中意，说道是："莫非里面藏着恶人？咱给他，打下门来瞧真假，省得你我起疑心。"说罢他们不怠慢，一齐动手就砸门。只听"乒乓"连声响，铁锁掉在地埃尘。用手去开那钌铞，"吱喽喽"，门响一声往左右分。众官长一齐留神朝里看，这不就，瞧见了假扮客商的刘大人！盘膝打坐尘埃地，闭目合睛养精神。众官长看罢不怠慢，到眼前，把"大人"连连尊又称："我们都，救护来迟休见怪，望乞宽怀莫动嗔。"刘大人闻听一睁眼，这才慢慢地细留神。认出是，江宁千把和守备，还有总兵的一中军。清官爷，看罢忙站起身形，眼望众人把话云。

第六十七回　鲁见明贪赌竟输妻

刘大人看罢，眼望众官员讲话，说："既然如此，快些将恶人拿住。"说罢，一齐出了空房，带领兵丁们各处里搜寻，一找就找到个地窨子之中，赵通和陈三恍这两个狗子，在那里头，他忍着呢！众兵丁一见，说："有了恶人咧！在这里头藏着呢！"说罢，一齐动手，将赵通和陈三恍打地窨里头掏出来咧。刘大人一见，赵通和他的管家陈三恍打地窨中出来，不由得无名火起。吩咐："快些动手，将这囚徒绑上！""这。"众人一齐答应，登时把他主仆二人绳拴索绑。刘大人又吩咐，就将恶人赵通家的车套上一辆，打死的不算，将那活着的赵通、陈三恍，还有外面拿住的王虎和吴八，全都装在车上。

刘大人这才一同众人出了赵宅，来到大门口站住。承差陈大勇一见，不敢怠慢，慌忙将他骑的那一匹坐骑拉过来了，扶持清官爷上了马。众官员也都上了坐骑。兵丁们将那一辆车，团团围住，出了沙河驿的村，这才径奔江宁府的大路而走。

这清官马上开言叫："李老爷留神要你听：今日虽然拿了恶棍，赵通势力有人情。他哥哥，现在山西为布政，他又是候选一州同。倚财仗势欺良善，昨日有，七人告进我的衙中。本府无奈又私访，带领承差人一名。不料刚到沙河驿，村头遇见恶人赵通。手下的随奴有七八个，有一个秃子也在其中。一个个，骑在马上说又笑，他们都，奔了沙河驿中行。不料那个秃子认得我，皆因他，时时讨账进江宁。将本府诓到他家去，不容分说，把我锁在空房中。多亏众位人马到，就势拿了赵州同。杀了恶棍除后患，此处的黎民才得太平。"游击李龙答应："是，大人的言词理上通。"说话之间来得更快，瞧见江宁一座城。刘大人，催马一直把北门进，游击千把后跟行。越巷穿街急似箭，不多时，来到大人的辕门在眼下横。

说话之间，来到辕门。刘大人与游击李龙，至滴水下了坐骑，众官员在衙外下马。清官爷走马升堂，把赵通问了一遍，赵通也不用夹打，尽情全都招认。为什么恶人赵通招得这么坚决？心里想着：不过暂受一时之屈,少时必有硬勘到来,哪怕刘罗锅子不依!所以赵通等心中都不大十分害怕。

且说游击李龙等告辞刘大人,去周总兵的衙门交差不表。再说刘大人,这才吩咐把赵通等收监,一面作了文书,详报巡抚;一面修成本章,启奏太上皇爷。皇爷将山西布政司赵顺革职免究,说他不能治家,焉能治国?巡抚高宾,罚俸三年,说他失于觉察。然后在刘大人的原本后面,批了一笔:"将赵通等本处斩首示众",暂且不表。

且说刘大人接了御批,斩了赵通等,然后把告状的老少七人和秀才张宾,全都传了来,都跪在下面。刘大人就将拿恶棍赵通斩首的话,说了一遍。才要吩咐他们去各认产业,忽见打衙门外有一乘轿子,往里面走。原来是赵通的妻子王氏,将杜媚娘送至府衙。杜氏虽被赵通抢去,并未失身,所以王氏将他送至当堂,听刘大人的发落。

且说杜氏下了轿子,见了他夫主张宾,夫妻二人抱头痛哭。刘大人一见,座上开言,说:"张宾,这是你妻子么?"张宾见问,向上叩头,说:"大人,是生员的妻子。"清官爷说:"既然如此,你的冤仇也算报了。快些与你妻子一同回家,好生安分守己度日去罢。"张宾夫妻二人千恩万谢,出衙回家。那些个人,也是照样而行,到赵通家各认其产,都不必细表。刘大人退堂,也不用再讲。

且说的是,江宁府宣城县管,有一个黄池镇。这村中有一个文秀才,姓鲁,字见明,年方二十六岁,一生好赌。祖上所有遗的产业,都被他输了个精光。妻子焦氏,年方二十五岁,生得有沉鱼落雁之容,闭月羞花之貌。不但貌美,尚且是三从四德,诗词歌赋,琴棋书画,件件皆精。奶名叫焦蕙兰。只有一子,年方五岁,叫鲁廷义。公公早已去世,就只有婆母陈氏在堂。一家四口度日,暂且不表。

且说这黄池镇中,有一个土豪,姓黄,叫信黑,家有敌国之富。要讲他的势力不可盛,横行霸道,无所不为,无所不输。

这恶棍,天生的真万恶,横行霸道了不成。倚财仗势将人害,专把良民百姓坑。这一天正逢五月景,端阳佳节庆丰年。金陵原来是水地,龙舟斗得大有名。黄信黑,带领家人闲游赏,江宁府,果然是水秀与山青。回来路过双美巷,猛抬头,瞧见个女子在路东。原来是,见明之妻焦氏女,因为找他的小儿童,所以才站在街门口。不承望,正遇土豪从此行。黄信黑，举目留神看，打量焦氏的俏形容。但则见：乌云巧挽仙人髻，发似墨染一般同。杏眼秋波花含露，鼻如悬胆正当中。两道蛾眉如新月，芙蓉面上带润红。两耳藏春桃环配，腰如杨柳舞春风。小口樱桃无言语，想必是，糯米银牙在口中。玉腕上，两个藤镯明又亮，尖尖十指赛春葱。往下瞧，金莲未必有三寸，仔细看，穿鞋上绣半枝蜂。头上是，碧玉簪儿别住顶，鬓边斜插一丈青。身穿一件蓝布衫，月绢单裙系腰中。虽然穿戴不为贵，天生的，温柔典雅动人情。黄信黑，正然看得正高兴，忽见那，佳人翻身往里行。这土豪，瞧罢正自发了怔，魂灵儿飞上九重空。嘴中的黏涎往下淌，目瞪痴呆似哑聋。半晌才还过一口气，他的那，眼望家人把话明："但不知，此妇是谁家的女？要你们留神细打听。但得与我睡一夜，就死黄泉也闭睛！"黄信黑的言词还未尽，有一个家人把话明。

土豪黄信黑，有一个家奴，叫永兴。这小子闻听他主人的言词，带笑开言，说："爷连这个女子也不认得吗？这就是最爱赌钱的那个秀才——鲁见明之妻。"黄信黑闻听，说："呵，这就是他的女人吗？不承望小鲁倒有这么个好女人！"黄信黑说："永兴儿，有个什么计策，将这个女人弄到我的手中，做一个姨娘，我赏你五十两银子，另外还把玉莲那个丫头给你为妻。"永兴闻听黄信黑之言，说："大爷，这有何难？鲁秀才是个最爱赌钱的，只须爷回到家中，合一个局，把鲁见明邀了来，赢他个三百两二百两的，下炕就和他要钱。他无钱给大爷，何愁他的女人到不了大爷的手内？"黄信黑闻听永兴之言，不由满心欢喜。

黄信黑，闻听家奴的一席话，不由得，满面添欢长笑容，说"此计大妙真不错，事不宜迟咱就行。"他两个说罢不怠慢，一直的，径奔自己的大门庭。穿街越巷急似箭，转弯抹角快如风。霎时间来到大门口，主仆俩，迈步翻身往里行。来至书房忙坐下，家奴慌忙献茶羹。黄信黑，茶罢搁盏来讲话："永兴留神要你听：方才咱俩说的话，速去置办莫消停。先到南街请唐五，后到北头去叫赵洪。就说我有要紧的话，叫他俩，速速前来有事情。然后再到双贤巷，去请秀才鲁见明。焦氏果然要到我手，今晚上，你就去，拉住玉莲硬上弓。"永兴闻听心欢喜，迈步翻身就往外行。出了大门急似箭，径奔南街走似风。先请快家子名唐五，又到北头去叫赵洪。然后再到双贤巷，去请秀才鲁见明。不多时，永兴把三人全请到，黄信黑观瞧长笑容。

土豪黄信黑，一见三人来到，慌忙站起，带笑开言，说："三位请坐，今日咱们掷场子罢。这个局算我的，拿出五百银来，赢了，拿着走；输了，我的是三天的钱。"三人闻听黄信黑之言，唐五和赵洪先就说话咧——他们是搭就的活局，快家子唐五说："黄大爷，不瞒你那说，我是去了块稻地，去了四百三十吊钱，明日就写文书。"赵洪说："这还有个十来间房。赢了，我就拿着走；要是输了呢，写个欠字给你那，我就要串房檐玩去咧！"

众位明公，他们仨这个话，激得都是鲁秀才一个人。俗语说得好："要钱场里出高汉"，这句话真真的不错。鲁见明家里本无钱，他偏说有钱。黄信黑与鲁见明住在一个村中，他岂不知他要不起这个局吗？他不为赢他的银子钱，他为得是要赢他的女人。众位明公，要瞧起这件事来，这个钱就再不可要咧！有个好女人，人家还惦着呢！这是玩的吗？

且说黄信黑闻听他三人之言，说："既然如此，咱们就赌咧！"永兴儿这小子答应，黄信黑说："把色子、色盆子，还有牌子，全都拿了来！""是。"小厮永兴去不多时，全都拿了来咧，放在床上。黄信黑一见，开言讲话。

黄信黑一见开言道："三位留神仔细听：一根牌子是银十两，耍完了，按着牌子把账清。"三人闻听说"有理，黄爷的言词理上通。"说罢他们不怠慢，一齐坐下就赌输赢。他们仨打就的通通股，单赚秀才鲁见明。快家子唐五掷得好，仰托高料果然能。秀才本是个眼子耍，连点儿他还认不清。四个人，从晚掷到三更鼓，一算账，输了秀才鲁见明，纹银输了三百两，黄信黑，眼望唐五又叫赵洪："依我说咱们也歇歇罢，眼下就交五下钟。"两个走狗说"有理，大爷的言词理上通。输赢倒是平常事，明日我俩还有事情。"鲁见明闻听发了怔，腹内说："这一哈喇①了我个精！纹银输够三百两，家中哪有许多的银？三天要不能清此账，黄信黑不是个省油灯。实指望赢他几百两，不承望，倒输了个大窟窿！"鲁秀才，默默无言自发怔，黄信黑开言把话明。他的那眼望秀才来讲话："鲁先生留神要你听：你输的银子是三百两，明日送到我家中，短少分毫不能够，成色要错我是不容。"鲁见明，闻听土豪这些话，不由着忙吃一惊，腹内说："信黑素日行霸道，

---

① 哈喇（hā la）——早期白话中当"杀死"讲。

就如恶虎一般同。我家中，哪里又有银共两？惹恼囚徒就了不成。”秀才思想打主意，赵洪开言把话云：说“大爷不必发急躁，事从款来慢慢行。我倒有个拙主意，未不知先生听不听？据我瞧你这光景，家中未必有现成的铜。我说这话你别恼，还不知大爷从不从？”秀才闻听开言问：说“赵大哥，但不知，有何主意快讲明。”赵洪见问腮含笑，说“先生留神要你听：既然你屡屡将我问，我也是为好息事情。依我瞧你家令尊嫂，岁数也算在年轻，倒不如卖与黄财主，三百纹银一笔清。省得你添人又买柴米，添人不如减口，是一个真情。未不知我说的是不是，鲁先生，你要掂掇酌量行。”鲁见明闻听长叹气，说“大哥，留神听我把话明。”

秀才鲁见明，闻听走狗赵洪之言，长叹一口气，说：“罢罢，既然如此，还不知黄大爷应与不应?”黄信黑在一旁闻听鲁见明应允，不由满心欢喜。他也就开言说：“鲁先生，这如今你既然无银子，把令正折与我，你听我也无的说咧。论理可不值三百银子，罢了，就是如此罢！永兴儿，”这小厮答应，黄信黑说：“看笔砚过来。”“是。”不多一时，全都拿来，放在秀才鲁见明的眼前。赵洪一见，先就开言，说：“鲁先生，赶早写一写，天气也不早咧。”鲁见明闻听走狗赵洪之言，无奈何，只得提笔在手，立了个亲笔的卖字。黄信黑接过来瞧了一遍，慌忙收起，说：“鲁先生，今日不是五月初八日？又是一个好日子。我明日接人就是咧。”鲁见明闻听黄信黑之言，说：“任凭尊意罢。”告辞而去。黄信黑给了唐五、赵洪每人十两银子，他们俩也各自回家，不表。

再说秀才鲁见明，出了黄信黑家的大门，一路上提心吊胆，径奔双贤巷而走。

只见那，秀才见明忙迈步，径奔双贤巷内行。转弯抹角急似箭，霎时间，自己的家门眼下横。秀才翻身走进去，一直径奔上房中。先见高堂陈氏母，然后再，去见焦氏女俊英。进门坐在竹床上，鲁见明，默默无言似哑聋。焦氏一见忙站起，带笑开言把“夫主”称：“想必昨夜又去耍，”说话之间递过茶羹。秀才一见心讨愧，未曾说话脸先红，说“娘子请坐我有句话，皆因是，万般人出无奈中。昨日晚上我去耍，运不通，耍了一夜不能赢，倒输了纹银三百两，三天就要把账清。为夫的，万般出在无其奈，将贤妻，卖与人家做仆从。就是本府的大财主,信黑黄爷大有名。到他家,穿的是绸罗纱与缎;吃的是,珍馐美味样样精。一呼百诺人侍奉,强如跟着我受贫穷。”秀才的言词还未尽,焦氏闻听把魂吓惊,好似头顶三江水,犹如脚𧾷①五湖冰,登时更改平常色,脸像金纸一般同。半晌缓过一口气,“夫主”连连尊又称:“奴与你,数载的恩情如山重,怎忍将奴一旦扔?”秀才说:“千错万错我的错,到而今,后悔不来总是空!黄信黑,五月初九就来娶,贤妻不去就了不成。土豪如何肯依我?娘子只当把我疼。”说着说着忙下跪,焦氏女,心中恰似滚油烹,慌忙用手来挽起,尊了声“儿夫你听明:不必如此发急躁,事款则圆是真情。”秀才闻听忙站起,其心讨愧,搭搭讪讪往外行。鲁见明,信步又入了赌博场,无有钱,在人家,脖子后头去打康灯。按下秀才挨靠后,再把那,贤惠的佳人明一明。

① 𧾷(cī)——脚下滑动。

第六十八回　节烈妇绝命劝夫君

且说佳人焦蕙兰，闻听他夫主鲁见明之言，说将卖与土豪黄信黑为妾，吓得惊疑不止。再说，是听夫主之言，去与黄信黑为妾，一来与他的父母打嘴，二来叫鲁见明怎么抬头？再说是不去，鲁见明如何搪的开黄信黑？又怕他夫主受土豪的陷害。

论理，想要这宗东西如何能够？这秀才鲁见明，总不想上进，一心贪着赌钱，将祖上遗留的产业，输了个精光，到后来，把个女人也输咧！众位明公，像鲁秀才这样的不成人，也就到了万分咧。佳人焦蕙兰，并无抱怨之言，可见的是个淑女。怪不得启奏乾隆爷的驾前，到而今是万古不朽。有到过那金陵，知道焦氏的烈女祠现在。

闲言不表。且说佳人焦氏蕙兰，思前想后，说："罢了，罢了。事已至此，不得不如此而行，也是我的命该如此，定不由人算。"焦蕙兰腹中暗想：不如我今一死，亦全其名节，何不留下几首诗词，一来诉我心中之苦恼，二来劝解我儿夫，急早回头，改过前非，也未可定。焦氏蕙兰想罢，将系腰的一幅罗帕，拴在床头之上，然后将文房四宝①拿过来，研得墨浓，掭得笔饱，提笔就写，作《绝命词》十首，开列于后，都是七言四句：

头一首　风雨凄凄泪暗伤，鹑衣不奈五更凉。
　　　　挥毫欲写哀情事，提起心头便断肠。

第二首　风吹庭竹舞喧哗，百转忧愁只自家。
　　　　灯蕊不知成永诀，今宵犹结一枝花。

第三首　独坐茅檐集恨多，生辰无奈命如何。
　　　　世间多少裙钗女，偏我委屈受折磨！

第四首　人言薄命是红颜，我比红颜命亦难。

---

① 文房四宝——文房，指书房；四宝，指书房中必备的纸、笔、墨、砚四种文具。

拴起青丝巾一帕，给郎观看泪痕斑。

第五首　是谁设此迷魂阵？笼络儿夫暮至朝。
身倦囊空归卧后，枕边犹自呼幺幺。

第六首　焚香祈祷告苍天，默佑儿夫惟早还。
菽水奉亲书教子，妾归黄土亦安然。

第七首　调和琴瑟永相依，妾命如丝旦夕非。
独有一条难解事，床头幼子守孤帏。

第八首　沧海桑田尚交迁，人生百岁总归泉。
寄言高堂宜珍重，且莫悲哀损天年。

第九首　暗掩柴扉已自知，妾命既死亦如归。
伤心更有呢喃燕，来往窗前各自飞。

第十首　为人岂不惜余生？我惜余生势不行。
今日悬梁永别去，他年冥府诉离情。

佳人焦蕙兰将《绝命词》十首写完，折了一折，掖在挽袖之内，这才站起身形，将她的粉项一伸，入在绫帕之内，身躯往下一坠，登时间身归那世，命染黄泉。

只见那，焦氏悬梁寻自尽，她也是，万般出在无奈中。为人但有一线路，谁肯自尽下绝情？按下焦氏挨靠后，再表秀才鲁见明。赌博场中看了多一会，脖子歪了个挺生疼，天亮人家将赌散，无奈他才转家门。一边走着心犯想：回到家中去折变铜，令人找主将房卖，赌博场中去见输赢。我就不信羊上树，皆因是我运不通。人家想红我想皂，一连三场落下风。鲁见明，一边思想朝前走，穿街越巷脚不停。不多一时来得快，到门前，迈步翻身往里行。一直径奔卧房内，一抬头，瞧见焦氏的死尸灵！身躯直挺床头站，罗帕一条套在项中。鲁见明一见真魂冒，吓得他，回转身躯往外行。一边跑着一边想：焦氏自尽赴幽冥。上房中，惊动寡妇陈氏母，闻听此言吃一惊。他也就，慌忙来到当院内，眼望秀才把“儿”叫：“你为何，大惊小怪主何情？”鲁见明，闻听此言腮流泪，说“老母留神在上听：为儿昨夜身在外，今朝才到我屋中，不知焦氏因何故，悬梁自缢赴幽冥？”陈氏闻听唬一跳，说声：“咳，大祸塌天了不成！”

陈氏闻听鲁见明之言，慌忙来到了焦蕙兰的房中一看，果然是真。眼见陈氏望鲁秀才讲话，说：“我儿，此事如何是好？这可怎处！”鲁见明说：“事已至此，少不得与他娘家去送一个信去，等他娘家的人来了，再做主意。”陈氏闻听鲁见明之言，说：“我儿，既然如此，你就去一趟罢。快去快来！”鲁见明答应一声，翻身出门而去，暂且不表。

单说的是，焦氏的父母，就住在黄池镇的西北，有一个小村，叫做太平集，离黄池镇就有三里多路。他父亲名叫焦成，母亲于氏。焦成是一个斯文，为人忠厚，膝下无儿，只有小女焦蕙兰这个女儿，夫妻俩爱如珍宝。匹配了个女婿，又不成人，一生好赌钱，夫妻俩是心中常常的惦记着。这一天，正是五月单五日，到了次日，老两口子商量着要往女婿家去接女儿回家过节。夫妻二人正自讲话，讲话之间，一抬头，看见他家女婿走至面前，泪眼愁眉。焦成夫妻二人一见，慌忙站起，说：“姑爷请坐。今日来到甚早，莫非是小女打发姑爷到此，叫老汉去接他回家吗？”鲁见明闻听他丈人焦成之言，未曾启齿，泪流满面。

鲁见明，闻听岳丈焦成的话，好似那，万箭攒身刺前心。未从开言先流泪，“岳父”连连尊又尊：“今日到此无别故，为得是，令爱自缢命归阴。昨夜晚，小婿在外未回转，今日一早到家门。不知令爱因何故？床头上见了阎君……”秀才的言词还未尽，吓坏了，焦成夫妻两个人，登时改变平常色，面如黄纸似淡金。半晌缓过一口气，说“姑爷此话果是真？想来必定有缘故，不可隐瞒对我云。我女儿，素读诗书知礼义，四德三从尽晓闻。岂肯无故寻自尽？想来为难到万分。其中就里告诉我，做主自有你的丈人。你要不说实情话，要叫我，女儿白死就枉费心！衙门之中先告状，翁婿一旦就绝情。”秀才闻听他岳丈的话，只吓得，面目焦黄似淡金，开言不把别的叫，他把那，“岳丈”连连尊又称，说道是：小婿也不敢来撒谎……”便把那，以往前事仔细云：“因为赌钱起的祸，输了黄家三百银。黄信黑，不容倒脚立时要，他说是：三声不给定拉脚心。小婿万般无其奈，才把那，令爱折与姓黄的人。”鲁见明的言词还未尽，焦成的，怒气攻心才把话云。

焦成闻听他家姑爷鲁见明之言，不由得怒气攻心，说：“姑爷，这件事，你就行得大错了！你又不是不懂理的人，年轻轻的冲冲秀才，不想读书上进，一心贪着赌钱，房产地亩输了罢了，你想，天地间赌钱的也不少，那有把女人折了输赢账的吗？难为你还是个秀才呢！活活玷辱了孔圣的门墙咧！怪不得我女儿自缢而亡！再者，黄信黑也实在的可恶！赌博硬敢折算人，真正的万恶！罢了，事已至此，说不得破着我这口气，定要与黄信黑恶棍，到那宣城县打一场官司！姑爷，你暂且回家，与你无干。”焦成说罢，并不怠慢，到后边换了衣服，又到前边，叫小厮到外边雇了一乘二人小轿，抬至门前。

到了南边地方，不论男女出门，都是坐轿，就和咱们北京城内坐车的一样。闲话休讲，言归正传。

且说的是焦成赌气出门，上了二人小轿，轿夫抬起，径奔宣城县大道而走。

只见那，焦成坐上二人轿，径奔宣城大路行。太平集，离县只有六里地，轿夫们，霎时之间就来到。进了宣城小县中，将轿落在流平地。焦成迈步往外行，举目睁睛抬头看，有个酒铺在道东。焦成看罢走进去，只见那，吃酒之人闹哄哄。焦举人，拣了个座位刚坐下，堂倌一见不消停，来到跟前忙赔笑，说：“焦先生，许久未到小铺中。今日到县有何贵干？清晨就来进县城？”焦成闻听堂倌问，说道是：“有点小事要见县公。把你的，笔砚暂借我用一用。”堂倌闻听说“现成”。走去拿来桌上放，他又去，照应别人不消停。按下堂倌不必表，再把那，焦成时下明一明。研墨搽笔擎在手，乌星落纸快如风。不多时把呈词写毕，告辞出了酒铺中。顺着大街往南走，十字街一拐又西行。县官的，衙门就在大路北，衙门口，青衣人等闹哄哄。焦成看罢往里走，正遇县主把堂升。来在堂前并不下跪，拖地毛腰把“父母”称，说道是：“学生有件不平事，望乞父母判断明。”说罢呈词双手举，汪知县，座上开言叫一声：“书吏接收本县看”，手下人答应不消停。迈步翻身往下走，接过来，递与知县汪自明。

汪知县伸手接过焦成的状词，留神观看，但见上写着：“具呈人，系江宁府宣城县太平集村举人焦成。因为恶棍黄信黑，赌博折算人口，将举人的女儿焦蕙兰逼死，自缢而亡。这土豪万恶非常，求父母做主，速拿黄信黑与举人报仇。焦成感恩万世矣。”

汪知县看罢，是人命重案，不敢怠慢。随即吩咐，预备轿马，同举人焦成上黄池镇去相验。手下人答应一声，登时预备妥当。汪知县在滴水上轿，执事前行，大轿后跟，出了县衙。举人焦成也上了他的小轿，在后面跟随，一直径奔黄池镇而走。不多一时，来至黄池镇秀才鲁见明的门首。

汪知县，来到那座黄池镇，鲁家的门首把轿停。轿夫栽杆去了扶手，出来了宣城的汪知县尊。刚要迈步朝里走，大轿前，跪倒生员鲁见明。报名已毕忙站起，打后边，又来了，秀才的岳丈唤焦成。见明当先前引路，知县相跟往里行，后边就是焦文举，到了鲁宅看分明。公案就在当院设，问一声：“焦氏在哪屋寻自尽?”鲁秀才，用手一指“这屋中”。汪知县，闻听此言朝前走，西厢房，门口站住看分明。只见那：焦氏佳人床头吊，罗帕一条套在项中。光景未必有三十岁，不过在，二十五岁正年轻。身穿一件蓝布衫，仔细瞧，有张字纸在挽袖中。知县看罢将屋进，又到那，死尸的跟前把步停。看罢多时开言叫：“鲁秀才，仔细留神要你听：快把那，妻子袖中那字纸，取出来本县看分明。”鲁秀才，答应一声走上去，仔细瞧，果有张字纸在袖中盛。见明瞧罢不怠慢，伸手拿出递与县公。汪知县接来留神看，原来是：十首诗词写得更清。七言四句作得更好，字眼清楚还有仄平。知县看罢将头点，腹中赞叹两三声：“人言红颜多薄命，常闻俗语是真情。”县主叹罢时多会，眼望焦成把话明。

第六十九回　罚黄贼建祠旌烈女

汪知县看罢多时，将佳人焦蕙兰的这十首绝命诗词，递与秀才鲁见明的丈人焦成看了一遍。焦成越加伤感，说："只求父母与生员做主，拿土豪黄信黑问罪。"知县闻听举人焦成之言，说："你不必着急，本县自有道理。"说罢，来到公位坐下，把秀才鲁见明叫过来，问了一遍。鲁见明并不敢隐瞒，就将"黄信黑找去耍钱，输了他三百两银子，黄信黑不容时刻，生员万般无奈，才把我妻子焦氏折算与他方休。黄信黑要作为妾，焦氏闻听此言，昨日夜晚，打发生员不在家中，他就自缢而亡。我二人并无拌嘴打架。"汪知县闻听鲁秀才之言，说："难为你还是儒门①的弟子，也有因赌钱将结发的妻子算与人家为妾的吗？你真是狗彘②不如，衣冠中的禽兽！等本县将焦氏的十首诗词，并其中的情节，详报本府的刘大人的台前，回文一到，再定你与黄信黑的罪案！"说罢，又吩咐鲁见明将焦氏的尸首暂且卸下，停放看守。这才站起身形，往外而走。来到外边，上了大轿，轿夫上肩，鲁见明与焦成，把汪知县送出镇外。焦文举回家而去。鲁秀才灰心丧气，也就回家，不必细表。

再说汪知县坐轿人抬，径奔宣城县大路而走。不多一时，来至宣城县，进了衙门，先派差人将黄信黑锁拿，然后来到内书房坐下，吩咐内厮将稿房传进来。汪知县一见，开言讲话。

汪知县，眼望稿房开言讲话："要你留神仔细听：黄池镇中这一案，速速地作稿莫消停。详报本府刘太守，回文一到遵命行。还有那，焦氏的，自作《绝命诗》十首，文书之中要讲明。"稿房闻听忙答应，登时作稿不消停。誊清装在封套内，星飞电转上江宁。按下此事不必表，再表清官叫刘墉。自从拿了赵通后，金陵一带尽闻名。这个说："省内这位刘太守，不亚龙图包相公！"那个说："本是皇后的干殿下，他的老家在山东。"这个说："这位老爷子肯私访，不是卖药就讲

① 儒门——孔子的学派，或指读书人。

② 彘（zhì）——猪。

子平。”按下居民挨靠后，再把那，刘老大人明一明。这一天，正然升堂把民词看，忽然间，一名书办往里行，双手高擎一封套，细想来，定是文书里面盛。登时就把大堂上，站在那，公案一旁把话云，开言不把别的讲：“大人留神在上听：这是那，宣城县的文书到，不知详报何事情？”刘大人，闻听接来打开看，书办答应不消停。大堂之上拆封套，取出文书双手擎。递与清官接过去，刘大人，举目留神看分明。

刘大人接过文书一看，只见那上面写：“禀省属下宣城县，卑职汪自明，详报黄池镇人命一案。生员鲁见明，因赌输赢，将妻子焦氏折算与黄信黑土豪为妾。焦氏于临娶以前，夜晚见鲁见明去赌未归，自作绝命诗词十首，自缢而亡。卑职业已差人，将黄信黑锁拿。卑职不敢自专，听候大人的示下遵行。”

刘大人看罢，又往后瞧，只见那焦氏的十首绝命诗词，粘列于后。众位明公，听我念来。

这清官，座上留神朝后看，只见那，字迹端正写成行。头一首：“风雨凄凄泪暗伤，鹑衣不奈五更凉。挥毫欲写哀情事，提起心头更断肠。”二首是：“风吹庭竹舞喧哗，百转忧愁只自家。灯蕊不知成永诀，今宵犹结一枝花。”三首是：“独坐茅檐杂恨多，生辰无奈命如何。世间多少裙钗女，偏我委屈受折磨！”四首是：“人言薄命是红颜，我比红颜命亦难。拴起青丝巾一帕，给郎观看泪痕斑。”五首是：“是谁设此迷魂阵？笼络儿夫暮至朝。身倦囊空归卧后，枕边犹自呼幺幺。”六首是：“焚香祈祷告苍天，默佑儿夫惟早还。菽水奉亲书教子，妾归黄土亦安然。”七首是：“调和琴瑟两相依，妾命如丝旦夕非。独有一条难解事，床头幼子守孤帏。”八首是：“沧海桑田尚交迁，人生百岁总归泉。寄言高堂多珍重，切莫悲哀损天年。”九首是：“暗掩柴扉已自知，妾命既死亦如归。伤心更有呢喃燕，来往窗前各自飞。”十首是：“为人岂不惜余生？我惜余生势不行。今日悬梁永别去，他年冥府诉离情。”刘大人，看罢《绝命词》十首，连连赞叹五七番。说道是：“可惜这样裙钗女，只落得，身躯自缢把梁悬。我何不，启奏乾隆当今主，旌奖烈女焦蕙兰。不枉他，留下《绝命词》十首，也显得，古郡金陵出大贤。”刘大人，想罢时多会，眼望书办把话明。

刘大人看罢多时，眼望书办何英讲话，说：“将黄池镇生员鲁见明的妻子这一案,速做文书,详报督抚。然后我再修本章,启奏圣上。”书办答应一声,翻身下堂,去作文书,详报督抚,暂且不表。

且说刘大人又办了些别的公务,这才退堂,回到内书房坐下。家人献茶,茶罢搁盏,厨役摆饭,大人用毕,撤去家伙。天气将晚,随即秉上灯烛,刘大人就在灯下修本章,装入本匣之内。诸事已毕,这才安寝。一夜晚景不提。

到了第二天早旦清晨,刘大人起来,净面更衣,在大堂上拜了本章,放了三声大炮,闪开中门,打发本章出离衙门。押折的差官出了江宁府的城池,径奔北京大道。

众位明公:罗锅子刘大人初任,虽说是个知府,可与别的知府大不相同,乾隆佛爷许过他随便出折子奏事。书里表明,还是言归正传。

且说的是,刘大人上本的差官,离了江宁府,径奔北京大道而走。

只见那,差官坐骑上了大道,加鞭顿辔①往前行。此书不讲桃花店,杏花村也不在这书中。此书比古词不一样,这都是,眼前的故事出在大清。书里表明归正传,再把那,上本的差官明一明。在路行程非一日,涉水登山也记不清。那一天,进了彰义门一座,又到那,通政司的衙门去投文。按下差官归寓所,晚景休提又到天明。这通政使司的大人,不敢怠慢,只得进内启奏主公。跟随早膳将事奏,刘墉的本章进了朝中。乾隆圣主看了一遍,满面添欢长笑容,说道是:“竟有这样才淑女,十首诗词作得精。可叹红颜多薄命,这句俗言是真情。此祸皆因鲁见明起,秀才输妻与禽兽同。黄信黑,也就实在真可恶,私折人口理不通。”圣主爷,看罢足有时多会,说“必得如此这般行。”王开金口说“看笔砚”,内侍答应不消停。登时间,文房四宝全捧过,圣主爷,御笔亲批写得更明。上写着:“刘墉接旨遵批办:速拿秀才鲁见明。将他的,两手之上去八指,看他怎样去赌输赢!黄信黑,应该罚银一万两,与焦氏,修盖祠堂在金陵。鲁见明,就叫他去看香火,以表烈女美英名。”圣主爷,御批完毕把笔落下,原本发出内院中。金陵的差官又接了本,晓行夜住奔江宁。那一天,来到了金陵郡,刘大人,跪接御批遵命行。在位的,可有到过江宁府?便知此书

---

① 辔(pèi)——驾驶牲口用的嚼子和缰绳。

是真情。到而今,焦氏的祠堂还现在,烧香的还是鲁见明。这是那,乾隆圣主的御笔断,出在那金陵一座城。后人看到其间作了诗一首:

可惜佳人焦蕙兰,遇见秀才无义男。

土豪罚银一万两,焦氏芳名万古传。

第七十回　圣水庙老妇失爱女

话说刘大人,这一天正坐堂,要将那未结的民词判断,忽见一妇人跪进角门,口内嚷:“冤屈呀,爷爷!”众青衣一见,赶上前来,用手一齐往外推搡,说:“别嚷,别嚷!”哪妇人那里肯听?只急得口中叫道:“要不叫我见官,我就要撞死在这了!”刘大人一见,公位上吩咐左右:“不必拦他,叫他来见我。”“是。”众青衣答应,各自归班。那妇人这才上堂,双膝跪倒,座上的清官留神观看。

清官座上留神看,目视伸冤告状人:原来是个年残妇,年纪大概有七旬。面皮苍老相带病,腔腔咳嗽跪埃尘。头上罩定乌绫帕,蓝布夹袄穿在身。腰系青布裙一件,他的那,竹枝放在一旁存。大人看罢开言问:“那妇人,有何冤枉对我云。”妇人闻听爬半步,“青天”连连尊又尊:“若问民妇有何事,大人贵耳请听明:民妇祖居江宁府,翠花巷内有家门。民妇夫主名李贵,早已去世命归阴。膝下就只有一女,并无坟前拜孝根。女儿今年十九岁,可喜他,在我跟前尽孝心。并非民妇夸其女,样儿本来见得人。只因民妇身得病,眼看不久见阎君。民女端姐行孝道,他对民妇把话云:他说‘奴听街坊讲,离咱家,三里之遥有座庙门,全都是,女僧焚修在庙内,“圣水姑姑”谁不闻?庙内出了一泉水,其名“圣水”效如神,远年近日身得病,一喝就好不同寻。为儿今到庙中去,拜求圣水治娘亲。’民妇闻听说‘不可,幼女如何进庙门?’女儿说:‘此庙并非男僧庙,都是女僧把香焚。’民妇也是盼病好,说道是:‘快去快来转家门。’民女闻听将衣换,天有巳时去求神。只等到,一天一夜无音信,我女儿,想必路上遇强人。”刘大人,听到此处忙插话,说:“民妇留神听我云。”

刘大人闻听,在上面说:“那妇人住口。本府问你:你既知道幼女不该独自上庙,就该求个老者街坊同去才是,为何叫你女儿独自出门?这就是你的不是了。”民妇说:“回大人:我女儿要去的时节,小妇人也曾说过:‘你去求东边的街坊王老伯一同去。’我女儿闻听,说:‘母亲,人家说圣水庙圣水姑姑有言在先:若有求水治病者,只许亲丁前来,不许外人跟随。

再者，不许男子进庙。'因此我女儿才独自去。爷爷呀，只到如今日，整整三天了，想必是路上遇见强人，将我女儿抢了去了。望大人与民做主。"说罢，只是叩头。

大人闻听，心中暗自沉吟，说："庙中莫非有什么缘故？不然，为什么不叫男子入庙？再者，庙中乃是十方之地，大有隐情。此事必须如此这般，方知其情。"大人想毕，眼望民妇，开言说："到后来怎么样？"两旁青衣断喝一声，说："快讲！"刘大人说："你等不用威吓于他。""是。"青衣答应，一旁伺候。且说那妇人望上开言讲话。

只听老妇开言道："大人留神在上听：小妇人，恳求邻居挨路找，又到庙中问影形，回来街坊告诉我，一路到庙并无踪。我女儿，尸骨全无不知去向，民妇无奈到衙中。望大人，可怜寡妇无倚靠，明镜高悬照分明。"刘大人，一见民妇这光景，说道是："不必着急要你听，我问你：此庙尼僧有多少？来往施主有几名？当家女僧怎么样？或是年老或年轻？你若知道从实讲，快些说来莫消停。"民妇见问将头叩，"大人"连连尊又称："民妇一概不知道，从无到过这庙中。"妇人言词还未尽，有一名，青衣跪倒地埃尘。

只见有一名青衣，上前打千，说："回大人：小人知道这庙中之事。小人的家离此庙不远，这庙在南门外边，西北角上，王家村北边，坐北向南。此庙共是五层，全是新近翻盖的：头层殿，供的是药王；二层，供的是送子娘娘，龛前悬挂一个大金钱，听见说打着金钱种子；三层殿供的是灵官。当家的尼僧，法号叫悟清，年有三十多岁，胖胖的，因他能汲①圣水治病，军民与他送了个号，叫'圣水姑姑'。手下徒弟有七八个，年纪吗，都不过在二十上下。还有三个尼僧，年有五十多岁，可是厨房之僧。每逢初一十五日，才叫男子进庙烧香，别的日子，只许妇女进庙。回大人：本来庙中的圣水灵应，无论是什么病症，一喝就好。再者，那些尼僧，佛法最严，轻易连山门也不出。"

刘大人闻听，心中暗想，腹内说："这件事，依本府想来，其中定有缘故。"大人想罢，将手一摆，那名青衣退去不表。忠良眼望民妇，开言说："也罢，本府暂且准你呈状，待五天后，听传圆案。外面不必声扬。快些

---

① 汲(jí)——从下往上打水，或从井里打水。

去罢。”

清官座上开言道:“妇人留神要你听:不必声扬回家去,本府与你查访明。”民妇闻听忙答应,叩头站起往外行。自去归家不必表,单言忠良叫刘墉。大人一见民妇去,退堂翻身往后行。衙役三班将堂散,各归家,也有伺候在衙中。不言公差外面话,且说大人往后行。登时来到书房内,禄儿慌忙献茶羹,贤臣饮罢接去盏,吩咐看饭莫须停。长随答应往厨房去,不多时,捧盒托来手中擎。原来今朝是热面,一碗倒有半碗葱。连忙放在桌儿上,大人一见哪消停。三碗热面吃个净,剩下点汤儿碗内盛。禄儿一见心暗恨,腹内说:“要想剩下万不能!”赌气将碗撤了去,回来与大人献茶羹。大人眼望禄儿讲:“你吃饭去,回来我还有事情。”内厮闻听说“饭还早,窝窝头儿还未蒸。王能那里才做菜,白水加盐煮大葱。”大人闻听说“既如此,你快去,把大勇叫来我有事情。”

大人说:“禄儿,你去把陈大勇叫进来,我有话对他讲。”“是。”长随答应,转身而去。不多一时,则见张禄在前,陈大勇在后,二人走进书房。禄儿一旁站立。陈大勇来至大人的眼前,打了千,说:“大人,叫小的么?”忠良一见,说:“起来,起来。”好汉闻听,站起身来,在一旁伺候。大人扭项说:“禄儿,设一个座儿,叫他坐下。本府有话讲。”“是。”内厮答应,慌忙设座。张禄眼望大勇,说:“大人叫你坐下呢。”好汉一见,哪敢怠慢?上前打了个千,说:“大人在上,小的焉敢坐?”忠良说:“无妨,只管坐下。”

这好汉,闻听连忙将恩谢,这才坐下在下边存。大人眼看英雄把话讲:“好汉留神要你听:本府传你非别故,就是方才事一宗。李氏丢女这一案,依我想,庙中一定有隐情。必得本府亲去访,观瞧庙中众女僧。好汉跟我一同去,方能无事保安宁。若是访着拿凶恶,我本府,提拔好汉挣前程。别要灰心朝后退,将来有日定高升。”大勇闻听忙站起,说道是:“大人吩咐敢不遵!赴汤投火也愿意,皆因为,恩官拖带我与众不同。”大人闻听心欢喜,满面添欢长笑容。

忠良与大勇说话之间,天有太阳偏西。大人眼望张禄,开言说:“看饭。”张禄答应,转身而去。

众公,为什么大人这么重待陈大勇?当面又赏他座,又赏他饭吃,这是什么缘故呢?有一个缘故在内:陈大勇一来是科甲出身,又是个武举的底子;二来又有本事;再者,刘大人虽然身做四品黄堂,天子的命官,理刑名,断民词,不过是仗着胸中的才学,推情问事,设法拿贼,这是他老人家的本等。再者,还有一说,设法擒贼,若不能拿,难道他老人家还亲身去拿贼不成?断无此理。所以他老人家才重待陈大勇,为的是好叫他尽心办事。讲了个"牡丹花虽好,还得绿叶扶持"。书里言明。

且说张禄去不多时,则见他手托油盘,走进屋内,放在那八仙桌上,一样一样地摆开。都是些什么菜呢?今日算是待人,自然比每日的菜饭体面些了:一盘子炒肉丝,一碗黄芽菜,一盘子生酱拌大葱,一碗小豆腐,闹了个两盘子两碗,还有昨日剩下的硬面饽饽,两碗小米粥。刘大人开言说:"陈大勇,过来,咱俩吃饭。"好汉一见,又打了千,说:"谢大人的赏赐。"这才坐在下面,一同起箸。不多一时,将饭用完。张禄将家伙撤去,献上茶来。刘大人手擎茶杯,眼望好汉,开言讲话。

清官座上开言道:"大勇留神你是听:因为前堂一件事,丢女一案难判明。俗言说,为官不与民做主,枉受皇王爵禄封。可巧明日是十五,咱爷俩,假扮香客走一程。圣水庙中瞧动静,一定是,妖言惑众哄愚氓。古语庙大必有险,其中一定有隐情。但得真情回家转,定拿妖言惑众人!"好汉答应说"正是,大人言语果高明。"说话之间天色晚,张禄慌忙点上灯。清官爷,吩咐大勇"歇着去,明日早起进衙中。"好汉答应说"知道",退步翻身往外行。大人这才安寝了,一夜无词到早晨。张禄说:"请起大人将面净。"吃茶已毕把衣更。此乃是,十月天气不算冷,南边不与北边同。刘大人,红缨帽儿头上戴,山东皂鞋足下蹬。身上穿,茧绸薄棉袍一件,青布夹褂有窟窿。刘大人,改扮已毕刚坐下,忽听那,大勇掀帘往里行。但见他,头戴一顶白毡帽,粗布鞋袜足下蹬。蓝布袄袍穿一件,青布褡包系腰中。原来是个乡民样,手内还抱香一封。清官一见心大悦,眼望好汉把话云。

刘大人瞧见陈大勇走进门来,一旁站立,忠良带笑说:"你来得正好。"扭项说:"禄儿,看饭来,吃了我们爷俩好烧香去。""是。"张禄答应,翻身而去。不多一时,全都端来,摆在桌上。大人一同好汉吃完,禄儿撤去家伙,献上茶来。大人漱口已毕,站起身形,眼望大勇说:"咱们走罢。""是。"好汉答应。忠良在前,大勇在后,张禄暗自把他们爷俩送出箭道的后门。禄儿关门,不必细表。

且说大人一同陈大勇，打背胡同绕出江宁府的聚宝门，径奔圣水庙大路而行。

大人走着开言叫："大勇留神要你听：要据本府推情想，庙中必有坏事情。既出圣水能治病，为何又，单叫妇人进庙中？每逢初一十五日，才许男子把善行？求圣水，为何又分男共女？难道说，神圣心中有偏情？再者还有李氏女，取水不见影共踪。你我少时将庙进，必要留神察访明。但得消息回衙去，本府定拿做恶僧。与民除害方为本，不然枉受制度卿。"好汉回答说"正是，大人言词果高明。"但已人多不很少，老少男女闹哄哄。人人手内将香捧，说说笑笑往前行。这个说："圣水姑姑多灵应，江宁一带尽闻名。"那个说："但要喝他一口水，一辈子不能把病生。"这个说："前者在下长瘩背，半盅圣水就长平。"那个说："不瞒爷上别见笑，在下屁股长个疔，未从走道撇着走，要想见外万不能。喝了圣水有半碗，就好咧，裤子没脱就出恭。"这个说："在下得了阳痿症，要想行房万不能，凭你什么总不起，好像那，醉汉卧倒一般同。我妻子，今年倒有三十二，跟前并无子亲生。我们商量取圣水，打发拙荆①去至庙中。你说圣水真灵应，不多时，她就有孕在身中。大概也有十个月，养下一名小儿童，又白又胖又好看，臊死犹如少土形。"众人闻听一齐笑，大家迈步往前行。正走着，三里之遥来得快，则见那，古庙山林眼下横。

① 拙荆——自己的妻子。

第七十一回　尼姑庵养痈好色僧

话说刘大人，一同众人来至圣水庙外，离着有半箭多远，就听见钟声。众人登时之间，来至庙门前。

大人与大勇跟随那些烧香的男女，进了山门，闪目观瞧：头层大殿，香烟缭绕，又见圣像甚是齐整，法像上挂的是黄袍，两座十大名医，供桌上摆着香炉、蜡台、花瓶等项，还挂着黄缎子围桌，桌子旁边站着一众女僧，光景不过二十二三岁，长得雪白的脸蛋，黢青①的头发，两道蛾眉，一双杏眼，衬着那小腰子嘴，脸蛋上还有两个酒窝，光景是一口白牙，身上穿着酱色绸子薄绵僧袄，月白绫子僧袜，脚上穿着一双大红缎子治公鞋，有二寸厚的底儿，手内拿着磬槌②，口内说："阿弥陀佛，阿弥陀佛。"虽然他念佛，心可不在佛上，他那两只眼睛，单看青年俊俏的小伙。那些轻狂少年的男子，也都瞅着他。刘大人一见这个光景，不由得心中暗恨。

清官一见心暗恨，腹内说："尼僧露着不老成，哪有出家修行意？一片淫邪狂又轻。"大人想毕往后走，霎时来到殿二层。此处比前边更热闹，烧香男女乱纷纷。也有那，背搭鞍子爬着走，为爷为娘许愿心；也有那，走一步来跪一跪，磕着头来往里行；也有那，蠢妇村姑爱行好，手内高擎香几封；也有那，俊俏女子把香降，浑身打扮甚轻盈；也有那，年老之人将香降，保佑他，腰不疼来腿不疼；也有那，浪荡子弟把香降，他可不为把好行，为得是，单瞧年少妇共女，又看庙中众女僧。又见那，大家一齐将头叩，有个尼僧把磬鸣。大人扭项回头看，神龛内坐着一女僧：打扮各别实在好，他就是，"圣水姑姑"养汉的精！年纪约有四旬内，雪白大胖可人情。五佛冠在头上戴，身上穿，大领僧衣是黄绫。众人与他将头叩，你说这个牛犄的，闭目无语在龛③中。还有那，两个童女分左右，十五六岁正年轻。全都是，大领

---

① 黢(qū)青——黢是黑的意思，黢青是黑青色。

② 磬槌——佛教的打击乐器，形状像钵，用铜制成。

③ 龛(kān)——供奉神佛的小阁子。

僧衣真好看，头上边，两个抓髻绕红绒。手擎宝剑旁边站，好比观音善财童。恰似那，彰义门外西峰寺，五十一年事一宗。出了个，妖言惑众张寡妇，她的家，住在顺义小县城，假称神仙来降世，活菩萨，晃动京都锦绣民。后来事败遭拿问，七月十二命归阴。江宁这座圣水寺，就与西峰寺相同。按下闲言归正传，再把忠良明一明。

且说刘大人，在一旁观看"圣水姑姑"这样动作，腹内说："好款式，好做派，必是妖言惑众，哄骗愚民。"又见龛旁有一个女僧，手拿银墩子，打那瓷瓶内的圣水，倒在各人的家伙内。求圣水的人，这才散去。

忠良看罢，刚要到后边看个动静，则见打那边来了个年少的坤道，年纪还不过在十八九岁，手内拿着一股香往里而走。你说后面那些浪荡子弟，跟了来的可就不少，一个个指指点点，说说笑笑，恰似那游蜂采蜜，苍蝇见血一般。刘大人一见这个光景，暗说："不好！"

清官举目留神看，少妇露着不老成。但见她，头上挽着苏州髻，乌云恰似墨染成。两道蛾眉新月样，杏眼含春暗有情。鼻如悬胆空中挂，相衬樱桃一点红。美容面比丹霞样，想必是，糯米银牙在口中。万卷书儿别住顶，旁边斜插一丈青。身穿月白松绫袄，青缎云肩上掐金。水红汗巾腰间系，桃红裙上绣芙蓉。金莲窄小刚三寸，仔细听，高底之中带着响铃。白绫裤腿把鸳鸯绣，深州的，丝线带子大有名。真乃是：人还未到香风至，那一宗，柔香熏人了不成。说什么西施王嫱女，就是三国貂蝉也不能。就只一件大不好，举止动作露狂轻。并无跟随人一个，她的那，手中扶定一小童。年纪不过五六岁，身上衣服甚鲜明。皆因她，手扶幼童往前走，现露尖尖十指葱。珐琅戒指手上戴，玉腕上，响镯丁当透玲珑。又见她，来到神前将头叩，她把那，"天仙"处处叫几声："保佑弟子生儿女，挂袍上供到庙中。"祝告已毕忙站起，走到那，金钱底下看分明。一回玉腕将钱取，露出中衣是大红。你说那，浪荡子弟直了眼，个个发呆心不宁，帽子丢了不知道，手内烟袋地下扔。按下众人且不表，再把少妇明一明。掏出铜钱一大把，挑出一文往上扔，只听"当啷"一声响，正中金钱震耳鸣。女僧一见将佛念："我弥陀佛圣有灵！施主多把香资助，小尼好念《种子经》，保佑施主身怀孕，一年一个不脱空。"小妇闻听反倒笑，越现娇姿美芳容。你说那，年轻子弟闻此话，那个物，裤裆里面发了疯，一心要进红门寺，他的那，身子直挺眼圆睁。不言不语生闷气，一脑袋，把裤裆顶了个大窟窿。按下色鬼干急躁，再把忠良明一明。

刘大人观看这个光景，心中暗恨，说："一个青年的妇道进庙，如何并无人跟着？一会儿必定闹出事来。"

不言忠良心中之话，你说那少妇，闻听尼僧之言，不以为耻，反倒带笑说："我弥陀佛，要的是那么着才好呢！"刘大人一见，说："也怨不得狂徒无礼，原本他轻狂，引诱于人。这如今，有几个柳下惠？"大人正然说着话，又见那妇人给了香资二百，他这才转身往后而去。那些狂徒，就说说笑笑，跟在后边。

明公想理：先前不过是说说笑笑，指指点点，到这会儿，见无人跟随，他们的胆子就大咧！挤上前去，抠抠摸摸，就动起手来咧。你说，抠得那少妇，唧吗喊叫，说："躲着些罢，浪娼妇养的们！怎么这故意地挤人！"你说那些年少的男子，闻听此话，反倒嘻嘻带笑，说："小娘子，大庙场上人多势众，道路狭窄，那就挤着咧？"你说，刘大人一旁观看这光景，不由心中动气，慌忙走上前来，说："列位，闪一闪，让这位小娘子出去。再者，众位既是来烧香的，就是行好只顾这等胡为，岂不白行了好了？"众人闻听刘大人之言，抬头观看。

但见那，一群老土抬头看，打量这，假扮私行刘大人：一顶秋帽头上戴，缨子发白年代沉。青布夹褂精窄袖，蓝绸袍子不算新。脚穿青布山东皂，活脱一个侉乡屯！老土看罢私行客，不由一齐带上嗔。内有一人开言道，怒目横眉把话云，说道是："你这言词好无理，多管闲事混充人。莫非是你亲供养？怕人挤着别出门！"说着说着就动手，要打皇家私访臣。大勇一见不怠慢，走上前来拦那人。好汉说是"休撒野，动一动儿抽你筋！"老土一见忙站住，打量公门应役的人。则见他：白毡帽儿头上戴，蓝布袍儿穿在身。年纪约有三旬外，五短三粗像凶神。料着讲打打不过，脖子一缩就翻身。说道是："等着我去将人找，你要跑了算丢人！"这小子，搭搭讪讪回里跑，登时间，大勇震散多人尊。按下老土全四散，再表皇家私访臣。瞧着那，浪荡子弟全都散，要到那，禅林后面探假真。那一个，年轻妇人出庙去，算她是，黄连入胆苦在心。明公想：年轻妇人休上庙，难道家堂没有神？家中尊敬老父母，何必上庙秉虔心？按下少妇出庙去，再表私行刘大人。

且说刘大人，见陈大勇赶散众人，心中欢喜，一心要到后边探看个动静，望着好汉讲话，说："咱们到后边看看。"大勇答应。说罢，爷儿两个，一直地往后面而去。穿门越户，来至三层殿上，一看：

诗曰：

金光闪闪透九重，香烟缭绕瑞气浓。

威严全仗鞭一把，感应声名到九重。

原来供的是灵官圣像。桌子旁边，也有一名女僧打磬。刘大人观瞧众人烧香礼拜，又见那西边配殿旁边，有一个月亮门，站着一名女僧，高声说："施主们，要看圣水井，往这边来呀！真是圣境！我弥陀佛！"又见那些男女，都往月亮门中而去。忠良看罢，扭项望着大勇说："咱也到那里看看怎么样个圣井。"好汉答应。

清官看罢不怠慢，迈步慌忙向西行。进了月亮门一座，忠良举目看分明：四时不谢花竹景，真乃是，鱼米之乡果真情。有一座，小小的亭子盖得好，彩画庄严绿配红。众多男女无其数，大伙相争看分明。忠良一见忙迈步，来至那，井边之上立身形。汉白玉石镶井口，宽窄三尺有余零。井中泉水"呼呼"响，犹如开锅一般同。其水碧绿真好看，井有圣意在其中。水离井口刚半尺，要想涌出万不能。又听那，井边女僧开言道："施主留神请听明：我们这座圣水庙，全是真心守法僧。"一边说话将人看，瞧见那，年轻子弟动了情。这尼僧，今年才交二十二，因为多病入庙中，出家犹如将寡守，欲火阵阵把心攻。两眼只顾将人看，手中磬槌胡乱扔，"叭嚓"打在花瓶上，一下打的碎纷纷。众人一见哈哈笑，齐说是："这一家伙打得不轻！"女僧也是脸发讪，扯脖子带脸赤通红。大人一见这光景，暗说"此尼不老成。可惜一座圣水庙，却为何，住着一群好色僧？本府侦得实情事，决不轻饶善放松。"大人越想心越恨，虎目直瞪那女僧。尼僧一见错会意，只当是，大人爱上她美容。淫尼反倒心里笑，说道是："这样人才也作精！浑身并无风流肉，好比那，癞蛤蟆要吃樱桃万不能。"不言女僧错会意，再把忠良明一明。刘大人，倒背手儿井边站，哈着腰儿看分明。忠良正把圣井看，身后来了个愣头青，冒冒失失只一撞，碰着清官叫刘墉。盖不由己往前倒，只听"扑通"响一声。大人掉在圣水井，吓坏大勇人一名。

第七十二回　青楼女遵命探秽庙

且说刘大人正然在圣水井边站立，观看那井内的泉眼，忽然间打身后来了个冒失鬼，往前一碰，刘大人盖不由己，往前一栽，只听"扑通"一声水响，把一位忠良掉在圣水井内。亭子上边站着那些男女一齐嚷，说："这个人必是会水，跳在井内洗罗锅子去了！"众人只这么一嚷，打磬的那个女僧，也顾不得打磬咧，慌忙跑过来，说："谁跳在井内洗罗锅子去咧？还不快出来吗！看脏了我们的井，圣水就不灵了！"众人一齐眼望女僧，都说那个燥脾的话："快叫他出来吧，还在里头泡着呢！"尼姑也不醒腔。

列公，人要掉在井内，往下一沉，要往上冒，要是下边有挂脚之物，或是淤泥，那就上不来了。这个圣水井，同不得咱们那本地的井，这是石头缝儿长出一道泉眼，底下焉有挂脚之物？再者，水又不深。且说刘大人不防，被冒失鬼撞在井内，往下一沉，喝了一口水，又往上一冒。

且说承差陈大勇，瞧见刘大人被人碰在井内，好汉魂都吓冒咧！连忙赶上前去，往井中一看，恰好大人往上一冒，大勇并不怠慢，一毛腰，左手扶住井口，一探右臂，将刘大人后领抓住，往上一提，借着水势，轻轻这才将忠良提出井外，放在尘埃。大人苏醒多时，这才站起来，浑身精湿，不由打战。尼姑一见，用手一指，开言讲话。

女僧一见用手指："你这人行事欠掂掇。要洗罗锅讨圣水，跳在井内是怎说？你心只顾罗锅好，脏了圣井了不得！我同你去把当家见，且看师父是怎说！"大人闻听忙讲话："师父留神你听着：谁人愿把井来跳？哪个愿去洗罗锅？皆因身后有人撞，在下才掉在井中，幸喜上来念弥陀。"女僧闻听说"这就是，我说你，安心跳井理不通。"这刘大人连忙将身转，说道是："快些回去把衣脱。"好汉回答应说"正是，速速回去才使得。"忠良闻听忙迈步，不由冷得战哆嗦。不顾再往后边访，虎步忙移向外挪。众人一见这光景："这人精湿为什么？"知者闻听忙答应："他跳在井内洗罗锅。"众人闻听一齐笑，说道是："这人呆了个了不得，万一井内将身丧，好了罗锅命难活！"按下众人齐议论，再把忠良说一说。刚出庙门留神看，忽听那，大勇开言把话云。

大人刚出庙门外，陈大勇开言说："我与你老将衣服换了罢。"大人说："不必，回署再换罢。"好汉答应。官役两个并不怠慢，一直径奔江宁南门而走。三里之遥，不用多叙。

忠良与承差大勇，顷时间进了聚宝门。穿街越巷，不多时，来至府门，打后门而入。张禄接爷到书房，大人也顾不得坐下，眼望小内厮讲话："快拿我的衣服来！""是。"张禄答应，去不多时，把大人的衣服、靴鞋、小衣，全都拿来，放在床上。贤臣爷脱了湿衣，将干衣换上，才坐下，内厮把湿衣拿去，回来献茶。忠良爷茶罢搁盏，吩咐立刻看饭来，与大勇共桌而食。吃完，撤去家伙，清案漱口，刘大人望好汉讲话。

清官爷，本是忠良的后代，将相之苗别当轻，天生扶保大清主，万古千秋留美名。忠良耿耿无二意，爱民如子一样同。只因为，接了民妇李氏状，大人为难在心中。圣水庙内瞧一遍，回衙要定计牢笼。眼望好汉陈大勇，说"好汉留神听我云：虽然咱去将庙进，无得破绽事难行。"大勇回答说"正是，大人言词理上通。"忠良复又开言道："这事实在有隐情。要得尼僧根与底，必须个坤道方可行。圣水庙中住一夜，探着女僧假共真，但见得了真实信，立时提拿众僧人。与民圆案除祸害，也不枉，身做皇家制度臣。就只是，良家之女难以去，必须得，妓女假扮到庙中。"大勇闻听忠良话："恩官计策果高明！"大人复又来讲话："好汉快去莫消停，速传妓女将衙进，必要俊美在年轻。"大勇闻听答应"是"，迈步翻身往外行。顷时来到大门外，眼望那，青衣得用把话云。将他拉到屏风后，大勇低言吩咐一声："大人叫你急速去，花街柳巷走一程，俊美姑娘叫一名，急去快来莫消停。"好汉言词还未尽，只听那，得用开言把话云。

陈大勇话还未从说完，青衣得用说："陈爷你别赚我咧！我不信。咱们大人不好那出戏，他舍不得花这宗钱。素日连斤肉还舍不得呢，净闹小豆腐子，再不然，买俩烧饼吃，就算是开斋咧！他舍得干那个？"大勇闻听，说："混账行子才哄你呢！快些去罢。"得用见好汉这个腔来得瓷实①，不敢再问，只得去叫。

---

① 瓷实——东西挤压得很紧；结实。这里指扎实。

青衣出了衙门，一边走着道，一边说话："细想刘大人真胡闹，今想起什么来咧，虎不拉的要叫个媳妇！这是怎么缘故呢？啊，是了，他老人家上任，并无家眷来，今日必是要松松腰儿，闹袋水烟。定是这个缘故！"青衣思想之间，来到紫石街风流院的门首，一直走将进去。

且说这家老鸨子①名叫杨大儿，养着四个姑娘，内中就只有一名俊美，又在年轻，会弹会唱，绝好的酒令，今年才二十一岁。老鸨子见是公门中爷们进门，只当是打红砖来咧。连忙站起，说："上差爷请坐。咱爷们有两三个月没见，你老人家越发发了福咧！孩子，过来装烟。"四个妓女答应，一齐过来，还未到跟前，只听这么一阵子兰芭香，钻入鼻内，越闻越近咧，一齐说："老爷子，你老人家好啊？"说罢，装了袋烟递过去。公差说："又扰烟。"说罢，接过来，一边吃烟，一边腹内说："真！小模样子难说，杨树上喜鹊——茂高！"复又说："你姐儿们也坐下。"四名妓者闻听，一齐坐下。青衣眼望着掌柜的杨大，开言讲话。

但则见，青衣得用开言道："老杨留神要你听：今日里，大人差我来到此，其中就里你不明。我们官，上任不曾带家眷，只随内厮人一名。想必是，这几天中欲火盛，夜里睡觉不安宁。俗语说，'精满自流'真不错，小和尚，摸不着洗澡把气生。所以差我来到此，传一名，俊美姑娘进衙中，必得年轻模样好，大人立等在公堂。"杨大闻听说"我不信，闻听大人做官清，从来不喜风月事，江宁一带尽闻名。"青衣闻听说"真是，大人立等在衙中。"老鸨子，一见公差这光景，真是实言无假情，忙叫秀兰快打扮，好衣穿上两三层，脸上多多搽上粉，乌云恰似黑染成。秀兰闻听忙答应，顷时齐备站身形。外边又将小轿雇，抬进门，妓女上轿往外走，公差连忙跟在后。老鸨子，托付照应在衙中。青衣答应"交给我，捞毛营生我很能。"言罢后面跟着走，穿街越巷不消停。转弯抹角来得快，大人衙门眼下横。

小轿人抬，公差跟随，来至衙门，一直抬进仪门，刚要落轿，公差说："别放下，抬进宅门去，再落轿！"轿夫答应，一直又抬进宅门。轿子是放着帘子，别人焉能知道？公差带领，直到内书房外，这才落轿。妓女出来，轿夫自去不表。

---

① 老鸨(bǎo)子——开妓院的妇女。

且说青衣带领妓女，来到书房门，妓女站住。青衣掀帘进去，打了个千，说："小的奉大人之命，将妓女唤到，现在门外伺候。"大人说："叫进他来。""是。"青衣答应，站起身来，出门眼望妓女，说："大人叫你。"妓女闻听，移莲步，进书房，花枝招展，跪在尘埃，说："大人在上，贱人秀兰叩头。"说罢，叩头在地。忠良上面开言，说："你叫何名？"妓女回答："贱人叫秀兰。"大人说："起来。""是。"妓女答应站起，在一旁侍立。大人眼望青衣得用，开言说："你也歇着去罢。"公差答应，退步翻身，往外而去，自己说："好的，街坊家的鸡——把我轰出来咧！"

不言青衣自去，且说刘大人眼望妓女秀兰，讲话说："本府叫你前来，非为别故，只因前者，有人告状丢女一案，因母病，女儿到圣水庙中求水，一去无回。又言此庙不许男子进庙。每逢初一日、十五日才叫男子进庙烧香。本府假扮香客，到了那圣水庙内观瞧，庙内之尼，大露不端，事有可疑。皆因那是女僧庙，不能宿歇访他的根底。为此，本府传你到衙，今晚你急去到庙，假扮良家之妇，只说为母病求水，只管宿在庙内。若有别端，你只管依法，务要留神，用心察看他庙动静，事毕回来，本府有赏。小心急去。"秀兰闻听，说："大人的召命，贱人焉敢不遵？"大人又吩咐："张禄，送出他去。""是。"小内厮将妓女领到宅门外，青衣传了轿子来，秀兰坐上轿，轿夫上肩，出了衙门，穿街越巷，不多时，来到风流院的门首。

则见轿夫不急慢，将轿轻轻放在尘。妓女下轿往里走，轿夫等候不必云。且说秀兰把鸨子叫，说道"妈妈听我云……"她把大人言词说一遍，杨大闻听把话云："原来为得是这件事，这是他，为国为民一片心。既然如此快梳洗，打扮急速到庙中，须要小心加仔细，访明回来回大人。"秀兰答应说"知道，不用妈妈你费心。"说罢慌忙就梳洗，顷时间，变作良家女钗裙。鬓边斜插花一朵，微施官粉点朱唇。耳上戴着珠子坠，别顶簪①儿素白银。身穿月色绫子袄，青缎坎肩上掐金。八幅湘裙腰间系，三寸香钩可动人。细瞧恰似良家女，哪有风流院内行？杨大看罢说"甚好，我儿快去莫消停。"这天就有晚饭后，秀兰答应向外行。门口上轿把帘放，又听那，老鸨子开言把话云。

杨大复又开言，说："我的儿，务要留神。明日早来。"妓女答应，转身

① 簪(zān)——别住头发的条状物，用金属、骨头、玉石等制成。

上轿，轿夫上肩。

不言老鸨子回去，且说那小轿人抬如飞似箭，顷时出了江宁府，径奔圣水庙而来。三里之遥，赶天有掌灯之时，来到庙门口落轿，妓女出轿，轿夫等候，秀兰一直径奔里走。刚至山门之内，尽头撞见一个二十多岁尼姑，说："哪边来的？这时候进庙，有何事情？"妓女闻听，说："女师父，奴乃府城内之人，家住紫石街。因母得病心疼之症，夜不安眠，看看至死。奴听说宝刹圣水如神，故此诚心前来求讨，望师父慈悲引领。"女僧闻听，信以为真，说是："既然如此，随我来。"

女僧说罢不怠慢，带领妓女向里行。穿门越户来得快，来到那，当家禅堂把步停。女僧回头说"稍等"，秀兰答应立身形。小尼掀帘将房进，说"师父留神听我云……"就将那，妓女之言说一遍，只听那，圣水姑姑把话云："既然如此将他叫进。"小尼答应向外行，开言就叫"女施主，快见师父莫消停。"妓女答应移莲步，慢款金莲进房中。圣水姑姑留神看，打量妓女貌与容：年纪至大二旬外，长得干净可人疼。老尼看罢开言叫："施主留神要你听：你的来意我尽晓，方才小徒尽回明。今日天气晚得很，料想难以进江宁。眼看城门就关上，暂且宿在我庙中。明日一早去求水，管保你母免祸星。"秀兰闻听答应"是，师父言词敢不遵？"老尼复又吩咐话："性本留神要你听：你把这，施主带到西边去，预备茶水莫消停。"小尼答应说"知道"，带领妓女向外行。穿过角门好几道，又进那，月亮门内看分明：另是一座板子院，这个所在又不同。秀兰这一将房进，泄机关，刘大人大难临身了不成！

第七十三回　净空僧夜半遇熟人

且说性本将妓女秀兰带至这一所板院内，原来是三间禅堂。门上挂着大红猩猩毡的帘子，窗户上糊着玻璃镜。又听里面“丁当”山响，原来是自鸣钟之声。秀兰正观未尽，小尼将帘子掀起，说：“施主请进。”妓女忙移莲步进禅房，只闻得这屋内有安息香、檀香、百合香之味。当中堂屋，迎面放着一张紫檀八仙桌，桌上摆着个大宣窑的古樽①，樽内插着一枝一尺多长菠菜叶根的珊瑚子树，右边是个白玉盘，相衬着三个大香橼、两个佛手，当中是一个古铜炉。墙上悬挂着一轴画，原来是赵子昂的八骏，左右一副对联，上句是：“雅致尘心冷”；下句是：“清香古桂烟”。西边套间门上，挂着水红帘子，可是卷着呢，因此才瞧得见里边的摆设：迎门放着一张南竹子月牙桌子，后头画着个假门，之上还画着个香色绸子帘子，恰似套间一样。

列公，瞧着是个假门，原来此就是个真门。推桌而入，令人难测。

妓女看罢，暗暗点头，说：“好富贵庙呀！”忽见打套间屋内，走出一小尼来，年纪有个十七八岁，原来就是看这禅堂的。性本一见，用手把秀兰一指，说：“这位是前来求水的贵客，师父叫我在此处安歇。告诉你咧，我还在前边伺候着师父去呢。”说罢，翻身而去。

性本说罢翻身去，再把那，性定淫尼明一明。眼望妓女来讲话：“施主请进这屋中。”秀兰闻听忙迈步，跟着尼僧往里行。进了屋门留神看，这里款式更不同：八步牙床挂帐幔，苏州绒造是大红。一对银钩上面挂，床上毡子是白绒。上边是：闪缎被褥真好看；又有那，鸳鸯枕上绣着那，一双鸾凤去和鸣。床前还摆一物件：檀木脚凳放流平。银烛高照明又亮，真有那，椒房之美妙又精。妓者看罢心纳闷，忽见那，小尼开言把话云：“施主你也歇着罢，天气眼看交二更。桌上灯烛不必灭，这就是，玉盏常明万年灯。”言罢将帘来放下，小尼就往外边行。按下性定出门去，再把秀兰明一明。独对银灯芯犯想：瞧

① 樽(zūn)——古代的盛酒器具。

光景，准是尼僧不老成。且别管，暂且睡个舒服觉，明日一早进江宁。秀兰看罢不怠慢，摘去钗环云鬓松。光景不是好妇女，她与良人大不同：身上衣服全脱去，露出那，雪白身子玉琢成，两个乳头真好看，恰似那，发面馒首一般同。还有一件值钱物，价值十二锦连城：就是那，小肚子底下那道缝，好比那，杀人的钢刀不见红。有多少，英雄好汉因此丧，万里江山上面扔。君王好色失天下，官员好色误前程，买卖好色伤血本，财东知道把你轻。劝君不可入此道，休落得，悔之晚矣总是空。按下闲言归正传，再把妓女明一明。

且说妓女秀兰，将身上衣服全然脱去咧，躺下还没半个更次工夫，只听那月牙桌子一声响，有一扇门往两下一闪，那张桌子就不见了。假门变作真门，打那门内，走出一众僧人。

明公，你道那僧人打里边来的？听愚下交代明白：他也是镇江府内，有一个丹徒县之内，有一座绍兴禅林，他就是那庙里同和尚第二个徒弟。因出来化缘，来至江宁府。偏偏的他害眼，到这庙内求水，因此与这圣水姑姑就好上咧。他今年才交三十二岁，法名叫净空，绍兴寺学来拳棒，又能飞檐走壁，手使一把单刀，可以挡五六十人。他又招了两个僧人：一个是滚马强盗，惧罪削发，才入空门，法名天然；他本是绍兴人氏，才三十六岁，黑面，目大，大鼻子，一双牛睛，满嘴的胡子好像铁针一般，手使一条铁禅杖，重三十五斤，也能飞檐走壁，两膀有五百斤的膂力。那一个可是江宁县的本地之僧，法名了凡，年四十七岁；他与这圣水姑姑早有交情，并不会武艺。因此上，三个和尚就在这圣水姑姑庙内，暗室栖身，合庙僧人，任意奸淫。后又想出圣水治病的方法来咧，不过是哄那愚人以为生意。这三个秃驴，坏得妇女也就不少。书里讲明，言归正传。

且说妓女秀兰留神观看。

且说妓女留神看，打量出来这名僧：年纪不过三旬外，才剃头皮亮又青。生成一双调情眼，雪白大胖在妙龄。身披僧衣是酱色，厚底云鞋足下蹬。见他进屋床上看，妓女在床眼朦胧。凶僧一见动意马，上前抱住不放松。开言不把别的叫："可意人儿要你听。"秀兰故意一声嚷："是谁胆大了不成！擅自强奸良人妇，送到当官罪不轻！"凶僧闻听说"不怕，就要我命也愿情！常言宁在花下死，黄泉做鬼也有名。"说着说着不怠慢，搂住妓女岂肯容？书中难以深言讲，列位明公岂不明？和尚与他成好事，秀兰沉吟在心中：怪不得，大人差我将庙进，果然这庙有隐情。正是秀兰心里想，假门内，又来江宁本地僧。秀兰一见吓一跳，说道是："此事今朝了不成！"

且说秀兰正然沉吟，忽见假门内又走出一个僧人，仔细一看，并不是别处之僧，就是他们本地和尚，法名叫了凡，原先在江宁府城里，紫石街东头，玉皇庙内出家——他每两个早有交情。且说了凡和尚，这一会子色攻了心咧，也等不得净空干完了，他就出来咧！来至床前，借灯光一看，见了妓女秀兰，他"哼"地一声，后又说："奇怪呀！我当是哪个，原来是秀姑娘吗？"秀兰闻听，也就难以推托，只得说："好哇？了师父！"

且说净空刚完了事，则见了凡走进来咧。一见面，他们俩认得，听口气，是有交情。净空在一旁说："了师父，你们认识吗？"了凡闻听，说："这是我的乾亲家母。"净空闻听，说："站着，站着；你这亲家母，家里还有个什么人？"了凡说："老净，你真不开眼，连个窑内赊果都不钻吗？你还和哥哥成天家碎大套！"

众公，这句话，知者的明白，不知者听之纳闷。待在下破说明白！了凡说"窑内赊果都不钻"，是"连个出门子的养汉老婆也不知道"，书里言明。

净空闻听，说："这事就奇怪！"

自听了凡一句话，净空开言把话云："非是不懂你的坎，此事一定有隐情。她是花街柳巷女，为什么，又扮良民到庙中？莫非是，何人差她来到此，探听你我做的事情？此事不可不在意，必须把此事问分明。别等到，马到临崖收缰晚，船到江心补漏迟。"了凡闻听说"有理，老净言词理上通。"了凡和尚开言道："秀姑娘留神听我云：何人差你来到此，假扮良人到庙中？一往从前实言讲，方显咱们旧交情。你要是，瞒哄不肯说实话，想要出庙万不能！"秀兰闻听吓一跳，暗说"此事了不成！大人差我来探事，不承望，遇见本地了凡僧！奴今有心说实话，劳而无功少厚成；有心不把实话讲，凶僧光景未必容。"秀兰正在为难处，忽见那，净和尚急忙跑进去，拿出把，明晃晃钢刀手内擎。

第七十四回　贼淫僧行刺刘知府

话说妓女秀兰，正自沉吟，忽见那净空凶僧，打假门内进去了，他拿了一把明晃晃的一把钢刀出来，眼望妓女一声喊叫，说："你今要不说实话，我这一顿刀，剁你个稀烂！"秀兰一见，魂不附体，战兢兢眼望和尚，讲话说："师父不必动手，待我实讲。"

众位想理：像他们这宗娼家之妇，见银钱忘恩义，见刀剑且顾水性杨花，反复无常，孔圣人的话不错："唯女子与小人为难养也。近之则不孙，远之则怨。"朱洪武怎么说："我要不是妇人所生，天下的妇人我全杀尽。"所以这妇道之中，最难得其贤德。且妓女秀兰，乃是娼家，又不是良家之女，这一会眼看刀剑临头，她如何不怕？

话不可重叙，他就把那刘大人假扮香客，到庙中私访，无得真底，然后又打发她假扮良人之妇，求取圣水，夜宿此庙，探看虚实的话，说了一遍。净和尚闻听，暗说"不好！"

凶和尚，闻听妓女秀兰的话，暗自吃惊说"了不成！原来是，罗锅子差他来到此，假扮良家妇女到，探看庙内根与底。想必是，风声走漏被他闻。多亏了凡来看破，险些中了计牢笼！刘罗锅，我不寻你你找我，你竟是，无故生非显你能！"净和尚，眼望了凡来讲话："去请天然二师兄。大家商量拿主意，迟则生变悔不及。"了凡闻听不怠慢，走进去，叫出来，绿林杀人万恶僧。净空一见开言道："师兄留神你是听……"用手指定娼家女，就将那，一往从前尽讲明。天然闻听说"气死我，而今竟有这事情！这算他自己来找事，成心不做府江宁！咱们若不先下手，祸到临头悔是空。常言俗语一句话：'无毒不是丈夫行'！"天然僧，眼望净空叫"贤弟，留神听我讲分明：愚兄有条牢笼计，两全其美保安宁。火燎眉毛顾眼下，这就是：二虎相逢争一争。"净空闻听天然的话，"请问师兄怎样行？"

净和尚眼望天然僧，说："师兄，你说了这么半天，到底是怎样的行？"天然闻听，说："这件事，要依我的主意，咱们是生米醋——舍着做。"净空又问，说："怎么叫舍着做？"天然说："老弟，你听俗语说得好：不入虎穴，焉得虎子?"用手又把秀兰一指,说:"这个人,千万别放出庙。等我前去施展飞檐走壁之能,趁此黉夜之际,暗带钢刀一口,到刘罗锅衙门行刺,暗暗将刘罗锅子杀害,逃出府城,回古庙藏身,朝夕与尼僧美娘快乐,岂不是好?如不然,刘罗锅子岂肯干休?你我也难住此庙!"

只听那,天然之言还未尽,净空闻听把话云:"师兄言词真有理,就是如此这般行!"天然闻听不怠慢,慌忙就去把衣更。脱去长衣穿短袄,青布褡包系腰中。薄底快鞋蹬足下,鸡腿袜儿是皂青。花布手巾将头系,背后插,一口单刀耀眼明。他本是,绿林杀人真强盗,漏网脱逃到江宁,皆因番役拿得紧,他才削发去为僧。虽然出家空门入,不过是隐姓暂埋名。天然僧,收拾已毕往外走,到外边,眼望净空把话云:"小心防守别大意,愚兄行刺就回程。"天然说罢不怠慢,迈步一直往外行。走到院内抬头看,一天星斗在当空。这和尚,并不开门往外走,越墙而过令人惊。登时就过墙几道,出了禅林古庙中。一直不往别处去,径奔江宁聚宝城。此庙离城三里路,眨眼之间到江宁。城门业已早关闭,听了听,梆铃三下震耳鸣。天然僧,来至城下不怠慢,施展飞檐走壁能。头朝下来脚朝上,倒爬金陵锦绣城。眨眼之工急似箭,垛口上,上去了行刺万恶僧。这凶徒,轻轻又把城来下,顺着城根向东行。走不多时又往北,一直的,径奔府衙哪消停?穿街过巷急似箭,霎时间,刘大人的衙门面前存。

天然和尚穿街越巷,不多时,找到刘大人的衙门以外。听了听,还是三鼓。这凶僧,绕到那箭道的墙下站着,只见他两脚一跺,"嗖",蹿上墙头,留神观看。

和尚闪目留神看:原来是,衙门照房是后层。凶僧看罢不怠慢,两足一纵快如风。轻轻站在流平地,蹑足潜踪往前行。黉夜前来要行刺,要与忠良把账清。转弯抹角来得快,霎时来到前院中。和尚举目留神看,侧耳留神仔细听。则见那:上房五间在正面,六间厢房列西东,各屋不见灯光亮,真可巧,天上阴云把星斗蒙。凶僧看罢不怠慢,"苍天帮助我成功。"和尚看罢不怠慢,抽出单刀手内擎。蹑足潜踪把上房奔,上礓礤①,来到那,游廊底下站身形。举目瞧,两扇房门

① 礓礤(jiāng cā)——台阶。

关得紧；用手推，纹风不动开不能。凶僧推罢不怠慢，暗把罗锅叫几声："今夜晚，要想脱过我的手，除非转世再脱生！"和尚看罢将头点，用刀尖，撬得门"咯叮叮"响，大人和内厮正美寝，作梦儿，不知竟有岔事情！凶和尚，撬开插关整两道，只听得，"当啷"一声了不成！

众位明公，你说是什么响？原来是个铜镜子掉在铜盆里头咧！说这个书就说离了，镜子在哪？铜盆在哪？怎么镜子就掉在铜盆里头咧呢？众明公有所不知：这一位刘大人做事，底细到万分。到而今，那些富贵之家，都有按着刘大人这个法儿行的许多。说到底，是怎么个方法儿呢？众位留神细听：用小铜镜子一个，镜鼻儿上拴上一块纺丝手巾，到了晚上锁门之时，那镜子上拴的那块纺丝，夹在那两扇门缝之内；下边正对那镜子，搁一个洗脸的铜盆。明公想理：莫说你有时迁之能，要破开这个法，不能。你想，这个门略薄儿的往两下里一分，上边的那个镜子一点挂头无有，岂不往下掉？这一掉下来，又在这铜盆上头，这两宗东西一响，这个声音，就让你入夜不睡觉的人，管保也吵得醒！书里讲明。

且说的是，天然凶僧，用刀尖刚将那上房门的两道插关撬开，才用手一推，只听"当啷"一声响亮，凶僧只当是里面知觉，有了准备，吓得他倒退闪几步，留神观看。

按下凶僧看动静，再把忠良明一明。大人与张禄正美寝，睡梦中，忽听那"当啷"震耳鸣。忠良惊醒留神看，屋中黢黑看不明，复又侧耳听仔细，鸦雀不动静无声。张禄梦中也惊醒，吓得他，拉过被子，蒙上脑袋声也不哼。按下忠良且不表，再把那，好汉承差明一明。这一夜，正是大勇该值日，带领朱文与王明。大人并无把家眷带，三人伺候内衙中。西厢房内来上夜，为得是，早晚听差办事情。按下闲言不必表，再讲三位美英雄。正然睡在厢房内，睡梦中，忽听那，响亮一声震耳鸣。三家好汉全惊醒，陈大勇，慌忙爬起看分明。窗户眼中往外看，好汉眼尖看分明：瞧见那，上房门外台阶上，一人站立把刀擎。大勇看罢吓一跳，腹内说："这人胆大了不成！竟敢衙内来偷盗，不怕拿住丧残生！"好汉瞧罢不怠慢，忙穿衣，墙上摘刀手中擎。顾不得，告诉朱王人两个，开门一直往外行。大叫一声"休撒野！胆大蠢贼了不成！衙门竟敢来偷盗，不怕拿住丧残生！"言罢赶上用刀剁，和尚秃驴闪身形。刚然躲过刀又到，僧人还手不相从。

只听“丁当”声音响,这就是,狭路相逢二虎争。大勇就使龙探爪,和尚的,丹凤朝阳架势精。承差慌忙跟箭步,僧人急急退身形。这和尚,口中大叫“刘知府！私探禅林为何情？你为何,来到江宁多管事？我明人不做暗事情！无是无非来胡闹,我也是,路见不平到衙中。特地前来为行刺,要害罗锅是实情！谁知你今夜不该死,惊醒你手下人一名!”这和尚,大叫“那人休撒野,你今要活万不能!”说罢将刀紧一紧,绿林传授实在精。幸亏遇见陈大勇,刀棍无敌本领能。二人闹够时多会,陈大勇干急躁,要想成功万万不能。

第七十五回　擒贼盗罗锅暗遣兵

话说当院中僧俗二人动手，不见高低，这且不表。且说上房里刘老大人和长随禄儿，这一会吓得一声儿也不敢言语。

列位，刘大人生性胆壮，那是傲上忠直。像这样拿刀动枪的，大人如何不怕呢？可怜吓得这位大人，睁着俩眼睛，口内打“哼哼噜噜”，呼声不断。张禄这会子吓得把他老爷的棉被也溺了，低声叫：“老爷，别睡！”大人闻听，也低声把老爷山东话吓出来，说：“得儿他妈妈，借个厂儿，有了银咧！院子北边动手！”

不言大人和长随屋中害怕，再说那陈大勇，见那人刀一路紧似一路，那刀钐①砍劈剁，削耳撩腮，直奔致命之处。好汉观瞧，暗暗喝彩，说：“此人的本领，在我以上，我倒要留神。万一有失，可惜我这几年的英名，付与流水。”想罢，也将刀的门路更改招架。此时大勇把拿人之心，减去八成。

他两个复又来动手，狭路相逢岂肯容？一个是，因为瞧破庙中事，胆大行刺进江宁；一个是，身在公门现应役，速拿贼人好立功。想罢钢刀眼前晃，好汉忙用刀刃迎。一个就使挂面脚，一个慌忙仰身形。大勇登时浑身汗，和尚也觉膀臂疼。正是那，棋逢对手难藏性，将遇良才是真情。一个是，绿林出身真强盗；一个是，运粮千总把官扔。陈大勇，一个箭步蹿上去，刀刃一直奔他前胸。和尚用刀忙招架，这好汉抽回刀来，凶僧利刃竟剁空。大勇即便抬左腿，只听“吧”，一脚正中那凶僧。天然手腕着了中，手内刀，“当啷”一声落在流平。和尚心中并不怕，头一低，往前跑，使了个小燕穿云架势精。一直径奔陈大勇，成心与好汉定雌雄。大勇一见不怠慢，手中刀，高扬起径奔凶僧下绝情。和尚又往旁边闪，大勇钢刀竟剁空。凶僧左边只一闪，这好汉不防备，腿上着中晃身形。僧人得便托右肘，陈大勇，想落钢刀万不能。和尚左手往上起，掐住脉门不放松，使力往下只一按，凶僧的，右拳举起下绝情。只听“吧”的一声响，陈大勇，手

---

① 钐(shàn)——抡开大刀割的动作。

背着伤刀落空。好汉一个跺子脚，和尚松手退身形。二人钢刀齐落地，各施拳脚来斗争。一个就使五花跑，一个忙用手来迎。按下二人当院闹，再把那，屋内承差明一明。

且说西屋内的承差朱文、王明被响声惊醒，正自发呆，忽见陈大勇穿上衣服，打墙上摘下刀来，拿在手中，将门开放，一声喊叫，跑出院子里，有个人赶上去，他们俩动起手来咧！朱文、王明一见这光景，腹内说："必是个蟊贼，前来偷盗来咧！看陈大勇本事！"他们俩也知道，他既出去咧，料想也跑不了那个人咧，因此上他二人大意咧，慢慢穿上衣服，各拿兵刃在手，一齐跑出房门，一声喊叫。

他两个，跑出房门齐呐喊，大叫"陈头儿别放松！齐心拼力拿贼盗，大家一同把贼擒！"一边喊叫往外跑，和尚一见暗吃惊，腹内说："今朝难取胜，要害罗锅万不能。手中又无吹毛刃，眼下又添人二名。万一有失落人手，半世英名火化冰。"凶和尚，正自思想朱文到，手使攮子往上攻。僧人一见忙躲闪，王明铁尺哪放松？盖顶搂头往下打，和尚的，身体灵便躲得精。王明观瞧心好恼，大叫"蟊贼了不成！你竟胆大把官衙进，来偷府尊瞎二睛！"大勇接言说"不是，他是前来把刺行。二位快些来帮助，大家并力把贼擒！"朱文王明闻此话，一齐又奔那凶僧。和尚一见微微笑，说道是："倚仗人多万不能！要是好汉个对个，叫人相帮匹夫行！并非我今将你怕！我还有事要回程。"说罢将脚只一跺，"嗖"一声，纵上房去不见形。

且说天然和尚，正与陈大勇动手，心中想要追了好汉的性命，然后将刘大人谋害。不想又来了两个人：一个是铁尺，一个是攮子，也来动手。和尚这会又无兵器，如何敌持？他也是恐遭毒手，瞅空将双脚一跺，蹿上房去，霎时间踪影全无。陈大勇、王明、朱文三人一见，说："不好咧，被贼人逃走了！"

明公，这件事要出在往常间，陈大勇必要追赶，今他可不敢去追。这是怎么个缘故呢？一来是黑夜之间，二来方才与那个人动手，那个人的武艺比他又不差，就是赶上他，也难取他之胜。所以他才不去追赶，眼下保了个平安无事，他就念佛，焉能他还肯去追赶？书里讲明。

且说上房屋中的刘大人与小内厮，听见院子众承差与贼人动手，不由得发毛。后来又听见三个承差一齐说贼人跑咧，大人与内厮这才放心咧。

忠良吩咐内厮："快些把灯烛点上！"禄儿答应，不多时，灯也点上咧，门也开咧，陈大勇等这才找着院内的兵器，又找着和尚扔下的那把刀，慌忙齐进上房，与大人请安，说："小的等无能，使大人受惊！"刘大人一见，说："起来，起来！贼人半夜而来，焉怪你等？"说话大人坐在炕上，陈大勇将和尚扔下的那把刀，献与忠良。刘大人接来，留神观看。

清官接过留神看：光辉夺目眼难睁。复又留神仔细看，刀上有，字迹两行凿得分明："妙法禅林圣水庙"，一边是："暂入空门隐姓名"。大人看罢刀上字，眼望那，大勇三人叫一声："今夜晚，这人不是来偷盗，他原来，暗进官衙把刺行。钢刀上面明明写，他是那，圣水禅林庙内僧。要依本府心中想，大有情弊在其中。定然是，尼姑庙内藏和尚，妖言惑众哄愚氓。妓女庙内把机关泄，才有这，僧人行刺进衙中。幸亏本府不该死，苍天庇佑我刘墉。你们三人将他赶跑，这件奇功别当轻！"大勇闻听忠良话，说道是："恩官留神在上听：既然刀上将字造，定是禅林圣水僧。机关不密他先知晓，晓夜行刺狠又凶。待等天明将人派，暗自出离府江宁，团团围住圣水庙，一概全拿进衙中。大人堂前将他来问，真赃实犯问典刑。除去江宁这一害，上司喜，恩官指日要高升！"说话之间天将晓，东方送上太阳星。大人开言又讲话，说道是："大勇言词理上通。"

忠良闻听大勇之言，说："此话有理。"忠良复又吩咐："禄儿，赏他三人酒饭。""是。"禄儿答应，不多之时，摆上饭来。大勇等三人谢过，这才用饭。不多时，三人用完，禄儿撤去家伙。刘大人眼望大勇，开言说："好汉，这件事情，怎么样个办法？"陈大勇闻听刘大人之言，说："这件事，要依小的的主意，事不宜迟，小的等三人，再带上十几个伴们，各带兵器，暗自出城，将那一座圣水庙围住，把庙内所有的人，全都拿来，大人审问他的口供，料想昨夜行刺的那个僧人，虽然逃去，也未必敢隐藏此庙。先拿了尼僧，然后再捉拿行刺的那个和尚，不怕他飞上天去！"刘大人闻听，满心欢喜，说："此计大妙！"

清官闻听前后话，满面添欢长笑容，说道是："此计大妙真不错，事不宜迟急速行！"好汉答应说"知道"，一同那，朱王二人向外行。又带捕役十数个，全都是，暗藏兵器在腰中。出了衙门急似箭，一个个，径奔江宁南正门。霎时来到南门外，陈大勇，悄语低言把话云：

“此去庙内拿人犯，大家齐心事有成。非是陈某言此话，皆因那，行刺的僧人本领能。岂知庙内无余党？不可不防要用功。”众人回答说“正是，陈爷言词理上通。”按下公差人数个，再把那，绿林贼，杀人寇行刺的凶僧明一明。

第七十六回　闯尼姑庵捕役捉凶

且说圣水庙行刺的天然和尚，被刘大人的承差陈大勇等三人围住，闹够多时，自己觉着怕机关败露，难以谋害忠良，腹内说："何不暂且逃走，回庙另想良谋，再进官衙，连这一起狗腿全然杀害，方解心头之恨！"凶僧想罢，将脚一跺纵上去，蹿房越脊，这时间出了官衙，穿街越巷，来至城根，又施展飞檐走壁之能，出离了城。回到圣水庙中，见了净空，就把行刺无成，实然难以动手的事，从头至尾，告诉了一遍。净空未语。天然复又开言，说："老弟，这件事依我瞧，你我也难住此庙。倒不如趁此远走高飞，另投别处栖身，再为后图，未不知老弟意下如何？"

众公想理：别的事可以，唯有奸情这件事了不的。或是争风，或是因奸不得，闹着闹着急咧，动了刀咧，闹出人命来，后悔也就迟咧！你想，这个净空年纪只有三十二三，正在妙龄，与这一起尼僧闹热了盆咧，还有隐藏下的几个妇女，在圣水庙中暗室之内，无有不为，任意快乐，焉能一旦割舍得就离此庙呢？

净空闻听天然之言，说："师兄，不必害怕，听我一言奉告。"

净和尚开言把"师兄"叫："要你留神仔细听：不必着急休害怕，丈夫做事要留名。畏刀避箭非男子，师兄你，枉在江湖绿林中！这件事，虽说官府来看破，依我瞧来更稀松！如有差人将庙进，管叫他有死并无生！你的单刀我的拐，可以能搪百万兵。事情紧急咱再走，众狗腿，焉能挡住咱弟兄？纵有拿住咱命丧，花下死，黄泉做鬼也有名。"天然僧，闻听净空前后话，说道是："老弟言词理上通。"了凡闻听心犯想，这个秃驴胆战惊！皆因他，各般本事全不懂，要讲嫖赌属他能。虽然害怕舍不得走，穷色大，贪著庙内众女僧。也是秃驴恶贯满，遇见那，赛包公，乾隆爷把他升，御笔钦点到江宁。按下凶僧不肯走，依旧隐藏在庙中。妓女秀兰也留坐，还有那，李家瑞姐人一名。这些节目全不表，再把那，奉命的承差明一明。

且说好汉陈大勇、王明、朱文等，奉刘大人之命，前往圣水庙。众人出了江宁的聚宝门，一直径奔圣水庙而来。此庙离城才三里之遥，霎时间来到山门以外，瞧了瞧，山门紧闭。

上部书，愚下已经表过，这座圣水庙，每逢初一十五开庙，方许男子女子进庙烧香；除此以外，平常日期，只许妇女进庙求圣水，不许男子跟随进庙。所以，他这山门常常的关闭，书里讲明。

且说陈大勇等，来至圣水庙山门以外，瞧了瞧，山门紧闭，用手推了推，纹风不动。大勇才要望众人讲话，忽听见那边有一个骑马的，带着一个水晶顶子，领着二十多个兵，蜂拥而来，眨眼之间，来到跟前，下了坐骑。大勇一看，不是别人，乃是江宁府的守备王英王老爷。好汉一见，先就讲话，说："王老爷到此，有何贵干？"这守备王英见问，说："陈头儿，我奉刘大人之命，带领本营兵丁，前来协同你们等擒捉此庙的凶僧，怕得是这庙中余党势众，难以擒捉，所以才打发我前来，共同协办。"陈大勇等闻听王老爷之言，不由满心欢喜。

这好汉，闻听守备前后话，满面添欢长笑容，说道是："这座禅林宽大得很，前后相连五六层。如若一齐将庙进，怕得是，贼僧知道越巷行。要依小的糙主意，老爷你，带领手下众兵丁，庙外巡逻加防范，我们进庙去拿人。如此两班方为妙，大事定矣必成功。"王老爷闻听说："很好，陈头儿计策果高明！就是如此这般样，速速进庙莫消停！"好汉闻听说"正是"，眼望朱文与王明。说道是："咱们哥们仨将庙进，着意留神要小心。"二人答应说："知道，不用陈头儿再叮咛。"好汉闻听不怠慢，用手推门把话云，说道是："快开山门求圣水！"这不就，惊动里面小尼僧。他就是，圣水姑姑大徒弟，法名性本在年轻，今年才交二十二，长了个茂高，那一个，小模样子倒可人疼。这淫尼，正在前院来说笑，忽听那，山门打得震耳鸣。慌忙来到山门下，往外开言问一声："那边来的有何事？快把情由对我云。我好回禀家师去，如若不听你枉用功。"好汉闻听将头点，隔着那，山门缝儿把话云。

陈大勇山门外面开言，说："我们是龙潭村特意到此求圣水来的。"里面的小尼僧又问，说："是男客女客？"好汉说："男女都有。"女僧闻听，说："等我替你们回禀家师一声。"说罢，翻身往里而走。

且说山门外面的好汉陈大勇，眼望朱文、王明讲话，说："少时要有人来开门，见一个，拴他一个。"众人闻听，齐声答应。陈大勇正然要与伙计伴儿们议论，只听里面有开门之声，原来还是头里进去的那个女僧，将好汉陈大勇的言词，回禀他师父一遍。圣水姑姑闻听，吩咐："将女客请进庙去，将男子留在庙外。"所以又出来开门。女僧刚然开开了山门，往外一看——哪里的女客？竟都是男子！仔细又一看，那些人的穿戴，都是公门中的打扮。

众明公，唯有公门中的爷们，有个贵官脾气，很爱穿个细毛蓝的官罩，腰中系上一条褡包，或是绉绸的，或是足青布的，必要弄一个四块瓦儿的青布单褂子，可不是穿着，胳臂一搭，若死了，要闹个吓雀的缨帽，所以令人好认。书里言明。

且说大勇见了山门已开，不问青红皂白，带着众人硬往里走。女僧一见这个光景，不由得害怕，乍着胆子开言，说："我们这是女僧所在，岂是胡闹混闯的么?"大勇眼望王明，说："老弟，拴起这个来。"王明答应，掏出锁子，赶上前去就要动手。女僧一见，吓得往里飞跑。

女僧一见心害怕，迈步翻身跑似风，意乱心忙腿发软，二门槛，"咕咚"绊了一个倒栽葱！四脚拉叉躺在地，露出那，腰中的汗巾是大红。云子镶鞋也摔掉，雪白的袜底儿，两脚高扬叫人动情。僧帽却在旁边扔，显露出，新剃头皮是亮又明。胸坎上，两个乳头高四指，好一似，发面的馒首一般同。王明一见浑身软，手提铁锁忙上前，竟奔贪淫好色僧。他未曾一锁摸一把，点头咂嘴口内哼，腹内说："这个女僧长得好，他的那，小模样子叫人疼。"王明无奈上了锁，带起红颜白面的僧。陈大勇，带领众人又往里走，进了那，二层角门看分明：三层大殿在正面，药王圣像在当中。十大名医分左右，都是那，五彩庄严绿配红。东西配殿俱关闭，看不见里面众神灵。众人看罢朝后走，穿过大殿到二层。一直又把三层过，抬头看，殿旁边，五间禅堂盖得强，独门独院真清雅，原来是，圣水姑姑在这屋中。陈大勇，来至门外忙站住，侧耳听，禅堂里面说笑声。好汉闻听不怠慢，三两步，闯进房门看分明。

陈大勇闯进屋门，留神观看：原来是当家的圣水姑姑与他的手下几个徒弟，还有几个凶僧、净空，在这屋中饮酒作乐，耍笑讴歌，挨肩擦背，无所不为。净和尚正喝到高兴之际，一伸手，搂住小尼姑性定，要了个嘴，说："我的小乖乖子！"要完了嘴，一回头，打外面闯进个人来，年纪不过在三十五六，五短身粗，相貌威武，雄赳赳将门堵住。净空和尚一声大叫："呀！

你这人好无道理,擅入内室,令人可恨!"

只听和尚一声断喝:"你这人,胆大无知了不成!擅闯内室做何事?快些说来莫消停!"凶僧言词还未尽,只听那,大勇开言把话云,说道是:"庙为十方称善地,女僧焚修①在其中。依我看,你这秃驴非姑子,你如何,也在此处胡乱行?你们的,事情败露机关泄,不必装憨与推聋。快些受死是正理,少若挨迟了不成!"好汉言词还未说尽,只听那,净空和尚把话云:"我当你倒有何事,却原来,找我老爷进衙门。想来是,罗锅差你来到此,也是你,大数难逃此处坑。"和尚说罢不怠慢,打墙上,摘下那一口单刀手中擎。"刷拉"一声亮出鞘,光华夺目眼难睁。一直径奔陈大勇,照着那,好汉顶上下绝情。承差一见忙闪退,和尚的钢刀竟砍空。好汉观瞧哪敢慢?衣襟底下取钢锋。折铁钢刀亮又明,照着那,凶僧背后砍下去。净空岂是省油灯?使了个,鹞子翻身躲得巧,好汉的,折铁刀砍在门上响一声。他两个,就在屋中动了手,这不就,吓坏了圣水姑姑养汉精。还有性黄与性定,二小尼,钻在那桌子底下不敢哼!按下淫尼不必表,再把那,门外众人明一明。听见屋中动了手,刀声响亮震耳鸣。朱文开言把"王哥"叫:"老哥留神要你听:你与这,众位伴们将门守,等我进屋助一功!"朱文王明不怠慢,取出铁尺手中擎,一声大叫闯进去,说道是:"贼秃要跑万不能!"和尚闻听人讲话,举目瞧,又来了公差人一名。

---

① 焚(fén)修——佛教徒焚香修行。

第七十七回　凶僧恶满盈落法网

且说净空凶僧，正与好汉陈大勇动手，忽见打门外又闯进一个人，手擎铁尺，恶狠狠指着他，赶上前来就是一下。净空和尚慌忙躲过，回手也就还了一刀。朱文用铁尺相迎，大勇在一旁相观，并不怠慢，使了个箭步，"噗"，窜到净空和尚的背后，照他的下三路就是一刀。净空一见，往前边一跳，也是和尚的恶贯满盈，可可儿的那边搁着一张椅子，净空和尚不防，被椅子一绊，险些栽倒。朱文一见，哪肯容情？赶上前去，照着他的脑后"噹"就是一尺，只听"吧叉""咕咚""喀嚓""哗啦"，这一路乱响！

有人说，你这书可不用说了，怎么满嘴里都是舌头？到底是"咕咚"，是"吧叉"，是"喀嚓"，是"哗啦"？你闹了个老西儿拉骆驼——摆了这么一大溜！众位明公，别心急，听在下的慢慢破解明白：净和尚中了朱文铁尺，是"吧叉"的一声不是？净空和尚往前一扑，栽倒在地，是"咕咚"的一声不是？两只手又一扳地下的高桌，把那些个盖碗咧、茶盅咧、瓷瓶咧……这些东西都掉在地下咧，是"哗啦"的一声不是？所以，才这么一路乱响。书里讲明。

朱文一铁尺打倒了净空，赶上前去，"吧叉"，踝子骨上又是一下，净和尚不能动转。大勇这才向外面讲话。

这好汉向外高声叫："众伴们，快些进来莫消停！朱文打倒凶和尚，快将这囚徒上绑绳！"手下人，他们闻听不怠慢，进来了公差人几名。先拿了净空人一个，然后又绑众尼僧。陈大勇，吩咐手下把尼僧看，带领朱文与王明，出了这座禅堂院，一直又往庙后行。按下承差人几个，再把那，天然凶僧明一明。

且说天然和尚，正在暗室之中，与别的尼僧还有妓女秀兰说笑，饮酒作乐，忽听前边有打闹之声。凶僧吃了一惊，慌忙站起身来，拿了他的那一条铁杖，要去看一个动静。事逢凑巧，天然僧刚出那暗室之内，正遇见陈大勇带领朱文、王明前来，两下里相见，哪里能回避？天然僧眼望陈大勇，一声喊叫，说道："呀！你们是做什么的！擅自到此，有何贵干？"大勇一见，微微冷笑，说："秃驴！休推睡里梦里，你们的事情败露，我等奉刘大人的命令，前来拿你，快些前来受绑，还多活一会；但若捱迟，管叫你这秃驴死无葬身之地！”

只听那，好汉之言还未尽，天然凶僧把话云：“原来为的这件事，擅敢前来到庙中。今日要饶过这狗腿，其情可恼理难容！”天然僧，说话之间赶上去，镔铁禅杖举在空，径奔好汉陈大勇，承差一见闪身形。朱文观瞧迎上去，手中铁尺禅杖腾。只听“呛叉”一声响，朱文的，铁尺掉在地流平。王明一见不怠慢，“噗”一个箭步奔凶僧。手中的攮子要取胜，凶僧的，大腿上面下绝情。只听“哧”的一声响，和尚顺腿淌鲜红。天然“嗐哟”眉一皱，不由动怒眼圆睁，一声怪叫：“气死我！倒被这小辈暗算了不成！我今容你们出庙去，有玷从前绿林名！”正是天然要报恨，又来了，承差大勇美英雄。手内单刀急又快，光华夺目眼难睁。泰山压顶削下去，和尚忙用禅杖迎。只听“喀嚓”一声响，铁禅杖，被刀削去二尺零！凶僧一见心害怕，暗自思量说“了不成！”

天然僧的铁禅杖，被陈大勇的折铁钢刀削去半截，凶僧腹内思量，暗说：“不好！这厮的刀果然厉害，怪不得捕盗拿贼，常立奇功。倚仗他手内利刃，削铁如泥，是一把吹毛利刃！我若与他斗力，只怕不是他的对手。三十六着，走为上策。”凶僧的主意已定，将两脚一跺，“嗖”的一声，蹿上房去。陈大勇、朱文、王明三个人，一见凶僧逃走，不由心下着忙。朱文、王明净剩下干瞅着。陈大勇一见，不敢怠慢，将身形一纵，也就跟上房去，手提钢刀，声言大叫：“凶僧，你往哪里跑！”

陈大勇，一见凶僧要逃走，不由着忙心下惊。则见他，身形一纵跟上去，声言大骂叫：“凶僧！要想逃生不能够，拿住你，好见本官刘大人！”两腿如飞往下赶。凶僧回头吃一惊，口中说：“若叫承差赶上我，我的那，性命残生活不成！”无奈之何妄想走，蹿房越脊往前奔，心虚只怕他赶上，拿住之时了不成！大勇后面追得紧，凶僧在前面担怕惊。只顾在房上往前跑，庙房上，兽头挂住他的后衣襟。大勇一见不怠慢，手抡刀，大叫：“凶僧要想逃生万不能！”

凶僧天然只顾往前逃命，你说，无巧不成书，庙房上兽头，将凶僧的衣襟挂住。承差陈大勇一见，不敢怠慢，手抡利刃，身形一纵，就赶上凶僧，搂头一剁，凶僧估量着身后面一揪，心里想着：这必有什么东西，将衣襟挂在咧！人到了急处，也顾不得三七二十一了。又见后面的承差，手抡明晃晃的利刃，从背后赶来。这凶僧心内一急，浑身攒劲，往前一窜，不提防瓦滑，脚底下一𨇤，几乎栽倒。大勇得便，探身将凶僧揪住。

陈大勇，一见凶僧要栽倒，好汉连忙一探身，伸手揪住凶和尚，掌住身形把话云："秃驴你要逃命走，怎么回衙见大人？几个秃驴拿不住，歇尽了一往从前我的名！"说罢之时一攒劲，将凶僧，按在房上不容情。此时间，朱文王明也在此，往上开言把话云，口中只把"陈头儿"叫："要你留神仔细听：庙内的，众多女僧全拿住，拿住凶僧完事情。"此时间，大勇闻听不怠慢，他将凶僧往下扔。凶僧到此难扎挣，摔了个不死小发昏！朱文王明忙按住，就将凶僧上绑绳。大勇也把房来下，庙内四下全搜尽，并无一个里边存。男女僧人装车上，公差又往别处寻。密室找出李瑞姐，还有那，妓女秀兰人一名。叫地方看守这古庙，众人这才往外行。三里之遥不算远，进了江宁聚宝门。正遇大人把晚堂坐，大勇朱王往里行。大人一见开言问："你们仨，可曾拿住作恶的僧？"大勇朱王将躬打："大人在上请听明：凶僧淫尼全拿住，请讨大人示下行。"刘公闻听将头点，座上开言把话云："急速带进众凶犯！"下役闻听应一声。一齐迈步往外走，口中说："大人叫呢快些行！"门上之人忙不住，带定众人往里行。来到堂前齐下跪，刘公上面验假真。只因私访进过庙，淫尼个个认得清。唯有三名凶和尚，并不认识做恶僧。扭项眼望大勇讲："昨夜晚，行刺却是那名僧？如何又多二和尚？"大勇闻听把话云："大人留神听详细……"一往从前细讲明。刘公心内早明亮，吩咐"速传周李氏，本府当堂判个清。"下役答应往外走，民妇进衙听口供。进衙瞧见女儿瑞姐，母女见面恸伤情。大人吩咐带众犯，男女僧人跪在尘。刘公上面来问话，僧尼不敢不招承。一往从前俱实诉，大人闻听满面嗔。提起笔来明判断：瑞姐他母带了去，可喜清白没失身，官赏白银五十两，以表此女孝娘亲。僧尼掐监南牢内，详文上报等信音。大人判断刚完毕，只见那，有人来说："圣旨到，快接钦差莫消停！"

第七十八回　刘罗锅御旨试清廉

刘大人才要退堂，忽见土报连声，三元跪在下面，说："大人在上：有京都钦差来到，离此不远，回大人定夺。"刘大人闻听，一摆手，说："再去打探。"土报叩头而去。

刘大人不敢怠慢，随后换了吉服，带领官兵出了江宁府衙门，迎至十里接官厅，把钦差接进衙中。滴水下了坐骑，站在当堂，把旨意打开。刘大人跪在下面，钦差官高声朗诵。

钦差官高声把旨意念，朗朗声音吐字清。念的是："奉天承运皇帝诏：晓谕贤卿叫刘墉，朕闻你，江宁做官多清正，治国安邦把百姓疼。今将你补升都察院，旨意一到速进京。钦此钦遵休迟误，星夜前来见朕躬。"钦差念罢皇王诏，刘大人，磕头谢恩把身平。眼望钦差来讲话："有劳贵驾走一程。"钦差回言说："岂敢，可喜大人往上升。"说罢告辞往外走，钦差紧急要进京。刘大人送出交界外，拱手相别各西东。钦差进京吾不表，再把刘爷明一明。回到衙门不怠慢，叫张禄，装上褥套要登程。总督遣官将印署，大人交代甚分明。众属下，把大人送至交界外，辞别州县要起身。刘大人，爷儿两个才要走，忽见那，前面人等闹哄哄。大人不解其中意，举目抬头看分明：原来是，江宁愚民众百姓，一齐与大人来送行。担酒牵羊无其数，慌忙齐跪地流平。一个个，眼含痛泪把"大人"叫："公祖留神在上听：小民等，闻听大人将京进，位列三台往上升。大人来到了江宁把官做，爱民如子一般同。众百姓无以可为报，水酒一杯来饯行。新靴一双爷穿去，旧靴脱下在江宁。"刘大人闻听百姓话，不由心中也伤情，开言不把别的叫："众多良民要你们听，本府有何德能处？倒叫你等来饯行！这如今，刘某无可为遗念，几句言词要你们听：奉公守法行正道，严妻教子把人疼。"军民闻听将头点，说道是："大人言词圣训同。"忠良说："尔等也都回家去罢，本府的，钦命紧急要进京。"众百姓闻听无其奈，一个个，退步翻身回里行。

不表众人回去，再说刘大人爷儿两个，还是像上任来的那个光景，乔装改扮,一路上盘脚,饥餐渴饮,晓行夜住,非止一日。那一天,来到彰义门。进了城,顺着大街往东走,到了菜市口,朝北一拐,又进了宣武门。刘大人抬头观看。

这清官举目抬头看:北京城,果与外省大不同,各样铺面全都有,茶轩酒肆闹哄哄。来来往往人不断,净都是,奔奔忙忙为利名。还有那,各样江湖无其数,大人留神看分明:头一档子是八角鼓;第二档,惯说评书是佟亮公;三档就是《施公案》,这人在京都大有名,他本姓黄叫黄老,"辅臣"二字是众人称,说的是,施公私访桃花寺,西山庙内拿恶僧。大人看罢又往北走,这一档子更不同:有个人,黑不溜秋像个鬼,年纪四十有余零。头上戴着花一朵,胡子叫胭脂染了个通点红!绿绸子裤子敞裤脚,你瞧他,扭扭捏捏来往行,两根弦胡琴拿在手,拉的是:"姐儿南园栽大葱"。拉够多时他就唱,这小子,浪不溜丢开了声,唱的是:潘金莲勾搭上西门庆,来了个,替兄杀嫂的名武松。众明公,要问此人名和姓,他就是,胡琴黑子,外号叫做"色公虫"!大人看罢又往北走,这一档子倒受听:原是评书说得好,喉咙响亮吐字清,说的是:《锋剑春秋》燕孙膑,走石飞沙闹秦营。众明公,要问此人名和姓,号叫老黑本姓滕。大人看罢又北走,只听那,锣鼓喧天响又鸣。

刘大人爷儿两个又往北走,只听那锣鼓喧天,人声喊叫。忠良举目观瞧,有一个白布大帐围着,并不知里面是什么玩意儿。大人看罢,不解其意,扭项回头,望张禄说:"这白布帐子围着的,是什么东西?"张禄听说,说:"那是玩老虎的。"大人闻听,说:"哎呀,伤人之物,也弄来玩耍,可见得人能!"大人说罢,又向北走,只听那东边鼓声震耳。

这清官,举目抬头观仔细,只听那牛皮鼓打响嘣嘣,他手中,还拿一副核木板,上边穗子是大红。你瞧他:一边打鼓一边唱,指手画脚不安宁,起来坐下身不定,使得他,汗似瓢泼一般同。唱的是:咬金下了瓦岗寨,带领一盟众弟兄,一心想要坐天下,大破孟州一座城。有人问他名和姓,他本是,久惯擂鼓的秦记生。刘大人,看罢多时心明亮,说道是:"这玩意儿出在我们老山东。想必是,年景有限柴米贵,饿得慌,情急无奈才跑上京。"大人想罢又北走,只听那,哗啦啦山响不绝声。有个人,光着脊梁当中站,手拿着,一杆铁叉绕眼明,来来往往浑身滚,好一似,粘在身上一般同。众明公,要问此人名和姓,他本是,榆垡人氏叫黑熊。这大人,瞧罢多时又北走,这一档子闹得凶:仔细看,三人原来没有眼,都是金行的老先生,一个个,簇①天宿地招人笑,这一个,故意又挤瞎眼睛。众位要问名和姓,他就是"跑瞎子",八怪之中也有名。大人看罢又北走,西单牌楼眼下横。

刘大人爷儿两个,瞧看之间,到了西单牌楼根底下咧。爷儿俩雇了辆羊车,大人在里头,小内厮跨辕,一直地向北而走。到了外西华门,顺着皇墙又往北去,打皇墙拐角往东而走,不多一时,来至后门,顺着皇墙又往北走,打皇墙拐角往东而走,到火神庙内。

为什么他们爷俩又不上驴市胡同家去呢?又在庙里住一夜,这是什么缘故呢?众位明公有所不知:奉旨进京,必得先去见了圣驾,然后这才敢到各人的私宅。书里交代明白,言归正传。

且说刘大人爷儿两个,住在后宰门外,路西火神庙内,一夜晚景不提。到了次日早旦清晨,大人起来,净面更衣,又雇一辆羊车,大人坐上,一直的进了后门,到了神武门外下车。刘大人整整衣冠,进朝见驾。朝中之事,在下也不敢细叙,咱们就是简短截说。

刘大人见了圣驾,圣主爷命他吉日上任。刘大人不敢怠慢,这才出朝,才坐之车,还在那里,立刻坐上羊车,立刻来到了东四牌楼,路东镶白旗四甲喇驴市胡同。刚一下车,就有看门的人看见,不敢怠慢,把大人接将进去,合家问安道喜,此书中不必细表。忠良茶酒饭毕,就到都察院去上任。升得麻利,丢的剪决②,这一任做了三天,因为他老人家上本之事,不知道是上的什么本章,皇爷不但不准,而且还是革职为民。刘大人只得交代印务,回到驴市胡同,择日要回山东原籍而去,暂且不表。

且说圣主皇爷,虽说把刘大人革职,并非是真心不用他,定要试探试探他往日的清名真与不真,这是太上皇爷一计。随后差了三位大臣,拿了三千两纹银,到东四牌楼驴市胡同刘大人府中,假说是帮送盘费,看他是收与不收。

有人问我这说书的:哪三家大臣?我知道哪三家大臣!此书不想满

---

① 簇(táo)——哭。

② 剪决——形容迅速。

嘴混唚①。乾隆爷又称呼"罗锅子刘老大人",哪的这么件事情？哪的这么宗称呼？很欠把牙打了去！竟由他的嘴想。在下说的这部书,并非是不知三位爷的名姓,是愚下不敢深讲。书里交代明白,言归正传。

且说三位爷打海甸遵奉老主的君命,不敢怠慢,一路无言,来到东四牌楼刘大人的宅中。见了刘大人,叙礼已毕,分宾主坐下。家人献茶,茶罢搁盏。三位爷这才开言讲话。

只听那,三位开言来讲话,"大人"连连尊又尊:"主公一时在盛怒,大人革职是屈情。闻听说,不日要回山东去,就还故土转家中。我等无可以为敬,奉送那,纹银三千以表情。路上吃杯茶与酒,也不枉,咱们同做一殿臣。"三家爷,口中言词还未尽,刘大人冷笑把话云:"既承费心我就领,焉敢推却这高情?"三位爷闻听大人这句话,腹内说:"罗锅可中计牢笼!"扭项回头把内厮叫:"快些搬银莫消停!"手下人,闻听此话不怠慢,登时间,盘进纹银六十封。刘大人一见他才讲话:"三位留神在上听:你们的纹银三千两,暂且放在我家中,等我去把主子见,明人不做暗事情。"吩咐家丁"快鞴马,细想来,并无穿往大交情,问了主公什么缘故,我上海甸见圣明。"三位闻听这句话,腹内说:"真正罗锅不爱铜!"按下三位爷回府,再把那,大人的家丁明一明。登时将马来鞴上,回明忠良干国臣。刘大人闻听不怠慢,迈步翻身往外行。大门外,大人上了叨狼马,饿得都不动咧!一步刚挪四指零。大人不上别处去,径奔西直门大路行。出城上了厚土道,催开坐骑往前行。此书不讲桃花店,杏花村不在这书中,大清小传不多叙,海甸圆明园在眼下横。

---

① 唚(qìn)——猫、狗呕吐。

第七十九回　主考官深州查赈粮

刘大人思想之间来到海甸①，不过是穿街越巷，不多一时，来至宫门以前，东辖哈外下了能行。进了大宫门，来到奏事门前。等够多时，则见打里面走出一员接事官，走出门来。刚然站住，就有那八旗六部众多文武官员，一齐走至奏事官跟前，将奏折全都递将过去。刘大人一见，并不怠慢，随即也走上前去。接事的一见，带笑开言，说："老大人，今日到此，有何贵干？"刘大人说："今有一事，特来求大人替废员刘墉，转达天颜②。"说罢，将本章递将过去。

住了！说书的，我且问你：刘大人那时候业以革职，他算是废员，焉能还奏得着事？列位明公有所不知，刘大人那时候虽说是革了职，谁不知道他是皇后的干殿下？官革的了，他的干殿下可革不了！所以与别人不同。书里表明，言归正传。

且说奏事官接了众位王大臣的折子，不敢怠慢，翻身往里而去。来到里面，将众位大人的本章，递与黄本的内侍。内侍呈到圣主面前，龙目御览。太上皇爷看到末尾，瞧见刘墉刘大人的奏折，上写着：

> 废员臣刘墉，奏闻圣上：今因三位大臣（下赘着某人某人）拿着三千两银子，到臣的家中，说我刘墉实在寒苦，情愿将三千两银子送与微臣，以作路费。臣子家中有心收下，想来素与他们并无这样交情来往；臣子有心不收，又恐怕三位大臣见怪，废员臣子禁当不起。望乞圣主看臣子素日的勤劳，把他们三人宣来，当面问明了，有什么缘故，送臣子银三千两。主上将此事问明了，刘墉感圣恩于万世矣！

圣主爷看罢，不由龙心甚喜，说："刘墉果然清廉，不是虚传。倒是朕躬多疑，才差派人拿了银子三千两，去试探于他，看他收与不收。倘然收下朕躬的银两，那时节管叫他有口难分诉。这如今他不肯收下，前来见朕，真正是不爱钱财。这是朕躬的洪福，才出这样贤臣。"

---

① 海甸——即今北京市海淀区。

② 天颜——指皇上。

太上皇爷龙心悦，圣主金腮带笑容："也是我朕洪福大，才出这，干国忠良保大清。自从朕躬登九五，四海升平五谷丰。到而今，一统华夷十七省，万国来朝参朕躬。朕躬的，八旗兵丁如骁虎，外国闻名胆战惊。又有这样贤臣子，何愁江山不太平？也不愧，太后当初将他保，认为殿下作螟蛉①。他的父，一品当朝居宰相，烈烈轰轰大有名。不幸一病身亡故，朕也曾，亲身到过他家中。到而今，刘墉又像他的父，耿直无私不爱铜。恰似那，嘉靖年间名海瑞，不亚如我朝于成龙。"圣主越想龙颜悦，往下开言把话云。

皇爷想罢，眼望两边朝臣讲话，说："朕躬方才御览众卿的本章，末尾看至刘墉上的一道本章，为的革职要回原籍，有三人送了他三千两银子的路费，他执意不肯收下，前来见朕。他哪里知道，系朕躬一计，要拿他一款？谁知他是真正无私。罢了，到底是忠臣之后，将相根苗。"说罢复又开言。

圣主座上开金口，帝露银牙把话云："快宣刘墉来见朕！"众多官员不消停，应一声，迈步翻身外边走，来至了，奏事门外唤一声："刘墉进见参圣驾，皇爷有话问分明。"刘大人闻听不怠慢，高声答应往前紧行。一同迈步把禁门进，惊动了，圣主皇爷细留神。"废员刘墉来见驾，辜负我主大恩情。"圣主爷一见腮含笑，往下开言叫"刘墉，方才你递这件事，纹银三千六十封，非是他三人送你的物，有个缘故在其中：那是我朕银共两，试探你刘卿清不清。"罗锅子闻听这句话，就手叩头说"谢恩！又蒙我主把盘费赐，三千纹银赏刘墉。"圣主闻听这句话，说"好哇，倒中罗锅计牢笼！讹去了，我朕银子三千两，朕倒没把他问住，朕躬这倒花了铜！"圣主爷复又开言叫："贤卿留神要你听：果然你的清名无虚假，倒是我朕不公平。今点你：保定府去做主考，不可迟挨快出京！"圣主爷，明升暗降把他撵，怕得是，专动参本闲事生。刘大人，只得叩首将恩谢，叩头站起在流平。圣主爷，又

① 螟蛉（míng líng）——《诗经》中说："螟蛉有子，蜾蠃负之。"螟蛉是一种绿色小虫，蜾蠃是一种寄生蜂。蜾蠃常捕捉螟蛉存在窝里，产卵在它们的身体里，卵孵化后就拿螟蛉作食物。古人误认蜾蠃不产子，喂养螟蛉为子，因此，用螟蛉比喻义子。

说"快着去上任,就是今朝便启程。"刘大人闻听辞别了主,退步翻身往外行。登时出了宫门外,家人服侍上了走龙。刘爷马上心犯想:要想撵我万不能!又讹银子三千两,买件棉袍好过冬。又叫我,直隶省城去做主考,明升暗降我学生。少不得暂且去上任,想个方法我再进京。刘大人思想之间来得快,进了西直门的城。穿街越巷急似箭,径奔东四牌楼行。往南不远来得快,来至了,自己门前下了能行。刘大人来到自家门首,下了坐骑,手下之人接过马去,大人进了内宅。家人献茶,茶罢摆饭。

大人用过饭,立刻传出话去:"预备轿,今日启程,上任保定府公干。"手下人答应一声,往外而去。去不多时,前来回话,说:"轿夫俱已齐备。"刘大人闻听,站起身来,往外而走。来至大门上轿,轿夫上肩,并不多带人役跟随,就是自己两个随人张禄、王安。张禄顶马,王安在后,城里头不过是穿街越巷,霎时间出了彰义门,上了大路。

刘公大轿出城外,顺着石路往南行。小井大井穿过去,又到卢沟晓月城。常新店上住一夜,次日一早又启程。良乡县打尖吃了饭,径奔涿州大路行。过去就是松罗店①,眼看来到定兴城。刘大人,坐轿人抬正往前走,猛抬头,瞧见那男女一群闹哄哄:也有老来也有年少,一个个,搀老扶幼往前行。大人不解其中意,吩咐暂且把轿停。轿夫闻听止住步,大人把"王安"叫一声:"快些叫过男共女,问他们,为什么弃舍家园往何处里行?"王安闻听不怠慢,来到了,男女跟前把话云:"大人叫你们去问话,快些前去莫消停。"众百姓闻听抬头看:一乘大轿在流平。前后跟役人两个,四名轿夫在年轻,玻璃镜只剩半块,轿杆子折了绑着条麻绳。众民瞧罢不怠慢,走上前来跪在尘。刘大人轿内来问话:"你等留神仔细听:你们都,家住何方哪州县?为什么,弃舍家园何处行?"众民见问将头叩,"老爷"连连哪住声,"要问我等家何处,就在深州那座城。年景荒旱实难过,米贵如珠一般同。无奈何,弃舍家园去逃难,要上京都一座城。"大人闻听前后话,轿内开言把话云:"闻听说,奉旨放赈卖官米,因甚黎民奔京城?"

刘大人说:"风闻深州奉旨放赈,济卖官米呢,为什么你们不买?"众

---

① 松罗店——即今松林店。

军民闻听，说："老爷有所不知，虽然卖官米，与市价也不差么。"刘大人说："卖官米多少钱一斗?"有一老民上前回说："卖四百京钱一斗。"刘大人说："奉旨卖三百钱一斗，怎么的他要四百钱？这一百钱谁要呢?"老民说："老爷还不晓得，有一斗多卖一百铜钱，州官吃七成，衙役、书办、长随等吃三成；这还不算赈呢，一斗只给七升！老爷想想：里折外扣，七米算八糠，与市价不差什么!"刘大人闻听，说："好一个万恶的赃官！你克扣民粮，该当何罪?"刘大人说："你们不必上京逃难，暂且回家，不用声张。十天之内，我要叫你等三百钱买不了一斗米咧，我就白受皇恩咧!"众百姓闻听，叩头而去，不必再表。

且说刘大人吩咐起轿，轿夫上肩，往前而走。路上言词，不必多叙。逢州过县，登时来至省城保定府北边河沿，就有保府官员，把大人接入公馆。考童不过文才，高低取中，不上几天，诸事已毕。太阳西坠，秉上灯烛，一宿晚景不提。

到了次日早旦清晨，刘大人起来净面吃茶，公馆内上了大轿，吩咐暗自去访，由保府上深州公干。手下人答应，不敢怠慢，暗暗出了保定府城，上了深州的大道。此书剪断，不过是穿州过县，登时惊动深州的百姓。大人进了深州的交界，离城不远，约有二十五里之遥，有一个李家镇，虽然镇店不大，倒也热闹得很，刘大人就住在李家店内。大人用的饭好备，用的两个子儿火烧，一碗豆腐脑儿就结咧。再喝上一碗子末儿茶，共总花上三十来的钱。刘大人吃完了饭，就晚咧，张禄秉上灯烛，一夜无词。到了第二天一早，大人起来，净面吃茶已毕，望张禄开言。

刘大人，眼望张禄来讲话："你且留神仔细听：这如今，我要把深州城去进，为得是，赈济饥民这事情。轿马人夫全不要，你们暂且住店中。申正以后去找我，千万不可走漏风!"张禄闻听说"知道，大人言词敢不听?"贤臣复又来吩咐："快叫店家莫消停!"张禄答应往外走，不多时，把店家叫到上房中。进门跪在流平地，说"老爷叫我有何情?"大人带笑来讲话："店家留神要你听：你把那，破草帽兜找一顶，洒鞋一双要足青，月白汗褂找一件，口袋一条共四宗。速速拿来我要用，事完之后有赏封。"店家答应不怠慢，翻身站起往外行。去不多时来得快，四宗穿戴尽拿来。店家出去不必讲，再把那，大人见物那消停？站起身来把衣换，袍子褂子全脱去，靴子拉下把鞋蹬。身上光剩白布小褂，店家的汗褟①套在外边，破草帽儿头上戴，口袋搭在肩上横，带上乾隆钱三百，要上深州走一程。诸事已毕又讲话："张禄儿，我的言词要你听。"小厮答应说"知道，不用大人再叮咛。"刘大人说罢不怠慢，迈步翻身往外行。原来是个乡民样，出了李家小店中。一直不往别处去，径奔深州大路行。刘大人一边走着心犯想，说"皇恩浩荡不非轻，圣主疼民把官米卖，为得是，年景旱涝不收成。谁知州官将弊作，贪赃误国把民坑。好一似，民打幌子州官卖酒，我刘墉，焉能容过这事情？等我查出他的过，管叫那，狗官脑袋长不成！"刘大人，思想之间来得快，深州北门眼下横。

① 汗褟(tā)——夏天贴身穿的中式小褂。

第八十回　刘罗锅解衣权质酒

刘大人思想之间来到深州的北门，迈步走进城去，到了个烟铺里问了问，说："赶午前才卖牌子呢。"刘大人闻听，下了烟铺的台阶，瞧了瞧，天过辰时，还早一点。大人说："好，还到个酒铺之中，略坐一坐，再去买米。"

刘大人想罢，迈步往前面走，来到十字街，剪东边州官衙门西边有一个小酒铺，倒也干净。刘大人瞧罢，走将进去，拣了个座儿坐下。堂倌一见，走到刘大人面前站住，说："老爷子，你喝黄酒？喝烧酒？"大人说："烧酒罢。"堂倌说："喝四两？半斤？"大人说："十个大钱的罢。"堂倌说："你这老头儿，瞧着你钝头钝脑的，你说的倒是京里的排场。我们这里不卖十个大钱的，至少是二两。要喝，给你打上二两；要不喝就罢。"刘大人说："二两几个大钱呢？"堂倌说："我们这里，老干卖六个大钱二两。"刘大人闻听，说："既然如此，就拿二两来罢。"堂倌闻听，慌忙拿了二两酒来，放在大人的面前。堂倌又问说："要个什么菜？"刘大人说："你们这里卖的都是什么菜？"堂倌说："煎炒烹炸，应时小卖，一应俱全，与京内一样。"大人说："全不要，你给我两文钱小豆腐罢。"堂倌说："我的爹，二两酒喝呢，就醉咧！这哪里卖过小豆腐的！被窝里伸腿——不是脚(搅)也是脚。我们这里无有。你要图省钱呢，你瞧，对过那个烧饼铺里，炸的油炸鬼，三个大钱一个，你买他一个，就当了菜咧。好不好？"刘大人闻听，说："就如此。你叫他拿过一个来罢。"堂倌闻听，望那边开言，说："拿过一盘子油炸鬼来！"那边答应一声，送过来，搁在大人的面前，翻身而去。

清官坐在酒铺内，喝着酒儿思想买米事情：少时我把衙门进，一斗米我只给三百钱。斗口小了我不要，叫你认认我刘墉！非是我，罗锅子爱管这闲事，受主爵禄当尽忠。大人思想喝完酒，忽然间，想起另外并无带铜！腰中只有钱三百，预备买米好进衙中。有心拿他把酒钱给，官价要缺欠我理不通。刘大人，开言就把堂倌叫："快些算账莫消停！"走堂答应来得快，站在了，大人面前把话云："一壶烧酒是二两，六个老钱快拿铜。"大人闻听腮含笑："堂倌留神要你听：我今钱钞不方便，记一记，另日前来再把账还。”堂倌闻听大人话，冷笑开言把话云：“不认尊驾这金面，不知你，张王李赵姓与名。我们的，小铺本短不赊账。”刘大人闻听又把话云：“既然你们赊不起，我有个白布小褂还当二百铜。烦你大驾走一趟，当了来，再把酒账算还清。”堂倌闻听说“很好，就是如此这般行。”大人闻听不怠慢，白布褂，登时脱下手内擎。递与堂倌接过去，拿着那汗褂他往外行。路东就有一当铺，上写着：“富兴当”三字甚清明。堂倌迈步走进去，将汗褟搁在柜上把话明：“此物要当钱二百，快着罢，我还有事情去。”柜上一见不怠慢，拿起汗褟手中擎。瞧了瞧，往里高声把话云：“白布小褂钱二百！”写票子闻听不消停。登时钱票往外递，堂倌接过往外行。

堂倌接过，不肯怠慢，出了当铺，来至酒铺之中，把当票连钱交与大人。大人说：“把钱拿了去，收去酒钱。”堂倌闻听，把那二百钱拿起来，到柜上一搁，说：“掌柜的，收六个大钱。”

且说这个开酒铺的人，姓王，名字叫王忠，是一个最老实人，说“掌柜的，收六个大钱，”一瞧，这二百钱是当了来的，还没有打串儿呢！眼望堂倌开言说：“老三，这是哪一位的钱？”堂倌说：“就是这一位老爷子的。喝完了酒咧，无钱，还是叫我现当来的。”王忠说：“老三，你不好为六个大钱叫人家脱下件衣裳来当了，叫人家知道的，说他无钱当了衣服；不知道的，说咱们剥脱人家。你想想，为六个大钱，咱们要这个名使吗？我添上三个大钱利钱，你跑一趟，给他赎了来罢。”说罢，拿了三个大钱，搁在柜上，堂倌拿起来，又到刘大人的跟前，说：“老爷子，拿票子来罢，我们掌柜的叫给你那赎去呢！”大人闻听，说：“这倒不好咧。既然如此，改日再加倍奉还。”说罢，把票子交与堂倌。

堂倌接过，出了酒铺，又来到当铺之中，把票子连钱往柜上一搁，说：“掌柜的，借个光儿你那，将这票当快给我赎将出来罢。”有一个吃劳禁的伙计，走上前来，瞧了瞧票子，把那二百钱拿过来。堂倌说：“不用费事，这是才当了去的，无动就拿来咧，扣儿还无解呢！另外添上了三个大钱利钱。”当铺里的这人说：“进来钱必要过手。”说罢，将钱串解开，一一数来，数出两个小钱。这人说：“把这两个小钱换上罢。”堂倌说：“小钱也是你们的，我们连扣儿无解呢，怎么找我换小钱不成？”当铺里的人说：“我们的小钱？我们都是过了手的钱，哪来的小钱咧！分明是你拿出去抵换咧，和我们搅来咧！”堂倌闻听，心中好恼！

堂倌闻听冲冲怒，高声开言把话云：“你们小钱和我抵赖，真正欺人了不成！倚仗当铺字号大，眼中无人把我轻！要是我把小钱换，男盗女娼我重誓情！要是小钱你们换，天火烧得铺子精打精！”掌柜闻听心好恼，登时气坏杨大成，吩咐“伙计休怠慢，拿住这小子把嘴楞。打他一顿还不算账，送到那，州官衙门问罪名！”众人听罢财东话，出来了伙计五六名。堂倌一见往外跑，口内大詈不绝声。当铺人等朝外走，一齐站在大街东。按下他们来吵闹，再把大人明一明。正然坐在酒铺内，忽听那边有喊声。大人迈步出酒铺，一抬头，看见当铺门口闹哄哄。刘大人慌慌忙忙走上去，来到跟前看分明：原来是，酒铺堂倌与人打架，不知道，他们所因何事情？大人不解其中故，走上前来问一声：“为着何事来生气？告诉我与你们评一评。”当铺一见先说话：“老爷子留神在上听：方才他来将钱当，白布小褂二百铜。不多一时来赎取，二百钱，数出两个小钱在其中。叫他换来他不换，他说道，我们讹他不公平。”堂倌闻听那人话，“老爷子，你还不知这事情：方才与你把汗褟当，将钱拿到酒铺中。掌柜一见倒说我，为小钱，叫你赎当理不通。添上利钱叫我来取，数出了，两个小钱在其中。我们连扣也无解，他说是，我换的小钱闹鬼吹灯！”大人闻听堂倌话，眼望着，当铺里财东把话云。

刘大人眼望当铺里财东开言，说：“掌柜的，方才他这钱拿了来，是散着的？是原就串着那拿来的？”杨大成说：“老爷子，倒是原就拿了来的。”刘大人说：“既是原就拿了来的，小钱还是你们的。”杨大成闻听，说：“你这个老头子，也跟着瞎说！分明是他换上的小钱来和我们胡说！”旁边这个吃劳禁的说：“掌柜的，你那不知道，方才无有听见说，跑堂的就是给这个屯旧老头子当了！”杨大成闻听，说：“这就是怪咧！他也说是咱们的小钱，原来他们是打就的通通鼓儿，来讹咱们来！这么着罢，把这老头子也拿住，先打他一顿，然后送官衙治罪。都像这么着，我们这当铺不用开咧！”众伙计们闻听，并不怠慢，跑上一个人，把刘大人抓住，往怀里一带，把老大人扔了一个跟头。这一个举拳就要讲打，不表。

再说酒铺掌柜的王忠，听见他们跑堂的和人打架，他就走出门来。举目一看，瞧见当铺门口好些人，闹闹哄哄，随即走到跟前一瞧，瞧见当铺里的人，把铺子里喝酒的那个老头子按在地下，举拳要打。王忠一见，说："不可动手！你们为着何事？"杨大成就说："为小钱之事……"说了一遍。王忠说："多大意思！松开手罢，我与你换上两个就是了。"当铺人闻听，这才将手松开。刘大人这才站起来，说："真正可恶！少时再说。"

不表刘大人发恨，再说王忠又添了两个大钱，说合着才把当取出来咧！一同大人和跑堂儿的，来到酒铺之内。

清官又到酒铺内，王忠开言把话云，管着大人把"老爷子"叫："你老留神仔细听：当铺里，倚仗人多不讲理，我们这，深州地方惯欺人。酒钱不用你惦记，常言道：'四海之内皆弟兄。'"说罢又往那边叫："烧饼铺掌柜的仔细听，快把盘子拿了去。"那边答应不消停。登时来到酒铺内，王忠开言把话明。眼望着，饼铺掌柜把"李哥"叫，就把那，大人的事情告诉他听。李明闻听王忠话，说"老哥留神仔细听：既然你把老爷叫，难道说，我的炸鬼还要铜？"说罢他，眼望大人来讲话："老爷子留神仔细听：要不弃嫌随我去，同到弟的小铺中，有的是，烧饼还有油炸鬼，斤饼斤面都现成。"大人闻听说"岂敢，另日前来再补情。"大人说："有扰二位的酒和菜，少时再到你这宝铺中。我如今还要衙门买官米……"内里情由来讲明。刘大人说罢不怠慢，拿起口袋说"暂且失陪"往外行。二人送出酒铺外，李明也回转铺中。按下他们挨靠后，再把刘爷明一明。一路走着心犯想：少有王李人二名！酒钱菜钱全不要，少时必要补他情。当铺实在真可恶，将我摔在地流平，要不亏，王忠他前来劝，他们焉肯善放松？暂且衙门去买米，回来再找杨大成。刘大人，正走中间抬头看，州官衙门咫尺中。则见那，男男女女无其数，都等着，买米好回转家中。大人站在衙门外，举目留神看分明：有一个老民在那里边坐，瞧光景六十多岁竟有零。他也是等着来买米，腰里带着四百零。大人瞧罢走上去："老人家，特来我借问一声：不知几时才卖米？前来领教老仁兄。"那老民闻听人讲话，抬起来，打量大人这宗形：头戴一顶破草帽，青布洒鞋足下蹬。月布汗褂穿一件，一条口袋肩上扛。原来也是乡民样，带笑开言把话云。

第八十一回　查赈粮钦差受枷刑

那一老民，见刘大人也是个乡民的打扮，带笑开言说："老仁兄，请坐罢。"大人说："请坐。"说罢，刘大人把口袋一铺，也就坐在地上。眼望老民，开言讲话说："借问一声：我今是头一遭儿买米，不知道怎样一个买法？"那一老民见问，说："一进州官衙门，南边有一座棚子，里头立着个柜，有个内厮，一个在里头卖牌子，四百钱一根牌子，是一斗。预先买了牌子，后往北边去打米。"大人闻听，说："这就是了。"

刘大人与那老民正然说话之间，忽听有一个差人，站在衙门以外，高声吆喝，说："卖牌子咧！"众人闻听，一齐往里乱跑。来到棚里，拿了钱，拿着牌子，去北边打米。刘大人一见，并不怠慢，站起身来，也就跟着众人往里而走。来到棚前站住，把那三百钱掏出来，往柜上一扔，说："卖给我一斗米。"衙役闻听，接过钱来一数，说："不够，短一百钱。"刘大人说："怎么短一百钱？"衙役说："四百钱一根牌子，你这才三百钱，这不是短一百钱么？"刘大人说："奉旨，官价三百钱一斗，你们要四百钱一斗，那一百钱归于何处呢？"衙役张三，闻听刘大人之言，说："你这个屯旧老头子！我瞧言不压众，貌不惊人，你咬文咂字的，'奉旨'咧，又'旨奉'罢咧。你爱买不买，四百钱一根牌子，想短底子还不能，多说给你个大天见见！"刘大人闻听，说："你不要动气，钱不够，我今儿不买，下次多带一百钱来再买，把那钱递与我罢，我进去瞧个热闹，也不枉我大远的来一遭儿。"衙役闻听，说："这不是？老正经！"说罢，将那三百钱递与大人。大人接过，带在腰中，迈步往里而去。登时来到米场的跟前站住，举目观看。

刘大人，举目抬头留神看，打米的军民乱纷纷。一支牌子一斗米，众百姓，虽是赈济竟虚名！我主就知把饥民养，哪知道，可恶州官把民坑！大人复又留神看，一斗焉能有十升！里折外扣且肥己，民打幌子，州官卖酒一般同。我刘某既然来到此，焉容狗官乱胡行！大人想罢抬头看，有一张，板斗放在地流平。大人瞧罢走上去，将斗拿在手中擎。眼望衙役来讲话，说"斗特小了不成！皇上旨意十升斗，你们是，私扣民粮罪不轻！"衙役闻听抬头看，打量大人这形容：破草帽一顶头上戴，青布洒鞋足下蹬。身穿一件月布袄，上头油泥有半尺零。一条口袋搭肩上，原来是，买米穷民一样同。衙役瞧罢有点气，冷笑开言把话云："尊驾问我什么缘故，你管一斗是几升！快快放下你打去罢，不用这，野鸡戴帽——混充鹰！"说罢上前就夺斗，把大人扔了个倒栽葱。只听"叭嚓"一声响，把斗摔了个大窟窿。衙役观看更有气，怪叫吆喝把话明："私摔官斗该何罪？擅闹米场了不成！待我去把上司禀，伙计们，拴起他来莫消停！"衙役闻听不怠慢，上前来，围住大人不放松。这一个，怀中掏出铁索链，只听"哗啷"响一声，铁索子，套在大人的脖项内，单等着，见官好去回禀明。按下大人上了锁，再把那，州衙差役明一明。慌忙来到宅门上，敲梆他就传事情。米场事情说一遍，赃官闻听动无名。立刻升堂归公位，说道是："快带刁民我问明！"

且说这个州官，姓闵叫闵上通，叫白了，都叫他"更稀松"。他本是个书吏，捐纳出身，做过满城县的知县，二任升到深州。论文才，打心口往下，一肚子净大屎。因为他爱钱，给他起了个外号，叫"吞钱兽"。根底表明。

且说这州官立时升堂，吩咐："把那一个闹米场的刁民带将上来！"这下面一声答应，不多一时，把大人带至堂前。众衙役喊堂，吆喝："跪下！"老大人闻听，不慌不忙，把一条口袋一铺，就坐在了上边。众役一见刘大人坐下了，说："你这个老头子，叫你跪下，你怎么倒坐下了呢？"刘大人说："我没有犯着了王法的罪，跪谁呢？为什么不坐着！"州官一见，冲冲大怒，说："你这个刁民，见了老爷因何不跪？就该打你二十大板！"刘大人说："你私自克扣民粮，就应斩首。"州官说："你怎见本州克扣民粮？"刘大人说："奉旨卖米，赈济贫民，官价三百钱一斗，你要四百钱，这一百钱归于何处？我问你：官斗十升，你为何又私改官斗，一斗米只给七升？刮民肥己，是你有罪？是我有罪？"州官闻听刘大人说着他的心病咧，吓了一哆嗦，急得无言可对。羞恼变成怒，吩咐左右："把这个刁民，与本州带将下去，先打他一二十大板，然后再问！"众役人闻听，不敢怠慢，走上前来，不容分说，把刘大人按在丹墀。

州官才要抽签下扔，忽见从角门以外，慌慌张张跑进一个人来，来至公堂跪在下面，说："启上太爷在上：今有圣主钦点保定府的学政主考刘大人的大轿前来，离此不远，请太爷去接大人吧。”州官闻听，吓了一跳，腹内说：“莫非圣上打发他前来，查看我放米的事情？也未可定。”想罢，往下开言，说：“先不必打他咧，先看一面枷号来，把他枷号起来，在米场示众。俟本州接待钦差大人已毕，回衙时节，再与他算账！”

知州说罢前后话，手下答应不消停。登时抬上枷一面，刘大人，观看此物自思明：说“此件本为凶徒做，谁知今该我刘墉！何不戴了上热河去，叫圣上，瞧瞧这般恶非刑。”刘大人正然心犯想，众青衣，上前动手不消停。把枷号大人忙戴上，当堂钉榫①帖上封。青衣带定往外走，再把州官明一明。回衙忙把吉服更换，滴水上马往外行。按下赃官去接主考，再把那，两名青衣明一明。带定大人往外走，登时来到米场中，把大人锁在石鼓子上，太阳地里似蒸笼。两个衙役旁边坐，瞧看居民闹哄哄。内有一人本姓李，家住李家那镇中，原来认得几个字，走到跟前看分明。上写着：“刁民一名叫王玉，家住李家镇那村中，私闹米场真可恶，枷号一月再松刑。”李洪看罢枷上字，不由着忙吃一惊：李家镇并无有个名王玉，这件事情我不明！想罢多时忙迈步，走到那，差人跟前问一声：“此人不在李家镇，那村中，并无王玉人一名。”刘大人闻听抬头看：“你问我吗？我的家住在山东。”衙役闻听大人话，启齿开言把话云。

衙役张栋说：“你住在山东，这么远，买官米来咧？”大人说：“我新近搬到李家镇去。”李洪闻听刘大人之言，说：“我就在李家镇住，你说你搬在李家镇，你住的是谁家的房子？在哪条街上？”刘大人说：“我在李家镇李家店内居住。”李洪说：“这就是咧。你贵姓王？”刘大人说：“我不姓王，我姓刘。”李洪说：“你姓刘，枷号上写着‘王玉’。”刘大人说：“那我就不知道咧。”李洪说：“你叫刘什么？”“我叫刘墉。”李洪闻听，吓得连北也不认得咧！一把手，拉住两个衙役，走到一边，说：“可不好咧！又听说山东的刘大人叫刘墉，别是他罢？”张栋说：“哪的话呢！山东的刘大人，是罗锅子。”李洪说：“你瞧瞧，难道说这不是罗锅子不成？”张栋闻听，留神一看——果然是个罗锅子！吓得“扑哧”，闹了一裤子屎，眼睛也蓝咧。两衙役正自害怕，忽见一乘大轿，前头一个顶马，迎面而来，就知道是接刘大

---

① 榫（sǔn）——竹、木、石制器物或构件上利用凹凸方式相接处凸出的部分。

人来咧。张栋说:“咱们俩快跑罢!”说罢,俩衙役往东飞跑而去,找了个酒铺的柜房屋里,两个人借了一床被褥盖上,底下筛糠打战,战成一处咧!不必再表。

且说深州的州官闵上通,骑着骡子,刚出了衙门,就瞧见了刘大人的大轿迎面而来。慌忙下了坐骑,站在道旁。不多一时,大轿来到跟前,帘子是放着,州官闵上通只当刘大人在轿内。顶马王安一见深州的州官站在道旁,将马勒住:“大人在哪一块呢?”州官说:“大人不是在轿里坐着呢?”王安说:“你别作梦咧!刘大人拿着一条口袋买米来咧!一早就进了城,没有看见么?”州官闻听王安之言,顶梁骨上冒了一股凉气。

州官闻听王安话,顶梁骨上冒真魂,“哎哟”一声“罢了我”,腿肚子朝前转了筋:“我今可是瞎了眼,莫非那,老头子就是刘大人?我把他枷号在米场,谁知是,奉旨钦差来的臣!真真我才活倒运,偏遇见,刘罗锅子会赚人!”州官想罢不怠慢,顾不得骑骡往前走,“咕咚咕咚”往衙门跑,王安一见不怠慢,坐骑一催随后跟。登时也把衙门进,一抬头,瞧见那,石头鼓子上锁着老大人。王安瞧罢吓了一跳,一下坐骑,“咕嘟嘟”跪到跟前就开言:说“大人为何把刑具戴?莫非是,州官瞎眼不认得大人?”刘大人举目抬头看,瞧了瞧是王安才把话云:“暂且不必问原因,快找州官一个人。”大人言词还未尽,忽见那,衙役门外又来了一个人。原来是,深州游击闻此信,慌忙前来接大人。这位老爷本姓李,名字叫做李元真。进衙慌忙下坐骑,来到那,大人跟前控背弓身把话云,说道是:“不知大人台驾至,有失迎接莫要嗔。”大人闻听抬头看,打量深州三品臣:头上戴着个亮蓝顶,一挂朝珠项下存。补子上绣金钱豹,瞧年纪不过在四旬。大人看罢开言道,认得是,深州的游击叫李元真,说道是:“你今来得正恰巧,我派你事情要你遵:快拿州官一个人,还有那,锁我的衙役人两个,州官无有归你的罪,要你留神加小心。我上热河把主子见,请圣旨,好发落这狗佞臣①!”游击答应“是是是,大人言词敢不遵?”大人闻听说“快去!”李元真,遵令立刻就翻身。按下游击把衙门进,再表清官刘

① 佞(nìng)臣——惯于用花言巧语谄媚人的官员。

大人。王安上前解开锁，大人说“你别开枷，我还要热河去见圣主。”说罢迈步往里走，众人慌忙随后跟。登时来到大堂上，公位上，坐上扛枷刘大人。按下清官大堂坐，再表州官狗佞臣。

第八十二回　奸商杨缺德亏钱财

且说深州的州官闵上通，听见王安之言，吓得跑进衙门。来到内书房，也不敢坐下，满屋内乱转，一口的蛮语，说："可杀了吾了，可杀了吾了！"

州官闵上通，正自书房言语，忽听院子内有脚步之声，原来游击李元真带领兵丁前来。刚到书房的门口，就听见屋里说话："可杀了吾了，可杀了吾了！"李元真就知道是州官闵上通在内。来至书房门口，一把手将竹帘子抓住，往下一顿，就扔在院中，望身后的兵丁，开言说："快些将知州闵上通拿住。刘大人在大堂立等问话！"手下人闻听，不敢怠慢，闯进房门，来到州官闵上通的跟前，不容分说，把他绳缠索捆，推出了书房，游击李元真后面跟随。

转弯抹角，不多一时来至大堂。州官闵上通瞧见刘大人扛着那一面枷，坐在他的公位之上，果然是买官米的那个老头子，吓得他跪在下面，"咕咚咕咚"，只是磕头，说："大人在上，卑职瞎了眼了！不知是大人的台驾前来，有失迎接，冒犯钦差，卑职身该万死。望大人贵手高抬！"说罢，"咕咚咕咚"又磕起头来咧！刘大人座上开言，说："暂且你不必发慌，等我上热河，见了主子，把你做官的好处说一遍。皇上若说你做官很好，只怕还有恩典，圣旨前来，眼下高升，也未可定。"州官闻听，只是磕头，说："大人的恩典，望乞超怜！"刘大人座上开言，说："将官，""有，卑职伺候大人。"大人说："把州官闵上通，交与你看守，只要在，不要坏。等圣旨前来发落。如有错误，罪归于你。""是，卑职遵命。"说罢，游击李元真，登时把州官闵上通带将下去，带到自己的衙门。怕他服毒，他也会想方法，用竹筒将他的胳膊套上，派了三十名兵丁，两个把总，昼夜看守，然后将那两个衙役，派兵也拿来，不必再表。

再说刘大人座上吩咐："令深州三衙，暂且署印。"这才吩咐："看轿过来。"手下人答应，不多一时，将轿搭至堂口。刘大人站起身来。

众位听这老大人的这个打扮：头上戴着个破草帽子，身上穿着店家的那件月白布破汗褂子，脚上穿着一双旧洒鞋，又搭着扛上一面枷，真真的可有个看头咧!

说罢闲言,且说刘大人上了轿,轿里头刚刚搁开那一面枷,可是小三号的枷,不是大枷,所以轿里头搁得开。他老人家也想方法,把那个枷一搁,搁在轿里内的扶手上,倒也稳当。就只轿夫抱怨,又添了个七八十斤分量。大人这才吩咐到西边去,还有点小事儿。众人闻听,不敢怠慢。

刘大人吩咐一句话,轿夫上肩不敢停,慌忙迈步往西走,登时间,出了衙门往西行。十字街中往北拐,“富兴当”三字目下横。大人吩咐快落轿,轿夫答应把步停。张禄慌忙下坐骑,刘大人,轿内开言把话云:“张禄去,快把当铺财东叫,他的名字叫杨大成。”内厮闻听不怠慢,走进当铺把话明:“你们财东在哪块? 刘大人立等杨大成!”财东闻听这句话,往外开言问一声:“尊驾找我何缘故?”张禄说:“你出来自然明。”杨大成听罢不怠慢,走出门外把眼睁:一乘大轿迎面放,里头坐着人一名。破草帽一顶头上戴,青布洒鞋足下蹬。穿一件月白布汗褂,上面油泥半指零。原来是个庄稼佬,扛着面小枷在轿中。杨大成看罢时多会,猜不透他这就里情。财东正然心纳闷,刘大人,轿内开言把话明。

杨大成正然纳闷,只听王安说:“还不跪下吗? 这是大人!”杨大成说:“我知道! 一嘴的胡子么,不是大人吗? 难道说是个小人吗?”王安说:“你胡说! 这是圣主钦点的钦差,保定府的主考刘大人!”杨大成听见说是钦差主考刘大人,吓得他跪在地下,说:“大人在上,小的不知大人的大驾前来,有失迎接,罪该万死! 望大人宽恕。”说罢,只是磕头。刘大人闻听,在轿内开言,说:“杨大成,你不叫人打我就够了,焉敢劳动你一个当铺里的财东迎接!”杨大成说:“哪的话呢! 我们焉敢打大人呢?”刘大人说:“你们方才,把本院就摔了一跤,按在地下,举拳就打。要不亏酒铺子里的王忠王掌柜的相劝,这会子不知道还有本院没有本院呢!”杨大成闻听刘大人之言,说:“大人:原本有这么件事,我们方才打的这个人,年纪虽与大人不差,他是个罗锅子,怎么说是大人呢?”刘大人说:“杨大成,你方才打的是个罗锅子。那罗锅子怎么惹着你们咧,你们就把他按倒要打呢?”杨大成说:“大人不知道,那个罗锅子和酒铺子里的跑堂的,他们俩搭就的活局子,拿小钱来讹我们,为什么不打他?”大人闻听,说:“你真可恶! 把本院摔了一跤,摔得我腰到这会还是疼呢! 问着你,你还不承当。你说你们打的是个罗锅子,你往枷的下面瞧,本院是个罗锅子不是?"杨大成闻听大人之言,起来,走到轿的旁边站住,往轿里头枷的下面一瞧——何尝不是个罗锅子！吓得他拉了一裤子屎！随即跪在地下,说:"小的可是瞎了眼咧！求大人宽恕！"说罢,"咕咚咕咚",只是磕响头。刘大人一见,冷笑开言,说:"杨大成,我问你:小钱到底是你们的,到底是本院和跑堂的换上的,来讹你们呢？倒要你实说！"杨大成闻听刘大人之言,还敢折证吗？说:"大人,小钱本是小的搀上的。他们当当来,要是事情忙,顾不得过手,他们就走咧,也使不出去咧;要是当面过手,数出来,再给他换上。一挪地方,我们就不换。不家,每逢当铺都写'出门不换钱'呢?"刘大人又问,说:"你们这个小钱,又是哪来的呢?"杨大成闻听,说:"回大人:小的也不敢撒谎,是小的每天百钱一吊,买了来的。使出一吊去,赚出四百。"刘大人说:"你们哪买的？哪有这个铺子呢?"杨大成说:"回大人:不是铺子里卖,是南边的一宗私炉,粮船上带了来的,到天津发卖。小的们打天津卫买来的。"刘大人闻听,说:"这就是了。"

只因杨大成一句话,送了两条人命。后来刘大人放赈这件事情,把卖小钱的两个蛮子拿了来,杀在菜市口咧。

再说刘大人又问,说:"杨大成,小钱既是你的罪,归与你咧,你是愿打愿罚?"杨大成说:"回大人:愿打怎么讲？愿罚怎么着？大人吩咐明白。"大人闻听,轿内开言。

大人轿内开言道:"大成留神要你听:愿打打你四十板,枷号俩月再开刑,卸枷还是四十板,发在你湖北把军充。要是愿罚不挨打,免了充军这罪名,俩小钱,罚你清钱一百吊,算起来,一个小钱该罚五十吊铜！两条道儿由你拣,快些说来莫消停！"杨大成闻听刘大人话,自己思量这事情:宁可愿罚钱百吊,不愿挨打还把军充。杨大成,拿定主意来讲话:说"大人留神在上听:小的愿罚不愿打,情愿认罚不认刑。"大人说:"既是如此休怠慢,快些盘钱莫消停！"杨大成,闻听无奈把话明,扭项回头叫"伙计:快去取钱莫消停。"吃劳禁闻听往里跑,你一抱来我一抱,不多时,盘出一百老官铜！大轿旁边摆两垛,刘大人,轿内开言把话云:"快把那,开酒铺的王忠叫,还有那烧饼铺的那李明。"手下人闻听不怠慢,登时间,把二人叫来跪流平。两个人只是将头叩:"小的们瞎眼了不成！不知大人台驾到,望大人,贵手高抬把我们容。"刘大人闻听开言道："你俩留神仔细听：方才有扰酒和菜，多承你们这高情。无物可补你两个，现有百吊老官铜，每人拿去五十吊，你们两个分个明。要是嫌少不够用，快些过手莫消停，打开串子仔细看，有一个小钱，罚他五十吊老铜钱！"杨大成闻听这句话，吓得他，磕头碰地响连声，开言不把别的叫："老大人留神仔细听……"

杨大成说："大人说是这两个小钱，罚小的一百吊钱。大人说罢，都要过手，那就杀了我咧！那里还多着呢！要是一个小钱罚五十吊，别说连当铺的本利添上，就是把小的卖了，也不够！望大人开恩罢！"他这些话，说得连酒铺王忠与烧饼铺里的李明二人，都有些心中不忍，眼望刘大人，开言说："大人，小的二人焉敢嫌少？望大人的贵手高抬，饶恕他这一次，连小的二人也感天恩无尽。"刘大人闻听，说："既然如此，看你二人的分上，饶他去罢。"杨大成闻听，在轿前磕头，说："谢大人的天恩！"刘大人轿内开言，说："杨大成，要不是王掌柜的和李掌柜的与你讲情，本院若要按小钱罚钱——罢了，便宜你去罢！""是。"杨大成又磕了个头翻身爬起，进当铺而去。王忠李明也叩谢，拿钱而去。

众多军民，瞧见王、李二人拿钱而去，就有眼热的。这个说："我要知道他是刘大人，我请他吃顿饭，少不了给我一百吊！"那个说："我要知他是刘罗锅子，我请到我们家住两天，管保把杨大成的当铺罚了他，给了我呢！"这个说："你未必有这么大命。若得了这座当铺，只怕你们家的炕都站起来了！别胡思乱想发财咧！"说罢，四散而去，不必再表。

且说刘大人，虽然吩咐起轿，轿夫上肩，穿街越巷，登时出了深州城，上了北京的大道。

刘大人，轿子里面将枷戴，一心要，热河去见主圣明。轿夫迈步急似箭，径奔保府大路行。穿庄越村无其数，晓行夜住又登程。一心要把热河上，保府越过一座城。安肃定兴也不表，松林店派二地明。这边就是良乡县，常新店，一过就是小月城。大井小井石头道，彰义门不远目下存。刘大人，并未曾将京来进，顺城根，大轿人抬就往北行。一直径奔怀柔县，过去石槽有行宫。眼前就是密云县，石匣那边是瑶亭。出了长城的古北口，榜石营、青石山二地名。总说罢，路程歌儿不多叙，承德府，不远就在面前存。刘大人，坐轿人抬来得快，大宫门外把轿停。轿夫栽杆去扶手，出来个，杠枷的大人叫刘墉。迈步翻身朝里走，奏事门前把步停。刘大人，正然杠着枷门前站，忽见那，接事的官儿往里行。刘墉一见不怠慢，走上前来把话明。

第八十三回　刘清官御封大学士

刘大人瞧望接事官，开言说："烦大人替我传达天颜，我刘墉奉主命，上保定府考选文童已毕，前来复命交旨。"接事官闻听，不敢怠慢，翻身往里而去。

来至太上皇爷驾前跪倒，说："奴才启奏圣上：今有刘墉，打保定府做主考回来，现在禁门候旨。"太上皇爷闻听，说："宣他进来。"接事官答应，退步翻身，来至奏事门外站住，高声开言，说："皇爷有旨，宣刘墉进见！"刘墉闻听，不敢怠慢，走上前来，一同往里而走。一边走着道，接事官开言说："刘大人，你这个枷，从何处扛来的？什么人给你戴的？"刘大人见问，眼望接事官，说："大人，这件事提起来话长，等我见了圣主，大人自然明白。"

二人说话之间，来至禁门。刘大人见了圣驾，不敢怠慢，跪在驾前，说："奴才刘墉，打保定府考童生完毕回来，在我主驾前交旨。"太上皇爷闻听，往下一看，瞧见刘大人扛着枷，跪在下面，封皮上写着："刁民一名王玉"。太上皇爷看罢，往下开言，说："刘墉，你特也多事，怎么你把王玉的枷扛上来见朕？又有什么事故？快些奏来！"刘大人见问，扛着枷，向上叩首，说："我主：难道说为臣的是个呆子不成？王玉的枷，为臣的为什么替他扛着呢？"圣主爷闻听，往下又问，说："到底是何人与你的呢？"刘大人见问，说："我主：要提起这个人，主上也知道，就是保定府的总督良肯堂管的深州的州官，闵上通给为臣的戴的。"

众位明公，罗锅子真难缠，未曾告闵上通，先把良大人搁在里头咧！圣主将他罚奉三年，说他失于觉察，从宽免究。

再说圣主爷座上开言。

圣主爷，宝座之上开言道："贤卿留神听朕云：闵州官，为何与你将枷戴？其中情由对朕云。"刘大人，听见皇爷将他问，说道是："圣主细听这根源：深州地方遭旱涝，主公的赈济把民怜。奉旨发粮卖官米，一斗十升三百钱。谁知道州官将弊作，误国坑民把圣主瞒。每斗多要钱一百，总不念，深州的百姓受贫寒。还有一宗更可恶，私改官斗行不端，一斗只给七升米，众多黎民不敢言。刘墉暗把深州上，皆因为，主公的皇恩重似山。为臣的，既吃君禄当报效，乔装打扮把人瞒，假扮穷民去买米，察看他为官贤不贤。我刘墉，到了深州衙门内，米场之中看一番。我刘墉，处处全都验仔细，百姓们，不能真实把恩沾。民打幌子州官卖酒，为臣观瞧气不平，我也去买那官米，升合不对我不容。因此和米场闲斗气，他的衙役不宽容，将为臣，立时将我上了锁，带到跟前问罪名。闵上通就将堂去坐，说为臣，擅闹米场行不端，吩咐他的衙役将臣打，把刘墉按在地流平。刚然要把为臣打，忽见他，一个衙役进角门，跪在堂前回话，说道是：为臣大轿到来临。叫他去，快接主考休迟误，闵上通，他顾不得打臣咧，立时他又把话传。”

刘大人说：“我主：州官闵上通，听见说为臣的大轿前来，他就不顾打臣咧。吩咐他的衙役，着一面枷上来，将为臣当堂枷号，他还吩咐衙役，将我锁在米场示众。随后，就有臣的家人、轿夫，齐至衙门。闵上通一见，心中害怕，跑进衙门，在书房藏躲。为臣的正要派人拿他，恰好有深州的游击李元真，闻听这个信，到州官的衙门迎接为臣。为臣的就派他将州官闵上通拿住，带到他的衙门看守，只要在，不要他坏。为臣的所以扛枷前来见主，请圣旨发落。望我主恕臣多事之罪。”

圣主爷闻听刘大人这一片言词，龙心欢喜，带笑开言，说：“贤卿，你为国为民，何罪之有？”圣主爷吩咐：“将刘墉的枷号打去。”御前官闻听太上皇爷吩咐，不敢怠慢，慌忙上前，与大人将枷号打去。刘大人磕头谢恩，一旁站立。圣主爷往下开言，说：“卿你为国为民，何罪之有？难得你赤心报国，与朕躬出力，忠正可嘉。朕封你为内阁大学士。”刘大人闻听，磕头谢恩。圣主爷又发旨意一道，下与那保定府的总督良肯堂良大人，说他“失于觉察，罚俸三年”。然后叫他将州官闵上通斩首示众。

圣主爷传旨已毕，又往下开言，说：“刘卿家，”刘大人闻听，不敢怠慢，慌忙跪倒，说：“奴才刘墉伺候吾主。”圣主爷一见，带笑开言，说：“卿家，昨日有河务的本章，待朕御览，说河水甚浅，粮船不能行走。替朕代劳，前去察看一番，回来奏朕。”刘大人闻听，说：“为臣遵旨。”刘大人领旨，往外而走。来至大宫门，刘大人上轿回京，择吉日上沧州一带察河，暂且不表。

且说圣主爷国事已毕，驾回后宫，众群臣散出不表。

第八十四回　阅案卷刘公疑情生

且说刘大人，自从在热河蒙皇上龙恩，封为礼部侍郎，外加太子少保、上书房经筵讲官、四库馆总裁三衔。因为总河来奏："自淮至坝，一路水浅，粮船不能行走。"老佛爷闻奏，龙心甚忧。粮乃要务，上养八旗，下养军民，船不能到，如何是好？乾隆爷就想到刘公身上。立刻召见，旨意命刘公驰驿，自热河起身，至通州一带，到淮，巡察河路。忠良领命，带领陈大勇、王明、朱文跟随，出大宫门，就有承德府预备驿马。长随张禄扶持大人上马，起驿而行。越过广仁岭，径奔京都一路而来。大人严查手下。

这日，来到沧州，早有知州在十里接官亭伺候接大人。刘公知这知县乃是青县知县，代署州印，姓钱，名叫钱碧喜。因为做官糊涂，贪赃，百姓给他送了一个外号，叫"钱串子。"乃浙江钱塘人氏，捐纳出身，沧州署印两个月。

闲言少叙。见刘大人马到接官亭，但见一员官，缨帽上戴着金顶，七品补服，抢行跪在亭下，双手高擎禀呈，说："卑职青县知县，代署沧州州印钱碧喜迎接大人。"顶马张禄儿说："起去。""哦。"知县答应，站起退闪一旁，让过刘大人，这才上马跟在后面。

早有转牌传到，说大人沧州歇马，办流星差的长随预备公馆，烧燎白煮，满汉席面，派茶房伺候。公馆门外，扎搭辕门，门上挂彩，左右黑鞭子墙上悬挂，门框上贴上红纸对联，上联写："位列礼乐国公体"；下联写："官居经讲圣贤心"。门洞内悬一灯笼，上写"一人之下"。门前插一红旗，上写"钦命"二字。里面铺垫陈设，不用细表。

且说刘大人人马进了沧州城门，刚往前走，只听后面吵嚷。忽见一匹带鞍的马，忽喇喇跑过去了。大人一见，忙着王明后面去问，原来知县是双近视眼，见大人过去，他跟随在后，马上慢慢来走，又把眼镜戴上，他闹了个磨房的驴——有了眼蒙咧！偏偏的马打了个前失，表过南方人不善乘马，裆里没劲，只听咕咚一声，掉下来了，跌得个帽子滚在马腿之下，故此那马也惊了。他的衙役将他扶起，他还说："跌死哉！跌死哉！跌了吾的嘎拾啊了！"衙役们一见，不敢怠慢，又给他戴上帽子，又给他匹马，他摆手说:"吾不骑那个东西了,吾步下走罢!"言毕,跟在大人之后,迈步而行。王明将此事回明了大人,不必再表。

且不说知县的话,再表军民看大人。见忠良,红顶子纬帽头上戴,缨子发白帽胎不新。红青纱褂穿身上,旧蓝纱袍年代陈。腰中并无荷包佩,大长的,白布手巾掖在身。老样皂靴螺丝转,白底好不值二百文。骑在马上腔着个背,偌大罗锅背在身。军民一见抿嘴笑,模样马上施世纶!哪知大人天生就,另有宗贵处难云。不说百姓都暗笑,再表清官刘大人。忠良来到横街口,瞧见公馆那辕门,门前挂彩贴红对,黑鞭四把在左右分。又见那,门柱之上一联对,上面言词写的真,上联写:"位在礼乐国公体";下联写:"官居经讲圣贤心"。刘大人看罢心不悦,腹内说:"全是阿附有权的臣!哪知刘某更不喜,越是耿直称我心。"想罢马上开言道:"本堂不在此处存,快些与我寻小庙,供应不用送上门。"总州长随闻此话,不敢挨迟忙转身。立刻找着三圣庙,回来打千称"大人"。忠良闻听催马走,三家好汉和长随都在后跟。霎时来到庙门外,大人下马往里行。

刘大人下马,内厮等下坐骑,将牲口拴在庙外。忠良进庙,则见一层大殿,当中供着三圣之像,两边塑着小鬼、判官。有两间厢房,是客座,又有倒座门房两间,老道居住,一间小厨房。又见老道跪接。刘大人带笑说道:"请起来。"老道起来就走,预备茶水。王明把被套送进,放在庙内;又将牲口拉进庙后喂上,不表。

且说老道将脸水送进,复又献茶。大人净面吃茶已毕,这天有平西了。表过大人不要供应,办差的也不来伺候,派四名衙役听差。大人吩咐朱文买面打饼,叫预备王瓜片儿拌粉,多多着蒜,就是一样儿就是了。朱文照样办理,着衙役去买。本庙知道,又孝敬那酱王瓜一盘,酒一壶。大人舍了二百文钱。登时齐备。大人用毕,撤去家伙碗盏,看茶漱口。下人们齐都吃完,下房歇坐。大人眼望张禄,说:"你去把此处州官叫进来。"内厮答应,转身去到班房,眼望署印的知州,说:"我们大人传太爷呢。"

刘大人的内厮再不高傲,故此是素日刘大人不叫他们倚仗官威,小看属下。就是典史,也是不敢狂妄。这要是别者的钦差出京,就是四外的遇上手下之人,就好如狼似虎,谁不怕呢?且说州官闻听,用手将纬帽正了正,跟着长随往里面来。进门行庭参之礼,礼罢,旁边侍立。

知县旁边来站立，公座上刘大人验假真。但见他：红缨纬帽头上戴，因他是知县代署州印，故此金顶头上存。外套着，八宝贡纱红青补褂，内衬着，蓝纱袍子穿在身。方头官靴登足下，年纪不过有三旬。细白麻子四方脸，稀眉相衬小眼睛。小小鼻子唇不厚，这大人，就知此官心内浑。眼望知县开言道："叫声贵州你听云：你是科甲是捐纳？"知县说："卑职捐纳吏目出身。原任本是在青县，于今年，正月受印到州门。"大人闻听将头点，"你手中，办过多少案件云？"县官说："卑职办过好几件，现有稿案在衙存。"大人点头说："正是。"复又问："沧州地丁多少银？"知县说："共是一万二千两，解到布政衙内存。"贤臣问罢沉吟想，腹内说："刘某明日到衙门，亲自查对他稿案，若有差池我定不容！"

刘大人想："明日本部堂亲身到他衙门，查对一应文卷。若有讹弊，本堂拿问，审明奏主，也不负皇上待我的龙恩。"想罢，复又眼望知县，说："本堂明日到你的衙门，查对查对一应文卷。明日伺候，贵州请罢。"知县答应，告辞而去，不表。

此时天有黄昏以后，大人安歇，下人也都睡了。一夜无词。次日天明，大人起来，净面吃茶已毕，吩咐下人不要执事，还是骑马，用长随一名。大人庙门上马，径奔州衙而来。不多时，到州衙，进门至滴水檐下马。署印的知县，迎接大人，下人拉马。老大人升公位坐下，眼望知县，说："你去将稿案拿来，本部堂观看。"知县闻听，不敢怠慢，转身带领书吏，立刻将一应之案，全都拿到，放在公案之上，书吏退去，县官伺候，大人留神观看。

刘大人仔细将稿看，一件一件细留神：也有那，大案响马绿林客，偷猫盗狗那些人；也有那，酗酒无故人打死，拳回气断命归阴；也有那，因财就把人来害，图谋田产到公庭；也有那，因奸谋害亲夫主，奸夫淫妇一个心；也有那，图嫂害兄人伦坏，总不念千朵桃花一树根；也有那，因为分家争产业，弟兄吵闹到衙门；也有那，鸡奸幼童该当死，大清国律造得真。杀剐斩绞军徒罪，一件一件判得清。大人看罢将头点，腹内忖度①暗暗云："知县做官倒罢了，判断稿案倒也清。"大人

① 忖度——推测，揣度。

看罢开言道，眼望着，署印的知县把话云。

刘大人想罢，眼望知县开言："贵县仓库不用查了，想来再无亏欠。"说毕，将末了儿的一案，拿起一看，原来是大案：死囚一名赵喜，当堂招出窝主一名李国瑞，乃是武举，就住在沧州城北三里之遥，地名儿叫做李家屯。他父做过湖北武昌卫卫守备，已故，举人李国瑞并无兄弟，一妻一妾，膝前有一儿，才交三岁，家中甚是富贵，良田不少，手下有奴仆男女五六个。皆因被盗拉出，知县传到当堂，审问不招，掐在监内。他家内妻、妾、一子，还有使用丫环一名，半夜全都被人杀了，业已呈报。县官验尸以后，出海捕的文书，访拿凶手，将举人定成坐地分赃、窝藏盗寇之罪，现在监内。刘大人看罢，暗暗思想。

大人看罢这一案，腹内沉吟默默云："这案其中有诧异，定有缘故里边存。既言他是官宦后，家中不乏广金银。为什窝藏众响马？内中情节未必真。"想毕忠良开言道，眼望知县把话云："这案贵县怎样问？"知县闻听尊"大人：赵喜拉出李武举，卑职传他到衙门。审问先前不招认，次后来，卑职我作一套文：将他举人来革掉，卑职动刑将他审，把他夹了两夹棍，他才招承果是真。卑职定罪收监内，谁知他家遇恶人，杀了男女人四口，次日报到我衙门。卑职派人去海捕，而今无获果是真。"知县正然说话讲，忽听门外喊"救人"。知县闻听心害怕，登时之间吓冒魂！

第八十五回　钱知县贪赃欲杀人

列位明公有所不知，真是何官无私？何水无鱼？你说大人正问到他的心病上了，紧自害怕，又有喊冤的来了，你叫他怕呀不怕呢？

且说刘大人正问这知县此案内中缘故，忽听仪门外喊叫，说："救人那！"大人闻听，吩咐："带进来！""哦！"左右答应，跑将出去，迎着那个人说："别嚷！别嚷！大人叫呢！"那人闻听，跟着青衣，走进角门，带至公堂。那人跪在下面，座上刘大人闪目观看。

忠良座上留神看，打量伸冤告状人：年纪倒有花甲外，满脸之上长皱纹。头上光着无戴帽，剪子股儿打的匀。身穿一件白布衫，布鞋布袜足下蹬。须鬓白了咳咳嗽，昏花二目泪含津。跪在公堂说"冤枉！青天爷爷快救人！小的主人李武举，偷盗招出果是真。县主不管鲢共鲤，严刑苦拷主人身，难受刑罚屈招认，立刻掐入监禁中。谁知老天把大祸降，半夜偷盗走进门，杀了男女人四口，州尊不肯放主人。凶犯而今拿不到，县主不管这事情。我小的家主身被难，老奴不忍在我的心。想当初，马义告状滚钉板，富奴拜取九莲灯。上古之仆能报主，小的岂无这样情？本意要把京都上，或是那，督抚①衙门把状论。幸亏今日大人到，拨云见日一般同。叩求大人来提审，覆盆之下有冤情！"说罢响头来碰地，叩恳青天老大人。刘大人闻听将头点，眼望家丁把话云。

刘大人察言观色，看家丁老诚，并不是诡诈，忠良说："你叫什么名字？"家丁说："小的名叫李忠呀，爷爷。"大人说："李忠，""有，小人在。"忠良说："你老主做过湖北武昌卫卫守备，归家也亡故；你少主现是武举，家道殷实，被贼人攀出是窝主，坐地分赃。你知道素日与贼人有仇无有？"老家丁说："素不相识，焉有仇恨？"大人说："这就怪了！既然杀了人，可曾偷了什么东西无有？"李忠说："小的现有失单在此，望大人过目。"说罢，上前递上，知县接过，放在公案之上。刘大人拿起观看，上

---

① 督抚——总督和巡抚，明清两朝的最高级的地方官。

写着：

计开：七月十八日半夜，杀人男女四口；失去卧房座钟一架，玉瓶一个，金头面二副，银六封，金条二根。所报是实。

刘大人眼望李忠，说："当时报过无有？"李忠说："报过，报过。"大人点头，说："也罢。既如此恳求，本堂提审，拿贼就是了。"李忠叩谢自去，听候着传唤，不必去远。刘大人眼望知县，说："贵县，明日伺候本部堂提审此案。""是。"知县答应。

列公，此时知县魂都冒了，吓得他说是："不好，不好！"

不言知县害怕，且说大人站起身来，至滴水上马，长随跟定，知县送至大门，贤臣摆手，知县退回进衙。刘大人一直径奔三圣庙而来。到庙，大勇、王明、朱文三人迎接进庙。大人客舍坐下，禄儿献茶用毕，用饭完毕。忠良爷眼望大勇、王明、朱文三人讲话。

刘大人眼望三人讲："叫声好汉你们细听：你老爷今日去把衙进，观瞧一概案件情。内有一案情可想，举人做窝主事一宗。武举本是守备后，家道般实甚是丰，良田千顷家万贯，手下奴仆好几名。这样之家窝响马①，内中一定有冤情。你老爷正将知县问，武举家丁把状来呈。告的是，主人误掐在监内，被知县，屈打成招定口供。又有前者十八日，半夜遇贼进家中，杀了男女人四口，偷盗东西好几宗。次日就把报单递，县主不放他主人公。至今凶犯无拿住，海捕捉拿无影踪。此事若依本部想，必须要，先将知县武举问明。然后差人拿凶犯，似此之事来必成。"大勇闻听说"正是，恩官言词果然明。必须如此这样办，方能完全这事情。"大人闻言将手摆，好汉退步往外行。不言三圣庙中事，再把知县表一程。

不说大人在三圣庙。且说钱知县，打发大人起身之后，忙回二堂，把皂役甄能叫到二堂上，吩咐长随回避，手下人转将出去。钱知县他眼望皂役，说："甄能，咱们事情不好了，要发作了！罗锅子厉害难缠，这可如何是好？"就把大人搬拨此案，家丁李忠告状，前后说了一遍。皂役闻听，心中暗怕，说："这可怎样？必须打一个主意才好，不然这可不是玩的。"知县说："横竖他不能知你我之事。"皂役说："他要审武举，那还了得？"皂役

① 响马——旧时称在路上抢劫旅客的强盗，因抢劫时先放响箭而得名。

沉吟多会，忽然说："倒有了！太爷将禁子传来，赏他十两银子，叫他半夜如此这般，将武举用沙子口袋压死，只说监毙，可就无事了。"知县闻听甚喜，连忙说："此事用不得人，就是你去将他叫来。"皂役答应。

他转身出去，转弯抹角，来到监中，叫门而进。锁头黄直正坐在狱神庙前，忽见皂吏甄能进来，知道他在知县跟前有脸，是老爷的一个牵头，不敢轻视。他连忙站起，说："甄头儿，请坐。"皂役说："太爷着我来叫你，快跟我去，有要紧事情，立等。"黄直闻言，不敢怠慢，扭头说："伴儿们，照应点子，我就来！"禁子说："交与我们罢！"皂役在前，一同往外而走。

霎时进了宅门，来到二堂，见了本官。黄直打千，知县说："起去。本县问你，你伺候过几位府县？"锁头说："小的伺候过四位太爷：一位马太爷，一位吴太爷，一位刘太爷，一位张太爷。"钱知县说："前任知县，他们都待你如何？"锁头说："都是宽恩。"知县说："好，你倒不伤人。这个……本州今日有一件机密事，别人可不能够。"说着，回手桌上取银一封，说："这是白银十两，你拿去吃酒罢。"黄直跪下接银，说："小的并无有犬马之劳，蒙太爷的重赏。"知县说："你起来。"黄直站起，将银子揣在怀内，旁边站立。知县说："本州今日给你这十两银子，有宗事情托你。黄头儿，你要办完了，我再给你一个元宝。"黄直闻听，暗说："什么事呢？"正然思想，又听知县说："你监中有个武举李国瑞？"黄直说："有。"知县说："此人与我有仇，万万留不得。要留他，终究是患。不但我吃亏，你们也要受他的祸害。务必今夜用沙子口袋，将他要压死，明早递一张病呈。事完之后，赏你一个元宝。"

列公，古人说得好："青酒红人面，财帛动人心。"黄直听见说赏一个元宝，连忙应允。知县扭项，眼望甄能说道："你送他出去罢。"复又嘱咐："小心要紧！"黄直答应，一同皂吏甄能，走出宅门，来到外面。黄直不能独吞此银，二人来到酒铺，吃了一会酒。黄直借柜上的戥子，称了三两，送给皂吏，说："甄头儿，你来彩彩儿。"皂吏接来，还是不乐。又见黄直说："等着得了那个，再给你老人家。"皂吏这才不说什么了。说话间，天就有日落的时候了。皂役说："你治你的事去罢，我要回家了。"说毕，给了酒钱，二人迈步出了酒铺。

不言皂吏甄能回家，且说黄直，买了个羊脖子，打了一瓶烧酒，又把毛头纸买了十几张，这才回衙，来到监门，用手拍门，高声来叫。

这黄直高声来叫:"快些开门莫消停!"禁子闻听头儿叫,连忙开门向外迎:"黄头儿,这会才来有何故?"黄头说:"与我相识饮刘伶。"言罢迈步往里走,禁子关门进房中。不言禁子去他的,再把黄直明一明。手内拿着羊脖子,这手拿着大酒瓶,满脸是笑高声叫:"李爷快来莫消停!"武举闻听忙答应:"禁公叫我有何情?"一边答应一边走,霎时来到这屋中。黄直一见腮带笑,叫声:"李爷你是听:今日我在外边逛,撞着你家老家丁。我二人说了半天话,他叫我,照看你老在监中。他又买了酒和肉,说道是:'务必同着饮刘伶。'"武举闻听将头点,说道是:"难为他不忘主子情。"黄直说道"此处别饮酒,李爷跟我到板房中。"武举闻言忙迈步,只听手肘脚镣鸣。

武举李国瑞,听锁头叫他板房儿饮酒去,不知是件什事,连忙迈步。只听"嗘嚁哗啷"刑具之声。不多时,来到板房,进内,二人坐在床上。又听黄直高声叫:"来呀!"只听答应,来了六七个人。黄直说:"我今夜与李爷在板房说话,不进老监了。老弟兄六位,替我照看些儿罢。"又说:"这瓶中酒,也不够老弟兄六位喝的,我也不让了。"言罢,回手从怀内掏出三百多钱,说:"老弟兄六个均分,打着喝罢。"说着,众人齐说:"又破费你老人家了。"说毕自去,不提。

且说黄直将肉也拆开,酒也筛了,拿两个酒盅儿放在床上,伸手拿壶,将酒斟上,说:"李爷请酒!"

黄直擎杯将酒让,李武举连忙接手中。只听"吱"的连声响,黄直开言把话云:"我今带酒不算美,千万开怀饮刘伶。"武举闻听说"多谢,深感禁公高厚情!"黄直立刻就动手,手肘开开放在平。二人这才来饮酒,彼此开言把话明。黄直说:"李爷无故遭屈事,无故身入罗网中。"举人说:"这是前生来造定,不怨今生是往因。"二人正自来说话,忽听监中起梆铃。黄直只管将酒让,心中想:灌醉他好把事行。武举只当是好意,连连而饮不消停。登时吃过十数盏,黄直只饮酒三盅。他又会能说闲话,安心要等鼓三更。忽听外面锣两棒,这锁头要害武举怎消停!

第八十六回　黄锁头毒酒灭口供

黄直安心要灌武举，等三更天好下手，要他性命，故此连二连三地让。武举只当好意，杯杯净，盏盏干。此时酒有八分了，忽然听外面锣打两棒，黄直说："瓶中酒也不多了，咱二人喝了，好睡觉。"举人说："禁公哥，我的酒也够了，不能再饮了。"黄直说："不多了，咱们喝了罢！"说罢，拿壶斟酒，递与武举。举人无奈，接过来饮下。黄直虽说也喝，他可偷点成色。登时，把举人灌得前仰后合，身形乱晃，口内说："可够了！"黄直闪目观看，果然醉了。黄直暗说："等我去取收拾他的东西！"想罢，酒壶、酒盅、筷子拿过，又走到外间屋，将沙子口袋、毛头纸、一碗凉水，预备齐全，专等三鼓。坐在屋内床上说："李爷吃烟不吃？"武举闭目合睛，抬头说："我不吃，咱们歇着。"正然说着，忽听外面交了三鼓。锁头闻听，暗说："时候到了！"这才带笑假意望举人讲话。

黄直假意来讲话："叫声李爷你是听：此地清静倒安宁，我将爷上放此处，为得是，清静安然今夜中。说不得还得把刑上，万一查监了不成！"武举闻听将头点："禁公只管来上刑！在下焉敢来抱怨？此是官规必得行。"黄直点头说"正是，李爷言词果高明！"言罢先就上手肘，他用手，放倒举人他的身形。武举躺在板床上，黄直拿锁不消停。脖项一条，拴在铁圈上面存。当头一条床上拴定，脚上一条多紧固，要想动身万不能。诸事已毕灯剔亮，这黄直，眼望举人把话云："叫声武举听我讲：我就是，为人不做暗事情，今夜邀你来饮酒，特意给你来送行！"举人闻听也讲话："禁公哥，送我那边快言明？"黄直闻听开言叫："武举留神你是听：我今正在监中坐，州官叫我进衙中，我不知叫我有何事，跟随来人进二厅。州官赏我银十两，却望在下把话明。他说是：'本州与武举有仇恨，传你来，今夜要他的命残生！'叫我把，毛头纸蒙在你脸上，沙子口袋压在胸。将你治死在监内，明日好去递病呈。依我说，省得监中长受罪，早死早灭去脱生。你死之后休怨我，这是那，本官之言敢不听？"武举闻言这些话，吓得他，立刻酒醒有对成。登时之间黄了脸，二目好似两盏灯。身子要想爬将起，被锁拉着动不能！武举正然着急处，又见禁子转身形。登时拿过那水碗，毛头纸在手中擎。迈步转身将床上，恶狠狠，坐在旁边把话云。

锁头黄直坐在旁边，瞅着武举点头，说："你不用动了，起不来了！依我说，你竟好好的受死罢！"武举闻听，说："依你说，我是死定了？我有一件事，想求禁公容我一个更次功夫，我提念提念家乡，思想思想故土，死也眼闭。"黄直点头，说："这倒使得。我念你无辜遭屈，也罢，容你思想。你只听天交四鼓，就是时候到了！"说罢，坐在旁边，不表。

且说武举心中，犹如刀扎一样，不觉暗叫："李国瑞！"

李国瑞，造定今生遭磨难，偏遇赃官害残生。赏与银子将命丧，想在匣床动不能。眼前不久将命丧，你叫他如何不怕惊？心似泼油一般样，肺如刀搅一般同。复又想起家中事，一家四口丧残生！也不知何人来杀死？冤仇不报死不必云！我今又逢无常到，真可叹，一家白白丧残生！家丁李忠不知晓，焉知我今赴幽冥！岂不知，李门造下什么罪？今生遭逢这事情！此冤此仇何日报？依我想来报不能！恨只恨贪官心太狠，一心要我命残生。我李某与你有何恨？下此毒心这般行！你不过，要借纹银一万两，我是不应你动无名。嘱盗拉出我李国瑞，安心必要我残生。李某死去不饶放，将你活捉到幽冥。阎君殿上去讲论，谁是谁非谁不公？大叫一声，"天绝我，我的残生活不成！"

武举大叫一声，说："老天绝我！"

列公，人到了至急之处，就像一家子人全在面前一样，你叫他叹也不叹？

武举急得浑身汗，体似筛糠一样同。眼前活像亲人到，一家老幼在房中。举人不怕刀剜胆，心似油泼箭射同！复又侧耳听详细，只怕外面交四更。若是监中打四鼓，我命立刻丧残生。两眼急得钵头大，直瞅桌上那残灯。正是举人心害怕，忽听梆铃交四更，国瑞闻听真魂冒："我的残生活不成！"

武举心中思想害怕，忽听外面交了四鼓，国瑞说："可不好了！"正自说着，又见禁子站起身形来，说："李大爷，不用思念了，时候到了。"言罢，转身将沙子口袋拿来，放在床上，翻身上床，他就骑上，在武举小肚子上。武举一见，真魂皆散！口中央及说："禁公爷爷，你再容我问几句话儿。"

禁子说："说也无益。你竟是临死打哈欠——枉自张口，白劳气力！"武举说："禁公爷爷，你不过为着白银十两，你下此毒手。你若救我，官事完了，出了监，我将家产给禁公爷爷一半。若有一句虚假，过往的神灵他也不容！"黄直说："你好糊涂！方才我说过，这不与我相干，这是州官太爷和你有仇，叫我害你。我们救你，谁来救我？再者，你说有银子，谁敢贪赃？别闹了！有银子，先前打点，也无这事情了！"这举人说："禁公爷爷，我求你转禀州官太爷：我情愿拿银子买命，要多少我给多少！如何？"黄直说："这会子不中用！正月十五日贴门神——晚了半个月咧！我告诉实话罢：不然州官也不叫我害你，只因新官大人来了，姓刘，他是奉旨察河，从此路过，住在三圣庙内。这刘大人爱管闲事。这如今乾隆主子口降密旨：'一路察看地方府州县之官，好歹查明奏朕。'因此他白昼来到州衙，查对仓库、案卷，一应全都过目，并无斑驳。末首尾，看见李爷你这一案，刘大人盘问，州尊只说内有隐情。正自问，忽有你家李忠前来告状，就是你家四口被人杀了，他要救你。刘大人接状，因看天晚，于明日早，刘太爷就要审此案。恐你供出州尊借银之事，那还了得！故将你害死，到天明递一张病呈，说你监毙而死。刘大人来审，无活口，可就不怕事了。你想，这也是救得的？"李武举闻听，说："死定了！可怜，可怜！可叹，可叹！"将眼一闭。黄直用手将碗内凉水含了一口，照着武举面上喷了一口，喷得个武举倒抽噎气，这才动手。

> 禁子喷了一口水，喷得个武举胆战惊。双睛一闭只等死，也不哈来也不哼。禁子复又来动手，手上又把纸一层，铺在武举他面上，他又喷水不消停。水上又把纸来盖，喷了一层又一层。一连盖了三层纸，李武举，要想出气万不能！登时喷得脸都紫，身子想动万不能！急得脚把床来打，"咕咚咕咚"震耳鸣。黄直一见不怠慢，腿上又拴一条绳。

黄直不敢怠慢，腿上又加了一条绳子。且说武举被禁子骑在小肚子上，脸蒙毛头纸，憋得气不能出，脸都憋紫咧！用舌尖往上一拱，拱有酒杯大的一个窟窿，他这口气才往外而出，将破纸吹起有半尺多高。黄直一见，说："有音儿咧！你卖过糖人儿，不然你怎么这么大气呢！我给你哄上这个，我看你还怎么样吹法！"说罢，欠起身来，将沙子口袋拿在手内，说："李爷，不用吹了，有了知根的了。我可看你还吹吗？"言罢，将沙子口袋拿起，只听武举叫声："黄爷救我！恩有重报，义不敢忘呀，爷爷！"禁子哪里肯听？立刻动手。

这禁子复又来动手，沙子口袋手中擎。照着武举脸上放，口内说："你要想吹万不能！"他却复又用手按，憋得武举气上涌。胸坎高有三四寸，手脸憋得紫又青。禁子还恐不能死，用手按住不错睛。迟有半个多时候，武举并不动身形。禁子一见将头点："你可死了活不成！这是你前世该如此，今晚这样丧残生。"黄直说罢将床下，"哎哟不好！"眼前一桩岔事情！

第八十七回　钦差刘墉黑虎惊梦

禁子瞧够多时，则见武举先前乱动，后来手脚不动了，就只胸坎鼓有一二寸高。黄直说:“可完了!”

但凡监中催过死呈，俱是如此下手。已死，就将沙子口袋拿开，要是压多了时候，验尸之时，就要现出。故此黄直伸手将沙子口袋拿将下来，放在床上，又瞧瞧武举，竟自断气身亡。禁子看罢，将身站起，往床下一跳，只觉眼前一片红光，禁子盖不由己，昏倒在地。

列位明公，此是武举李国瑞，目今身受大难，他的命大福厚，焉能丧命？到后来，他得到千总之职，官做到云南楚雄镇总镇之职，于乾隆五十二年，因疾而亡。诸公不信，查看《武缙绅》就得知晓。再者，此书不像古书，由着人要怎么说就怎么说，难道还有古时之人来到对证吗？那才是无可考查！今书不敢离了，某人何官，看什么事情，刘大人怎么样拿问，必是真事。审问此案，想来还有七成真事，愚下添出三成枝叶，图其热闹。不然怎么像书呢!

闲言少叙。且说武举被沙子口袋压得昏过去了，手脸皆紫，胸坎高起一寸还多，就如死人一样，可却未能断气。这如今，沙子口袋拿去多时，胸坎之气偶然通了，竟自还阳！可是心内发迷，什么不晓。

不说举人还阳，不言锁头黄直昏在地下，人事不知。再说三圣庙的刘大人，自州县查对案卷，接了李忠呈子，大人回到庙内，用了饭，叫内厮传出话去:“告诉派来衙役:吩咐沧州署印官，明早伺候，大人亲到州衙审李忠一案。”青衣回衙传话不表。

大人在灯下观瞧李忠之状，内中明显知县借端，想赃苦拷；又不知贼人拉出举人又有何情？瞧够多时，天交二鼓，大人说:“明日本部堂到衙，必须如此才能明白。”想罢，大人将呈词收好，吩咐长随打铺安歇。

大人吩咐叫打铺，张禄闻听哪消停？登时打好爷的被，大人忙忙站起身。解带宽衣刚躺下，长随连忙灭了灯。不言家丁也就睡，再讲清官刘大人，心血来潮双睛闭，霎时之间入梦中。梦内大人厅上坐，忽然见，外面一人往里行。手拄一根过头杖，“哈哈”口内带笑声。

又见他,土黄道袍穿身上,水袜云鞋足下蹬。发鬓皆白年纪老,香色丝绦系腰中。年纪大概七旬外,口称"大人你是听:诸公顺着我手看,台阶一物请看真。"梦中清官闻此话,顺手闪目验假真。倒把刘公吓一跳,不由着忙心内惊,原来是只大黑虎,绳拴索绑在流平。旁边一人擎刀刺,急得虎眼亮如灯。大人一见开言道,眼望老者把话云:"此虎何人来拿住?杀他也是理上通。"老者闻言连摆手:"大人呀,内里情由你不明:此虎并不将人害,后来报效于朝廷。今日遭逢冤屈事,不久眼下丧残生。此人现在监禁内,明公不救了不成!若问此人名和姓,季字无撇是他的名。"言罢用手指一指,大厅忽然起大风。梦内大人心害怕,登时苏醒暗想情。

刘大人梦中惊醒,吓得爷出了一身冷汗,口内说:"奇怪,奇怪!"又听外面天交三鼓,大人说:"张禄儿,醒着呢吗?"长随说:"小的醒着呢。"大人说:"你起来。"长随答应,爬起穿衣,将灯点着。大人也是穿衣,起来说:"张禄儿,你陈大叔、朱大叔、王大叔三人俱叫来。""哦!"这长随转身而去。

登时叫到,进房门旁边伺候。大人说:"叫你三人,并无别故。方才本部堂做了一梦,梦见老者年有七旬,身穿土布衣,足蹬着云鞋,手拄拐杖,须鬓皆白,就像个老道一样。他指给我看大厅台阶之下,卧着一只黑虎,绳拴索捆,旁有一人擎刀要刺。本部堂说:'虎必伤人,杀他有理。'他又说:'此虎现受冤屈。'监禁之内,叫我去救,后来与朝廷报效。他说:'要知此人的名姓,季字去撇。'我想孟仲季秋的季字,上去一撇,岂不是姓李的李字么?"三人说:"正是。"忽听大人说:"哎呀!是了。显些误了此事!监中现有武举李国瑞,被盗相攀,白昼有他家丁李忠告状,本部堂已准,明早即审。这才想到,必是知县害怕,要灭活口,必有此事!我如今何不带领朱王二人,就去查监。若有情弊,立刻就审。"大人说毕,复又向陈大勇讲话,说:"务必你早晨乔装,去暗访杀武举家四口人的凶手,务必访着。这件事比不得从前之事,大有关乎。若靠本地衙役捕快,焉能济事?本部堂限你三天,必要此人!"陈大勇口内答应,腹内说:"紧活呀!"

不言好汉,且说大人吩咐备灯。王明答应,出去鞴马。听差四名衙役,点上灯笼,天有四鼓,刘大人迈步走出庙外上马,朱文、王明,两名青衣打着一对灯笼,往西一拐,径奔沧州衙门。穿街越巷,登时来到州衙门外。

青衣打门，惊醒了里面的青衣，闻听说刘大人来查监来了，这会子连忙开了大门，叫醒别的伴们，点起灯笼，大人至滴水下马。青衣进内回明，叫醒知县。贪官听说大人半夜前来查监，他吓得魂不附体，魄散九霄云外。

贪官闻听心害怕，登时穿戴不消停，立刻来到大堂上，站在旁边身打躬。大人吩咐"前引路"，后跟朱文与王明。一对青衣把灯打，监门就在咫尺中。只听里面梆铃响，原来还是打四更！立刻就把门来到，禁子闻听不消停。瞧见大人与本官到，不知到此为何情。只等旁边来站立，大人同众往里行。拐弯来到狱神庙，忽见板房透灯明。又听里面人声语："禁公别要下毒情！"忠良闻听忙迈步，一直径奔板房中。

狱神之旁，就是板房，大人见灯光透出，又听里面像有人说："禁公不要害人！"大人就知有事，忙忙迈步，径奔板房门。刚到门口，则见地下躺着一人，口眼歪斜；又见板床上仰着一人，口内哼哼。大人走进房中，知县虽然害怕，不敢不进。站在旁边，他发怔。朱王二位，身旁伺候。大人细看板房之人，手带手肘脚镣，上中下三条大索拴在匣床上，旁边放着个布口袋，一个碗，那人脸上蒙着纸，就只口上还有个窟窿。大人一见，心内明白，连忙眼望王明，说："快快松开此索！"好汉答应，动手将索开了，又将那人扶起，坐在床上。大人说："朱文，快用凉水，将地下之人救醒！等着醒来，带至大堂。"忠良说罢，转身而走。吩咐王明："跟随知县上堂。"王明答应。

大人转身往外走，青衣前面打灯笼。出了狱门忙迈步，竟奔公厅一路行，王明相随钱知县，贪官无奈上大厅。大人同众往里走，眼望知县把话云，爷说是"那人身犯什么罪？为何刑上又加刑？地下之人因何故，昏迷不醒在流平？床上水碗因何故？又用毛头纸把面蒙？依我想，口袋并非装别物，必是沙子里面盛。以往从前快快讲，若有虚词我不容！"知县吓得浑身战，"大人"连连哪住声？"此必是，禁子作弊将人害，卑职不知里面情。"贪官说着心内想：只愿禁子赴幽冥。无了活口好推赖，全说禁子干的事情。

贪官这会子，别的想头呢，只愿禁子丧命，无了活口，他好推托，以免自身之事。大人闻听，说："也罢，这如今本部堂究于你，恐你含冤。等候少刻，将他们带上来公堂，本部亲问，自有道理。"

刘大人凡事详细多着呢，毕竟方才着王明帮着知县，恐别生事端。又留下朱文，等候地下，也是恐怕监中作弊。

闲言少叙，且说钱知县腹中说："过往神祇①，有灵有圣，保佑禁子死了，无了活口；再保佑武举口内不能说话。我弟子吃一辈子长斋，修桥补路，盖庙塑像。若有虚言，天打雷劈，死在雷下！"

真可笑，贪官腹内瞎祷告，暗暗祝赞过往神："保佑弟子身无事，重修庙宇塑金身！"不言贪官胡思想，忽听那，金鸡报晓五更明。大人正在公堂等，见一名禁子跪流平，他口内只把"大人"叫："回大人：锁头黄直又复生。"大人闻言心欢喜，知县闻听出了恭！刘大人往下来吩咐，叫朱文："带他们上来莫消停！"禁子闻听忙吩咐，站起转身往下行。立刻来到监门首："叫声伴儿们你是听：还有上差朱爷驾，大人说：带武举黄直问分明。"里面禁子忙答应，两个驾着一个行。好汉朱文头里走，四个人搀扶两个人。霎时出了监门首，禁子关门我不云。这些人齐把公堂上，知县一见走真魂。大人将要审知县，一桩岔事甚罕闻！

① 神祇（qí）——神，指天神；祇，指地神。神祇，泛指神明。

第八十八回　泄奸三官役戴枷锁

刘大人一见武举、禁子刚然上公堂，刚要审问口词，忽见西北上"唰"的一声，有酒杯大小一个流星，向正东而去。其光，如一条火线，令人害怕。刘大人一见，心内暗说："有异，定主国事！"到后来，这就是武举李国瑞拔捷功名之兆。国事不能言讲。

闲言少叙。且说刘大人吩咐书吏，记写口供。书办答应，旁边伺候。大人眼望武举，叫一声："李国瑞，你有何情？监中央及禁子的事——'不要害命'——以往之情，细细回禀。"武举说："大人容禀。"

武举跪在尘埃地："大人贵耳请听明：小人名叫李国瑞，辈辈祖上有功名。家住沧州三里外，店中叫做李家营。小人二十中武举，家中奋志操硬弓。心中只要往上进，好见先人与祖宗。不幸上月遭大祸，州尊传我到衙门。当堂就言贼情事，只叫小人快快应。小人并无这样事，焉肯当堂就招承？审了一水带下去，将小人看守在班房中。天晚有人来对讲，乃是皂班叫甄能。走进班房腮含笑：'叫声武举你是听：你的官司真厉害，坐地分赃了不成！我与你转求官府去，替你开脱这事情。必得纹银一万两，才要买你命残生。'回大人：小人并无这样事，焉肯对他就应承？次日知县升堂坐，将我提到大堂中。指名只叫我招认：'窝藏响马是真情'。小人情屈岂肯认？立刻当堂动大刑。一套文书详上去，将我举人除了名。开首先打四十板，血溅堂墙满都红。后来又夹两夹棍，小人无奈竟招承。将小人掐在监禁内，这样苦处对谁云？若是家人来送饭，进监必要十吊铜。上月三十遭不幸，家中失盗丧残生。偷去东西真不少，男女四口赴幽冥！次日报呈将衙进，署印官，不放小人到家中。凶犯至今无拿住，索性儿不叫家人进监中。昨日天又二更鼓。锁头黄直到监中。眼望小人来饮酒，他说是：'今晚请你饮刘伶。此处不便来讲话，你跟我到板房中。'小人闻言当好意，连忙一齐迈步行。来到板房将酒饮，这天光景有三更。禁子要把刑来上，小人焉敢不依从？登时拴绑在床上，身子要动万不能。禁子这才开言道：'叫声武举你是听：并非是我将你害，这是那，州官吩咐敢不听？他说那：白昼李忠来告状，大人接状转庙中，明早必要来提审，皂白俱分把冤清。若是不把武举害，大人审问了不成。你今夜将他来治死，无了活口，管叫大人审不清！'他给黄直银一锭，事完另外有赏封。'如此特来将你审'，说罢动手不消停。禁子骑在我身上，凉水喷脸，蒙上毛头纸几层。沙子口袋压头戴，小人登时赴幽冥。后来不知还阳路，又不知，禁子怎样到流平。"说罢国瑞将头叩：只叫"大人救残生！"清官摆手说"不用讲，本部必有主意行！"用手指定黄直叫："快把以往细招承！"禁子闻听将头叩："大人贵耳请听明。"

黄直见赃证俱犯，不敢巧辩，心想：不招也是白受其刑。无奈，叩头说："大人不必问小的了，武举之言是真，并无虚词。这不与小人相干，这是本官主使，与小的无不是，只求大人超生草命！"刘大人闻听，微微冷笑，说："本府问你：为何昏倒在地？"禁子说："小的见武举已死，小的站起，往床下一跳，只觉眼前一阵红光，临似失火，小人就昏倒在地呀，爷爷。后起不知怎样醒来。"说罢，响头叩地。刘大人闻听，心中暗想：必是神人保佑武举不能丧命，怪不得庙中托梦，此人后来必做大位。

想罢扭项，眼望朱文、王明说："你二人动手，先将知县顶子拧下，脱去补褂，本部好审，审明奏主。"二人答应，连忙动手，将贪官取下，脱去补褂。贪官真魂皆冒，战战兢兢跪在公堂。大人吩咐："伺候大刑！"左右答应，将刑撂在公堂，单听吩咐。大人说："先将知县夹起再问！"青衣答应，提了贪官，脱了靴袜，套上夹棍。大人吩咐："拢扣！"青衣呐喊，左右背绳夹棍对头，实在厉害。贪官背过气去，凉水喷活，贪官口叫："大人，不用夹我，犯官情愿招承！"大人说："招来！"贪官就将一往从前，和武举回禀言词一样，全都招认，情愿领死。

贪官情愿来招承："句句言词果真情。只求大人松夹棍，犯官领死也闭睛！"说罢将头点几点，全当叩首一般同。座上清官心大怒，手指贪官詈几声："狗官如狼心太狠，毒似蝎蛇狠更凶！主子俸禄虽主赏，实实那民间的血肉一般同！既做知县署州印，百姓父母无改更。假如你有一后辈，你也下得此狠情？若据本部细思想，死囚相攀有隐情。还得夹你来审问，内中方显那段情！"言罢吩咐将绳拢，知县怕夹棍喊"招承！"

贪官叫夹棍将魂夹冒，听说又拢刑，吓得他直声喊叫："大人不用再夹，犯官情愿招认！"大人摆手，青衣退后。大人说："贪官招来！"贪官说："实回大人：犯官于五月芒种下乡劝农，路过李家营，瞧见武举李宅子甚好，心想着必是财主之家。回到衙门，传进皂隶甄能，问他是何人之家，家当怎样。回大人：这甄能能会办事，专作过付。他闻听犯官问他，说：'是武举李国瑞之家，他父亲做过湖北武昌衙守备，已经亡故，家中豪富，良田千顷。举人为人耿直，不交官吏。'犯官说：'本州到此署印①，甚是空虚，凭着你去拿我个名帖，到他家中，只说本州才署印，公事难办，手内空虚，今和李爷借银二千两，下月必还。'皂快摆手不绝，说：'前任太爷和他借五百两银子，他还未曾借给，何况太爷又是署州，趁早别要启齿！'犯官说：'你有什么法儿，想他些银子使用才好。你老爷与你公分，再不难为你。'犯官的皂隶会办事，则见他低头思想，忽说：'有了！'"

贪官下面来回话，座上刘大人仔细听。只听贪官把"大人"叫："细听犯官回禀明：忽听皂役来讲话：'叫声太爷在上听，若要想钱这样做，无毒不是丈夫行。爷把监中死囚犯，提到二堂暗说明，叫他攀出李武举，说是窝赃在家中。太爷再把死囚许，事成后，本州开脱你残生。太爷出票传武举，将他拿来问分明。当堂暂且审一水，把他禁在班房中。小的夜晚将房进，就说开脱此事情。再拿大话来镇唬：不然你必丧残生！他要问我得多少，咱爷们，要想就往大里想，星星点点算不了事情！'后来他就将举人问，谁知武举不招承！次日犯官将他审，叫他招承窝主情。武举先前不招认，次后犯官动大刑。四十板子两夹棍，将他屈打竟招承。武举掐在监禁内，不知他家又遇凶。男女四口被人害，半夜偷盗害残生。犯官有心把举人放，又恐他，上司去告了不成。因此掐在监禁内，遣人暗去害他生。大人把皂役拿来对，犯官言词果分明。"大人闻听一摆手，青衣这才退了刑。

大人摆手，衙役退闪刑具，又把一个贪官疼了个难受，趴在丹墀。刘大人吩咐："传皂役甄能！"甄能战兢兢在旁边，要溜不能溜，正自害怕呢，忽听叫他，连忙上堂，跪倒在堂口，说："小的甄能，在此伺候大人。"大人将惊堂一拍，说："方才你本官之言，你可听见了？"皂役不敢强辩，说："俱

---

① 署印——旧时把官员正在任职称为署印。

各听见，全然不假。小的情愿领一死呀，大人。”

忠良闻听心大怒，手指皂役詈一声：“你这狗头该万死！挑唆本官害好人。因你出了一主意，武举家四口命归阴。知县贪赃将人害，禁子受贿害举人，官役三人换上锁，快快收在监禁存！等本部拿住杀人犯，一齐定罪问典刑！”左右青衣忙答应，立刻提锁往上行。三人登时戴上锁，座上大人把话云。

刘大人瞧见官役三人戴上刑具，吩咐收监：“武举讨保听传，等本部拿住杀人的凶犯，一齐问罪圆案。”此时天已大明，知县并无家眷，大人立刻委沧州州同王祥代署州印。大人起身上马，回庙歇息不表。

也不说武举讨保回家，听候传唤。单言陈大勇奉刘大人之命，去拿杀武举家四口的凶手，他不敢怠慢。他有一宗能处，善能说西话，装作老西儿的打扮，肩扛一个小被套，离了三圣庙城中，并无歇息，赶天有巳刻，出了南门，越过关厢，并不闹热。又走十里之遥，远远望见一座村庄。好汉登时进村观看：路东有座铺面，原来卖酒卖饭，此时晌午大错，好汉腹内饥饿，连忙走进铺门坐下。

好汉坐在板凳上，被套放在桌上存。铺家过来开言问：“爷上吃什么请说明。”好汉说：“所卖是何物？”铺家说：“面饼饭菜俱现成。”大勇说：“有酒先给筛四两；拌豇豆，不要你拌的口轻；饼要三斤吃着要。”铺家答应转身形。登时齐来桌上放，好汉斟酒不消停。菜饼就酒吃着饮，忽见一人往里走，手擎竹筐瓶一个，眼望铺家把话明：“掌柜的，还像昨朝那个菜，炒鸡子多用葱。酒打三斤要干酒，火烧二十个，茄子豇豆要两宗。”说罢将钱放在柜，铺家收拾我不明。那人猛一回头转，两只眼，瞅着好汉不错睛。看了又瞧，瞧了又瞧，大勇一见暗吃惊：这人瞅我有缘故，其中就里我好不明！正是好汉心内想，忽见那人把话云：“爷上姓陈是不是？”大勇闻听说“正是，你有何话只管云。”那人闻言来讲话，这一答言，得了那杀人的大盗他的姓名。

第八十九回　陈大勇刑侦认凶徒

陈大勇来到沧州南关外十里之遥，有座饭铺，好汉进铺坐下，要了些饭食，正然吃饭。忽见一人手提竹筐、酒瓶，来买东西。见那人身穿蓝布衫，布鞋布袜，年有三十上下。忽见他回头，就瞧见了好汉，两眼盯着英雄，只是瞧。大勇说："这是怎么了呢？别抓不成，再叫他抓了我去，真正可笑！"那人带笑说："爷上贵姓陈么？"大勇说："正是，你怎么知道呢？"那人说："此铺不便说话，等你老吃完了东西，咱到外面再讲。"大勇点头，心内说："这是谁呢？怎么晓得我的姓呢？"想罢，将东西吃完，说："掌柜的，拿去罢！"那人说："我也不让你老人家了！"好汉说："脱俗罢。"铺家瞧了瞧，一共吃的饭钱一百十六文大钱，好汉给了钱，站起当先就走。那人说："掌柜的，我的东西回来再取罢！"铺家答应。

二人走出铺门，往南走有一箭多远，有座土地小庙，里面并无一人。二人进去，就地而坐。那人说："陈老爷，你老不认得我了？"大勇说："一时难想，尊驾是谁？"那人说："也罢，一晃倒有十数年的光景咧！再者，我又头上生疮，辫子也剪了去咧，故此你老难认。"大勇说："贵姓呀？"那人说："小的名叫冯吉，原先也伺候过老爷，后来老爷得了押运千总，小的跟随老爷粮船，服侍老爷。因为那日晚上，小的酒醉，在船上和一旗丁打架，被小的将他推在水内，不知死活。老爷念小的素日忠厚，给了我十两银子，叫我半夜逃走。小的辞爷下船逃走，无处可投，又无营运。后来银子花尽，衣服也无有咧，看看没吃，可就流落在沧州地面。因我给庙里和尚锄地，和尚见我老实，就将我留在庙内做活，直到如今，可倒有碗饭吃。不知老爷这样打扮，所为何故？如今老爷的官，又升大了？"大勇说："别提了！"就把怎样船上遭风，失了皇粮，将官坏了，前后言讲一遍。那人闻听，说："这是老爷官运不好，才有如此。老爷如今又这样打扮，似西人，有何贵干？"大勇说："你也不是外人，等我告诉与你。"好汉眼望那人，开言讲话。

好汉眼望那人讲："叫声冯吉你是听：只因丢官无事做，你知道，我的家中苦又穷。后来去到江宁府，无奈又入参将营。总爷见我弓箭好，放了一个旗牌在营中。后有位，刘大人升到江宁府，见了参将，二位彼此叙交情。也不知何人说的话,刘大人,和参将讨我到衙中,大人放我是巡捕,承差一名在公庭。住有三年升京内,刘大人把我带上京。皇上亲将大人派,察问一路向南行。来到沧州住公馆,到次日,州衙大人把堂升。查对一应案共稿,仓库也要验看明。后有李忠来告状,告的是,半夜失盗事一宗。杀了男女人四口,大人接状到庙中。此事交给我在下,限三天,可就要完这事情。因此出来我改扮,假装西人找影踪。明月芦花差多少,依我想,要想我成功万不能!今日饭铺逢着你,真是故友又相逢!"言罢大勇长叹气,那人开言把话明。说道是:"不知那家失何物?老爷告诉小的听。"大勇闻言哈哈笑:"你问此话为何情?"

大勇说:"你问此话做什么呢?告诉你,也是枉费唇舌,空费气力。"那人说:"你老告诉我,我听听,要是对了,岂不是好?"大勇闻听,话有来头,就把武举家伤人男女四口,丢了银子若干,玉子金条等项,言讲一遍。那人闻听,口内哼哈哈:"对呀!"大勇闻听,连忙说:"冯伙计,你怎么说'对'呢?"那人说:"说起来话长。"大勇说:"慢慢言来。"那人说:"我住的这庙里,当家的老师父,我来庙里的二年,就往海岛金山寺去了,将庙交与大徒弟了凡住庙当家。这个了凡,有点子不好。先前,庙内住些小买卖儿,如今都撵了。前年,招了好些个管要要人,行动就要讲拿刀动枪。一言说了罢,横是不好。前年又有八个人,来到庙里拜把子。你瞧他们,闹得凶着呢!杀猪宰羊,又请三义之像,纸马飞空,誓同生死。他们的外号儿、名姓,我还记得呢:一名常七秃子,手使两口刀,拄一竹杖,能够过河如走平地。二名叫过街鼠刘老善,会钻沟,又能上房,手使攮子。第三名飞上房吴配,善会跳高,手使绳鞭。第四名燕尾子刘四,善能蹿跳,燕子飞,他一纵,伸手攥住燕尾,手使铁尺。第五名闪电神邓八,房上来去,踪影全无,手使铁拐。第六名仙鹤腿张四,一天能走五百里地,善能报信。第七名,乃在教杨四把儿,奇怪,他先在北京城卖肉。这一日天降大雨,其水深有二尺多的,此胡同地名叫扒儿胡同,则见过道门走出一位老者,六十多岁,叫'卖羊肉的过来!'这四把儿答应一声,见水深难走,用手攥住小车子的沿子,平端起来。列位想:小车多重,肉又多,实在分量不轻。端到门口,将小车放下,说:'要多少肉?'老者说:'一斤罢。'四把将肉称足,递与老者。老者将肉拿进去后,又走将出来,用两个指头,将钱一掐,说:'你拿你的拌钩，钩上我这一掐钱，你用拌拉得出去，我就服你是好汉！'四把闻听，哈哈大笑，说：'这有何难？'言罢，用拌就掖好钱，连个纹丝草动没动！四把臊了个脸红！赌气归家操练。后来得遇异人，传授飞檐走壁，这才离上京，来到沧州。因病住在庙内，就遇见了这个人，拜了一盟。第八名萧老叔，外号半边俏。因他右膀子上用针扎了个大半翅蜂儿，故此叫他半边俏。萧老叔手使单刀，飞檐走壁 。这八名，独只他不好，又毒又狠，见了人家妇女，奸后还要杀了，以灭活口。那六个，都是前日起身，往鄚州①庙。听见说，大概做买卖了。如今庙里剩下萧老叔和杨四把二人在庙里呢！"大勇说："你怎么知道是他呢？"那人说："那六个人临走之时，萧老叔说：'把我这两个玉子儿金条带到鄚州，遇客人卖了罢。'故此，我听陈老爷说，武举家丢了玉子儿金条等项，我才说对。不是他是谁呢？今日他们吃公东儿，和尚也在内。"

大勇闻言甚喜，说："怎么得我到庙内，将他认一认，再作商议？"那人说："不难。我和爷上说这么半天话，我回去只说等着火烧呢，等急了，我先拿酒菜回来。饽饽得了，铺子伙计送来。你老可就将饽饽送到庙里，岂不瞧了？"大勇说："甚好，你我就走。"

那人答应，一同站起，出了小庙，还回原先饭铺，早将东西打点现成。那人提酒瓶、拿筐将饽饽交给了陈大勇兜着，二人出铺，拐弯来到庙内。那人进去，说："等饽饽等晚了，我先来了。少时，铺家送来。"说罢，酒菜放在桌子之上。则见大勇走进庙门，那人说："伙计，放在里间屋里桌上罢。"好汉答应，走进套间，则见杌②上坐着一僧二俗，大勇细看。

好汉搭讪将饽饽摆，二目留神看僧俗。则见他：西边坐着僧一众，手拿鼻烟玛瑙壶，身穿僧衣是香色。因他盘着腿，脚上鞋袜看不出。正中坐着一年少，细白麻子少胡须。两眼吊角就主恶，一脸青筋血色无。身穿青绸小布衫，薄衣快鞋登足下。鸡腿袜儿青套裤，口吃水烟把烟出。东边坐着人一个，瞧他相貌却在教，下边无有胡和须。年纪不过三十岁，手提竹竿抱棍槊③。大勇看明三人相，心内

① 鄚(mào)州——地名，在河北。

② 杌(wù)——矮下的凳子。

③ 槊(shuò)——古代兵器，一丈八尺长的矛。

说："但能得差我心意足。"

好汉看罢，记准模样，这才走出套间，扭项说："饽饽放在东里间了。"言罢，往外而走，说："你老关门罢。"那人跟在后面，来到山门。大勇说："我赶二鼓，到此拿他们。你可将山门虚掩，我还有两个伴儿，上墙可不大灵便。"冯吉点头会意，将门关上。大勇迈步往回里而走。

好汉得了杀人犯，不由欢喜在心中。无意之中把冯吉遇，不是他，要得消息实不能。这一回到三圣庙，回禀大人怎样行。半边俏听见甚扎手，回回又是他把兄。今晚上，拿他必有一番闹，定要动手两相争。拿住凶犯事才好，不然走脱了不成。好汉思想来得快，太阳落，来到关厢走进城。

太阳将落的时候，进城来到三圣庙，问了问，说："大人已饭时就回来了。"大勇忙进客房。大人正然闲坐，瞧见好汉回来了，大人说："好汉回来了？多有辛苦。那事可有消息无有？"大勇说："小人打听着了，人我也见了。"就把见了冯吉，饭铺相认，冯吉告诉他那个人的出没，六个人无在庙内，因现有凶手半边俏、萧老叔、杨回回，后来假装送饽饽，到庙内瞧准二人，前后之言告诉刘大人一遍。

好汉说罢前后话，大人闻听喜又惊。喜的是，无名凶手竟访住，惊的是拿他怕不能。听起来，萧老叔武艺必扎手，恰似时迁一般同。又有回回来帮助，轻举妄动了不成。先派朱王陈大勇，要拿二人有些不能。惊走萧老无处找，再要寻他枉费工。大人低头多一会，腹内展转在心中。再三再四无妙计，忽然陈大勇把话明："大人不必多忧虑，恐怕我等不成功。小人心中有主意，我今晚，带着朱文与王明。大人再，速传这里的王千总，叫他带兵几十名。各带长杆与套索，令他们围庙听令行。我等三人将庙进，堵门擒拿必成功。如今此办方为妥，贼人要跑万不能。"大人闻听将头点："必须如此这样行。"说罢就令青衣去："快传千总莫消停！"衙役答应转身去，去不多时，千总王彪进衙中。青衣进房说："千总到。"大人说："叫他进来我有事情。"千总闻听将房进，打千伺候把身躬。刘大人座上忙吩咐，说："你快派兵，跟我的人，前去拿贼莫消停！"

第九十回　秽寺庙和尚行淫乱

刘大人眼望千总，叫声："王千总，本部的人访着了杀了的凶手，是个大盗，武艺扎手，还有一个回回在内。本部恐怕拿急了，走脱贼人。故此叫你前来，带兵三十名，预备钩杆、套索，大家努力，必得将凶犯拿住，本部自有升赏。"千总王彪答应，说："千总遵命。"刘大人说："快去莫误！"千总翻身出门，急去挑兵不表。

且说大人眼望大勇，说："此去你们三个人怎样动手？"大勇说："小人嘱咐冯吉，叫他留门，等二更到庙中，令朱王堵住房门，小人在院内惊他一惊。他们若出来动手，擒拿他；若越墙，有兵围绕，钩杆套索，不怕他飞上天去！必要成功。"大人说："甚好，总要小心就是了。"说话之间，千总进内，禀报说："兵已到，回大人知道。"刘大人说："天不早了，你们走罢。我这里洗耳静候。"大勇连忙用褡包围腰，别上腰刀，外套长衣；王明、朱文也改扮，换上便衣，掖上攮子、铁尺。诸事已毕，告辞大人，一同千总出门。径自出城不怠慢，带领官兵，急走十里之遥，赶天有二鼓，众人来到玉皇庙外。陈大勇将众人安在庙外，自跳庙墙，墙外四周，为三十名兵围住庙外。各拿挠钩套索。王千总把守山门，大勇、王明、朱文三人，等候三更动手，暂且不表。

且不说庙外众人话，再把凶手明一明。囚徒任性专好色，和尚了凡是贪淫。杨四回回虽不好，一人难扭两个人。见天已有掌灯之后，打发冯吉，把两个姑娘叫进门。一个名叫人人爱，一个名叫一秤金。二人不过二旬外，长得那，小模样子可爱人！人人爱，身穿一件蓝布衫，青缎坎肩上掐金。腰系汗巾葱心绿，三寸小脚可爱人。头上梳着是水纂①，那宗淫狂卖俏心！一秤金打扮倒受看，三寸厚底儿，红缎蝴蝶梦鞋足下蹬。头上也梳是水纂，洋布绸衫穿在身。里面衬着衣是藕色，手拿着纺丝红汗巾。走动道儿头就晃，瞧见和尚把话云："哎哟，好呀四老爷驾！"那一个说："这两天没到这庙中。"说罢二人

---

① 水纂（zuǎn）——此处指古时妇女梳在头后边的发髻。

将烟递，挨次儿，递给僧俗三个人。复又带笑，说“三位老爷子好?”和尚说：“七姑娘九姑娘，你俩坐下咱们再云。”

和尚带笑说：“自家爷儿们，又跑出客套来了！七姑娘、九姑娘，你们坐下罢。”半边俏说：“你们要不坐下，骂我一个大师父变驴的个。”四和尚哈哈大笑，说：“好的，我们老太爷骂起我来了！”杨四把旁边说：“我们第老的就是这么好要笑么！”又听四和尚说：“九姑娘，怎么肚子大了好些了?”一秤金笑着说：“偏是你老爷的眼生，又瞧见我们肚子大了！”和尚说：“小疼疼子，别带上驹了罢?”忽听半边俏萧老儿说：“要是驹，必是驴驹子。”你说这么一句话，闹得众人大笑，笑得和尚脸上下不来了，用手将萧老儿的大腿一拍，说：“小猴儿，你又骂哥哥了！”杨四把接言说：“不是呀！谁叫你说驹呢！”和尚说：“显见你们是把兄弟①了！七兄弟，你也向着老叔！”半边俏接言，说：“不是驴驹子，是秃子的驹儿咧！”四和尚说：“这还罢了。”人人爱说：“秃子……”就刚要往下说，忽见萧老儿把眼望着他一挤，人人爱心中会意，连忙不说了。

且说四和尚低着头，想了半天，将头一抬，说：“咱们喝酒罢！”萧老儿说：“很好，我正想酒喝呢！”和尚说：“老太爷，还是出家人不好，一句话就掉着你的心眼了！”杨四把说：“这该罚！你四当家的第老的比咱们小，是咱们兄弟呀！”和尚说：“莫有的话！这是错听了！”半边俏萧老儿说：“对了也罢，错听了也罢，你听我说个笑话：有这么一个和尚，一生好要，输得旗杆也卖了，庙也典了，钟磬全无了。后来流落挂单，还是不改，好要。这一天，输得真急咧，心想：偷些东西，再去捞。稍一溜，溜在一家，见人家是独门独院，三间正房，他就藏在人家佛爷桌底下，被围桌挡住。等人睡着，好下手。原来此家是小两口儿，外间屋内有个老婆子睡下，小两口儿也就睡下咧。谁知他们俩拌了嘴了，有十来天不说话。爷爷儿躺在西边，仰巴脚儿脱裤子；奶奶儿躺在东边，大概也是脱了中衣了。借着月光儿，我听了一会，我听见爷爷儿说：‘我为你这么个东西，我偏不下气求人罢，你嫌我是使砖头砸你的脖梗子！’说着又不言语了。迟了一会儿，我又听见奶奶儿说：“你成日家上门上户的，很爱溜个门子。今日我这躲着你，我可拿住你了，看你吃吗?’忽听男人大嚷，说：‘谁?’我只当是看见我了，我连

① 把兄弟——指结拜为兄弟，俗称干哥们。

忙爬起，出来，说：‘施主饶了我罢，我是玉皇庙的四和尚！’”一说，招的男女大笑。四和尚也笑了，说：“可骂苦了我了！”又说：“冯伙计，快摆酒菜，我好罚你老太爷三杯。”冯吉登时将酒菜摆在炕桌之上，两名姑娘儿斟酒敬菜。

这两个，妓女来斟酒三盏，挨次而敬手不闲。玉腕拿起乌木筷，布菜送到嘴唇边。大家欢喜说又笑，嬉皮笑脸讨人烦。人人爱，坐在半边俏他怀内，一秤金斜靠和尚肩。表过四把人可好，专爱练武把精添。又听僧人开言道：“叫声九姑娘听我言：我今点你一个小曲，必要唱《断想思，难上难》。一秤金点头把曲唱，唱的是：热河腔调巧团圆。喉咙又细字眼准，他两只眼，瞅着和尚叫“心肝”。二目呆斜瞧和尚：“叫奴舍你难上难。”故用他，两条腿，夹住和尚磕膝盖，带着笑，和尚时间实难受：“叫声小疼疼子松了咱。”妓女复又斟上酒，放在了，僧人他的嘴唇边。人人爱就把萧老儿敬，手擎酒杯跪面前。凶徒接杯嘻嘻笑：“叫声七姐你听言：你且唱个《马头调》，敬你四太爷莫迟挨。”说着萧老儿将杯递，杨四把接过放面前。人人爱就将曲儿来唱，唱的是：“在家容易出外难”。声音嘹亮嗓子好，恰似黄鸟弄声喧。唱罢连忙又敬酒，四把接来就饮干。复又将杯往下转，忽听那，萧老儿：“叫声二位听我言：咱们今日不这么饮，必要吃酒带划拳。输家喝来赢家唱，大家节鼓把花传。”和尚点头说“从命。”杨四说：“既是如此就划拳！”萧老儿连忙就起令，两个姑娘斟酒放面前。只听三五幺合对，又听大笑把话云。齐说“四师父你输了！”一秤金拿杯放唇边。僧人将酒饮在腹，萧老儿连忙就开言：“叫声七姐儿，你却替我唱。”妓女答应走上前。唱的是：“牛郎织女银河渡，要想相逢难上难。只等七夕银河渡，他才相会在天边。”唱罢又将酒斟上，放在僧人他面前。萧老儿连忙来讲话：“叫声四师父你听言：咱俩再划还卖马。”僧人说“我卖在四把前。”杨四带笑说“很好，我和老兄弟划一番。”萧老儿摆手说“不可，七哥留神听我言。”

半边俏萧老儿说：“使不得，我怎么和七哥划呢？不划，不划！”杨四把说：“不划，喝酒罢。”萧老儿说：“这倒使得。”言罢，大家双双饮酒，中间，无所不至。四和尚这色来了，伸手拧一秤金的大腿，拧得个一秤金“哎哟”，和尚说：“怎么了？”九妞儿说：“疼。”和尚说：“疼就该别呀！”二人说着,搂在一处,一递一口吃酒。萧老儿抱着人人爱,拉着手,说:“你这戒指是金的不是?”七妞儿说:“是银镀金。”萧老儿说:“明日我送你一对金的。”妓女说:“多谢老太爷赏了!”一秤金眼望和尚,说:“你老明日也给我打一对!”四和尚点头,说着,用手搂起一秤金的衣服,往下一看,原来穿着一双大红缎子厚底儿蝴蝶梦的鞋。和尚说:“我有一双猫耳窝的鞋,你穿了罢。”四和尚一句话未完,招得众人大笑。

众人大笑来饮酒,这天外面交一更。僧俗男女来胡闹,比那狼猪闹得凶。萧老儿只是耍耍嘴,和尚就把下身拧。两个妓女嘻嘻笑,灯光下越显俏花容。杨四把只管来吃酒,不管他们人四名。冯吉旁边来上菜,心中惦着那事情。观瞧众人正耍笑,搭讪迈步往外行。一直来到山门内,隔着门缝看分明:外边并无人动静,冯吉转身回里行。

冯吉见外边并无动静,又听还是一更,说:“早呢!”这才进厨房坐下,不表。

也不言众人饮酒作乐,且说陈大勇、朱文、王明、千总王彪带领三十名官兵,二更来到玉皇庙外,将兵派开,围住庙门。千总把守山门,陈大勇眼望朱、王二人,说:“二位和千总王老爷在这里,略等一等,待我进去打一个探子。”三人答应。大勇说罢,将脚一跺,纵上墙头,又跳在地上,轻轻迈步,进了二层角门。往西一望,则见三间禅堂,明灯蜡烛。大勇一见,就知是僧人凶手在内。轻轻走到窗棂以外,用舌刮破窗棂纸,闪目留神观看。

大勇留神仔细看,瞧见了,僧俗还有俩妇人。好汉一见心中想:看女子,不像良人貌与容。必是花街柳巷妇,和尚弄来在佛门。这宗和尚真可恨,少时拿住才称心。好汉正恨忽听笑,两个妓女把话云:一秤金说:“四师父真正叫人爱,他老玩笑可人心。”人人爱说:“我们老太爷长得俏,没有一些不可人。”一秤金,说着就把和尚搂,四和尚伸手弄阴门。摸得个一秤金嘻嘻笑,笑着笑着把嘴亲。二人彼此情动处,妓女她就吐舌尖。萧老儿搂着人人爱,眼望妓女把话云:“自此以后咱俩好,你我交情永不分。”说着就去揽一把,揽了个妓女大转身。男女僧俗正然闹,好汉一见怒十分:这样和尚真可恨,专在此庙坏佛门!杀人凶犯更可恶,你看他,洋洋得意屋内存。好汉思想心中恼,他这里,手拔腰刀要进门。

第九十一回　承差三人夜袭淫庙

好汉陈大勇，隔窗瞧见了和尚妓女，还有凶犯半边俏，闹得实在难言，就像公狗见了母狗走身子一样。好汉大怒，刚要进门动手，复又说："且住，他们人多，武艺扎手；再者，三人同来，不叫他们，如何使得？饶省了他们劲，还叫他们挑眼，说我不招呼他们了。等我出去，将他二人叫进来。"好汉想罢，往外而去，不表。

且说朱文、王明二人，自江宁府一处当差，二人俚戏。王明眼望朱文，说："朱二哥，陈头儿进神凑子去了，这么半天了，别是花班神凑子器儿内有果，是头花班赊果，拿到陈头儿梆声儿哩罢？"朱文说："不是，不是，陈爷是那样人呀？"王明说："朱二哥，如今年成的人，拿得住舵吗？我也上去瞧瞧我才放心呢。"朱文说："你忒透了！"王明说："朱二哥，你听过夏迎春私探昭阳正院，齐宣王蹲在地上，夏迎春脚登宣王肩膀上去，私探的这段书？"朱文说："我倒听过。你今要学夏迎春，可要登好着，别掉下来，把屁股跌出两道口子来！"王明说："怎么两道口子呢？"朱文说："你个要学夏迎春，迎春前头不长了道口子呢？你今要掉下来，前头也跌出一道口子来！"王明闻听，说："那可就难为了我朱文咧！好的，有你的詈，乐了我了。我是个膘子，学完了夏迎春了！蹲下罢，我把你这个皇会上的柱子，木头板子碎损，当间加杉篙——心里不老实的空筒子肏的！"朱文说："好桂儿，詈起来了！"王明说："莫詈，要詈你就是个齐二寡妇的小叔子咧！蹲下罢。"朱文刚然蹲下，王明才要登肩上墙，忽听墙上"吃喽"的一声，王明连忙站住。

王明一见忙站住，忽见墙上跳一人，低声他就春着咽："川丁合子闻我喜，神凑子窑儿把哈到，花班戎孙窑儿内存。还有月丁是赊果，窑儿里搬山饮刘伶。内有流丁羊蹄宛，大家攒儿中动色心。你我快把拔眼入，亮出青子好拿人。"二人闻听将头点，王明他，眼望朱文把话云："你我快把山门进，帮着陈爷好拿人。"朱文迈步山门去，王明转步随后跟。千总王彪身在外，手拿腰刀把山门。三十名官兵围四面，挠钩套索要拿人。不言众人安排定，再把大勇表一番。

列公,方才陈大勇上墙,眼望王明吊坎,说市语。古时坎儿最贵,非离了真正江湖,才会吊市语。再不然就是外州府县,公衙中爷们会坎儿,差不多的都不会吊坎。哪像如今乾隆年间,人伶俐了,坎也贱咧。如今,差不多都会了。旗下老爷们下了班,撞见朋友了,这个"阿哥,那客? 我才下班,阿哥喝酒客罢!""好兄弟,我才搬了山了。"那位又说:"阿哥,脸上一团怒色。"这位说:"兄弟不知道,了不得! 好发什昏洼布鲁,他攒里真是尖刚儿! 罢了! 我们再说罢,兄弟请罢!""阿哥也不候兄弟咬叶了。"列位,这位让喝酒,他说"搬了山了",是喝了酒了;又问这位脸带怒色,他说"好发什昏",是满洲话活该的人;"洼布鲁"是罢话;又说"攒里真是尖刚儿",这句又是坎儿,这是那人心里厉害;"不候咬叶",咬叶是喝茶,这叫做满洲话带坎儿。为什么愚下说坎儿贱了呢? 就是头里陈大勇和王明打市语,待愚下破说明白。诸公知者的,听之爽神;不知者的,说出满嘴会多的。待在下说破,众位不知是什么好。王明他说"神凑子洼儿里的花班",这是庙里房的和尚;又说"戎孙戎孙月丁",是两个贼;"果"是妇人;"赊果"是养汉奶奶。

闲言少叙。且说王明朱文二人,闻听点头,迈步径奔山门。表过山门是冯吉虚掩,三人推门而入。大勇前边引路,不多一时,来到后院。这时天有三更,僧俗带酒,男女贪着淫欲,一齐脱衣而睡,将灯吹灭,大家作乐。这庙门中唯有杨四巴汗病才好,二更以后,就告辞,手拄竹杖,回后边玉皇阁上睡去了,图的是清静。冯吉见无有二更,躲在厨房喝酒听信,不表。

且说三家好汉挡住房门,各拿兵器,一声喊叫,说:"凶手秃驴! 你二人出来,快快受传!"半边俏萧老儿、四和尚二人并无睡,睁眼听一声喊,说"凶僧凶徒出去受传",半边俏一骨碌爬将起来,说声"不好! 快些出来!"和尚忙了。表过僧人不会武艺,就只会帮嫖帮赌;他也急了,伸手乱摸,灯又灭了,房内发黑,和尚着急。

四和尚吓得魂都掉,赤条精光找衣巾。伸手床上摸一遍,摸不着衣裤汗浑身。拿着那,九妞儿小衣头上套,他把件,大红衣衫穿在身。唬得他身子站不住,连忙滚在地埃尘。一趴趴在炕洞下,腿肚朝前转了筋。口中只把佛来念,"救苦救难观世音!"复又口内宣佛号,"唵吗呢呼来吗呢呼"真笑人!"暗中神佛保弟子,自此后,和尚天天把香焚。和尚若要有假话,神叫我,只变驴来不变人!"说着说着地下躺，僧人闻听吓冒魂。腹内暗着说"不好！"他只当，拿他二人走进门。只见他，咕容咕容爬不起，那人登时来到临。和尚仔细留神看，原来是，九姑娘爬在一处存身。也是上下精光无条线，口内低声说"吓死人！"僧人这才心放下，低低声儿把话云。

和尚只当是拿他们三人，正然害怕，则见那人也是爬呢！爬到跟前，原来是一秤金。和尚一见，说："吓死我了，我的亲妈！做什么来了？"一秤金说："人家要临门进来拿人，你又没了影儿，我们魂都吓冒了！七妹妹昏倒在地，不省人事；萧老叔，奴瞧见他把后窗户棂子，不知道怎么弄下两根，他一出溜没了影儿了。剩下我咧！奴不藏躲，那还了得？吓死我了！好祖宗，你闪闪炕洞门，奴也去躲躲儿。"和尚闻言，将脸一仰，说："你爬进来罢。"九姑娘答应，连忙往里就爬。地儿最窄，刚够一个人的空儿，九姐儿进了半截，就爬不进去了。口内说："你闪闪，奴进不去了！"和尚连忙仰巴脚儿躺在炕洞门口，一秤金从和尚身上一爬，刚爬两步，炕洞门上有一块砖尖，将一秤金的腰一顶，一秤金疼痛，将身子往下一趴，可巧，一秤金的阴门，就对着了和尚的嘴了！四和尚说："我弥陀佛！贫僧发过愿了，再不动荤了！"又说："你这孩子，这么会儿的工夫又动色，又来给我个嘴。我问你：你嘴里含着泡治的缩砂呢吗？为何咸咸儿的呢？你说！"倒把个一秤金笑起来了，说："老爷子，不是嘴，那是穖！"和尚说："我弥陀佛，穖比嘴还强呢！我刚才发愿，又遇见穖了，拉倒，别闹了！我的命要紧，我可不敢动色了。我再动色，詈我是念《劝世文》的四和尚的徒弟，有的没有！"一秤金说："谁动色呢！你们干了什么事了？吓得这样儿的！你们嫖不起，就该别叫我们来呀！谁是自家来的不成？不是你们着人叫了来的吗？明是你们有杀人之事，也不与我们相干呢！我们可是个出门子的，这是怎么说呢！动大色？别动！真他娘的丧气！今个白日里下地方，你瞧罢，偏偏的就有个火烧铺里的老西儿，不知怎么和掌柜的支了三百钱，歇工一天，自己再吃一顿饭，剩下百数多钱，你瞧把他那个打扮，刚交七月，他把个白毡帽子戴在头上，穿一件十几年旧白布衫，双脸的老西儿旧布鞋，一身的白干面，走到我们的门口，走过来走过去，往前瞧瞧，往后看看，倒像做贼的一样。要进来又怕人瞧见，不进来罢，心里又不舍。他闹了个色大胆小！又无钱，叫我们的二小子剋了他一个跑儿！他还说窑子逛不得，净是挨剋！就和你们一样吗？"四和尚说："别嚷呢，看人听见！好心肝。”一秤金说：“心肝？明儿还是大肠呢！我把你这个不要脸的白三秃子毬的罢！”便趴在和尚身上，不表。

且不说炕洞僧妓女，再将半边俏表一程。忽听门外有人喊，叫他受传莫消停。飞贼就知事情犯，有人拿他到公庭。连忙爬起不怠慢，穿裤蹬鞋，汗衫拿来穿在身形。褡包煞得实在紧，单刀拿来手中擎。转身来到后窗站，忙用手，窗户棂子搬两根。侧身一纵纵出去，好萧老儿，飞身出房站住身形，闪目留神往下看，但则见，三个人站在地流平。又听一人高声叫：叫声“贼快些出来莫消停！你不出来不中用，想保残生万不能！”

大勇说：“凶徒！快些出来罢，装会子乌龟，缩回脖子，也是不中用呀！别等着我们拿尿浇，浇出来，就漏着丢了！”又说：“凶徒！你不出来，我就放火烧咧！凶徒快滚出来罢！你要不出来，就是婊子的儿子——小癞头鼋①了！”又见旁有二人，也詈，说：“房内的臊老婆不算，和尚和贼三个人，都不滚出来！”

半边俏萧老儿站在房檐，往下观瞧，听看得真切，只听三人大骂。飞贼说：“这两个是吓唬吃食的。可恨那人堵门而詈，我有心下去给他一刀，他要是条好汉，岂不可惜？我如今且叫他知道知道我的厉害！”想罢，萧老儿将房上的瓦掀起几块，拿在手内，蹲在房檐之上，将手一扬，把一叠瓦照着大勇的后心打将下来。“吧”一声，瓦打在后心之上。大勇不防，往前一扑，几乎跌倒。心内吃惊，说声“不好！”扭项观看。

大勇着忙回头看，天无月色看不清。王明朱文一齐问：“怎么了？陈爷身上响一声！”大勇说“何处瓦来打？必有埋伏在房中！”三人言词还未尽，忽听房上喊一声：大叫“三人休乍庙！这么个本事想要把刀擎？方才瓦是老太爷打，不过先把你惊一惊！我有心身后将你命来要，怕你也是一英雄。老太爷最爱英雄汉，故此暂且我留情。等我下去咱动手，你们要保残生万不能！”

---

① 鼋(yuán)——鳖，也叫元鱼。

第九十二回　会英雄凶犯敌三众

半边俏萧老太爷最爱的是好汉，故此不肯暗自下手："打你一瓦，是惊你一惊。你们三人，你打量我还在房内呢！早就出来了！可笑你们瞎等着：这么个本事，就来拿人？活给番役打嘴！你也不知道老太爷是谁，告诉你们罢：京通湾卫、南北二直，大概都知道半边俏萧老叔罢？你们这三人就来拿我？也罢，我倒下去试一试你三人的本事！"言罢，"嗖"一声，跳在尘埃，擎刀站立。

好飞贼，并不躲闪将身避，反倒跳在地流平。手内擎刀哈哈笑，眼望三人把话云："你们小哥仨来拿我，你也不知老太爷的能！手内刀，能挡人几百，哪怕兵，围住我，说要走我就能行。世人难以将我挡，飞贼队内头一名。但不知拿我是哪一案？告诉你：我的案多我记不清。你三人快快对我云，说明咱好商议行。"大勇闻听心中恼："这贼话大了不成！听口音，他也是康熙年间人一个，再现的一枝桃一般同。眼高自大小看我，他把陈某看得轻。少时将你来拿住，绳绑膀臂称我情！"好汉想罢开言道："叫声蟊贼你是听：话不言明将你糊，你死黄泉也不闭睛。要问你犯什么事？留神细听我说明：沧州三里关厢外，有一李家庄是地名。住着武举李国瑞，因为有事在衙中。半夜被你将人害，男女四个命残生。俱用钢刀来杀死，房内财物影无踪。有人告在刘大人手，大人准状点我们名。护着绿头踩着你，故此到庙把你擒。若是好汉快受绑，自己做事别拉人。理正情真快受捆，真是好汉不同寻。你就要走也不中用，陈爷有本事把你擒！大盗不知拿过多少，岂把你这蟊贼放在心！"那人闻听说"住口！好汉不用大话云。你不服，咱们如今试一试，老太爷，拿着你们醒酒散散心。"言罢提刀扑好汉，大勇一见把话云：说"二位把住房门口，仔细房中跳出人！"朱文闻听将门把，大勇提刀手中存。一个箭步蹿上去，使了个，拨草寻蛇刺前心。萧老儿将刀朝下甩，响丁当，两口钢刀迸火云！半边俏刀法真传授，陈大勇刀法遇过高人。这一个，苏秦背剑朝后剁；那一个，胸前抱月用刀迎。陈大勇，单凤之式将刀挑；萧老儿，仙人换影就转身。二人斗够时多会，真是能人遇能人！

陈大勇与萧老儿二人，本事虽说不差上下，这内中有三强三弱之说。列公，哪三强三弱？听我言来：三强是萧老儿才三十多岁人，正是精神百倍，这是头一强；第二强是眼尖手快，身子灵便；第三强是刀法好，再要着了急，这人的劲，不知从哪里来的。这才说了个三强。三弱呢，是陈大勇年有四十，到底迟钝，这头一弱；第二弱，是手不能很快，身子不大很灵；第三弱，是又怕刀伤贼人，无了活口。故此，说了个"强弱"之言。

闲言少叙。且说王明、朱文二人，把守房门，观瞧二人动手。只听"丁当"刀响，火星乱迸；又听大勇大声喊叫，只嚷"贼人好厉害！厉害！"王明说："朱二哥，你看陈爷急了，遇见了硬对了。我知道他的毛病儿，若急了，就嚷。你听嚷呢！"朱文说："哥，嚷不嚷都是小事，万一走脱凶手，那还了得？咱俩也是奉命来的，大家都有不好。依我说，房中之人不大要紧，咱俩上去帮着陈爷，三个人拿一个，才得无事。"王明点头，各拿兵器，扑上前来。一齐说："陈爷，别放他逃走，我们来了！"大勇此时，正然急躁，恐跑了飞贼。一闻此言，连忙说："二位上呀！"朱王二人，一个攮子，一个是铁尺，照着萧老儿就扎就打。半边俏一见，哈哈大笑。

飞贼一见二人上，不由大笑把话云："好汉岂用人帮助？狗仗人势不算人！姓陈的，我说你菜你就菜，这么个本事把我擒？再添这两也有限，瞧长相长得不像人！要是英雄该独立，妇女坤道才靠人。不是老爷言大话，一恼叫你们见阎君！"说着踩脚跟箭步，照着王明把刀抡，喊声"那人别要走！着刀！"钢刀一剁下狠心。王明铁尺往上挡，好萧老儿，抽刀一甩剁朱文。朱文连忙朝后退，萧老儿刀又去奔敌人。照着大勇刚下去，好汉单刀往上抡。三人围住半边俏，铁尺、攮子、腰刀，齐往上攻。好个飞贼名萧老儿，一口刀敌住三个人！大闹多时不分胜败，萧老儿扭头看得明。

萧老儿一人敌住三人，一口钢刀劈剁，削耳撞腮，并无惧色。猛一抬头，则见西边有一棵大枣树，上面枣儿结得满了。表过此乃七月已尽，枣儿皆熟。萧老儿看见，用手中刀掇开大枝，登枝又上到顶尖一枝老树杈，骑在上面，将刀别在腰间，口中说："和他们闹上我的酒来了，我先吃几个枣儿，压压酒。"用手摘枣儿吃，不由好笑。

且说三个人正自围着贼人动手，忽见萧老儿一纵纵上树去了。三人一齐着急，只说："好贼！好贼！真是飞贼！"王明说："陈爷，你也上树去拿他！"大勇说："上树比不得上房，这是两道劲呢！我可不能。"朱文说："这可如何是好？咱们别说闲话，围树要紧，看跑了他！"三人言罢，围树而站。

且说萧老儿树上歇了一会，吃了一会枣儿，低头一看，则见王明仰着脸往上观瞧，萧老儿一见，伸手摘了一把大璎珞①枣儿，使劲照着王明脸上一摔，枣儿核儿猛打在王明脸上，打得个王明"哎哟"一声，说："不好，下雹子了！把脸也打肿了！"大勇说："怎么了？"王明说："下雹子呢！"萧老儿树上大笑说："小子，那不是雹子，那是枣儿，给你们吃的！别说我吃独食。"大勇闻听大怒，说："好贼！焉敢欺人？有本事将树锯折了，拿你这凶徒！"

大勇越说心越恼，骂声"凶徒了不成！你既将人来杀害，理该受绑到衙中。三推六问将你审，问明开刀问典刑。身首异处在市上，杀人偿命是常情。汉子做来汉子受，敢作敢当是英雄。你今反倒来油斗，这样贼人了不成！"好汉越说心好恼，手内擎刀怒气冲。半边俏闻听哈哈笑，他一边，吐着枣核儿把话云。他说"那人别急躁，事从款来必成功。你心急来我不急，依你说，萧老太爷是胡闹，不说你们的本事松。你们要，武艺高强本事好，将我拿住上绑绳。不说你们将我害，只怨自己艺不精。拿到衙门去治罪，六问三推问典刑。萧老油若是眉一皱，做鬼千秋落骂名。难道只许我把人害？人害我，我就发怨匹夫同。老太爷，今年才交三十二岁，强若读书，世上之理我最明。并非我贪生想逃走，原是你们本事松。你不想，头里太爷在房内，你们院内喊连声。我从后窗将房上，我要走，人不知来鬼不明。这是我，安心要把你们会，必是当世的大英雄。不然官府怎派你，这样案叫你把功成？谁知白费我的力，三位可别忙，实在松来实在松！若要是，到了我们任丘县，不是我今说大话，我教的徒孙比你们能！"一句话说急陈大勇，好汉的肝胆气炸动了无名。

你说半边俏这些话，又高傲，又近理。再者，愚下上几回书，回禀过诸

① 璎珞（yīng luò）——古代用珠玉穿成的戴在颈项上的装饰品。此处形容枣儿美。

公,萧老儿一拜之人,哪一个弱呀?别人犹可,乾隆老佛爷的年间,京通湾卫、南北二直,谁不知常七秃子、燕尾子呢?这个常七秃子,和德胜门外苗老爷是一行之人,一样本事。后来他们因为摇了花咧,才遭国刑,死在霸州。

闲言少叙,且说大勇闻言,一声喊叫,将右脚一跺,偏偏儿又把靴底跺绽了!无奈,用钱串捆上。好汉心中甚是着急。朱王二人擦手说:"可恶!可恶!这可怎样才好?"

朱王二人无主意,只嚷"可恶恨死人!"大勇急得手指树,大詈"萧老儿你听真:巧言花语难当事,少时拿你进衙中。将你凌迟问了斩,那时你才能死心。你说你今在树上,老爷等你到天明。传人树下将火放,烧死你这凶徒胆大人!"王明闻听开言道:"不用放火,传兵进来着箭墩。"一句话提醒陈大勇,好汉立刻长笑容。倒是王爷一句话,不然急在九霄云。言罢高声把兵叫,外边答应,进来了兵丁一大群。"好汉围树快放箭,擒拿飞檐走壁人。"众兵答应将箭取,萧老儿闻言不消停:众人要是来放箭,只恐雕翎中我身。趁着此时快些走,少若迟挨了不成!想罢飞贼留神看,此树离地七尺零。萧老儿看罢身一纵,"嗖"一声,纵在大殿上边存。大勇一见双足纵,随后赶上那贼人。心中想:后抱腰将他来抱住,想罢他,饿虎扑食往上冲。伸出双手刚要抱,萧老儿,右腿一蹬,使了个后蹬儿,大勇"哎哟"掉在尘。

第九十三回　萧飞贼落网应剐刑

陈大勇随后上房，瞧见那人转身要走，好汉性暴，恐怕跑了，使了个饿虎扑食，伸双手就抱，被那人右腿一蹬在胸前，陈大勇"哎哟"一声，咕咚，掉在尘埃。那人将手一拍，"嗖嗖嗖"顺房而去，朱王二人魂胆吓冒，只说"不好，快些救人，救人！"众兵答应，上前扶起大勇。大勇一骨碌爬起来，口内说："不好了，跑了！你们快去追赶，我还上房找寻，务必找着！"朱王答应，留下十名兵，把守此庙。带领千总王彪二十名官兵，分头去赶，这且不表。

且说陈大勇上房，四下观瞧，可喜这会月亮已上，微微看出方向。好汉连忙上了房脊之上，闪目观瞧，忽见庙内的玉皇阁上，倒像是人。好汉不敢怠慢，也就上房追赶。刚赶到玉皇阁上，那人又蹿出庙外民间的房上去了。大勇喊叫说："你们都往东赶呀！我瞧见了！"众人地下接声追赶。

且说萧老儿蹿在民间房上，后坡隐住身形。

飞贼蹲在后坡上，暗暗沉吟腹内云："细想我自幼学会艺，出来外面我害人。男女我害有二三十个，全无犯事有人擒。今年来到沧州地，此庙住下遇见人，本事和我一个样，心胸不错半毫分。八拜结交为昆仲，一共却是八个人。他们六位鄚州去，七哥带病难动身。今夜有人来拿我，一齐而来堵庙门。论理头里我该走，皆因为，惦记七哥病在身。故此我亲自来动手，谁知道，那人着急叫箭墩。我才飞身出庙外，谁知那人以死跟。少时他若寻到此，我给他一下再理论。"想罢将砖拿在手，二目直瞅细留神。但见一人房上跳，萧老儿点头说："也是能人！"说话之间那人到，萧老儿轻轻站起身。右手拿着砖一块，咬牙切齿下狠心。忽见那人往这纵，萧老儿二目看得真，右手一扬砖打去，大勇"哎哟"又掉在尘。

萧老儿一砖，将大勇打下房去，掉在地上。好恶贼，心中恨急了大勇了，"嗖"一声，蹿下房来，要取英雄性命。谁知大勇，砖虽打在前胸，不甚很重。会武艺的人，身子活动，掉在尘埃，也没跌着。连忙爬起，抓刀将身一纵，要上房拿人。

萧老儿并不知道，只当好汉跌着了，“嗖”一声，跳下房来，只听耳边“嗯”的一声，原来是那人纵上房去。贼人一见，说：“好厉害！真是个魔头。倒得留神。”且说大勇刚一上房，也听见“嗖”的一声，连忙扭项一瞧，原来是贼人擎刀下去了。大勇忙伸手，把花檐拿了一块，一转身形，跳下来，脚一沾地，左手接刀，右手砖打将出去。贼人不防，刚要迈步，右肩膀上，“吧”，就中了一砖，打得身子一晃，说声“不好！”脚一跺，纵上房去。大勇跟尾，纵将上去，抡刀就剁。

好一个，擒贼的陈大勇，心想拿人把功擎。一刀剁去十分力，大叫“贼人你是听：任你总有千合勇，时迁的利便跑不能！老爷今夜拿定你，好叫大人审口供。”萧老儿闻言心好恼，叫声“那人你是听：咱俩今日拼了罢，活在人间待怎生！我叫你把我擒了去，半边俏从今不露形！”言罢摆刀扑好汉，眼红心横奔英雄。大勇也是急斗一嘴，浑身使尽力无穷。二人房上将刀对，只听房上响连声。屋里百姓也惊醒，一家老幼尽吃惊：不知房上怎么样？要是地动了不成！又听房上人声喊，只嚷“拿人”不断声。男女老少魂皆冒，房上必是贼人行。不言男女心害怕，藏在屋内不作声。且说好汉陈大勇，刀剁飞贼下绝情。萧老儿不由微微笑：大叫“那人少逞能！有心和你再动手，老太爷，还有别的那事情。”言罢双足只一纵，蹿上别房站住身形。大勇留神只一看，不由着急吃一惊：此房离那房有一丈，好汉登时瞪二睛，这么远他会过去，陈某实在比不能！好汉心中生一计，连忙跳在地流平。复又飞身将房上，则见那人纵身形。一闪身子往下跳，大勇追赶不消停。

大勇上房，则见那人跳下去，大勇随身后就赶，口中大叫“拿贼呀！拿贼呀！”萧老儿往下一跳，原来是屠户猪肉铺的后门。掌柜的姓刘，长了个傻大黑粗，一身浑劲。偏他跑肚，出后门出恭。刚然蹲下，只听房上“当叮咕咚”瓦响，又听有人高声大叫“拿贼”，屠户说：“你怎么歹儿的妈妈，有了银啦！”正然说着，只听“嗯”一声，纵在房上跳下一个人来，跳在屠户身上，压得屠户坐在屎上，闹了一屁股屎。屠户说：“儿的妈妈！好瞎眼的贼儿，跳在身上，儿，儿你往哪个场儿跑！”言罢上前，双手抱住萧老儿。萧老儿恐遭毒手，忙用刀尖回手，扎进屠户的肋窝之上，死尸一仰。半边俏刚要脱身，这个空儿，大勇早到身后，扬手一刀背，打在左膀，左膀耷拉,复又核桃骨上一刀背,打伤其骨,萧老儿跌倒。大勇扬刀背,向飞贼的核桃骨上一连几刀背,打得个贼人不能动了。大勇高声嚷:“拿住了!拿住了!”

朱、王、千总二十名官兵听见嚷“拿住了”,齐奔声音而来,叫开铺门,一齐径奔后院。大伙一见,果然将贼拿住。又见旁边有死人,铺中伙计瞧见掌柜被贼扎死,大家着急。大勇说:“你们别害怕,等我回禀大人。告诉你,我是刘大人派来拿贼的。”肉铺伙计闻言,这才将心放下。大勇叫兵将萧老儿四马攒蹄捆上,派四名看守死尸,这才叫兵抬起萧老儿,一齐奔庙。不多一时,来到庙前,一齐进庙门。这时候,冯吉也出来了,众兵将萧老儿放在尘埃。大勇眼望朱文、王明,说:“二位,快带几个兵进房,僧人,还有俗家,恰似在教之人,俱是一党。快些拿出来,咱好起解。那个宿拉女人,不用拿他们了,省得费事。”“是!”二人答应,带兵五名,一齐进房,留神细找。

朱文王明人两个,带兵五名进房中。屋内留神仔细看,则见当地躺一妇人形。兵丁上前摸一把,浑身冰凉赴幽冥。复又留神满屋瞅,只听炕洞有人哼。兵丁低头只一看,借灯光,瞧见妓女与那僧。五名官兵齐动手,把二人拉出炕洞中。那妇女精光实难看,和尚的裤子倒是红。官兵一见不由笑,说“这个秃驴爱你精。”说罢就拿绳子捆,登时绑上那名僧。吓得妓女浑身战,体似筛糠一般同。兵丁用手指一指,说道是:“陈老爷开恩,不拿你到衙中。”官兵言罢不怠慢,搭起僧人往外行。

朱王二人带着五名官兵,抬着和尚出房,来到当院,将僧人放在萧老儿一处,复又满庙搜着,杨四回回踪影全无,不知去向。

这时,天已大亮,大勇带领众人,抬着僧俗,奔城而来。登时进城,一路招得军民尾随观看。不多时,来到州衙,进大门将众人放在门外,大勇、王明、朱文、千总四人进仪门,上堂,但见大人公堂理事。大勇打千,说:“凶犯拿到。”刘大人闻听欢喜,吩咐:“带进来!”“哦!”好汉答应。

大勇转身往外走,来到仪门把话云:“大人吩咐将人带!”只听外面应一声。这才松松僧俗绑,抬着拉着往里行。登时抬到公堂上,座上刘公看分明:和尚不过平常相,跪在旁边露怕惊。但见那人二十多岁,跪在堂前长得凶。细白麻子俩圆眼,身体灵便露贼形。看罢大人开言问："那人你叫什么名？家住哪府哪州县？为何杀人你行凶？一同伙计几个人？快快当堂来招承！若要隐瞒一个字，本部立刻动大刑！"那人开言把"大人"叫："贵耳留神在上听：家住河间任丘县，萧老儿是我的名。半边俏是我的外号，飞檐走壁我甚能。做贼今年有八载，谋害人命我记不清。前者武举人四口，是我杀的本真情。自从做贼无朋友，单身一个我独行。今朝被你来拿住，或杀或剐我愿情！"言罢闭目哈哈笑，刘大人点头暗说"好贼！"吩咐带，一干人犯我判明。

刘大人吩咐："带一干人犯上堂！"青衣往下跑，不多时，将一应之人带上公堂。武举李国瑞、家丁李忠，早来伺候。大人提笔判断：知县拿贼，将无作有，嘱盗拉人，就中取利，只有人命，例应热决；皂役生端，害人起事之头，例应绞罪；禁子受赃害人，例应绞死；和尚庙中住贼，知而不报，例应充军；冯吉给信有功，须在陈大勇的名下；萧老儿杀人四口，从前害人不少，例应剐罪。行文发给鄚州一带府县，广捕一党：燕尾子、常七秃子等人。武举被屈，刘大人写本，保补授千总。判毕，折子奏事，将一应人犯收监，等旨正法。刘大人往前察河，再表。

第九十四回　段皂头拒聘熊公子

五夜漏声催晓箭，九重喜色醉仙桃。

旌旗日暖龙蛇动，宫殿风微燕雀高。

闲言不表，单言乾隆老佛爷五十一年，直隶大名府出的一件公案。大名府原系保定府管，此处有一位大名兵备道，原先做过天津的知县，他可是广西永康人氏，姓熊名叫熊恩绶，年有五旬以外；膝前有位少爷，年二十二岁，名叫熊杰。此书头绪表明。大名道台衙门，有一名皂头，姓段名叫文经，年五十二岁，身后有个拱肩，左眼是个茄皮眼，紫膛颜色，身高五尺，一身本事，暗藏邪术。娶妻汪氏，只生一女，年十九岁，论容貌，真有西子王嫱之貌，昭君杨妃之容，叫在下也一言难尽。皂头段文经有一妹丈姓徐，名叫克展，年三十七岁，面目黑色，五短身粗，一身的硬功夫。他就是本府城外八十里张栋村小潭口人氏，在大名道台衙门，身当马快。还有本府城中二人：一名叫张君德，年三十四岁；一名叫刘奉，年三十六岁。俱是民人，都有些武功夫。二人也在道台衙门应役，算是徐克展的户儿。他等俱是大名府匪棍，无所不为之徒。皂头段文经，又立为八卦①教，按乾坎艮震巽离坤兑之象，引诱那些愚民习其术，大有不好。

这一日，乃是七月十五日，大名府的城中，大寺院放施食，烧法船，男女老幼，瞧热闹的，就不少。这一晚，公子熊杰身穿便衣，带着两名手下：一个内厮，一个衙役，三人步行出衙，混在人群之内，观瞧热闹。但见游人如蝼蚁不断。不多时，来至甘露寺，熊公子站住，抬头观看。

---

① 八卦（guà）——我国古代的一套有象征意义的符号。用‘⚊’代表阳，用‘⚋’代表阴，用三个这样的符号组成八种形式，叫做八卦。每一卦形代表一定的事物。☰为乾，代表天；☷为坤，代表地；☵为坎，代表水；☲为离，代表火；☳为震，代表雷；☶为艮，代表山；☴为巽，代表风；☱为兑，代表沼泽。八卦互相搭配又得六十四卦，用来象征各种自然现象和人事现象。八卦相传是伏羲所造，后来用来占卜。

熊杰举目留神看：法台高搭上挂灯。九众僧人将经念，法器平敲震耳鸣，台前法船高五尺，长有二丈，上面故事扎得精。越瞧越发人烟广，又见那，孩童手拿各样灯。公子瞧罢一扭项，忽看见，西边站立几个妇人。内中却有一女子，年纪未必有二旬，那一宗，小模样子真难讲，笔下写不尽俏芳容。但见她，杏眼秋波花含露，两道蛾眉可爱人。鼻如悬胆一般样，樱桃小口点朱唇。乌云恰似香墨染，离几步，那宗柔气熏动人。金莲大概有三寸，皆因灯下瞧不真。身穿一件桃红衫，绣花坎肩贴片金。八幅湘裙腰中系，因拿扇，玉腕春葱全看真。别说痴人瞧着爱，佛祖观瞧也动心！熊杰看罢多娇女，他的那，泥丸宫内走真魂。腹内暗暗来讲话："此女闺阃①夺尽尊！我熊某，若得此女成连理，方不愧，我父官居三品臣！"熊杰想罢一扭项，眼望着，衙役开言把话云。

公子熊杰看罢女子的芳容，扭项眼望衙役，开言说："李升，你顺着我的手瞧：西边纸马铺的台阶上，站立的那几个妇女丛中，那一个穿红的女子，你认得不认得呢？"李升顺着熊公子手，瞧够多时，说："少爷，你那不知道吗？这就是咱们衙门中皂头段文经的女孩嘛！"公子闻听衙役李升之言，说此女是段文经之女，不由暗暗的欢喜，说："呀，他父在我衙门中应役，此事有成矣！"想罢，两只眼睛瞅着那女子，越瞧越爱，竟自出神，恨不能立刻就到手。

说话之间，天就有二鼓以后咧，法船也烧咧，人也散咧，那几个妇女，带着那女子也回家而去，公子熊杰，这一会如醉如痴，站着发怔。还是内厮说："少爷，咱们也回衙罢。天也不早咧。"熊公子无奈，这才丧胆亡魂的回家，走进书房坐下，思想段文经之女，一夜无眠。

次日天亮，起来洗脸吃茶已毕，吩咐小内厮："快快去把昨晚上跟班的衙役李升叫来，我有话问他！""是。"内厮答应。去不多时，将李升带至书房。李升打千，说："少爷叫小的，有何吩咐？"熊公子一见，说："你起来。"复又扭项，望内厮开言讲话。

熊公子，眼望内厮吩咐话："来祥快去莫消停！你把苏元拿几个，立等要用有事情。"内厮答应翻身去，不多时，复又回来手托银。

---

① 闺阃（guī kǔn）——内室，妇女居住的地方，也指妇女。

公子一见忙吩咐，就势递与那李升。公子复又来讲话："李升留神要你听：今日叫你无别事，就是昨夜那段情。咱俩见的那女子，我熊某，意娶作妾把亲成。此事休禀老爷晓，事成之后再回明。这件事情托付你，段家提亲走一程，任凭他要银多少，不用驳价你就应。你要是，与我说成这件事，重重有赏不非轻。眼下赏的银几两，不过是，来回辛苦饮刘伶。"李升闻听公子话，带笑开言把"公子"称："少爷只管将心放，我包管，此去一说事就成！"熊杰闻听心大悦，说道是："既然如此你就快行！"李升闻听答应"是。"他迈步，要到段家说事情。

不言公子熊杰书房等候回信。单表衙役李升，出了道台的衙门，先把得的苏元换了一锭，到酒铺子里吃了几杯酒。会钱出铺，转弯抹角，穿街越巷，不多时，来至皂头段文经的门首站住。用手拍门，高声问："段爷在家么？"只听里面有人答话，"哗啷"，将街门开放，原来就是段文经。瞧见是跟熊公子的衙役李升，说："李头儿，找我有何贵干？暂请里面吃茶。"李升说："特来讨坐，还有话讲。"言罢迈步里走，进书房，分宾主坐下。段家的小厮献茶，茶罢搁盏。皂头段文经眼望李升，讲话说："李头儿，今到寒舍之内，不知有何话讲？"李升见问，带笑开言，说："段爷容禀。"

李升带笑开言叫："段爷留神请听明：无事不到你贵舍，今日有件喜事情。"文经就问"何喜事？"李升说："听我从头对你说：只因昨晚盂兰会，还有和尚唪①经文。令爱令正瞧热闹，遇见公子闲散心，看见令爱多典雅，大有闺阃淑女风。少爷虽然将妻娶，为人蠢夯②又愚蒙。况且无从在任上，他们俩，夫妻不和是真情。公子少年又典雅，才如子建一般同。明年上京去应试，何愁金榜不提名？我今来，特与令爱提亲事，就是那，本官之子熊相公。令爱算是两头大，俱受皇家诰命封。故此大爷托付我，特来商议这事情。晚生一来讨示下，二则道喜与尊翁。"李升言词还未尽，段文经，带笑开言把话云。

列公，俗语说得好："面无喜色休开店，不会说话别做媒。"李升说的这些话虽好，怎奈段文经性暴心直；再者，他在大名道的衙门，当一个皂头儿，也算是个人物。到今日，一听李升之言，说熊公子要他女儿作妾，不由

① 唪(fěng)——(和尚、道士)念经。

② 夯(bèn)——同"笨"。

心中动了点气："李伙计住口。难道咱们在一个衙门当差，你还不知道吗？我女儿已经有了婆家咧！劳你的大驾，回去谢少爷的美意，你就说我女儿有了婆家，眼前十月初头，婆家就要娶。这件事，断难从命。李头儿替我美言就是了。"李升闻听段文经之言，好像小孩儿失了妈——一点想头无有咧！无奈站起身形，向外而走，说："失陪，失陪。"皂头段文经，连送他也没送，家中闷坐不表。

且说李升灰心丧意，迈步就走，放开两条报丧腿，不多一时，来到衙门，径进书房。熊少爷一见李升回来，吃着饭就问："李升，那件事怎么样了？"李升闻听公子之言，不由长叹一声，说："少爷容小的回禀。"

李升开言先叹气："少爷在上请听明：小人遵奉公子命，立刻去见段文经。对他言讲那件事，谁知文经更不从。他说是：'他的女儿已有聘，叫我重婚万不能。世上万般须要理，你回去，告诉公子早歇心。他若仗父来胡闹，有本事，叫他父子挪考成。段某大名是人物，财势岂能动我心？别说他是道台子，就是那，总督之儿也稀松！'"李升一句加几句，窝挑是非在其中。这李升，只恨文经无名动，他的重赏变成空。熊杰闻听前后话，羞恼成怒动无名。只顾今日信此话，下回书，大名城中土变红！

第九十五回　仗权势买盗害文经

公子熊杰，闻听李升之言，气了个目瞪痴呆，暗说："好一个段文经！就是你这么一个人物的皂头，这样狂妄，竟敢小视于我？等我慢慢和你算账！"想罢，开言："他既不应，罢了。你歇着去罢。""是。"李升答应，退出不表。

且说熊公子，赌气子饭也不吃咧。小内厮来祥一旁开言，说："少爷，这件事情你那不用生气。要依小的想，李升是个蠢笨人，到处不会说话。再者，皂头段文经也未必瞧得起他。这件事，依小的：少爷竟把段文经传来，以礼相待，然后再言此事，大略他再无不应之理。何用少爷生气？"

内厮说罢前后话，公子闻听长笑容，口中连连说"很好，倒是你的话语通。你就出去看一看，段文经，可来伺候在衙中？若在外边将他请，你说我，书房立等有事情。"内厮答应向外就走，越过宅门又外行。来至大堂忙站住，举目留神看分明。皆因是，七月佳节天还热，众人避暑把凉乘。马步三班全在此，伺候道台理民情。段文经，虽然心中生闷气，只得也得进衙中。内厮一眼来瞧看见，说道是："公子传唤段文经。书房等候有要事，快些跟着我一同行。"皂头答应心犯想，腹内说："定为方才那一宗！"内厮前边来引路，后跟着，大名皂头段文经。二人同把宅门进，这一来，勾起风波大事情！

小内厮来祥，将皂头段文经领进宅门，带至书房。段文经见熊公子，先打了个千，然后在一旁站立，说："少爷叫小的，有何吩咐？"公子熊杰，闻听皂头之言，满面是笑，说："段头儿请坐，我有话讲。"文经说："少爷在此，小的焉敢讨坐？"公子说："你我非同小比，但坐无妨。"文经告坐，这才坐在下首。内厮在一旁带笑，眼望段文经讲话。

熊公子，眼望文经来讲话："段头留神你是听：传你不为别的事，听我从头对你云：昨朝乃是七月半，熊某出衙看荷灯。走到甘露寺前站，则见那，游人如蚁一般同。熊某就把法船看，还有和尚念经文。

看罢多时回身走,见那里,两边站立几钗裙。却是令正①与令爱,大概也是去散心。令爱大有淑女意,端庄典雅不轻狂。不怕段头你见笑,要比上,我的拙荆强万分。当家事务全不会,不晓梁鸿孟光情。在下每每生怨恨,悔不来,生米已将饭做成。昨晚瞧见你令爱,真乃闺阃夺尽尊。熊某不由生妄想,意娶淑女到衙中。不敢教令爱身作妾,两头为大理上通。熊某侥幸登金榜,诰命夫人令爱擎。因此上,特请你来当面讲,可以行来不可行?"皂头闻听忙站起,说道是:"公子留神在上听:方才细听少爷话,抬爱我父女岂不明?内中却有一件事,小的回禀公子听:奈因小女于去岁,已有婆家定朱陈。眼前十月就要娶,少爷想,怎将一女许两门?小的虽然如草木,人间大理岂不明?越礼之事焉敢做?少爷要体小人心。"文经说罢要告退,忽听那,公子熊杰把话云。

皂头段文经说罢,就要告退,转身往外走。熊公子一见,赶上前去,一伸手,将文经的袖拉住,说:"我还有话讲。"段文经一见熊杰如此光景,一团的走马色,都上了脑袋咧!恨不得要玩段文经。明公想理,你叫段文经脸上怎么下得来?说:"少爷好不明道理!爷现做着皇家的命臣,三品之官,少爷如何这样胡为,岂不令人耻笑?别说我女有了婆家,就是无有婆家,本地之官,也娶不得民间之女。大清国律,你竟不明,终究老爷的前程,扔在你这败子的身上!"说罢,使劲一摔,"咕咚"一声,将熊公子摔倒在地,皂头段文经气愤愤竟自出去了!

小内厮来祥一见公子倒在地上,不敢怠慢,跑上前去,将公子扶起。熊家的少爷,这一会羞恼成怒,坐在椅子上面,只说:"令人可恼!好一个段文经,我要不了你的命,誓不为人!"小内厮也在一旁开言,说:"这件事,难怪少爷生气,真正令人可恼!"小内厮言还未了,只见公子带怒开言,说:"来祥儿,你瞧,我要不叫段文经赶着把他女儿给我送了来,我就白叫熊公子咧!"二人正在说话之间,忽见从外边跑进一个小门子来,说:"老爷来咧!"

且说大明府道台熊恩绶,才吃完早饭,闲暇无事,到书房闲坐。刚然走进书房,瞧见公子面带怒气未消,恩绶就问:"我儿因何生气?"公子见

---

① 令正——尊称对方的妻子。

问,正对心病。

熊杰听见他父问,正对心怀把话云,开言不把别的叫:"父亲大人请听明……"话要烦絮人不爽,唠叨焉能美古今？熊公子,一往从前说一遍,熊道闻听自沉吟。公子复又开言道:"文经说话好欺人！允亲不允全有限,他不该,毁骂官长儿父亲。他说'清官生孝子,贪官定养忤逆①根。你这狗子真可恨,要把有夫之女硬提亲。你家老爷反缝眼,拿我段某当何人？'还有许多恶言语,如不信,父问来祥便知闻。"熊道闻听前后话,不由心中动无名。眼望来祥说"可是？"内厮回答"是真情。"贪官闻听越动气,说道是:"来祥快去叫李升！"内厮向外急急走,不多时,叫进勾死鬼一名。先给道台将安请,然后平身一旁存。熊恩绶,座上开言来问话:"李升留神听我云。"

熊道台座上开言说:"李升,""有,小的伺候。"恩绶说:"昨晚你跟了你少爷去看荷灯,你少爷瞧见本衙皂头段文经的女孩儿,心中喜爱,今早差你去到段家提亲,段文经不允,是真吗?"李升说:"是真。小的焉敢撒谎?"熊道台又问:"你可知道,他的女儿可真有了婆家无有呢?"李升说:"这件事,那是段文经推脱。前者本月初十日,在酒铺里,他还托我小的'替你小侄女儿找个婆家',难道说三五天的工夫,就说定了吗？连小的也不信。"熊道闻听,点头说:"你歇着去罢。外面不要言讲此事。""是。"李升答应,转身而去,不表。

且说熊道闻言,眼望他的祸根,开言讲话。

熊恩绶,眼望公子将儿叫:"不必着急听父云:为父与你定出气,管叫文经活不成。"熊道说罢一扭项,眼望着,跟他的长随把话云:"近前伏耳听仔细:照言而行莫消停。上月拿的那一案,劫抢银鞘人四名,叫他们,拉出文经是窝主,老爷择轻他们罪名。快到监中对他们讲,或是应来或不应。"内厮答应口说"是"。迈步翻身往外行。去不多时来得快,走进书房带笑容。说道是:"小的去对他们讲,俱各愿意拉文经。"熊道闻听心大悦,吩咐伺候莫消停。内厮答应又往外跑,来至那,堂上站住语高声:"三班六房全伺候,老爷升堂办事情!"外面众人齐答应,内中却有段文经。不言皂头大祸到,单表内厮向外

① 忤逆(wǔ nì)——不孝顺(父母)。

行。登时又到书房内，见了那，道台打千回禀明。熊道闻听忙答应，急迈步，出了书房往外行。内厮相随在后面，穿门越户好几层。这才来到大堂内，内厮忙去闪屏门。熊道走入暖阁内，坐下了，贪赃受贿不法人。衙役喊堂两旁站，熊道开言把话云："快提上月拿的案，打抢银鞘四个人！"下役答应不怠慢，翻身一直奔监门。走不多时来得快，索套绳拉四个人，一个个，垢面蓬头恰似鬼，五短三粗相貌凶。带至当堂齐跪下，差人回话一转身。熊道点名开言叫："头一个，刁恺留神要你听：你等所偷银共两，何人主使你等行？"刁恺见问将头叩："太老爷留神仔细听：要问哪个是窝主？就是那，老太爷府内皂头段文经！"刁恺刚说一句话，这不就，吓坏了大名府杀官劫库的人！

第九十六回　救义兄克展聚同盟

列位明公，大名府道熊恩绶，也不用三推六问，劫银鞘的大盗，也不用三拉两扯，一张口就把段文经拉出来咧！怎么说呢？这是他们搭就的活局子，熊恩绶要拿皂头段文经与他儿子出气，书里言明。

且说熊道台在座上，闻听刁恺的言词，不由得满心欢喜。眼望刁恺讲话，说："此话是真么？"刁恺说："小的之言，千真万真。太老爷如若不信，叫过他来，当面一对。"熊道闻听，上面吩咐："快带皂头段文经！"这众人明知是邪火，不敢不遵依。不多时，将皂头段文经带至了当堂，跪在下面。劫银鞘的大盗刁恺，一见他们的原拿皂头段文经，一齐开言，说："阿段大爷，自从分去那抢布客的那一宗银子，直到而今，总未会面那！"皂头文经一见刁恺将无作有，说出这片言词，也明白了八九。

段文经闻听刁恺话，不由气壮眼圆睁，用手一指骂刁恺："无义之贼要你听：将无作有拉扯我，实指望，好把你们罪择轻。你们要，仿学玉杯那件事，张全比作段文经！"皂头之言还未尽，熊恩绶，座上开言把话云，用手一指声断喝："尔等不可乱胡云！段文经：刁恺说你是窝主，唆使贼盗劫库银。此事你有何分辩？一字虚言定不容！"段文经，明知此事要吃苦，口吐莲花脱不能，无奈只得将头叩："太老爷留神在上听：小的并无这件事，焉肯擅自就为贼？这就是，贼咬一口入了骨，太老爷，秦镜高悬断分明。"皂役言词还未尽，熊道冷笑两三声："倚仗惯役能巧辩，你把本道当何人？不动大刑焉肯认？抄手问事哪个应？"熊道说罢一席话，忙吩咐："快着夹棍莫消停！"左右答应一声喊，登时间，拿过萧何汉代刑。

下役将夹棍取来，当堂一撂，响声震耳。熊道台上面开言，说："把段文经夹起来再问！""这！"齐声答应。动刑人跑将上来，将皂头段文经按倒在地，拉去鞋袜，扔在一旁，将他的两腿入在木棍之中。熊道台吩咐："拢绳！""这！"齐声答应。左右将绳一拢，只听"咯吱吱"夹棍响亮。

在位明公：要是别者之人，这一夹棍，就给了他咧！这可不能。怎么说？上回书愚下就表过，皂头算是八卦阵的教主，一身的功夫，还有点邪术。倚仗这两宗,他焉能怕夹棍?总而一言,三夹棍别说松,真是面不改色!熊道台一见段文经不招,不由心下为难。

段文经,一连挨了三夹棍,面不更色令人惊。喜坏马快徐克展,暗把“大哥”叫二声:“也不枉,八卦教中你为首,真有仙艺在其中。我们若不将你救,过后人言不好听。”徐克展,胸中起了不平意,熊道举家活不成。在位明公细想理:这件事,谁是谁非谁不公?也是熊道该如此,前生造定岂能容?倚仗官势行霸道,逼反那,徐克展与段文经。按下后事且不表,单说熊道人一名。公位上,瞧见文经将刑挺,三夹棍,并无“哼哈”喊一声。熊道上边把“忍贼”骂:“你今不招万不能!”段文经,明知他为那件事,就是哀告也白费工。堂下边,闭目合睛总不语,任你要用哪般刑。熊恩绶,座上开言忙吩咐:“卸去刑,将他收在监禁中。明日早堂再审问。”下役答应不敢停。跑上前,卸去刑具一旁撂,搀下皂头段文经。熊道也把堂来退,散出公门应役人。

熊道退堂,众役散出。皂头段文经的妹丈马快徐克展,眼望他手下的两个户儿,一个叫张君德,一个叫刘奉,向他二人讲话,说:“你们哥俩,赶未时以后,到咱们教头段大哥家,有话讲。”二人答应而去。

且说马快徐克展,出了道台衙门,一直就奔他大舅子段文经住处而来。穿街越巷,不多时,来至段家门首。也不用叫门,直往里走。怎么说呢?一来他与段文经是骨肉至亲;二来他的家住在大名府城外,在下上文书表过,他的住处那个庄,地名叫张栋村小潭口,离大名府城八十里。

明公想理,徐克展在大名府应役,还能够常家去吃饭吗?要讲他的本事,真可能散衙回家吃饭,吃了饭再回来,到大名府该班,可也不为能事。所以他竟自不敢回家,怕的是招风。所以逢该班的日期,就在大舅子段文经家吃饭。明公想理,他与段文经又是至亲,又算一家人,何用叫门通报?所以才径进去。走到上屋里,见了他的大嫂子汪氏,也不顾坐下,说:“大嫂子,不好了,祸从天降!”

徐克展,面带惊慌开言叫:“大嫂留神仔细听:也不知,熊道因为哪件事?买盗相攀段文经。我哥当堂不招认,熊道台,连夹三次入狱中。瞧光景,熊道成心要作对,不知因为何事情?”汪氏闻听尊“妹丈,其中就里你不明。昨日晚刻起的祸,皆因为,带你侄女去散心。甘露寺前瞧热闹,许多和尚念经文。偏偏遇见熊公子,带领跟班人二名。他也是，庙前为看盂兰会，瞧见你侄女段瑞平。回衙差人提亲事，妹夫想，已许婆家焉能应？大料为的这件事，熊道台，才昧良心越理行。”汪氏言词还未尽，徐克展，一腔怒气把心攻，大叫一声“气死我！”“贪官”连连骂二声：“原因这事行毒计，纵容狗子乱胡行！倚官强霸有夫女，怪不得，买盗相攀段文经。我要早知这件事，方才衙门就不容！这宗贪官真可恨，留下倒是一祸根。瞧起来，狗官狗子心不死，只怕全家难脱身。”克展说到这句话，吓坏了，汪氏母女两个人，浑身一齐筛糠战，面目焦黄似淡金。克展说：“嫂嫂侄女心别怕，讲不起，事到临头难顾生。”克展言词还未尽，听见那，外面“拍拍”人叫门。

徐克展言还未尽，只听外面有人叫门。克展闻听，眼望汪氏开言，说：“嫂嫂，这定是张君德、刘奉他们俩来咧。你那快打发人将他们二位请进来，我还有话讲。”汪氏闻听，望家中小厮说：“你快些出去看看，要是你张三叔、刘七叔，只管请进来。要不是，问他找谁的？”“是。”小厮答应而去。

不多时，将张君德、刘奉二人领进房中。徐克展一见，说：“二位老弟，来得正好。我这正与嫂嫂言讲咱大哥之事。”话不重叙，徐克展就把汪氏告诉他的话，他又告诉张君德、刘奉一遍。二人闻听，说：“这还了得？令人可恼！”张君德先就开言，说：“徐哥，事已至此，但不知你有什么主意？怎么样而行？”徐克展见问，说：“二位老弟请坐，听我言讲！”

他两个，闻听齐坐椅子上，侧耳留神仔细听。徐克展，眼望张刘尊“二位，老弟着意要听明：咱与段哥非别比，又是一教又是一盟。你我若不将他救，有负神前结拜情。他今误遭贪官害，就是那，旁人闻听也不能平。何况你我同结义，咱要是，袖手旁观落朽名。二位依我愚拙见，今夜三更进衙门。各把钢刀带进去，先杀贪官眷满门。然后再去劫牢狱，救出文经一个人。再杀相攀四贼寇，余剩下，别者之人全去刑。他们岂有不要命？帮助咱，斩关夺锁救出城。”二人闻听说“有理，就是如此这般行！”他俩说罢全站起，各找刀一口，要进衙门，去杀贪官满共门！

第九十七回　鸣不平熊宅杀熊子

张君德、刘奉二人，闻听徐克展之言，二人站起身来。徐克展一见，说："二位老弟，休要莽撞，眼时去不得。别说你我三人，就有三万人，也难杀熊道台的举家！那时被他知觉，反为不美。此时天气才黑，莫若等夜静更深，你我带兵刃，暗地而去，越墙而过，溜进内院，拨门而入。如此而办，方能有成。二位老弟，还有一件事情：道台手下，有一名长随，名唤吴连升，身上也有点武艺，今年二十四岁。他也赖着算是官亲，皆因他姐姐给熊恩绶做二房，故此他才在内院东厢房住着。未杀熊道台，先杀了这个狗男女，省得他出来，又要多事。"张君德、刘奉二人闻听，说："此话有理。"

他三人，说话之间天将晚，段家小厮秉上灯。汪氏早备酒共饭，一齐归座饮刘伶。张刘并不闹客套，三个人，酒不多饮是实情。登时饭完家伙撤，忽听外面定了更。眼下就杀熊恩绶，三人齐出当院中。他大家，不多一时出屋内，往上看，克展张刘吃一惊：一轮明月清又亮，好似白昼一般同，行刺就如将贼作，明月当空怎敢行？克展不由一声叹，眼望张刘把话云："你我三人失检点，忽略这件大事情。昨日晚上盂兰会，今日晚，玉兔精足分外明。想是文经该如此，狗官不该丧残生。"说话之间锣两棒，路上断绝人往行。三人正在为难处，真奇怪，一片乌云把月蒙，霎时恰似黑锅底，淋淋漓漓带雨星。徐克展，张刘一见心大悦，满面添欢长笑容！

列位明公，这件事也是个天意该当如此。徐克展等三人，要杀熊道台的举家，好救段文经，正愁着明月当空，不敢前去，忽然间来了一块乌云，把一轮明月掩住，霎时间阴得好像黑锅底一般。徐克展、张、刘三人一见，心中大悦，并不怠慢，连忙都将长衣脱去，每人都穿上绑身小袄，一条线带杀腰，靴子脱下，换上薄底快靴，足青布的单套裤，手巾勒头，每人各找钢刀一口，暗藏身边。诸事已毕，徐克展眼望汪氏讲话。

徐克展，眼望汪氏尊"嫂嫂，仔细留神听我云：我们去把官衙进，你们收拾莫消停。等我们，杀官救哥出牢狱，咱们一齐好出城。"汪氏回答说“知道，不用妹夫细叮咛。杀死狗官将仇报，就死黄泉也闭睛！”徐克展，一同张刘往外走，小厮随后开放门，送出三人将门闭，小厮进去不必云。再讲张刘徐克展，各把钢刀带在身。一直径奔后街上，耳目分外留上神。穿街越巷来得快，径奔道台他衙门。他三人，路见不平行此事，要杀贪官把账清。三人一路不敢慢，唯恐人听走漏风。一里之遥来得快，瞧见公衙眼下存。只听里面更鼓响，铜锣连打整三声。三人走至墙根下，侧耳留神仔细听。寂寞无声人睡定，后来又，细听堂鼓打不鸣。徐克展，悄言低语来讲话：“二位老弟仔细听：趁此夜静无人晓，你我快些进衙中。就从此处月墙过，这是箭道少人行。”张刘二人说“有理，徐哥之言理上通。”三人说罢不怠慢，“嗖嗖嗖”，纵在墙头上面存。轻轻跳在流平地，蹑足潜踪往里行。这是天意该如此，道台衙门土变红。三个人，连忙就将箭亭上，一旁穿过又前行。绕过书房朝东拐，二堂穿过到宅门。三人站在宅门外，侧耳向里细留神。听够多时无动静，徐克展，悄语低言把话云。

徐、刘、张三人，在宅门以外听够多时，里边并无一点动静，全都睡熟。徐克展低言向张、刘二人讲话，说：“咱们进去，须得先奔东厢房，先杀了长随吴连升，然后再杀贪官，方保无事。若不然，进去先杀贪官举家，惊醒吴连升，他必出来动手，那时反倒误事。”刘、张二人闻听，说：“此话有理，事不宜迟，咱就进去动手！”

他三人，说罢之时不怠慢，一齐越墙进宅门。俱各钢刀擎在手，来到那，东厢房外站住身。侧耳留神听详细，只听房内打呼声。徐克展，听够多时不怠慢，走上前去手推门。也是长随该命尽，前生造定刀下坑。门并无关是虚掩，心中想：谁敢胆大偷官亲？书里言明不多叙，单表克展姓徐人。用手一推门开放，三人俱各进屋中，赶上呼声着刀剁，长随一命赴幽冥。这正是，金风未动蝉先觉，暗送无常死不明。三人房中摸一遍，除死并无有活人。这才转身向外走，要杀熊杰把恨伸。走至门前用脚踹，心中想：杀了长随不怕惊。“喀嚓”一声门踹掉，徐克展，手举钢刀闯进门。留下张刘在外守，克展一人去行凶。他知公子睡觉处，到床前，伸手来抓色大的人。

马快徐克展，先杀了会武艺的长随，心中不怕咧，故此厢房踹门，门外留下张君德、刘奉把守，恐怕有救应。

且说公子熊杰，刚然睡着，忽听门响，惊醒向外一看，影影绰绰①，见一人手提钢刀，直奔他来。说声"不好!"往床后一滚，早叫徐克展一伸手，揪住咧！说:"我把你这色大的狗子！你往哪里走！仗你父的官威，强要霸有夫之女，今日狭路相逢，管叫你有威难使!"言罢，手起一刀，将人头剁下，一松手，死尸倒在床上。这时候，把个小内厮惊醒，吓得说不出话来咧！就像杀猪的一般。徐克展一见，怕的是他嚷出来，反倒不好，回手一刀，将小内厮来祥也杀咧。

在位明公想理，徐克展踹门而入，又搭着小内厮哭嚷，这个响动也就不小咧。因此才上房中惊醒道台，熊恩绶打梦中就惊醒，吃了一惊。

熊恩绶，睡梦之中来惊醒，侧耳留神仔细听，听够多时无动静，高声开言把话云。他说道:"快把灯烛来点上!"堂屋中，来祥的妈妈应一声。立刻起来将灯点，熊道开言把话云:"你拿灯，快到少爷那屋看，问问他嚷主何情?"仆妇答应说"知道。"连忙端起蜡扦②灯。开开隔扇向外走，一磴磴，走下台阶到院中。刚才要奔西屋去，忽然跑过人二名。不说长来不道短，张君德，手快先就下绝情。只听"喀嚓"一声响，老婆子，"哎哟""咕咚"倒在平。手中蜡扦扔在地，只听"当啷"响一声。熊道着忙吃一惊:"大概院内有强盗!"连忙穿衣下在尘。打墙上，摘下腰刀擎手内，左手拿灯往外走，一直径出上房门。刚下台阶未站稳，跑上君德与刘奉。二人揪住熊恩绶，高声开言把话云:"徐哥快些出来罢，我们俩，拿住了害民的贪官一个人!"

---

① 影影绰绰——形容模模糊糊，看不真切。

② 蜡扦——上有尖钉下有底座可以插蜡烛的器物。

第九十八回　劫大狱血洗道台府

话表道台熊恩绶，左手拿着蜡扦子，右手拿着腰刀，出上房门，刚下台阶，还未站稳，被张君德、刘奉赶上前来。张君德先揪住熊道台拿刀的那只右手，被刘奉一把揪住他的前胸，二人这才高声讲话，说："徐哥，快来罢！我们俩拿住贪官咧！"

且说马快徐克展，西厢房中杀了公子熊杰、内厮来祥，刚要出门，奔上房去杀熊恩绶，忽听当院中的张、刘二人说："徐哥，快来罢！贪官被我们拿住咧！"徐克展闻听，满心欢喜，并不怠慢，连忙跑出西厢房，来至当院，见熊道台被张、刘二人揪住。徐克展一见贪官，心中好恼！

徐克展，一见熊道心好恼，不由两眼赤通红，用手指定熊恩绶："贪官留神要你听：官至三品民公祖，你为何，纵容狗子乱胡行！强霸民间有夫女，买盗攀赃段文经。狗官拍心自己想，可你行来不可行？我徐某，路见不平来杀你，与大名，除却一害是真情！"熊道才要来分辨，徐克展，手起刀落下绝情。只听"喀嚓"一声响，熊道左膀中钢锋，"哎哟"一声倒在地，钢刀蜡扦扔在尘。一连又剁五六下，熊恩绶，魂归广西永康村。这是他，官至三品落的结果，横死难入祖坟茔。劝君不可仗财势，正直公道鬼神钦。接下闲言不多叙，再表行凶三个人。杀了熊道心不死，他们齐奔上房门。走进屋，道台美妾也杀了，除此再无活着人。三人这才出了气，徐克展，眼望刘张把话云。

徐克展眼望张、刘，说："二位老弟，咱们将贪官举家杀尽，趁此快到监中，将大哥文经救出，再杀了那相攀的四个狗男女，然后把合监之人，全去刑具，叫他们暂且帮助杀出城去，再做主意，或奔那一方。"张、刘闻听，说："徐哥言之有理，事不宜迟，咱就此前去！"

三人说罢，并不怠慢，齐到院中。徐克展一毛腰，将死道台那把腰刀拿在手中，等着救文经出来，好给他使。三人这才开了宅门，向外而走。刚过二堂，打外边打着花点，嘴里还带着唱的是《李渊辞朝》的梆子腔，原来是个打更的，名叫王瞎虎，皆因他是一只眼，外人送了他个外号，叫"王瞎虎”。且说王瞎虎唱着打着和徐、刘、张三人走至一处，王瞎虎慌忙站住，拿那个好眼往对面一瞧，“你……”一个“你”字无从出口，早被徐克展赶上前来，手起刀落，“喀嚓”“哎哟”“咕咚”，倒在地上。梆子也扔了，自今以后，打更的这笔账勾了。徐克展、张、刘三人杀了更夫王瞎虎，一齐又向外走出外宅门，越大堂，径奔监中来了。

他三人，杀了更夫王瞎虎，径奔监中救文经。道路全知不用问，皆因他，三人应役此衙中。穿门越户不必讲，瞧见囚房眼下存。徐克展，上前拍门叫禁子，里面问“外边是何人？”克展回答说“是我！”王三听出是马快声。他心想：必是奉官来到此，听准声音就开门。克展一见不怠慢，手中刀，搂头就剁下狠心，“喀嚓”一声着了中，禁子王三倒在尘。三人迈步往里走，齐奔囚房那座门。拧锁撕封扔在地，牢房内，进来杀官三个人。站在当中高声问：“段哥你在哪边存？”段文经，正在监中生闷气，忽听人声把睛睁。瞧见张刘徐克展，人人手内把刀擎。皂头文经说“不好，来头不祥了不成！”

皂头段文经正在监中闷坐，猛听人声讲话说：“段哥在哪一块呢？”文经举目观瞧，见他妹夫马快徐克展，还有张君德、刘奉，个个手擎钢刀。段文经一见，来头不祥，无奈何，开言说：“三位老弟兄，来此何事？”三人闻听，留神细看，却原来在西南角上土地，芦席而坐。徐克展与刘、张二人，后跟紧行，几步来至文经的跟前站住，说：“小弟们救护来迟，望乞宽恕。”说罢，一齐动手，将段文经刑具打去。徐克展然后又把杀熊道台一家，还有更夫、禁子二名……前前后后，告诉了一遍。段文经闻听，吓了他个目瞪痴呆，暗暗跺脚！

段文经，听罢克展前后话，暗暗跺脚手捶胸，说道是：“老弟们虽然将我救，这祸惹得不非轻！衙头杀官为大逆，全家该斩祖坟平。事到而今讲不起，老弟们，跟我先杀贼四名。劣兄至此无其奈，不行辜负老弟心。”徐克展，口内开言“这才是，丈夫须当如此行！”马快克展闻此话，忙递过，熊道台腰刀与文经。皂头伸手接过去，径奔刁恺人四名。到跟前，不说青红拿刀剁，四名贼盗丧残生。段文经，这才出了胸中气，手擎钢刀把话明。眼望监中众囚犯，说道是：“列位留神仔细听：段某误被贪官害，倚仗官威乱胡行。纵子要霸有夫女，熊恩绶，买盗相攀我文经。多亏段某三兄弟，心怀仗义抱不平。暗进官衙去行刺，杀死那，贪官举家人几名。我们也难在大名府，眼下要出这座城。暂奔他乡养锐气，然后再图大事情。列位若肯一同走，快答言，强如受罪在监中。”文经言词还未尽，只听那，众犯开言把话云。

皂头段文经，言还未尽，只听满监中乱嚷。这边说：“我愿意帮助段爷一同出城！”那边说：“我们也情愿拔刀相助，死而无怨！”段文经闻听监中众犯之言，心中欢喜，眼望众人，讲话说：“既都愿帮助段某，不用嚷。”复又一扭项，说：“三位老弟，快些将众位的刑具打去！”徐、刘、张三人答应，齐都动手，不多一时，三人把刑具全都打去，各抓兵器，也有拿不拉子的，也有打窗户的，未出监先乱闹了一回。监中总有余者的牢头、禁子，瞧见这宗光景，哪一个敢来相拦阻挡送命？

且说文经、徐克展、张、刘四个人，查清监中囚犯，一共五十三名，连他们四个算上，共总五十七人。这一起子囚犯，跟定段文经杀出牢狱。

段文经，带领囚犯出牢狱，一齐要离大名城。衙门纵有人知晓，谁敢出来自送生？段文经，当先引路头前走，后跟囚犯五十三名。一直杀出衙门去，穿过辕门向东行。拐弯复又朝南走，段文经，想起妻女好伤情！有心带领去避祸，犹如幌子一般同。欲待扔下妻共女，又恐怕，被人拿去落污名。左右为难无主意，仰面长嘘叫“苍穹，文经虽然当皂役，并未昧心越理行。为何今朝遭此事？家破人亡顷刻中！”文经思想走得快，来到了，自己家门把话明。眼望刘张徐克展：“三位老弟仔细听：带领众人门外等，愚兄暂且到家中。你们那，嫂嫂侄女难相顾，段某唯恐落污名。等我进去行决断，丈夫做事要心横！”段文经，说罢众人齐答应，再整皂头段文经。手擎钢刀向里走，登时进了上屋中。瞧见那，瑞平汪氏妻共女，不由一阵好伤情！他把那，杀官劫狱说一遍，眼下逃灾要出城。汪氏闻听尊“夫主，此事不必你为难。我母女，鞋弓袜小难行路，倘被人擒你落污名。儿夫的钢刀借与我，见决断，就是你行也放心！”文经闻听长嘘气，无奈何，他钢刀递与结发人。汪氏接刀未拿稳，段瑞平，伸手抢刀项上横，只听“哧”的一声响，自刎佳人段瑞平！汪氏一见不怠慢，跑几步，照定东墙下绝情。按下段家正离散，只听那，外面吵吵了不成！

第九十九回　妻女死文经造反定

话表段文经之妻汪氏，见女儿段瑞平自刎而死，他也就一头撞死在地。皂头段文经见妻女已死，才要举火烧房，忽听外面人声喊叫，闹嚷嚷。他只当是有人报官，官府领兵前来捉拿他等。

列公，当此时，无从报官？众位想理，这要是白昼出这件事，别说他三个人，就是三百人，也杀不了熊道台的举家。因为在半夜之间，出其不意。虽然报官，官府也得半天的工夫呢！大名府城中武职之内，算是副将为首。这位协台，是本京的旗官，姓富，富大老爷。及至这个信报到协台的衙门，富老爷慌忙起来，赶着派兵传人。这刚知道信，段文经早出了狱咧！所以才派兵，后赶捉拿，并无堵在衙门之中。书里言明。

且说段文经，见妻女已死，刚要举火烧房，忽听门外喊叫连天。文经也顾不得放火，手提钢刀往外跑，来至门外，留神观看。

段文经，跑至门外留神看：不是官将与官兵。却是监中众囚犯，硬抢街坊金共银。外带各自找兵器，预备好去闯城门。文经一见说："不好！快些趁早出大名！"众贼闻听不敢扭，一齐都，跟定文经向前行。穿街越巷无人挡，留神看：大名南门眼下存，来至跟前就动手，砸锁抽闩要开城。更房内，惊动门军人几个，千总一员叫张宾。一齐跑出声断喝："什么人，硬敢半夜弄城门！拿住送到衙门去，难逃刀下丧残生！"千总张宾言未尽，众犯中，迸出一个把刀抡。照定千总只一下，冷不防，一刀正中那张宾，"咕咚"倒在尘埃地，吓坏手下众门军！全都四散逃性命，哪个敢来挡城门？众贼人，不多一时砸开锁，抽闩闪放两扇门。文经领头朝外走，后跟亡命众犯人。刚出大名城一座，只听见，人声吵吵海沸同。原来是协台发人马，带领本营绿旗兵。还有知县与知府，番役捕快多少名！灯球火把如白昼，后边相追来得凶。早来半刻全拿住，焉能跑脱段文经？瞧起来，一饮一啄皆前定，生死迟早岂能更？今日要拿不住徐克展，陈二府，要升知州万不能！何人来抢大名府？八月十六暗行兵。按下后事说眼下，再把那，众多贼人明一明。

大名协台富大人的兵，晚来了一步，段文经等刚然出城。人马早来半刻，省了事咧！此乃是个定数。因此罣误多少官员！

闲言不表。单说大名协台的兵丁衙役、文武官员，赶至南门，段文经已走出城去了。富大人一见，眼望合城文武，开言说："贼虽然出城，料着去不能远，必须要赶上拿回，你我的考成还保住一二。"众文武闻听富大老爷之言，说："须如此而办！"说罢，一齐赶出大名府。官兵番役打两路分头上去，将段文经等围住在居中。

众官兵，随后而来真厉害，赶上重犯段文经。不容分说往上裹，将逆匪，团团围住正居中。逆匪岂肯白受死？以死相拼是真情。囚犯兵丁乱动手，还有公差人数名。众囚犯，一来缺少好兵器，二来胆怯怕官兵，不多时，五十三名全拿住，就剩皂役人四名。段文经，虽然五十单二岁，一人可挡数十兵。还有马快徐克展，三十七岁在年轻。两手能端八百力，捕盗拿贼谈笑中。大名远近全知道，到后来，乾隆佛爷将他审，问他十声九不应。太上皇帝龙心恼，赏了他，一百嘴巴加劲楞。然后又夹三夹棍，徐克展，并无"哼哈"是真情。刑部的嘴巴挨一百，两腮旁，又不肿来又不青。腿上挟了三夹棍，非比州县那般刑。此乃是，刑部之中的"哈巴狗"，檀木做就令人惊。这样夹棍挨三下，伤点皮肉万不能！并非在下来撒谎，大概都知这事情。按下后事且不表，再把那，克展文经明一明。

且说段文经、徐克展、张君德、刘奉四人，被大名府的官兵围住，四人奋勇，一齐动手，杀出重地，倒伤了一员把总、十数个官兵，漏网脱逃而去。

上回书说过，此夜是七月十六，明月被云遮住，好似黑锅底一般。到此时，爽利倒下起雨来咧！天又黑，雨又紧，难以追寻。大名府的文武官员，无奈何，带领番役兵丁，押解拿住的五十三名囚犯，回大名不表。

单讲段、徐、刘、张四个人，从官兵之中，舍命杀出，趁此天黑无月之间，带着雨，向西南落荒而跑。

按下四贼逃性命，再表大名众官员。带领兵丁与衙役，押解囚犯五十三名。一齐回转大名府，要到那，道台衙门验审明。二里之遥来得快，进了大名南正门。大名知府开言道，眼望协台把话言："眼下拿来众囚犯，我等好去带入监。查明道台尸共首，这件事，必须保府递报单。"副将闻听说"有理，年兄之言倒可行。"说话之间来得快，十字横街在眼前。靳知府，领着衙役与囚犯，回衙门，好把众犯收入监。协台知县千把总，都司守备一品官，齐奔道衙来得快，大名协台，眼望知县把话言。

大名府的协台富老爷，眼望知县，还有手下的都司、守备、千把等官，讲话说："咱们进去，须得仔细查清。"协台富老爷一言未尽，见知府靳老爷也来了，慌忙下了坐骑。知府眼望协台讲话，说："兄弟业已将方才拿回的那五十三名囚犯，加重刑，全都入监。另外多派差人看守，等禀明保定府，刘大人制台的回文一到，咱也好遵批而办。"富协台闻听知府靳老爷的话，说："好，年兄的话就是。"说罢，他们一齐向熊道台的衙门里面而走。

衙役兵丁提灯，引路前行，一直的进大门，走仪门，穿大堂，越二堂，这才到了尽里边熊恩绶的住宅。协台、知府、知县、都司、守备、千总、把总等官，还有文武两下里的衙役、兵丁，手执明灯，各屋照看。

众文武，手下执灯各屋照，观看熊道死尸灵。原来杀死在当院，旁边扔着蜡扦灯。还有个妇人也被害，院中算是人两名。东厢房，杀死一人床上躺，却是官亲吴连升。西厢房杀了熊公子，来祥也在刀下坑。上房杀死一少妇，却原来，熊道之妾吴秀红。一共杀人整六口，俱各横死赴幽冥。众文武，里外复又查看到，仓库无动是真情。来往整闹多半夜，东方送上卯日星。靳知府，吩咐差人看尸首，他复又，眼望协台把话明："兄弟即刻上保府，总督衙门禀报明。大老爷，多派官兵与首领，多加防范要小心。"协台闻听说"很是，府台只管上省城。"说罢文武各分手，副将回衙就派兵。知府驰驿①去上省，不敢坐轿把马乘。按下大名文共武，再表那，劫牢反狱段文经。一同马快徐克展，还有张、刘人二名。杀散官兵逃了命，黑夜间，径奔西南大路行。半夜跑出九十里，眼看就要大天明。段文经，眼望三人尊"老弟，你们留神仔细听：咱们杀官又反狱，大名文武定行文。你我白昼难行走，浑身是血赤通红。"段文经，说话之间抬头看：一片柳树眼下存。四人一见心大悦，腹内说："何不里面去藏身？"也是天意该如此，贼人此处遇强人。他们走到树林内，猛然间，贼聚会，八月十六要抢大名。

---

① 驰驿（chí yì）——指飞快地奔跑过驿站。

第一〇〇回　进柳林逃犯大聚义

徐克展、段文经、张君德、刘奉四人，杀散大名府的官兵，趁半夜天黑，漏网脱逃，向西南而走。离大名府跑出有九十里，眼看天光微亮，四人正愁无处藏身，猛见一片柳林，不由心中欢喜。段文经看罢，向徐、刘、张三人讲话，说："三位老弟，如今你我浑身是血，眼看天明，难以行走。咱何不在柳林之中，暂且藏身，等至夜静更深，再做主意，咱或奔那一方而走。"徐、刘、张三人，闻听皂头段文经之言，齐说："大哥言之有理！"四人说罢，一直进了柳林而去。越往里走，树木越稠，则见那西南角上，有一座庙宇，四人又仔细一看，这座禅林不小，就是损坏得不堪。

四人瞧罢齐迈步，径奔破庙跑又颠。不多时，来至庙前齐站住，四贼留神庙里观：原来是座玉皇庙，年深日久断香烟。两边尊神不齐整，缺腿无肩少庄严。瞧光景，未必有住持僧和道，贼们一见心内欢。他们齐把台阶上，穿过大殿到后边。原来还有二层殿，东西配殿全露天。正中间，供的玉皇张大帝，风雨损坏圣容颜。供桌灰尘无人扫，尊神躺在地平川。文经看罢忙下跪，不由一阵好心酸：神仙尚有遭败运，何况文经草命男！说道是："弟子文经本姓段，大名府内有家园。到衙应役二十载，而今不幸遇贪官。狗官名叫熊恩绶，纵容狗子昧心田。倚官强霸有夫女，买盗通贼把我攀。不容分辨三夹棍，掐在南牢打在监。多亏了，刘奉君德徐克展，心怀不平杀狗官。然后劫牢又反狱，杀出大名南正关。趁黑逃出来至此，弟子见像秉心虔。并非是，弟子情愿行此事，皆因为，狗官相逼无奈间。保佑弟子脱灾难，新塑神像庙重翻。"文经祝告还未尽，神像后，跑出几人把话云。

段文经正自祝告未尽，忽见那神像后边，跑出有七条彪形大汉，一声喊叫，说："段文经！你们在大名府，杀官又劫牢反狱，跑在这里祝告，我们可要拿你报官请功咧！"段文经一见，慌忙站起，手擎腰刀，留神观看：这几个人手中并无兵器。徐克展、张君德、刘奉他三人闻听这几个大汉之言，就要动手。段文经慌忙拦住，说："三位老弟停手，愚兄还有话向他们说明，再动手也不迟。"三人闻听段文经之言，这才停身擎刀，以防不然。

段文经眼望那七人讲话。

段文经，眼望七人来讲话："列位留神仔细听：依我瞧，尊驾几位这光景，不像公门应役人，又非兵丁与官长，为何要拿我文经？段某素日多仗义，并非坏处落污名。"皂头言词还未尽，七人内，一人带笑把话云：高叫"段爷你可好？如何不认我柳龙？我家也在大名府，在下偷盗作经营。皆因我，偷了当铺银共两，十个元宝一锭金。叫我兄弟拿去换，遇见公门应役人，拿进道台严刑审，柳某闻知怎敢停？自己投到道衙去，当堂认，偷银就是我柳龙。那时节，道台不是熊恩绶，河南人氏叫赵宗。多蒙皂头段爷你，里外疏通把罪轻。自从那年离别后，我就在，此庙之内隐身形。还有几位兄和弟，也是同行一道人。不料恩公今至此，古庙相逢真爽神！"段文经，闻听柳龙前后话，想起当年那事情。

段文经闻听柳龙子之言，忽然想起，说："你就是当初在赵道台手里犯的官司柳贤弟么？"柳龙子说："不是我是谁呢？"段文经复又开言，说："既然如此，我这里还有三位患难的兄弟，过来，大家见见。"柳龙子说："此地非讲话之所，万一被人看见，反倒不便。暂请到里边坐下，有话再讲不迟。"说罢，柳龙子在前引路，齐打佛像的身后，那里有一个窟窿，窟窿里头有木梯子。柳龙子说："这得我先走。"说罢，他就往下而去，脚蹬里边的梯子，一磴一磴地往下而走。众人也是如此而下。

他四个，跟随齐把地窨子进，脚踩木梯向下行。里边倒有平川地，三间屋宽还有零。四外全都有气眼，虽然亮，白昼须得要点灯。文经四人留神看：原来还有十几人，并无床炕就地坐，柳龙开言把话明：高叫"列位兄和弟，快过来，见见大名段长兄。恰似梁山及时雨，这就是，柳某常提的段文经！"众贼闻听齐站起，各通名姓把礼行。后又见君德刘奉徐克展，彼此拉手又相亲。叙礼已毕齐坐下，柳龙子，慌忙备酒不消停。大家消饮地窨内，贼人一伙十九名。又添上，段徐刘张四逆匪，古庙相逢起祸星。也是大数该如此，所以才，画影图形拿恶人。

列公，这件事也是个定数难逃。段文经等杀官，劫牢反狱，杀散大名府的官兵，半夜带雨脱逃至此，要不是遇见这伙强贼，将他们藏在地窨子里边，早把这逆匪擒拿住咧！再者呢，这座玉皇庙，年深日久，被风雨损坏，并无住持。离村子又远，又在个旷野之处，公门中的爷们，再想不到此处窝藏贼盗。

别说这一案，就是乾隆三十四年，湖北德安府管随州——此州离德安府是一百八十里，其州甚大，城池却在山坡之下。山上面，接接连连，有二百余里高矮不等，道路崎岖。此山有孤龙之相，山后能够藏人，相连通到四川的苗界。此地出水银、朱砂、蓑衣草、大白菜。其民最刁，好打官司，不安本分。因为连旱了二年，交不上钱粮，州官差衙役下乡去催，催也不上。州官无奈何，才令人将不交钱粮的百姓拿到当堂比打。州官也无奈之极，不然主子的国课怎么交？离随州二十五里，有一村，名叫阎家堡。此村有个武秀才，姓阎，名金龙。因他母生他之时，夜梦金龙一条，故此起名叫阎金龙。家中豪富，水田二十多担，山场四块。随州的差役到他家催钱粮，也照着催别的百姓那么一样，下来咧，吹胡子瞪眼睛的，镇唬武秀才。阎金龙又不吃骂，殴打公差，公差也就还手相打。众旁人将他们劝开，差人即刻回到州衙禀报知州，将无作有，说“阎金龙倚仗是秀才，不遵国法，藐视州尊，拒捕打差人。”知州闻听，气往上冲，立刻就出签传武秀才阎金龙。传到当堂，责问说：“狂生，国法不遵，钱粮不交，反打公差，其情可恼！”立刻叫书吏作文书一套，“登到州学，将他衣巾革退。”阎金龙闻听州尊之言，慌忙跪在公案以前求告：“州尊不要行文，生员知过必改，以后再不敢如此！”知州一见，喝令青衣：“拉下去，休要叫他歪缠！书吏快作文书！”武秀才着急，叩首不起，手拉围桌，无心中将公案拉动。知州大怒，说：“狂生，咆哮公堂，罪当应发！”吩咐一面行文，一面将衣巾革退，动刑问成咆哮公堂之罪，立刻掐监。此信传到阎家，合宅无不惊怕。正无计可救，忽然门外来了一个僧人，直入其家，对他家人说：“你家阎相公该有七天之灾，以后甚好。”复又对他母亲言讲：“可记得养他之时，夜梦金龙？那就是先兆。贫僧此去，等十天之后，还来帮助于他。你们眼下急速派人，暗进随州，等至半夜，进监将你家阎相公抢出牢狱，方保无事。不然有变，悔之晚矣。”说罢，留下一封字帖，叫阎金龙自看，言罢而去。这件事，因此后来随州伤官反狱，阎金龙竟成逆匪，闹了有二年多，才把他们平伏咧！此事就和段文经遇见柳龙子这伙人一样，不然，焉能费许多的周折？瞧起这也是前数造定。

闲言少叙。且说段文经等在玉皇庙地窖之中，饮酒之处，眼望众贼盗讲话。

段文经，眼望众盗尊“好汉，列位留神仔细听：你们虽然藏在此，不过黑夜做经营，要成大事不能够，众位想，岂不埋没众英雄？列位可记王伦的事？家住寿张在山东。他本是县衙一马快，因为他，迟误文书受官刑。打了还入监牢狱，好一似，段某遭逢这事情。众人不平将他救，杀了那，寿张知县反出城。又有个和尚将他保，其名叫做论为僧。王伦一旦称国主，只杀到，临清州内安下营。离京才剩十数里，因为那，王伦动色要收营。筵宴摆酒又唱戏，耽误临清来动兵。舒大人，奉旨带领京兵去，迎到临清那座城。八旗兵丁本来勇，要比绿营大不同。舒大人，未从打仗先传令，晓谕枪箭众英雄：鸟枪内，不许装上钱粮药，光安烘药加火绳，其名叫做空枪计，王伦不知就里情。只见搂火枪不响，王伦闻听长笑容。他只说，‘天意该当我兴业！’他这才，胆大临清见输赢。旗兵这才枪装药，一阵成功把人平。咱如今，何不竟按他行事，先抢大名这座城！”众贼闻听说“有理！”齐站起，说“我们早有这番情！”只顾文经说此话，眼然间，大名府百姓遭灾土变红！

第一〇一回　空枪计虚惊大名府

柳龙子等闻听段文经之言，一齐站起，说："我等久有此意，怕得是孤掌难鸣。素日闻听段爷仗义疏财，广交朋友，胸怀奇术，大名府远近皆知。我等之幸，段爷如不弃嫌我等高攀，情愿结为昆仲，患难相扶，好共成大事！"段文经闻听强盗柳龙子等之言，说："列位既然赏脸，段某焉敢推却？"柳龙子闻听，说："段哥，听我言讲：既然应允，事不宜迟！"

只听柳龙开言道："段哥留神在上听：事不宜迟咱就拜，大家同心把誓明。就只是，缺少香烛纸马锞①，少不得，撮土焚香秉虔心。"众人闻听说"有理！"大家齐站在流平。段文经，一同马快徐克展，还有张刘人二名，各叙年庚文经大，柳龙算是二盟兄。第三就是徐克展，以下的，各按岁数跪在尘。行礼已毕齐站起，众贼又拜段文经。然后这才叙齿坐，还是言讲劫大名。段文经，眼望众人呼"老弟，愚兄有条计牢笼：如今咱把告白写，帖上不要出姓名。上写着：'八月十三兴人马，要抢大名这座城。'此帖他瞧见定害怕，必然要，遣将派兵守大名。叫他防备咱别去，先闹谣言后动兵。他们瞧见无动静，自然撤兵回汛中。趁此时，八月十六咱进府，各把兵器带进城。齐到那，城隍庙旁暗约会，三更动手大事成。"

段文经说："咱们八月十六日混进大名府城中，二更天，城隍庙旁会齐，三更天动手，大事成！"柳龙子说："大哥之言，实为有理，你就快写几张'八月十三抢大名'的告白，咱好遣人去贴在大名府的城里头，先吓他们一吓！"段文经并不怠慢，叫他们找了管破笔，立时就写了十几张，随即派了四个人，暗进大名府去贴，暂且不表。段文经等在古庙地窖藏躲，也先不提。

单言大名府的知府靳荣藩，自大名府连夜驰驿，到保定府，禀了刘大人。制台闻听大名府的道台熊恩绶被衙役杀害，吃了一惊，随后问明来历，一面打折子进京，一面吩咐画影图形捉拿。知府靳荣藩急速回府，这

---

① 锞(kè)——旧时做货币用的小金锭或银锭。

且不表。

且说大名府的协台富大老爷，少不得也行文书到古北口提督阎大人的衙门。文武行文，提督、总督齐奔大名，也且不表。

单言玉皇庙地窖中段文经等商议抢大名之事。

段文经，藏在古庙地窖内，商议要抢大名府，暗差四贼去进府，贴告白："八月十三抢大名"。众贼言讲整一夜，又到次日太阳红。忽见那，遣去四贼回来了，一齐都进地窖中。文经众人齐站起，说道是："多有辛苦早回程。"四贼闻听说"岂敢，分所当为敢不行？"齐说道："大名府中真热闹，城里关外全派兵。"四人说罢齐归座，大家复又饮刘伶。单等着，八月十六暗进府，贼徒胆大要胡行。按下文经藏古庙，再把那，提督总督明一明。连夜齐进大名府，文武各住公馆中。第二天，总督刘爷还未起，堂官跑进报事情，说道是："公馆门外贴字帖，上边言语令人惊。又无名来又无姓，写着那：'八月十三抢大名'。"总督刘爷闻此话，不由着忙吃一惊。慌忙穿衣亲去看，传报之言果真情。刘大人，瞧罢复又进公馆，大厅闷坐暗沉吟。正自思想其中意，又来了，古北提台阎大人。

保定府的总督刘大人，正自沉吟未决之际，忽见内堂官禀报说："古北口提台阎大人来咧。"总督刘公闻听，吩咐："有请。""是。"内堂官答应而去。到外边见了提台阎爷，单腿打千，说："我家大人有请。"阎大人闻听，这才迈步向公馆里面而行。到大厅，总督刘公迎至廊檐下，叙礼归座。内厮献茶，茶罢搁盏。提台阎大人眼望总督刘爷讲话，说："我的公馆门外墙上，贴一字帖，上写着是八月十三日要抢大名府，并无名姓，也不知是什么人贴的。我因此事而来，特与大人商议。"总督刘大人闻听，也把方才之事，说了一遍。提督正自言讲此事未完，忽见那大名府的文武，全都来到，且自言讲此事。

刘总督，眼望提台尊"老弟，此事其中另有情。瞧起来，此贼大有不善处，须得拿住奏圣明。当今观折龙心恼，这事千万咱的考成。必须派兵加防备，不然恐伤君共民。"提督闻听说"很是，大人言词理上通。"阎提督，随即吩咐协台去："急速派兵把守城。四门多派千把总，盘查来往进城人。须按手折对年貌，管叫贼人无处腾。"协台答应说"遵命。"退步翻身向外行。派兵把守且不表，阎大人，回归公馆也不明。单言文经徐克展，还有贼盗十几名，自从贴上无名榜，单等十六抢大名。光阴似箭真不错，金乌玉兔转西东。到了那，八月十三这一日，大名里外全派兵。副参游守千把总，且言是，腰刀弓箭带腰中，马不停蹄来防守，也怕贼人来抢城。直闹一天单一夜，次日十四大天明，何尝瞧见贼人影？才知是，贼人弄诈在其中。即刻回明刘总督，又报提台阎大人。他二人，闻听这才将心放，才知谣言是害怕，传令撤兵归本府，用心拿查要殷勤。按下大名将兵撤，再把那，作恶的囚徒明一明。

按下大名府撤兵不表，单讲段文经等在地窖中，等至八月十五日的晚刻，趁此节要动手抢大名的城池。十五日的一黑早起，他们齐都改扮，出地窨子，奔大名府而来。白昼间，各在蔽处藏身，夜晚混进大名后街，城隍庙旁聚齐动手，这且不表。

再说大名府那些守城的官兵，到了十五日晚上，未免个个都喝一盅儿，以至于官员饮酒过节。

且说段文经等二十三人，打八月十五日的一黑早，人人改扮，个个暗藏兵器，往大名府而来。

段文经，一同众贼齐改扮，全出古庙散开行。个个身边藏兵器，齐奔大名这座城。来到了，大名离城十数里，各找蔽处隐身形。等至太阳沉海底，众贼又奔大名城。按下他们全不表，单讲那，徐克展与段文经，他俩扮作吃粮客，硬充算是绿旗兵。他二人，羽缨苇帘头上戴，青布靴儿足下蹬。身穿青布单马褂，粗布沿边是大红。蓝布夹袍白布里，线带一条系腰中。腰刀却是靶向后，说着话，径奔南门要进城。刚然走到城门口，忽听得，一声喊："快些站住且别进城！"

第一〇二回　擒刘奉总督即遣兵

话表徐克展、段文经来至大名府的南门，二人刚要往里走，忽听旁边一声喊叫："呀！少往里走！说明来路，好放你进去。"二人闻听，徐克展先就答言，说："我们是右营的传号，奉我们老爷之命，出城公干，才来进衙交差。好的，连我们也不认得咧！也罢了嘛，你们该上门班咧，连自己的伙伴都不认得咧！"

方才问话这名兵就误事。一来，是多贪了几盅；二来是天意该当。听他这个话，来的大道，也就不细盘问咧："既是将爷们公干回来咧，进去就完咧！又给我们一路干吃吃，我这可连北也不认得了。这是何苦呢？再者，我也是好意的盘问将爷们。咱们都是官差，不得不小心。如此，二位太爷不用想什么，请进去就完咧！"徐克展说："不是呀，我们万一是奸细？"那名兵丁闻听，说："进去罢，老达子！越说不用往下说咧，这是怎么说呢！"段、徐二人闻听，这才迈步里走。

徐克展，当先迈步将城进，后跟皂头段文经。二人混进大名府，眼下就要闹事情。按下段徐人两个，再把那，别者之人明一明。也都混入城门去，齐奔城隍古庙行。大家聚齐好动手，杀官要占大名城！瞧起来，圣主佛爷洪福大，逆匪命尽丧残生。众贼人，虽然混进大名府，好似那，飞鸟自投入牢笼。谁知刘奉机不密，被人拿去进衙门。见了大名靳知府，靳荣藩，当堂夹打问贼人。谁知刘奉时不济，一夹棍，以往全招他实云！他说是："段文经与徐克展，还有君德姓张人，一同那，玉皇庙内众贼盗，今晚全都进大名。单等三更好动手，杀官好占大名城。"刘奉言词还未尽，靳荣藩，肺腑着忙吃一惊，心内说："幸亏把刘奉来拿住，招出众贼齐进城。要不越早派兵役，倒只怕，大名城中土变红！此事须当把大人禀，就势拿了段文经。"知府想罢齐站起，靳荣藩，往下开言把话云。

大名府知府靳荣藩，站起身形，眼望手下人开言，吩咐："把这逆匪刘奉，速上刑具！尔等押定，一同本府去到金亭驿馆，见总督刘大人，回言此事，好听示下，再捉拿众匪。""是。"下役人等齐声答应，立刻把皂役刘奉换上刑具,一同知府靳荣藩,出衙门径奔总督刘公的公馆而来。

不多时,来至刘公大人的公馆以外,知府靳荣藩,先见那总督的巡捕官,就将拿住逆匪刘奉之事说了一遍。巡捕官闻听,不敢怠慢,说:“贵府老爷少等,待我通禀。”说罢,转身进内。去不多时,打里面往外飞跑,说:“大人叫靳知府问话!”靳荣藩高声答应。

巡捕官,里边言词还未尽,知府答应不敢停。跑上前,跟定巡捕向里走,大厅之上见刘公。知府行罢庭参礼,控背躬身站在东。刘大人,座上开言叫“贤契,快把那,拿贼一事对我明。本部也好启奏主,为此事,圣主佛爷大动嗔。”知府闻听大人问,控背躬身把话云,就将那,刘奉之事说一遍,“还有克展段文经,一同盗寇几十个,今晚全进大名城。他们齐心劫府库,妄想痴心占大名。”知府之言还未尽,总督刘爷吃一惊:“闻听众贼全进府,竟敢要抢大名城!趁早要不遣兵将,倒只怕,难保军民不受惊!”刘公座上一扭项,眼望家人把话云,说道是:“尔等速把提台请,派兵好拿段文经。”手下闻听答应“是。”退步翻身往外行。刘公又传一道令:“各门关闭莫消停。门下多派鸟枪手,防备贼人去闯城。”知府闻听忙答应,即刻翻身向外行。靳荣藩,关城派兵且不表,再把刘公明一明。

总督刘大人分派靳知府去后,又吩咐:“将逆匪刘奉加重刑看守!”众人答应而去。又见从外跑进一名巡捕官,来至刘大人座前,单腿行千回话,说:“回大人:古北口提督阎大人前来拜见。”总督刘大人说:“有请。”这巡捕官答应,退步翻身,出厅而去。

去不多时,一同提督阎大人而来。刘爷迎接入厅,分宾主坐下。内丁献茶,茶罢搁盏。刘大人眼望阎大人,讲话说:“大人,方才有知府靳荣藩前来回禀,说他们拿住了一人,姓刘,名叫刘奉,此人就在熊道台的衙门应役。因受刑不过,口吐实情,说他们一伙二十余人,今晚全都进大名府,二更天聚齐,要杀官动库!”

刘公说罢这些话,吓坏提督阎大人,说道是:“胆大囚徒真万恶,竟敢兴心抢大名!也是贼人该命尽,恶贯满盈脱不能!”提督说罢一扭项,眼望跟随把话云:“传出去:晓谕将官兵丁等,城里搜拿段文经。还有一名徐克展,他们此时全进城。有人要,拿住文经人一个,官赏三千雪花银!如要拿住徐克展,赏与他,纹银一千二十封!如若放走贼逃去，都与他，一例同罪法不容。”按下提台传军令，再整囚徒众恶人。

且说知府靳荣藩闻听，忙传令书吏写告示，贴在大街小巷，晓谕军民人等捉拿逆匪众人，暂且不表。

且说逆匪徐克展、段文经、张君德三人，与众混星往外逃走。

这回书，不言张段人两个，单表克展贼一名。倚仗浑身有武艺，邪教之中有名人。逃出大名往东跑，径奔德州一座城。饥餐渴饮趱途路，那一日，进了德州那座城。这正是，天网恢恢疏不漏，这个贼跑进枉死城！来至城中仔细看：茶馆一座在眼前。克展要进这茶馆，那边厢，来了冤家对头人。车上留神来看见，腹中说：“这个人，倒像是大名府杀官的逆匪贼一名！”

第一〇三回　误中套克展进官衙

贼人进德州，就遇德州的二衙陈工。这陈二衙大名去给道台作过生日，徐克展又送过二衙陈工，所以他认得大名道的马快徐克展。

闲言不表。单说德州的二衙陈工，在后挡车中，由车窗之中往外观瞧，则见那茶馆子的门前，站立一人，黑面目，身高五尺，年纪不过三十七八。仔细又看，不是别人，正是大名府道台衙门的马快徐克展。陈二衙一见，吃了一惊，腹内说："他同皂头段文经杀了大名府的熊道一家七口，半夜逃走，保定府总督刘大人，将此事奏明皇爷，皇爷龙心大怒，一道旨意与刘大人：'会同古北口提督阎大人，务必要将匪逆段文经等拿住，朕当御审。'这如今各州府县，画影图形，捉拿他等。再者，还有保定府刘大人的告示，写的明白。上写着：'有人拿住段文经，赏银三千两；拿住徐克展、张君德、刘奉，赏银一千两；报信者，赏银五十两。'不料，他如今现在德州城内。我今派人将他拿住，岂不是一件功劳美差？"

这陈工车内心打算，要拿克展把功擎，腹内说："此人在大名当过马快，捕盗拿贼大有名。他的本事我知道，一人能挡许多兵。德州城，虽有兵丁与衙役，却是寻常一数同。指望他们拿逆匪，依我想来未必能。这如今，轻举妄动他惊走，再要拿他枉费工。"陈二衙，思想之间来得快，自己衙门眼前存。来至滴水将车下，迈步翻身往里行。一直径把书房进，太师椅，坐下二衙叫陈工。长随忙把茶来献，县丞用过接去盅。陈二衙，低头思想时多会，忽然一计上眉峰，说道是："必须如此这般样，徐克展，保管中我计牢笼！"二衙想罢不怠慢，眼望长随把话明："你快去，速传快头王文左，书房陈某有事情！"长随答应翻身去，不多时，快头前来见县丞。陈二衙，座上开言把王头叫："俯耳来，要你留神仔细听。"王文左闻听不怠慢，走至那，县丞跟前侧耳听。陈二衙，"嘁嘁喳喳"说了几句，快头答应口内哼。他又说："事不宜迟急速去，照言而办莫消停。"文左翻身往外走，陈工等候在衙中。按下县丞书房内，再把那，徐克展明上一明。

且不说德州陈二衙定计，再说那大名府道台衙门马快徐克展。自从在大名府，与他那大舅皂头段文经，还有两个衙役张君德、刘奉因抱不平杀了熊道台一家七口，被官兵擒拿，将他等赶散，徐克展他就跑到山东地面，德州城内茶馆子内，挑水做苦工活。他扮了负苦贫人，且先耐时。

这一天正然挑水，挑着两桶水，打南往北走。迎面来了一人，年有三十多岁，朝南而走，眨眼之间，与徐克展走了个对头。徐克展挑着两桶水，往西一躲，这个人往西一躲；徐克展往东一躲，这个人也往东一躲。事逢凑巧，不偏不歪，正正儿的碰在徐克展前头那一桶水上面，将水全都碰洒咧！徐克展还未讲话，那个人他倒不依咧，把眼一瞪，说："我把你这个瞎眼的，也有挑着水往你爹身上走的？洒你爹一身水，这是怎么说！你今得与我吹干了，要不是我把你狗眼挖了！"

众明公想理，这是成心要怄气不是？谁知道徐克展并不动气，反倒讲话。

徐克展，满面带笑来说话，他把那，"大爷"连连尊又称："并非是，在下成心把你老来碰，皆因为，躲闪不及是真情。"徐克展言词还未尽，那人闻听骂一声："有你这瞎眼王八蛋，竟意儿，拿桶碰你的独祖宗！别说你，茶馆挑水一穷汉，就是那，州尊欺我也不能！"骂着骂着动手打，扬起巴掌往脸上楞。克展并不肯动气，皆因他身有罪名。瞧见那，巴掌临近忙躲闪，那个人，一个嘴巴竟打空！使得他，一溜歪斜好几步，"咕咚"栽了个倒栽葱！鼻子嘴脸全抢破，爬将起来眼圆睁，顺手绰起水扁担，照着克展下绝情。马快一见不怠慢，忙用胳臂把扁担迎，只听"吧"的一声响，挑水扁担起在空。震得那人两手木，急得他大詈不绝声。二人正在打闹处，从北边，又来公人整四名。

徐克展与那一个人在打闹之间，从北边又来了四五个人。马快徐克展举目一瞧，看光景，俱是公门的打扮。不多一时，走至他们俩的跟前站住。内中有个人就问，说："你们二位为何打闹？"那一个人还未开口，徐克展先就讲话："众位有所不知：方才在下挑着一担水，打南往北走，他打北往南走。我们俩刚然行至一处，他将在下的水，全都碰洒，他倒不依，张口就詈，举手就打。众位爷们想理：谁是谁非？"徐克展言还未尽，忽听那四人之中，有一个麻子脸的，就望那一个不依说："朋友，你这不算欺负人家？你将人家水碰洒，人家不说什么，你倒不依，张口詈，举手打。欺负人家是外乡人，你仗着什么？你这字号，有多大？"那个人闻听这个差人之言，把两眼一瞪，说："问你是怎么着？莫非你这个意思，替他拔闯，你还不依？我把你这个惯说瞎话、关东的卯孙，根半腿的亮杆秃子的，太爷今日不依定咧！要不给祖宗一口一口地吹干了，这场官司太爷和他打定咧！"差人闻听，带怒讲话。

只听那，差人带怒来讲话说："那人留神要你听：既然要把官司打，伙计们，拴起他来莫消停！"三人闻听齐答应，褡包[①]掏锁手中擎。迈步近前捋一捋，"哗啦啦"，套在那人脖项中。回手就把疙瘩子取，然后又拿一般，原来是，双料的捧子镔铁打，不容分说，把那双手入捧中。收拾已毕拉着走，忽听那人把话云：说"你们行事不公道，莫非欺负我眼生？为何不把他上锁，难道他是你们祖宗？"差人闻听这句话，说"不要嚷，太爷们行事最公平！"说罢他眼望徐克展，说"大伙计留神要你听：这如今，他一心要把官衙进，你也只得走一程。不必心中担惊怕，照应有我们小弟兄。要叫你脑袋着了地，再不应役在公庭！"徐克展，无法只得将头点，说道是："全仗照应感大情。"公差闻听说"交给我，不必害怕在心中"。说着也就上了锁，捧上双手动不能。他们这才一齐走，径奔州衙往前行。穿街越巷急似箭，不多时，县丞衙门眼下横。克展来在衙门口，不由后悔在心中：这一进内将官见，怕他看破我的形，那时反倒遭圈套，自投罗网跑不能！按下克展心中怕，再把那，二衙的公差明一明。

---

① 褡包——系在衣服外面的长而宽的腰带。

第一〇四回　勇克展开刑反公堂

话表众公差将徐克展和那一个人,全都带至县丞陈工的衙门,打进禀帖。陈工闻听,不由满心欢喜,立时升堂,闪屏门,进暖阁,归正位坐下。众役喊堂已毕,两边站立。陈工座上吩咐:"把那两个打喧闹的,带将上来!"下面答应一声,不多一时,将徐克展和那一名人,全都带至堂前,跪在下面。二人讲话。忽听陈二衙上面一声断喝,说:"大名府的逆匪徐克展!休要作梦,你今算中我之计。也是天网恢恢,疏而不漏。"徐克展下面闻听此话,吃这一惊非小。抬起头来,往上一看:上面坐的,并不是别人,乃是当初在大名府做过典史的陈工!徐克展一见,就知他的事发作咧!说:"罢了,让你请功就是了!"陈二衙座上吩咐:"将逆匪徐克展,另上大刑,暂且收监,小心看守。明日打入囚车,解上北京,请旨定夺。"手下人答应一声,上来了两个人,刚到徐克展的跟前,还未站住,被徐克展的手肘左右开弓,将两个青衣打倒在地。徐克展就势站起来,将两只手往两下里一分,只听"喀嚓"一声,手捧子往两下里去了,退下来,照着上面陈二衙"唰"的一声,打将上去。陈工一见,把身子往公案下一存,只听"刷啦啦",打头上过去,又听"吧"的一声响亮。

说你这书说得不贴理。既然打头上过去,没打着,为何又"吧"一声?众位明公有所不知:这个手捧子,虽然没打着陈工,却打着陈工身后屏门上咧,故此说"吧"一声。

闲言少叙。且说徐克展将手捧子打将上去,迈步就往外走去。

只见那逆匪忙迈步,徐克展径奔衙外行。陈二衙,桌子下钻出一声喊,说道是:"尔等动手莫消停!他乃是,杀官劫库的徐克展,各州府县画影形。有人要把他拿住,官赏一千雪花银。若要是,何处走脱贼逆匪,全与他,一例同罪灭满门!你等快些将他拿住,要叫他走了不成!"衙役们,闻听本官前后话,这一会,谁不想富与功名?齐都动手拿逆匪,上前来,把徐克展围在正居中。铁尺短棍胡乱打,倚仗人多要逞能。徐克展一见微冷笑,说"尔等留神要你听:在下的,当初也在公门内,道台衙门把役充。大名府中从打听,马快之中我头一名。皆因为，路见不平杀熊道，我徐某，隐姓埋名在山东。今日里，众位若肯留情义，放我徐某感大情！要是不肯将我放，只管动手两相争，别说徐某心肠狠，古语云：无毒不是丈夫行！别说拿我将功立，打着我一下算你们能！要是容我还了手，再要想，身当狗腿万不能！”徐克展言词还未尽，忽听那，二衙陈工把话云：“还不动手拿逆匪？快些捉拿上绑绳！”衙役动手齐答应，徐克展，他的手中无寸铁，这逆匪，并不害怕在心中。众明公，不知他的根和底，听我愚下细表明：他在那，大名府中立过邪教，教头就是段文经。其名叫做八卦阵，犹如练武一般同。时常的，身上常拿棍棒打，还有邪术在其中。所以今朝才不害怕，他的那，把几个公差看得轻。言明就里，仍归旧传，再把那，德州的差人明上一明。

且说的是，陈工衙役一听本官之言，不敢怠慢，指望以多为胜，要拿住徐克展，好请功受赏。快头王文左一心要在本官跟前施展他的本事，手使一把铁尺，重三斤四两，则见他一个箭步，“噗”，蹿到徐克展的跟前，手举铁尺，照他的脖项就是一下，徐克展一见，往旁边一闪，快头王文左铁尺打空，使得往前一栽，几乎跌倒。马快徐克展一见，掉转身形，照着快头王文左的后胯就是一脚。王文左也算得好的，虽不能在徐克展以上，武艺也算罢了。他见一铁尺打空，刚要回手，忽见徐克展照着他的后胯一脚踢来，他不敢怠慢，就势往前一蹿，徐克展一脚踢空。快头王文左回过身来，手举铁尺打来。徐克展一见，并不躲闪他，反倒迎将上来，前去使了个举火烧天的架势，将快头王文左腕子推住，又使个金丝缠腕的破法，往下一按，王文左往旁一躲，徐克展又使个喜鹊登枝，“当！”照着王快头的脸上就是一脚，把王文左踩了个后蹶子，手也撒咧！徐克展夺过铁尺，有兵器还怕哪个？

只见那，徐克展得了兵器，手擎铁尺站当中。众青衣，虽然将他来围住，不敢上前动手争。陈二衙暗自将人派，通知那，德州游击李胜龙，还有守备冯兴武，千把外委好几名。带领本城兵一百，直奔那，陈工他衙内来行。按下游击来拿逆匪，再把克展明一明。手擎铁尺一声喊：“尔等留神仔细听：挡挡徐某活不成！”正是逆匪说大话，忽听衙外有喊声，齐声嚷：“别走了，反叛徐克展了不成！拿住囚徒去请功！”原来游击人马到，不多时，来了德州绿营兵。一座衙门全围住,一个个,长枪短棍手内擎。李游击,带领守备千把总,进了那,陈工衙门看分明。众青衣,围着逆匪徐克展,并不敢,上前去拿逆贼人。李胜龙,马上传下一道令,晓谕属下手下人:"快些上前拿反叛,休叫逆匪去逃生!"冯守备,千总名叫张士喜,手使着,浑铁钢枪手中擎。把总名叫王如虎,又有个,经制外委叫陈英。四员官长一齐上,要拿逆匪人一名。徐克展,正然当中说大话,为得是,镇唬青衣好逃生。手举铁尺抢上举,忽听见,来了些,四员官长擎兵器往上迎。

第一〇五回　摄众兵克展伤二将

徐克展要往上闯，忽又见上来了四个人，手擎兵器，全有顶戴：一个是水晶顶子，一个是涅白顶，两个金顶，走上前来，用手中的兵器一指，说："逆匪徐克展听真：你不遵王法，擅杀朝廷命官，连夜逃走，如今各州府县，画影图形，捉拿于你，天网恢恢，疏而不漏。不料你至此处，身入罗网，快些受绑，还多活几日；但若迟误，叫你眼下残生难保！"徐克展闻听冯守备之言，不由冷笑。

只听那，克展闻言来讲话："老爷留神在上听：纵然我等把贪官害，皆因出在无奈中。老爷想，大名府熊道台所作所为，倚仗官威胡乱行。纵子霸占有夫女，无法无天了不成！我徐某，路见不平才杀熊道，埋名隐姓到山东。"克展言词还未尽，守备回言把话云："大名熊道虽不好，现是皇家制度臣。衙役岂可杀官长？犹如那，儿子杀父一般同。不必多说来受绑，牙崩半字丧残生！"说着扭项把手下叫："速拿逆匪莫消停！"千把外委齐答应，一齐迈步朝上行。竟奔逆匪徐克展，要拿马快把功赌。克展一见不怠慢，这一会，手拿铁尺眼通红。大叫一声"快闪路！哪个拦挡活不成！"说话之间往外闯，守备相离不放行。徐克展，手中铁尺往上迎，恶狠狠，径奔守备下绝情！冯兴武一见不怠慢，手中单刀把铁尺迎，只听"喀当"一声响，守备的，单刀掉在地流平。千总一见迎上去，浑铁枪一拈奔前胸。徐克展，并不躲闪迎上去，铁尺磕枪响一声。一个箭步跟进去，手中铁尺举在空。盖顶搂头往下打，千总观瞧吃一惊，躲闪不及一声响，铁尺打在脖项中。张士喜，一阵头昏身无主，"咕咚"倒在地流平。把总外委心害怕，不敢向前动手争。兵丁衙役两边闪，害怕各自保残生。克展一见心欢喜，迈步径扑衙外行。游击一见说"不好！走脱了逆匪了不成！"

德州游击李胜龙，瞧见徐克展一铁尺打倒守备冯兴武、千总张士喜，众兵丁衙役不敢拦挡，倒闪一条道路，让过逆匪徐克展逃走。李游击一见，慌忙跳下坐骑，将腰中刀拉将出来，擎在手内，紧跑几步，将门堵住。

徐克展并不怠慢，来至门边东墙下站住，将脚一跺，"嗖"一声，打墙上蹿出去了。二衙一声大嚷，说："李老爷，不用堵着，他打墙上跳过去了！"游击一闻陈工说徐克展打墙上出去咧，他手擎腰刀，衙外就跑，按下不表。

不说游击提刀来赶，且说衙门外兵丁，正然墙外把守，忽见跳出个人来，一齐嚷，说："出来，快拿！快拿！"德州的众兵丁，满嘴里干嚷"拿"，却不动手。这是什么缘故？

众位明公有所不知：众兵丁在墙外围着的时候，里边动手说话，都听了个真：守备千总都吃了亏；再者，里面那些兵丁衙役，还有多少官员，尚且还将他拿不住，还叫他打墙跑出来，他们自己岂不想想个人的本事？不见徐克展那个汉仗，身高五尺，黑面目，五短身粗，手擎铁尺，哪一个敢上前动手？因此上干说"拿"，并不动手。

徐克展跳出墙来，并不怠慢，手擎铁尺，一直向前而跑，指望要出德州南门逃走。谁知道德州知州宋太爷闻听此言，叫人把四门都闭了！

按下这，德州知州把城关，再把克展明一明。手拿铁尺往南跑，要出德州南正门。不言逆匪要逃命，再表那，德州游击李胜龙。闻听二衙陈工话，哪敢慢？手提钢刀，赶出衙门看分明：瞧见克展朝南跑，李游击，此时也顾不得手下兵。手提腰刀随后赶，怕得是，逆匪逃脱有罪名。且不言，德州游击赶克展，再把那，守备千总明一明。纵然着伤未丧命，少不得，强打精神后边行。按下了，守备兵丁随后赶，再把克展明一明。正跑之间抬头看：德州南门面前横。逆匪不由心欢喜，暗把"弥陀"念几声。但要出了城一座，哪怕官将与官兵？徐克展，思想之间来得快，到跟前，举目观瞧心下惊：两扇城门早关闭，城门洞有几个人，鸟枪上面架火绳。逆匪不敢朝前走，掉转身躯向东行。后面的，官兵官将追得紧，看看的，赶上个大名杀官人一名。

第一〇六回　陈朱王生擒徐克展

徐克展来到德州南门，瞧了瞧城门关闭，门洞内还一溜站着几个人，端着鸟枪。逆匪看罢，不敢前进，掉转身躯，向东边那个胡同就跑。后边的游击李胜龙、守备冯兴武、千总张士喜、把总、外委，还有二衙陈工一干兵丁、衙役，全都跟进这个胡同来，按下不表。

且说徐克展进了胡同，正往前走，抬头一看，并无有道路，到了城根底咧！原来是一条死胡同！逆匪看罢，暗说："不好！前有城墙拦路，后兵追赶，吾命休矣！"眨眼之间，后面的官兵也到咧，一齐嚷："拿呀！拿呀！这是个死胡同，他可无处跑了！"说着，齐往上拥。徐克展见事不好，也不敢和众人动手，瞧瞧北边房比南边房还矬一点，将脚一跺，"嗖"一声，蹿上房去。众人一见，齐声嚷叫："上了房咧！上了房咧！"游击李胜龙一见徐克展上了房咧，他不敢怠慢，吩咐守备冯兴武带兵五十名，在一边等他，他带领千把外委兵丁衙役，要到房子北边，厢房两边都有人，看他往哪里跑！

不言游击李胜龙前后把守，再说徐克展上了草房，举目一看：两边都有人马把守，不敢下去。又留神一看，不由满心欢喜。

方才表过，这是个死胡同。东头就是城根，这个房子只接连到城墙根的底下。徐克展想着要从房上再上那城墙，好去逃命。

草房上，迈步如飞向东行。也是逆匪该命尽，菜市口，万剐凌迟血染锋。众明公，外州县不能像此处，要比北京那不能。瓦房稀少草房广，不过是，暂且栖身度平生。偏偏的，这家房子年久远，秫秸糟透是实情。徐克展，并不知道这事情，一心要，纵上城墙去逃生。刚然跑到这房上，只听得，"咕隆"一声了不成！将房踩塌一大块，泥土一齐往下倾。徐克展，盖不由己往下坠，"咕咚"掉下这房中。按下逆匪掉下去，再把这家明一明。

不言徐克展将房踩塌，掉在房中。且说这一家，本是娘儿三个，寡妇母亲两个儿子。大儿子三十六岁，名叫王文左，现在本城德州陈二衙署中当马快；小儿子年方十八岁，名叫王文福。娘儿俩屋中正然吃饭，忽听

"咕咚"一声,打房上掉下一个人来,正正地掉在桌子上面。"哗啦"的一声,碗盏也砸碎咧!娘俩吓得饭碗也扔咧!王文左的母亲陈氏,站起身来,用手一指说:"这个人好无道理!难道说没放着走道?你为什么打我们房上走,将我们的房子糟蹋了?掉下来把碗盏也打碎,这是何道理?"且说逆匪徐克展,一心要借房上了城墙逃命,不料刚到快头王文左家的房上,只听"噁噜"一声,塌了一个窟窿,把他掉在人家房里去咧!将人家的碗盏也踩咧!慌忙爬起,还未站稳,忽听有人数詈,徐克展举目观瞧。

徐克展,他举目留神观看,面前站着两个人:却是一男并一女,口中数詈不绝声。逆匪也不敢往外走,怕是两下众官兵。虽然身上会武艺,孤掌难鸣了不成!正是贼人心中怕,忽听门外叫一声。口中只把"娘亲"叫:"快来开门莫消停!"

正是徐克展他的心中害怕,忽听外边叫门。这逆匪不敢怠慢,转身形就往外走。原来是快头王文左回来了。他母亲听见是他儿子回来,刚要往外走,只见房上掉下来的那个人,也往外走。陈氏一见,伸手要拉住他,这个贼一晃身形,蹿出来到当院之中,往外观瞧。

徐克展,来到当院仔细看,关闭两扇小街门。门外一人声喊叫:"娘亲快着开了门!"叫着叫着将门踹,一直跑到这院中。抬头瞧见徐克展,不由他的眼睛红。一直径奔徐克展,手抡铁尺下绝情,一心要把贼拿住,上司跟前好报功。望着贼人抡铁尺,一声喊叫往上冲。逆匪一见刚要跑,门外嚷:"别走了胆大欺心作恶的人!"

徐克展手无寸铁,一见王文左手抡铁尺,径奔他来,俗语:贼人胆虚,侧身要逃跑,只听得门外一片叫"杀"连天,只嚷"拿呀!拿呀!别走了逆匪!"恶贼魂魄皆惊。这正是一人舍命,万夫难挡,克展着急,仗武艺邪术护身,一探手,径奔王文左。快头往上一奔,贼人往下一扑,两来的劲,把王文左扑了个跟头。贼人得便,将快头的铁尺从手内夺过来,逆贼满心欢喜。既得了家伙,立时就长起威风,口内说:"太爷得了家伙,可就不怕你这些狗男女了!"说罢,铁尺高扬,将王文左性命追了。

正要逃走,哪知道罗锅子刘大人察河回来,打船德州所过。事逢凑巧,正遇见德州的官员兵丁捉拿大名杀官的逆匪。再者,刘大人回来复旨心急,并无传牌到此。刘大人爱私访,到处里要治贪官污吏土豪光棍,故此传牌压下,并无传到此处。大人的轿刚进南门,忽见许多兵丁,手拿鸟枪，连忙关上门。大人不知何故，刚然要进门，忽就瞧见众官兵捉拿逆匪。刘公一见，瞧望陈大勇、王明、朱文三人讲话。

贤臣爷，眼望朱王陈大勇："好汉留神要你听：德州官役拿逆匪，耳闻贼人武艺通。既是咱们来遇见，帮助快拿这贼人！"大勇朱王忙答应，各拿兵器要拿人。若不是，朱王大勇拿逆匪，焉得擒住要贼人！解上北京皇爷审，大勇朱王把官升。此是后话暗中交代，且把那，大勇朱王明一明。三人奋勇朝上撞，只说"贼人跑不能！"官役闻听吓一跳，不知来的是什么人？又见三人往前跑，剪直径奔恶贼人。官兵不知什么故，不知其中就里情。官役纳闷且不表，再说三位老英雄。大勇当先往上跑，朱文王明随后跟。三人径奔徐克展，逆匪着忙细留神：三人都是捕役样，不知他的姓与名？一个是，手抡铁尺朝上撞，一个是攮子绕眼明，那一个，手抡折铁刀一口，三人迎来奔他身。克展一见微冷笑，他把三人看得轻。手抡铁尺朝上冲，贼人也是舍了命。估量难往城外奔，舍了命的贼人抡铁尺，要与三人拼一拼。抡尺径奔陈大勇，好汉一见皱眉峰。朱文王明一声喊："快着来！捉拿大名杀官的贼一名！既然学会浑身艺，丈夫必要显英名！"大勇回答说"正是，贤弟们，大家努力把贼擒！若要是，走脱杀官人一个，歙了从前一往名！"说罢三人往上拥，围住贼人不放松。逆匪观瞧哈哈笑："狗腿留神要你们听：太爷当初也是马快，晃动大名一座城。尔等也敢来拿我？叫你们难保命残生！"说罢手内抡铁尺，要与三人把命拼。大勇朱王不怠慢，各举兵器奔贼人。克展此时红了眼，恨不能，他把三人来整吞！一个箭步蹿上去，大勇连忙扭身形。贼人身形撑不住，只听"咕咚"响一声。这一来，三人拿住贼逆匪，乾隆佛爷御审明。